LA PORTE DU NON-RETOUR

Michel Peyramaure

LA PORTE DU NON-RETOUR

Roman

Production Jeannine Balland

PRESSES DE LA CITÉ

ISBN 978-2-258-07792-8

A l'écrivain bordelais Dominique Lormier

Récit de François Dumoulin
– Médoc, 1818 –

Je n'aurais jamais imaginé que l'on pût éprouver une souffrance d'une telle intensité, de cette manière-là, si différente et tout aussi poignante que celle que l'on éprouve à la suite d'une blessure ou au cours d'une maladie. Je n'ai jamais ignoré que nous portons en nous, en réserve, tapis dans le coin le plus secret de notre personne et si discrets qu'on finit par les ignorer, les germes du malheur prêts à diffuser en nous leur poison.

Longtemps, innocent que j'étais, je me suis cru protégé de cette fatalité. Mon existence, vouée pour une grande part à l'aventure, a sécrété autour de moi et en moi une carapace d'insensibilité que j'ai crue longtemps exempte de toute lézarde. Il a fallu que j'aborde le temps de la retraite pour me convaincre que je ne jouissais d'aucun privilège, que la souffrance morale, après les maux corporels dont j'ai pâti et pâtis encore, ne pouvait m'être épargnée.

J'avoue qu'après la mort de celle qui a été la dame de mon cœur et de mes pensées, comme disent les poètes, l'envie m'est venue de la suivre dans sa randonnée de l'ombre et du silence. J'aurais aimé m'embarquer avec elle pour un voyage semblable à ceux que j'entrepris jadis : on aboutissait à l'embarcadère par la porte du Non-Retour empruntée par les esclaves de l'île de Gorée, au Sénégal.

L'homme aux décisions promptes que je suis a vite réagi et

s'est recomposé, comme au sortir d'un buisson d'épineux, non pour gémir mais pour soigner ses blessures et retrouver ses assises.

Retourner à Bordeaux, port d'attache de toute mon existence, y retrouver ce reliquat humain fait d'amitié, d'affection ou simplement de bons rapports ? Je ne m'en suis pas senti le courage. La maison où je vis et le domaine viticole qui l'entoure, héritage de mon père, me paraissaient le seul environnement qui pût convenir aux quelques années qu'il me restait à vivre.

Celle qui a été ma compagne à peine mise en terre dans le modeste cimetière de Lesparre, en Médoc, l'idée m'était venue d'entreprendre un récit, non sous forme de mémoires, car je ne suis pas un personnage digne de passer à la postérité, mais de témoignage sur le temps des négriers. J'ai conscience d'avoir une longue et lourde tâche à assumer, mais, si j'ai douté longtemps d'en avoir la force, au moins en ai-je toujours eu la volonté.

Poursuivre sa route en laissant derrière soi les êtres que l'on a aimés plus que soi-même, vivre avec l'impression de ne faire qu'exister, voilà le refrain que je rabâche chaque matin, en mangeant ma frotte à l'ail dans les rangs de ma vigne envahis par les liserons, et contre lequel je m'insurge.

Entreprise présomptueuse et peut-être vouée à l'échec, alors que je sors, écorché vif, d'une épreuve où j'ai vu l'annonce de ma propre fin par un suicide banal. Le temps qui me reste à vivre – il serait plus juste de dire à survivre –, je vais le consacrer à évoquer mes amours et à exprimer ma philosophie : les uns dictés par la passion, l'autre par le sens de la justice qui, au fil du temps, a fait du négrier que j'étais un défenseur de l'abolitionnisme.

En ce qui concerne mes activités d'esclavagiste, le repentir n'est pas tombé sur moi comme un coup de vent par une mer calme. La porte derrière laquelle j'abritais mes scrupules ne s'est ouverte que lentement et parfois en grinçant. Avec les temps de réflexion qu'elle suppose, la retraite a provoqué les dernières poussées. Je vis aujourd'hui devant une porte largement ouverte sur le passé, ses lumières et ses ombres.

Le commun des mortels de cette génération vouée au profit et aux plaisirs, qui a vu l'agonie de la royauté et les débuts de la Révolution, n'a pas renoncé à ces dérisoires substituts à l'ennui qui marquent les époques de décadence : affaires, bonne chère et dévergondage.

J'ai donné congé pour un mois à ma servante, Mariette, le temps de m'habituer à ma nouvelle condition de solitaire, et de savoir si j'aurai le courage de reprendre le fil de mon existence sans avoir recours à une tierce présence. J'aurais mal toléré son caquet larmoyant et ses silences ponctués de reniflements.

Il ne m'a pas fallu une quinzaine pour prendre conscience de cette évidence : le seul exorcisme capable de me délivrer de mes obsessions récurrentes sera le retour sur le passé par l'écriture, comme on rouvre les livres d'école de sa jeunesse.

Il va sans dire que je ne conçois pas mon projet dans un but de publication. Cette préoccupation m'est d'autant plus étrangère que je n'ai pas d'héritier qui puisse prendre l'affaire en main et que j'ai conscience de n'être ni un écrivain ni un mémorialiste digne de passer à la postérité.

De mes pérégrinations en droiture, de Bordeaux aux îles d'Amérique, ou triangulaires, de Bordeaux aux côtes d'Afrique et de là à Saint-Domingue et aux Antilles avec une cargaison de « bois d'ébène », j'ai ramené une ample moisson de souvenirs et de notes prises à la volée, dans des conditions souvent inhumaines. Ils me seront utiles car ma mémoire, l'âge venu, est sujette à caution.

J'ai profité du temps douceâtre de mai pour une promenade à cheval vers les grèves de l'Océan, à quelques lieues de mon domicile.

Je préfère ce côté sauvage de la péninsule médocaine à celui qui donne sur l'estuaire de la Gironde, aux berges gluantes et mornes bordant les grands vignobles à « châteaux ».

Passé une immensité de landes, de marécages et la molle barrière des dunes, j'ai chevauché sur la grève, déserte à l'infini.

Sur cette étendue dont rien n'interrompt la monotonie, mon attention a été attirée par un échouage que j'ai pris, de loin, pour un dauphin ou une petite baleine. C'était un cadavre d'homme. Il achevait de pourrir entre ciel et sable, à moitié dévoré par des chiens sauvages ou les quelques loups qui subsistent dans la contrée. Il ne restait de ses vêtements que les lambeaux d'une chemise de marin et une culotte coupée aux genoux. Il gisait près d'un fragment de bordage auquel il avait dû s'accrocher avant de venir, à bout de forces, mourir sur une frange d'algues.

A l'horizon, aucun navire, aucun canot échoué sur un banc, rien que le liséré de la mer amorçant sa remontée. Cette découverte macabre m'a rappelé ces tristes moments où l'on était contraint de rejeter à l'océan les cadavres des marins morts du scorbut ou d'une maladie tropicale, avec la simple prière de l'aumônier du bord pour les accompagner dans leur dernier voyage.

J'ai laissé ce cadavre en l'état où je l'ai découvert. Que faire d'autre ? Sur le chemin du retour, par vagues, des souvenirs me sont revenus à la mémoire : révoltes d'esclaves à bord des navires négriers, cadavres jetés par-dessus bord par dizaines, échouages sur des grèves africaines, errances au gré des courants, navires fantômes...

Autant d'événements dont j'aurai à nourrir mon récit.

PREMIÈRE PARTIE

1

Cours du Chapeau-Rouge

Avant de plonger dans ce tas de feuilles mortes qu'est mon passé, je dois situer l'endroit où je vais élaborer mon récit.

Ma demeure, à laquelle j'ai donné le nom de Clos-Gabrielle, celui de ma dernière compagne, se trouve au centre du Médoc, cette péninsule partagée de tout son long entre landes à l'est et vignobles à l'ouest et pointant comme une lame entre océan et Gironde, entre eau salée et eau douce.

Le Clos-Gabrielle se situe entre Lesparre, ancienne forteresse du Médoc, et le modeste village de Queyrac, sur le chemin qui va de Bordeaux à Soulac. Il n'a rien de comparable aux « châteaux » de la rive orientale et aux « folies », ces maisons de campagne des notables bordelais. Il est d'une simplicité monacale, sans ces impedimenta exotiques dont s'encombrent ceux qui ont parcouru le monde.

Le corps de logis à un étage est couvert d'une belle tuile dite « romaine », à la place du chaume que j'avais trouvé en prenant possession de ce domaine. Les communs abritent le chai, mon tilbury, l'écurie et un banal matériel agricole. A l'intérieur, meublé sobrement, le seul objet digne d'intérêt est un piano dont j'ai fait l'acquisition pour satisfaire aux exigences de ma compagne et de ma sœur, qui ont fait des carrières honorables dans les concerts et les récitals.

Mon plus proche voisin, Aimé Chassagnac, ancien magistrat

de la cour des comptes de Bordeaux, s'est reconverti comme moi dans la viticulture, sa retraite venue. Nous entretenons les meilleurs rapports pour les services et l'amitié. En revanche, je n'ai que peu de relations avec les gens de Queyrac et de Lesparre, mais nous sommes liés par la solidarité implicite propre aux gens de la vigne, et de la terre en général.

On s'accorde à reconnaître à ma production des qualités qui la font apprécier des gens des Chartrons, lesquels lui assurent les débouchés me permettant de vivre bon an mal an comme un homme satisfait de son aisance matérielle.

De modestes dimensions, mon domaine marque la frontière entre les landes bordant l'Océan et les coteaux à vignobles dominant le fleuve. De la fenêtre de ma chambre donnant vers l'est, je peux voir, au-delà de l'ample et souple mouvement de mon vignoble, apparaître les premiers bosquets de pins ponctuant les étendues de landes et de marécages bornées par la grève océane. La fenêtre opposée ouvre sur l'horizon moutonnant d'où émergent les premiers « châteaux » dominant l'estuaire. D'une part, l'immensité livrée à de rares bergers à échasses, aux chiens sauvages et aux loups ; de l'autre, une image monotone mais apaisante de civilisation rurale que les événements nationaux ne font qu'effleurer.

Lorsque le temps m'y autorise, je prends mes repas au-dehors, sous le gros tilleul ombrageant la maison et la cour, en marge du potager et d'un jardin d'agrément, qui n'a ni la dimension ni l'agencement d'un parc, consacré à mes promenades de lecture.

En attente du courrier, qui passe tous les trois jours, je vais à sa rencontre en fumant ma première pipe, sur le sentier qui mène au domaine voisin. Les lettres se font rares, mais le *Journal de Guyenne*, mon seul lien avec le monde extérieur, me parvient à dates régulières. Les grands événements, guerres, catastrophes naturelles, disettes, changements de régime, glissent sur moi comme la pluie sur les ailes de mes pigeons et de mes tourterelles. J'accorde davantage d'intérêt au temps qu'il fait et à la fructification de ma vigne. On en pensera ce qu'on voudra...

Ce matin de dimanche, alors que me parvient la sonnerie des cloches de Queyrac, je ressens une grande lassitude, devant la rame de papier où j'ai commencé à griffonner : le phénomène d'à-quoi-bon qui, dit-on, s'empare parfois des véritables écrivains. Cela peut tenir à la qualité du temps aigre-doux de mai, à cette brise qui sent la fleur de genêt, ou à mes intestins qui me tourmentent.

Comment donner un semblant d'intérêt et de cohérence au travail que je me suis imposé à la légère ? Trier mes notes, rassembler les ouvrages utiles, dresser une chronologie, autant de pis-aller qui n'ont pour but que de retarder le moment de l'écriture. Prises au jour le jour, mes notes se présentent sous forme de réflexions, le plus souvent comme une sorte de journal de bord, un fatras qui me décourage à l'avance, malgré l'intérêt que je prends à le feuilleter : « Nuit de tempête au large des Açores ; la misaine hors d'usage... Perdu trois nègres avant d'aborder Sainte-Lucie... Temps superbe, mer belle en vue des îles du Cap-Vert... »

Ces feuillets ont gardé l'odeur du bord ou des escales, rarement celle du jasmin... La lecture de certains d'entre eux, rédigés dans des conditions difficiles, me donnera assurément du fil à retordre. Quant aux cartes que j'ai dressées, elles sont peu fiables.

Me voici donc confronté au personnage que je fus. Il n'est ni meilleur ni pire que ceux que j'ai fréquentés ou croisés, d'honnêtes gens, mais aussi des navigateurs incapables et des brigands : la faune humaine propre aux activités des négriers.

Sur les origines de ma famille, je n'ai que des connaissances évasives, mon père, Pierre Dumoulin, employé de l'armateur David Cohen, ayant eu d'autres soucis en tête que de m'en informer.

Tout ce qu'il m'a appris, c'est que notre famille, de tout temps, a eu la bougeotte, l'air marin ayant soufflé sur elle en permanence. Un de nos ancêtres s'est distingué dans des actions de piraterie dans les Antilles. Un de ses descendants, Mathurin, qui vivait au temps des guerres de Religion, s'est embarqué pour la Floride afin d'y trouver la terre d'asile rêvée par l'amiral Gaspard de Coligny. Il n'en est pas revenu, l'expédition ayant été attaquée par les premiers occupants espagnols, qui avaient anéanti les Indiens séminoles.

Par la suite, la famille s'est installée au village d'Epinay, proche de La Roche-sur-Yon. Un nommé Etienne Desmoulins *(sic)* semble avoir été un mauvais sujet : il a été pendu pour trafic de piastres, comme en témoigne l'acte judiciaire en ma possession.

L'horizon s'éclaire avec Paul Dumoulin, marié à Nantes, corsaire du roi à l'âge de dix-huit ans, marié avec la fille d'un riche négociant, Cassard. Il a fait ses premières armes dans la marine royale, durant la guerre de Succession d'Espagne, dans les années 1710, avant de naviguer pour le compte des Cassard, comme en témoigne une lettre, où il se vante d'avoir arraisonné et pillé un navire de Liverpool livrant une cargaison de nègres de Guinée à la Jamaïque.

Cette vocation pour l'aventure de mer allait se confirmer dans les années suivantes. Attaché à l'armateur Cassard, il allait, en moins d'un an, capturer un corsaire anglais au large de Saint-Domingue, couler un garde-côte dans le sud de l'Irlande, enlever et revendre trois cents esclaves aux Portugais dans l'archipel du Cap-Vert.

Le fils aîné des Cassard, Jacques, capitaine du navire l'*Eclatant*, à bord duquel Paul naviguait, était son maître ; il devint son ami et son dieu.

Le journal de bord de mon ancêtre Paul Dumoulin rapporte son odyssée guerrière au large des côtes de Tunisie et son combat triomphal contre des navires anglais. Peu de temps après, en Espagne, devant Peñiscola, il avait traversé avec quelques unités la flotte anglaise, pour voler au secours du duc de Vendôme. Retour de fortune… Jacques Cassard et ses équipages avaient cru leur dernière heure venue sur les côtes d'Italie, au large de Vigo. Ils s'étaient trouvés, après des épreuves dues aux tempêtes qu'ils avaient essuyées, face à douze bâtiments de l'amiral anglais Norris. Ils avaient fait un abattis de mâtures et de vergues et causé la mort d'une cinquantaine de matelots, avant de trouver refuge à Livourne et de baisser les bras. Pour rendre hommage à ce combattant héroïque, Norris avait reçu Jacques Cassard à sa table. Le lieutenant de vaisseau Paul Dumoulin était absent de ces agapes : il avait eu un bras arraché.

Cette blessure ne l'avait pas privé de son commandement. Il avait effectué des coups de main contre les Anglais sur les côtes du Sénégal, au large de la colonie portugaise de Surinam, à bord de l'*Aigle*.

Il allait pourtant connaître une fin pitoyable.

La guerre terminée, il avait réclamé en vain le reliquat de ses émoluments. Les caisses de l'Etat étant vides, on avait décidé, pour mettre fin à ses récriminations jugées intempestives, de le faire enfermer dans la forteresse de Ham, où il mourut, l'année 1740, après quatorze ans de captivité.

Son image est restée dans notre famille sous forme d'une gravure de Perren, qui le représente armé d'un sabre, pistolet à la ceinture et l'air conquérant, dans un décor de bataille navale.

Autre détail sur sa vie : une lettre le situe à Nantes, au cours de l'année 1718. Il venait d'épouser la fille de l'armateur Maurin et faisait figure de conseiller en armement pour les navires de traite.

C'est de cette famille qu'est issu Joseph Maurin, un des plus puissants négriers de Nantes, avec qui, devenu adulte, j'allais être appelé à traiter pour des expéditions en Afrique.

J'ai eu quelque peine à dévider l'écheveau dans lequel s'entremêlent Maurin et Dumoulin. Malmenés par la Révolution, leurs rapports sont un véritable imbroglio. Quoi qu'il en soit, je n'ai retrouvé la trace de notre famille que lorsque les descendants de Paul Dumoulin se sont installés en Guyenne, je ne sais à la suite de quelles circonstances. Il me suffit de savoir que je suis né du mariage de Pierre Dumoulin et de Julie de Verneuil, fille d'un hobereau de la Saintonge.

De l'installation de notre famille en Guyenne, dans les parages de Bordeaux, j'ai gardé des souvenirs si confus qu'il n'est pas nécessaire de s'y attarder.

Quelques jours après ma naissance, l'année 1750, ma mère m'a mis en nourrice chez les Verdier, dans les parages de Pomerol, au hameau de Catusseau, où j'allais rester quatre ans, à me nourrir d'un lait mercenaire.

Mon père travaillait alors à l'armement des navires pour une famille juive de Bordeaux, les Cohen. Ma mère avait employé une partie de sa dot à faire de notre demeure de Blanquefort un logis agréable, sinon luxueux, et réservé une autre partie à l'éducation des enfants à naître. Mon frère Germain allait suivre d'un an ma naissance, puis viendraient un autre frère, Auguste, et enfin Blanche, qui mettrait un terme à cette progéniture.

Des images de notre résidence de Blanquefort émergent de ma mémoire, sans susciter la moindre nostalgie. Vaste, avec un jardin pour nos jeux, la maison occupait le flanc d'un escarpement qui domine un étrange château entouré d'un fossé où mon père allait le dimanche pêcher des carpes.

Pour éviter de rentrer chaque soir à Blanquefort, localité située à quelques lieues de Bordeaux, mon père avait élu domicile dans une masure de pêcheurs, sur la rive gauche de la Garonne, entre le monastère des Chartreux et le Château-Trompette, qui abritait une garnison.

L'endroit était sinistre et malsain, en raison des marécages de l'arrière-pays, mais il semblait s'y plaire. J'allais sur mes six ans lorsqu'il me conduisit en cet endroit. Je respirai sans plaisir les odeurs de fiente de porc et d'eau croupie qui succédaient à celles, plus discrètes, de Catusseau.

Une jeune femme vêtue de noir vint à nos devants et nous fit pénétrer dans sa masure, où un maigre feu brûlotait dans une fausse cheminée de briques. Elle avait, sous son bonnet de laine grise, un visage assez beau mais long et triste.

— François, me dit mon père, voici Jeanne. C'est la fille d'une voisine, Rose Fourcade. Elle tient ma maison et s'occupe de mes repas.

Il ajouta à voix basse, en s'agenouillant devant moi :

— Surtout, il ne faudra pas parler d'elle à ta mère. Tu sauras un jour pourquoi. As-tu bien compris ?

Je hochai la tête, sans chercher à m'expliquer ce mystère.

A trente ans, dans la force de l'âge, mon père, sans être un hercule, était une belle nature d'homme, aux gestes lents et précis. Il me laissa en compagnie de Jeanne pour changer sa tenue de travail : veste serrée jusqu'au col, amples pantalons noirs, casquette à galons dorés, pour une sorte de sarrau largement ouvert sur la poitrine et un bonnet de matelot aux bords effrangés. C'était un autre homme que j'avais soudain devant moi.

Je garde de cette première rencontre avec Jeanne Fourcade le souvenir d'un souper sobre mais roboratif : grosse soupe gratinée que je fus autorisé à accompagner d'un chabrot de vin, poisson du fleuve et fromage. Je n'ai rien retenu de l'entretien entre mon père et sa servante, d'autant qu'il fut bref et que je m'endormis avant le fromage.

Le matin venu, en m'éveillant, la première chose que je vis fut le visage de Jeanne penché sur moi, sa chevelure ample et sombre encadrant un visage qui me rappelait celui de la Vierge, dans l'église de Fronsac. Elle sourit, me gratta le bedon et me dit :

— Françou, il est temps de te lever. Je vais partir. Tu trouveras ton déjeuner sur la table après ta toilette. Le grand garçon que tu es n'aura pas besoin de moi, je suppose ?

Elle m'enleva ma chemise et me plongea dans un baquet d'eau froide. Je hurlai ; elle éclata de rire, disant que c'était bon pour la santé et que j'allais être « beau comme un sou neuf ».

Assis au soleil, sur le seuil de la masure, je dévorai des tartines ointes d'un beurre à goût de noisette et avalai un grand bol de lait de chèvre sucré au miel. Je ne me sentais pas « beau comme un sou neuf » mais comme un écu aux armes du roi, installé au centre d'un monde qui rayonnait autour de moi, à quelques pas du fleuve gaufré de vaguelettes et de remous, où glissaient des voiles.

— Sois sage, mon drôle, me dit Jeanne en revêtant une tenue de pêcheur et en se coiffant d'un bonnet rouge. Je ne reviendrai que pour le dîner.

Je lui demandai où elle se rendait. Elle éclata de rire.

— Chercher du poisson et aller le vendre, tiens ! C'est mon métier.

Elle me conseilla de ne pas m'écarter de la maison et surtout de ne pas aller vadrouiller au bord des marais « pleins de serpents ». Sa mère prendrait soin de moi en son absence.

Je la regardai s'éloigner en direction de la berge, chargée de paniers d'osier et de cordes, monter dans sa barque et avancer vers le milieu du fleuve.

Resté seul, je me sentis pris d'un sentiment d'angoisse. Assis sur le banc, à l'ombre d'un lilas en fleur, je la vis s'éloigner puis disparaître derrière un talus. Du Château-Trompette me venaient par bouffées les accents d'une fanfare militaire accompagnant l'exercice des soldats. Un grand navire qui descendait vers l'estuaire, toutes voiles déployées, passa au large, sous une nuée de mouettes.

La mère de Jeanne, qui occupait une baraque voisine, ne me fut pas d'un grand réconfort. Le temps que je passai avec cette matrone sale, dépenaillée et puant le poisson, elle resta quasiment muette, à fumer sa pipe sur le seuil et à surveiller sa volaille, ses porcs et ses chèvres.

Jeanne fut de retour à la mi-journée, alors que je commençais à désespérer de la voir revenir. Elle ramenait de sa pêche trois panières qu'elle traînait derrière elle sur une brouette. Elles regorgeaient de saumons, d'aloses (des « coulacs », dit-elle), de pibales et d'une lamproie, dont la capture, m'expliqua-t-elle, lui avait donné du mal.

Elle tria sa pêche, la mit au frais derrière la masure et prépara le repas avec une promptitude qui me surprit. Il est vrai qu'il était des plus sommaires : la soupe restant de la veille et une grillade de côtes de porc.

Après la sieste, que je passai allongé près d'elle, elle fit ses préparatifs pour aller porter sa pêche à une clientèle de bourgeois et d'hôteliers, et m'invita à la suivre sur son charreton attelé d'un âne, ce que j'acceptai sans réserve.

A ce jour, je n'avais connu que le hameau de Catusseau et le village de Blanquefort. A peine avions-nous abordé les quartiers populeux qui débutent au port de Tropeyte, j'avais l'impression de pénétrer, à bord d'un carrosse, dans un monde sans commune mesure avec le précédent. Tout y était d'une dimension et d'une qualité propres à me donner une sensation de vertige qui allait se prolonger lorsque, passé la porte Cailhau, nous pénétrâmes dans le cœur de la ville.

Accroché à sa jupe, je ne quittai pas Jeanne d'une semelle, le temps que durèrent ses livraisons et sa visite à l'église Saint-Pierre où, m'indiqua-t-elle, elle tenait à remercier le Seigneur de sa générosité.

Au retour, alors que nous longions la Garonne, elle me montra une frégate en cours d'armement et me dit :

— Ce navire, Françou, s'appelle l'*Espérance*. Il appartient aux Cohen, les patrons de ton père. C'est dans cet entrepôt et sur le port qu'il passe ses journées. Nous pourrions aller le voir, mais il n'aime pas qu'on le dérange.

Je lui demandai en quoi consistait son travail.

— Il veille à ce que le navire ne quitte Bordeaux qu'après avoir fait le plein de marchandises à échanger contre des nègres, sur les côtes d'Afrique. Je peux pas t'en dire plus. Tu comprendras plus tard...

Elle conclut d'un cinglon de fouet ces propos qui n'évoquaient rien à ma jeune intelligence mais sonnaient à mes oreilles comme une chanson.

Je ne suis resté qu'une semaine chez Jeanne.

Mon père nous rejoignait chaque soir, fourbu, taciturne, les traits tirés dans la clarté de la première chandelle. Après le souper, il s'asseyait sur le banc, pour fumer sa dernière pipe, le regard perdu sur l'immensité du fleuve où passaient encore des embarcations légères portant une lanterne à leur proue. Il restait là près d'une heure, Jeanne à son côté, se levait en bâillant, s'étirait et allait pisser contre un talus, toujours au même endroit.

Je n'attendais pas de cet homme à la fois rude et secret des mots affectueux et des effusions. Il ne me manifestait sa tendresse qu'en me frottant vigoureusement la tête et en me traitant de « petit galapiat ». A table, il semblait que je n'eusse pour lui guère plus d'importance que la cruche de vin qu'il vidait à chaque repas.

Cette affection qu'il négligeait de me témoigner d'une façon moins rude, Jeanne n'en était pas chiche, comme si elle souhaitait ne pas se faire oublier de moi. Qui était *vraiment* cette femme, et qu'était-elle pour mon père ? Cette question m'effleurait parfois l'esprit sans trouver d'écho. A peine sortie de l'adolescence, elle me traitait comme sa dernière poupée, avec des minauderies auxquelles ma mère, femme sèche et austère, ne m'avait pas accoutumé.

Un soir où elle explorait ma chevelure à la lumière de la chandelle, je lui demandai combien de temps mon séjour chez elle allait se prolonger, et si j'allais bientôt retrouver ma mère. J'ai gardé un vague souvenir de notre bref dialogue :

— Ma mère... Tu crois que je vais bientôt la revoir ?

— Ça tardera guère. Peut-être demain... Faudra demander à ton père. Il te ramènera.

— A Blanquefort ?

— Bien sûr, à Blanquefort !

— Et maman Verdier, tu crois que je la reverrai ?

— M'étonnerait ! A ton âge on n'a plus besoin d'une nourrice. Tu iras bientôt à l'école et plus tard dans un collège de Bordeaux.

Je remarquai dans sa voix une nervosité mal maîtrisée lorsqu'elle parla de Blanquefort et de ma mère, comme si ces sujets relevaient d'un domaine interdit. J'avais du mal à admettre qu'en fin de compte j'avais trois mères : ma génitrice, madame Verdier et Jeanne, chacune ayant, à mon égard, des comportements différents.

Ce n'est que plus tard, adolescent, que j'appris le fin mot de cette situation insolite.

Celle que j'appelais maman Verdier se fondit très vite dans ma mémoire. Pour ce qui est de Jeanne, les choses se brouillent encore dans ma tête. J'avais compris qu'elle avait avec mon père des rapports autres que de maître à servante. J'avais respecté la promesse faite à mon père, mais elle m'avait mis la puce à l'oreille, sans me troubler outre mesure.

Une semaine avait passé quand Pierre Dumoulin, revêtu de sa belle veste à galons dorés, me fit habiller comme un petit lord et monter dans une carriole attelée d'un cheval. Jeanne me serra contre elle et me dit, d'une voix engluée de larmes :

— Adieu, mon chérubin. Je t'oublierai pas. Tâche de faire de même. Nous nous reverrons peut-être un jour.

— Suffit ! trancha mon père. Ne donne pas de faux espoirs à ce gamin. Je n'aurais pas dû te l'amener. Tu l'as trop gâté.

Alors que nous nous étions engagés sur le chemin de berge, je me suis retourné. Jeanne nous faisait un dernier signe avec son mouchoir. J'ai tenu ma promesse de ne pas l'oublier, mais nous ne devions jamais nous revoir.

A la réflexion, le comportement de Jeanne à mon égard pouvait avoir deux motifs : un instinct maternel précoce ou un calcul. La première hypothèse me semble la plus probable.

S'il s'était agi d'un calcul destiné à se rapprocher plus intimement de mon père, il était sans issue, comme les événements allaient en témoigner dans les mois qui suivirent. Elle faisait fond sur l'idée d'une liaison à long terme susceptible de préluder à une union matrimoniale.

Cette ambition, si tant est qu'elle l'eût préméditée, allait se solder par un échec suivi d'un drame.

A peine de retour à Blanquefort, je constatai que les rapports entre mes parents s'étaient envenimés. Il y avait de l'animosité, pour ne pas dire de la haine, jusque dans leurs silences lourds de menace, surtout durant les repas. Quand des prémices sournoises annonçaient une querelle, on priait la servante de me conduire dans ma chambre ou dans le jardin.

Ma mère était non seulement acariâtre mais jalouse, et avait des motifs de l'être. Lorsque je me retrouvais en tête à tête avec cette femme prématurément vieillie, aux lèvres sèches, aux traits tirés, je regrettais la compagnie de Jeanne. Je ne me souviens pas qu'elle m'eût jamais témoigné son affection par un baiser ou une caresse. Elle était froide comme la pierre, sensible seulement à l'honorabilité de sa famille et à la bonne éducation de ses enfants.

Le lendemain de mon retour à Blanquefort, mon père, disposant d'un congé d'une semaine, partit chasser dans la forêt de Parempuyre. Ma mère, d'un ton affable qui me surprit, m'invita à la rejoindre dans le jardin envahi de ronces et de chardons. Je la trouvai moins rébarbative que la veille : elle ne m'avait ni embrassé ni adressé la parole lorsque j'avais mis pied à terre...

— Te plais-tu dans cette maison, François ? me dit-elle. Ta chambre te convient-elle ?

— Oui, mère.

— Autant que la maison de ton père, aux Chartreux ?

— Oui, mère, plus même. Je n'avais qu'une paillasse et une couverture pour la nuit. Ici j'ai un vrai lit et des draps qui sentent bon.

— Jeanne Fourcade a-t-elle été gentille avec toi ? T'a-t-elle bien traité ?

— Oui, mère, fort bien. Je me suis bien plu avec elle.

— Et ton père, François ? Lui aussi se plaît-il en sa compagnie ? Je sais qu'il revient chaque soir dormir chez elle, et qu'ils partagent le même lit... C'est bien ce qu'ils font ?

Me souvenant de la promesse faite à mon père, je me tus. Elle me prit le bras et me secoua en s'écriant :

— Eh bien, réponds ! Est-ce qu'ils couchent dans le même lit ?

— Je l'ignore, mère. Je couchais sur une paillasse. Eux, je ne sais pas. Je dormais quand ils se couchaient.

Elle s'exclama :

— Tu mens ! Tu es le complice de leur dévergondage. Tiens !

Elle me gifla.

Ma mère avait tenté de me tirer les vers du nez ; il en était sorti une couleuvre. Elle n'avait pas eu de peine à déduire de mon témoignage une certitude : Jeanne était la maîtresse de mon père. Tout cela m'échappait.

Lorsque mon père revint de la chasse avec un chevreuil en travers de sa selle, ma mère lui lança, du haut du perron :

— J'ai deux mots à vous dire. Suivez-moi au salon, je vous prie.

J'ignore la teneur de leur entretien, mais il éclata avec une telle violence que notre servante me conduisit dans ma chambre. Quand je les revis, un moment plus tard, le visage de ma mère semblait figé dans le marbre et celui de mon père était rouge de colère. En passant devant moi, il m'adressa un regard de reproche qui me glaça, me prit par la main et m'entraîna à l'écart.

— Tu es indigne d'être mon fils, me dit-il. Tu as trahi ta promesse de ne pas parler à ta mère de mes rapports avec Jeanne. Par ta faute, nous allons connaître les pires ennuis. Est-ce que tu me comprends ? Es-tu prêt à payer pour ta faute ?

Sans me laisser le temps de répondre, il m'entraîna dans le jardin, me demanda de baisser ma culotte et, le cul à l'air, de m'accroupir contre une souche. Je le vis avec angoisse couper une branche de noisetier en usant de son coutelas de chasse et la faire siffler en l'agitant comme une cravache.

— Evite de crier, précisa-t-il, sinon ton châtiment sera doublé. Es-tu conscient de m'avoir trahi ?

— Non, père. C'est mère qui m'a parlé de Jeanne.

— Et tu lui as dit tout ce que tu sais ! Je vais t'apprendre à tenir ta langue. Que cela te serve de leçon. Un Dumoulin ne doit jamais trahir sa parole. T'en souviendras-tu ?

— Oui, père, répondis-je d'une voix brisée.

Je subis le supplice, les dents serrées sur les plaintes qui me montaient dans la gorge.

Il me confia à Suzanne, notre servante, pour faire soigner mes plaies, qui n'étaient pas graves. C'était la première fois qu'il m'infligeait un châtiment physique, et il en était aussi peiné que moi. Malgré le sentiment d'injustice que j'éprouvais, je ne lui ai pas tenu rigueur de sa sévérité.

Cette sombre journée préludait à une suite d'événements qui allaient bouleverser l'existence paisible et morne de ma famille.

On me mit à l'école à Blanquefort.

Une école ? C'est beaucoup dire. Le bedeau chargé de l'éducation et de l'enseignement d'une poignée de petits paysans au crâne rasé m'apprit à lire, à écrire et à ânonner les inepties du catéchisme. J'assumai ces débuts sans ennui et même avec un certain bonheur dû à une précocité intellectuelle dont mon père se réjouissait. Je ne répugnais nullement à cet enseignement qui m'éloignait de la compagnie stérile de ma mère et de Suzanne, qui me traitait à la fourche, comme pour se venger sur l'innocent que j'étais des exigences de sa patronne.

Le jour où mon père m'annonça sa décision de quitter Blanquefort pour Bordeaux, je sautai de joie, tant je gardais de cette métropole un souvenir ébloui. Il avait retenu un appartement proche de son lieu de travail, cours du Chapeau-Rouge. Il s'ajoutait à cette bonne nouvelle la perspective de revoir Jeanne. J'allais être déçu.

Quelques mois après notre installation, j'appris que sa mère l'avait contrainte à épouser un propriétaire de gabare plus âgé qu'elle, sans qu'elle abandonnât la pêche sur le fleuve, une activité qu'elle avait exercée depuis l'enfance et à laquelle elle aurait eu du mal à renoncer.

Ma vie à Bordeaux n'allait pas tarder à se conjuguer à celle du fleuve. Ce qui, pour mon père, n'avait été qu'un pis-aller (il aurait préféré, dès son jeune âge, devenir vigneron) était pour moi une vocation, comme si se retrouvait dans ma chair et mon esprit le souvenir d'ancêtres voués au culte de l'aventure maritime.

Au cours des années suivantes, j'allais être en proie à l'attirance du grand large, dont Bordeaux était la porte et le fleuve le couloir.

L'année où ma famille s'installa à Bordeaux s'est achevée par une exaspération des rapports entre la France et l'Angleterre. La pomme de discorde avait mûri en Amérique, dont ces deux pays se disputaient la possession.

Cette agitation d'ambassades sentait la poudre. De part et d'autre se tramaient des alliances, comme si une nouvelle guerre était inévitable et même souhaitée, du moins par certains. La paix chancela le jour où la marine anglaise se saisit, sur les côtes d'Amérique, d'une de nos flottes de commerce. Si ce n'était pas la guerre, le *casus belli* était évident.

Les hostilités débutèrent avant que l'Angleterre eût déclaré la guerre à son ennemie. Elle avait déjà éclaté aux Indes, allait se poursuivre en Amérique et durer sept ans.

Notre nouveau domicile se situait à l'extrémité du cours du Chapeau-Rouge, qui ouvrait sur les berges de la Garonne et les bâtiments de la douane. C'est un quartier d'armateurs, ces bourgeois de haute volée qui abritent leur fortune et leurs secrets de famille derrière les murs de hautes demeures inviolables comme des forteresses, aux lourdes portes, aux balcons ornés de personnages joufflus, dont certains d'aspect négroïde.

Mon père avait loué à son patron, David Cohen, un appartement situé au troisième étage, qui, avec ses cinq grandes pièces, nous suffisait, mes deux frères m'ayant succédé chez les Verdier, à Catusseau. Quant à ma sœur, Blanche, ma mère, la jugeant trop fragile, avait préféré la garder sous son toit, et dans ma chambre.

J'avais la mission délicate de veiller sur elle. Blanche avait le jour le diable dans la peau et la nuit le sommeil capricieux. Quand ses vagissements me réveillaient, je devais la bercer ou la coucher avec moi. C'est de cette période de notre vie que date un attachement indissoluble, en dépit de son caractère porté à la fantaisie et de la rigueur morale que j'opposais à ses lubies.

Malgré une constitution fragile, elle parvint à traverser, sans en être trop indisposée, les quatre ou cinq premières années de sa vie.

La Garonne m'attirait irrésistiblement.

Dès que je fus en âge de me promener dans le quartier sans être accompagné, c'est vers elle que me guidaient mes pas. La consigne de ma mère était de ne pas dépasser le bas de la rue et de ne pas me mêler à la foule interlope des quais, dont on poursuivait la construction, mais je ne tardai pas à m'affranchir de cet interdit.

C'était moins la foule qui retenait mon attention que le mouvement des navires, pour la plupart à l'ancre à quelques encablures, le port étant encombré en permanence par des bâtiments de toutes sortes, sans compter les gabares, les courreaux, et les chaloupes qui faisaient la navette entre la rive et les vaisseaux. De loin, j'observais le travail de mon père et de ses commis, devant l'entrée béante d'un vaste entrepôt où s'entassaient les marchandises venant des îles ou en partance pour les pays chauds. J'étais fasciné par le ballet de quelques grands nègres, torse nu à la belle saison, qui portaient sur les épaules ou la tête des ballots qui ne semblaient pas plus lourds qu'un édredon.

J'étais encore trop jeune pour envisager une carrière, mais je sentais naître entre le fleuve et moi une sorte de complicité, comme si, une fois adulte, rien n'aurait pu me séparer de lui, sans que la réciproque fût évidente et que je puisse lui manquer.

J'avais huit ans, à quelques mois près, quand ma mère décida de me mettre en pension chez les jésuites. J'en souffris, Blanche s'étant attachée à moi et moi à elle. Mes deux frères, Germain et Auguste, avaient quitté la ferme des Verdier pour être confiés à Suzanne, notre mère ayant renoncé à s'occuper d'eux pour des problèmes de santé plus ou moins inventés. Elle s'était constitué un petit cercle d'amies, épouses de notables, parmi lesquelles des sœurs de David Cohen. Elles se retrouvaient dans notre salon le vendredi, à l'heure du thé ou du chocolat, pour d'interminables parties de cartes, le seul loisir que ma mère se permît.

C'est à l'une de ses partenaires de jeu, la comtesse de Barsac, que ma mère confia le soin d'initier Blanche et les garçons aux mystères de l'écriture. Quant à moi, je regimbai lorsque ma mère m'annonça mon exil chez les jésuites. Surprise d'une telle insolence alors que tout semblait devoir lui céder, elle me gifla avec son éventail. Je me répandis en invectives et, cette fois, cette mauvaise femme usa de sa canne. Je ressortis de cet affrontement vaincu, avec une blessure à la tête.

Je n'éprouvai aucun plaisir à me trouver pensionnaire chez les « robes noires », mais je dois convenir de l'efficacité de leurs méthodes d'enseignement et de leur rigueur exemplaire.

J'allais rester deux ans dans cette sorte de prison, livré à l'autorité de professeurs dépourvus de chaleur humaine, qui s'immisçaient jusque dans nos jeux et semblaient prendre plaisir aux châtiments que nous valait la moindre vétille. En revanche, ils me donnèrent le goût de la lecture, qui allait agrémenter toute mon existence, mais sans parvenir à éveiller en moi la moindre étincelle de ferveur religieuse.

J'avais comme compagnons de galère, sinon comme amis, des fils de notables, de commerçants et d'armateurs. Ils me tenaient à l'écart de leurs divertissements ou de leurs entretiens, et se moquaient de mes allures de paysan parvenu. Je supportai leurs moqueries et leurs tracasseries jusqu'au jour où je pris la mouche.

Lorsqu'un fils de l'armateur Clairac, profitant de ce que j'avais le dos tourné, pissa sur moi, je n'y tins plus et, en me retournant, le pris au collet et lui administrai deux gifles. Il alla se plaindre au supérieur, lequel me fit appeler. Le verdict tomba, implacable : dix coups de fouet devant mes camarades et une nuit à dormir à demi nu sur les dalles de la chapelle.

La nourriture était spartiate, mais je n'en souffrais guère. Au retour des congés, je ramenais dans mes poches de quoi tenir une semaine de plus sans trop de privations.

Chaque samedi, mes parents donnaient à souper à des intimes et des connaissances. Il m'arrivait d'y assister, ce dont je tirais à la fois plaisir et intérêt.

Je retrouvais entre autres dans ce cénacle des officiers de la marine marchande ou de la Royale, retour d'une campagne ou sur le point de partir. Il y avait peu de femmes, et rarement jeunes, ma mère veillant à ne pas inspirer à son mari des sentiments coupables.

On y parlait beaucoup de la guerre. Elle avait éclaté quelques années après le traité d'Utrecht, qui avait mis un terme à l'incendie qui avait embrasé l'Europe occidentale. Cette fois-ci, l'histoire ayant de nouveau brouillé les cartes, nos anciens ennemis étaient devenus nos alliés, et vice versa. Je n'entendais rien à ce galimatias, sinon qu'on était repartis pour des années de guerre et que le trafic maritime allait en souffrir.

La mort du Roi-Soleil, Louis XIV, loin de plonger le royaume dans l'affliction, avait suscité un élan irrésistible de l'économie. Les lumières de Versailles voilées, l'aube radieuse d'un nouvel âge d'or se levait sur le pays. Et voilà que, de nouveau, la guerre sortait ses griffes !

Au cours de ces repas de fin de semaine, j'engrangeais des connaissances sur l'état du royaume, du monde et du commerce négrier, une activité qui demeurait pour moi un mystère. Doté d'une curiosité inlassable et d'une excellente mémoire, je m'initiais, non sans quelques lacunes, aux préoccupations de mon père et de ses convives.

Je savourais comme des fruits offerts à ma convoitise une

géographie qui n'évoquait que des images incertaines : Saint-Domingue... Antilles... Louisiane... Canada... Guinée... De retour dans ma chambre, je me jetais sur l'atlas offert par mon père et naviguais par la pensée d'un continent à l'autre pour y retrouver les comptoirs et les îles du sucre, du café et du chocolat. J'étais fasciné par les images coloriées qui représentaient des nègres à demi nus coupant la canne et de grands navires aux voiles gonflées, voguant entre des mers houleuses et des ciels pleins d'oiseaux blancs. C'était à la fois mon dessert et le prélude à une nuit vouée aux aventures.

Au cours de ces agapes, je pouvais apprécier la volubilité du fils de David Cohen, Aaron, et la facilité qu'il avait à donner corps et intérêt aux personnages et aux événements qu'il évoquait.

A l'entendre, la guerre n'allait pas interdire le trafic négrier. Elle allait le ralentir mais faire monter le prix des esclaves, quitte à enregistrer quelques pertes consécutives à la maîtrise des mers détenue par l'Angleterre. Bordeaux serait selon lui à l'abri de ces sévices. Il rappela un soir les propos d'un voyageur irlandais récemment de passage en Guyenne : « Voulez-vous avoir une idée de l'abondance ? C'est à Bordeaux que vous la trouverez... »

Mon père était des premiers à adhérer à l'optimisme de Aaron, auquel faisait écho celui de monsieur Boucher, l'intendant de la ville, et de monsieur de Montesquieu, ancien président du parlement de Bordeaux, auteur des *Lettres persanes* et de *De l'esprit des lois*.

Mon père avait rencontré cet illustre personnage peu avant qu'il mourût, au cours d'une réception de la jurade, le conseil municipal de Bordeaux, dans son château de La Brède, au sud de la ville. Presque aveugle, passé la soixantaine, il dictait ses ouvrages à un secrétaire et usait pour ses promenades d'un cep de vigne en guise de canne.

Je me réjouissais d'apprendre que la prospérité de notre ville et de son port n'était pas due aux seuls autochtones. Ils étaient le rendez-vous d'aventuriers du négoce venus du monde entier, principalement de l'Europe, sans que la guerre influât sur leur choix.

Le Moyen Age marquait encore la ville de son empreinte. Hormis quelques artères dignes de ce nom, elle se présentait comme un tissu de quartiers sordides où il eût été imprudent de se risquer, la nuit venue. Rares étaient les quais bâtis et revêtus de moellons ; il fallait, pour accéder au fleuve, franchir une frange d'immonde gadoue.

Par chance, notre appartement, situé à l'extrémité du cours du Chapeau-Rouge, échappait à la promiscuité ambiante. Ses fenêtres donnaient d'une part sur les tours de la Monnaie et de l'autre sur un amalgame d'entrepôts, d'immeubles populaires et de jardins appartenant aux franciscains. C'est ce dernier décor que j'avais de la fenêtre de la chambre que je partageais avec Blanche. Le spectacle était perpétuel : des femmes chantaient en écartant leur linge, des enfants jouaient dans le jardin des moines et certains soirs, en fin de semaine, c'était la fête chez les ouvriers du port.

J'étais encore dans les limbes quand le gouvernement royal envoya à Bordeaux un intendant chargé de sa rénovation : Louis-Urbain Aubert, marquis de Tourny. Ce personnage proche de la cinquantaine était doté d'une volonté et d'une énergie qui allaient opérer des miracles. Il apparut très vite qu'il n'était pas venu pour apprécier les qualités de nos vins mais pour régénérer la cité.

La première semaine de sa présence, lorsqu'il convoqua les autorités, il comprit d'emblée que sa venue n'était pas désirée et que ces chats fourrés lui dispenseraient plus de grimaces que d'encouragements. Il réunit une équipe de collaborateurs fiables, les installa à l'intendance et les mena tambour battant sur les chemins du progrès.

Bourreau de travail, il veillait à tout : l'activité économique, jugée anarchique, l'état des routes, l'élimination des taudis, la construction de ponts et de monuments publics dans toute la province. Il décréta le travail obligatoire, interdit la mendicité et la prostitution... Il n'était pas de domaine dans lequel il n'apportât le pic ou la truelle. Il aimait dire qu'il allait faire de Bordeaux la plus belle ville du royaume, et il tint parole.

Il faudrait un livre pour relater les améliorations dont il dota cette province engluée dans la boue des siècles. J'ai toujours eu une pensée pour lui en parcourant les promenades plantées d'arbres qui ont succédé aux remparts datant de la guerre de Cent Ans et qui portent son nom...

Sa récompense : un concert de louanges et de grincements de dents. Il répondait à ses détracteurs que Bordeaux ne pouvait faire son entrée dans le progrès attifé de vêtements datant d'un autre âge et qu'il se refusait à satisfaire des intérêts particuliers au détriment du bien public.

On a parlé à son sujet de « despotisme » ; il faut y ajouter un mot : « éclairé ». Il menaçait ceux qui lui mettaient des bâtons dans les roues de faire intervenir l'armée pour assurer la réalisation des projets dont le roi l'avait investi. Il eût été capable d'en venir là. Ce n'eût été que le prolongement de la guérilla sournoise qu'une frange de la bourgeoisie menait contre lui.

Sentant sa fin prochaine, Tourny écrivit à son fils chargé de lui succéder : « Je vous laisse une province que j'ai aimée. Vous recueillerez la gloire qu'elle me doit... J'ai fait beaucoup de bien et jamais de mal... »

Claude-Louis, son fils, mourut sans avoir donné la mesure de ses talents, deux ans après sa prise de fonctions en Guyenne. Son père allait le suivre de près.

Quelques années plus tard, un autre personnage important fit son entrée dans Bordeaux avec le titre de gouverneur. Le maréchal Louis Armand de Vignerot du Plessis, duc de Richelieu, avait de qui tenir : il était le fils d'un neveu de l'illustre cardinal.

C'était, comme je le montrerai, une autre nature d'homme.

De temps à autre, le dimanche, mon père me prenait en croupe pour une promenade à travers la ville. Un jour, nous avons poussé, en longeant le fleuve, jusqu'à l'ancien couvent des Chartreux. Il s'est arrêté à l'endroit occupé naguère par le village de pêcheurs et la masure de Jeanne. Du couvent comme du village, il ne restait que des chantiers destinés aux entrepôts pour le négoce du vin. Les Chartrons étaient en train de naître.

Mon père descendit de cheval et, l'air méditatif, frappant ses bottes à petits coups avec sa cravache, resta un long moment immobile, face au fleuve. Je lui demandai, lorsqu'il remonta en selle, ce qu'était devenue Jeanne.

— Elle vit de l'autre côté de la Garonne, me dit-il, et a épousé un patron de gabare. Mieux vaut l'oublier.

Un autre jour, durant les vacances de fin d'année, il me conduisit sur le port, à l'endroit où, d'ordinaire, il exerçait son activité. L'animation qui régnait devant l'entrepôt des Cohen attisa ma curiosité.

Un vaisseau de gros tonnage, l'*Eclair*, venait de faire descendre à terre un groupe d'une dizaine de nègres, négresses et négrillons, torse nu ou vêtus d'une chemise et de culottes blanches. Ils étaient destinés, me dit mon père, au service des bourgeois à titre de cochers ou de jardiniers pour les mâles, de servantes ou de cuisinières pour les femelles, de jouets pour les négrillons et les négrittes.

Armés de fouets dont ils leur flagellaient les jambes, des matelots les incitaient à danser sur la musique d'un violon. Le spectacle était drôle. Autour de nous, des gens riaient, plaisantaient, et des enfants battaient des mains.

Ce n'était pas la première fois que je voyais des nègres, mais jamais autant à la fois et dans des postures aussi grotesques. Mon père m'expliqua que ceux qui se trémoussaient devant nous sous la menace du fouet venaient d'un pays d'Afrique, l'Angola, et qu'il s'agissait d'esclaves.

— L'Angola... ajouta-t-il. Tu trouveras ce pays dans ton atlas. Je t'expliquerai ce que sont des esclaves et à quoi on les destine dans les colonies. Ceux que tu vois là ont eu beaucoup de chance : ils vont vivre dans de bonnes maisons et seront bien traités. Pour les autres, ce sont les travaux forcés qui les attendent.

Comme je me montrais indigné qu'on les traitât comme des animaux savants, il éclata de rire.

— Ce ne sont pas de vrais hommes, Françou, mais des sauvages, des « animaux savants ». Il faut encore se servir du fouet pour les domestiquer, mais, d'ici quelques années, ils parleront notre langue, se comporteront comme toi et moi. En revanche, leur peau restera noire et cette fatalité les poursuivra jusqu'à la fin des temps.

Il ajouta, en montrant, de la pointe de sa cravache, un groupe de négrillons :

— L'un de ces petits moricauds est destiné à madame de Barsac, l'amie de ta mère. Elle l'a retenu depuis longtemps et compte le dresser comme un singe, pour lui tenir compagnie.

Riche seulement de ses émoluments et des loyers de trois ou quatre immeubles acquis grâce à la dot de son épouse, mon père ne cachait pas son ambition d'exercer la profession d'armateur pour son propre compte. Il aurait pu, étant jeune encore, la trentaine à peine, envisager de participer à des campagnes de traite pour les Cohen, à titre de commissionnaire, car il était ignare en matière de navigation. Il avait acquis des parts pour des expéditions dans l'entreprise dans laquelle il travaillait et se vantait d'en tirer de substantiels bénéfices. Il avait ainsi un pied dans la maison Cohen et s'était fait un ami de Aaron, qu'il rencontrait quotidiennement et qui avait son âge à quelques mois près.

Les rapports entre mes parents n'avaient jamais été radieux ; ils s'étaient englués, depuis notre installation à Bordeaux, dans des querelles vétilleuses qui laissaient apparaître des perspectives affligeantes : acrimonie, jalousie, menaces de divorce... Certains soirs, leurs relations frisaient le drame. Ils s'invectivaient violemment, échangeaient des apostrophes provocantes et, dans un paroxysme, brisaient vaisselle et bibelots.

Un soir, alors que j'étais présent à l'occasion d'un congé, ma mère, au comble de la fureur, se saisit du tisonnier et en assena un coup violent sur la tête de son époux en l'insultant. Elle le laissa inerte aux mains de Suzanne et alla s'enfermer dans sa chambre, non pour pleurer, avare de larmes qu'elle était, mais pour ruminer ses griefs.

Les amours de mon père avec Jeanne Fourcade n'avaient été qu'un épisode. Je n'allais pas tarder à comprendre qu'il ne s'en était pas tenu là. Leurs querelles avaient pour origine la disparité de leurs natures : elle, chétive, pâlotte, vieillie précocement, d'humeur suspicieuse, confite dans des principes religieux étriqués ; lui, dans la plénitude de sa force, encore séduisant avec sa chevelure d'Absalon, chaleureux, épris de son travail, et toujours prêt à monter en selle pour une aventure amoureuse.

Je n'ai pas eu à connaître de ses rapports avec Suzanne, belle créature encore que discrètement plantureuse, mais je doute qu'il n'eût pas été tenté par ce fruit savoureux.

Je n'ai appris que plus tard qu'il avait fréquenté les prostituées des fossés du Château-Trompette et les bouges du port, avant de prendre des habitudes dans le bordel de luxe d'une Irlandaise, madame O'Gara, près des Piliers de Tutelle, vestiges d'un ancien temple gallo-romain. Il avait dans cet établissement le choix entre des créatures autochtones ou exotiques, comme ces Circassiennes qui passent pour être les plus belles filles du monde.

Je tiens d'une confidence de Aaron Cohen qu'ils se retrouvaient souvent dans ce lieu de débauche et se partageaient les mêmes femmes. La question de la dépense – ces ébats devaient coûter fort cher – ne se posait pas pour Aaron. Quant à mon père, j'ignore par quelle astuce il parvenait à réunir la somme nécessaire à ces plaisirs. Je n'ose imaginer qu'il ait pu se livrer à des malversations ou cacher à ma mère une partie de son salaire ou de ses gratifications.

Le jour où ma mère apprit de son amie, madame de Barsac, que les absences nocturnes de mon père ne concernaient pas ses fonctions, ce fut un nouveau drame, avec, cette fois, des menaces de divorce. J'avais dix ans lorsque cette affaire éclata, non avec le fracas que l'on serait en droit de supposer mais dans une ambiance de tribunal d'Inquisition.

Un soir, contrairement à son habitude, ma mère tarda à regagner sa chambre. Du salon où je me tenais, au coin de la cheminée, un livre sur les genoux, je l'entendis aller et venir, déplacer les objets et taper du pied contre les meubles.

Je venais de me coucher et de souffler la chandelle quand un bruit de voix venant du salon suscita ma curiosité. J'entrouvris la porte en prenant garde à ne pas me montrer, et j'entendis ma mère lancer d'une voix glacée :

— Mon pauvre ami, quelles sornettes allez-vous encore me débiter pour cacher vos frasques ? Je sais fort bien d'où vous venez. Vous portez encore sur vous l'odeur du stupre !

Il répliqua en suffoquant :

— Par exemple ! D'où tenez-vous ces ragots ? J'en demanderai raison !

— De gens dignes de foi. Après les filles de la rue vous êtes abonné à la prostitution de luxe chez madame O'Gara. Mâtin ! vous vous conduisez en prince. Auriez-vous gagné à la loterie, ou trouvé un magot ?

Mon père se mit à trépigner et à faire le tour de la pièce en se grattant furieusement la barbe. Pour finir, il se laissa tomber dans un fauteuil en bredouillant :

— Laissez-moi, je vous prie. Je ne suis pas en état de vous tenir tête. Ma journée de travail a été harassante...

C'était un mot maladroit. Ma mère glapit, avec un mauvais rire :

— ... et il vous fallait bien les compensations que vous ne pourriez trouver dans votre ménage ! Mais dites-moi, mon ami, la belle madame O'Gara est-elle sensible à votre séduction au point de vous accueillir gratis ? Cessez de me prendre pour une oie blanche et dites-moi franchement d'où vous tenez l'argent de votre dévergondage. Allons, dites ! De toute manière, il faudra bien que vous me confiiez ce secret...

Comme il gardait un silence obstiné, elle s'écria :

— Vous ne voulez pas me répondre ? A votre aise. Nous reprendrons demain cet entretien. Sachez que je ne vous lâcherai pas...

J'ignore, étant, le lendemain, de retour chez les jésuites, la suite de cette confrontation. Suzanne, qui en recueillit les échos, m'informa que ma mère avait prononcé un mot fatidique : divorce. En l'apprenant, quelques jours plus tard, j'en fus bouleversé. J'en étais venu à accepter comme une fatalité, dont je ne souffrais guère, la mésentente permanente entre mes parents, mais je ne pouvais concevoir qu'une crevasse s'ouvrît dans leur ménage, avec pour moi des conséquences imprévisibles mais sûrement néfastes.

Cette affaire n'eut pas les suites fatales que j'appréhendais.

Relativement jeune encore, bien que précocement vieillie, ma mère aurait pu envisager de refaire sa vie avec un autre homme, mais il aurait fallu à ce prétendant une forte dose d'abnégation pour supporter cette femme aux allures de poisson séché, qui avait, depuis des lustres, épuisé son potentiel d'affection. Si l'on me juge excessivement sévère envers elle, il convient de considérer qu'elle le fut plus encore envers son mari et ses enfants.

Mon séjour au collège des jésuites tirant à sa fin, mes parents décidèrent de confier la suite de notre enseignement et de notre éducation à un précepteur. Ils louèrent les services d'un ami de madame de Barsac, Maxime Duvillard, un ancien chartreux qui avait jeté son froc aux orties. Il nous consacrait trois après-midi par semaine, mais il arrivait qu'il nous rende visite pour ramener nos copies ou nous porter un livre.

J'avais d'assez bons rapports avec mes cadets.

Le plus proche de moi par l'âge était Germain. De nature agréable, mais d'une indolence qui faisait le désespoir de son maître, il pouvait rester des heures devant la fenêtre de notre chambre, à jouir du spectacle permanent du quartier ouvrier et des moines en train de jardiner. Il n'avait aucun goût pour l'étude, hormis la poésie. Quand je le gourmandais pour sa paresse, il se contentait de sourire. J'avais l'impression de taper du poing dans un oreiller.

Auguste, son cadet de dix-huit mois, était son contraire. De nature vive et emportée, il se heurtait souvent à nous, du verbe et du poing. Son infériorité physique par rapport à moi l'humiliait et provoquait des bouderies vindicatives. Tout feu tout flamme, il avait obtenu de mon père son inscription dans une salle d'armes au fort du Hâ. Il y excellait dans le maniement du sabre, plus que du fleuret ou de l'épée. Il rêvait déjà d'une carrière militaire ; il allait être exaucé...

Blanche, que nous appelions Blanchette, était la coqueluche de la famille, ma mère exceptée, qui la trouvait capricieuse et remuante.

A sept ans, cette gamine délurée, fantasque mais affectueuse, avait jeté ses poupées au placard pour ne vouer d'intérêt qu'à ses proches. J'encourageais de mon mieux son goût pour la musique, qu'elle exerçait sur le piano muet depuis longtemps et qu'elle ranima, sous l'autorité de Maxime, lequel avait quelque talent de musicien. Pour les autres matières, elle ne manifestait ni intérêt ni disposition.

Lorsque je faisais, avec une pointe de fierté, étalage de mes progrès, Maxime me répétait une sentence bordelaise héritée de l'antique :

« Les tonneaux vides, lorsqu'on les roule, font plus de bruit que les tonneaux pleins ! Gardez-vous, monsieur le raisonneur, de jouer les cuistres. Il se trouvera toujours un quidam pour vous clouer le bec... »

J'appréciais chez cet homme son indulgence et surtout ses connaissances. Il avait peu vécu, jeune encore qu'il était, mais avait beaucoup lu, les philosophes notamment, avec Voltaire comme dieu et Rousseau pour disciple.

Il avait décelé très tôt chez moi un goût inné pour la géographie et m'encourageait à le cultiver, disant que tout être humain est tributaire des autres, où qu'ils se trouvent, et que, connaissant la vie d'un Chinois, on avait des leçons à en tirer pour soi-même. Il se rebellait contre ce qu'il appelait le « mal français », ce penchant à la supériorité, à l'indifférence ou au mépris pour les étrangers.

Parlant de nos ennemis anglais, il me disait :

« Nous avons beaucoup à apprendre de ces gens. Ils ont compris qu'une grande partie du monde est à saisir et ne négligent rien pour en entreprendre la conquête, surtout, j'en conviens, pour des fins mercantiles. Les Français, eux, vivent dans leur cocon et n'en sortent guère. Le monde s'arrête à leurs frontières. Cela explique que nous ayons perdu le Canada, la Louisiane et les Indes, en attendant peut-être Saint-Domingue et les Antilles. L'opinion prête plus d'intérêt aux amours du roi avec la Pompadour qu'à ces terres lointaines. Leur royaume a plus d'importance qu'un empire. »

C'est à lui que je dois la lecture assidue des récits de navigateurs et d'explorateurs puisés dans la bibliothèque paternelle, aussi bien pourvue que la sienne propre. Il m'expliquait les cartes maritimes anciennes et les circuits commerciaux et commentait les illustrations montrant des sauvages, hommes et femmes, dans le plus simple appareil, confrontés à des conquérants en cuirasse et morion, porteurs de présents.

— Si rien ne vient contrarier ta vocation précoce, me dit-il un jour, tu ne tarderas pas toi-même à prendre la mer. C'est la grâce que je te souhaite. J'avais moi-même cette intention, mais le courage m'a manqué et aucune opportunité ne s'est présentée. Mes voyages, c'est par les livres que je les fais, et je n'en suis jamais rassasié.

Maxime dut nous quitter après trois ans de bons et loyaux services. Il avait nourri pour Suzanne un sentiment discret mais qui n'avait pas échappé à la censure de ma mère. J'avais moi-même surpris entre eux des attitudes équivoques, mais qui ne me semblaient pas devoir donner prétexte à un renvoi, d'autant que, dans son service, il était irréprochable. Ce manège sentimental, cet innocent marivaudage, aurait pu lui valoir une semonce ou un avertissement, mais pas une décision aussi sévère.

Le soir même, après avoir reçu son congé, il nous réunit, nous exprima ses regrets, mais ne nous révéla pas les motifs de son renvoi, disant que notre mère s'en chargerait.

— Mes enfants, mes amis, nous dit-il, je garderai, grâce à vous, le meilleur souvenir de cette maison. Continuez à bien travailler et à vous comporter convenablement dans la société. Sachez que vous pourrez toujours faire appel à moi si vous êtes dans l'embarras et si vous me jugez apte à vous conseiller.

Il nous serra contre lui, consola Blanche qui pleurait en s'accrochant à sa ceinture, refusa de reprendre le livre de l'abbé Reynal qu'il m'avait prêté et où, m'avait-il dit, je trouverais des passages concernant la traite des Noirs.

Suzanne échappa au verdict, ses relations avec notre précepteur s'étant bornées à des baisemains. L'idée ne lui était jamais venue de lui permettre d'autres privautés.

Lorsque notre père apprit la nouvelle, il donna libre cours à sa colère, menaçant de faire réintégrer Maxime dans son service, au besoin par la force.

— Si ce libertin remet les pieds dans cette maison, s'écria notre mère, j'en partirai à jamais ! Non seulement il a envers Suzanne une attitude coupable, mais son influence sur les enfants est des plus néfastes ! Sa philosophie libertaire leur déforme l'esprit et les encourage à la révolte contre Dieu, le roi et la société. Leur donner à lire Voltaire, à leur âge, est dangereux...

— J'ai lu *Candide* quand j'avais l'âge de François, protesta notre père, et n'en suis pas pour autant devenu un révolté ! Quant à ses relations avec Suzanne, si elles ont été discrètes, je ne vois rien à y redire...

— Eh bien, moi, je ne supporte pas ce genre de turpitudes sous mon toit ! Cela commence par des baisemains appuyés, mais on sait où cela peut finir. Ma décision est irrévocable. Je garde cette oie blanche de Suzanne, mais ma porte restera fermée à son galant !

J'ai mal vécu cette rupture, d'autant que, dans les jours qui ont suivi, mes frères et moi avons dû retourner au collège des jésuites.

Après ce qu'il considérait de la part de nos parents comme une trahison, le supérieur n'avait consenti à nous reprendre que sur les instances de Aaron Cohen, bienfaiteur de l'établissement. Le préfet des études nous prit en grippe dès notre retour et n'épargna rien pour nous humilier. La moindre vétille était suivie d'un rapport et d'une punition.

Le plus rebelle d'entre nous trois, Auguste, occasionna un scandale, le jour où, injustement sanctionné pour mauvaise tenue, il insulta le préfet et fut exclu pour une quinzaine.

L'ambiance du collège m'était vite redevenue insupportable. J'avais les meilleures notes dans toutes les matières, sauf en latin et mathématiques. Ces succès suscitaient la jalousie de mes camarades et les critiques acerbes de certains enseignants. Les premiers me traitaient de puceau parce que je refusais de participer aux plaisirs interdits ; les seconds de débile mental parce que la matière qu'ils enseignaient me laissait indifférent. Il n'est aucune brimade ni aucun quolibet qu'on ne m'infligeât.

Cet ostracisme à mon égard me causa un tel souci que je tombai malade. A l'infirmerie, c'est un nouveau calvaire qui m'attendait.

En coiffant un goret d'un bonnet conique et en chaussant son groin de besicles, on aurait eu une image de la créature qui tenait ma vie entre ses mains.

Piètre virtuose de la lancette, du bistouri et du clystère, le frère Gustave faisait office de chirurgien. Il semblait se délecter des souffrances que sa maladresse infligeait à ses victimes et accompagnait ses diagnostics de rires aigrelets et de plaisanteries salaces. Il aurait fait bonne figure dans une comédie de Molière.

Depuis quelques semaines, je souffrais sans me plaindre de douleurs à l'anus. Le frère Gustave, m'ayant examiné, s'écria :

— Diable ! diable ! C'est le plus bel ulcère anal de ma carrière, avec un risque de fistules. Mon garçon, attends-toi à souffrir le martyre...

Il évoqua, comme s'il me proposait une partie de plaisir, l'opération qu'il avait prévue : il allait devoir tailler profond dans ma chair la plus sensible pour en extraire deux abcès qui lui semblaient de « nature fistuleuse ».

Je ne m'attarderai pas sur le supplice qui me fut infligé par ce charlatan. Je n'imaginais pas des souffrances d'une telle intensité, au point de sombrer dans l'inconscience. Je subis pourtant cette torture sans hurler mais en déchirant mon oreiller à coups de dents, si bien que mon tortionnaire était couvert de duvet, ce dont il s'amusait.

Un autre supplice s'ajouta à cette boucherie : la faim. Assez fort mangeur comme je l'étais, je dus me contenter durant des jours de bouillon de légumes et de confiture astringente, ce qui m'évitait d'aller à la garde-robe, puis, brûlant la consigne, je raflai les restes des autres malades et payai ce larcin de défécations atroces, qui me laissaient inerte sur le pot.

Une dizaine de jours après l'opération, mon bourreau m'annonça d'un air réjoui que la plaie était « belle » et que j'allais bientôt être en mesure de regagner mon banc.

— C'est le plus bel exploit de toute ma carrière, me dit mon Diafoirus. Il était temps que j'intervienne. Quelques jours de plus et je ne n'aurais répondu de rien. Tout n'est pas fini pour autant. Il va falloir des mois, que dis-je, des années pour que tu sois entièrement guéri. Tu seras astreint à des purgations légères destinées à faciliter l'expulsion des matières, et à des onctions de pommades, mais l'essentiel est que, grâce à moi, tu aies survécu.

Persuadés que cette opération réussie était le résultat d'un miracle, le préfet et mes camarades n'insistèrent pas pour me faire partager leurs jeux dans le parc. Les seuls divertissements que je m'autorisais étaient les cartes ; elles étaient prohibées, mais nous en jouions à la chandelle, avec la complicité du surveillant de nuit.

De tout le temps que dura ma convalescence, je ne reçus qu'une fois la visite de mon père. Quant à ma mère, elle se contentait de déléguer Suzanne pour me dire de ne pas oublier mes actions de grâce. En revanche, mes deux frères me rendirent visite chaque jour. Ils restaient quelques minutes, immobiles et muets, à bâbord et à tribord de mon lit.

La Compagnie de Jésus vivait ses dernières années. Celle de mes treize ans, alors que nous venions, mes frères et moi, de quitter le collège, l'ordre fut contraint d'évacuer le pays. Dix ans plus tard, le pape Clément les condamnait à disparaître. La haine que leur vouait le roi de France était pour une bonne part dans cette décision.

Je n'ai jamais éprouvé la moindre sympathie pour ces « robes noires », mais je dois convenir que leurs missionnaires, malgré quelques excès, ont fait preuve, à travers le monde, de courage et d'abnégation.

A l'approche de mes quinze ans, mon père s'interrogea sur mon avenir. Si le choix n'avait tenu qu'à ma propre volonté, j'aurais préparé dans une université une licence de géographie et d'histoire. Mon père en décida autrement. A sa requête, monsieur Cohen accepta de me prendre à son service pour de menus travaux de paperasserie administrative qui n'exigeaient ni diplômes ni connaissances particulières.

— Ce travail, me dit mon père, te laissera du temps pour étudier les matières qui t'intéressent. Il serait dommage de laisser tes dons en jachère, mais ne rêve plus à l'Université : je n'ai pas les moyens de t'offrir cette faveur, d'autant qu'il faut que je songe aussi à l'avenir de tes frères.

Celui d'Auguste semblait évident. Il alla faire son éducation militaire au Château-Trompette, avec le libre choix des armes propres à sa nature, ce qu'il ne tarda pas à mettre à profit : ce serait les hussards ou les dragons.

Pour ce qui est de Germain, mon père resta longtemps dans l'expectative. Il se heurtait de la part de son rejeton à une inertie que cachait mal l'idée absurde de vivre de sa plume.

Germain avait ramené de chez les jésuites des liasses de poèmes et le plan d'une pièce de théâtre sur les croisades. De retour au foyer, il enferma ses œuvres dans un coffret en bois des Indes, dont il garda la clé sur lui. Je fus le seul à avoir accès à ce domaine mystérieux et en fus flatté. Il n'y avait pas de quoi crier au génie, mais il est certain que mon frère avait davantage de dispositions pour l'écriture que pour toute autre matière. Il maniait assez bien l'alexandrin, mais je ne trouvai que mièvrerie dans ce fatras.

Notre père me confia ses inquiétudes.

— Que faire de lui ? me dit-il. C'est un brave garçon, mais il vit dans un autre monde que le nôtre. Il souhaite, m'a-t-il dit, écrire pour le théâtre. Je ne puis l'encourager et je répugne à le décourager. Bah… Il est jeune encore. Laissons le temps faire son œuvre.

A l'opposé de ses deux frères, Germain, baignant dans une indolence congénitale, passait des heures à lire les poèmes de Ronsard et de Benserade en se gavant de chocolat. Gras et rose, avec l'allure pataude d'un bouddha triste, il n'allait pas tarder à incliner vers la jaquette.

Blanche jouissait dans notre maison d'un régime particulier. Elle y trônait comme une idole, adorée de tous, même de sa mère qui cachait ses sentiments comme un péché, et, je dois en convenir, elle était adorable. A l'âge de dix ans, son visage rappelait celui de la Vierge de Saint-Bruno, une église proche des Chartreux.

Le jour où, en visite chez l'amie de notre mère, madame de Barsac, elle vit Nestor, le négrillon de cette dame, elle se sentit fondre de plaisir, comme devant un jouet dont elle aurait longtemps rêvé. Il n'était guère plus âgé qu'elle, plein de vivacité, gourmand et facétieux comme un sapajou. Leurs jeux faisaient la joie des dames, qui en oubliaient leurs cartes.

De retour à la maison, elle réclama un négrillon.

— Jamais de la vie ! lui répondit sa mère. J'ai assez de vous trois. Tout ce que je puis accepter, c'est que madame de Barsac nous prête le sien, de temps à autre. Ces créatures portent en elles quelque chose de diabolique qui me répugne. Il faudra en faire ton deuil. J'ai dit.

Je n'eus pas à me plaindre de mon service chez les Cohen : c'était une sorte de sinécure.

Je partageais mon temps, comme saute-ruisseau, entre le secrétariat du cours du Chapeau-Rouge, où mes employeurs avaient leur résidence et leurs services, et les entrepôts, où je retrouvais parfois mon père. L'essentiel de ma tâche, en plus de ces navettes, consistait à garnir les registres de ma belle écriture. Il n'y avait rien de passionnant dans ce travail, mais il me familiarisait avec une discipline rébarbative : le calcul, et avec son corollaire : la rigueur. J'appris vite à compter de tête et donnais satisfaction au patriarche, monsieur David Cohen, un grand vieillard austère et froid, qui faisait rarement irruption dans notre service.

C'est avec émotion que, quelques jours après le début de mon travail, je fus admis à pénétrer, en compagnie de mon père, dans le saint du saint, ce domaine sacré qu'était le cabinet de monsieur Cohen. La demeure était gardée jour et nuit par de grands et gros nègres en tenue chamarrée, aussi avenants que des cerbères, alors que cette rue était la plus paisible de la ville. Nous avons escaladé un ample escalier de marbre pour accéder à l'étage où se trouvaient les services et le « sanctuaire » du patriarche.

De l'entretien, qui fut bref, je n'ai pour ainsi dire rien retenu, captivé que j'étais par la contemplation du décor : la massive table d'acajou aux pieds en forme de trompe d'éléphant, l'immense bibliothèque, le chandelier à sept branches qui trônait sur la cheminée, les tableaux et les gravures représentant des navires et des scènes coloniales...

Assis dans son fauteuil en forme de trône, monsieur David Cohen, sobrement vêtu, mine sévère, lèvres sèches et étirées, regard d'un éclat d'acier sous sa perruque grise, avait une allure fascinante. Il évoque dans mon souvenir le visage du Christ torturé de l'église de Saint-Emilion. De tout cet entretien, qui a duré quelques minutes, il n'a pas fait un geste, sinon de triturer son coupe-papier, et n'a prononcé que les paroles strictement nécessaires.

Son fils aîné, Aaron, est venu se joindre à nous à peine étions-nous entrés. Il est resté debout, face à une fenêtre d'où venait la lumière grise de la pluie, les mains dans le dos et se balançant sur ses talons en chantonnant.

Mon père m'apprit à quelques jours de là que ma candidature avait été agréée sans que j'eusse prononcé une phrase. Si je donnais satisfaction, je toucherais un salaire au bout d'un an. Aaron prendrait en main mon initiation.

Pour dire le vrai, je ne me suis jamais senti à l'aise dans cette maison. J'avais dans mes débuts, en y pénétrant, l'impression de violer un sanctuaire. La judéité des propriétaires ne transparaissait pas à l'évidence dans les rapports quotidiens et dans ceux que j'eus plus tard, mais j'imaginais, derrière ce comportement banal, un appareil de rites qui me troublait.

Mes rapports avec Aaron furent exemplaires. Je m'attachais à donner satisfaction et l'on ne me fit jamais grief de mon travail, même si Aaron ou quelque secrétaire me reprochèrent parfois une erreur dans mes calculs ou du retard dans mes courses.

Le crédit que monsieur Cohen et son fils accordaient à mon père, leur homme de confiance pour ce qui concernait l'armement des navires et le conditionnement du fret, rejaillissait sur moi. Il aurait fallu que je commette une lourde faute pour être sanctionné.

Aaron avait noué avec mon père une entente qui confinait à l'amitié. Ils fréquentaient de concert les bons restaurants, se livraient de temps à autre à des promenades à cheval, à des parties de pêche, et, je l'appris plus tard, passaient de temps à autre une soirée ensemble chez lady O'Gara.

Il arrivait souvent que Aaron déléguât ses pouvoirs à un commis aux écritures, Fabrice de Montvert. Comme il était originaire de la Louisiane et qu'il avait de la famille au Petit-Goave, à Saint-Domingue, on l'appelait « l'Américain ».

Fabrice était venu en France pour y trouver un parti honorable et faire ses classes en matière de négoce. L'épouse idéale tardait à se révéler, mais il ne se montrait pas impatient : il se plaisait à Bordeaux et ne tenait guère, pour plaire à sa famille, à rompre avec son célibat. Pourtant, son île lui manquait. Habitué qu'il était au climat des tropiques, ce créole supportait mal nos hivers, nos pluies froides et nos brouillards.

— Je ne ferai pas long feu dans ce pays, me disait-il. Le climat m'est néfaste, la nourriture est insipide, les femmes sont froides et mijaurées. Je resterai encore un an ou deux à Bordeaux, puis j'irai passer quelques mois à Paris avant de reprendre le chemin des Antilles.

Il se plaisait à me parler des femmes, de celles de Saint-Domingue surtout : des créoles maniérées et obsédées par le mariage, des métisses, qui étaient à l'entendre le fin du fin, et des négresses, qu'il n'appréciait guère, à cause, disait-il, de leur « odeur poivrée ».

Je lui demandai, avec la naïveté de mon âge, pourquoi il ne choisissait pas d'épouser une de ces métisses. Il éclata de rire.

— Pour le coup, mon père me renierait ! Un de nos voisins du Petit-Goave s'est risqué, il y a quelques années, à épouser une femme du Sénégal, une Peule achetée sur le marché aux esclaves de Port-au-Prince, mais le curé a refusé de bénir leur union. Il ne l'a pas abandonnée pour autant, mais il a perdu presque toutes ses relations. Dans notre île, on ne se marie qu'entre gens de race blanche, ou alors on risque de connaître toute sa vie le bal du cul-tourné.

— Et aujourd'hui ?

— Ils vivent heureux, ont trois beaux enfants et se moquent de la société coloniale et du curé. Je suis un des rares qui leur marquent encore de la sympathie…

Fabrice accomplissait sa tâche avec une nonchalance qui contrastait avec l'ardeur que je mettais à accomplir la mienne. Aaron ne lui en tenait pas rigueur, du fait des rapports commerciaux que les Cohen entretenaient avec sa famille, notamment pour le cacao et le tabac, mais il ne voyait pas d'un œil favorable les bonnes relations que nous entretenions, Fabrice et moi. Il tenta de me mettre en garde contre lui :

— Fabrice, me dit-il, est un personnage équivoque et peut-être dangereux en raison de ses mauvaises fréquentations. Ce joueur impénitent a fait des dettes jusque chez son tailleur et son perruquier.

Ces défauts n'avaient rien de secret pour moi, Fabrice m'en ayant informé, comme d'une bagatelle. Il m'avait même, à plusieurs reprises, emprunté quelques livres qu'il avait oublié de me restituer.

Conformément à la manie des gens possédés par un vice, il se tenait à l'affût de complices pour le jeu, la bonne chère et le bordel. Quand je me dérobais, il m'en tenait rigueur, mais je lui fis comprendre que je n'avais ni les moyens ni le goût de le satisfaire.

Le matin, lorsqu'il reprenait son travail, je n'avais pas de peine à deviner si la nuit avait été bonne ou non. C'était tantôt exaltation et confidences, tantôt grise mine et silence.

Dans la vie, comme je le suppose dans ses rapports avec les femmes, Fabrice était un tricheur. Mis au pied du mur, il avait le don de contourner l'évidence, fût-ce au prix de l'invraisemblance.

Un soir, après notre temps de service, il m'invita à partager un repas avec un ami qui venait de débarquer d'un navire arrivé de Saint-Domingue, la *Bonne-Aventure*. Bellâtre bagué comme une princesse, fier de sa cravate de dentelle qu'il caressait d'une main molle, Henri Pierson était le fils du commissionnaire des Cohen à Port-de-Paix, à l'ouest du Cap-Français, sur la côte septentrionale. Il avait une beauté fascinante, discrètement teintée de féminité.

Persuadé d'avoir à payer mon écot, ce qui m'eût été impossible, j'hésitai à donner mon accord à Fabrice. Il me rassura : je n'aurais rien à débourser pour ces agapes et « pour la suite ». Ces derniers mots me mirent la puce à l'oreille, mais je me gardai de manifester de l'inquiétude, afin de ne pas passer pour un nigaud.

Nous nous sommes retrouvés au restaurant du

Chapeau-Rouge, où je pénétrais pour la première fois. Fabrice avait retenu une logette pour éviter la promiscuité et le bruit de la grande salle. De tout le repas, les deux amis, qui ne s'étaient pas vus depuis longtemps, ne s'entretinrent que de leurs aventures sentimentales, sans que je puisse, cela va de soi, glisser mon grain de sel dans la conversation.

Ils ne se tournèrent vers moi que pour me demander si j'avais une « petite amie » ; je leur répondis par la négative. Ils échangèrent un sourire et voulurent savoir si j'étais intéressé par la navigation ; je leur répondis que j'en rêvais, mais que j'étais trop jeune encore pour songer à m'y consacrer.

— Patience... me dit Pierson. Il suffit de le vouloir fortement. Je te parle d'expérience. Tout ce que je souhaitais m'a réussi, en affaires comme en amour.

Pour la première fois, je fus invité à manger de la lamproie à la sauce au vin, accompagnée de gésiers de pigeon rôtis et suivie d'une glace aux framboises. Ils eurent une controverse au sujet du vin, Fabrice tenant pour le médoc et Henri Pierson pour le pomerol. Leur discussion fut si animée qu'ils se passèrent de mon avis et oublièrent ma présence. Ce fut la même querelle au moment des liqueurs : Fabrice exalta les qualités du rhum de la Jamaïque, plus fruité que celui de Saint-Domingue, que Pierson préférait, le jugeant supérieur à tout autre.

Ils ne daignèrent me prêter attention qu'après le café, lorsque Fabrice leva son verre en déclarant, avec une fausse solennité :

— Buvons à notre ami François Dumoulin, qui va bientôt s'embarquer vers les rivages de l'aventure et de l'amour !

— Et moi, ajouta Pierson, je lève mon verre au futur capitaine de navire négrier qui abordera à Saint-Domingue avec un lot de nègres du Mozambique ou de l'Angola !

Fabrice sortit de sa poche un étui de cuir contenant des cigares du Brésil, en me demandant si j'en avais déjà fumé. Je lui avouai que j'avais parfois, subrepticement, tiré une ou deux bouffées de ceux que mon père abandonnait dans les cendriers, mais que je n'en avais éprouvé aucun plaisir.

— Il faut que tu goûtes un de ceux-ci, me dit-il. Ils sont

moins délicats que ceux de Cuba, mais plus riches en arômes. Ils sentent la forêt tropicale. Allons, essaie...

Je n'avais pas refusé le verre de rhum pour ne pas passer pour un benêt ; je fis de même pour le cigare et ne tardai pas à m'en repentir. Après la troisième bouffée, la gorge en feu et le cerveau crépitant d'étincelles, je bredouillai :

— Pardonnez-moi, mes amis, mais il faut que je rentre. Ma mère...

— Eh quoi, ta mère ? protesta Fabrice. Un grand garçon comme toi doit avoir le droit de sortir le soir avec des amis, il me semble...

— Le beau Léandre que tu es, ajouta Pierson, douterait-il de sa virilité ?

Piqué au vif et un peu ivre, je me levai, prêt à riposter. Fabrice me força à me rasseoir et me dit, d'une voix aux accents ironiques :

— Du calme, mon petit François. Je connais ton père et les libertés qu'il prend avec cette bonne madame Julie Dumoulin, ci-devant demoiselle de Verneuil. Il ne peut te reprocher de faire modestement ce qu'il fait au grand jour, si je puis dire. Tu ne vas pas nous planter là, alors que la nuit ne fait que commencer et que s'ouvre la porte des plaisirs...

Je balbutiai :

— La nuit... commencer... Où comptez-vous m'emmener ?

— Tu ne vas pas tarder à le savoir, mon petit François. Sache pour le moment que cette nuit comptera dans ta vie, autant que ton premier voyage de traite.

Ils me devancèrent vers la sortie en se tenant par le bras et en riant sous cape. Le fiacre demandé par Pierson nous attendait, lanterne allumée. Fabrice lança une adresse au cocher et me poussa dans la voiture.

Nous avons traversé des quartiers que je ne reconnus pas dans la nuit et la pluie qui crépitait sur la bâche. Le fiacre s'arrêta devant une maison précédée d'un jardinet dans lequel on entrait par une arcade fleurie. Fabrice sonna. Un nègre en tenue grotesque vint à nos devants avec une lanterne et des parapluies.

On ne distinguait de son visage, comme dans les porcelaines de madame de Barsac, que les yeux et le sourire qui découvrait une denture d'un blanc cru. Dans la clarté de la lanterne, je lus, au-dessus de la porte, une enseigne : *Au Panier-Fleuri.* Je savais désormais où je me trouvais et j'avais l'idée de l'épreuve qui allait m'être proposée.

— Tâche de bien te conduire, puceau, me souffla Pierson. Ton honneur est en jeu.

En proie à un sentiment de fatalisme qui me tenait les membres liés, je me laissai entraîner par les deux compères dans un vaste salon orné sur tous ses murs de hautes glaces et de copies des peintres libertins Boucher et Fragonard. Pierson me poussa sur un divan, tandis que Fabrice, après lui avoir baisé la main, s'entretenait avec la patronne, lady O'Gara, grande femme rousse au visage de poupée, veuve d'un navigateur irlandais. Je devais être l'objet de leur conversation, car leurs regards convergeaient vers moi.

Lady O'Gara se tourna vers un groupe de filles qui venaient de surgir d'une pièce voisine, dans des tenues hétéroclites, certaines poitrine dénudée ou en tunique fendue jusqu'à la ceinture... Elle nous fit servir du champagne par une négrillonne vêtue à la mode antillaise et coiffée d'un étrange bonnet à cornes. Je dus avaler une coupe, puis une autre. J'entendis, comme à la cantonade, Fabrice me lancer :

— J'espère que tu as compris ce qui t'attend, mon petit François. Tu vas faire le sacrifice de ton pucelage, avec un avantage inestimable : choisir ta partenaire entre ces créatures de rêve. Ne crains rien pour ta santé : ces filles sont saines.

Elles devaient l'être, car les autorités, notamment celles du « Département des demoiselles », y veillaient. Un fruit gâté était retiré illico de l'étalage et la patronne écopait d'une amende.

Je portai mon dévolu sur la « demoiselle » vêtue d'une défroque de marquise. Elle s'assit près de moi et me dit s'appeler Glycine. Elle trinqua avec moi et, sans s'attarder à des préliminaires inutiles, m'invita à la suivre. Je saluai mes deux amis et me laissai conduire à l'étage.

La sobriété de la chambre contrastait avec l'apparat du salon de réception. Elle n'était décorée que de quelques glaces, dont l'une placée au-dessus du lit, et de quelques gravures érotiques dans le style des Persans ou des Indiens.

Après un savonnage en règle de mes bijoux de famille, ladite Glycine me fit allonger nu sur le lit et me dit en souriant :

— A ce qu'on m'a confié, c'est ta première expérience amoureuse, mon chéri. Alors laisse-moi faire. Rien ne presse.

Je passe sur les exercices savants auxquels elle se livra comme une acrobate de cirque, avec une audace qui me donnait l'impression d'être devenu un champ d'expérience.

J'entrai sans peine dans le vif du sujet, avec l'impression que des pièces d'artifice se déclenchaient dans ma tête et rayonnaient jusqu'à mes orteils. Au terme de cette initiation qui me laissa une impression d'euphorie, Glycine m'embrassa et me glissa un compliment à l'oreille :

— Tu t'es bien comporté, *mon chéri.* Je peux te prédire une belle carrière amoureuse. Tu peux aller faire ta toilette.

Je me levai pour me diriger vers la garde-robe et réprimai mal un hoquet de surprise en constatant que nos ébats avaient eu lieu devant témoins. Fabrice et Pierson se tenaient tapis dans l'ombre, dans une attitude qui ne laissait aucun doute sur la part qu'ils avaient prise au spectacle. Je m'apprêtais à proclamer âprement mon indignation, quand Fabrice s'écria, en me prenant contre lui :

— Bravo ! Bravissimo ! Tu t'es conduit en homme. Je suis fier de toi !

Après que Glycine eut chevauché la cuvette avec des battements de mains et que je l'eus imitée avant de me rhabiller, j'eus droit, dans la grande salle, à un médianoche appétissant et roboratif : des platées d'huîtres arrosées de sauternes, et de saucisses grillées.

J'avais l'impression qu'une porte lumineuse venait de s'ouvrir dans ma vie et que, désormais, rien ne serait comme avant. Je n'avais nul besoin, pour me complaire dans cette ambiance, des compliments de Glycine, de Fabrice ou de Pierson. La petite prostituée, par quelques tours de passe-passe, avait fait le ménage en moi. Je me sentais propre, lustré, flottant dans une brume d'irréalité. Heureux.

L'envers du décor fut moins attrayant.

Lorsqu'il fallut affronter ma marâtre, je crus qu'un séisme ébranlait la maison. J'inventai une histoire plausible pour justifier mon absence jusqu'à l'aube, mais elle n'en crut rien et se répandit en invectives, disant qu'outre que j'étais un mécréant j'étais en passe de devenir un sybarite, un viveur, et que Dieu me punirait par une mauvaise maladie.

Informé, de toute évidence, par Fabrice de Montvert, mon père prit ma fugue avec bonhomie. Il jugea préférable que je fusse déniaisé par une mercenaire de lady O'Gara plutôt que par une prostituée de la rue des Trois-Conils ou des Piliers de Tutelle.

Petit dialogue :

— Françou, comment pisses-tu ?

— Mon Dieu, père, normalement.

— Sans qu'il t'en cuise ?

— Pas le moins du monde.

— Tu m'en vois rassuré. As-tu fait beaucoup de dépenses ?

— Aucune, père, pas plus pour le repas que pour la suite.

— A la bonne heure...

J'aurais pu tenir rigueur à mes deux compères du piège qu'ils m'avaient tendu, mais, au contraire, je leur en sus gré. En revanche, je me refusai à donner suite à leurs parties fines, d'une part en raison de mon impécuniosité, et d'autre part du fait que je ne tenais pas à m'engager dans une voie où, novice que j'étais, j'aurais risqué de me perdre. Ils eurent la délicatesse de ne pas insister.

Quelque temps avant de reprendre le bateau des Iles, Henri Pierson me dit, après m'avoir embrassé :

— Mon petit François, garde un œil sur ton étoile. Accomplis ton noviciat chez les Cohen où tu es à bonne école, mais ne manque pas la première occasion qui se présentera de naviguer. Tu n'es pas fait pour compter les marchandises de fret, comme ton père, ou étaler des chiffres sur des registres, comme dans le secrétariat du vieux David, mais pour une vie d'aventure. Si quelque navire te conduit à Saint-Domingue, sache que ma maison de Port-de-Paix t'est ouverte.

Comme je me déclarais surpris de telles démonstrations d'amitié, alors que, deux semaines avant, nous ne nous connaissions pas, il me répondit :

— Aaron apprécie tes qualités, mais il est, tout comme moi, persuadé que tu pourrais les mettre au service d'autres activités, plus conformes à tes dons. Qu'en dis-tu ?

Il me prenait de court, mais je lui confirmai le désir qui m'habitait depuis longtemps de quitter ma famille, où je ne me sentais pas à l'aise, et cette ville, dont l'ambiance mercantile me pesait.

— Eh bien, mon cher François, je dois te dire que ton rêve est sur le point de se réaliser. Je ne quitterai Bordeaux que dans un mois et avec Fabrice. Il se peut que tu embarques avec nous...

Lorsque j'eus mis mon père au courant de cet entretien, je fus surpris de constater que ce projet l'agréait. Je n'ignorais pas que, depuis son installation à Bordeaux, il avait lui-même été tenté par la navigation et la traite. Restait à convaincre ma mère, mais, là, je n'avais guère d'inquiétude : elle serait ravie de mon départ. Mon père me confia qu'il en ferait son affaire.

Une semaine plus tard, nouvelle convocation, pour mon père et moi, dans le cabinet de monsieur David Cohen. L'audience fut lapidaire. Rien ne s'opposait à mon embarquement comme pilotin, élève sans diplôme de la marine marchande. J'avais l'âge requis, une bonne santé et quelques notions en matière de négoce. J'embarquerais sur l'*Albatros*, pour Saint-Domingue, d'ici deux à trois semaines.

— Je traiterai avec votre père, me dit monsieur Cohen, des

conditions pécuniaires. Si j'en crois mon fils Aaron, vous devriez nous donner satisfaction.

Mon père me révéla en quoi consistait mon titre de pilotin.

— Ce n'est pas une sinécure, me dit-il. Tu devras t'initier à la timonerie et à tout ce qui a trait à la bonne marche d'un vaisseau de haut bord, y compris à l'artillerie, car tu ne seras pas à l'abri d'une tentative d'abordage ou d'un combat naval. Au retour de ce premier voyage tu comparaîtras devant un jury qui te posera des questions, souvent embarrassantes. Il faudra savoir y répondre si tu veux me faire honneur et te consacrer à la navigation.

Avant d'embarquer, je passai mon temps de loisir à lire des ouvrages traitant de la navigation hauturière, à m'initier au vocabulaire et au maniement des œuvres vives d'un vaisseau d'aussi fort tonnage que ce négrier qu'était l'*Albatros*.

Je fus aidé dans cette initiation livresque par le journal de bord de notre ancêtre, Mathurin, relatant son odyssée en Floride au temps des guerres de Religion. Je consacrai une partie de mes nuits à ce rude travail de déchiffrage. Un autre journal de bord, celui de mon aïeul Paul Dumoulin, me fut encore plus profitable. En l'espace d'une ou deux générations, les conditions de navigation avaient évolué, de même que le vocabulaire. Cette deuxième lecture me fut plus utile que la précédente, par la précision que l'auteur apportait au récit des combats navals dont il avait été l'acteur et le témoin.

Je lus également avec profit un ouvrage que me confia mon père, et qui l'avait fait rêver, dans sa jeunesse, aux grandes équipées navales : le *Voyage aux Isles* de Jean-Baptiste Labat. Parti comme missionnaire aux Antilles, à la fin du siècle précédent, ce religieux avait noué des amitiés dans la flibuste. Il parlait longuement de Saint-Domingue, ma première destination…

Clos-Gabrielle, année 1818

J'ai appris à appréhender le moment le plus pénible de la journée : celui de mon réveil, auquel j'ai donné le nom d'« émergence ».

A peine Mariette, ma jeune servante, a-t-elle tiré les rideaux de ma chambre que surgissent mes vieux démons. Ils ne m'importunent guère la nuit, car j'ai le sommeil monolithique, mais, le jour venu, ils reviennent m'assiéger. Ma solitude se prête à ces rémanences douloureuses, à cette ronde de fantômes qui tourne dans ma tête à m'étourdir. Je n'ai pas à les convoquer ; ils sont là dès qu'éclate la lumière du matin, et rien ne peut mieux m'en délivrer que ce caquet de Mariette.

Parle, Mariette, parle ! Ta voix jeune et sonore efface, comme le givre sur la vitre d'une fenêtre, ces nostalgies qui me hantent. Qu'ai-je à attendre ou à espérer du jour qui vient ? Ma vigne poursuit sa lente évolution, ma volaille se dispute la provende matinale, pigeons et tourterelles roucoulent sur le toit, mon chien digère sa pâtée et mon cheval son picotin.

Mariette... Combien de temps encore vais-je garder cette fille à mon service ? Elle m'a annoncé son prochain mariage avec le fils d'un vigneron, propriétaire du château de Lagorce, dont les tours dominent l'estuaire dans les parages de Saint-Estèphe. Elle jacasse avec une volubilité de chambrière : « Mon Julien a attrapé un lièvre au collet... Mon Julien a pêché une énorme lamproie...

Mon Julien par-ci, mon Julien par-là ! » Parle, Mariette, parle. C'est bon de t'entendre.

Le temps de cette fin d'été est moelleux, savoureux et tiède comme un pain sorti du four. Mon raisin commence à rosir que, déjà, les grives s'y attaquent. Parfois je les interpelle et leur demande d'attendre qu'il mûrisse. Elles me répondent : « Tchiou... Tchioup... », entre deux coups de bec. La récolte s'annonce généreuse. Encore faudrait-il que la grêle nous soit épargnée. L'an dernier, elle a anéanti la moitié de ma récolte. J'ai appris à me méfier des caprices du temps, surtout lorsque l'été bascule et que l'océan nous envoie ses charrois de nuages.

La journée sera belle. Il vente un peu, mais par foucades, juste ce qu'il faut pour faire chanter mon tilleul et frémir ma vigne. C'est le temps idéal pour une promenade à cheval. En grignotant ma frotte à l'ail du matin, je me suis dit que je n'avais pas, depuis des mois, poussé jusqu'à l'étang de Lespans. Le trajet n'est ni long ni pénible et mon cheval, Diouf, est encore robuste.

J'ai consacré la totalité de mon après-midi à cette excursion.

Par un sentier connu de moi seul, des chasseurs et des bergers à échasses, j'ai traversé des landes marécageuses envahies d'une végétation profuse, roseaux à massettes, liserons blancs ou roses, mauves, majestueux iris sauvages, bruyères, oseilles rouges, sur laquelle s'ébattent des nuées de papillons et de libellules. Parfois, Diouf bronche lorsqu'une couleuvre paresseuse ou une tortue traverse le sentier. Parfois aussi, un milan royal m'accompagne de son cri grinçant qui déclenche une débandade de tourterelles.

Le sentier plonge ici et là dans des champs de gigantesques bardanes auréolées d'un vol de minuscules papillons bleus, en marge d'un monde mystérieux.

Les espaces boisés que je traverse, pins décharnés, saules et frênes, parfois dominés par un cèdre majestueux, n'ont rien des forêts vierges que j'ai connues.

Arrivé à l'étang de Lespans, vaste étendue aquatique envahie par des lentilles d'eau et des nénuphars, j'arrête ma monture à l'endroit qu'affectionnaient Anaïs et Blanche, et je laisse Diouf se désaltérer avant de l'attacher à une branche d'un noisetier dont les fruits sont presque mûrs.

Cet étang n'est en fait que le résidu d'un ancien lac dont les eaux s'écoulaient vers la côte par un effluent aujourd'hui à sec, enfoui sous les mauves et les chicorées. Il n'en reste que des croûtes de boue et de rares flaques où grouillent batraciens et reptiles.

Le temps clair de cette journée de septembre donne à l'étang des éclats de vif-argent et de mercure. Cette eau morte est grouillante de vie. A mon approche, des grenouilles plongent dans une eau couleur de rouille sur le bord. Blanche et Anaïs se plaisaient à pêcher ces batraciens, dont elles se régalaient après que Mariette les eut assommés et dépecés.

Je me suis arrêté à l'endroit précis où elles jetaient leurs lignes. J'y retrouve, entre deux touffes de roseaux au garde-à-vous, une ombre qui sent la menthe froissée. Un canard s'en échappe en laissant à la surface un sillon de perles et s'engouffre dans une frange d'iris flamboyants. Un merle que j'ai dérangé tourne comme une girouette sur une branche de saule pour défendre son territoire.

Je me serais bien attardé là, le temps d'un somme, mais je *sens* venir la pluie. J'ai appris à en percevoir l'odeur lorsqu'elle traîne avec elle des fragrances océaniques. J'ai appris la pluie comme tout bon viticulteur. Et là, le cul au frais, je me dis qu'il est temps de réintégrer mes pénates.

Mon voisin et ami, Aimé Chassagnac, m'attendait dans mon jardin, devant une cruche de ma dernière vendange que lui avait servie Mariette. Il n'était pas d'humeur à plaisanter.

Le ban des vendanges approchant, il n'était pas parvenu à réunir un nombre suffisant de journaliers : les « châtelains » des environs avaient tout raflé. Mon vignoble n'ayant pas l'importance du sien, je ne partage pas son inquiétude, d'autant qu'elle se renouvelle tous les ans et qu'en fin de compte tout ou à peu près se passe normalement.

Il me confia que ses attaques de goutte avaient repris depuis quelques jours. C'est un sujet de conversation qui nous est familier, car je suis moi-même victime de ce mal, mais avec moins de gravité. Il venait de se faire ausculter par notre médecin commun, Savignac, de Lesparre.

— Savez-vous, François, ce que m'a dit ce morticole ? Qu'à mon âge il fallait s'attendre à mourir et que si je voulais prolonger mon existence je devrais renoncer à la bonne chère, au vin et à l'alcool ! Autant mourir tout de suite, surtout si c'est entre les bras d'un ami...

Je soulevai la cruche ; il l'avait vidée.

2

Un jour, un beau navire...

Si j'en avais eu la volonté, le courage et le temps, j'aurais pu mettre par écrit les notions recueillies au cours de mes lectures préliminaires à mon premier voyage, et en faire un livre que j'aurais intitulé *Manuel du parfait navigateur.* Il m'eût été facile de réciter par cœur le vocabulaire nautique, mais je ne me faisais pas d'illusion : restait à mettre mes connaissances en pratique.

Je partirais avec une certitude : je n'étais pas sujet au mal de mer. J'en avais eu la confirmation à la suite d'une promenade en barque, par mer forte, de Bordeaux à la pointe de Grave, en compagnie de Fabrice de Montvert et de Henri Pierson.

J'assistai avec un regard neuf aux préparatifs de départ de l'*Albatros.* La foule ordinaire se retrouvait sur le quai : bourgeois en tenue de ville, dames en robe à panier, portant ombrelle et coiffées d'amples chapeaux à plumes, commis aux ordres de mon père, groupes de passagers dans l'expectative, matelots assis sur le cul des barriques et fumant leur brûle-gueule...

Les ennuis ordinaires retardaient le départ du vaisseau : il fallait que l'équipage soit au complet, et ce n'était pas une petite affaire que d'aller repêcher les matelots dans les tavernes, les cabarets et les bouges où ils dépensaient tout ou partie de leur avance. Quant au vent favorable, il se faisait attendre lui aussi, alors que tout était prêt à l'appareillage. A l'annonce d'un nouveau retard, les passagers se retiraient avec des protestations inutiles et les quais se vidaient des badauds venus en foule.

Je revois encore mon père, assis devant une petite table ombragée par un parasol, avec devant lui un gros registre où il consignait l'arrivée des dernières livraisons. J'admirais la puissance des débardeurs, souvent des nègres, qui faisaient rouler de lourdes barriques sur le quai avant de les hisser sur le pont de l'*Albatros*, de les plonger dans les cales et de les arrimer pour qu'elles ne compromettent pas l'équilibre du navire. Il arrivait encore des produits de l'arrière-pays : foies gras et truffes du Périgord, pruneaux d'Agen, miel et liqueurs de Gascogne, barres de fer des forges de l'Isle...

Durant les quelques jours d'attente qui ont précédé notre départ, je ne vis guère les deux complices de mon dépucelage et ne le regrettai pas. Leur insistance à me faire partager leurs plaisirs et leurs vices m'indisposait. Plutôt que de voyager en leur compagnie, j'aurais préféré les savoir au diable.

Ma présentation au capitaine de l'*Albatros*, dans un cabaret de la rue des Argentiers, faillit mal tourner.

Natif de Liverpool mais citoyen du monde du fait de ses pérégrinations, James Creach avait l'allure d'un boucanier qui aurait revêtu par inadvertance l'uniforme de capitaine d'un navire marchand. Barbu jusqu'aux yeux, la bedaine mal contenue par une large ceinture de cuir cloutée, le visage balafré de la tempe à la racine du nez, il imposait la crainte plus que le respect.

Avant d'obtenir de lui cette présentation, mon père m'avait dit :

« Tu auras affaire à une brute, mais tu pourras lui faire confiance pour la marche du navire. Il a commandé toutes sortes de rafiots et a fait quelques campagnes de traite en Afrique, jusqu'à Madagascar. Il s'est battu aux Indes contre les Anglais et sur la mer de Chine contre les pirates. Il a ramené des fourrures du Canada, de l'or du Mexique, et j'en passe. C'est un coquin mais un marin d'exception. Tu devras écouter ses leçons et obéir à ses ordres, mais garder tes distances et ne pas tenter de t'en faire un ami ou un soutien. Il court des bruits sur ses mœurs... »

Diable, m'étais-je dit, voilà un sacré personnage !

Aussi m'étais-je préparé, non sans inquiétude, à l'affronter.

Alors que mon père avait quitté notre table pour s'entretenir avec un commis qui sollicitait son aide, James Creach, ex abrupto, m'entreprit sur ma vie sentimentale, comme si cela pouvait avoir quelque incidence sur la suite de nos rapports. Lorsque sa patte d'ours se posa sur ma main, je me souvins de la mise en garde de mon père : garder mes distances. Il venait de les violer.

— Petit, bredouilla-t-il à travers une haleine qui puait la bière, je sens que nous allons faire une bonne paire d'amis. Montre-toi docile et tu n'auras pas à le regretter. Je sais me montrer généreux pour ceux qui se plient à mes volontés...

Sa main lâcha la mienne pour s'égarer sous la table, se poser sur mon genou et remonter comme un crabe le sillon serré de mon entrejambe. La riposte ne se fit pas attendre. Je lui envoyai à la figure le contenu de ma chope. Il fit la grimace, poussa une plainte sourde et s'épongea le visage avec sa cravate, puis, alors que je me levais pour me retirer, il éclata de rire et me retint par le poignet.

— Rassieds-toi, m'ordonna-t-il. Si tu dis un mot à ton père de notre petite dispute, tes jours sont comptés. J'ai été maladroit, j'en conviens, mais, foutre ! tu as la riposte violente. Eh bien, je vais te dire, mon garçon : ça me plaît ! J'aime qu'on me résiste en certaines circonstances, mais faut pas en abuser...

Cette altercation n'eut pas de suite, mais je me dis que j'aurais à rester sur mes gardes durant notre voyage.

Je revis le capitaine Creach le lendemain, en me rendant à mon travail. Il était accompagné d'un jeune Cinghalais auquel ne manquait qu'un peu de poitrine et d'arrière-train pour ressembler à une fille. Cette suave créature portait sous une veste de marine sans galons un pagne noué à la taille et descendant jusqu'à ses pieds chaussés de sandales de corde ornées d'une fleur rouge. Mon père me dit à mots couverts qu'il se nommait

Rami, qu'il était le mignon du capitaine et le cuisinier du bord, entre autres fonctions.

Jusqu'au jour de l'embarquement, je ne revis pas le capitaine Creach. Aaron m'apprit qu'il passait ses dernières nuits de liberté à Gradignan, chez une veuve patronne de cabaret, et ses jours à courir les mauvais lieux pour en ramener par la peau des fesses les matelots manquant au rôle.

Le port, à une semaine de notre appareillage, connut l'encombrement des grands jours. Des navires de la marine royale avaient jeté l'ancre à quelques encablures, près de navires anglais que la paix avait ramenés dans nos eaux. La maréchaussée dut intervenir pour mettre fin à des conflits de taverne qui se terminaient parfois dans le sang.

Sur les conseils de mon père, je fis en sorte que mon trousseau fût réduit au strict nécessaire. Sa liste portait une demi-douzaine de chemises bleues et de hautes culottes, une veste de basin, quatre paires de chaussures à boucles, des chaussettes et deux bonnets de laine, le tout entassé dans le sac de cuir ayant appartenu à mon aïeul Paul Dumoulin. Il s'y ajoutait un baluchon destiné à recevoir un matelas pliant, une épaisse couverture de laine et un hamac.

J'agrémentai ce bagage, sans trop l'alourdir, de quelques ajouts : une petite boussole restée dans la famille, une carte des vents océaniques, cadeau de Maxime, et les récits de voyage du père Labat.

Lorsque je montai à bord pour m'informer des conditions de mon logement, je constatai que ma place était des plus exiguës, en raison de l'encombrement des marchandises de fret, l'*Albatros* devant naviguer en charge. Il restait tout juste la place pour la barre du gouvernail et, même par grand soleil, la pénombre régnait dans cette sentine puante.

L'odeur qui imprégnait tout le navire, notamment l'entrepont, mélange de sueur, d'urine et de fiente, était écœurante. Un lieutenant m'informa qu'il s'agissait des traces de la cargaison de nègres que le vaisseau, retour d'Afrique, avait livrée à des planteurs de Saint-Domingue, et que je m'y habituerais rapidement.

Lorsque nous avons appareillé, un jour de septembre, la guerre avait cessé depuis deux ans, laissant exsangues les belligérants. On ne parlait plus que des amours capricieuses du roi Louis XV, jadis appelé le Bien-Aimé, aujourd'hui détesté. Les parlements de province regimbaient contre l'absolutisme royal et les impôts nouveaux. Cela sentait la fronde. Le royaume subissait encore des disettes et des famines.

Outre un capitaine en second et un lieutenant, la hiérarchie de l'*Albatros* comportait trois enseignes, trois pilotins, dont moi, et deux chirurgiens. L'équipage comptait un nombre de novices conforme à la normale, mais il manquait quelques matelots absents au rendez-vous, ce qui inquiétait mon père.

Il allait se retrouver bien seul dans son foyer. Germain allait partir pour Libourne comme gratte-papier chez un vinadier ; il n'allait pas y rester longtemps. Auguste venait d'être intégré dans la garnison du Château-Trompette. Mon père allait végéter entre la rigueur de son épouse et les caprices de Blanche, qui persistait en vain à réclamer le négrillon que notre mère s'obstinait à lui refuser.

Je n'eus pas le sentiment que mon départ allait soulever une vague d'affliction. Suzanne fut la seule à verser quelques larmes lorsque je l'embrassai en la remerciant des soins qu'elle m'avait dispensés après mon opération. Lorsque je fis mes adieux à Germain, il glissa dans ma poche un poème qu'il venait d'écrire sur le mode antique, dont je n'ai retenu que les deux premiers vers : « Que les gouffres amers où règnent les sirènes/Ne me ravissent pas un frère tant aimé... »

Après une interminable descente de la Garonne, puis de la Gironde, nous nous sommes retrouvés en pleine mer, passé la pointe de Grave, premiers appareillés, en tête du convoi. Notre marche était si lourde, chargés à ras bord comme nous l'étions, que nous n'avons pas tardé à être rejoints puis dépassés par des unités plus légères.

Ce baptême, première confrontation avec l'Océan, allait m'apporter une moisson d'émotions heureuses. Je nourrissais mes jours d'observations et de conversations avec les enseignes. L'un d'eux, Alexis Compain, s'était pris de sympathie pour moi, sans y adjoindre les tentatives du capitaine dans le cabaret du port.

Il me confia que l'amirauté l'avait chargé, officieusement, de veiller à ce que le maître du vaisseau se comportât raisonnablement et avec compétence durant la traversée. Nous nous retrouvions à l'heure des repas dans la chambre du capitaine, sous le château arrière, largement ouvert sur le sillage du vaisseau.

Que dire de ce voyage qui, en trois mois, accomplit sa mission sans mauvaise rencontre ni avaries notables ?

Un des rares événements qui me restent en mémoire est le passage de la ligne équatoriale et la cérémonie à laquelle il donna lieu, comme le veut la coutume. Elle se déroula au sud de l'archipel du Cap-Vert, après notre escale en l'île de Santo Antão et avant de remonter en droiture, vers les îles d'Amérique.

Le capitaine en second, monsieur Vergès, fut chargé d'organiser cette mascarade, avec, dans le rôle du maître de cérémonie, un colosse choisi parmi les matelots, costumé à la mode des boucaniers, armé d'une foène et d'un sabre de bois.

Pour inaugurer le baptême, le sort tomba sur moi, le plus jeune des pilotins, comme dans la chanson. Je me présentai, flanqué de deux parrains de mon choix, accroupi sur des peaux de mouton, devant un tribunal burlesque, avec comme spectateurs une partie de l'équipage et les passagers.

Après un ondoiement copieux, je fus précipité, accompagné de versets cabalistiques, dans un cuveau plein d'eau, puis assistai sans déplaisir au baptême des passagers et aux protestations des dames, qui n'appréciaient guère ce bain forcé.

Je payai le prix de ce redoutable honneur d'une tournée

générale offerte aux officiers. Je m'en tirai avec quelques livres consacrées à des libations immodérées de rhum et de tafia. Le modèle d'économie que j'étais, à l'image de mon père, n'eut pas à le regretter : cette générosité me gagna la sympathie du capitaine et des officiers.

A la mi-octobre, un coup de vent d'une rare violence dispersa les unités de notre convoi. Certaines mirent le cap sur la Guyane, d'autres sur la Guinée, et, profitant de la tempête, les flûtes du roi prirent de l'avance. La frégate *Marianne* hissa son pavillon rouge, signal de détresse, une lame puissante ayant arraché son gouvernail avec sa ferrure, sans endommager la coque. Il fallut lui venir en aide en confectionnant, avec les moyens du bord, un gouvernail de fortune. En usant du mât d'artimon de l'arrière, elle put, tant bien que mal, reprendre sa marche.

La chaleur étant atroce, l'équipage voulut profiter de cet accident pour se baigner. Le capitaine le lui interdit en raison de la présence de requins.

Au milieu de l'océan, à mi-parcours, je fus témoin du châtiment infligé à un matelot qui avait manqué son quart. Attaché à un canon, en présence de l'équipage, il reçut cinquante coups de corde qui le laissèrent sanglant et inanimé.

A quelques jours de là, les matelots pêchèrent un requin de dix pieds de long. Jeté sur le pont, lardé de coups de couteau pour le plaisir de le voir se débattre, puis éventré, il nous livra les motifs de sa présence dans notre sillage. Il avalait tout ce que nous rejetions, et notamment, ce qui occasionna ma stupeur, des haillons, des fragments d'écuelle et un marteau de charpentier qu'un de nos hommes avait échappé.

De tout le temps qu'allait durer notre traversée, le capitaine Creach ne me prêta guère d'attention, comme s'il avait décidé d'oublier notre querelle. Lorsque nous nous croisions, il se mettait à chantonner avec un sourire ironique. Mon ami Alexis me confia qu'il avait lui-même été sujet à ses assauts et s'en était tiré en lui mettant son couteau sur la gorge.

Je ne perdais guère de temps à regarder rouler les vagues et glisser les nuages. L'ouvrage ne manquait pas, à la timonerie, sur l'entrepont et le pont encombrés de cages pour la volaille et les gorets. Je ne ménageais pas ma peine et faisais mon profit de mes observations. J'appris à prendre le méridien, une activité à laquelle j'excellais, paumoyer un câble, prendre un ris, amener un pavillon, affourcher les ancres, larguer une aussière...

Robuste, agile, peu sensible au vertige, je prenais plaisir à grimper dans les vergues. Sur un vaisseau du tonnage de l'*Albatros*, l'altitude donne, sinon le vertige, du moins une étrange ivresse. A quelques dizaines de brasses au-dessus du pont, il semble qu'on en soit séparé par un quart de lieue. On devient une créature de la mer et du vent, un être hybride détaché du monde des vivants. En dépit des turbulences, j'aurais passé des heures à me croire le maître de l'océan et du monde.

Une autre tempête nous surprit alors que nous n'étions qu'à quelques journées des côtes d'Amérique. Les lames inondèrent le pont et obligèrent à mettre les pompes en action. Les charpentiers se tenaient prêts à abattre le mât de misaine. Sans la vigilance et l'autorité du capitaine, nous étions perdus corps et biens.

Je constatai à ce propos que l'*Albatros*, malgré sa belle apparence, était affligé de quelques vices, pas tous imputables à son grand âge : construction défectueuse, œuvres mortes en quantité excessive, gouvernail rétif, mâture disproportionnée et surcharge.

— C'est sûrement son dernier voyage, me dit Alexis. Ce n'est pas sans inquiétude que je me suis embarqué. Nous pourrons remercier la Providence si nous atteignons Saint-Domingue sans encombre, et avec plus de ferveur encore s'il nous ramène à Bordeaux. Pour ta première traversée, le vieux Cohen aurait pu te proposer un meilleur vaisseau !

Le calme revenu avec le jour, nous avons pu repérer les avaries. Notre chambre était inondée, nos effets flottaient sur l'eau, notre literie était transformée en éponge et des ballots de biscuits étaient gâtés. Nous devions dormir dans des vêtements humides et glacés, mais c'était un moindre mal, comparé aux ravages que la tempête avait occasionnés sur le pont et dans les vergues.

C'est avec soulagement que je vis apparaître les premiers volatiles qui annonçaient la terre.

3

L'île lumineuse

On pourra trouver singulier que, de tout le temps qu'a duré la relation de ce voyage, je n'eusse pas mentionné la présence de mes deux compères : Fabrice de Montvert et Henri Pierson.

A titre de passagers, je les voyais rarement sur le pont. Ils passaient leur temps dans leur cabine transformée en tripot, à jouer de l'argent et à boire avec des messieurs et des dames passionnés par des cartes qui n'étaient pas celles des marins. S'il arrivait que nous nous croisions au sortir de leur antre pour fumer un cigare, nous échangions quelques banalités.

Alors que la terre était en vue, Henri Pierson me dit :

— Ma proposition de t'héberger à Port-de-Paix tient toujours. Mon père, commissionnaire pour le vieux Cohen, sera heureux de faire ta connaissance et de t'héberger le temps qui te conviendra.

Fabrice non plus n'avait pas oublié sa promesse :

— Ma famille, me dit-il, est informée par le précédent navire de notre rencontre et de ta venue à Saint-Domingue. Tu y es attendu. Le Petit-Goave est à peu de distance de Port-de-Paix. Tu pourrais jumeler tes deux visites.

Ces invitations avaient de quoi me tenter, mais d'autres préoccupations m'attendaient au Cap : il fallait procéder au déchargement du vaisseau, à la distribution de la marchandise, veiller à rassembler le fret du retour... Mes compagnons pilotins ne seraient pas de trop pour m'aider. Parti avec l'auréole d'un protégé de monsieur David Cohen, j'avais quelque ascendant sur eux.

Je ne m'attarderai pas sur mon séjour au Cap-Français, qui allait durer une semaine environ. J'avais hâte d'aller au plus pressé avant de prendre le bateau pour Port-de-Paix à l'ouest et le Petit-Goave au sud. Le capitaine en second, monsieur Vergès, m'avait prévenu que, l'*Albatros* devant subir quelques réparations, je pourrais disposer d'un mois, à quelques jours près, avant de repartir.

Je passai la première semaine en compagnie de Moreau, notre commissionnaire du Cap-Français, à rendre visite à quelques planteurs que les Cohen comptaient dans leur clientèle. Nous fûmes reçus partout avec ce sens de l'hospitalité propre aux planteurs. Dans la ville même, j'avais pris pension chez une veuve proche de la quarantaine, Irène Malgloire, qui demeurait à deux pas de l'Intendance et du port. Ce qui n'avait rien pour me réjouir, elle avait comme autre client le capitaine Creach. Quant à son giton, Rami, cuisinier du bord, il avait été laissé libre de fréquenter les lieux de prostitution masculine des bas quartiers et les bouges à matelots.

Un matin, au cours d'une promenade sur le port en compagnie d'un de nos pilotins, Claude Brunet, j'assistai au débarquement d'un navire négrier, l'*Honorine*, retour d'une campagne de traite au Sénégal.

Lorsque les premières « pièces d'Inde », comme on dit dans le jargon des négriers, ont débarqué de la chaloupe qui effectuait la navette entre le navire et le port, des planteurs les ont entourées, en prévision du marché aux esclaves, lequel n'aurait lieu que le lendemain ou quelques jours plus tard, le temps de redonner apparence humaine à cette chiourme affectée par le voyage.

Ce navire ne m'était pas inconnu. Deux ans auparavant, j'avais assisté à son gréement dans le chantier naval de la

Paludate. Il appartenait aux Nairac, les plus puissants armateurs de Bordeaux avec les Gradis et les Cohen.

C'était la première fois que Claude assistait à cette scène. Quant à moi, je n'avais gardé souvenir que des quelques nègres que l'on faisait danser au fouet sur le quai de Bordeaux. Au fur et à mesure qu'ils débarquaient, enchaînés à plusieurs, hâves, chancelants, effarés, les captifs, surveillés de près par des gardiens armés de fouets et de fusils, étaient conduits dans un vaste baranquon dressé sous une frange de palmiers et de cocotiers.

Le marché, annoncé par des panneaux, débuta le lendemain, dans l'après-midi, malgré la chaleur stagnant sur le quai. On avait dressé une estrade sur des barriques, devant le baranquon où avaient macéré les captifs. On aurait pu se croire à une des grandes foires de Bordeaux, devant un théâtre de saltimbanques, sauf que les malheureux qu'on y traînait n'étaient pas des artistes.

Il y avait foule autour de l'estrade lorsquc le contremaître chargé de la vente commença son numéro, en gesticulant avec une volubilité de bateleur. Vêtu d'une chemise d'un rouge éclatant et d'un pantalon blanc, coiffé d'un chapeau de paille orné d'un ruban, il portait à sa ceinture deux pistolets et à la main une cravache. Nous l'entendîmes, Claude et moi, hurler un couplet qui disait :

— C'est chez nous, clients et amis, que l'on trouve, je vous le dis, les meilleures marchandises !...

La « marchandise » du jour se faisait attendre et le public commençait à trépigner d'impatience sous les ombrelles, quand la sonnette brandie par le contremaître annonça le début de la vente.

La première « pièce d'Inde » que l'on poussa sur l'estrade était un magnifique Congo vêtu d'un simple morceau d'étoffe qui lui cachait le bas du ventre et d'un lambeau jeté sur ses épaules, destiné, semblait-il, au dire d'un de nos voisins, à cacher les traces des coups de fouet qu'on avait dû lui infliger pour le mater.

— Ce grand mâle, s'écria le contremaître, est un vrai miracle de la nature ! Admirez sa beauté, mesdames, et sa musculature, messieurs. Pour couper la canne vous ne pourrez trouver mieux !

Une femme de planteur se détourna en marmonnant :

— C'est un véritable monstre ! Je n'en voudrais pas pour nettoyer nos écuries...

La mise à prix, jugée prohibitive, déclencha des exclamations. Le nègre trouva comme preneur, après une brève enchère, un planteur de Saint-Christophe qui, enfilant des gants blancs, examina son acquisition de la tête aux pieds.

— Beau sujet, marmonna-t-il. Il pourra faire un étalon convenable, mais ces traces de coups ne me disent rien qui vaille. S'il a été battu, c'est sûrement à la suite d'une révolte. Il faudra que je le fasse surveiller...

Il repartit avec son nègre enchaîné et encadré par deux domestiques mulâtres.

Le reste de la vente proposait quelques mâles plus ou moins aptes aux travaux d'une plantation, et des femelles robustes et saines pour les travaux domestiques. Il y eut quelque trouble lorsque des négrillons furent arrachés à leur mère pour être vendus séparément. Claude jugea ce spectacle odieux ; il me répugnait, à moi aussi, mais sans entraîner de protestation. Monsieur Cohen m'avait prévenu : je devrais me préserver de tout mouvement de pitié ; à l'écouter, ces captifs n'avaient rien d'humain ; on pouvait séparer les petits de leur mère, « comme un veau qu'on enlève à la vache »... C'étaient ses propres mots ! Avec une lâcheté dont je me repens, ayant promis à monsieur Cohen de réprimer en moi toute sensiblerie, je m'attachai à respecter sa leçon.

Il m'avait appris que les écrits destinés à faire abroger l'esclavagisme étaient proscrits par le parlement de Guyenne et leurs auteurs exposés à des poursuites. Le mot même d'« esclave » était à éviter, du fait qu'il rappelait les pratiques de l'Antiquité. On préférait, hypocritement, parler par périphrases de « bois d'ébène », de « pièces d'Inde » ou de « têtes de Congos ».

Sur le quai, autour de nous, adultes et enfants s'amusaient des gémissements, des suppliques et des contorsions des mères. Un planteur s'écria :

— Voilà bien des manières ! Ces femelles devraient comprendre que c'est pour le bonheur de ces petits moricauds qu'on les leur enlève ! Ils seront mieux nourris et plus heureux que dans leur forêt. Et puis, elles pourront en faire d'autres...

— Si j'en avais les moyens et si ma femme y avait consenti, ajouta un gros homme en sueur sous son ombrelle, j'aurais choisi la petite femelle nue qui se tient serrée contre sa mère. Un tanagra... Quel âge peut-elle avoir ? Douze ans ? Treize, peut-être ?

La négrillonne fut adjugée à un planteur de Porto Rico, une brute au visage ravagé par la picote. La mère eut beau s'accrocher à elle, un coup de cravache lui fit lâcher prise. Ce qui restait de la chiourme, malades, éclopés, vieux, fut bradé par lots de trois ou quatre têtes. Certains ne trouvèrent pas acquéreur.

— Ces malheureux, me dit Claude, que va-t-on en faire ?

— Sûrement pas les rapatrier, lui répondis-je. Je crois plutôt qu'ils vont aller nourrir les requins...

Je me suis longtemps interrogé, à partir de ce jour, sur cette singulière aberration qui faisait que, face à des spectacles aussi inhumains, nous restions de glace.

J'y vois la conséquence d'une éducation qui, lorsqu'elle parlait des bienfaits que le commerce, et donc notre bien-être, devait à l'esclavage, éradiquait l'envers du décor : la condition des nègres. Mon père œuvrant dans le négoce maritime, entre son cabinet et le parasol de son entrepôt, à compter les barriques de vin, n'avait qu'une vague notion de ces maltraitances. Ma mère ne voulait même pas en entendre parler. Quant à Aaron, il ne lui fût pas venu à l'idée de contester ces méthodes, partie inhérente et indispensable à la prospérité de sa maison.

J'en voulus surtout à mon père. Conscient de m'ouvrir les portes d'un enfer digne de Dante, il ne m'avait pas informé de ce qui m'attendait. Etait-ce de sa part de la pudeur, la crainte de me voir regimber, de la négligence ? Le respect que je lui porte m'incline vers ce dernier choix.

J'avais mis un pied dans le commerce de la traite. L'autre n'allait pas tarder à suivre. Sans éprouver de scrupules, du moins dans mes débuts, j'allais me livrer à l'achat et à la vente d'êtres humains qui n'avaient de différences avec moi que la noirceur de leur peau et leur condition d'arriérés.

Le seul à m'avoir parlé de l'esclavage, sans m'en dévoiler les horreurs, avait été mon précepteur, Maxime.

Il m'avait appris que cette pratique était connue de la plus haute Antiquité, et que toutes les nations dites civilisées s'y livraient. J'avais eu du mal à concevoir que les ouvriers qui avaient construit les jardins de Babylone ou les pyramides d'Egypte n'eussent pas reçu de salaire. Maxime me répondait que, s'il en avait été autrement, ces monuments, qui faisaient l'admiration du monde, n'eussent pas existé.

« Imagine un peu, me disait-il, la détresse de notre commerce colonial si l'on devait verser un salaire aux esclaves ! Ce serait la ruine pour les artisans qui produisent les objets de traite, les armateurs, et il faudrait s'attendre à une sérieuse augmentation des produits exotiques... »

Il évoqua le souvenir de l'inventeur de l'esclavage : un Portugais nommé Freitas. Face à la pénurie d'Indiens des îles d'Amérique pour l'exploitation des mines d'or et des terres, la plupart ayant été massacrés par les colons, il avait eu l'idée de confier ce travail à des nègres. Où les trouver ? En Afrique, évidemment, cet immense réservoir d'hommes.

Les images qu'il me montrait n'avaient rien qui pût me heurter. On y voyait des rois nègres en train de vendre des sauvages nus, véritable bétail humain, à des marchands en tenue coloniale, dans un décor de palmiers et de grands vaisseaux.

Il m'avait demandé d'éviter d'évoquer cet entretien devant mon père, qui l'aurait renvoyé. Je promis et tins parole.

Mon travail mené bon train, la livraison du fret de retour en grande partie assurée, je pris un bateau pour la plantation des Pierson, dans les parages de Port-de-Paix, à Morne-Bleu.

Elle se situait en face d'un ancien repaire de boucaniers, l'île de la Tortue, et au débouché d'une étroite vallée qui se perd en amont dans un vertigineux ballet de mornes.

Le père d'Henri, Samuel Pierson, régnait en patriarche sur une communauté laborieuse composée d'une centaine de nègres travaillant pour l'essentiel à la canne, à la sucrerie et au tabac. Sa cour familiale se composait de sa femme, une Espagnole originaire de l'île voisine de Porto Rico, mère de neuf enfants dont cinq avaient disparu lors d'une épidémie durant leurs premières années, et d'un quarteron de domestiques noirs, hommes et femmes.

Simple d'allure mais impressionnante par ses proportions, la maison, de style colonial, se situait sur une butte dominant l'étendue des terres cultivées et une rivière descendant d'un morne en forme de hallebarde autour duquel s'enroulaient des couleuvres de nuages.

Le lendemain de mon arrivée, je fus frappé par un étrange monument de bois que je pris pour un travail de maréchal-ferrant. J'appris avec stupeur qu'il s'agissait d'un pilori.

— L'idée vient de mon père, me dit Henri. Il a fait construire ce monument pour punir ses nègres coupables de fautes vénielles, le fouet ou la mutilation étant réservés aux méfaits plus graves. J'ai obtenu qu'on ne s'en serve plus, mais je n'ai pu le faire abattre. Mon père le considère comme le symbole de sa justice.

Je ne reçus pas de cette famille l'accueil que Pierson m'avait laissé espérer. L'ambiance y était morose, le patriarche supportant mal les chansons, les rires et même les jeux des enfants noirs et blancs, dans le jardin. J'avais l'impression d'être un intrus. Lorsque je m'en plaignis à mon ami, il me répondit :

— Mes parents reçoivent peu, et rarement pour des parties de plaisir. Ne sois pas surpris si, à part moi, nos chiens et ma sœur

Fanny, on semble te faire grise mine, mais, rassure-toi, je veillerai à ce qu'on ne rende pas ton séjour insupportable...

De fait, Fanny n'avait pas tardé à me faire comprendre que ma présence ne lui était pas indifférente et qu'elle comptait sur moi pour la distraire de l'ennui qui pesait sur cette vaste bicoque. Henri était souvent absent et, des autres frères, il ne restait à la plantation que Rodolphe, son cadet, qui surveillait, fusil à l'épaule, le travail des nègres.

Cette fille de près de vingt ans, vive et délurée, ni belle ni laide avec sa chevelure ébouriffée et sa taille un peu forte, se prit très vite de sympathie pour moi, comme si je lui proposais une bouée sur l'océan d'ennui où elle macérait. Sa belle humeur, sa vitalité, sa franchise, qui contrastaient avec l'ambiance de la maison, me plurent.

A peine avais-je posé mon bagage dans la chambre qui m'était réservée, elle me servit un punch de sa fabrication, savoureux mais fort chargé en alcool et en épices, qui, à la deuxième coupe, me mit la tête à l'envers. Elle m'assaillit de questions sur la vie que je menais à Bordeaux, ma famille, mes relations, mes fonctions et les circonstances de ma rencontre avec son frère.

Le soir venu, devant le spectacle de l'estuaire débouchant sur un ciel et une mer de soufre, Henri m'offrit un cigare de Morne-Bleu et me parla de sa sœur.

— Tu as sans doute constaté que Fanny est, disons, un peu... excentrique. Cette manière qu'elle a de te poser des questions a dû t'importuner.

— Peut-on lui reprocher d'être curieuse ? Toutes les femmes ne le sont-elles pas ?

— C'est bien la vérité ! Ce que je redoute, c'est qu'elle finisse vieille fille. Tous les prétendants que nous lui avons présentés sont repartis avec leurs illusions. Elle les a découragés, par des réflexions désagréables ou même grossières. Le dernier a battu un record en restant trois jours en sa compagnie.

Je ne tardai pas à comprendre que l'intention d'Henri, peut-être avec l'accord de ses parents, était que je me mette sur les rangs. Quant à Fanny, je l'imaginais telle une araignée tapie dans sa toile, dans l'attente de sa proie. Elle se montra dans les jours qui suivirent relativement discrète en dépit de quelques agaceries, mais les choses n'allaient pas tarder à se gâter.

Partant pour affaires à Port-de-Paix, Henri me proposa de tenir compagnie à sa sœur lors d'une promenade à cheval sur une rive de l'estuaire. Il tint à ce que fussions suivis d'une escorte de deux nègres ; Fanny s'y refusa, disant que la contrée était paisible et que nous ne risquions rien, sauf une averse.

Jusqu'à la côte, je n'eus qu'à me louer de son comportement. Son babillage décousu n'avait rien d'une véritable conversation, ce qui m'exemptait d'y répondre. Elle me demanda ex abrupto ce que l'on chantait à Bordeaux et de lui interpréter une de ces nouvelles chansons. Je m'exécutai et la priai de faire de même. Elle avait une voix de soprano léger qui contrastait avec son physique un peu vulgaire.

Alors que nous arrivions à la côte par un sentier ombragé de palétuviers et de fromagers, elle me provoqua à la course. Comme je connaissais mal ma monture et elle fort bien la sienne, elle n'eut pas de mal à me distancer et en tira une gloriole qui me vexa.

Nous approchions de la baie des Moustiques, à une lieue de Port-de-Paix, quand Fanny se déclara lasse et souhaita faire une pause. Elle avait pris soin de garnir ses fontes d'un en-cas auquel nous fîmes honneur. Elle me dit, avec un sourire :

— Un repas d'amoureux... Aimez-vous ce vin ? Henri le fait venir de la Jamaïque par l'intermédiaire d'Esteban.

Je lui demandai qui était cet Esteban. Elle éluda la question d'un air boudeur.

— Personne, François, ou du moins un personnage sans importance. Faisons un petit somme avant de repartir, voulez-vous ? Je suis lasse. Allongeons-nous à l'ombre, et ne faites pas cette tête. Je ne vais pas vous mordre !

Ce n'était certes pas son intention, je n'allais pas tarder à m'en rendre compte. A peine m'étais-je allongé près d'elle, Fanny prit ma main et l'embrassa avec une plainte suraiguë, avant de la poser sur sa poitrine et de m'attirer fougueusement contre elle, ses lèvres collées aux miennes et sa langue évaluant la profondeur de ma bouche. Elle m'apprit dans un bredouillis qu'elle m'attendait depuis longtemps (!), que j'étais son « prince charmant » (!!) et pouvais disposer d'elle à ma guise…

J'avoue qu'après de généreuses libations de vin de la Jamaïque, qui ressemblait à s'y méprendre à notre bordeaux, je me sentais dans des dispositions favorables à des ébats plus intimes. J'étais sur le point de tondre de ce pré la largeur de ma langue, comme dans la fable de La Fontaine, quand l'idée me vint que j'allais, en abusant honteusement de cette hystérique, trahir la confiance d'Henri.

Profitant de ce que mon cheval s'était détaché de la branche à laquelle j'avais noué mollement sa bride, je m'arrachai à son étreinte.

— Eh ! s'écria-t-elle. Qu'avez-vous ?

— Mon cheval s'est détaché. Il faut le rattraper.

— Laissez donc ! Il n'ira pas loin. Nous avons mieux à faire que de courir après lui.

Je ne l'écoutai pas et me dépêchai de rattraper l'animal. Lorsque je revins, Fanny s'était rajustée et rassemblait les reliefs de notre repas. Elle les replaça dans ses fontes et sauta en selle.

— Venez ! me lança-t-elle d'un ton rageur. Il est temps de rentrer.

De tout le trajet qui nous ramenait à Morne-Bleu, nous n'avons pas échangé une parole.

Le lendemain, la nuit venue, à peine avais-je soufflé ma chandelle, j'entendis grincer ma porte et vis se détacher de l'ombre une longue chemise blanche et un visage souriant encadré d'une chevelure dénouée. Je sentis le piège se refermer de nouveau sur moi, sans avoir, cette fois, le moindre prétexte pour l'éviter et sans moyen de sauver ma vertu, à moins d'occasionner un esclandre.

Fanny posa son bougeoir sur ma table de nuit et me dit en faisant glisser sa chemise :

— Je n'aime pas laisser une affaire en plan, *mon chéri*. Nous allons poursuivre sans être interrompus ce que nous avons commencé hier…

Sans daigner s'attarder à d'autres préliminaires, elle se coula nue contre moi en gloussant de plaisir. Son corps sentait le jasmin et son haleine la vanille. Quand elle commença à me caresser comme un cheval de foire, sans rien oublier, j'eus l'impression d'avoir à subir un viol ou d'être convié à un exercice de lutte gréco-romaine dont je m'attendais à sortir vaincu car elle était plus robuste que moi, encore que je ne fusse pas un gringalet.

A peine fut-elle en mesure de me témoigner sa passion, je me sentis la proie d'un phénomène humiliant. J'étais prêt au sacrifice, mais ma virilité se montrait défaillante. Fanny avait beau s'activer avec une science éprouvée sur le corps du délit et m'inonder de jasmin et de vanille, rien n'y fit.

Après s'être démenée en vain, elle ralluma sa chandelle d'une main tremblante, sauta du lit, revêtit sa chemise en pestant contre « l'eunuque » que j'étais et disparut.

J'appréhendais le moment du déjeuner, où nous allions avoir une nouvelle confrontation lourde de menaces.

Je la retrouvai sous la véranda aux piliers enrobés de volubilis et d'orchidées autour desquels s'ébattaient des volées de minuscules oisillons aux couleurs chatoyantes. De tout le temps de ce déjeuner en famille, elle n'eut ni un regard ni un mot à mon intention.

Lorsque chacun se fut retiré, Henri m'attira vers le bord de la véranda, me fit asseoir sur une marche près de lui et me dit en allumant un petit cigare :

— As-tu passé une bonne nuit, François ?

— Fort bonne, merci, comme la précédente.

— Vraiment ? Il me semble pourtant avoir entendu un bruit qui ressemblait à un ramage d'amoureux. Les cloisons sont minces, tu le sais...

Je rougis et, en trébuchant sur les mots, je lui racontai les tentatives de séduction dont j'avais été l'objet et auxquelles j'avais courageusement résisté.

— Je suis désolé de ces épreuves, me dit-il d'une voix calme.

J'aurais dû te mettre en garde. Fanny t'a-t-elle parlé d'un certain Esteban ?

— Le nom lui a échappé. Je ne sais rien d'autre de lui, sinon qu'il vous procure un vin de la Jamaïque qui a un air de famille avec le pomerol... Il semble qu'il ne compte guère pour elle.

— Il compte beaucoup, au contraire. Ce mulâtre l'a séduite alors qu'elle était adolescente. Elle a souhaité l'épouser, mais mon père s'y est opposé. Un drame pour elle... Ils se retrouvent encore, de temps à autre, mais un jour il partira et je crains que le drame ne tourne à la tragédie. Tu as dû te rendre compte qu'elle est hystérique. Quand tu as débarqué, elle a espéré que tu allais lui faire ta cour...

— Je lui ai enlevé ses illusions. Une idylle entre elle et moi n'aurait mené à rien. Je ne suis pas mûr pour me mettre les fers aux pieds et il est douteux que nous aurions pu faire bon ménage.

Il en convint volontiers et s'excusa de sa complicité.

J'en ai longtemps voulu à Henri d'avoir tenté de débarrasser sa famille de cette fille excentrique en me la jetant dans les bras. Je décidai d'abréger mon séjour. Le peu de temps qui me restait, je le passai pour une grande part dans le cabinet de Samuel Pierson, pour traiter de nos affaires.

La veille de mon départ, l'envie me prit d'effectuer une promenade à l'intérieur de l'île. Je priai Henri de m'accompagner. Comme il y avait quelque danger, des groupes de nègres marrons subsistant dans la montagne en dépit de la chasse avec des chiens pour les traquer, nous avons pris nos pistolets et nous sommes fait escorter de deux nègres armés de fusils.

Nous avons passé une partie de la journée, par une chaleur écrasante, à errer sans but précis dans un désert au sol craquelé par la sécheresse, vestige d'une ancienne forêt, avec pour seule végétation des épineux et des arbres à raquettes, et pour seuls habitants des reptiles. J'aurais aimé visiter la grotte qui porte le nom étrange de Trou-du-Bon-Dieu, mais Henri m'en dissuada, dans la crainte que nous n'y trouvions une tribu de marrons.

Je pris davantage d'intérêt à visiter la plantation et la sucrerie, située au bord de la rivière.

Aucune cérémonie ne marqua mon départ de Morne-Bleu, d'autant que lorsque je pliai bagage, au petit jour, Fanny dormait encore. Je m'interdis d'aller la réveiller d'un baiser d'adieu. Monsieur Pierson et son épouse ne manifestèrent aucun regret de me voir quitter leur habitation et ne m'invitèrent pas à y revenir.

Henri, lui-même indifférent, du moins en apparence, se contenta de me remettre des vivres pour le trajet du retour et de bredouiller quelques banalités en m'embrassant.

Je traversai Port-de-Paix sans m'y arrêter. Un navire de Nantes, appartenant, me dit-on, aux Maurin, embarquait des cargaisons de sucre et de café. C'était une journée radieuse. La végétation côtière étincelait encore de la pluie nocturne. Les nègres affranchis qui conduisaient mon embarcation ne cessèrent, de tout le temps que dura le voyage, de palabrer et de chanter des chants de leur lointaine patrie, avec des contorsions dangereuses. On voyait de temps à autre émerger l'aileron d'un requin...

Conscient d'avoir échappé à un piège, j'étais au comble de la félicité.

Je ne résidai que trois jours au Cap-Français, le temps de m'informer de la suite des livraisons et de constater que la réparation des avaries causées à l'*Albatros* donnait satisfaction.

Je rencontrai sur le chantier le capitaine Creach, accompagné de son giton. Il paraissait de belle humeur, tirant des bouffées de sa pipe, et me donna l'assurance que tout se passerait au mieux pour le retour. Le vaisseau serait plein à ras bord et les « dieux de la mer » veilleraient sur notre voyage. J'en acceptai l'augure.

Il me tapa sur l'épaule et me dit :

— Petit, ce soir, je t'invite chez la veuve Malgloire, où je fêterai mon anniversaire. La quarantaine déjà, eh oui ! Je vais rouler ma bosse pendant une dizaine d'années encore, puis j'irai profiter de ma retraite en Bretagne, dans la maison que je vais faire construire.

Il me parla de la nouvelle campagne de traite que monsieur Cohen lui avait proposée pour l'année suivante.

— Tu peux pas savoir, petit, me dit-il, le plaisir qu'il m'a fait. La traite, c'est ma partie. Je répugne pas à des missions en droiture, de Bordeaux à Saint-Domingue, mais ça vaut pas le cabotage sur les côtes d'Afrique, les plages à l'infini, le désert ou la forêt qu'on devine derrière les cocotiers, les villages des bords de fleuves dix fois plus larges que la Garonne à Bordeaux, les palabres dans la case des chefs, les chants et les danses des nègres, l'amour avec les négresses... Une fois que tu auras connu ça, tu pourras plus t'en passer. Il y a du danger, je dis pas, mais, tu vois, je m'en suis tiré et je regrette rien.

Je participai aux agapes d'anniversaire du capitaine par un barillet de rhum accueilli par des vivats. Tous les officiers de l'*Albatros* étaient présents dans la grande salle de l'auberge. J'étais, des trois pilotins, le seul invité : une faveur que je devais à la protection de monsieur Cohen.

La fête dura jusqu'à minuit. Je pris part de bon cœur au repas délectable préparé par la veuve et fis honneur au poulet aux noix de cajou, au poisson frit, au riz djon-djon, à la gelée de mangues et de citrons verts.

Passé le dessert, le héros de la soirée annonça qu'il n'était pas question d'en rester là. On allait faire une descente au bordel de Laurette, rue du Renard. Personne n'osant se dérober, je suivis le mouvement, à moitié ivre. Mon choix se porta sur une mulâtresse gracile, vêtue d'un pagne indien et coiffée d'une volée de papillons bleus, dont j'ai oublié le nom mais qui me dispensa jusqu'à l'aube des plaisirs raffinés.

J'avais confié mon pécule à Irène Malgloire ; elle en avait pris le plus grand soin en le plaçant dans son coffre, me dit-elle, avec ses propres économies. Je lui demandai de le garder quelques jours de plus, le temps d'un séjour chez Fabrice de Montvert, qui ne m'eût pas pardonné une dérobade.

Avant d'arriver à Port-au-Prince, je passai deux jours à bord d'une barque à voile, à longer la côte, accompagné de deux nègres pour assurer ma sécurité.

L'accueil que je reçus chez Fabrice n'eut rien de comparable avec celui qu'on m'avait réservé chez les Pierson. Fabrice me dit en m'embrassant :

— J'étais certain que tu ne manquerais pas à ta parole. Ma famille avait hâte de te voir. On a même fait préparer ta chambre. Viens, tu dois être impatient de te reposer...

Il me présenta son père, homme grisonnant, ridé comme une pomme oubliée, mais jovial et volubile. Veuf depuis peu, il vivait avec ses fils, Fabrice étant le troisième et dernier. La seule fille qui lui restât avait épousé une homme de loi de Jacmel, localité située sur l'autre versant de la péninsule, face à la mer des Caraïbes.

J'allais passer dans cette demeure des journées inoubliables.

La famille ne savait qu'imaginer pour me distraire ou m'instruire, en excluant tout protocole. Des deux frères de Fabrice, Jules et Honoré, je ne vis que ce dernier, chargé de la surveillance des esclaves, Jules résidant à quelques lieues de là, dans un faubourg de Port-au-Prince, où il tenait la comptabilité d'un exploitant forestier. Fabrice avait en charge la bonne marche de la sucrerie, l'une des plus rentables de l'île.

Fabrice me dit en confidence, le premier soir, à l'heure des cigares et des liqueurs :

— D'accord avec mon père, j'ai prévu, pour agrémenter ton séjour, d'affecter à ton service une jeune négresse de Guinée achetée sur le marché de Port-au-Prince, il y a deux ans. Je ne te cache pas l'avoir connue intimement, sans qu'elle soit ma maîtresse. Elle se chargera de satisfaire tes désirs. Nous l'avons appelée Zulma. C'est le prénom d'une héroïne des romans que lisait ma mère.

Je le remerciai de son obligeance, bien qu'elle me parût de mauvais goût. J'appris par la suite que c'était une coutume et que personne ne s'en plaignait, sinon les dévots et autres pisse-froid. Je n'eus moi-même aucun motif de me plaindre de ce service particulier, d'autant que Zulma, outre l'efficacité qu'elle apportait à sa mission, n'avait rien à envier, de par sa taille de ballerine et la finesse de son visage, aux beautés bordelaises. Quant au plaisir, elle m'en combla.

Ce séjour fut aussi bref que le récit que je me propose d'en faire. Contrairement au précédent, je ne fus l'objet d'aucune complication sentimentale : j'eus le corps et le cœur en repos.

Monsieur de Montvert mit à ma disposition son tilbury pour mes promenades en ville, où je ne m'attardai pas : hormis le port, la cathédrale, le palais du gouvernement et les marchés, rien ne retint mon attention. Je pris davantage d'intérêt aux excursions à cheval dans l'arrière-pays, qui, contrairement au versant nord, était exempt de nègres marrons, du moins à ce qu'on me dit. Néanmoins, je gardais en permanence deux pistolets dans mes fontes.

Un jour, pour me rafraîchir, je m'arrêtai devant une case de torchis au toit couvert de palmes où avaient poussé des fleurs rouges. Un vieux nègre affranchi était occupé sur le seuil, à l'ombre d'un énorme tamaris, à des travaux de vannerie. Je lui demandai ce qu'il tressait :

— Des chapeaux de latanier, me dit-il, pour les dames et les messieurs de la ville. Je manque pas de travail, j'en ai trop même, mais j'aurais pas de quoi payer un ouvrier.

Il vivait seul dans cet ermitage et ne descendait en ville que pour livrer la marchandise qu'il portait sur son dos. Il paraissait satisfait de sa condition malgré sa mine ascétique et une ossature de squelette. Ses trois chèvres lui donnaient de quoi faire son fromage, et son potager, grand comme ma chambre chez les Montvert, les légumes pour sa soupe.

J'avais vu un nègre heureux, le premier, et je ne l'ai pas oublié. Pour une livre, je lui achetai un large chapeau de femme orné d'un papillon porte-queue et d'un ruban rose, un cadeau que je destinais à Zulma.

Seul événement notable de mon séjour, la visite, proposée par Fabrice, de la sucrerie.

Elle se situait sur un large espace plat proche du lac. A cette époque, la partie française de Saint-Domingue en comptait environ cinq cents, celle des Montvert étant la plus productive, peut-être du fait que les esclaves y étaient traités humainement.

J'assistai au spectacle des charrettes chargées de canne, sur lesquelles étaient juchés des négrillons chahuteurs et bruyants. Les tiges dépourvues de leurs feuilles étaient jetées sous des rouleaux métalliques d'où s'écoulait le *vesou*, qui, après une longue et lente élaboration, allait finir en France, dans la tasse des bourgeoises.

Je bus et recrachai la *guildive*, un liquide que Fabrice me fit goûter par manière de plaisanterie. Cet alcool dévastateur, qui signifie, à l'en croire, « tueur de diable », est, m'affirma-t-il, apprécié seulement des Anglais, des Allemands et des Nordiques. Je préférai le goût du sirop issu de la mélasse, qui a déjà un vague goût de rhum.

Rien ne me retenant à Port-au-Prince, sinon l'agréable et généreuse hospitalité de Fabrice, j'avançai de deux jours mon retour au Cap-Français, où ma présence allait devenir nécessaire. Fabrice en parut affecté. J'eus l'impression qu'il éprouvait davantage de plaisir à m'héberger que moi à être son invité.

La veille de mon départ fut l'occasion d'agapes d'une qualité et d'une abondance particulières. Je dégustai un iguane cuit à feu doux dans un vase de terre, avec des patates douces, un porcelet aux bananes, des galettes de cassave à la gelée de goyave, le tout accompagné de vins de France et de liqueurs des îles.

J'aidai Fabrice et ses nègres à charger quelques ballots de sucre dans mon embarcation, pour les entreposer dans les cales de *l'Albatros*, et réglai cette fourniture par une lettre de change.

Ma séparation d'avec Zulma se fit sans effusions sentimentales. Outre le chapeau du vieux nègre, je lui fis présent d'un bracelet d'argent payé deux livres dans une boutique de la ville. Elle me remercia en me sautant au cou.

DEUXIÈME PARTIE

1

« Dans les prisons de Nantes... »

Passer d'un continent à un autre, avoir, chaque matin, à réentreprendre son existence comme on fait le ménage, affronter les caprices de la mer et du ciel, oblige à réfléchir sur nous-même, aux relations avec nos proches et ceux qui nous ressemblent sans forcément s'identifier à nous. Cette remise en question de ma personne est devenue constante et l'est restée tout le temps du voyage de retour.

A peine à bord de l'*Albatros*, au départ de Bordeaux, j'avais eu l'impression, chaque matin, de me réciter une prière profane dont les termes, imprégnés du quotidien, n'étaient plus conformes à la réalité. J'étais un autre personnage dans un autre décor, au milieu d'autres gens. Tout était nouveau, tout était différent. J'avais eu du mal à me faire à cette nouvelle vie, mais je finis par m'y insérer sans forcer ma nature. Je me sentais à la fois déstabilisé et enrichi.

Il en fut de même, mais en de moindres proportions, lorsque je rembarquai sur l'*Albatros*, un peu plus d'un mois après avoir jeté l'ancre au Cap. Ce séjour avait instillé dans mes fibres une nouvelle conception de l'existence.

Je passe sur les aléas qui ont précédé notre appareillage : tracasseries (« inévitables et emmerdantes », m'avait dit le capitaine Creach) des autorités portuaires, attente des dernières livraisons venues de l'intérieur, recherche des matelots épars dans la ville, attente des ultimes passagers et d'un vent favorable...

Je ne m'étendrai pas non plus sur la traversée. L'*Albatros* trompa nos inquiétudes. Il semblait que son séjour dans le chantier naval eût été pour ce vieux rafiot une cure de jouvence : il réagissait bien à la manœuvre de la timonerie et filait allègrement ses sept nœuds par mer calme.

Je n'évoquerai que pour mémoire les menus incidents qui marquèrent cette traversée : une voie d'eau à tribord au cours d'une tempête au milieu de l'Atlantique, la vergue d'artimon brisée, une rixe entre matelots ivres en quittant les Açores, la mort de l'un d'eux, après une chute du petit hunier volant, livré à la mer après une prière de l'aumônier...

Je profitai d'une journée de bonace pour demander au bosco de m'initier avec plus de précision à la manœuvre de la voilure, mon point faible.

Bordeaux baignait dans un printemps humide et froid.

Nous avons remonté la Gironde, depuis l'étranglement de la pointe de Grave, sous des bourrasques de pluie glacée qui nous changeaient des ondées tièdes des tropiques. Nous ne pûmes déceler qu'à travers le brouillard, à tribord, l'église de Meschers sur son promontoire et, à bâbord, les « châteaux » des vignerons du Médoc. Passé l'île de Patiras, un soleil timide illumina comme pour une féerie les bastions et les murailles de la forteresse de Blaye.

Il fallut attendre trois jours pour qu'un emplacement favorable nous fût assigné, des navires français et étrangers se pressant le long des quais, de la Monnaie aux Chartrons. Après que notre vaisseau eut affourché ses ancres, nous fîmes nos adieux au capitaine et à l'équipage. Chargé de mon baluchon, je descendis dans la chaloupe qui me ramenait à terre.

A peine arrivé à la maison, je compris que des événements graves s'étaient déroulés en mon absence.

Je ne m'attendais certes pas à ce que ma mère me prenne dans ses bras en remerciant la Providence de m'avoir ramené à bon port, mais je fus surpris qu'elle m'accueillît comme si je revenais d'une promenade. Elle était assise devant sa toile, qui comme celle de Pénélope semblait promise à l'éternité, et ne daigna pas se lever. Elle me dit simplement, d'un ton sec :

— Tiens, te revoilà... Essuie-toi les pieds sur le paillasson et pose tes bagages dans le placard. Suzanne s'occupera de ton linge sale. Elle va te préparer un bain chaud et te frotter avec du vinaigre, au cas où tu porterais sur toi les germes d'une maladie contagieuse. Nous avons assez d'ennuis sans ça...

— Quels ennuis, mère ?

— Ton père t'en parlera sans doute quand tu le reverras. Si tu tiens à le voir, tu pourras le trouver à son nouveau domicile, rue des Bahutiers, au-dessus de l'atelier de menuiserie d'un certain Marcillac...

Eberlué, je me laissai tomber dans un fauteuil.

— Vous voulez me dire que...

Elle répliqua d'une voix glaciale :

— As-tu oublié qu'on ne reste pas assis en parlant à sa mère ? Debout, mon garçon ! Oui, ton père et moi vivons séparés. Nous n'avons pas encore divorcé, mais ça ne tardera guère. As-tu fait bon voyage ?

— Oui, mère, mais...

— C'est bon. Tu peux disposer...

Je me levai d'un bond et, piqué au vif, lui lançai :

— Mère, votre comportement envers moi est indigne ! Eh quoi, laissez-moi parler, je vous prie. Votre fils revient d'un voyage de plus de six mois, il a risqué plusieurs fois sa vie, et tout ce que vous trouvez à lui dire, c'est...

Elle laissa tomber ses bras, se renversa dans son fauteuil et fit remonter ses mains vers son visage. Pour la première fois, je surpris une coulée de larmes sur ses joues sèches. Elle balbutia :

— Mon fils, il faut me pardonner. Je suis malheureuse,

vois-tu. Malheureuse et incapable de me comporter avec toi comme je le devrais. Si tu veux bien, nous reparlerons de *tout ça* ce soir ou demain. Suzanne va s'occuper de toi. Va, mon fils...

Elle tira de sa poche la sonnette qui ne la quittait jamais et l'agita.

Suzanne fut plus loquace. Il faut dire que je la harcelai de questions. En déballant mes frusques, elle me dit, après m'avoir fait promettre de garder cette confidence par-devers moi :

— Tu arrives à un mauvais moment, mon Françou. Le ménage est sens dessus dessous. Tes parents s'apprêtent à divorcer.

— Ma mère me l'a appris, sans m'en donner les raisons.

— Tout vient de ton père, mon petit. Il a... comment dire ?... abusé de sa liberté. Il est vrai que ta mère, elle, a abusé de sa patience et de la mienne, et qu'elle nous menait à la fourche. Tu la connais... J'ai failli plusieurs fois rendre mon tablier. Elle songe à se retirer au couvent. Alors, moi, qu'est-ce que je vais devenir ?

— Tu avais, il me semble, un projet de mariage quand je suis parti. Où en est-il ?

— Tout est rompu ! Mon fiancé est un patron de gabare qui gagne bien sa vie, mais il boit et, quand il est ivre, il se connaît plus. Alors, adieu la noce ! Me reste plus qu'à retourner dans ma famille, en Saintonge.

Je lui demandai où se trouvait ma sœur, Blanche. Elle était à sa leçon de musique. J'appris que notre mère avait fini, pour avoir la paix, par tolérer la présence d'un négrillon. Il n'avait pas fait long feu : elle l'avait revendu au bout d'un mois, incapable qu'elle était de supporter leurs jeux.

— Notre Blanchette, ajouta Suzanne, a mal supporté cette séparation, au point de tomber malade. Aujourd'hui encore elle en veut à madame. Si tu assistais à leurs disputes...

Quant à Germain et Auguste, ils faisaient leur chemin sans soulever de vagues, étrangers qu'ils étaient à la vie du couple : l'un à Libourne, l'autre au Château-Trompette. Germain avait écrit un opuscule sur le poète aquitain Ausone et des comédies, sans pouvoir assurer la moindre publication ou représentation. Quant à Auguste, on ne le revoyait que lorsqu'il venait réclamer de l'argent.

Pour ce qui était des raisons précises du divorce envisagé, Suzanne se refusa à m'en révéler plus. Elle me fit la même réponse que ma mère : mon père m'en dirait davantage...

Le lendemain matin, vêtu de ma redingote de promenade, je me rendis rue des Bahutiers. Bien que ce fût l'heure du dîner, mon père était encore à son travail. Monsieur Marcillac, maître ébéniste, m'informa qu'il ne rentrait qu'à neuf heures de relevée [1].

Je me rendis chez les Cohen pour rendre compte de ma mission et trouvai Aaron au milieu de ses secrétaires. Il me donna rendez-vous pour le dîner dans un restaurant voisin.

— Creach m'a parlé de toi, me dit-il. Il trouve que tu joues un peu les petits chefs, que tu te prends pour un *missi dominici*. Pourtant, rassure-toi, il a beaucoup apprécié tes qualités, encore que tu aies beaucoup à apprendre sur la navigation hauturière et la traite. Nous allons donc te garder à notre service, avec des émoluments qui restent à calculer.

Il m'annonça qu'il avait des projets pour moi.

— Tu as bien supporté la navigation en droiture, mais c'était une mission facile. Reste à la compléter par une autre épreuve : la traite.

— Est-ce vraiment indispensable ?

— Ça l'est ! Elle constitue l'essentiel de notre commerce, mais il faut y être préparé. C'est un travail difficile, dangereux, et qui engage beaucoup d'intérêts. Penses-tu que tu pourras répondre à notre projet ? Dix-huit ans, c'est le bel âge pour débuter...

Comme j'hésitais à répondre, il ajouta :

— Nous allons te laisser le temps de la réflexion. Si tu refuses, nous ne t'en tiendrons pas rigueur. Je vais te faire part de l'idée

1. Les heures dites « de relevée » sont les heures de l'après-midi et de la soirée.

de mon père. Il a prévu de te faire effectuer un stage chez un concurrent et ami, Maurin, de Nantes, le meilleur armateur négrier que je connaisse dans cette profession. Réfléchis donc. Tu pourrais partir d'ici un an. En attendant, tu pourras observer un mois de congé. Repose-toi. Tu dois en avoir besoin.

Quand j'entendis péter le canon de huit heures au Château-Trompette, je retournai rue des Bahutiers. Pouce levé, monsieur Marcillac, en fermant son atelier, me fit signe que mon père avait regagné son domicile. Il avait été prévenu de mon retour et de ma visite.

De nature économe, Pierre Dumoulin vivait dans un meublé de deux pièces, au deuxième étage, le rez-de-chaussée étant occupé par l'atelier et le premier par la famille de l'artisan. Tout y était d'une grande sobriété, alors qu'il aurait pu prétendre à vivre sinon dans le luxe, du moins dans un confort bourgeois.

Il me pressa contre sa poitrine, avec de petites tapes sur les omoplates.

— J'étais inquiet, me dit-il. L'*Albatros* est arrivé avec du retard.

— Il a bien trompé son monde, père. Malgré les apparences, il n'est plus de la première jeunesse et bon pour la réforme.

— Monsieur Cohen a décidé que ce serait son dernier voyage. Il va être désarmé dans les jours qui viennent.

Je lui parlai de la visite que j'avais faite à ma mère et de la nouvelle de la séparation qu'elle m'avait annoncée. Il hocha gravement la tête, se gratta la barbe, me pria de m'asseoir à sa table où trônait une soupière fumante et m'invita à partager son souper.

— Ce sera à la fortune du pot. Un tourin, des patates cuites dans la cendre, du saucisson et du fromage.

Après nous avoir servis, il consentit à m'éclairer sur ses rapports avec ma mère :

— Ils se sont brusquement dégradés après ton départ, me dit-il. Je n'acceptais de rester auprès d'elle que parce que tu étais présent et que nous faisions front, toi et moi, contre sa tyrannie. Toi parti, je ne me suis pas senti de force à lui résister. Un jour, je lui ai annoncé que nous devrions vivre séparés. Elle en a convenu, sans paraître ébranlée. Elle a proposé de demander le divorce et a parlé de se retirer au couvent, mais je sais qu'elle n'en fera rien.

Je lui demandai comment il organisait sa vie. Relativement jeune encore et en bonne santé, il eût été néfaste pour lui de rester seul. Il eut un mince sourire, comme si j'avais tenté malignement de percer un secret, et s'abstint de répondre.

— Plus tard, mon garçon. On en reparlera, c'est promis.

Il me dit, en finissant la bouteille :

— Je t'hébergerais volontiers, mais cet appartement ne se prête guère à une cohabitation. En revanche, nous nous reverrons souvent. Tu sais où me trouver.

Il déboucha une autre bouteille, la troisième – il n'avait pas renoncé à ses habitudes d'intempérance.

— En attendant, mon Françou, tu vas me raconter ton voyage. Paraît que tu as donné satisfaction au capitaine. Aaron m'a parlé de toi. Il est ravi...

Il me proposa d'aller finir la soirée au jardin : quelques brasses d'herbe piétinée entourées de murs de brique, encastrées au milieu d'immeubles vétustes. Il posa le bougeoir, la bouteille et les verres sur une table de fer rouillée et m'invita à m'asseoir sur un banc encombré de jouets.

— C'est là, me dit-il, que je viens, chaque soir ou presque, lire mon journal avant de souper et me désennuyer. Alors, dis-moi, ce voyage...

Je lui offris un cigare de Saint-Domingue, qu'il jugea « un peu raide ». En écoutant mon récit, il but à lui seul les trois quarts de la bouteille. J'étais saisi par le froid mais ne le montrai pas. Il était près de minuit quand je terminai mon récit, en me souvenant des tièdes soirées sous les vérandas de l'île, face aux fêtes d'or et de feu du crépuscule.

Cette première nuit, je la passai dans une auberge du port, bien que mon bagage fût resté cours du Chapeau-Rouge.

A quelques détails relevés au domicile de mon père, un bonnet à rubans jeté sur le lit, des fleurs en pot sur le bord de la fenêtre, le discret parfum d'iris qui imprégnait la pièce principale, j'avais compris qu'il ne vivait pas seul, ce qui ne me surprit pas outre mesure. Lorsqu'une femme passe quelque part, et a fortiori quand elle y séjourne, il en reste toujours quelque trace.

Lorsque je le retrouvai, le lendemain, sous l'auvent qui l'abritait de la pluie, en train de veiller au débarquement des marchandises de l'*Albatros*, il me dit d'un ton jubilatoire :

— Grande nouvelle, mon Françou ! Demain soir, je soupe chez les Cohen. Devine quel sera l'invité d'honneur ?

— Vous, père ?

— Tu plaisantes ! Je veux parler du maréchal duc de Richelieu, le gouverneur de la province. Je vais devoir louer chez le fripier un costume convenable...

Monsieur de Vignerot du Plessis, maréchal duc de France, petit-neveu du grand cardinal, ministre du roi Louis XIII, avait été nommé gouverneur de la Guyenne et de la Gascogne, ce qui, ajouté à des antécédents familiaux riches de grands personnages, faisait de lui une des sommités du régime.

Je devais avoir dix ou douze ans lorsque j'avais assisté aux festivités qui avaient marqué son entrée dans notre ville. Les centaines d'embarcations somptueusement décorées qui l'avaient escorté de Blaye à Bordeaux, le roulement des canons du Château-Trompette, le défilé de la garnison, les feux d'artifice, les concerts et les bals en plein air étaient restés dans ma mémoire.

Accueilli par les messieurs du parlement et les autres corps constitués, il était entré dans Bordeaux par un arc de triomphe et s'était rendu à la cathédrale pour entendre une messe de *Te Deum*.

J'ai gardé du nouveau gouverneur l'image d'un homme mince, de taille modeste, perruqué à blanc et fardé comme un marquis. Plus tard, la reine Marie-Antoinette l'a traité de « vieille poupée », ce qui, déjà, lui convenait parfaitement, mais qu'on ne s'y trompe pas : uniquement épris du beau sexe, il en faisait une grande consommation, si je puis dire.

Duc de Fronsac, un fief situé à trois lieues de Libourne, monsieur de Richelieu éprouvait une passion pour notre province, ses femmes et ses vins. Il sembla par la suite vouloir confirmer son titre officieux de « roi de Bordeaux ». Cette ville était amoureuse de lui et il allait l'être d'elle, au point de souhaiter lui donner des allures de Versailles.

A chacune de ses sorties en carrosse, ce personnage fastueux se faisait escorter d'une garde palatine en grand uniforme, parfois d'une fanfare. A la cathédrale, où il était accueilli par des musiciens à sa solde jouant ses airs favoris, son fauteuil, à défaut d'angelots, était entouré par sa garde.

Mon père gardait en mémoire le souper de quatre cents couverts qui avait marqué la venue du nouveau gouverneur, dans les jardins de l'Intendance illuminés a giorno, et du bal costumé et masqué donné quelques jours plus tard en son hôtel particulier.

Il n'avait pas tardé à enfiler, comme du bout de ses ongles roses les perles d'un collier, les aventures galantes. Plusieurs fois chaque semaine, il donnait à souper pour des dizaines de notables accompagnés de leurs épouses ou maîtresses. L'une de ces dernières, en costume masculin, lui avait adressé ces vers qui ne laissaient guère de doute sur ses ambitions :

Si je te crains, je suis anglais.
Si je t'aime, je suis français.
Si je suis femme, je t'adore...

Cette ambiance luxurieuse précédait le tumulte des batailles qui allaient imposer au gouverneur de décrocher son épée de maréchal. Durant sept ans, ce grand séducteur allait faire de la guerre la seule maîtresse à laquelle il fût fidèle.

Il avait fait ses premières armes à seize ans, sous le commandement du célèbre maréchal de Villars. A moins de trente, après avoir dirigé l'ambassade de France à Vienne, il avait guerroyé à travers l'Europe, jusqu'en Pologne, s'était illustré à Dettingen, à Gênes et à Fontenoy. Sa principale réussite avait été une expédition, à Minorque, contre les Anglais. En revanche, la conquête du Hanovre, cette principauté de conte de fées honteusement pillée par ses soudards, reste une tache indélébile sur sa mémoire.

Monsieur de Richelieu a connu trois souverains, en plus de la Régence, et s'est marié trois fois, la dernière à quatre-vingt-quatre ans !

La campagne du Hanovre a marqué la fin de sa carrière militaire. Rappelé à Versailles, il a essuyé la colère de la Pompadour pour avoir refusé la main de son fils à une fille de la favorite. Un affront inexpiable...

Quel personnage, et quelle existence ! Monsieur de Richelieu a concentré en lui les vices de la décadence et la passion des idées novatrices. Il profitait des bienfaits de l'Ancien Régime, dont il se moquait. Courtisan fastueux et passionné d'art militaire, avec une apparence de dévotion, il a été l'ami de Voltaire. Les courtisans l'appelaient « le Professeur de plaisir du roi » et les officiers « le Petit Père la Maraude ». Ce caméléon s'est adapté à tous les règnes et en a chaque fois tiré profit.

Notre ville lui doit la construction, par l'architecte royal Victor Louis, d'un Grand Théâtre qui fait l'admiration de toute l'Europe. La majorité des Bordelais, qui eût préféré un pont de pierre sur la Garonne, grinça des dents...

Mal à l'aise dans son hôtel, il a fait construire sur ses terres de Fronsac, près de Libourne, une villa dite « à l'italienne », entourée de jardins que Le Nôtre n'eût pas reniés. Il allait en faire le lieu favori de ses rendez-vous galants.

Ceux qui l'ont connu ne tarissent pas d'éloges sur sa vivacité d'esprit, sa conversation, son érudition et son humour. D'autres critiquent son orgueil, sa tyrannie, son avarice et ses débauches. Les uns le tiennent pour une réplique de Lovelace et de Tartuffe, d'autres de Léandre et de Chérubin.

La « vieille poupée » est morte d'une congestion pulmonaire à l'âge de quatre-vingt-douze ans. Monsieur de Richelieu laissait une jeune veuve à laquelle il avait fait un enfant du miracle.

On a revêtu sa carapace d'insecte de son habit bleu favori, avant de le conduire dans un caveau de la Sorbonne, près de son aïeul, le grand cardinal.

Que l'on me pardonne de m'être attardé sur ce personnage. J'y fus motivé pour deux raisons : il fut, avec Montaigne, Montesquieu et Tourny, l'un des personnages qui ont marqué notre province de leur génie ; d'autre part, ma petite sœur Blanche allait avoir affaire à lui, pour le pire et pour le meilleur.

J'ai retrouvé, dans son premier mariage avec une demoiselle de Noailles, l'ambiance conjugale qui a régné entre mes parents : elle était laide et acariâtre, lui d'une beauté angélique et volage. Monsieur de Richelieu raconte dans ses *Mémoires* qu'enfermé à l'âge de seize ans à la Bastille, pour libertinage, il recevait deux fois par semaine son épouse, avec mission de l'engrosser. Ce fut en vain.

Je retrouvai un soir, chez ma mère, ma Blanchette de retour de sa leçon de piano. Elle me sauta au cou, riant et pleurant à la fois, et s'accrochant à moi comme un sapajou. J'avais l'impression de tenir contre ma poitrine une gerbe d'iris humides. Ces effusions passées, elle me dit d'un air boudeur :

— Tu m'avais promis de me ramener un perroquet. Je ne le vois pas.

— Je n'en ai pas trouvé un seul. Ils s'étaient tous envolés. La prochaine fois, peut-être…

En revanche, coquette déjà, elle s'extasia devant la robe à la mode créole achetée au Cap-Français, avec les pacotilles qui l'accompagnaient.

Au seuil de l'adolescence, elle ressemblait à une poupée, avec son visage de porcelaine, ses yeux d'amandes vertes et sa crinière fauve. Elle ne tenait pas en place, jacassait comme une perruche, donnait sur tout des avis péremptoires. Elle était la seule dont notre mère supportât les humeurs et les caprices.

— J'ai fait, me dit-elle d'un air faraud, des progrès au piano. J'étudie Bach en ce moment. Veux-tu que je t'interprète une de ses pièces ?

De tout le temps que je restai chez ma mère, Blanche n'eut de cesse de m'entretenir de ses progrès en musique et de ses relations avec les filles et les garçons de bonne famille fréquentant la même école. Quand, pour plaisanter, je lui demandai si, parmi ces élèves, elle avait trouvé l'élu de son cœur, elle rougit et me répondit :

— Ça, Françou, c'est mon secret...

Un autre soir où je rapportais à mon père une alose achetée sur le marché, dans l'intention de la partager avec lui, c'est une jeune femme qui m'ouvrit. Je faillis en laisser choir mon paquet.

— Jeanne... Jeanne Fourcade... Toi, ici !

— Et toi, me répondit-elle, tu es François. Permets-tu que je t'embrasse ?

Si elle paraissait moins surprise que moi, c'est, me dis-je, que mon père avait dû la prévenir de mon retour. Je n'allais pas tarder à apprendre les raisons de sa présence.

Quelques mois après mon départ, elle avait rencontré mon père à l'étal de poissonnier de la porte Cailhau, où elle livrait sa pêche. Ils avaient bavardé. Elle lui avait appris qu'elle n'était pas heureuse en ménage : son mari la brutalisait et lui dérobait l'argent qu'elle tirait de sa pêche, une activité à laquelle elle n'avait pu renoncer. Mon père lui avait proposé de l'aider, mais sans savoir que faire pour autant.

— Ne nous juge pas sévèrement, poursuivit-elle. Nous avons décidé de nous revoir. Son ménage était bancal et ma vie était un enfer. Au temps des Chartreux, tu étais bien jeune pour t'en rendre compte, mais j'aimais ton père et il avait quelque sentiment pour moi. Alors, après des années de rupture, nous avons repris nos rapports. Je ne regrette rien, et Pierre de même. Nous vivons désormais à pot et à feu, comme on dit.

Je lui demandai comment Gerbert, son mari, avait pris cette désertion.

— Très mal, comme tu peux le supposer. Quand je lui ai annoncé ma décision de le quitter, il m'a rouée de coups puis est allé trouver Pierre. L'entrevue a failli mal tourner. Si ton père n'avait pas eu son pistolet, cette brute l'aurait égorgé. Pierre lui a proposé une forte somme pour qu'il renonce à ses droits sur moi...

— Il t'a achetée, comme une esclave, c'est ça ?

— Sauf que je n'en suis pas une ! Ton père m'aime et me respecte. Je vais avoir un enfant de lui...

Une obsession la taraudait :

— Ce que je redoute, me dit-elle, c'est que Gerbert devienne plus exigeant. Il n'y a pas eu, entre lui et ton père, de contrat écrit. Mon mari peut se présenter, accompagné d'un huissier, et exiger que je le suive. Et alors, je n'aurai plus qu'à me jeter dans la Garonne...

Mon père de retour, nous avons fait trois parts de l'alose que Jeanne avait fait griller avec des herbes, sur les braises. L'ambiance était si sereine que j'avais l'impression d'avoir fait un bond de plusieurs années en arrière et de me retrouver dans la cabane des Chartreux.

Je crus que le ciel me tombait sur la tête lorsque Aaron m'informa que son père souhaitait me voir pour une affaire d'importance, sans que la présence de mon père fût nécessaire.

Je retrouvai sans plaisir l'ambiance glaciale du cabinet où siégeait le patriarche. Monsieur Cohen n'avait guère changé depuis notre dernière entrevue, sauf que sa voix avait faibli et qu'il était sujet à de légères suffocations, comme s'il cherchait ses mots. Aaron m'avait prévenu qu'il souffrait d'un squirre à la trachée artère et risquait une aphasie.

J'appris que le capitaine Creach avait fait sur mon compte un rapport favorable, hormis une réserve consécutive à ma prétendue *fatuité* qui, me dit monsieur Cohen, n'était qu'une ambition prématurée, sans la moindre gravité. On allait pouvoir donner suite à mon initiation.

— Mon garçon, me dit-il, si j'ai fait pour toi le choix de Nantes, c'est en raison de l'importance de ce port en matière de traite. Jean Maurin est un ami de longue date, armateur compétent et homme d'honneur. Il a un fils de ton âge, Joseph, qui a choisi la même voie que toi. Tu t'en feras sûrement un compagnon et, je le souhaite, un ami. Es-tu d'accord avec ce projet ?

J'étais d'accord, mais sans marquer le moindre enthousiasme. Refuser eût été heurter monsieur Cohen et son fils et me destiner à suivre une carrière peu glorieuse dans le secrétariat, alors que mon voyage à Saint-Domingue m'avait donné le goût de l'aventure. Pour ce qui était de la traite, je ne m'y sentais guère enclin, mais on avait décidé pour moi.

— Mon fils, conclut monsieur Cohen, s'occupera des documents relatifs à ton transfert. Tu rejoindras Nantes par la route pour gagner du temps. Ton départ a été fixé au début de juillet. Nous nous reverrons peut-être d'ici là...

Je me gardai de faire des prélèvements fastidieux sur l'avance généreuse qui m'avait été consentie. J'employai le temps qui me restait, environ trois semaines, à approfondir mes connaissances sur la navigation hauturière, l'Afrique et la traite. Aaron m'y aida en me laissant disposer de sa bibliothèque.

Je fus surpris de la profondeur de mon ignorance, notamment en ce qui concernait le continent noir et la traite. Quant à la piraterie, cette confrérie de brigands, j'appris les différences entre les divers éléments qui la composaient.

Association criminelle, les flibustiers sévissaient encore et pillaient les côtes d'Amérique avec une prédilection pour les colonies espagnoles. Les navires des corsaires étaient armés en course par des particuliers ou des gouvernements, qui tiraient des bénéfices de leurs prises, notamment lors des conflits. Les forbans agissaient sans respecter les règles et pour leur seul profit.

C'est dans cette dernière catégorie que l'on peut ranger les boucaniers, la pègre de la piraterie.

Henri Pierson avait prévu de me mener en barque à voile jusqu'à leur terre d'élection, l'île de la Tortue, séparée de Port-de-Paix par un bras de mer infesté de requins. Ils avaient créé une communauté et amassé sur ce rocher le fruit de leurs rapines. Ils pratiquaient la chasse aux taureaux sauvages et en vendaient les peaux à Saint-Domingue, les autorités les laissant libres d'exercer ce trafic. Ils mettaient en commun tous leurs biens, y compris les femmes enlevées dans leurs raids. Ils se comptaient plusieurs milliers d'individus : un Etat dans l'Etat. On les appelait les Frères de la Côte.

J'en appris davantage sur cette confrérie par le livre d'un navigateur basque, Œxmelin, *Histoire des aventuriers, flibustiers et boucaniers qui se sont signalés dans les Indes.* Sa lecture me retint trois jours et trois nuits.

Dans la véritable caverne d'Ali Baba que constituaient le cabinet de curiosités et la bibliothèque d'Aaron, mon attention fut retenue par un étrange instrument baptisé « bâton de Jacob », qui dans les siècles passés, au temps des flottes de l'or, servait à déterminer les latitudes. Sur une table à trois pieds était posée la carte de la rose des vents, surmontée d'une tige de quatre à cinq pieds de long sur laquelle glissait un curseur qui, par la visée sur l'étoile Polaire, indiquait le degré de latitude.

A cet instrument rudimentaire s'ajoutaient une collection d'astrolabes, de montres de marine, d'horloges de sable et des liasses de portulans représentant toutes les cartes du monde connu, celles de l'Afrique notamment, que je recopiai à m'en fatiguer les yeux. L'un des plus anciens de ces documents, intitulé *Le Vrai Portrait du monde*, a été réalisé, en l'an 1570, par Jean Cossin. Le monde du temps de ce navigateur n'a guère changé, mais ce *portrait* n'est plus ressemblant.

Comme le temps et l'argent ne me faisaient pas défaut, je fréquentais cabarets, restaurants et salles de jeu, en veillant à ne pas trop obérer mes finances. Lorsque la chance aux tables me souriait, je m'offrais une soirée au Panier-Fleuri de lady O'Gara.

J'aurais pu faire sur les doigts d'une main le compte de mes relations masculines. C'étaient des pilotins en partance ou de retour, de jeunes officiers de bord, d'anciens camarades du collège des jésuites : un Nairac et un Monteil, fils d'armateurs.

J'assistai, en compagnie de Claude Brunet, au démantèlement de l'*Albatros*, et eus le cœur serré devant le spectacle de cette énorme carcasse de baleine sur laquelle s'acharnaient des fourmis humaines. Claude regrettait qu'au lieu de le désarmer on ne l'ait pas vendu à de petits armateurs de La Rochelle ou de Bayonne, ce qui eût prolongé sa vie de quelques années.

Claude, qui se piquait de poésie, me lut le quatrain qu'il avait composé pour perpétuer, me dit-il, le souvenir de ce vaisseau :

Tu resteras dans nos mémoires,
Toi, l'Albatros, géant des mers,
Dont les exploits couverts de gloire
Méritent bien ces quelques vers.

Je commençais à trouver le temps long et à perdre patience. J'avais appréhendé mon départ ; je souhaitais qu'il se fît au plus vite. Les derniers jours de juin s'étiraient dans des vagues de chaleur alternant avec des orages.

Mon père m'invita un dimanche à pousser une promenade dans une voiture de louage, jusqu'au vignoble qui lui était échu par héritage, dans le Médoc, et dont, n'ayant aucune notion de viticulture et de négoce, il ne savait que faire. Il se proposait de le vendre ; je lui conseillai de le garder pour sa retraite. Jeanne était de mon avis. Il nous écouta mais n'en profita pas. C'est moi qui, plus tard, allais redonner vie à ce petit domaine : le Clos-Gabrielle.

Je tournais en rond dans le cabinet de curiosités et la bibliothèque d'Aaron. Je bâillais en lisant des études sur le *Catascopiscu*, navire éclaireur de la Rome antique, la flotte du temps du Grec Pithéas, les *snekkars* scandinaves... J'aurais pu réciter par cœur les noms des navires sortis des chantiers d'Europe depuis Christophe Colomb, avec leurs caractéristiques ; il m'eût été facile de manœuvrer les barques à tête de dragon de Guillaume le Conquérant ou les galères de Venise.

J'achetais des poissons aux étals de la porte Cailhau et je les rapportais soit à ma mère, qui les jetait d'un air dédaigneux sur la table de la cuisine, soit à Jeanne, qui se faisait une joie de m'inviter à les déguster.

A Bordeaux, côté port, c'était la grande folie.

La ville dansait sur la Lune, du nom qu'on donne à ce port qui en affecte la forme quand elle est à son quart. Des navires de toutes les nations d'Europe envahissaient la Garonne, certains devant attendre qu'une place se libérât pour approcher du bord. Les établissements publics, à commencer par les maisons closes, étaient débordés. Pleins jusqu'aux poutres, les entrepôts des Chartrons récemment construits se vidaient de leurs futailles pour faire oublier, dans les brumes du Nord, l'amertume de la bière.

La grande folie du vin atteignait son paroxysme aux grandes foires d'octobre. Le tohu-bohu qui en résultait me rappelle un poème de Claude Chapelle, poète du Grand Siècle, écrit à la suite d'un voyage dans nos provinces :

Bordeaux, en cette saison, a la gloire
De donner tous les ans à boire
Presque à tous les peuples du Nord...

Un événement grave faillit faire remettre mon départ pour Nantes, dans les derniers jours de juin.

Un soir où je ramenais à Jeanne une belle friture de vandoises, je la trouvai accablée. Elle m'annonça la mort de son mari. Il avait disparu un matin, dans le brouillard du fleuve. On avait retrouvé sa barque engravée sur la berge de l'île Cazeau, et son cadavre dans une roselière, au niveau de Lagrave-d'Ambarès.

— Qu'a-t-il bien pu lui arriver ? me dit Jeanne. A-t-il été éperonné par un bateau, a-t-il fait une fausse manœuvre, alors que jamais le moindre accident ne lui était arrivé et qu'il connaissait le fleuve mieux que personne ?

Je ne pus m'empêcher de constater que cette disparition arrangeait bien ses affaires.

— J'en conviens... soupira-t-elle, mais je ne puis oublier les bons moments que nous avons connus au début de notre vie commune.

Mon père, lorsqu'il nous rejoignit, une heure plus tard, abondait dans ce sens, sauf qu'il eût préféré une autre conclusion. Ce que ni lui ni elle ne me dirent, c'est qu'une enquête était en cours. Un pêcheur en train de réparer les filets de son carrelet avait aperçu à travers le brouillard la silhouette d'une femme qui était descendue de la barque échouée et avait disparu. Il s'était empressé d'alerter les autorités.

Je n'allais connaître que plus tard la suite des événements. Mon départ pour Nantes était imminent.

Je n'avais pas la joie au cœur en prenant la poste pour La Rochelle. Je fis la route en compagnie d'un novice, Charles Nairac, qui allait suivre la même initiation que moi à l'école des Maurin. Nous avons couché le premier soir à Saintes, dans un relais de poste incommode, encombré de religieux en pèlerinage. L'étape du lendemain nous mena jusqu'à Niort, où nous trouvâmes à nous loger à la Salle dorée, dans des conditions identiques.

Je m'étais prémuni contre les aléas du voyage en emportant un livre écrit au siècle passé par un certain Jouvin de Rochefort, trésorier royal à Limoges. Il ne me fut pas d'un grand secours car ce voyage ne dura que trois jours, mais la lecture m'en fut agréable.

A La Roche-sur-Yon, où mes ancêtres avaient vécu, nous avons été traités avec force révérences, tels des ambassadeurs du Grand Turc. En revanche, mon compagnon perdit aux cartes une cinquantaine de livres en jouant contre un aigrefin qui avait abusé de sa naïveté. L'affaire faillit mal tourner. Ivre de vin et de rancune, Charles sortit son pistolet pour se faire restituer le pécule qu'il avait perdu, suite à des tricheries éhontées.

Notre nuit fut troublée par un groupe de pères oratoriens qui menaient grand tapage avec deux servantes dans la chambre voisine. Je dus les menacer de mon arme pour interrompre le sabbat.

Nous arrivâmes en vue de Nantes sous un orage qui coucha des arbres sur la route et ralentit notre marche. Plutôt que d'importuner nos hôtes par une arrivée tardive, nous avons demandé à souper et à coucher dans une auberge où, l'heure étant passée, on refusa de nous servir. Force nous fut de frapper à la porte du presbytère. Un curé compatissant nous fit servir un en-cas par sa gouvernante et coucher dans une cabane de son jardin.

Le lendemain, apprenant que nous étions attendus par la famille Maurin, ce brave homme nous offrit un déjeuner auquel nous fîmes honneur. Il nous trouva un loueur de voitures qui nous mena d'une traite à Nantes, où se trouvait notre famille d'accueil. Jamais je ne vis un tel enchevêtrement d'églises, de palais, de maisons bourgeoises et de masures, à y perdre son latin de voyage. Le centre de cette ville se présente comme un réseau de quartiers entortillés autour d'églises, de fontaines ou de monuments. Sans notre loueur, nous aurions perdu une journée avant d'atteindre notre but.

Après avoir franchi la Loire, notre loueur n'eut pas à chercher longtemps la demeure de nos hôtes. Elle se situait au sud de la ville, dans une rue parallèle au fleuve, longeant les remparts en voie de démolition, entre le promontoire abritant le château des ducs de Bretagne et l'Hôtel de la Monnaie.

Rien, dans sa façade, n'aurait pu soutenir une comparaison avec les immeubles patriciens de Bordeaux ou même les maisons voisines, certaines marquées par l'histoire et ornées de sculptures. C'était l'austérité mariée à la médiocrité.

Alors que nous descendions nos bagages, Charles me dit :

— Je devine ta déception. Tu éprouveras la même à l'intérieur. Je connais bien cette maison. Mon père m'y amenait jadis. La réputation des Maurin ne s'abrite pas derrière une façade luxueuse. Elle se suffit à elle-même. En confidence, le père Maurin est un fieffé grippe-sou...

Un vieux serviteur coiffé d'un chapeau de paille, en tenue de travail, sécateur à la main, vint nous ouvrir et nous demanda sans aménité qui nous étions et ce que nous voulions. Il l'apprit sans se dérider et nous laissa transporter nos bagages sans nous proposer son aide. Il nous annonça qu'il allait prévenir Monsieur de notre arrivée. Ce n'est pas lui qui se présenta, mais une servante aux airs soupçonneux, Annick, Bretonne de Quimper, me dit Charles.

Ses traits ne se détendirent que lorsque Charles se fut fait reconnaître d'elle. Elle se chargea d'une part de nos bagages et nous fit entrer dans un couloir qui sentait le chou bouilli et le graillon.

Charles manifesta de l'humeur en constatant que la chambre de vastes dimensions, aux murs nus, qui nous était réservée ne comportait qu'un lit. Il avait mal supporté la promiscuité que je lui avais imposée au cours de notre randonnée, mais devoir s'y résoudre des semaines et des mois, c'était trop !

— Je vais exiger, me dit-il, deux chambres séparées. Cette maison est assez vaste pour qu'on me donne satisfaction...

— Si ma présence t'indispose à ce point, lui répondis-je en plaisantant, je pourrai aller coucher dans le jardin, comme chez le curé...

Il éclata de rire, me tapa sur l'épaule, puis, après avoir jeté un regard par la fenêtre, me lança :

— Je t'annonce que Sa Majesté Jean Maurin va nous honorer de sa visite !

Je me penchai et ne vis rien d'autre qu'un second jardinier qui se débarrassait de son tablier.

— Ne sois pas surpris, me dit Charles. Maurin, c'est bien lui. Depuis que je le connais, il a la passion des rosiers mais ne répugne pas à s'occuper du potager. C'est un vieil homme, et un sacré caractère. Ne t'attends pas de sa part à des salamalecs.

Déjà presque un vieillard, monsieur Maurin accusait son âge avec ses épaules voûtées, son visage parcheminé et une calvitie dissimulée sous le bonnet et le chapeau de soleil. Il nous accueillit sans un sourire, nous demanda à mi-voix des nouvelles des Nairac et de Cohen, comme si j'étais un membre de cette dernière famille. Il ordonna à la servante de nous conduire à son épouse, madame Marguerite, et nous tourna le dos pour retourner à ses légumes ou à ses rosiers.

Charles m'avait prévenu : je ne devais pas m'attendre à être reçu et traité comme un prince, mais une telle indifférence me choquait. Il m'avait de même confié que cette demeure n'avait rien des maisons patriciennes du cours du Chapeau-Rouge et que l'on y vivait chichement, mais j'étais loin d'en deviner le dénuement. Deux mots peuvent en résumer le décor : ancien et sinistre. J'avais l'impression de me retrouver dans le collège des jésuites : ambiance monastique, rareté du mobilier qui paraissait échoué là depuis des siècles, large escalier de pierre aux murs *ornés*, si je puis dire, de tableaux d'ancêtres sortis, semblait-il, des pinceaux d'un mauvais élève de Rembrandt...

Alors qu'en remontant à notre chambre nous nous trouvions sur le palier intermédiaire, se dessina soudain à contre-jour l'image lumineuse d'une grande fille blonde, ou rousse, apparemment un peu trapue, qui semblait nous sourire.

— François, me dit Charles, voici Cécile, la nièce de nos hôtes. Une vieille amie, si je puis dire, une fleur dans un bouquet d'orties et de ronces...

Elle rit, embrassa Charles et me tendit sa main à baiser. Elle nous pria de la suivre au salon où madame Maurin, sa tante, nous attendait. Celle-ci interrompit la partie de cartes qu'elle disputait avec une sorte de vieux marquis, nous salua cérémonieusement et se rassit en marmonnant :

— Cécile, je te charge de t'occuper de ces jeunes gens. Pardonnez-moi, mes enfants, je suis trop fatiguée pour vous accompagner.

Il y avait, pour cette femme au masque de plâtre et au fard outrancier, de quoi être lasse : depuis son mariage, en l'an 1735, elle avait donné naissance à treize enfants, dont plus des deux tiers avaient succombé, les uns à de mauvais traitements en nourrice, les autres à des fièvres, fréquentes dans cette province.

Charles me rassura :

— Ne te formalise pas de cet accueil. Il ne traduit aucune réserve. A part Joseph, le fils, et Cécile, la nièce, ces gens ne s'intéresseront guère à nous, ce qui, tu en conviendras, est un avantage. L'essentiel est que nous soyons bien traités, et nous le serons.

Il ajouta, l'air grave :

— Pour ce qui est de Cécile, je te préviens : chasse gardée. D'autant qu'il y a du mariage dans l'air. Avec qui ? Je te le donne en mille ! Avec la relique qui donnait la réplique à madame Marguerite, gros actionnaire de l'entreprise. Cécile s'y refuse. Et moi, je suis intéressé. Cette famille mène une vie d'artisans ou de petits bourgeois économes, mais, en creusant dans la cave, on trouverait une mine d'or. C'est une image, tu l'auras compris, pour dire que les Maurin sont une des plus grosses fortunes de Nantes mais n'en laissent rien paraître...

— Si tu conquiers le cœur de cette fille et que ça finisse par un mariage, tu risques de ne recevoir en dot que des miettes, étant donné le nombre des héritiers !

— Je ferai en sorte, François, que ces miettes soient les plus grosses...

Ce n'est que trois jours plus tard, à la mi-juillet, que je pus rencontrer un des fils Maurin, Joseph. Il me déplut de prime abord par sa mine peu amène et ses airs supérieurs, surtout à mon égard – il semblait me prendre pour le valet du prince ! –, mais il ne tarda pas à me faire meilleure mine et à me manifester de l'intérêt quand il apprit que j'étais un protégé des Cohen et que j'avais effectué une traversée pour leur compte.

Au cours du premier repas que nous avons partagé, il me tendit des pièges pour éprouver mes connaissances. Je lui répondis avec une maestria qui le déconcerta et lui démontrai que j'en savais autant sinon plus que lui. Il me demanda où j'avais puisé ma science. J'énumérai une partie des ouvrages auxquels je la devais et lui parlai de mes manies d'observer sans relâche et de prendre des notes sur le moindre événement du bord.

Charles avait suivi notre entretien. Il me lança, avec un brin d'amertume et d'agressivité :

— Je n'ai pas ta patience, moi ! Je m'endors sur les livres. Ce qui m'intéresse surtout, c'est le négoce. Demande-moi de comparer le cours des nègres du Cap-Vert et de ceux de Gorée : là, je suis à mon aise.

A cours de ce repas, je fus surpris et gêné de l'intérêt que semblait me porter Cécile. J'attribuai cette attitude au fait que, sans me flatter, j'avais plus belle apparence que Charles et que ma conversation était moins figée.

Le moment venu de la tabagie et des liqueurs, madame et Maurin s'étant retirés, Cécile m'invita à m'asseoir près d'elle sur un sofa qui montrait son crin. Elle voulait savoir comment on vivait à Bordeaux et quelles étaient mes ambitions. Sa jambe se laissait aller à frôler la mienne et, lorsque je lançais une pointe d'humour, elle riait et sa main se posait sur mon genou.

Ce manège ne pouvait échapper à Charles. Occupé à une partie de biribi avec Joseph, il glissait de temps à autre un regard vers nous. Jetant ses cartes sur le tapis, il vint à moi et me fit signe de le suivre dans le jardin, où il me demanda raison de mon comportement envers sa « fiancée ».

— Si je te surprends encore à lui conter fleurette, me dit-il, tu auras affaire à moi. Je t'avais prévenu et tu n'en as pas tenu compte.

— J'ignorais que Cécile et toi étiez fiancés ! Il n'empêche : je n'ai fait que répondre à sa curiosité, et elle n'avait rien d'équivoque.

— Allons donc ! Elle te faisait les yeux doux et buvait tes paroles. Je ne suis pas aveugle. Ce comportement a même alerté Joseph.

Je pris la mouche pour répliquer :

— Que devrais-je faire, selon toi ? Lui interdire de m'adresser la parole ? Fais-le donc toi-même !

Nous en sommes restés là. Je lui ai tourné le dos et nous avons regagné nos chambres séparées, Charles ayant obtenu que la promiscuité qu'il appréhendait lui soit évitée. Nous logions au même étage, de part et d'autre du palier.

Monsieur Maurin me surprenait agréablement. Sous la défroque du jardinier, j'avais découvert un homme réservé mais courtois, qui s'était ouvert à moi de la curiosité que je lui inspirais, notamment pour ce qui avait trait à ma connaissance de la navigation. Lui-même, bien qu'ayant peu voyagé, paraissait en savoir plus qu'Aaron, le vieux David Cohen ou mon père.

Il me posa, sans avoir l'air de vouloir me sonder, des questions insidieuses. Je constatai, au cours des quelques heures passées ensemble, qu'il avait sur la marine et la traite des connaissances encyclopédiques.

Il me tutoya dès le premier jour, preuve de la sympathie que je lui inspirais – plus que Charles, me sembla-t-il.

— Mon garçon, il semble évident que tu n'as rien d'un gratte-papier, encore qu'aux dires de mon ami David Cohen tu aies donné satisfaction dans son secrétariat. Il va falloir que tu t'inities de plus près aux rouages du commerce et de la traite.

Je lui parlai des notes prises durant mon voyage à Saint-Domingue ; il tint à en prendre connaissance ; je les lui confiai. Il eut tôt fait de les lire.

— Ce journal de bord, me dit-il ensuite avec une pointe de moquerie, témoigne avant tout de ta curiosité. Tu sais observer les personnages, les événements, la marche d'un navire, mais cela demeure flou. J'ai relevé quelques erreurs dont je te parlerai plus tard. Tu as appris dans l'entourage d'Aaron les premières notions pour le négoce des denrées et de la traite. Il va te falloir les approfondir.

Il ajouta d'un air sévère :

— J'ai relevé dans ces notes quelques appréciations sur la

traite des nègres. Elles ne sont pas en notre faveur. Alors dis-toi bien, mon garçon, que si tu persistes dans cette voie il te faudra quitter ma maison et n'y plus revenir. Je suis un négrier, comme l'étaient mes ancêtres, et suis fier de l'être. Si tu as encore des états d'âme, tu les mets au placard ou tu repars pour Bordeaux.

Je lui donnai l'assurance que mes « états d'âme », comme il disait, ne m'empêcheraient pas d'assumer les missions de traite que l'on me confierait. Je n'avais aucun mépris pour les négriers. Il ne fallait voir dans ces réserves qu'un reliquat de sensiblerie infantile.

Il me dit son intention d'éprouver mes qualités et mes vertus par un voyage aux Antilles, à bord d'un de ses navires. Je pourrais partir avec Joseph et Charles. Son fils était d'accord, et Charles le serait aussi. Il me demanda mon avis ; je ne pouvais me dérober.

— Si monsieur Cohen y consent, lui dis-je, j'accepterai avec joie.

— Mon garçon, j'en fais mon affaire. Dis-toi que ce voyage fera partie de ton instruction...

Mon séjour à Nantes me fut bénéfique.

Nous consacrions, Charles et moi, accompagnés le plus souvent par Joseph, des journées entières aux ports de la Loire et de l'Erdre, cette rivière baignant une partie de la ville qui semble bâtie sur l'eau. Nous assistions et parfois participions aux opérations d'armement des navires en partance, à la répartition des cargaisons dans les cales, à l'enregistrement des équipages et des passagers, autant d'activités qui différaient sur de nombreux points de celles de Bordeaux. Nous passions des heures dans les cabarets à nous informer, auprès des officiers de marine et des matelots, des conditions de navigation, en nous efforçant de parler leur jargon, qui avait des tournures particulières, et que nous utilisions par jeu entre nous.

Le dimanche qui suivit notre venue, après le dîner, je lisais le journal du pays dans le parc, tandis que Joseph et Charles disputaient une partie de palets avec le nègre chargé de l'écurie, lorsque Cécile, qui paraissait s'ennuyer, me proposa une visite au château des ducs de Bretagne, situé à proximité.

— Volontiers, lui répondis-je, mais il faut que j'en informe votre fiancé.

Elle se laissa tomber près de moi en suffoquant.

— Mon *fiancé*, dites-vous ? D'où tenez-vous cela ?

— De lui-même, mademoiselle. Ne me dites pas qu'il a usurpé ce titre !

— Charles n'a aucun droit sur moi ! Je vais le lui dire de ce pas !

— N'en faites rien, je vous prie. Il me chercherait querelle, et je me refuse à troubler la sérénité de cette maison. N'avez-vous pas compris qu'il est jaloux ? Il me l'a fait sentir. Alors renonçons à cette visite ou invitez-le à nous suivre.

Elle protesta âprement, au risque d'alerter les joueurs.

— Il vous faut donc une permission de votre mentor pour sortir en ville ? Eh bien, soit ! Je renonce mais suis bien décidée à ne pas en rester là. *Monsieur* Charles aura de mes nouvelles...

— Renoncez-y, je vous en conjure. Je ne veux pas donner à mon ami l'impression de marcher sur ses brisées. En revanche, si je l'informe moi-même de votre proposition, cela paraîtra moins suspect.

Elle en convint. Je pris mon air le plus innocent pour annoncer à Charles cette promenade qui ne l'était pas moins. Il ne put refuser, de crainte de déplaire à Joseph, témoin de nos propos. Je lui proposai même de nous suivre. Il refusa et me jeta en ricanant :

— Bonne promenade, les amoureux !

Cette réflexion ironique gâta mon plaisir.

Cécile accrochée à mon bras, je visitai cette excroissance de la ville dressée sur la Loire comme un autel dédié aux dieux du fleuve. Elle me fit admirer l'architecture de cet ensemble harmonieux : la tour du Fer-à-Cheval, celles de la Rivière, du Port, de la Couronne-d'Or... C'est dans ce palais aux allures de forteresse, me dit-elle, qu'avait vécu la duchesse Anne de Bretagne. On y respirait une ambiance de siège, de tournois, de drame et de cour d'amour.

Je restai béant de surprise devant la façade vertigineuse du grand logis, qui avait davantage l'allure d'un donjon que d'un palais, malgré les dentelles de pierre grisâtres qui l'escaladaient jusqu'au sommet.

Bouquet final de cette promenade : Cécile tint à me faire visiter la maison de la Psalette, logis d'un charme fou, dont le nom vient de la maîtrise qui jadis y avait élu domicile. Nous y sommes entrés comme dans un moulin, avec l'impression de baigner dans un ouvrage de dame.

Cécile remit à une autre fois, l'heure étant avancée, la promenade prévue dans l'île Feydeau, du nom d'un ancien intendant de Bretagne, Feydeau de Brou.

— Cet endroit, me dit-elle, a un charme singulier. On y trouve les plus belles maisons bourgeoises de la ville et celles des plus riches armateurs. C'est là qu'habite mon prétendant.

— Votre *prétendant*, Cécile ? Serait-il aussi votre fiancé ?

— Ne plaisantez pas, François ! L'affaire est sérieuse.

J'avais déjà eu l'occasion de croiser chez les Maurin ce personnage à l'allure de vieux marquis, et qui l'était bel et bien. Monsieur de Kergadiou, ami de la famille, principalement de madame Marguerite, avec laquelle il disputait des parties de cartes ou de dominos, était un homme discret, courtois, portant beau malgré son âge avancé. Ce vestige de l'ancienne noblesse bretonne du négoce était un moulin à chiffres, à bilans et à bénéfices, sans que ce travers apparût dans ses relations avec ses proches.

J'appris plus tard que, dans sa jeunesse, il avait été l'amant de madame Marguerite et que, n'ayant pu l'épouser pour ne pas contrarier sa famille, il s'était voué au célibat. Qu'il souhaitât le rompre pour épouser ce tendron de Cécile dépassait mon entendement.

Monsieur le marquis habitait, dans l'île Feydeau, un charmant petit hôtel à la façade ornée de sculptures représentant des oiseaux, des papillons et des mascarons. En dépit d'une fortune acquise par des opérations de traite, il vivait sur un pied modeste, avec un seul valet, ancien esclave de Guinée.

— Votre prétendant ? poursuivis-je. Votre famille aurait-elle vraiment l'intention de vous marier à ce... à ce...

— Eh bien, dites-le ! Oui, à ce *barbon* qui pourrait être mon grand-père. L'affaire est en train.

— Et vous pourriez consentir à être vendue, telle une esclave ?

— Vous exagérez ! Une esclave... Je laisse dire et gagne du temps. Tous, dans ma famille, sont persuadés que l'affaire se fera. Pas moi. J'ai mon mot à dire, il me semble, et je n'ai pas l'esprit de sacrifice poussé à ce point. Je vous le dis en confidence, François : jamais je n'épouserai cette vieille baderne !

Je me hasardai à lui parler de ses relations avec Charles Nairac. Elle n'allait pas en faire mystère :

— Charles, oui, Charles... Un bon ami. Il attend son heure pour se déclarer, car il est bien jeune : votre âge, je crois. Il ne me déplaît pas, mais son caractère me rebute. Il est autoritaire et prétentieux, vous l'avez sans doute remarqué. Je crains que, si je l'épousais, le muscadet ne tourne vite en vinaigre. C'est que, moi aussi, j'ai du caractère, et que je ne m'en laisse pas facilement conter...

Elle éclata de rire et me jeta un baiser sur la joue.

Nous sommes revenus en longeant la Loire par le chemin de ronde des remparts que l'on avait commencé à abattre pour donner de l'air à la ville.

Je n'étais guère rassuré en retournant chez les Maurin : je me demandais quel accueil allait me faire Charles Nairac. Je n'avais pas eu tort de m'inquiéter, il m'attendait sur la terrasse et me jeta d'un air ironique :

— Cette promenade a-t-elle été agréable ?

— J'ai appris beaucoup de choses sur cette ville. Tu aurais dû nous accompagner.

Il eut un rire mauvais.

— C'est bien ce que j'ai fait, figure-toi, et je ne le regrette pas : un vrai duo d'amoureux, bras dessus, bras dessous, un petit baiser sur la joue, des confidences sans doute ?

— Eh là ! Que vas-tu imaginer ? Tu prends tes soupçons pour des réalités. C'est absurde. Cette jalousie est indigne de toi.

Je dois reconnaître que les attentions maladroites que me témoignait Cécile avaient pu lui mettre la puce à l'oreille, mais je trouvais insupportable qu'il pût supposer une adhésion de ma part, alors que je ne ressentais pour cette fille, de commerce agréable mais qui n'avait rien d'une Diane, qu'un vague sentiment d'amitié, et d'intérêt pour sa situation sentimentale.

Je m'écriai :

— Qu'attends-tu de moi ? Un aveu de culpabilité ? Tu en seras pour tes frais. Je n'ai rien à me reprocher et aucun compte à te rendre !

Il se rua sur moi et me souffleta violemment. Je ripostai d'un coup de poing qui fit jaillir du sang de ses narines. Il recula de quelques pas en s'épongeant le nez avec son mouchoir et me dit d'un ton sec :

— Ce soir, après le souper, je t'attendrai dans le fond du parc, sous le cèdre.

J'éclatai de rire.

— Un duel ! Tu veux te battre en duel avec moi, pour une bagatelle, pour des soupçons absurdes ? Quelle arme as-tu choisie ? Le pistolet, le sabre ou l'épée ?

— Nous nous battrons à mains nues. L'un de nous est de trop dans cette maison. Tu peux, d'ores et déjà, faire ta prière et préparer ton bagage.

Il tombait, ce soir-là, après une journée sereine, une pluie d'été qui, malgré l'éloignement de la mer, sentait les embruns. Je me serais bien passé de cet affrontement sans objet, mais l'idée de faire des excuses à cet olibrius pour une faute que je n'avais pas commise était inconcevable.

Je me rendis à l'heure dite au rendez-vous. Charles

m'attendait. Nous ne gardâmes pour cette épreuve que notre chemise et notre culotte.

La lutte dura environ un quart d'heure, sans observer le moindre répit. Mon adversaire était robuste, mais je n'étais pas un gringalet. Pour un coup qu'il me donnait, je lui en rendais deux. Nous nous étreignions avec violence, culbutions dans la boue à travers la pénombre, roulions enlacés sur la pelouse, nous relevions pour nous affronter de nouveau, des pieds et des poings. Au coup qu'il m'assena à la tempe, je crus bien avoir perdu la partie, mais je répliquai par un coup de pied dans le bas-ventre qui l'ébranla et le fit reculer avec un hurlement.

Peut-être, comme Roland et Olivier, aurions-nous passé des heures avant que l'un de nous demandât grâce, si Cécile n'avait surgi sous son parapluie, une lanterne à la main, pour interrompre cette rixe de chiffonniers en usant de son parapluie replié comme d'une arme.

Elle nous ramena, trébuchant dans les flaques, épuisés, le visage en sang et les membres rompus, dans la cuisine. Aidée d'Annick, elle nous soigna devant les braises ranimées. Avec une côte fêlée et le visage tuméfié, je m'en tirais mieux que Charles, qui avait eu le nez écrasé et avait craché deux dents.

— Vous battre comme des chiens est indigne de vous, nous dit Cécile. Et pourquoi ? Pour rien ! Si mon père apprenait cet incident, vous seriez renvoyés !

Informé, je le suppose, par la servante, monsieur Maurin nous pria de le rejoindre, le matin, dans son cabinet. Les mains croisées sur son bureau, l'air grave, il nous dit :

— Mes enfants, votre inconduite est inadmissible. Je vous somme de vous expliquer en gardant votre calme et de faire la paix, sinon vous ne resterez pas un jour de plus dans ma maison.

Nous avons fait valoir nos arguments en évitant toute agressivité. Monsieur Maurin nous a écoutés sans nous interrompre, puis il nous a confié son intention de convoquer l'objet de cette discorde, sa nièce, à titre d'arbitre. Il nous demanda de nous serrer la main et nous invita à nous retirer.

J'attendais un verdict favorable pour mon cas ; il le fut, Cécile ayant pris sans réserve mon parti. Charles fut prié de faire son bagage et de repartir, avec une lettre à l'intention de son père. Alors qu'il s'apprêtait à monter dans la voiture qui le conduirait au relais de poste le plus proche, je fis une ultime tentative de conciliation, à laquelle il répondit par le mépris. Quant à Cécile, elle s'abstint de paraître...

Dans la maison des Maurin, la vie reprit son cours normal, comme si rien ne l'avait troublée. Jamais, dans les semaines qui suivirent, on ne reparla de cet événement qui aurait pu avoir de graves conséquences.

Je reçus de mon père une longue lettre dans laquelle il évoquait les événements qui, avant mon départ, avaient gâté sa vie.

L'enquête sur la disparition de Gerbert avait conclu à la responsabilité de Jeanne et prouvé qu'elle avait attendu, cachée sous des filets, qu'il monte dans sa barque, puis l'avait assommé et jeté au fleuve.

« Il semble, m'écrivait-il, que *cette femme* ait prémédité son coup depuis longtemps et qu'elle ait attendu le moment propice pour agir. On a vite admis que je n'étais pas complice de ce meurtre. Jamais elle n'avait fait allusion à ce projet. Tu me connais, François : je l'en aurais dissuadée. Sans ce pêcheur qui a remarqué sa présence sur les lieux et l'a rapportée aux autorités, ce meurtre serait resté impuni et j'aurais continué à vivre avec une criminelle. J'ai aimé *cette femme*, tu le sais, mais aujourd'hui je la déteste. Dieu merci, l'enfant de moi qu'elle portait a disparu avec elle. Cette femme a passé en jugement et a été pendue au fort du Hâ... »

L'affaire avait fait grand bruit, au point que les Cohen avaient failli lui signifier son congé.

« Que serais-je devenu, François ? Qui aurait voulu de moi pour son service ? Ah, je suis bien malheureux... J'ai tenté de me rapprocher de ta mère, mais elle m'a claqué la porte au nez. Je ne sais pas vivre seul et ne le pourrais pas. C'est pourquoi je me suis mis en quête d'une compagne, une gouvernante, si tu préfères. Je crois l'avoir trouvée et t'en reparlerai dans une autre lettre. Ton père qui t'aime et attend avec impatience ton retour. »

Cette lettre provoqua en moi un trouble que j'eus du mal à surmonter.

Comment oublier les soins que Jeanne Fourcade avait eus pour moi dans sa cabane des Chartreux ? Elle avait été, pour un temps trop bref, une mère occasionnelle qui m'avait fait oublier la vraie, une compagne de jeu, alors que j'en étais privé. Pouvais-je lui reprocher sa liaison avec mon père ? Ils avaient été heureux ensemble, et je tenais rigueur à mon père de l'oraison funèbre égoïste, odieuse même, qu'était sa lettre.

Ce qu'il allait devenir m'importait peu. Il n'y avait jamais eu entre nous de véritable affection et guère d'affinités. Il est vrai que je lui dois d'être entré chez les Cohen et d'avoir assuré mon avenir, mais à cela se bornait l'attention qu'il me portait.

Les lettres que j'adressais chaque semaine à ma mère ne faisaient aucune allusion au drame que mon père venait de traverser. Elle ne répondait pas ou laissait à Blanche le soin de le faire. C'est ainsi que j'appris que notre mère était gravement malade, sans obtenir d'autres détails sur le mal dont elle souffrait.

Le départ de Charles Nairac me laissait seul dans la famille Maurin. Seul et quelque peu désemparé, malgré la présence amicale de Cécile et de Joseph. J'avais du mal à repousser l'idée que ma présence était importune et qu'on ne la tolérait que par respect pour les Cohen.

Du jour au lendemain, Cécile cessa de me faire des agaceries. Je le regrettai un peu mais, à la réflexion, je lui en sus gré. La moindre maladresse de ma part ou de la sienne aurait eu pour conséquence mon billet de retour. Je ne tenais pas à me retrouver à Bordeaux, devant mes bienfaiteurs, avec un sentiment de culpabilité.

Les relations de Cécile avec son prétendant étaient des plus singulières. Il semblait qu'ils eussent convenu d'attendre je ne sais quelle occurrence pour prendre la décision de renoncer ou de passer à l'acte. L'ambiance, dans le sanctuaire qu'était cette maison, ne se prêtait guère, il est vrai, aux choix expéditifs. La réflexion paraissait être la règle pour toutes les décisions à prendre. Celle-ci tardait.

Joseph me confia que le mariage de sa cousine avec ce barbon de Kergadiou était une idée absurde et dangereuse. Comment Cécile, débordante de vie, passionnée de bals et de fêtes, aurait-elle pu supporter un compagnonnage avec ce résidu du Grand Siècle ? Et comment se serait-elle comportée au moment du sacrifice nuptial ?

Je faillis rire au nez de Joseph lorsqu'il m'avoua le fond de sa pensée :

— J'ignore ce que tu t'imagines de Cécile, mais j'ai la certitude que tu ne lui es pas indifférent. Ça saute aux yeux. Même mon père s'en est aperçu ! Ma mère, je l'ignore. Alors, je vais être franc avec toi. Autant il m'aurait déplu qu'elle épouse cette brute de Nairac, autant je serais ravi de voir une idylle se dessiner entre ma cousine et toi.

Pour me dépêtrer de cette équivoque, je fis valoir ma jeunesse, l'incertitude de mon avenir, mon impécuniosité, les voyages qui allaient m'imposer de longues absences. Cécile ne me déplaisait pas, malgré son allure pataude et son caractère un peu entier, mais je voyais en elle une amie et une confidente plus qu'une maîtresse ou une épouse.

Joseph hocha la tête.

— Je le regrette, soupira-t-il, mais qui sait ? Un jour, peut-être, tu changeras d'avis. Je suis convaincu que Cécile saura t'attendre.

Nous faisions, Joseph et moi, une belle paire d'amis.

Entre le secrétariat, les entrepôts, l'inspection des navires en partance ou de retour des Iles, nous ne nous quittions pour ainsi dire plus. Nous passions des heures, entre le collège Notre-Dame et la cathédrale, à fouiller dans les éventaires et les arrière-boutiques des libraires. Joseph y dénicha un ouvrage déjà rare de Raveneau de Lussan, *Journal de voyage fait à la mer du Sud*, précédé d'un avertissement de monsieur de Voltaire et illustré de quelques gravures. Il me l'offrit, je le refusai ; il insista, j'acceptai.

J'ai aimé cette ville qui semblait en permanence possédée par une fièvre mercantile. Cela me rappelait ce qu'en avait écrit, au début de ce siècle, son maire Gérard Mellier : « A Nantes, on ne respire que le commerce. » C'était une opinion restrictive. On ne faisait pas que commercer : les spectacles étaient nombreux et variés, on y dansait beaucoup et les soirées bretonnes étaient très animées, mais il est vrai de dire que le commerce était l'activité principale et qu'il n'inspirait pas la mélancolie.

Monsieur de Kergadiou m'apprit, au cours d'un repas chez les Maurin, que Nantes détenait le tiers des armements du pays, loin devant Bordeaux, et que nombre d'armateurs d'origine noble, nantais ou venus de Bretagne et de Vendée, comptaient sur des opérations de traite pour redorer leur blason.

— La traite, me dit-il, a donné un nouvel élan à ces gens qui vivotaient sur leur domaine, avec pour seul horizon des bois, des prairies et des vaches. Ils avaient quelque scrupule à se mêler à la roture mercantile, mais nécessité fait loi. On peut, en se consacrant au négoce, garder particule et privilèges.

Je n'eus garde d'en douter. Il poursuivit, avec un petit rire :

— Certains, qui se proclament philosophes et ont la prétention de régir les mœurs et les habitudes, vouent la traite aux gémonies sous ce prétexte fallacieux que les nègres sont des êtres humains *comme vous et moi* ! Quelle absurdité !

Il me cita quelques grandes familles de négriers qui avaient aidé à la prospérité de Nantes : les Maillard de La Morandais, qui venaient d'acquérir un prie-Dieu pour douze livres, « bien placé », à Sainte-Claire, les Walsch, catholiques irlandais, « noblesse débarquée », dont un fils s'était offert un fusil allemand payé dix-huit livres, les Michel, les Mosnerond, qui se vantaient de tirer, bon an mal an, un bénéfice de trente pour cent de leurs opérations de traite...

— Mon garçon, aucun d'eux ne croit déroger à l'honneur de sa caste en plongeant ses blanches mains dans l'or noir de la traite. Et quand je parle d'or... En vingt ans ils ont envoyé seize mille nègres dans les plantations d'Amérique. J'ai lu quelque part que certains les considéraient comme – je cite – « des monstres de fortune, au cœur d'airain et aux affections métalliques ». On oublie de dire que leur prospérité profite à tous. Il n'y a que Voltaire et Diderot, ces mécréants, pour y trouver à redire avec leur... philosophie !

Le véritable port de Nantes, c'est à une vingtaine de lieues au bout de l'estuaire, à Paimbœuf, qu'il se situe. En amont de cette ville, la Loire est dangereuse pour la navigation en raison de ses bancs de sable. Seuls des navires au faible tirant d'eau peuvent s'y risquer. De cette organisation Nantes est la tête et Paimbœuf les membres.

Joseph et moi faisions plusieurs fois par mois un voyage sur la côte atlantique, où nous restions un jour ou deux à poursuivre notre initiation. C'était pour moi, chaque fois, un spectacle nouveau et enrichissant. Bien que la rade de Paimbœuf fût peu profonde et qu'il manquât un môle susceptible d'abriter les navires du gros temps, le trafic était intense, sur le port comme dans l'arrière-pays, où des industries s'étaient installées, notamment des corderies, des scieries et des chantiers navals pour la pêche à la baleine.

C'étaient surtout les opérations d'armement qui retenaient notre intérêt.

Construits dans l'enclos, les navires étaient armés sur place ou à Lorient, qui détenait une sorte de monopole dans ce domaine. Ce n'était pas une mince affaire. Il fallait installer les mâts, les gréements, la voilure de lin tissée à Angers ou à Saumur, d'une solidité à toute épreuve. Il fallait surveiller l'usure des cordages, dont Joseph s'était fait une sorte de sacerdoce. Gros parfois comme le bras, ils étaient enduits de goudron pour les protéger de la salinité...

Un jour de décembre, un triste spectacle nous attendait à notre arrivée à Paimbœuf.

Des embarcations à fond plat avaient été prises dans les glaces et broyées. Certaines transportaient des cargaisons d'ancres, d'autres des produits de luxe, notamment des soieries lyonnaises destinées à l'exportation. Rien n'avait pu être récupéré.

En revanche, ce froid polaire n'avait pas arrêté le trafic routier. Charrettes et fardiers arrivaient en caravanes, escortés par des soldats, les régions traversées n'étant pas sûres, en raison de la disette qui transformait les paysans en bandits de grands chemins. Les marchandises ainsi acheminées vers Paimbœuf consistaient en produits agricoles, vin, chanvre et miel, en chandelles, bois de charpente ou de chauffage, produits manufacturés à destination des ports du Septentrion.

Les alentours du port sont d'une laideur affligeante. Ce ne sont que marais salants qui, au moindre rayon de soleil, se transforment en miroirs, landes et marécages à l'infini, tourbières annonçant le morne pays de Guérande. Dominant ce décor sinistre plombé par l'hiver, des moulins brassent les vents qui semblent venir du royaume de Thulé.

Nous ne ramenions de ces navettes que des bribes, mais propres à conforter nos connaissances et à nous préparer aux grands périples intercontinentaux. Il y avait toujours, sur les navires, les quais, dans les cabarets et les tripots, quelque information à glaner... ou quelque illusion à perdre.

Lorsque notre séjour durait une semaine, ce qui nous arrivait fréquemment, nous demandions l'hospitalité à madame Gloarec, l'épouse d'un capitaine de navire parti pour les Antilles et qui tardait à reparaître. Elle habitait, à deux lieues de Paimbœuf, rive droite de l'estuaire, sur la frange d'une falaise, dans un décor paludéen d'une tristesse infinie, une coquette demeure en marge d'un village de pêcheurs entourant une lourde église noire.

Joseph était accueilli comme un fils par cette dame, ancienne nourrice de quelques enfants des Maurin. Elle tenait à lui faire apprécier, à chacune de ses visites, la saveur de sa table et la douceur de son lit. Elle n'exigeait de lui aucune rétribution, mais il se montrait généreux.

Joseph avait tenu à me faire rencontrer cette robuste Bretonne qui avait laissé une partie de ses charmes aux ronces de la vie mais n'avait pas pour autant perdu sa belle humeur et une jovialité un peu exubérante, qui faisait oublier son allure de nourrice sur le retour d'âge.

Dès le premier soir, ce fut une fête.

Nous nous présentâmes chez elle au sortir d'une bourrasque de neige qui aveuglait nos chevaux. Tout était prêt pour notre visite, la table mise devant une vaste cheminée encadrée de détritus d'épaves repêchés sur la grève. Elle nous lança, en nous débarrassant de nos manteaux humides :

— Un verre de troussepinette vous attend. Ça va vous réchauffer. *Ma doué*, vous en avez besoin ! Il fait un temps à pas laisser un douanier coucher dehors...

Elle remplit nos verres et leva le sien « à l'amitié et à l'amour ». Le menu comportait le poisson qu'elle avait pêché le matin sous la glace, un canard rôti aux champignons, un savoureux fromage de Guérande et une tarte aux pommes, le tout arrosé d'un muscadet *sur lie*, boisson réservée aux grands événements.

— Goûtez ce *perlant* ! s'exclama-t-elle. *Ma doué !* Il frétille dans la bouche et met le cœur en joie...

J'en bus trois grands verres durant le repas et lui trouvai une saveur et une vivacité sans comparaison avec celui qu'on nous servait dans les cabarets. Je commençais à voir voler autour de moi les anges annonciateurs de l'ivresse, quand madame Gloarec s'engouffra dans sa chambre et en ressortit harnachée d'un biniou doté de trois chalumeaux et enrubanné comme pour une noce villageoise.

Elle tira de cet instrument des sons si aigus que je crus que le plafond allait se lézarder et nous tomber sur la tête. Elle battait le sol de ses sabots et ne cessait de jouer que pour entonner des chants bretons, que Joseph, qui parlait cette langue, me traduisait :

Pépin de pomme, dis-moi
Dans quel pays je me marierai :
A Pommerit ou à Trégor ?

Elle s'écria, d'une voix de poule qu'on égorge :

— Eh bien, quoi, mes trésors, je vous donne une *fest-noz* et vous bougez pas plus que le dolmen de Saint-Nazaire ! Allons, debout ! On va danser la *Plac' hig on douar*, la « Petite Fille de Terre-Neuve »...

Il fallut bien nous lever pour nous livrer, pieds nus sur la terre battue, à cette sarabande sauvage dans la musique criarde du biniou.

Sur le coup de minuit, son récital achevé et alors que sa voix me cornait encore aux oreilles, elle nous fit boire un verre de pommeau d'une ardeur de braise, qui mit un comble à mon euphorie.

— Tu m'excuseras, bredouilla Joseph, de te fausser compagnie pour un moment. L'heure du sacrifice suprême a sonné. Il se peut que tu y sois convié. Je te ferai signe si madame est consentante. M'étonnerait fort que cette ogresse refuse...

Je n'eus pas à coller mon oreille à la porte pour constater l'intensité du « sacrifice » : leurs ébats me rappelaient mon combat à mains nues avec Charles Nairac. Lorsque Joseph sortit de la chambre en chancelant, il me fit signe de prendre la suite et me poussa dans le dos.

J'avalai un deuxième verre de pommeau et entrai dans l'arène à travers une pénombre qui sentait la sueur et la suie. Au moment d'affronter la masse de saindoux encore frémissante et gémissante qui s'étalait dans le lit-cage, je fus sur le point de déclarer forfait. J'aurais eu tort. Nous passâmes la nuit à satisfaire à tour de rôle cette goule insatiable qui, entre deux orgasmes sauvages, se répandait en *Ma doué !* et autres palilalies bretonnantes.

L'aube nous surprit par de délicats liserés de soleil et de neige, tous trois emmêlés. Cette bacchanale nous ayant épuisés, notre hôtesse nous réconforta d'un grand bol de lait *bourru*, de tartines de seigle et de beurre salé.

Notre amitié confortée par cette épreuve, Joseph et moi avons repris la route de Nantes par un temps radieux, le chemin de glace craquant sous les sabots de nos montures.

Une lettre de Blanche m'attendait chez les Maurin. Elle m'annonçait une nouvelle surprenante : mon père venait de réintégrer son foyer. Les choses se passaient mieux qu'elle ne l'aurait cru, notre mère, il est vrai, étant souffrante.

Blanche me parlait d'elle-même :

« Je viens d'obtenir un premier prix de piano. Mon avenir semble tracé : je serai professeur dès que je serai en âge d'exercer. Maman est d'accord pour me faire donner des leçons par un maître, à Paris, parce qu'à Bordeaux le choix est mince... Germain est aux anges : les *Petites Affiches générales* ont publié un article sur lui. Il envisage d'écrire un roman sur le poète Ausone, avant de s'attaquer aux croisades... Mon frère chéri, tu me manques. Reviens vite ! »

J'allais, me dis-je, lui manquer longtemps encore, des mois peut-être. Monsieur Maurin venait de recevoir l'accord de monsieur Cohen et de mon père pour un voyage aux îles d'Amérique.

— Ce sera, me dit-il, une nouvelle préparation pour des expéditions de traite sur les côtes d'Afrique que tu feras cette fois au départ de Bordeaux. Tu vas embarquer à bord de la *Virginie*, avec Joseph. Ce navire, qui nous revient en droiture de Saint-Domingue, est en cours de désarmement.

Il ajouta :

— Je suis ravi d'apprendre que mon fils et toi êtes amis...

Je n'oublierai jamais la voix de Cécile me murmurant à l'oreille, lorsque je lui eus annoncé mon proche départ, une vieille chanson :

Dans les prisons de Nantes
Il est un prisonnier
Que personne ne va voir

Que la fille du geôlier.
Si je reviens à Nantes,
Oui, je l'épouserai…

Je ne fus pas long à deviner dans ce couplet une allusion à nos rapports : moi le prisonnier, elle la fille amoureuse. Que répondre à ce que je pouvais considérer comme l'aveu d'un sentiment dont j'avais perçu les premiers frissons ? Je me contentai de sourire et de lui baiser la main.

J'étais dans le plus grand embarras. Si j'avais répondu à cet appel, il eût été de mon devoir d'en informer son oncle et de renoncer à quitter la France. Outre que je ne partageais pas ses sentiments, il m'eût été pénible de devoir renoncer à partir. C'est ce que je tentai de lui faire comprendre en termes prudents :

— Il n'est pas sûr que monsieur votre oncle soit d'accord pour que nous donnions suite à une idylle entre nous…

— Pourquoi s'y opposerait-il ?

— Innocente… Je suis sans fortune et mon avenir est loin d'être assuré. Il faudrait attendre que j'aie fait mes preuves, que je sois capable de commander un navire, que j'aie entrepris plusieurs expéditions. Cela peut demander des années.

J'ajoutai, sans en penser un mot :

— Mon plus cher désir est de vivre à vos côtés, mais il faudrait vous préparer à une longue attente. Tant de dangers m'attendent que je risque de ne pas revenir. Et que faites-vous de monsieur de Kergadiou ? Ce pauvre homme se languit dans l'attente de votre accord. Ce que je crois…

Cécile ne me laissa pas le temps de poursuivre. Elle se leva d'un bond en faisant claquer son éventail sur ses genoux et me jeta :

— Je vous croyais courageux, François. Vous êtes lâche et de plus vous faites passer votre carrière avant vos sentiments ! Je me suis bien trompée sur votre compte. Alors, brisons là, je vous prie. Adieu, monsieur !

De ce jour à la date de mon embarquement, une semaine plus tard, elle évita ma présence et ne m'adressa plus la parole.

2

Escales au paradis

Je n'espérais pas voir Cécile sur le quai d'où, sous la pluie, Joseph et moi allions monter dans une barque pour nous rendre à Paimbœuf, où nous attendait la *Virginie*. Elle était présente, pas pour moi, je m'en doutais bien, mais pour faire ses adieux à son cousin. Ils s'abritaient sous le même parapluie. Il lui tenait la taille.

L'idée me vint de m'approcher d'eux pour tenter de m'excuser auprès de Cécile en lui faisant je ne sais quelles promesses, mais je me contentai d'aider les passagers à accéder aux grandes barques qui allaient remonter l'estuaire. J'avais, de plus, l'impression que monsieur Maurin surveillait mon comportement.

Une scène pénible nous attendait en arrivant à Paimbœuf.

On venait d'extraire d'un cabaret un matelot ivre hurlant des imprécations à l'adresse des officiers qui voulaient le forcer à monter à bord. Il s'agissait d'un engagé qui, au moment d'embarquer, avait été saisi de terreur. Ebéniste impécunieux à la suite de mauvaises affaires, il avait décidé de s'engager pour trois ans sur la *Virginie* ou quelque autre navire pour échapper à ses créanciers. Son épouse ou sa maîtresse, une femme échevelée, s'accrochait à lui, disant qu'elle voulait le garder, que sans lui elle était perdue. Les officiers parvinrent à l'écarter et à maîtriser leur prisonnier.

La *Virginie* était un beau vaisseau, récemment radoubé, dont la coque sentait encore le calfat et portait son nom en lettres dorées. Il avait deux rangées de sabord, un château à l'avant, un autre, monumental, à l'arrière, orné, comme celui d'une galère réale, de figurines de dieux et de déesses. Gréé à neuf, il avait, toutes proportions gardées, l'aspect d'un jouet.

La dernière passagère montée à bord était une jeune métisse qui tenait deux enfants blancs par la main. Le capitaine, monsieur de La Héronnière, donna l'ordre de larguer en grand et de prendre le courant en direction de l'océan, dissimulé à nos yeux par un énorme matelas de brume.

Après avoir longé les côtes proches de Saint-Nazaire, nous avons été pris par une forte houle qui a tenu l'équipage en éveil et mis les passagers à la torture. Joseph et moi n'avons pu échapper au mal de mer et avons rejeté par-dessus bord le repas que nous venions de prendre. Un bol de café nous réconforta.

Après une nuit tourmentée, le temps s'apaisa. Quand nous reprîmes notre route, les nuages s'étaient dissipés et la houle calmée. Une frégate danoise retour des Açores, rudement éprouvée, passa à portée de voix et nous fit les saluts d'usage. Au jour tombant, quelques passagères se réunirent sur le pont pour chanter un air propitiatoire : le *Lauda Jerusalem*, de Philidor.

Quelques jours plus tard, par mer grosse, j'aidai Joseph et le quartier-maître à réparer le beaupré dont le mât venait de rompre. Il fallut virer de bord pour ne pas fatiguer la voilure. Les vagues qui s'écrasaient contre la coque faisaient un bruit de charrette roulant sur des pavés, ce qui annonçait un coup de vent de grande intensité.

J'aidai le chirurgien du bord à réconforter les passagers malades en leur faisant absorber quelques gouttes d'éther sur du sucre, le seul remède efficace contre le mal de mer.

Après une semaine de navigation, je nouai des liens d'amitié avec un jeune dominicain, le frère Toussaint. Il se rendait comme nous à la Martinique, en mission destinée à ranimer une plantation de montagne. C'était, me dit-il, son troisième voyage à destination de cette île. Il se réjouissait à l'idée d'y séjourner de nouveau.

Lorsque je n'étais pas de quart, je le retrouvais sur le pont et j'appréciais qu'au cours de nos conversations il s'abstînt de faire montre de prosélytisme. Je lui confiai que, si j'assistais aux messes du matin sous le château arrière, je n'étais pas un dévot, ce qui ne parut pas l'inciter à fuir ma présence. Je lui fus reconnaissant de nous initier, Joseph et moi, aux conditions de vie dans cette île, l'une des plus prospères des Antilles.

Il évita de m'indisposer en me parlant de son séjour au couvent de l'Annonciation, à Paris, qu'il avait quitté lors de sa première expédition. Jeune encore, à moins de trente ans, il était prêt, me disait-il, à « donner à Dieu et aux hommes sa sueur et son sang », quitte à risquer sa vie dans des missions au Brésil ou en Chine.

Quand je lui demandai ce qu'il pensait de la traite, il me répondit :

— Connaissez-vous, François, l'origine de l'esclavage tel qu'il se pratique de nos jours ?

— Rome, à ce que j'ai lu...

— Bien avant, mon ami ! Il suffit de lire la Bible pour apprendre que le fils maudit de Noé, Cham, contraint de s'exiler en Afrique, eut des descendants auxquels le climat donna la couleur de peau que nous leur connaissons. Une sorte de malédiction, qui les a poursuivis jusqu'à nos jours...

— Cela suffit-il à considérer les nègres comme une humanité inférieure, à en faire des intermédiaires entre l'homme et l'animal ?

— Certes non ! Voici ce que dit votre compatriote Montaigne : « Il n'y a rien de barbare et de sauvage chez ces hommes. Chacun appelle barbarie ce qui n'est pas à son usage... » Faites-moi la grâce, mon cher ami, de croire que l'Eglise en général et mon ordre en particulier ne raisonnent pas autrement...

— L'Eglise, dites-vous ? Pourtant, à ma connaissance, elle n'a pas jeté l'anathème sur les négriers...

— Innocent ! Imaginez le tollé que cela aurait soulevé. Condamner ces pratiques que je réprouve serait ruiner le commerce avec les colonies. Songez à la levée de boucliers que cela provoquerait à Versailles, où la plupart de nos ministres ont des actions chez les négriers ! Vous êtes un cœur généreux, François, mais soyez pragmatique. Supprimer la traite provoquerait l'augmentation du coût du sucre, du chocolat, du café...

— Est-ce donc humain que d'évaluer la vie d'un homme en fonction du prix de ces denrées, et de le traiter par le fouet s'il n'atteint pas son quota de production ?

Il répondit en triturant son bréviaire d'une main nerveuse :

— L'Eglise exige un traitement humain pour les esclaves et un droit de tutelle sur leur condition. Elle ne peut pousser plus loin l'esprit de charité.

Il ajouta avec vivacité, comme si je l'avais aiguillonné :

— Mais dites-moi, mon jeune ami, n'êtes-vous pas vous-même, en quelque sorte, un de ces négriers que vous critiquez ? Soyez donc logique avec vous-même !

Il m'avait touché au point sensible. Je rétorquai :

— Vous avez raison, frère Toussaint. Ce que j'ai dit n'avait pour but que de vous provoquer. Sachez pourtant que je n'ai pas choisi cette voie de par ma volonté. Je ne fais que suivre le chemin tracé pour moi, mais en préservant mon libre arbitre. En fin de compte, nos scrupules nous rapprochent...

J'avoue que, si cette question commençait à m'obséder, je cherchais en vain une réponse cohérente. Mes futures campagnes de traite allaient me l'apporter.

Je serai bref quant aux événements qui ont marqué cette traversée : les quarts par nuit noire, les colères de l'océan, l'accouchement prématuré d'une passagère dont le fruit mort-né dut être jeté aux requins, les fièvres qui nous accablèrent lorsque la chaleur devint insupportable, et dont souffrit Joseph...

Après vingt jours de navigation, les vivres, comme dans la chanson, vinrent à manquer, beaucoup de denrées ayant été endommagées par les vagues qui avaient pénétré dans les cales par les écoutilles. A défaut de farine, il fallut distribuer du biscuit, que les passagers n'appréciaient guère, d'autant qu'il grouillait de ces vers qu'en terme de marine on appelle des *moutons*. Nous avions presque épuisé la viande sur pied. En revanche, nous n'avons pas manqué d'eau et avons récolté les légumes plantés au départ de Paimbœuf, qui conjurèrent le scorbut.

Nous avons assisté un soir à un phénomène étrange et qui tenait du prodige : une mer devenue phosphorescente nous donnait l'impression de voguer sur une galaxie. Le capitaine, monsieur de La Héronnière, qui avait naguère assisté à ce spectacle au large de la Hollande, nous révéla que cela tenait à la prolifération d'organismes appelés « raisins des tropiques ». Il semble donc que la température de l'eau n'y soit pour rien.

L'approche des îles nous fut confirmée par des volées d'oiseaux de mer, frégates et cordonniers. Nous sortions d'une zone d'orages qui nous avait fait regretter l'absence de paratonnerre, et avions dû jeter à la mer une vieille Espagnole de Cuba, deux autres passagers, trois matelots et le bosco, emportés par la fièvre jaune.

Joseph avait échappé à la mort, mais il était dans un état pitoyable. Pour qu'il soit plus à l'aise et moins confiné, j'avais fait installer son matelas entre deux canons, dans la sainte-barbe, le compartiment situé à l'arrière, où l'on entrepose le matériel d'artillerie et les barils de poudre. Il respirait par le sabord un air plus salubre que dans l'entrepont.

Je m'étais protégé de la contagion par des aspersions de camphre, à défaut des remèdes traditionnels qui nous manquaient, si bien que je coupai, malgré quelques frissons inquiétants, aux atteintes de cette fièvre autrement nommée « mal de Siam », introduite en Europe par des navires en provenance d'Asie. J'en guettais dans l'angoisse les symptômes : maux de tête et de reins, effusions de sang par les pores, naissance de bubons aux aisselles, rejets par le haut et par le fondement de vers et de sang pourri, souvent suivis de la mort.

Au cours de mes expéditions futures, j'allais être la proie de ce fléau digne des sept plaies de l'Egypte. Que j'en sois réchappé tient du miracle.

Est-ce l'effet que provoqua en lui la proximité de la terre ? Toujours est-il que Joseph, en deux jours, émergea de sa fièvre et voulut se lever malgré sa faiblesse. Il tint même à assister sur le pont à l'office d'action de grâces célébré par le frère Toussaint. L'ombrelle d'une passagère obligeante l'abrita du soleil torride.

Nous avons jeté l'ancre à Saint-Pierre, au lieu-dit Le Mouillage. Notre voyage avait duré deux mois sans que notre vaisseau ait eu trop à souffrir du gros temps.

Rien n'avait été prévu pour nous héberger à la descente du navire mis à l'ancre à une encablure du rivage. Monsieur Maurin s'était fié à notre esprit d'initiative. Le frère Toussaint proposa de chercher asile, pour les officiers et quelques passagers, dans le couvent de son ordre. Nous y fûmes reçus avec courtoisie et célérité. Après une messe dans la chapelle, on nous conduisit à notre cellule. Nous n'y fîmes qu'un petit somme avant de retourner sur le port, où le déchargement de la *Virginie* avait débuté.

Le lendemain, accompagnés du frère Toussaint, nous allâmes présenter nos civilités et remettre le courrier de la métropole aux autorités et aux services compétents. Ces formalités nous tinrent tout le jour et une partie du lendemain. Nous allions, dans les jours qui suivirent, assister à des agapes et à des réceptions que nous assumâmes avec une sérénité consécutive à de longs sommeils dans notre cellule et aux bons soins des religieux.

L'équipage dispersé, monsieur de La Héronnière, après nous avoir salués et complimentés, alla prendre quelque repos chez des parents qu'il avait dans une plantation de deux cents esclaves, à la Pagerie. Il nous chargea, Joseph et moi, d'assurer le fret du retour.

Nous aurions pu, les yeux fermés, tant ces quartiers nous étaient devenus familiers après une semaine, longer le rivage entre Le Mouillage, dominé par un fortin hérissé de canons, et la ville. Parfois, pour des promenades dans les environs, nous nous faisions porter en palanquin par des nègres.

Le souvenir des moments heureux vécus avec Cécile surgissait comme un trait de lumière. Je l'imaginais à mon bras, sous son ombrelle, longeant les allées, rendant visite aux notables dans les faubourgs, ou excursionnant jusqu'à la montagne Pelée, ce volcan qui avait fait sa dernière colère un siècle auparavant. Ces images s'effaçaient, comme d'un revers de manche sur une vitre embuée.

L'absence peut donner un air de magie aux souvenirs et parfois les transfigurer. J'en venais à me dire qu'une seule femme comptait dans ma vie : Cécile. Elle me faisait sans peine oublier les femmes et les filles que j'avais connues et n'évoquait pour moi que des brindilles d'événements, des projets inaboutis, chacun revêtant une importance exagérée. J'y voyais parfois l'amorce d'un sentiment plus profond que la banale amitié qui nous avait liés, d'une vie commune peut-être, malgré les obstacles.

Je projetais une expédition de quelques jours dans l'intérieur de cette île, plus exiguë que Saint-Domingue, où je n'avais fait que passer lors de mon premier voyage en compagnie d'Henri Pierson et de Fabrice de Montvert.

Une occasion allait se présenter, une quinzaine après notre débarquement, avec le guide le plus éminent qui fût : le frère Toussaint. Il allait devoir, me dit-il, quitter Saint-Pierre pour se rendre à l'intérieur, au couvent dominicain de La Cabesterre, afin d'y remettre de l'ordre et de réactiver une sucrerie somnolente. Informé de mon intention de visiter l'île, il me proposa de l'accompagner.

Il me montra sur une carte l'emplacement de ce couvent. Il se situait à une dizaine de lieues de la capitale, en pleine montagne, dans les parages de Fonds-Saint-Jacques, où vivaient d'autres colons. Joseph refusa cette invitation, disant qu'il avait prévu des entretiens avec nos commissionnaires au sujet du fret de retour.

J'acceptai sans réserve, comme un témoignage de l'amitié qu'il me vouait, le tutoiement que me proposa Toussaint.

Je dus, les nuits dans la montagne étant fraîches, emporter ma literie et des couvertures, le couvent en étant dépourvu pour les étrangers. Toussaint loua pour nous escorter le service de deux nègres affranchis, armés d'un fusil et d'une machette, pour le cas où nous serions attaqués par des nègres marrons, dont le froc du religieux n'eût pas suffi à nous protéger.

Une première étape nous mena à la plantation de la marquise d'Angennes, exploitée par plus de trois cents nègres, pour la canne, le tabac et le cacao. La dame avait pris la succession d'un planteur juif, chassé de l'île au cours du siècle précédent, ainsi que tous ses coreligionnaires, par décret du roi.

Nous fûmes reçus chez cette dame, Toussaint comme un envoyé du Vatican et moi comme un représentant du ministre de la Marine. Elle aurait souhaité que nous restions ses hôtes le temps qui nous conviendrait, mais Toussaint était pressé.

Passé le morne de Callebasse, le chemin devint un sentier puis une piste. Je m'amusais de la terreur que le frère éprouvait pour les reptiles lorsque nous abandonnions nos montures pour les faire reposer ou boire à un torrent. Il s'était protégé les membres inférieurs au moyen de jambières de cuir lacées jusqu'aux genoux.

Notre deuxième étape fut le village de la Grande-Anse. De là à Fonds-Saint-Jacques, il n'y avait que deux lieues, mais la piste s'entortillait autour de la moindre aspérité, franchissait les torrents par des ponts de bois branlants où les cheveux hésitaient à se risquer, se perdait dans des savanes d'épineux brûlantes, inextricables et grouillantes de reptiles. Pour comble, des grains tombaient sur nous sans prévenir. Toussaint, qui avait déjà emprunté cet itinéraire, y perdait son latin. Mince compensation : la beauté sauvage de cette île.

Soudain, alors qu'il m'avait précédé de quelques brasses, le frère se retourna et me lança :

— Alléluia, François ! Béni soit le Seigneur ! Nous sommes arrivés...

Le couvent des dominicains dressait sa silhouette massive, jadis blanche, aujourd'hui délavée, sur un vaste espace de terrain plat, entre des carrés de champs de canne et de cacaoyères, au pied d'une piton monstrueux.

Il était neuf heures de relevée et nos montures étaient fourbues. Le supérieur nous accueillit avec des démonstrations d'amitié qui cachaient mal une déception dont Toussaint n'allait pas tarder à deviner la nature.

La poignée de moines et les quelque douze ou quinze nègres qui subsistaient dans cet établissement jadis prospère semblaient, dans le plus grand dénuement, attendre l'Apocalypse. Dans les cellules dépouillées de tout mobilier qui nous furent affectées, le vent avait entassé des feuilles mortes et les moines du bois de chauffage. A la table du réfectoire, ni nappe ni serviettes, une vaisselle ébréchée et des gobelets entartrés. Quant au brouet qui nous fut servi, un chien n'en aurait pas voulu.

Notre nuit fut un long supplice. De la mare voisine surgirent des nuées de maringouins qui nous assaillirent jusqu'au matin. Toussaint se leva en hurlant au milieu de la nuit, une couleuvre s'étant entortillée à ses chevilles. Il m'appela pour l'en débarrasser et jeter par la fenêtre les bûches qui pouvaient en cacher d'autres.

La chapelle dans laquelle nous nous rendîmes au petit matin pour la messe semblait avoir été ravagée par un cyclone. Le sol était couvert de gravats et de débris végétaux, les murs envahis par le salpêtre, l'autel dégarni, le christ manchot.

Toussaint maîtrisait mal sa colère.

— Eh bien, me dit-il, je vais avoir fort à faire ! Le plus difficile sera de remettre ces moines dans le droit chemin et leurs nègres au travail. Plains-moi, François ! Ici débute mon martyre. Il va durer trois ans, quatre peut-être.

L'endroit, par grand soleil, ne manquait pas d'agrément. La bâtisse et l'annexe de la sucrerie se situaient non loin d'une rivière, parfois aux allures de torrent, au milieu d'un plateau à la limite duquel on pouvait apercevoir un triangle de mer brumeuse. Les cases des nègres, groupées autour d'un baobab géant, étaient dans un état pitoyable et leurs habitants, mâles et femelles, apathiques.

— Le pire, me confia Toussaint après un entretien avec le supérieur, est le montant des dettes. J'en suis découragé à l'avance.

— Dans ces conditions, le plus sage serait d'abandonner la place et de revendre les nègres...

Toussaint riposta d'un air indigné :

— Tu me connais mal, François ! La situation pourrait être pire, je ne renoncerais pas. A vrai dire, je me sens comme Hercule devant les écuries d'Augias, animé de la même énergie. Tu verras !

Je ne devais rien voir du prodige annoncé, obligé que j'étais de reprendre au plus tôt la route vers Saint-Pierre, où Joseph devait manifester son impatience.

Je ne restai que trois jours dans cette thébaïde, ivre de faim le jour et harcelé la nuit par les moustiques.

J'occupai mon temps à traquer le gibier, plus rare que je ne le pensais, à pêcher dans le torrent, à parcourir les installations déplorables de la sucrerie à l'abandon. Le supérieur nous confia que des groupes de nègres marrons surgissaient à l'improviste, raflaient tout et menaçaient de tuer les moines et leurs nègres avant de mettre le feu aux bâtiments. Ils étaient retournés à l'état sauvage, un peu plus loin, dans une mangrove.

Après s'en être entretenu avec le supérieur, Toussaint crut avoir découvert les raisons de cette déchéance, un mal qui atteint les religieux lorsqu'ils se sentent abandonnés de Dieu et commencent à douter de leur foi : l'acétie. Le supérieur n'avait pas eu l'énergie nécessaire pour rappeler ceux-ci à leur foi et à leur devoir. Toussaint allait s'en charger. Je l'en croyais capable.

Je quittai la communauté sans le moindre regret, avec mes deux nègres, lesquels, durant notre séjour, avaient battu la campagne comme pour retrouver le milieu sauvage de leurs origines.

Sur le chemin du retour, une embuscade tendue par des marrons nous attendait, si subite que nous n'eûmes pas le temps de faire usage de nos armes. Ils s'en emparèrent, ainsi que de nos maigres provisions et de nos chevaux, ce qui nous contraignit à poursuivre notre chemin à pied. Je me retrouvai bientôt seul, mes nègres ayant pris les devants sans se soucier de mon sort. Je me perdis à plusieurs reprises.

Après trois jours d'errance, luttant contre la faim en mangeant des fruits sauvages qui me déclenchèrent un accès de dysenterie, je délirai de joie en découvrant, au débouché d'un défilé, entre deux mornes, l'océan et les premières maisons de Saint-Pierre. Je me serais volontiers écrié « *Thalassa !* », comme les Grecs découvrant la mer, mais je n'avais vaincu que mon angoisse.

Joseph fêta mon retour par un repas copieux dans une auberge de mariniers, entre la rivière Roxalane et le fort, près de la chapelle des Ursulines. Je dévorai et bus tant que je payai ma boulimie d'atroces maux d'estomac qui me firent passer une nuit de cauchemar.

En mon absence, Joseph avait noué des liens amicaux avec une famille originaire de Nantes, qui habitait sur les premières pentes de la montagne Pelée, dans une vaste villa.

Jacques Nadeau avait été naguère au service des Maurin à titre de commissionnaire. A en juger par l'opulence de sa demeure, il ne devait pas regretter de s'être fixé à la Martinique avec sa famille. Il se proposa de nous héberger, ce que nous n'eûmes garde de refuser.

Proche de la quarantaine, élégant et courtois, il avait acquis une notoriété qui tenait à ses compétences et à son autorité naturelle un peu guindée. Son épouse, Marielle, de quinze ans plus jeune que lui, était son pâle reflet : assez jolie, mais anémique et effacée.

Le jour de notre installation dans sa demeure, il nous donna une petite fête sous la véranda, avec des danses, de la musique et des chants créoles interprétés par des serviteurs noirs ou mulâtres qui semblaient faire partie de la famille. La soirée tropicale était douce, avec, tombant de la montagne, des bouffées d'odeurs suaves. Au-delà du jardin s'étalaient d'une part un espace de mer lumineuse, rose et jaune dans le couchant, et de l'autre le ballet vertigineux des mornes et la silhouette monstrueuse de la montagne Pelée, au sommet encore crêté de lumière.

Entre *bélé* et *calenda*, Nadeau nous parla de sa situation. Elle était moins paisible qu'il n'y paraissait. Il aurait aimé finir ses jours dans cette île, mais la santé de son épouse demandait des soins auxquels les médecins insulaires ne pouvaient satisfaire. Il ne parvenait pas à prendre la décision qui semblait s'imposer, d'autant que Marielle ne semblait pas disposée, elle non plus, à rompre avec un climat et un milieu naturel néfastes à sa santé mais qui lui convenaient.

— Nous éprouvons, ma femme et moi, nous dit-il en fumant son cigare, une sorte de passion pour cette île, au point d'en être envoûtés. Nous sommes, depuis des années, malades de bonheur...

Le spectacle terminé, il se leva lourdement et déclara en s'appuyant à mon bras, un peu ivre à ce qu'il semblait :

— Mon ami, vous et votre compagnon êtes jeunes et pleins de vie. Alors je vais être franc avec vous. Il serait dommage que, le temps que vous resterez dans ma maison, je ne satisfasse pas à l'hospitalité créole. Je vais vous confier à deux de nos servantes, afin d'agrémenter votre nuit. François, votre compagne se nomme Florette. C'est une métisse de Portugais et d'une négresse de Luanda. Vous m'offenseriez en refusant cette offre...

Je n'avais aucune raison morale ou physique de repousser ce présent, et n'eus pas à le regretter. A peine dégagée de l'adolescence, Florette rappelait ces figurines de porcelaine commercialisées par l'ancienne Compagnie des Indes. Elle était douée, de plus, d'une science érotique propre à me faire oublier les ébats mercenaires des filles de lady O'Gara et des bordels de Nantes.

Le matin venu, Jacques Nadeau nous a conduits en voiture jusqu'au Mouillage. Il avait fait construire, à quelques brasses du quai, sous une frange de palétuviers et de palmiers, un entrepôt et une cabane de planches qui lui servait de cabinet pour l'enregistrement du fret.

Je trouvai à l'amirauté deux lettres : une de Bordeaux et l'autre de Nantes.

J'appris par la première une nouvelle qui m'attrista : Blanche m'informait de la mort de notre frère Auguste, à l'issue d'un duel dans sa nouvelle garnison de Metz. Je fus choqué par l'oraison funèbre de ma sœur :

« Auguste est mort par où il a péché : c'était un provocateur, un être insensible, égoïste, et qui ne nous a jamais donné une apparence d'affection. Paix à son âme, à supposer qu'il en eût une ! »

Elle était plus prolixe à propos de Germain, le contraire d'Auguste. Elle manifestait depuis toujours de la tendresse et de l'indulgence pour cet être instable et falot :

« A défaut de briller au théâtre, il fait merveille dans la société. On ne joue pas encore ses comédies dans le petit théâtre du Maréchal (monsieur de Richelieu), mais il en donne des lectures dans les salons. Il est d'une suprême élégance : perruque poudrée, mouches, parfums de Venise, et s'habille chez les meilleurs tailleurs de Bordeaux... »

Pas un mot sur nos parents, à croire que l'ordre régnait dans le couple...

La lettre de Nantes venait de Cécile : elle était brève mais émouvante :

« Mon cher François, depuis votre départ, les journées passent, lourdes comme du plomb. Vous souvenez-vous de nos promenades dans l'île Feydeau et du beau soleil d'automne qui l'inondait ? Je ne puis oublier que vous avez pris ma main pour la baiser. Que cache ce geste, mon ami ? Témoignerait-il de quelque attachement pour moi ? Je m'autorise à vous avouer que je m'ennuie de vous et que *je vous aime*. J'ai souvent été sur le point de vous le dire. Eh bien, voilà qui est fait. »

J'étais à ce point troublé que je fis lire cette lettre à Joseph. Il ne s'en montra pas surpris. L'idée que sa cousine pût épouser monsieur de Kergadiou l'horripilait.

— J'ignore, me dit-il, la nature de tes sentiments, mais sache que tu auras un allié en moi si tu décidais de faire ta cour à ma cousine.

Aussi émouvante que fût la confidence de Cécile, je ne sus que lui répondre, ni même si je m'y résoudrais. Mon père eût été ravi, me disais-je, de me voir pénétrer par la grande porte dans l'une des familles les plus honorables et prospères de Nantes, mais je n'étais pas prêt à sacrifier ma liberté pour une fille envers laquelle je n'éprouvais qu'un sentiment inconsistant.

Nous ne manquions pas de travail, et la chaleur n'en faisait pas une sinécure.

Les marchandises continuaient à affluer. Il fallait les inventorier, estimer leur valeur, parfois les refuser, les mettre à l'abri des intempéries et du pillage dans les entrepôts...

Au cours de ces livraisons, je tentais, sinon de m'entretenir avec les nègres qui nous secondaient, du moins de m'informer de leurs origines, mes connaissances dans ce domaine présentant de sérieuses lacunes. La plupart se montraient réticents, pour ne pas éveiller la vigilance des gardiens qui les surveillaient, le fouet pendant à l'épaule. Je ne tirai d'ailleurs guère de profit de ces tentatives car j'avais du mal à comprendre leur jargon.

Un matin, des coups de canon partis du fort annoncèrent l'arrivée d'un navire négrier dans la rade du Mouillage. J'assistai au débarquement des passagers, puis à celui des esclaves.

L'*Hercule* revenait du Sénégal avec deux cents captifs. On les entassa dans des chaloupes pour les mener à terre et les livrer, avant les enchères, à la curiosité des planteurs. Encadrés par des matelots armés, ils avaient du mal à tenir debout et plus encore à marcher, entravés et enchaînés, malgré les coups de fouet et les insultes qui pleuvaient sur eux. Leur peau avait pris une teinte cendreuse et leur visage n'exprimait qu'un sentiment de fatalité.

Mon attention fut attirée par des claquements de fouet et des cris de femme. Je m'approchai et aperçus un matelot en train de fustiger une forte négresse accroupie et qui tenait dans ses bras je ne sais quoi qu'un autre matelot tentait de lui arracher.

Je demandai à un officier, qui observait la scène sans daigner intervenir, ce dont il s'agissait.

— Une folle, me dit-il. Ce qu'elle tient contre elle, c'est un bébé mort depuis trois jours. Elle refuse de s'en séparer. Il faudra bien pourtant qu'elle finisse par céder.

Je protestai, disant qu'il fallait mettre fin à ce supplice et faire comprendre à cette malheureuse qu'elle ne pouvait garder son enfant. L'officier éclata de rire.

— Allez donc lui faire entendre raison ! Elle est folle, je vous le répète, et je crains qu'on n'ait du mal à la vendre...

Un élan spontané me poussa à intervenir pour faire cesser cette épreuve. Le bourreau, dont j'arrêtai le bras, haussa les épaules, se moqua de moi et me dit :

— Si vous êtes plus fort que moi, je vous cède la place, mais vous n'arriverez à rien, croyez-moi ! On pourrait tuer cette femelle sans qu'elle accepte de se débarrasser de ce cadavre qui commence à puer !

Je m'avançai vers la négresse, m'accroupis devant elle, essuyai avec mon mouchoir les balafres faites par la lanière et lui parlai doucement, une main sur son épaule nue. Elle sentait fort, de son propre suint et de l'odeur du nourrisson. Sans me quitter des yeux, elle se mit à marmonner un lamento dans sa langue et à se balancer d'avant en arrière en pleurant. Elle consentit enfin à me tendre son enfant, que je confiai à un quartier-maître qui venait de s'avancer vers moi.

— Compliment, me dit-il. J'aimerais savoir ce que vous lui avez raconté pour qu'elle vous cède.

— Je lui ai tenu un autre langage que celui du fouet. Vos hommes devraient s'inspirer de cette méthode.

Quand je lui demandai ce qu'il allait faire du petit cadavre, il éclata de rire.

— Le transporter à l'église, faire dire une messe et le conduire au cimetière... Innocent que vous êtes ! Je vais de ce pas le jeter à la mer. Les requins se chargeront des obsèques !

J'allais me retirer quand Joseph, qui venait d'assister à la fin de cette scène, me dit d'un air sévère :

— Je m'interroge, François. Qui est le plus fou, de cette négresse ou de toi ? Tu t'es couvert de ridicule. Si tu dois entrer en transe chaque fois qu'on corrige un nègre ou une négresse, je te plains. En Afrique, tu en verras bien d'autres !

— Je ne regrette pas mon geste, lui répondis-je. Je vais même te dire : je serai présent au marché et je compte bien faire l'acquisition de cette femme.

— Alors tu es encore plus fou que je ne pensais ! Que comptes-tu en faire ? La ramener en France, vivre ici avec elle et en faire ta servante ? Ta femme, peut-être ?

Je le surpris en lui confiant l'idée qui m'était venue : j'allais acheter cette négresse, oui, et, comme elle passerait pour folle, je l'obtiendrais pour une somme modique et l'offrirais à Jacques Nadeau, pour le remercier de son hospitalité.

Joseph se gratta le menton et me tapa sur l'épaule.

— En fait, tu es moins fou que je ne pensais, me dit-il. Cette idée est excellente et elle t'honore. Je serai avec toi sur le marché, et je t'aiderai à négocier cette acquisition, sinon tu te ferais flouer.

Jacques Nadeau n'avait pas assisté à mon exploit mais n'avait pas tardé à en être informé.

— Compliment ! me lança-t-il. Vous avez frisé le scandale. Le capitaine de l'*Hercule* est furieux. Bien sûr, je n'approuve pas les violences contre ces malheureux, mais je me garde de faire étalage en public de ma réprobation. Vous ne prétendez tout de même pas réformer les méthodes de la traite ? Elles nécessitent l'emploi des chaînes et du fouet. Je le regrette, mais c'est ainsi, et ni vous ni moi n'y pouvons rien. Votre intervention était généreuse mais inutile.

Il me tapa sur l'épaule et conclut en riant :

— Allons, mon ami, oublions ça !

Le soir, nouveau spectacle chez les Nadeau. Ils nous conviaient, cette fois-ci, à un concert *typique*, donné par les mêmes artistes que la veille, mais dans le jardin, l'orage qui menaçait s'étant éloigné.

L'orchestre se composait d'un large tambour, d'une clarinette, d'un violon dont jouait un nègre à barbe blanche, qui battait le sol du pied. Je fis mine d'apprécier ce tintamarre qui paraissait plonger le maître de maison et son épouse dans l'extase.

— Ne croyez pas, me dit Jacques Nadeau, que mes nègres jouent dans la seule intention de nous être agréables. Ils ne font que satisfaire des relents de nostalgie. La musique est pour eux un réconfort, un remède, voire un exorcisme. Les en priver serait considéré par eux comme une punition injuste. Certains de nos amis le font et se montrent surpris des mauvaises dispositions que leur témoignent leurs serviteurs. C'est cruel, inutile et dangereux. Malgré les apparences, le nègre est vindicatif. Il oublie moins facilement le mal que le bien qu'on lui a fait.

Sans prétendre mener une vie de satrapes, Joseph et moi n'avions pas à nous plaindre de notre condition, lui surtout, sa mère, sans en référer à monsieur Maurin, réputé avare, ne l'ayant pas laissé partir avec une simple solde.

Au départ de Paimbœuf, nous avions embarqué, comme les officiers et une partie de l'équipage, des pacotilles sous forme de miroirs, de couteaux, de tabatières et de bijoux à négocier dans les boutiques de la Martinique.

Ajouté à mes émoluments, ce petit négoce me permit de supporter sans trop en pâtir la dépense exigée par la perte de mes chevaux et l'achat de la négresse.

Le jour de la vente venu, Joseph se trouvait avec moi dans la foule des colons et des curieux. Lorsque vint le tour de celle que j'avais sauvée du fouet, je l'entendis, après la mise à prix, s'écrier en brandissant sa canne :

— Qui aurait l'idée saugrenue de payer un tel prix pour cette folle ? Regardez ces traces sur sa poitrine et son visage. Il semble qu'elle n'obéisse qu'au fouet, et encore ! Qui oserait lui confier des enfants ou même un troupeau à garder ? Le mieux serait de la retirer de la vente ou de lui offrir un voyage de retour pour l'Afrique...

Sa protestation fut accueillie par des éclats de rire. Lorsque le commissaire tenta de lancer les enchères, il fut accueilli par un silence obstiné. Je levai la main et proposai une enchère dérisoire ; elle fut acceptée.

Fier de notre exploit, je fis délivrer mon esclave du collier et des anneaux de fer qui la tenaient prisonnière et, dans un geste ostentatoire, allai les jeter à la mer. Je payai mon acquisition rubis sur l'ongle et signai un vague papier administratif qui faisait de moi un esclavagiste.

Nous embarquâmes avec notre négresse dans une voiture de louage pour la mener chez les Nadeau. Elle ne broncha pas de tout le trajet, se contentant de jeter des regards effarés sur la ville, la première qu'elle traversait. Elle ne trahit son trouble que lorsque, dans l'allée qui menait au palais du gouvernement, elle aperçut un groupe de ses congénères encadrés d'hommes armés, encore enchaînés par lots de six à de longues perches horizontales.

Lorsque, arrivés devant la villa, je lui tendis la main pour l'aider à descendre de la voiture, elle daigna me gratifier d'un sourire que je reçus comme un présent.

Jacques Nadeau absent, en visite chez un colon du voisinage, je confiai ma négresse à son épouse. Elle se montra surprise et me demanda si je comptais l'emmener en France. J'éclatai de rire et lui révélai mon intention de lui en faire présent. Elle parut si éberluée que je crus à un refus qui m'eût mis dans l'embarras.

Lorsque Joseph lui eut confirmé mon intention, elle me dit, avec un sourire éblouissant :

— Monsieur François, les mots me manquent ! C'est un cadeau princier. Soyez assuré que j'en prendrai le plus grand soin.

Elle confia ma négresse à deux de ses servantes qui la firent entrer dans la maison pour faire sa toilette et lui trouver des vêtements. Je respirais. J'étais à la fois délivré et un peu frustré, comme un enfant qui vient de perdre un jouet.

J'attendais avec quelque inquiétude la réaction de Jacques Nadeau. Elle me rassura. Il examina la négresse que l'on venait de laver et de revêtir d'une robe créole un peu étroite pour elle qui était forte, s'assura que sa dentition était saine et qu'elle ne portait aucune trace de maladie.

— Cette femelle, nous dit-il, a été battue, torturée même, à ce qu'il semble. Toutes ces traces en témoignent... Regardez !

Il lui découvrit l'épaule et nous montra la marque au fer rouge de son ancien propriétaire, chef de tribu, trafiquant européen ou arabe.

— C'est en tout cas, nous dit-il, une Congo de qualité extra. Vous avez dû la payer au prix fort, si je ne suis pas indiscret...

Je lui racontai la méthode employée par Joseph pour la dévaluer.

— Mazette ! s'exclama-t-il. Elle vaut trois ou quatre fois cette somme. François, vous allez faire des envieux à Nantes !

— Elle va rester dans cette île, lui dis-je, et dans votre demeure, si vous m'autorisez à vous l'offrir, à titre de gratitude pour votre accueil.

Il protesta avec une telle vivacité que je crus qu'il allait repousser mon présent. Il l'accepta finalement et m'ouvrit ses bras.

Nous sommes restés encore, Joseph et moi, trois semaines à Saint-Pierre.

Notre vaisseau adoubé, sa coque, son gréement, sa voilure et son gouvernail revus dans le moindre détail, nous attendions, pour quitter cette île, les dernières livraisons.

Je constatai avec plaisir que ma négresse se comportait sans le moindre trouble chez ses nouveaux propriétaires, et sans en causer autour d'elle. Elle me donnait même l'impression d'avoir retrouvé la famille dont on l'avait arrachée. Nadeau, se référant à sa robustesse, l'avait affectée au jardinage, mais c'étaient surtout les enfants qui l'intéressaient : ceux de la famille comme des esclaves de la plantation, auxquels, avec la permission de ses maîtres, elle rendait visite.

Madame Nadeau avait fini par comprendre son nom : Makoua, sans être certaine que ce ne fût pas plutôt celui de son village au Congo ou d'un fleuve.

Lorsqu'elle me surprit en train de préparer mes bagages, Makoua fit grise mine. Pour la consoler, je lui fis don d'un bracelet d'argent qui restait de mon lot de pacotille. Elle m'en remercia d'un sourire éblouissant puis de larmes. Lorsque la voiture qui nous ramenait à Saint-Pierre s'engagea dans l'allée d'orangers qui donnait accès à la villa, je me retournai. Au milieu de la famille rassemblée, elle nous faisait un signe de la main.

Nous quittions la Martinique, le cœur en berne. Il faudrait l'inspiration et le style du poète que je ne suis pas pour exprimer l'intimité qui semblait s'être établie entre moi et cette terre où tout venait à foison, comme aux premiers matins du monde. J'échappais de peu, par mon départ, à l'envoûtement dont nos hôtes avaient été l'objet. Ma petite maîtresse, Florette, n'était pas étrangère aux regrets que j'éprouvais, compensés par l'espoir de revenir un jour.

Avant l'appareillage, je me rendis au couvent des dominicains, non pour y faire mes dévotions, mais pour prendre des nouvelles de mon ami, le frère Toussaint.

Le directeur m'apprit qu'il se démenait « comme un beau diable » pour rétablir la foi, l'ordre et la prospérité dans la petite plantation de la montagne. On ne lui avait pas mesuré les moyens, si bien qu'il enregistrait des progrès sensibles. Son ambition ne s'arrêtait pas là. Il voulait moderniser l'atelier de la sucrerie, redonner à ses produits leur qualité originelle, avec des alambics de sa conception, et des hangars pour entreposer la marchandise. Il avait fait défricher une parcelle de forêt pour étendre sa production de cacao et répondre à la demande pressante de la métropole. Il se montrait humain avec ses esclaves, mais exigeait d'eux une conversion et leur présence à l'office dominical. Il avait enfin obtenu un moratoire pour le règlement des dettes...

J'entends encore Toussaint me dire, au cours d'une promenade dans un champ de canne à l'abandon :

— Si tu reviens dans quelques années, François, tu ne reconnaîtras plus cet endroit. Je vais en faire un modèle qu'on viendra visiter et que l'on m'enviera.

Il en avait bien pris le chemin.

Nous avions conscience, mon compagnon et moi, d'avoir bien rempli notre mission.

Presque tous les prêts contractés par des colons avaient été remboursés. Nous avions pris pour notre propre compte des parts sur des plantations en voie de rendement. Le fret de retour ne nous occasionnait plus aucun souci. Nous y avions ajouté quelques esclaves, négrillons et négrittes de préférence, pour les bourgeois de Nantes qui en avaient fait la demande. Un adulte mandingue, de taille impressionnante, était destiné à un marchand forain qui comptait l'utiliser pour des combats à mains nues sur les prairies de la Madeleine.

Amateur de ces jeux du cirque rappelant ceux des gladiateurs, Joseph avait souhaité m'y entraîner. J'avais refusé. Voir, pour le plaisir, des hommes se battre ou, par alternance, des chiens affronter des taureaux ne me tentait guère, et je n'écoutais pas sans réticence le récit qu'il m'en faisait, et d'autres concernant les succès ou les échecs qu'il avait enregistrés dans ses paris.

Nous avons mis à la voile un dimanche, accompagnés par la sonnerie des cloches. Tout en veillant à la manœuvre, je laissai mon regard s'imprégner d'une ultime vision de l'île lumineuse.

Debout sur le quai, Jacques Nadeau nous saluait en agitant son chapeau, son épouse près de lui, sous son ombrelle.

TROISIÈME PARTIE

1

Les choix difficiles

Clos-Gabrielle, année 1818

L'été touche à sa fin. Les journées se font lentes et lourdes, comme des femmes à la maturité épanouie.

Ce matin, en me rendant sur la tombe des miens, au cimetière de Lesparre, j'ai croisé mon voisin et ami, Aimé Chassagnac. A voir sa mine, j'ai compris qu'il avait triomphé de ses ennuis : il pourrait compter sur une équipe de Périgourdins pour ses vendanges.

J'ai déposé sur les tombes malmenées par un récent orage les bouquets préparés par ma servante, comme je le fais une fois par semaine, sans m'attarder, un nouvel orage menaçant et faisant craindre la grêle.

La vigne est plus exigeante que les plus exigeantes des femmes. Il faut sans relâche être à ses petits soins, l'aimer comme un être humain, ou du moins faire semblant.

Eh oui ! J'aime ma vigne et elle me le rend par ses bienfaits, souvent généreux, parfois parcimonieux. La réputation de mon modeste vignoble ne se dément pas. Le seul reproche qu'on puisse lui faire, c'est d'être moins productif que ceux des grands propriétaires voisins, de Saint-Estèphe ou de Pauillac.

Tailler, fossoyer, biner, tiercer, échalasser... Cette litanie sonne depuis des années à mes oreilles sans que je me lasse de l'entendre et de répondre à ces injonctions.

Au printemps, passé les risques de gelée, j'ai planté des boutures empruntées à monsieur de Verneuil, un viticulteur dont le « château », en fait une gentilhommière, domine la Gironde, en face des falaises du Blayais. C'était la dernière limite :

— Il est imprudent, m'a-t-il dit, de planter de la vigne après avril, en raison de la chaleur.

Il m'a choisi des sarments de l'année, en leur laissant un peu de vieux bois en forme de crosse.

— C'est comme à la loterie, a-t-il ajouté. Tantôt ça marche et tantôt non. De toute manière, il vous faudra attendre deux ans, peut-être trois, avant de les vendanger.

Pour agrandir mon vignoble, j'ai acheté à un paysan de Gaillan, village proche de mon domicile, une parcelle de terre inexploitée abritant de la sauvagine et des reptiles. J'ai dû la faire travailler en profondeur durant une semaine, par une équipe de quatre hommes. Ils n'ont pas ménagé leur peine.

Fumer cette nouvelle terre m'est impossible. Le rare fumier que l'on peut se procurer dans cette contrée est hors de prix. D'ailleurs, je m'y serais refusé. Je me souviens du texte d'un spécialiste de la vigne, Nicolas Boudet : « Le mauvais fumier, comme celui des boues de Paris, donne au vin un goût fort mauvais et puant... »

A Dieu ne plaise que mon vin sente le fumier !

Le temps est venu de préparer la futaille. Je vais me faire aider des journaliers de Queyrac qui reviennent chaque année, sachant qu'ils seront bien traités et payés recta. Je mettrai la main à la pâte en évitant tout excès de zèle qui aggraverait la goutte dont je souffre et dont Savignac, notre médecin de Lesparre, semble se moquer comme il le ferait d'un rhume en se contentant de me dire :

— Que voulez-vous, monsieur Dumoulin, les excès de table se paient un jour ou l'autre. Renoncez au ris de veau, à la cervelle, au foie, au vin surtout, si vous en avez la volonté, ce qui me surprendrait. Regardez vos mains ! Elles se recroquevillent et présentent des débuts d'ulcération. Votre pouce droit ressemble à un petit crapaud...

Les débuts de cette maladie remontent à trois ans environ. Une nuit, j'ai été réveillé par une douleur fulgurante à un pied, puis à la jambe. Dans la journée, pris de frissons, j'avais le visage congestionné, des maux de tête, de la fièvre, une tendance au délire...

J'endurai les symptômes de ce mal durant une semaine, puis ils refluèrent, pour ne reparaître que de temps à autre, mais avec une intensité accrue.

Misère de misère ! Ne vaudrait-il pas mieux crever comme une vieille bête plutôt que de se retrouver cloué dans un fauteuil, à souffrir le martyre ? Savignac m'a rassuré :

— Vous ne mourrez pas de la goutte. Pourtant, cette diablesse n'en a pas fini avec vous. Vous devrez vous y faire et observer un régime sévère.

Un régime sévère, moi qui ai pris l'habitude de ne me priver de rien ! Au diable la goutte et les morticoles ! Il faudra pourtant que, lorsque sera proclamé le ban des vendanges, je sois à pied d'œuvre...

La *Virginie* a accompli sa traversée en quarante-cinq jours : une moyenne honorable. C'est un vaisseau fiable et son capitaine, monsieur de La Héronnière, un officier expérimenté. J'ai eu de bons rapports avec lui, encore qu'il soit d'une nature un peu abrupte et jaloux de son autorité. Il m'a avoué qu'il souhaitait m'avoir comme second quand se présenterait une nouvelle expédition. J'en ai accepté l'augure, avec un sentiment de fierté.

Il ne m'a pas caché qu'il n'avait pas éprouvé les mêmes satisfactions avec Joseph, « un petit monsieur trop imbu de sa personne, et qui avait encore beaucoup à apprendre », à l'en croire.

Pour célébrer notre retour, monsieur Maurin organisa une petite fête, sans faire trop de dépense. Il se contenta d'agrémenter le menu ordinaire d'une bouteille de « folle blanche », un cru fameux du pays nantais. Il la monta, non sans regret je présume, de sa cave, dont il était fier, et où je n'eus jamais l'honneur d'être admis.

Ni musique, ni chanson, ni danse, cela va de soi. J'aurais pourtant eu plaisir à inviter Cécile, qui boudait un peu, à une de ces vieilles danses d'autrefois, comme la gaillarde, qui met le cœur en joie.

La fête que Joseph et moi attendions, c'est le lendemain qu'elle eut lieu. Nous avons pris notre plus belle tenue pour une tournée des cabarets où nous avions nos habitudes. Un souper dans le meilleur restaurant de Nantes, la Duchesse Anne, préluda à une nuit au bordel.

La réserve de Cécile à mon égard n'avait pas de quoi me surprendre. J'avais longtemps hésité à répondre à la lettre que j'avais reçue à la Martinique, puis j'y avais renoncé. De tout le temps du repas festif, elle fit comme si je n'existais pas, ne m'adressant la parole que pour me demander de lui passer le poivre...

Je décidai d'en prendre mon parti. Puisqu'elle m'ignorait, je ferais de même.

Le lendemain de notre retour, monsieur Maurin nous convoqua dans son cabinet pour prendre connaissance de notre rapport. Joseph m'en laissa le soin et se contenta de quelques observations oiseuses et irritantes. Son père se montra satisfait, me complimenta et me demanda de le laisser seul avec son fils. J'eus, depuis le jardin, des échos de leur dispute. J'en constatai l'intensité en voyant Joseph fondre sur moi, me foudroyer du regard et passer son chemin sans m'adresser la parole. Sur le ton du repentir, il m'avoua, quelques heures plus tard, au cours de notre sortie, qu'il avait essuyé la plus belle semonce de sa vie, mais qu'à la réflexion, ne m'en jugeant pas responsable, il me gardait son amitié.

Notre dernier travail pour la livraison du fret, y compris nos nègres, une fois terminé, j'eus la surprise de recevoir une lettre de monsieur de Kergadiou. Il me priait de lui rendre visite « sans être accompagné ».

Il vivait dans son élégant hôtel en la seule compagnie d'une gouvernante entre deux âges, encore séduisante et délurée, et d'un valet aussi âgé que lui, sinon plus, d'une célérité un peu solennelle, comme chez un ministre.

Il fit monter de sa cave une bouteille de muscadet d'Ancenis, m'invita à trinquer et me demanda, en allumant sa pipe en porcelaine de Saxe, comment s'était passé mon voyage aux Iles, et si j'en avais tiré des enseignements pour la suite de ma carrière.

Je lui livrai quelques observations sur l'économie de l'île. Il parut les prendre en considération. Ces préliminaires ne laissaient pas de me surprendre, mais il ne tarda guère à entrer dans le vif du sujet : mes relations avec Cécile.

— C'est une délicieuse enfant, me dit-il, et qui fera le bonheur de celui qui la choisira ou se laissera choisir par elle. Je vous le dis tout de go, mon garçon : ce ne sera pas moi.

Je lui fis part de ma surprise. Il poursuivit :

— Allons donc ! Ne me dites pas que vous avez cru à ce marivaudage ! Dois-je vous rappeler que je pourrais être son grand-père et qu'elle est ma filleule ? Comment aurais-je pu songer à me mesurer à vous ?

— Vous mesurer à moi, dites-vous ?

— Si vous parvenez à vaincre votre timidité, vous l'épouserez, et je vous donnerai ma bénédiction. J'ajoute un détail trivial, mais qui a son importance : Cécile héritera de mes biens. Elle est éprise de vous, au point qu'après votre départ elle est tombée malade. Je vous rassure : rien de grave. Maladie d'amour n'est pas mortelle...

Stupéfait, je me demandai comment détromper ce brave homme sans dommage pour lui. Je l'écoutai faire étalage de sa fortune et des intérêts qu'il avait dans la maison Maurin. Je me dégageai brutalement de ce jeu d'illusion qui me peinait pour lui plus que pour moi.

— Monsieur, lui dis-je, j'ai reçu de Cécile, à la Martinique, une lettre dans laquelle elle me déclarait son amour de la façon la plus claire...

— Et que lui avez-vous répondu ?

— Je ne lui ai pas répondu, monsieur. Je ne voulais ni lui laisser ses illusions ni la décourager brutalement.

Il s'enfonça dans son fauteuil, ralluma sa pipe et me dit d'une voix brisée :

— Quelle déception, pour moi comme pour elle ! Jeune homme, vous avez agi avec une singulière légèreté. L'affaire nous paraissait en bonne voie. Mon ami Maurin et son épouse voyaient cette union d'un œil favorable, malgré la différence de condition entre vous. Et voilà que vous m'annoncez une rupture !

— Pour qu'il y ait rupture, il m'eût fallu répondre aux sentiments de Cécile. Or, il n'en est rien. Je n'éprouve pour votre filleule que de l'amitié. L'épouser ne m'a jamais effleuré l'esprit. Je suis navré qu'elle ait fondé des espoirs sur une union à laquelle je ne puis consentir car elle condamnerait ma carrière. Je ne suis pas un homme de bureau...

Il se raidit, posa sa pipe sur un guéridon et me jeta d'un air furieux :

— Alors ne la laissez pas lanterner, tonnerre ! Tranchez dans le vif en lui avouant que vous n'avez aucun penchant pour elle. Elle en souffrira, mais au moins la situation sera claire !

Je rétorquai brutalement :

— Faites-le vous-même, monsieur ! On vous a chargé de me sonder ? Alors faites votre rapport et n'en parlons plus !

— Je le ferai, mais dites-vous que vous commettez une mauvaise action et que vous risquez de vous en repentir !

Je négligeai de lui demander en quoi consistait cette menace et lui tirai sèchement ma révérence.

Monsieur de Kergadiou dut présenter son rapport dans les heures qui suivirent car, à des signes sans ambiguïté, je constatai que je n'étais plus *persona grata* dans cette maison. On me fit sentir qu'il était temps que je regagne Bordeaux.

Des lettres m'attendaient dans le cabinet de monsieur Maurin.

L'une d'elles était de monsieur David Cohen. Il se montrait surpris de mon silence et me pressait de l'informer de la date de mon retour. Un autre, écrite par mon père, me reprochait de même de laisser ma famille sans nouvelles ; il débitait des banalités moralisatrices, comme si je m'étais égaré dans le royaume de Tendre. Avec celle de Blanche, plus prolixe et moins guindée, j'eus l'impression, au récit de ses réceptions mondaines et des succès remportés lors de ses récitals de piano, qu'elle m'écrivait de Versailles. Un billet emphatique de Germain m'annonçait la prochaine publication de ses œuvres par un imprimeur parisien. Pure forfanterie, comme j'allais l'apprendre par la suite. De ma mère, rien, ce qui ne me surprit pas, d'autant que mon père m'avait appris qu'elle était très malade.

Je répondis à ses lettres en annonçant l'imminence de mon retour.

J'en parlai à monsieur Maurin, que je trouvai en train de soigner ses poiriers en espalier. Il parut ne prendre aucun intérêt à ma requête. J'attendais qu'il me parlât de mes relations avec sa nièce. Il n'en fit rien, se contentant de me dire :

— Vous comptez partir ? Eh bien, soit. Je ne vous retiendrai pas. Nous en reparlerons ce soir.

Il attendit la fin du souper, qui fut des plus mornes, avant de prononcer d'un air cérémonieux un laïus à consonance d'adieux. On allait me regretter, mais la vie était ainsi faite que les événements prenaient souvent le pas sur les sentiments... Et patati et patata... J'observais Cécile pendant qu'il déblatérait : elle était pâle et avait les traits tirés. L'impression perverse me vint à l'esprit qu'elle attendait que je sois parti pour retomber malade. Quant à Joseph, à dater de ce jour, il cessa de m'adresser la parole, ce qui me fut plus sensible que tout.

Je quittai Nantes une quinzaine après mon retour des Iles. En juin ou juillet de l'an 1768 ? Je n'en ai pas gardé le souvenir. Toujours est-il qu'il faisait une chaleur caniculaire et que la maison avait sombré dans une sorte de léthargie. J'évitais mes promenades ordinaires dans le parc, de crainte d'y croiser Cécile ou Joseph.

Je me trouvai seul au moment de prendre la diligence pour La Rochelle, un moyen de communication plus coûteux mais moins inconfortable que la poste, où l'on se trouvait souvent en fâcheuse compagnie.

J'eus, à quelque temps de là, par Joseph, qui avait renoncé à me tenir rigueur de mon comportement, en souvenir de notre fraternité d'armes, si je puis dire, des nouvelles de Cécile.

Elle s'apprêtait à partir pour Paris en compagnie de son parrain. Il me laissait entendre qu'il y avait du mariage dans l'air...

Plus d'un an avait passé, entre mon départ pour Nantes et mon retour de la Martinique, et j'eus l'impression que Bordeaux m'avait oublié.

La plupart des amis que je fréquentais naguère n'étaient plus là, soit qu'ils eussent quitté Bordeaux, soit qu'ils se fussent mariés ou n'eussent pas jugé bon de renouer avec moi. La nature humaine cache un fond d'égoïsme qui fait sans remords litière des sentiments amicaux ou amoureux. J'allais, durant toute mon existence, éprouver les méfaits de ce travers et, je dois en convenir, m'en rendre moi-même coupable.

A dix-huit ans, encore tributaire de ma famille et de mon employeur, j'ignorais ce qui allait m'advenir et m'en préoccupais.

Monsieur David Cohen, m'ayant convoqué dans son cabinet une semaine après mon retour, me signifia son contentement. Il avait reçu une lettre de son collègue de Nantes qui ne tarissait pas d'éloges à mon propos. Aaron me fit des compliments de la même eau, en y ajoutant quelques questions salaces sur les dames créoles. Je dus faire appel à mon imagination plus qu'à mes souvenirs pour satisfaire sa curiosité. Il me confia le drame de sa vie : n'avoir pu se soustraire aux exigences de son père et se lancer dans l'aventure de la traite. Je passai deux heures, devant une cruche de vin, à lui raconter mon voyage. Il voulait en savoir toujours plus.

— Mon père, me dit-il, a des projets pour toi. T'en a-t-il parlé ?

— Il ne m'en a rien dit. Il s'est contenté d'écouter mon rapport et de me faire des compliments.

— Patience ! Tu en seras informé dans les jours qui viennent. Attends-toi à une bonne surprise. Je ne peux t'en dire plus...

Dans ma famille, aucune fête ne marqua mon retour.

Mon père me serra contre sa poitrine, avec des larmes, et ma mère me tendit sa joue sèche à baiser. Blanche tourbillonna autour de moi comme une abeille, me butinant le visage à petits coups de bec. Je la trouvai changée, en mieux : elle était sortie de son cocon d'adolescente pour devenir une ravissante demoiselle mûre pour des conquêtes. Quant à Germain, il se contenta de m'infliger le récit de ses faux succès et de ses ambitions illusoires.

Une ambiance sépulcrale régnait parmi les miens, surtout en l'absence de ma sœur et de mon frère, l'une à son piano, l'autre me récitant ses poèmes. On n'y échangeait que des propos strictement utilitaires et sans la moindre chaleur.

Mes parents s'étaient concertés, me dit Blanche, pour que leur cohabitation soit exempte de toute promiscuité. Mon père avait loué un petit appartement, sur le même palier, où il avait installé sa bibliothèque, ses bibelots, sa table de travail et sa garde-robe. Ma mère vivait principalement dans sa chambre, gardée comme une barbacane de toute intrusion importune. Suzanne faisait la navette entre eux, sans se départir de son alacrité et de son dévouement.

Je retrouvai sans plaisir ma chambre telle que je l'avais quittée, et la table familiale, où les repas avaient des allures de veillée funèbre, surtout le soir, à la chandelle, ma mère ayant exigé de Blanche et de Germain qu'ils se taisent. On avait accroché entre deux fenêtres la gravure représentant mon frère Auguste dans une attitude conquérante.

Après une quinzaine de cette cohabitation, je décidai d'émigrer vers un lieu moins sinistre et me mis en quête d'un logement. Personne, à part Blanche, n'y trouva à redire.

Informé de mon intention, monsieur Cohen proposa de me louer, pour une somme modique, un appartement dans un de ses immeubles. Situé dans le quartier Saint-Michel, il se composait de deux pièces, ce qui me suffisait. Le quartier était populaire mais relativement calme. Ce logis donnait d'un côté sur une rue bordant un cloître et de l'autre sur des potagers. J'y jouirais d'un jardinet où des femmes faisaient sécher leur linge et où jouaient des enfants.

Mes ressources me permettaient de m'offrir ce logement confortable sinon luxueux. Blanche m'aida, comme par jeu, dans le choix de mon mobilier, que je voulus sommaire, car je m'attendais à être appelé à d'autres missions hors du pays. Je fabriquai de mes mains des étagères pour mes livres.

Joseph, de temps à autre, me donnait des nouvelles de Cécile. Elle avait élu domicile à Paris chez une sœur de monsieur de Kergadiou, madame de Puyvert, rue Saint-Honoré. Elle semblait avoir « retrouvé sa bonne humeur », ce qui me laissait entendre qu'elle avait mal supporté mon départ. Elle était reçue dans des salons et ne semblait pas devoir se lasser de ces mondanités et de la cour qu'on lui faisait. Tiens, tiens...

J'avais pratiquement libre accès chez les Cohen, sans avoir eu à le demander. Des portes que je croyais fermées à jamais pour moi s'étaient ouvertes ; des domestiques noirs en tenue chamarrée s'inclinaient sur mon passage.

On m'avait autorisé à rendre visite à madame Cohen. Cette dame semblait la version inverse de son mari : lui sec comme un sarment, elle ronde comme une pastèque. Elle avait dans sa jeunesse rompu avec sa famille, des hobereaux périgourdins, et quitté leur manoir proche de Montignac, pour « faire du théâtre » à Bordeaux. Monsieur Cohen l'avait remarquée dans *Les Précieuses ridicules*. Elle tenait le rôle d'une soubrette, Marotte ; il voulut en faire une précieuse, puis l'épouser. Il y parvint sans trop de débats, le plus difficile n'ayant pas été d'introduire cette *goy* dans une famille israélite qui vouait davantage de dévotion au veau d'or qu'à Jéhovah.

J'appréciais l'ambiance sereine de ce foyer qui contrastait avec celle de ma famille. J'y baignais comme dans un cocon de velours et de soie, mais ne m'y arrêtais que le temps de boire une tasse de thé ou de café et de rapporter à madame Cohen quelques pincées de nouvelles recueillies dans les restaurants et les salons, sans négliger de faire état des ragots ramassés dans la rue et dont la trivialité la divertissait. Elle me confiait que, chaque fois qu'elle allait au théâtre, lui revenaient des désirs inassouvis d'interpréter, comme dans sa jeunesse, Molière et Racine.

Elle voulut connaître Blanche et me confia le soin de la lui amener. Ma sœur fut reçue comme une reine, joua pour quelques intimes et, grâce à cette protection, se produisit dans les salons les plus huppés de Bordeaux, avec des gratifications honnêtes.

Je n'eus pas à engager une idylle avec la sœur d'Aaron, Sarah ; elle me devança, avec une liberté qui faillit me désarçonner. La ballet de séduction auquel elle se livra m'étourdit sans me séduire. Elle n'était pas laide, mais avait hérité des femmes de sa race des attributs qui n'avaient pas attendu l'âge canonique pour s'épanouir. Elle faisait penser à une oie : elle en avait l'allure et l'esprit.

En faisant passer l'ambition avant le sentiment et en consentant à entrer dans son jeu, j'eusse assuré mon avenir jusqu'à la fin de mes jours. Aaron tenta de me le faire comprendre par des propos allusifs ; il me trouva fermé comme une huître. La manœuvre pour me faire entrer dans la famille par la grande porte échoua par ma faute. J'en soupirai d'aise et Sarah en pleura de dépit.

Cette rupture, qui, de même qu'avec Cécile, n'en était pas vraiment une, ne me condamna pas la maison de mes maîtres. La foucade de Sarah passa pour un caprice ; on jeta sur cette idylle inaboutie le manteau de Noé, et mes rapports avec l'entreprise reprirent leur train sans que l'on me montrât la moindre acrimonie.

Sarah n'allait pas tarder à entamer la même danse de séduction auprès d'un fils des Gradis, des armateurs concurrents, juifs comme les Cohen et aussi prospères. J'allais, quelques semaines plus tard, être invité au mariage ; je m'abstins d'y paraître.

Je dus patienter un mois avant d'être informé des projets que monsieur Cohen avait élaborés à mon intention.

Il m'apprit qu'il nourrissait pour moi deux ambitions : dans un premier temps, m'intégrer à ses services administratifs, avec un regard sur les manœuvres d'armement et les négociations avec les marchands d'esclaves et nos courtiers du Sénégal ; il me confierait ensuite la responsabilité d'une expédition de traite, une activité qui constituait l'essentiel de ses affaires.

Cela me convenait-il ? J'aurais eu mauvaise grâce de refuser... Il fit claquer ses mains sur son bureau et me dit en se levant :

— François, vous prendrez votre service dans une semaine. Nous serons appelés à nous voir chaque jour ou presque, sauf, évidemment, pour le shabbat, qui nous interdit toute activité du vendredi soir au lendemain, à la tombée de la nuit. Vous aurez en plus votre dimanche pour sacrifier aux devoirs de votre religion.

Il me confia à son trésorier, qui m'informa de mes émoluments. Ils étaient plus généreux que je ne l'avais prévu et me permettraient de vivre sans souci et même d'aider ma famille, le cas échéant. J'aurais moins de liberté que chez les Maurin, mais cela m'importait peu, dans la mesure où mes fonctions me convenaient.

Je consacrai une partie de mes loisirs, en fin de semaine, à la salle d'armes, dans une pièce du fort du Hâ, proche de la cathédrale Saint-André. Les exercices se déroulaient dans une sorte de crypte qui ne recevait la lumière que par des soupiraux contre lesquels s'agglutinaient des visages d'enfants.

Les armes blanches avaient toujours été mon point faible. Aaron me le reprochait, disant que j'aurais sans doute, au cours de mes expéditions, à affronter des corsaires, des flibustiers ou des pirates arabes. Durant mon séjour chez les Pierson, Fanny m'avait provoqué à des duels à fleuret moucheté qui m'avaient fait prendre la mesure de ma nullité.

J'eus le meilleur maître d'armes d'une province riche en bretteurs et qui avait fourni aux mousquetaires du roi, au siècle passé, ses meilleures lames : Geoffroy du Rouquet-d'Haudoua. Cet ancien officier de cavalerie de la Garde royale, réformé à la suite d'une chute de cheval, avait gardé de son service une allure majestueuse, des manières autoritaires et une fierté sans borne. Il exigeait de ses élèves des marques de respect excessives.

Au demeurant, le dernier représentant de ces cadets de Gascogne, dont la réputation semble s'être éteinte avec lui, était un fameux duelliste. Il se flattait de détenir une « botte », comme monsieur de Nevers, ce qui me parut relever d'un mythe personnel.

Un soir où il était en veine de confidence, il m'informa qu'avant sa mort il révélerait ce secret à son élève le plus méritant, et que cela le rendrait aussi invincible que son idole, le chevalier d'Eon.

— Il serait dommage, lui répondis-je, qu'un duel malheureux vous fît perdre la vie avant d'avoir confié ce secret à un tiers...

Il s'écria :

— Personne ne pourra me vaincre ! Ce n'est pas l'épée ou le sabre au poing que je mourrai. Je te le répète, ma botte est imparable.

— De qui la tenez-vous ?

— D'un capitaine de la Garde de Versailles, un Espagnol qui en était à sa dixième victime et auquel plus personne n'osait se frotter.

Avant de m'inscrire à ses cours, je m'étais armé de quelques notions puisées dans un manuel de Danet consacré à l'escrime. Quand je lui en parlai, il laissa éclater sa colère :

— Danet est un âne, *macarel de Diou* ! Il écrit pour les demoiselles. Fous-moi ce livre au feu et ne m'en parle plus jamais !

Il préférait l'épée au sabre, « bon pour les bûcherons ! », disait-il. Je lui opposais la nécessité pour moi d'apprendre cette discipline, la plus utilisée dans les abordages. Il répliquait que l'épée pouvait répondre à cette éventualité, aussi bien, sinon mieux, que le sabre.

Il n'avait que mépris pour l'usage en cours dans toutes les salles d'armes du plastron molletonné, des gants et du masque, « tous ces *affûtiaux* n'étant bons que pour le Carnaval ! », selon lui.

En quelques mois j'appris de ce maître la quintessence de son art. Parfois, conscient des faiblesses dues à son âge, à son infirmité, et des qualités qu'il se plaisait à louer chez moi, il me retenait pour prolonger un exercice à peaufiner. Je n'étais pas prêt à affronter le chevalier d'Eon, mais j'avais acquis, par ma jeunesse et ma vivacité, une maîtrise qui le comblait.

Au cours d'une exhibition publique de fin d'année, sur le glacis du Château-Trompette, je me distinguai, face aux meilleurs élèves, et emportai la palme, avec les félicitations du jury. Je me sentais mûr pour affronter les épées et les sabres des pirates, sur tous les océans du globe...

Il allait y avoir du changement dans le monde des armateurs pour la traite. Je l'avais pressenti dès mon retour de la Martinique. Quelques détails sur cet événement me paraissent indispensables pour la bonne suite de ce récit.

Deux ans avant mon retour, le duc de Praslin avait remplacé son cousin, le duc de Choiseul, à la tête du ministère de la Marine et manifesté son intention de donner un élan nouveau à la traite, qui avait connu un fléchissement inquiétant. Les décrets de Choiseul, l'Exclusif et le Pacte colonial, d'une extrême rigidité, avaient suscité un tollé et provoqué un trafic clandestin d'esclaves. Praslin y avait substitué des mesures moins contraignantes mais qui ne donnaient pas pour autant pleine satisfaction aux armateurs.

Pour relancer le trafic négrier, le nouveau ministre avait incité les négociants parisiens à créer une association destinée à soutenir le commerce avec les îles d'Amérique, « tombé dans un état de langueur et de discrédit ». Ces notables estimaient cette situation due à la longueur des expéditions, aux dangers que couraient les actionnaires et aux bénéfices aléatoires...

Premières mesures : une réglementation stricte des expéditions, au départ notamment de Nantes et de Bordeaux. On en escomptait des bénéfices mirifiques ; ce fut un échec. Praslin n'avait pas fait mieux que Choiseul ; pire, même.

Monsieur Cohen, de même que monsieur Gradis, n'ayant pas adhéré à ce projet, un autre armateur, monsieur Lassus, accepta d'armer des navires, mais les actionnaires boudèrent ses projets et ce pauvre homme, forcé de faire cavalier seul, y laissa des plumes.

Conscient de cette situation dramatique, le roi vint au secours des armateurs. Le Conseil d'Etat reconnut le zèle des Bordelais dans les expéditions de traite ; le roi, pour les encourager, renonçait à son droit de dix livres par tête d'esclave !

Nantes, élève réticent, n'allait pas bénéficier des mêmes faveurs. Il lui faudrait patienter trois ans...

Bordeaux venait d'entrer dans son âge d'or. En l'espace de dix ans, ce port allait *voiturer* des dizaines de milliers de nègres sur environ quatre-vingts vaisseaux. Successeur de Praslin, monsieur de Sartine encouragea nos armateurs à découvrir, au-delà des côtes surexploitées, « d'autres lieux propices à la traite, entre les possessions portugaises, l'Angola notamment, et le cap de Bonne-Espérance ». Un immense espace vierge livré à nos ambitions, un nouvel eldorado négrier.

Tandis que les armateurs nantais s'obstinaient à extraire leurs cargaisons de nègres de contrées en voie d'épuisement, d'autres perspectives s'ouvraient à la concurrence bordelaise.

— Mon petit François, me dit Aaron, nous allons rabattre leur caquet à nos amis de Nantes. L'Afrique est à nous. D'ici quelques années, nous serons le premier port négrier d'Europe. Même les Anglais et les Portugais devront reconnaître notre suprématie...

Jusqu'en l'an 1769, date de la suppression de la puissante Compagnie des Indes, les Portugais avaient protégé leurs territoires de traite contre les trafiquants étrangers. Leur puissance militaire étant insuffisante, Lisbonne avait accepté un échange : la permission de chasser sur leurs côtes contre des fournitures d'armes, de piastres et de nourriture, dont manquaient leurs colonies.

Ces nouvelles conditions, cet élan irrésistible, exigèrent de nous un surcroît de travail. Je ne m'en plaignais pas. Il m'arrivait fréquemment de suppléer Aaron dans la surveillance des opérations d'armement ou de désarmement : entré dans la prestigieuse confrérie des juges-consuls de la Bourse, il nous faisait profiter des informations qu'il tirait de sa nouvelle position.

Je retrouvai avec joie Fabrice de Montvert. Retour de Port-au-Prince, avec à son bras une élégante métisse au teint à peine coloré, il venait négocier la vente d'un immeuble situé entre la Grosse-Cloche et l'église Sainte-Colombe, avec l'intention d'éponger les dettes de sa famille et, peut-être, de s'établir à Bordeaux.

Je lui demandai des nouvelles d'Henri Pierson. Il s'ennuyait, me dit-il, et, peu à peu, incapable de s'intéresser à la production de son domaine, sombrait dans l'ivrognerie et la débauche ; quant à sa sœur, Fanny, elle faisait les quatre cents coups et même, disait-on, couchait avec des nègres !

Fabrice s'installa dans le meilleur hôtel de la ville, partit visiter quelques anciennes connaissances établies dans la viticulture, puis je ne le revis plus.

Au cours de leur bref séjour à Bordeaux, je les avais invités dans mon logis. Malgré le soin que j'avais pris à les bien traiter, ils m'avaient fait grise mine, comme si mon lieu de vie n'était pas digne de leur présence.

Quoi que Fabrice et son épouse pussent en penser, je me plaisais dans cet appartement que Blanche m'avait aidé à aménager avec le goût qui lui était propre.

Une locataire du rez-de-chaussée, brodeuse de son état, Estelle, qui vivait avec ses parents, avait accepté de s'occuper de mon ménage. Quant à mes repas, je les prenais le plus souvent, à midi, dans une auberge, avec des gens de mer de retour ou en partance. Le soir, je n'avais qu'à mettre les pieds sous la table.

Je ne pouvais que me louer du choix que j'avais fait de ma gouvernante. Estelle était l'amabilité, le dévouement et la fraîcheur mêmes. Elle avait de peu passé vingt ans, mon âge à quelques mois près. Quand je lui proposai un consensus visant à ajouter à sa tâche quotidienne un service plus intime, elle n'émit aucune objection. J'augmentai ses gages sans lui donner l'impression d'être une catin.

De tout le temps que dura ce que je n'ose appeler notre liaison, je n'eus pas à me plaindre de ses services, diurnes et nocturnes. Cet accommodement m'évitait la fréquentation coûteuse du Panier-Fleuri ou les risques que je courais avec les prostituées des Piliers de Tutelle. Les parents de ma maîtresse n'étaient pas aveugles au point d'ignorer ce manège, mais ils n'en soufflaient mot. Peut-être, comme d'autres parents l'eussent fait, nourrissaient-ils l'espoir de voir ces relations se concrétiser par un mariage.

C'est vers une revenante que se dirigeait mon destin.

J'étais surpris, mais sans m'en inquiéter, de n'avoir plus de nouvelles de Cécile dans les lettres de son cousin Joseph Maurin.

Un soir, alors que je quittais mon cabinet, je m'arrêtai sur le seuil et fronçai les sourcils. Une demoiselle appuyée à son ombrelle, vêtue et chapeautée à la dernière mode de Paris, semblait m'attendre ; c'était elle.

— Pardonnez ma réserve, lui dis-je. J'étais loin de m'attendre...

— … à cette surprise ? Allons, ne faites pas cette tête, mon ami. Si ma présence vous indispose, je puis vous l'éviter…

Je lui répondis en l'embrassant et lui demandai ce qu'était devenu son mentor, monsieur de Kergadiou.

— Mon parrain est resté à l'hôtel. Il souffre un peu de notre long voyage en diligence. Le pauvre homme… Il a été à rude épreuve au cours de nos vacances à Paris. Je lui en ai fait voir de toutes les couleurs. Quant à ces voyages, ils ne sont plus de son âge. Vous, en revanche…

Elle avait embelli, à croire que l'air de Paris pouvait accomplir ce genre de miracle. Il semblait que son visage, naguère un peu lourd et sévère, eût été remodelé, de même que sa silhouette, qui me parut plus svelte.

Je m'interrogeai : qu'allions-nous faire ? Allais-je me contenter de la reconduire à son hôtel ou l'inviter au restaurant ? Je décidai de la convier au Chapeau-Rouge, où son parrain avait retenu leurs chambres. Lorsque je lui eus présenté mes hommages, il s'excusa, avec ou non une arrière-pensée, de ne pouvoir nous tenir compagnie : il se contenterait d'un bouillon, qu'il se ferait servir dans sa chambre.

Au cours du souper, Cécile et moi avons fait mine d'oublier nos griefs pour retrouver l'ambiance d'amitié qui avait survécu à notre longue séparation. J'observai chez elle une lassitude due sans doute au voyage qu'elle venait d'entreprendre. Lorsque je lui en fis la remarque, elle protesta et chercha ma main sur la nappe.

— François, me dit-elle, j'ai une grave confidence à vous faire. Je crois que je suis amoureuse. Ne souriez pas. C'est très, très sérieux.

Je me figeai en me disant qu'elle se disposait à faire resurgir une passion avortée. Elle me détrompa en me révélant qu'elle avait rencontré à Paris le fils de madame de Puyvert, sœur de son parrain : Félicien. Elle n'ignorait pas, en quittant Nantes, que ce garçon existait mais ne pouvait soupçonner qu'il pourrait être tenté de la séduire. Je ne tardai pas à comprendre que ce séjour à Paris était une manœuvre du marquis et de sa sœur, en vue de provoquer cette rencontre. Cécile était une riche héritière et Félicien n'était pas dans le besoin. La fortune attire la fortune.

— Félicien, ajouta Cécile, est d'un an mon cadet. Il est beau, élégant, généreux et féru de musique, il donne des leçons de violon dans de bonnes familles et va composer un opéra. Il a une voix ravissante de ténorino, et...

Excédé, j'interrompis cette logorrhée qui semblait, par comparaison, destinée à me faire prendre conscience de mes insuffisances.

— Cessez de me comparer à ce beau Léandre ! m'écriai-je. Vous avez trouvé une perle ? Gardez-la et grand bien vous fasse !

— Cet *imbroglio*, François, répliqua-t-elle d'une voix ferme, est de votre faute. Vous m'avez humiliée par votre indifférence, comme si je n'étais pas digne de vous !

— Je ne vois pas là d'*imbroglio* ! Vous m'avez fait sentir que vous aviez quelque sentiment pour moi. J'ai tenté de vous faire comprendre que je ne pouvais y répondre. Cette affaire est de la plus grande simplicité.

— Alors, pourquoi cette réaction brutale quand je vous parle de Félicien ? Seriez-vous jaloux ?

— Si votre intention était de me mettre au supplice, c'est manqué. Je me suis rebellé contre votre insistance à vouloir me comparer à lui, que j'ai trouvée, pardonnez-moi, indécente.

Les gens, autour de nous, dressaient l'oreille, croyant à une querelle d'amoureux. C'en était une, mais unilatérale. Je n'avais pas été long à comprendre que Cécile, qui n'avait rien à faire à Bordeaux, n'était venue que pour provoquer de ma part un retour de flamme, là où il n'y avait que cendres.

J'écrasai mon cigare, appelai le maître d'hôtel pour régler la note, me levai et m'inclinai. Je n'entendis qu'un mot, alors que j'avais le dos tourné :

— Goujat !

Il était tard, me dis-je, et Estelle devait m'attendre. Je ne me trompais pas.

Je la trouvai assise à table, devant nos couverts et la chandelle. Elle me reprocha timidement de ne pas l'avoir prévenue de mon retard. Je la pris dans mes bras avec une telle fougue qu'elle éclata de rire. Je lui glissai à l'oreille :

— Ma chérie, il faut m'excuser : j'avais rendez-vous au restaurant avec une jolie demoiselle et m'y suis attardé.

— Je ne vous crois pas ! me lança-t-elle joyeusement. Vous vous moquez de moi, monsieur François. Ce n'est pas gentil.

Nous avons, cette nuit-là, fait l'amour avec plus d'ardeur et de tendresse que d'ordinaire.

On n'aime jamais autant une femme qu'après l'avoir quittée.

Dans les jours qui suivirent, je fus en proie à un trouble que je ne parvenais pas à maîtriser. Conscient d'avoir agi avec Cécile comme un goujat, j'envisageai de m'en repentir. A plusieurs reprises je passai devant son hôtel avoir l'espoir de l'en voir sortir. Mon imagination n'avait nul besoin de me la représenter plus séduisante qu'elle ne l'avait été à Nantes : elle l'était, vraiment, et j'en avais été frappé, en me gardant de lui en faire compliment. J'étais tout disposé à lui présenter des excuses qui eussent tout remis en question et nous eussent fait sortir de l'*imbroglio* dont elle avait parlé.

Je me hasardai à demander au gardien de m'annoncer. Il m'apprit que Cécile et monsieur de Kergadiou avaient quitté l'hôtel la veille. Avait-elle laissé un message ? Il n'y en avait pas. Avaient-ils gardé leur chambre dans l'intention d'y revenir ? Non.

A l'idée que ce départ signifiait une rupture définitive dans nos rapports, je n'en dormais plus. Je relus les rares lettres que j'avais d'elle, et notamment celle où elle m'avait fait l'aveu de son amour. L'idée de l'avoir perdue à jamais par ma seule faute m'obsédait et me faisait perdre la tête.

Aaron, en constatant mes négligences, mes erreurs, mes absences fréquentes et injustifiées, n'avait pas tardé à se rendre compte que je ne m'appartenais plus et m'en fit la remarque sans acrimonie. Quand je me fus ouvert à lui des raisons de ma détresse, il rit et me dit :

— J'ai connu la même aventure, il y a deux ans, avec une comédienne, tout comme mon père, et me suis trouvé dans la même situation que toi lorsqu'elle m'a quitté pour retourner à Paris. J'ai failli tout abandonner pour la suivre. Je n'ai surmonté ma peine qu'en me tuant au travail. C'est le seul remède à ce genre de maladie, crois-moi.

— Le travail ? J'en doute. Je le fais mal et n'en ai plus le goût. Le seul remède qui puisse me convenir... c'est...

— Quoi donc, mon ami ?

— Partir, le plus loin possible.

Je lui parlai du projet que nous avions mûri, Joseph et moi, de participer ensemble à une expédition de traite, et de l'impossibilité où nous étions de concrétiser ce désir, du fait de ma discorde avec sa cousine.

— C'est une bonne idée, me dit-il, mais il n'est pas nécessaire d'attendre la décision des Maurin. Je te sais fort capable d'embarquer pour une autre mission que celle qui consiste à aller faire ton marché en Amérique, avec ou sans ton ami Joseph. La logique voudrait d'ailleurs que tu voyages pour nous. Je vais donc en parler à mon père et t'informerai de sa décision.

Il ajouta :

— J'espère que tu n'auras pas à le regretter. Je te rappelle qu'une campagne de traite en Afrique n'a rien de comparable avec une traversée en droiture vers Saint-Domingue ou la Martinique. J'en connais qui ne sont jamais revenus, et d'autres qui ne s'en sont jamais remis : les fièvres et les fatigues dues au climat, les tractations dangereuses avec les courtiers véreux et les chefs de tribu, la promiscuité avec les nègres sur le bateau...

— Je m'y suis préparé, même avant de rencontrer Joseph. Confie-moi la mission la plus lointaine et la plus dangereuse, je n'y répugnerai pas et tu n'auras pas à te plaindre de moi.

Il me confia son intention de me faire naviguer sur un vaisseau de bon tonnage, fiable, et sous les ordres d'un capitaine éprouvé. Cela risquait de demander du temps.

— En attendant, me dit-il, nous allons t'envoyer à La Rochelle et à Bayonne. Nous avons des affaires à régler avec certains armateurs qui ont une fâcheuse tendance à marcher sur nos brisées. Ça te changera les idées et t'apprendra à négocier avec de fines mouches...

Un mois après le départ de Cécile, je quittai Bordeaux pour La Rochelle avec une double intention : l'oublier au plus vite, avec le moins de dommage possible, et faire mes preuves.

Je restai un mois dans cette ville où les armateurs n'aspiraient qu'à se hisser au premier rang pour la traite, un peu par gloriole et beaucoup par intérêt. Je n'eus guère de difficulté à négocier des compromis pour les territoires de chasse aux nègres et quelques dettes à régler.

Je partis de La Rochelle pour Bayonne à bord d'un caboteur qui lambinait le long des immenses plages désertes, si bien que la traversée dura une semaine.

Une ville étrange, Bayonne...

On y croisait des navigateurs de diverses nations d'Europe, ce qui faisait une Babel du moindre cabaret, où l'on parlait, outre le français, les dialectes gascons, le basque, l'espagnol, le portugais... On n'y faisait guère de traite mais beaucoup de commerce, notamment avec l'Espagne et le Portugal. Les négociations furent plus âpres qu'à La Rochelle, ces gens ayant le verbe haut et l'insolence spontanée. Je fus sur le point de me colleter avec un armateur, Cabarrus, qui prétendait ne pas se « laisser tondre par des Juifs » !

Je me retrouvai à Bordeaux environ trois mois après mon départ.

Monsieur Cohen me félicita de mon rapport et m'accorda une généreuse gratification.

J'allais éprouver une amère déception : Estelle m'annonça son intention de quitter mon service pour épouser un parent vigneron dans le Libournais. Une deuxième nouvelle me fut plus sensible encore : Aaron m'annonça que je ne pourrais quitter la France avant six mois.

— Tu ne regretteras pas ce contretemps, me dit-il. Nous avons tenu à te réserver un commandement sur l'un de nos meilleurs vaisseaux : la *Vigilante*, bientôt de retour des Antilles. Son capitaine, Antoine Laborde, ne nous a donné à ce jour que des motifs de satisfaction. En attendant, mon petit François, au travail. Tu ne vas pas en manquer...

Il oublia de me demander où j'en étais de mes peines de cœur. Elles s'étaient envolées au vent du large, dans le lit des prostituées, et il n'en restait que cendres et gravats...

La même ambiance sépulcrale régnait dans ma famille, où je me rendais deux ou trois fois par semaine.

Toujours souffrante d'on ne savait quoi, elle la première, ma mère passait une grande partie de ses journées à lire le *Journal de Guyenne*, les *Petites Affiches générales* et les gazettes parisiennes que mon père lui rapportait de chez les Cohen. Elle avait peu à peu perdu l'appétit et ne se nourrissait que de potages, de bouillies et de lait.

Mon père, à l'inverse, avait gardé son solide appétit, mangeait gras et buvait sec, ce qui avait fait bourgeonner des signes d'obésité. Il dissimulait une calvitie précoce sous une vieille perruque de crin qu'il ne poudrait jamais et qui laissait dépasser deux mèches grises. Suzanne me confia qu'il découchait plusieurs soirs de la semaine pour se rendre chez une femme dont elle ne put me révéler l'identité. Il commençait à souffrir du mal qui m'accable, au moment où j'écris ce récit, dans ma résidence du Médoc : le *thophus* pour les savants, la goutte pour le commun des mortels.

Privé d'énergie, il se livrait à sa tâche avec une indolence qui n'avait pas échappé à nos maîtres. Je redoutais qu'ils n'en vinssent à lui signifier son congé. S'ils ne le firent pas, ce fut en raison de ses longs et loyaux services.

Devenue une demoiselle, Blanche suscitait des convoitises dans les salons où elle donnait ses récitals de pianoforte. Au cours des séjours de quelques mois qu'il faisait chaque année dans son gouvernement de Guyenne et de Gascogne, monsieur de Richelieu, ayant assisté à l'un de ses concerts chez le président de la Cour des aides, la complimenta pour son talent et son charme. Il lui dit, après lui avoir baisé la main :

— Mademoiselle Dumoulin, je suis sûr que vous feriez merveille à Paris. Je puis faciliter votre entrée à l'Ecole royale de musique, où j'ai des relations. En attendant, me feriez-vous l'honneur et le plaisir de donner un récital en mon hôtel ?

A la date qu'il lui fixa, elle se rendit chez le gouverneur, s'y trouva dans la meilleure société et reçut des ovations pour son récital consacré à Charpentier et à Rameau, des maîtres choisis, me dit-elle, « pour faire un peu Versailles »...

Monsieur de Richelieu avait prévu, pour donner suite à cette heure artistique, un « petit souper entre amis » auquel assistaient des dames et des filles. Blanche n'allait pas tarder à regretter d'avoir accepté cette invitation.

— J'ai compris, me dit-elle, que ma présence avait un autre but que de faire étalage de mon talent. Après une heure de bavardages, ce souper a pris l'allure d'une bacchanale. Lorsque monsieur le gouverneur a tenté de me prendre sur ses genoux pour me faire boire du champagne dans sa coupe, holà ! je l'ai vertement rembarré. Tu me connais, mon Françou. Quand il s'est mis à fourrager dans ma lingerie intime avec ses jolies mains baguées de diamants et de saphirs, je lui ai jeté le contenu de la coupe à la face, au risque de faire couler son fard. Il a apprécié mon récital mais beaucoup moins ce geste humiliant. Il a grimacé puis a choisi de faire bonne figure.

— Tu as fait ça, ma chérie ? Il ne te pardonnera pas cette humiliation. Comment a-t-il réagi, par la suite ?

— Quand je lui ai dit que je souhaitais me retirer, il m'a fait reconduire par un laquais. Je crains de ne plus pouvoir compter sur sa protection, mais je m'en fiche. Tu me vois déflorée par cette vieille poupée ?

Elle passa du coq à l'âne en me demandant où j'en étais avec Cécile. Je lui confiai qu'elle n'était plus pour moi qu'un souvenir, qu'après avoir souffert de cette rupture j'avais fini par l'oublier.

— A la bonne heure ! s'exclama-t-elle. Cette greluche n'était pas faite pour toi. Elle est laide, si j'en juge par le portrait que tu m'as fait d'elle. De plus, je craignais que tu ne quittes Bordeaux pour la suivre à Nantes...

Je lui demandai des nouvelles de mon frère, que je n'avais pas revu depuis des semaines.

— Germain ? me dit-elle. Nous ne le reverrons pas de longtemps. Il est parti pour Paris, avec ses œuvres dans son bagage. Il donne de ses nouvelles chaque semaine, mais pour réclamer des sous. Je crains que ça ne finisse mal et qu'il ne nous revienne d'ici peu avec ses illusions...

Je lui demandai où elle en était de sa vie sentimentale.

— Peuh... J'effeuille la marguerite en préservant ma vertu.

— En vue d'un mariage ?

— Me marier, moi ? Oh ! là là ! Je fais partie, comme toi, mon Françou, de ces gens qui refusent l'esclavage du mariage. Ou alors...

— Ou alors ?

— Il faudrait qu'un prince charmant s'arrête devant ma porte et m'invite à monter dans son carrosse à dix chevaux... Mais je ne crois plus aux contes de fées. Pour moi, seuls importent la musique et le piano...

Peu de temps avant mon embarquement sur la *Vigilante*, Blanche avait reçu un message tardif de monsieur de Richelieu. Il la conjurait de lui pardonner son comportement et la conviait à le rejoindre à Paris. Il se chargeait des dépenses du voyage et de l'hébergement. Il avait parlé d'elle à ses relations de l'Ecole royale de musique. On l'attendait pour assumer un poste de professeur de piano et donner des concerts. Monsieur de Richelieu n'était pas le prince charmant, mais il présentait d'autres avantages dont elle entendait bien profiter...

2

La Côte des Esclaves

J'aurais eu du mal à imaginer l'impatience que l'on peut éprouver dans l'attente d'un navire et surtout qu'elle pût revêtir une telle intensité.

Se trouver chaque matin devant le même horizon désespérément vide, rester planté sur le quai, lunette à l'œil, en maudissant la brume et les embruns qui brouillaient les lointains du fleuve, telle est l'épreuve que je subis durant des semaines.

J'interrogeais, le plus souvent en vain, des navigateurs, officiers ou simples matelots qui remontaient l'estuaire et la Garonne, pour m'informer de la position de la *Vigilante*, retour des Antilles. Le capitaine d'une frégate d'Amsterdam, venu chercher une cargaison de vin, l'avait croisée au départ de Saint-Domingue où elle chargeait du fret. Ils avaient fait un brin de route ensemble, mais une tempête les avait séparés et ils s'étaient perdus de vue.

Une tempête... J'imaginais le pire, d'après les gravures illustrant mes livres, les peintures du cabinet d'Aaron et mes propres souvenirs. J'imaginais la *Vigilante* donnant de la gîte, mâts brisés et voiles arrachées dans le monstrueux ballet des lames déferlant sur le pont.

Conscient de mon impatience, Aaron me rassurait : ce retard n'avait rien d'inquiétant ; il était rare qu'un navire arrivât dans le temps prévu, et plus encore qu'il eût de l'avance.

L'automne vint, et toujours rien.

On ne parlait, à Bordeaux comme dans tout le royaume, que de deux événements qui, Dieu merci, étaient moins graves qu'une guerre ou une famine.

Après madame de Pompadour, le roi s'était épris de la fille née, disait-on, des relations d'une dame Bécu avec un religieux. Après quelques années au couvent, la petite Jeanne avait été placée comme servante chez la veuve d'un fermier général, d'où son inconduite l'avait exclue. Elle avait travaillé dans des ateliers de mode et avait eu des amants, dont l'un, Jean du Barry, après avoir vécu de ses charmes, obtint de la présenter à Versailles. Sa Majesté l'ayant honorée d'un regard et d'un compliment, elle allait contribuer à pousser au placard la favorite vieillissante pour prendre sa place et faire oublier au roi les petites catins du Parc-aux-Cerfs.

Au printemps de l'an 1770, on allait célébrer le mariage d'une fille de l'empereur d'Autriche, Marie-Antoinette, avec Louis, dauphin de France. Elle quatorze ans, lui quinze, elle gracieuse, lui lourd de corps comme d'esprit. A Paris, les festivités durèrent une quinzaine. Au cours d'un feu d'artifice tiré sur la place Louis-XV, autour de la statue équestre du roi, cent trente personnes furent victimes d'une bousculade.

Un matin, alors que je rédigeais un contrat de traite pour un homme d'affaires de Zurich, une main se posa sur mon épaule et la voix d'Aaron me susurra à l'oreille :

— Mon petit François, j'ai une bonne nouvelle pour toi. La *Vigilante* vient de passer la pointe de Grave.

Je me sentis fondre de plaisir. Il ajouta :

— Il va lui falloir, en raison du mauvais temps, une bonne semaine pour remonter jusqu'à nous, et plus d'un mois avant qu'elle reprenne la mer. Tu vas avoir du travail…

J'exultais. Aaron ne m'apprenait rien quant au délai nécessaire au déchargement et à l'armement d'un vaisseau. Il faudrait plus d'un mois s'il avait subi des avaries, ce qui semblait être le cas.

L'arrivée de la *Vigilante*, toutes voiles déployées, me tira des larmes de joie. C'était un brick d'environ deux cents tonneaux, doté d'une voilure qui me parut de dimensions exagérées mais qui donnait l'assurance d'une vitesse satisfaisante.

Durant trois semaines j'aidai aux apprêts de notre expédition, avec une sorte de frénésie qui laissait mon père ébahi. Il avait appris avec indifférence mon prochain départ, se contentant de plaisanter sur mes futures relations avec les négresses, auxquelles, disait-il, il ne fallait « pas en promettre », comme si ce pauvre homme avait quelque expérience en la matière.

En montant à bord en compagnie d'Aaron, pour une simple visite au capitaine, j'étais déjà sensible à l'odeur qui subsistait dans l'entrepont d'un navire de traite, après qu'on y eut entreposé deux cents à trois cents nègres. Elle m'avait écœuré au cours de mes précédents voyages, bien qu'on eût pris soin de laver à grande eau cet endroit de la cale. Celle qui régnait dans l'entrepont de la *Vigilante* était proprement insupportable, et ce mélange de sueur, d'urine, de vomi et d'excréments nous contraignit à protéger nos narines avec notre mouchoir. Je fus lent, au cours des voyages qui allaient suivre, à m'habituer à cette odeur de chiourme, presque aussi insupportable que celle d'un cadavre en voie de décomposition.

Monsieur Laborde, le capitaine, nous attendait à la coupée. Ce gros homme jovial, au visage embroussaillé d'un crin grisâtre qu'il caressait d'un geste indolent, comme on fait d'un chat, nous reçut dans sa cabine, nous fit servir du rhum ramené de Saint-Domingue et nous apprit qu'il allait aborder sa vingtième année de navigation. Il avait fait ses classes à Nantes, pour les Nairac et les Maurin, avant de s'installer à Bordeaux pour les Gradis et enfin les Cohen.

Aaron lui parla brièvement de moi et de l'examen, que j'avais passé avec succès à mon retour de Nantes, et qui m'avait valu le grade glorieux de lieutenant. Monsieur Laborde nous présenta son second, monsieur Louis Tabuteau, Saintongeais élégant, mince et droit, qui paraissait être son contraire, au physique du moins.

Le capitaine nous parla de son voyage de retour depuis l'Amérique. Le beaupré avait été endommagé par la tempête et rafistolé tant bien que mal, de même que le gouvernail et la quille, mais la voilure avait peu souffert. Plus grave : il avait perdu, entre la Guinée et l'Amérique, une dizaine de nègres et trois matelots, suite à une épidémie de fièvre jaune. Ces pertes étaient sérieuses, mais pas exceptionnelles.

— Les risques du métier, dit-il en se caressant la barbe.

Je ne tardai pas à être informé de la supercherie de ce vieux renard de David Cohen : il avait dans l'idée de faire passer la *Vigilante* pour une fringante jeunesse. Je n'aurais pas eu vent de cette indélicatesse si un inspecteur, au cours d'une visite plus méticuleuse, n'avait attiré mon attention sur certaines défectuosités.

— Ce vaisseau, me dit-il, a beaucoup bourlingué et en a souffert. Certaines parties sentent le rafistolage. Si c'est une « jeunesse », comme dit votre patron, ça veut dire que je devrais être en nourrice !

Le capitaine en second, monsieur Tabuteau, me révéla d'autres défectuosités inquiétantes. Construit à Amsterdam environ dix ans auparavant, ce vaisseau avait été rehaussé d'un entrepont d'environ cinq pieds. On lui avait adjoint une dunette et un gaillard d'avant. J'ajoute, pour les connaisseurs, qu'il mesurait cinquante pieds de quille, dix-huit de bau, que la cale était de neuf pieds de hauteur et l'entrepont de cinq, qu'il jaugeait environ deux cents tonneaux et avait treize pieds d'immersion…

Le second ajouta d'autres détails inquiétants : le gouvernail manquait de souplesse, les œuvres mortes étaient trop lourdes ; entre les Iles et Bordeaux on avait navigué en surcharge… Je m'informai d'un retard supplémentaire pour cause de carénage de cette vieille coque et de ses œuvres vives, ou même de l'éventualité d'une mise au rebut.

— Le vieux Cohen n'en fera rien, me dit-il. Il a décidé que la *Vigilante* pouvait encore naviguer, et rien ne le fera changer d'avis. Je ferai brûler un cierge à Saint-Michel pour que cette *machine* ne nous jette pas sur un banc de sable au large du Sénégal et qu'elle nous ramène à bon port. On a vu ce genre de miracle...

Quand j'ai fait part à Aaron de mes inquiétudes, son premier réflexe a été de me rire au nez et comme j'insistais, disant que j'avais été trompé, il prit la mouche :

— Tu croyais peut-être faire une croisière sous les tropiques à bord d'une unité fraîchement sortie d'un chantier naval ? Eh bien, je le regrette, mais c'est non ! Si tu éprouves des angoisses, reste à terre. Sinon, pars sans barguigner ! On t'a raconté des balivernes à propos de la *Vigilante.* C'est un vaisseau qui a pris de l'âge, c'est certain, mais sur lequel on peut encore compter. Parles-en à monsieur Laborde. Il te le confirmera.

Il ajouta, en posant sa main sur mon épaule :

— Pardonne-moi de m'être emporté, François. Il est vrai que mon père t'a dupé et que je n'ai rien pu faire pour changer sa décision. Il prétend que tu apprendras mieux ton métier sur un vieux rafiot que sur un vaisseau neuf...

La *Vigilante* appareilla à la mi-septembre. Elle portait quarante membres d'équipage, dont bon nombre de novices, dont j'aurais à assumer l'instruction, ce qui n'avait pas été prévu dans mon contrat.

La descente de l'estuaire s'effectua à une lenteur énervante, compte tenu de la lourdeur de cette dondon et de sa surcharge. Monsieur Cohen avait un peu forcé sur le métal en lames ou en lingots, destinés à la traite. J'étais mortifié de nous voir doubler par des unités plus rapides. Lorsque nous sommes parvenus en vue de la pointe de Grave, les navires qui nous avaient dépassés devaient se trouver depuis des heures en dehors des marées.

La suite du voyage, jusqu'à l'île de Madère, au large des côtes marocaines, fut, grâce à des vents favorables, une simple promenade. Nous fîmes, dans cette colonie tenue par les Portugais, provision d'eau et de quelques denrées fraîches, notamment agrumes et bananes.

A quelques lieues de cette île, nous avons arraisonné un navire de Bayonne pour demander au capitaine ce qu'il pensait de l'encombrement insolite que nous avions constaté dans le port de Funchal. Il s'agissait, nous fut-il répondu, de *saltines*, qu'il fallait traduire par *mauresques*, ce qui n'était pas de nature à nous rassurer, ces gens ayant une réputation de pirates. Nous avions des canons, mais eux-mêmes en étaient bien pourvus.

Une première tempête s'abattit sur nous le surlendemain, entre Madère et l'archipel des Canaries. Elle était de peu d'ampleur, mais les lames recouvrirent le pont et des voies d'eau se déclarèrent dans la coque, ce qui demanda l'usage des pompes. Ce coup de chien jeta mes novices dans l'angoisse. Je les rassurai : il en faudrait bien davantage pour mettre nos vies en péril. La marche sous la misaine était pesante, mais la *Vigilante* en avait vu d'autres...

Après quelques jours de navigation, je remarquai la disparité de caractère entre le capitaine et son second : l'un brouillon et d'humeur optimiste, l'autre froid et méthodique. Il en résultait quelque désordre dans la manœuvre. Notre vitesse dépassait rarement cinq nœuds, et nous reculions mieux par la dérive que nous ne progressions.

Il nous fallut près d'un mois pour arriver en vue de l'archipel du Cap-Vert, au large de la Mauritanie et du Sénégal, où les Portugais possédaient d'importantes réserves d'esclaves.

Nous avons affourché nos ancres dans la jolie baie de Praia, cernée de montagnes verdoyantes, un mouillage abrité des coups de vent. Monsieur Laborde avait prévu une escale de trois jours, nous y sommes restés une semaine. Il avait ses habitudes dans cette île, et notamment une métisse qu'il souhaitait revoir.

L'île de Santiago, dont Praia est la capitale, jouit d'un climat agréable et tout semble y pousser à merveille. Elle ressemble à une corbeille de fruits et de verdure grouillante d'abeilles et de guêpes. La population compte une grande part de nègres, certains affranchis et arrogants avec les Blancs. J'y découvris bon nombre de métis ou de mulâtres, que l'on a du mal à distinguer des Portugais en raison d'une couleur de peau quasiment identique.

Le port de Praia grouille d'une faune pittoresque mais dangereuse. Mêlées aux prostituées et aux marchandes de fruits et de gris-gris, les dames créoles contrastent, par leurs toilettes aux couleurs suaves, avec la tenue stricte et uniforme des Blancs. Toute cette population papillonne, danse, chante, dans une ambiance permanente de fête.

Monsieur Tabuteau me mit en garde, avant l'accostage :

— Prenez garde, mon ami : vous allez, à peine à terre, être assailli par des négrillons, des prostituées, des aigrefins, des rabatteurs de tripot et des proxénètes. Ne vous laissez pas tenter. Avec ces filles, vous risqueriez d'être victime d'une mauvaise maladie, et avec les rabatteurs, de perdre jusqu'à votre chemise. J'ai fait cette double expérience dans mes débuts...

Ma première promenade, accompagnée d'une escorte de négrillons criards, me conduisit au marché, sur la place dominée par ce qu'on peut appeler une cathédrale, un sanctuaire dont les murs décrépis n'encouragent guère aux dévotions. J'y découvris les productions vivrières de cette île : ignames, oranges, ananas, bananes et autres fruits nouveaux pour moi. Je fus tenté, sur un autre marché, par un vendeur d'oiseaux et de singes et faillis acheter un perroquet pour Blanche, mais je doutais qu'il pût survivre à cette expédition.

J'utilisai quelques articles de troc en ma possession, notamment des aiguilles et des miroirs de poche, objets très appréciés sous ces latitudes, pour me procurer une paire de poulets destinés à agrémenter le régime du bord et des fiasques de tafia. Je me demandai ce que me coûterait en pacotille une heure de plaisir avec la négrillonne qui s'accrochait à mes basques malgré mes rebuffades. J'eus de même du mal à me débarrasser d'un faux moine qui se proposait de me faire admirer des reliques dans un monastère de la montagne.

— La population est de confession catholique, me dit encore monsieur Tabuteau, mais il se mêle à ces croyances un vieux fond de superstitions. Méfiez-vous des curés et des moines, les pires des brigands ! La plupart cachent un poignard sous leur soutane ou leur froc.

Il m'incita à acheter, dans des boutiques fiables, des pagnes de coton fabriqués dans l'île, articles très recherchés et servant de monnaie d'échange contre des nègres. En principe, ces produits ne doivent sortir de l'île que sous des conditions rigoureuses, mais il existe des accommodements avec le ciel, si je puis dire : en graissant la patte aux contrôleurs. Je m'abstins, pour ne pas encombrer mon bagage.

En dépit de ses allures austères et un peu méprisantes, je ne tardai pas à me faire un ami de monsieur Tabuteau, plus âgé que moi d'une quinzaine d'années. J'appréciais les récits qu'il me faisait de ses voyages à travers le monde, jusque dans l'océan Indien. Il paraissait abriter, sous une carapace qui semblait inviolable, des drames sentimentaux ou familiaux dont il ne me dit mot mais que je devinais. Cela créait entre nous des affinités implicites dont il semblait, comme moi, avoir conscience.

La veille de notre départ, alors que je venais d'allumer ma chandelle et m'apprêtais à lire le *Voyage aux Iles*, du père dominicain Jean-Baptiste Labat, je constatai que cet ouvrage avait disparu. J'allai, le lendemain, m'en plaindre au capitaine. Il prit ma démarche avec hauteur.

— Ce livre, me dit-il, vous ne le retrouverez pas. Confisqué ! Jeune homme, on ne part pas pour un pèlerinage avec un ouvrage subversif dans sa poche !

Je protestai avec vigueur contre cet abus de pouvoir.

— Je suis libre, lui dis-je, de lire ce qui me convient sans en référer à votre autorité. Dans mon rapport à monsieur Cohen, je me plaindrai de vos procédés.

— Allez donc protester auprès du roi, si ça vous chante ! Je ne veux pas à mon bord de ces ouvrages qui condamnent mon métier : la traite. En vous le supprimant, j'ai fait acte de salubrité. J'ai lu quelques pages de ce livre. C'est grotesque ! Ce moine y présente l'esclavage comme une infamie. Les négriers seraient des brigands, les planteurs des tortionnaires et les nègres des martyrs ! On aurait dû envoyer cet enfroqué à la Bastille !

— Je ne vous dois aucun compte de mes lectures et de mes opinions, monsieur ! Il me reste dans mon bagage quelques œuvres de Voltaire, ami et défenseur des nègres. Dois-je vous les livrer pour en faire un autodafé ?

— Le bon Samaritain que voilà ! Votre Voltaire, monsieur, est le pire des hypocrites. Vous devriez savoir que, s'il a pris le parti des nègres, il est également actionnaire chez un armateur négrier !

Il menaça, si je ne lui remettais pas ces ouvrages, de m'abandonner à Praia ou de me débarquer à la prochaine escale.

— Je le ferai, aussi vrai que je m'appelle Laborde ! s'écria-t-il. A moins que vous ne me remettiez de vous-même les livres interdits...

J'eus la lâcheté de lui donner satisfaction.

— Je suis ravi, me dit-il ensuite, que vous ayez cédé à la raison. Oublions cette dispute, voulez-vous ?

Il me tendit sa main et me convia à boire un verre de tafia. Jamais breuvage ne me parut aussi amer. Je n'en bus qu'une gorgée.

Nous avions pris l'habitude, monsieur Tabuteau et moi, de nous retrouver le matin, quel que soit le temps, sous le gaillard arrière, pour des exercices à l'épée et au sabre. Il était plus habile que moi, mais, plus robuste, je le mettais souvent en fâcheuse position. Je n'avais rien perdu des enseignements de mon maître d'armes, Geoffroy du Rouquet-d'Haudoua. Il aurait été fier de moi.

Une quinzaine après avoir quitté le Cap-Vert et parcouru deux cents lieues par temps calme et par une chaleur d'enfer, nous sommes arrivés en vue de Bissau, au sud de la Casamance. Nous étions partis de Bordeaux depuis près de quatre mois, sans incidents notables à bord, et il me semblait que c'était depuis des années. Comme accablée par la chaleur, notre vieille hourque se traînait lamentablement.

Pour débarquer à Bissau, important lieu de traite situé sur une île au débouché des fleuves Géba et Corubal qui traversent la Guinée, nous avons laissé au sud l'archipel des Bissagos, réputé pour la qualité de ses produits de traite.

Alors que nous attendions la marée pour nous rapprocher de la terre, nous eûmes une émotion. Deux grandes pirogues apparurent, chargées chacune d'une trentaine de nègres armés de sagaies, qui gesticulaient, menaient grand bruit et semblaient nous menacer.

— Restons sur nos gardes, nous dit monsieur Laborde, et attendons de savoir ce que ces nègres nous veulent. Tabuteau, faites allumer les mèches des canons. Dumoulin, rassemblez les hommes d'équipage et distribuez des fusils.

Des palabres nous firent vite comprendre ce qu'ils attendaient de nous : que nous leurs achetions leurs produits, des fruits, des poissons séchés et des femmes. S'ils brandissaient des armes c'était pour faire impression. Ils avaient réussi. Le capitaine négocia avec le chef une livraison de vivres mais refusa l'accès à bord des femmes qui dansaient dans les pirogues au risque de les faire verser et qui écartaient leur tunique sur leur nudité.

Lorsque les nègres montés à bord avec leurs produits se retirèrent ivres, après des libations d'eau-de-vie, ils firent un tel tapage à bord de leurs pirogues que l'une d'elles se retourna. Nous eûmes alors le terrible spectacle d'un assaut des requins et de corps déchiquetés et entraînés dans les profondeurs.

La *Vigilante* n'était pas seule dans la rade. Des navires de diverses nations d'Europe y avaient déjà jeté l'ancre. A peine les nôtres affourchées, nous fûmes accostés par une chaloupe détachée d'un navire français de Nantes, le *Courageux*. Le capitaine monta à bord et nous donna des nouvelles de sa campagne de traite.

— Les affaires deviennent difficiles, nous dit-il. Nous sommes à pied d'œuvre depuis trois mois sans voir atteint notre quota. Trop de demandes et pas assez de fournitures ! Si vous avez des produits de qualité pour le troc, ça vous servira, mais attendez-vous à des exigences. Les chefs de tribu ont les dents longues. Il est vrai qu'il faut aller chercher des nègres de plus en plus loin dans les terres, parfois au cœur de l'Afrique.

Des questions me brûlaient les lèves : connaissait-il les Maurin et avait-il des nouvelles de cette famille, de Cécile notamment ? Il eut un sourire ironique.

— Les Maurin, me dit-il, c'est de la petite bière à côté des Grou, et des Montaudouin. Ils vivotent pour n'avoir pas pris à temps le vent favorable. Ce sont des épiciers, pas des négriers. Pour faire que le vieux change d'avis, il faudrait se lever de bonne heure et le fils, Joseph, n'est pas à la hauteur. Leur entreprise est sur le point d'être rachetée par l'armateur irlandais Antoine Walsch. Il a les dents longues...

Je lui demandai, en m'efforçant de ne pas y attacher beaucoup d'importance, s'il savait ce qu'était devenue Cécile.

— La nièce de Maurin ? Une belle fille, ma foi, que j'ai rencontrée dans le salon des Montaudouin. Eh bien, mon cher, elle a épousé un Parisien et vit dans la capitale. C'est tout ce que je peux vous dire d'elle...

C'était beaucoup. Je me repentis de ma curiosité et encaissai le coup sans montrer ma peine. Cette nouvelle venait soudain de détruire le fragile édifice de sentiments qui subsistait encore en moi. Les événements n'allaient pas tarder à faire souffler des bourrasques sur ces cendres froides.

Le lendemain de notre arrivée, monsieur Laborde décida de rendre visite au roi des Papels, dont j'ai oublié le nom. Ce chef d'une importante tribu de Guinée lui avait été recommandé par un *mafouque* (un courtier africain) comme l'un des rares pourvoyeurs de la traite dont il pourrait tirer quelques nègres.

J'ai gardé le souvenir d'un gros homme simplement vêtu d'un pagne mais orné de tant de bijoux d'or, de coquillages et d'amulettes qu'il ressemblait à une vitrine de joaillier. Un sceptre de bois précieux au poing, il siégeait sur un trône en bois sculpté, entouré de gardes nus armés de sagaies, de femmes et de quelques négrillons et négrittes.

Le but de cette démarche était, dans un premier temps, de présenter nos civilités au despote et de déposer à ses pieds des présents propitiatoires. Il nous en remercia par des hochements de tête et des grognements.

Je passai quelques heures de cette journée, en compagnie de monsieur Tabuteau, à explorer l'agglomération, moins importante et plus sordide que Praia, et les alentours. Cet endroit ne me plaisait guère, et ses habitants moins encore. Rien qui pût rappeler la fête permanente du Cap-Vert, mais une ambiance dans laquelle s'exprimait un seul souci : la traite. Nous y croisâmes, vêtus à la légère d'une veste et d'un pantalon d'un blanc sale, coiffés d'un chapeau rond, à larges bords et à ruban, des Anglais, des Hollandais et des Ibériques palabrant avec des courtiers et des nègres affranchis, en fumant des cigares.

Une scène singulière attira notre attention : un marché d'esclaves venait de débuter au bord du fleuve.

Au milieu d'un groupe de nègres enchaînés que l'on sortait un à un d'une pirogue, un Anglais s'inclinait sur chacun d'eux et paraissait l'embrasser. Je crus à un rite de conversion et marquai ma surprise à monsieur Tabuteau. Il se mit à rire et à me taper l'épaule.

— Cet homme, me dit-il, est un « goûteur de sueur ». En promenant sa langue sur leur visage et en les reniflant, il peut faire un diagnostic sur la santé des nègres proposés à la vente. Est-ce un procédé infaillible ? Je ne saurais le dire.

Le test se révélant douteux ou témoignant d'un mauvais état de santé, le nègre retournait dans la pirogue. Ceux qui, après un examen plus poussé, de la dentition et des organes génitaux notamment, étaient jugés sains étaient délivrés de leurs fers et on attachait à leur poignet une plaque métallique pour témoigner de leur appartenance. Ils étaient nus, avec simplement un lambeau d'étoffe pour cacher leurs parties honteuses.

Dépourvue de la ceinture de montagnes qui entoure les ports des îles d'Amérique, la contrée était d'une platitude navrante. L'air y était malsain, surchauffé, lourd d'odeurs putrides de vase et de poisson pourri. Nous y étions suivis par des nuées de moustiques dont la fumée des cigares ne parvenait pas à nous délivrer. Des négresses nous proposaient, avec des criaillements de volaille, des amulettes, des bibelots et des masques. Monsieur Tabuteau, qui en faisait collection, en acheta, qu'il paya avec de menus articles de traite ou de la monnaie portugaise.

Il semblait porter plus d'intérêt que moi à ce pays et à ses habitants, dont il avait étudié les coutumes et les croyances.

— Leur Bible est purement orale, me dit-il. Elle se résume à peu d'événements et de personnages : des guerriers passant pour des héros, une vague divinité demeurant sur la Lune, quelques animaux sacrés... Ils croient à la vertu des amulettes que fabriquent et distribuent des sorciers qui font aussi fonction de guérisseurs. Ils se méfient des missionnaires chrétiens et des moines, et n'ont pas tort. Ce sont pour la plupart les créatures les plus fausses, les plus immondes et ignares que je connaisse.

Il m'apprit à me méfier des crocodiles qui pullulent autant dans ce fleuve que les requins dans l'estuaire. La semaine précédente, deux Anglais qui s'étaient approchés du rivage du Géba avaient été happés par ces monstres et avaient disparu ; on n'avait retrouvé d'eux qu'un chapeau et des lambeaux de vêtements. J'aurais de même, en franchissant les limites du village, à me protéger des serpents qui infestent les marigots et la savane, en portant des guêtres ou des bottes. Autre danger : les grands fauves et les éléphants sauvages, dans l'arrière-pays.

La mort semblait présente à chaque pas et prête à fondre sur nous. On semblait prendre plaisir à nous raconter des histoires de négriers européens imprudents qui, partis prospecter en amont des fleuves, n'étaient jamais revenus, victimes, disait-on, de tribus où sévissait le cannibalisme.

C'est à Bissau que nous avons fêté le 1er janvier de l'année 1771.

Un courtier, ancien déserteur de l'armée portugaise, à qui monsieur Laborde ne ménageait pas sa confiance, nous invita à un souper de réveillon. Ce gros homme au visage basané et huileux, Almada Duarte, possédait une réserve d'esclaves dans une île voisine, Coruche, louée au roi et gardée par des mulâtres. Il avait consenti à nous en céder une vingtaine, pas de première qualité, mais nous n'avions pas lieu de nous montrer exigeants.

— Vous pourrez constater, nous dit-il, que ces nègres n'ont pas été maltraités, ce qui constitue une assurance contre une révolte. Les colons d'Amérique refuseraient d'acheter des esclaves portant des traces de coups ou qui seraient incapables de couper la canne. Les acheteurs sont de plus en plus exigeants, voyez-vous, et on trouve de moins en moins de sujets de bonne qualité marchande, ce qui explique leur prix élevé. Je vous fais une faveur, Laborde, au nom de notre vieille amitié.

J'ai retenu peu de chose de cette soirée de fin d'année, dont le moins que je puisse dire est qu'elle fut exempte de toute ferveur religieuse. Ce n'a été qu'une beuverie, suivie d'une bacchanale à laquelle quelques belles négresses saines furent « invitées » à participer. Je n'en sortis qu'à l'aube, malade à crever.

Dans les jours qui suivirent, monsieur Laborde me chargea de prendre avec moi quelques novices pour transférer nos captifs en barques, de l'île de Coruche à la *Vigilante*, et les installer dans l'entrepont avec les fers. Nous n'avons pas eu à nous gendarmer : cette chiourme terrorisée gardait une passivité de bétail.

L'opération de traite ayant débuté sous de bons auspices, il ne restait qu'à la poursuivre.

Avec le concours de Duarte, monsieur Laborde négocia auprès de marchands arabes quelques tonnelets d'eau-de-vie contre un contingent d'une quinzaine de nègres. Il eut moins de chance en voulant troquer des pistolets et des fusils de marque anglaise : depuis six mois que nous étions en mer, la rouille les avait attaqués ! Il fallut, durant une quinzaine, les démonter pièce à pièce, les dérouiller à l'émeri et les graisser.

La nuit venue, cette tâche ingrate terminée, je m'affalais dans mon hamac, la barbe saupoudrée de rouille et d'émeri. Ivre de tafia et de tabac, je m'enfouissais sous ma moustiquaire et sombrais dans un sommeil de brute dont me tiraient, au cœur de la nuit, les chants des indigènes, les cris des femmes, des pétarades joyeuses et des rixes.

Eveillé en sursaut, il me fallait quelques secondes pour situer l'endroit où je me trouvais, et je me sentais alors le plus malheureux des hommes. Des souvenirs de mon existence à Bordeaux me revenaient en mémoire, dans le crépitement de la pluie sur la toiture de palmes. Le plus fidèle était celui de Blanche au moment de mon départ, accrochée à moi en gémissant, certaine, disait-elle, que je ne reviendrais jamais de cette aventure.

Les pires moments de la journée étaient ceux du réveil dans une chaleur déjà épaisse comme de la poix, anesthésiante, collant à la peau et paralysant les membres.

Mon premier soin était d'embarquer dans la chaloupe et de monter à bord de la *Vigilante*. Je devais constater l'état de la chiourme, m'assurer que les attaches des prisonniers étaient intactes, leur faire distribuer leur ration quotidienne d'eau, de fèves et de riz, puis les faire monter sur le pont pour se dégourdir les membres et danser sous la menace du fouet. Aucun de ces malheureux ne songeait à se libérer en sautant dans le fleuve. Ils ne seraient pas allés bien loin, car les requins pullulent dans ces eaux. On était parfois obligé d'user du fouet sur des rebelles qui refusaient de s'alimenter.

Ce service terminé, je remontais dans la chaloupe pour reprendre terre. J'avais loué à Duarte une case meublée du strict nécessaire pour éviter le pillage. Pour mes incursions dans les parages, je ne partais jamais seul, accompagné le plus souvent par monsieur Tabuteau et un matelot armé. Je n'aimais guère ce pays, mais je tenais à le mieux connaître, sans doute, me disait notre second, « pour avoir des motifs à le détester davantage ».

Nous étions en hiver. Fréquentes, parfois diluviennes, les pluies ne me faisaient pas oublier les « abats d'eau » qui, à Bordeaux, crépitaient joyeusement sur le pavé. Celles de ce pays étaient lourdes, tiédasses comme des tisanes vénéneuses, et faisaient sortir du sol, courir sur les murs et envahir les cases des araignées et des chenilles géantes. Le village de cases de Bissau occupait un espace plat, cerné de marigots, de vasières grouillantes de reptiles et de batraciens, de rizières abandonnées ou mal entretenues, les Papels, connus pour leur indolence, préférant trafiquer avec les Blancs plutôt que de s'échiner à travailler la terre.

Je partais, les jambes gainées de guêtres, armé d'un fusil pour chasser le gibier, abondant dans les parages. Il était rare que je revienne sans un chevreuil peu farouche qui se laissait approcher à quelques pas. Parfois je ramenais un singe à notre cuisinier, quelques-uns de nos officiers appréciant cette chair brunâtre et sèche que, pour ma part, je détestais.

J'aurais aimé chasser le gros gibier, comme le phacochère, mais cela eût nécessité une expédition à laquelle se refusait monsieur Laborde, d'autant que notre subsistance ne nous donnait guère d'inquiétude. Contre des babioles nous pouvions nous procurer de la volaille, des légumes et des fruits qui venaient en abondance. Nous aurions pu échanger un lingot d'étain contre un bœuf. Quant au vin et aux boissons fortes, nous en étions encore assez bien pourvus à bord, et le tafia coulait à flots dans les tavernes.

Il allait s'ajouter à nos épreuves un fléau, la fièvre. Elle n'allait pas tarder à fondre sur nous et à transformer ce séjour pénible en calvaire.

3

L'île des Sorciers

Nous étions installés à Bissau depuis trois mois, avec des fortunes diverses en matière de traite, lorsque éclatèrent les premiers cas de cette fièvre qu'on appelle la malaria. J'allais en être une des premières victimes.

Notre chirurgien, Benoît Coste, mal préparé à combattre cette maladie, y perdait son latin. Il s'était, dans ses débuts, intéressé aux fièvres qui sévissent en France dans certaines contrées marécageuses comme les Dombes, le Périgord ou la Vendée. Celles des tropiques étaient autrement virulentes, et il manquait des moyens pour les combattre.

J'observai en moi avec terreur les premiers symptômes : malaise général, céphalées et vertiges, suivis par des embarras gastriques et des diarrhées qui, en quelques jours, allaient faire de moi une loque humaine.

Duarte nous envoya un sorcier réputé guérir ce mal. Cet être puant, laid comme un vieux singe et constellé de gris-gris, se livra sur nous à des gesticulations en marmonnant des propos cabalistiques. Il nous fit boire une mixture verdâtre et fétide et nous saupoudra d'une sorte de farine qui n'eut pour résultat que de nous faire éternuer.

Je restai tout le temps de ma maladie dans l'infirmerie de la *Vigilante*, en compagnie de quelques officiers, novices et matelots dans le même état que moi, ou pire. Lorsque Coste constatait la mort d'un de ses patients et qu'il le faisait évacuer pour le jeter aux requins, je me disais que mon heure n'allait pas tarder à sonner et qu'elle serait une délivrance. Je l'attendais en proie à une étrange apathie, comme si j'étais déjà débarrassé de cette loque qu'était mon corps.

Coste, n'ayant à sa disposition aucun remède, avait déclaré forfait.

— Des remèdes, disait-il, je n'en connais qu'un seul qui soit efficace, le quinquina, mais on n'en trouve qu'en Amérique ou dans quelques officines d'Europe.

Il faisait, dans notre entrepont, une chaleur telle qu'il me semblait m'y dissoudre comme dans un bain d'acide. Je perdais mes matières sans en avoir conscience, ce qui ajoutait à la puanteur ambiante. Le soir venu, je suppliais Coste de me faire monter sur le pont pour une illusion de fraîcheur, mais il s'y refusait, au prétexte qu'un changement de température pourrait m'être néfaste et que j'étais contagieux.

Un jour, je m'éveillai d'une sorte de sieste en éprouvant contre mes reins une chatouille déplaisante qui me fit croire à la présence d'une araignée. Je poussai un cri et appelai le chirurgien. Il se moqua de ma peur. Il s'agissait, me dit-il, d'une amulette que le sorcier, revenu visiter ses patients alors que je dormais, avait glissée dans mon hamac.

La nuit suivante, je fus pris d'une diarrhée si violente que je crus ma dernière heure venue et perdis conscience. Je fus surpris, le lendemain, en constatant que j'étais encore en vie.

— Cette évacuation, me dit Coste, vous a *peut-être* sauvé la vie en vous débarrassant d'un seul coup des matières pestilentielles qui encombraient vos entrailles…

Il consentit à me faire hisser sur le pont, à l'ombre de la dunette, et me fit boire du café. L'idée que j'avais *peut-être* échappé à la mort et au dépeçage par les crocodiles m'inonda d'un étrange bien-être. Coste m'ausculta et me répéta que j'avais eu beaucoup de chance, ce que je ne pouvais contester, persuadé que cette guérison tenait du miracle. Je flottais dans les limbes, bercé par la houle, le visage et le corps caressés par le vent qui m'apportait du large une odeur qui me changeait de celle de l'infirmerie.

Je demandai à Coste le montant de nos pertes. Nous avions à regretter la mort d'un officier, d'un pilotin, de deux novices et de quatre matelots. Quant à nos nègres, ils avaient traversé cette épidémie sans en souffrir, étant, me dit Coste, « immunisés contre la malaria ».

Lorsqu'on les fit monter sur le pont, les femelles à bâbord et les mâles à tribord, je pris plaisir à les voir se promener et danser en m'adressant des regards ironiques.

Coste convenait que ma guérison n'avait rien de miraculeux mais était due surtout à ma jeunesse et à ma forte constitution. Il me fit servir des bouillons de fèves et des bols de riz avant de m'autoriser la viande et le poisson. Il me fallut attendre une semaine avant que je puisse me lever et me rendre utile.

Mon premier souci fut de me mettre au service des paludéens encore soignés à l'infirmerie. Je passai des jours à leur faire boire les tisanes conseillées par Duarte, à nettoyer le jour leurs linges souillés et à faire office de garde-malade durant la nuit.

Je constatai, en sortant de ma longue prostration, que le capitaine avait mis le cap sur l'île des Sorciers, plus salubre, au dire de Duarte, que la rade de Bissau. Nous trouvâmes de l'agrément à cette nouvelle position, à la pointe de l'île tournée vers l'océan. En revanche, les opérations de traite nous furent interdites, tout se déroulant dans le port que nous venions de quitter. Il y avait bien quelques tribus, mais elles étaient, à ce que je crus comprendre, sous la protection du despote.

Le temps ne nous étant pas compté, nous passâmes les premiers jours à construire sur la côte des cases à l'abri du soleil pour les derniers de nos paludéens. Les indigènes du voisinage ne nous laissaient manquer de rien en matière de nourriture et nous proposèrent même des femmes, pour la plupart des négrittes à peine nubiles qui firent la joie des hommes d'équipage.

Les provisions apportées de Bordeaux, farine et biscuits notamment, diminuaient sans autre recours que les galettes de mil et de sorgho que des femmes noires troquaient contre de la pacotille. Nos maigres rations de biscuits, pratiquement inconsommables, étaient truffées de ces vers qu'on appelle « cossons » ou « moutons » et qui nageaient sur notre soupe. Par chance, on nous fournissait notre content de viande fraîche, de poissons, de fruits et de légumes, les habitants de cette île étant moins paresseux que ceux de Bissau.

Sur les conseils de Duarte, nous renonçâmes à pénétrer trop loin dans l'intérieur. Hormis quelques espaces cultivés autour des villages, ce n'étaient que forêts insondables et mangroves de palétuviers fourmillantes de reptiles, certains de taille monstrueuse. Il nous arrivait d'en trouver sur notre chemin ou suspendus aux arbres, et de les abattre. Certains de nos matelots les faisaient rôtir sur la braise et s'en régalaient. Je leur trouvais quant à moi un goût répugnant. Je songeais au frère Toussaint et à la terreur que lui inspiraient les reptiles...

En revanche, je me régalais des oiseaux qui peuplaient les arbres autour de notre camp. Nous les faisions rôtir à la broche, arrosés de tafia.

En l'absence du trafic négrier qui justifiait notre présence en Guinée, nous jouissions de cette villégiature agréable et sans risques, à l'abri des coups de vent, des courants que les crues rendaient dangereux, d'une chaleur excessive et de la promiscuité avec la faune des négriers et aventuriers de tous ordres et de tous calibres qui hantaient Bissau.

En revanche, la *Vigilante* ne semblait guère apprécier ce farniente. Monsieur Tabuteau n'avait pas tardé à constater que la carène présentait un aspect inquiétant. Elle était couverte par endroits de mollusques, et des vers l'avaient taraudée. Quant aux œuvres mortes, le soleil, depuis notre arrivée sur les côtes de Guinée, les avait torréfiées au point qu'elles risquaient de se fendre. Il aurait fallu du goudron et de la peinture, mais ce n'était pas ici, ni à Bissau, que nous aurions pu en trouver. Tel était le résultat d'une longue immobilisation dans les eaux chaudes et pourries des tropiques.

Quelques jours avant notre retour à Bissau, un incident coûta la vie à deux de nos captives.

Alors que les matelots armés du fouet les obligeaient à gesticuler sur le pont pour leur exercice quotidien, elles enjambèrent la rambarde et sautèrent dans le fleuve. Je donnai du sifflet pour qu'on tentât de les repêcher en mettant une chaloupe à la mer, mais il était trop tard. A peine avaient-elles fait quelques brasses, elles furent attaquées par des requins. Horrifié et impuissant, j'assistai de la dunette à leur dépeçage. Elles se débattirent avec des hurlements et disparurent dans un tumulte d'eau brassée, ne laissant surnager que des membres arrachés et des nappes de sang qui s'élargissaient.

Nous dûmes mater avec les fouets et les fusils quelques nègres qui s'agitaient, menaçant de se jeter à leur tour par-dessus bord. Nous les obligeâmes, non sans peine, à réintégrer l'entrepont en les arrosant, comme chaque matin, d'eau de mer, afin de les soulager de la fournaise intérieure.

La même mésaventure faillit m'advenir dès le lendemain.

J'étais occupé à surveiller le nettoyage des listons, cette frise de bois qui court de la poupe à la proue, quand l'idée me vint d'examiner de plus près les dégâts faits à la coque par les mollusques. La corde qui me soutenait s'étant rompue sous mon poids, je fis un plongeon, touchai le fond et parvins à remonter à la surface et à m'accrocher à la sauvegarde du gouvernail pour me maintenir hors de l'eau. En voyant les ailerons des requins griffer la surface du fleuve, je crus ma dernière heure venue. On me lança à temps une corde à laquelle je m'arrimai tant bien que mal, et je me retrouvai sur le pont plus mort que vif.

Je ne voyais pas sans inquiétude tomber la nuit. A peine le soleil avait-il plongé comme une grosse orange dans la mer que le calvaire débutait dans ma case.

On aurait pu compter, dans cette île des Sorciers, autant sinon davantage de moustiques qu'à Bissau, où ils avaient beaucoup plus de chair humaine à vampiriser, et ils étaient, semblait-il, plus agressifs. Privé de ma moustiquaire, volée, je suppose, par un matelot à la peau plus sensible que la mienne, j'étais livré à leurs assauts, sans autre recours que d'enfumer mon logis. C'était payer bien cher mon renoncement à l'atmosphère pestilentielle du bord. J'avais pris la précaution de me pourvoir de verdures fraîches qui donnaient beaucoup de fumée mais me faisaient suffoquer à m'en arracher la gorge.

Lorsque, le matin, je consultais mon miroir de poche, j'avais peine à me reconnaître. Je m'étais laissé pousser un joli flocon de barbe. Je la taillais et l'épouillais soigneusement, de même que ma tignasse, que je confiais à des négresses de la chiourme. J'étais maigre à faire peur. Ma peau s'était couverte de dartres et de piqûres de moustiques, et un début d'ophtalmie m'avait rongé les paupières. J'avais, avec ma chemise et ma culotte sales, mon chapeau de paille effrangé, l'aspect de ces bagnards qu'on envoyait en Guyane défricher la forêt…

Le pire était que nous ne voyions pas la fin de notre calvaire. Après plusieurs mois de traite, nous n'avions pas, et de loin, rassemblé la cargaison prévue. L'absence de nouvelles ajoutait à nos épreuves. Les vaisseaux de traite venant d'Europe restaient peu de temps en rade de Bissau, chassés par le mauvais temps de l'hivernage ou la raréfaction des esclaves.

Le capitaine Le Droumaguet, commandant pour les Grou un brick venu de Nantes, ne put nous donner les nouvelles d'Europe et de France dont nous étions sevrés, car il naviguait depuis des mois, avec une longue escale sur la Côte de l'Or. Autant se fier aux corbeaux pour faire la poste, mais il n'y en avait pas…

La robuste constitution du capitaine Laborde, et peut-être ses ingestions massives de tafia, l'avait mis, à ce qu'il disait, hors d'atteinte de la malaria. Incapable de résister aux tentations charnelles, il satisfaisait sa lubricité en puisant chaque soir dans l'entrepont une captive dont il jouissait comme un satrape dans son harem. Monsieur Tabuteau m'apprit que c'était à la suite de ce traitement que deux de nos négresses avaient sauté par-dessus bord.

J'aurais mauvais esprit à lui reprocher ce dévergondage, alors que je ne m'en privais pas à l'occasion, et nous n'étions pas les seuls.

Un soir, à la fin d'un repas dans sa cabine, monsieur Laborde envoya chercher la négresse qu'il avait retenue au cours de sa tournée, mais il se révéla ivre au point de voir sa virilité défaillir. Il me la confia et m'ordonna de la posséder sur-le-champ et sous ses yeux, afin de trouver un stimulant dans ce spectacle.

Malgré ses charmes, je fus incapable d'arraisonner cette captive pavillon haut. Allongé sur la couchette du capitaine, je me lançai à l'abordage mais sans résultat sinon sans conviction, humilié par le rire de ma partenaire improvisée. Monsieur Laborde m'encourageait avec des claques sur les fesses et des propos salaces, sans pouvoir rien tirer de moi qui pût satisfaire sa curiosité dépravée.

Il était temps, après notre hibernation dans l'île des Sorciers, de reprendre sérieusement nos opérations de traite, unique justification de notre présence dans cet enfer.

Après avoir essuyé des orages et des pluies diluviennes, nous avons regagné notre premier mouillage dans la rade de Bissau. J'y ai retrouvé avec un plaisir mitigé l'ambiance interlope, l'animation et le vacarme du port, qui nous changeaient du lourd silence des solitudes que nous venions de déserter.

A ma première descente, j'eus l'impression de mettre pied à terre sur un nouveau continent. Il faisait la même chaleur d'étuve mais on était moins assaillis par les moustiques. Nous nous sommes attablés, monsieur Tabuteau et moi, à la première taverne venue pour nous gaver de pâtisseries et de jus d'orange ou de mangue. Sur la petite place ouverte en face de nous, des nègres effectuaient des tours de magie et charmaient des serpents en jouant de la flûte à bec.

Quelques heures plus tard, Duarte nous révéla la mort du roi des Papels, un événement qui ne nous toucha guère. Sa Majesté avait été mordue durant son sommeil par un serpent venimeux introduit dans sa couche par ses ennemis. On avait, sans résultat, ouvert le ventre d'un poulet vivant pour l'appliquer sur la morsure, et fait appel aux sorciers de la cour. Ce complot de palais, si l'on peut dire, allait donner lieu à une guérilla fratricide faite d'assassinats, d'attentats, de rapts, dont toute la population fut témoin sans paraître s'en émouvoir.

Un soir, monsieur Laborde, émergeant de sa léthargie après avoir dévoré à lui seul un homard et deux pigeons, jeta sa serviette graisseuse sur la table, se leva et s'écria, d'une voix qui fit frémir nos verres :

— Il nous faut des nègres, nom de Dieu ! Alors, bande de chenapans et de fainéants, va falloir bouger vos fesses ! Je veux que dans moins d'un mois nous ayons foutu le camp de ce merdier et que nous soyons en route pour Saint-Domingue avec deux cents de ces foutus macaques dans l'entrepont ! Je ne plaisante pas !

Nous étions depuis trois mois en rade de Bissau et nous n'avions sur la *Vigilante* qu'une centaine de captifs...

Nous avons pris en compte les menaces de monsieur Laborde, mais elles ne furent guère suivies d'effets.

— S'il suffisait, me dit monsieur Tabuteau, de frapper le sol comme César pour en faire sortir non des légions mais des cargaisons de nègres, nous serions repartis depuis longtemps... Où veut-il que nous les trouvions ? Compte-t-il entreprendre une expédition pour aller en rafler dans les villages, comme les conquistadors du Mexique et du Pérou ? Il y faudrait une année et une armée !

Monsieur Laborde convoqua Duarte à bord de la *Vigilante*

pour convenir avec lui d'une stratégie, mais il avait disparu. Le mulâtre qui lui servait de factotum nous informa que ce déserteur avait jugé prudent de prendre la fuite pour échapper à un navire de Lisbonne, armé en guerre, qui venait d'accoster.

En son absence, nous étions à la merci de quelques roitelets de l'intérieur qui envoyaient à Bissau des caravanes d'une dizaine de nègres menés à coups de trique par un marchand, le *mambouillou*. Reliés entre eux par une longue perche, la *mayumba*, que l'on sciait à leur arrivée, ils étaient épuisés après une marche de plusieurs jours. Malingres et malades, c'étaient pour la plupart des produits de mauvaise qualité, un rebut dont nous refusions de nous encombrer.

Monsieur Laborde ne décolérait pas et prenait le ciel à témoin de notre malchance. Lequel répondait par un flux de soufre ardent qui faisait de chaque journée un enfer.

Il décida d'affréter quelques pirogues pour aller prospecter les territoires en amont du fleuve Géba. Je fus, avec monsieur Tabuteau, chargé de cette expédition hasardeuse et pleine de risques, qui se composait d'une dizaine de matelots et d'autant de nègres loués à un courtier.

Nous étions bien pourvus en armes, mais cela ne me rassurait qu'à demi, la poudre, gâtée par l'humidité, refusant parfois de s'enflammer. Notre équipage, à commencer par les indigènes, n'était pas plus rassuré que nous. L'un d'eux nous avait prévenus que nous risquions de faire de mauvaises rencontres, les rives du Géba étant peuplées de nègres qui n'appréciaient guère ces incursions sur leur territoire.

L'embarcation de tête, une barque munie d'une voile et de deux pierriers, avait à bord, en plus de moi et de monsieur Tabuteau, trois matelots et quelques rameurs, destinés à pallier le manque de vent.

A la suggestion d'un de nos nègres, nous nous étions engagés sur un petit affluent du Géba et naviguions sous des voûtes de palétuviers géants. Après deux jours d'errance, une surprise nous attendait.

Notre barque s'étant engravée sur un banc de vase, nos nègres se mirent à l'eau pour nous tirer de ce piège naturel. Un autre piège apparut. Sortant d'un bras mort, deux grandes pirogues venaient de surgir, chacune chargée d'une vingtaine de nègres entièrement nus, qui se mirent à gesticuler et à hurler en nous menaçant de leurs lances et de leurs sagaies.

Monsieur Tabuteau ordonna à nos rameurs de remonter dans la barque et à moi et aux matelots de charger nos fusils, pistolets et pierriers. Afin de ne pas manquer nos cibles, au cas où nous serions attaqués, il nous demanda d'attendre que les deux pirogues se fussent rapprochées, et à l'un des nègres de notre barque de manifester nos bonnes intentions aux agresseurs, ce qui, dans le tumulte qui avait éclaté, n'eut aucun résultat.

Lorsque des sagaies commencèrent à voler vers nous, l'une d'elles blessant un de nos rameurs, notre première salve coupa net l'élan de la première pirogue, sans interrompre clameurs et menaces. Nous vîmes quelques nègres touchés par nos balles basculer dans la rivière.

La deuxième pirogue, doublant la première, s'avançait vers nous à force de pagaies, quand monsieur Tabuteau me confia le soin d'allumer un pierrier. Le projectile, fusant comme un éclair, balaya l'équipage et sema la panique. Ce fut, pour nos agresseurs, le signal de la retraite. Elle était d'autant plus urgente que le reste de notre expédition venait de nous rejoindre et s'apprêtait à ouvrir le feu à son tour.

Nous avons remis sans peine notre barque dans le fil du courant, où se débattaient des blessés et où flottaient des cadavres dont les crocodiles, qui grouillaient sur les berges, allaient faire un festin. Nous n'avions de notre côté qu'une victime : notre rameur, atteint d'une sagaie. Monsieur Tabuteau me confia le soin de le panser.

J'avais, en reprenant notre marche, l'impression d'avoir assisté à une bataille des temps anciens...

Cette expédition se révéla non seulement dangereuse mais infructueuse. Nous avions risqué notre vie et celle de nos hommes pour un profit dérisoire : une poignée de nègres acquis auprès d'un chef de tribu pour deux ou trois lingots de cuivre ou capturés à la suite d'un guet-apens qui nous força à faire de nouveau usage de nos armes.

Monsieur Laborde nous fit grise mine et nous insulta, comme si nous étions responsables des résultats de cette expédition téméraire.

— J'ai décidé que nous allions quitter cette terre maudite d'ici une semaine, conclut-il. Il va nous falloir des vivres en abondance pour le retour. Nous pourrions trouver ce qui nous est nécessaire dans le village, mais les denrées sont à des prix prohibitifs. Lieutenant Dumoulin, vous allez vous charger d'en trouver à meilleur compte dans les villages alentour. Bonne chance !

M'ayant confié le soin de cette collecte, il me laissa choisir mes compagnons de route : trois matelots et un nègre qui nous servirait d'interprète, les produits pour la traite étant chargés sur des bourricots.

Nous partîmes avant le lever du jour pour profiter de la relative fraîcheur laissée par la nuit. Nous passâmes de tribu en tribu sans trop de méfiance, car ces villages d'agriculteurs sont réputés de nature paisible et de commerce facile. On nous accueillait avec des marques sinon de sympathie, du moins d'intérêt, et les négociations s'achevaient par des libations du tafia dont je m'étais bien pourvu.

Mes efforts pour tenter de me procurer quelques esclaves demeurèrent lettre morte, ces gens nous ayant fait comprendre qu'ils avaient besoin de toutes les forces vives de la tribu pour cultiver leurs champs. Nous aurions pu, comme la plupart des négriers, user de la menace pour en obtenir, mais je répugnais à utiliser ces procédés.

Notre campagne nous retint trois jours. Nous mangions à la table, si je puis dire, des chefs et dormions à la belle étoile. J'eus un matin une mauvaise surprise : j'avais passé toute la nuit en compagnie d'une vipère qui s'était glissée sous le sac me servant d'oreiller.

Je revins avec de quoi remplir nos cases de produits frais : des fruits, des fèves, du riz, mais aussi des panières de volailles et un petit troupeau de chèvres et de porcs, qui eurent quelque peine à nous suivre. Monsieur Laborde, ravi de cette expédition, me récompensa d'une fiasque de tafia, que je partageai avec mes compagnons de route.

Je retrouvai sans plaisir l'ambiance du bord, les nuits troublées par les plaintes et les cris de nos prisonniers, l'odeur nauséabonde suintant de l'entrepont.

Cette odeur, à laquelle j'avais fini par m'habituer, monsieur Tabuteau m'en parlait avec une expression de répugnance.

— J'ai renoncé depuis longtemps, me dit-il, à faire l'amour avec les négresses. Certaines, même après leur toilette, puent comme harengs en caque et leur suint résiste à tout. J'en ai connu qui avaient une odeur médicamenteuse qui me donnait l'impression de boire une tisane poivrée. Quant à leur haleine...

Je me rebellai contre ce jugement injuste. Les quelques beautés noires que j'avais tenues entre mes bras, dans les îles d'Amérique notamment, échappaient à cette critique sévère. Je ne me souvenais que de chairs riches de senteurs agréables et d'haleines dépourvues de relents fétides. En revanche, celles que monsieur Laborde, après s'en être satisfait, jetait dans mes bras ne sentaient pas la rose ou le jasmin, mais qui aurait pu dire si une femme blanche mise aux fers, mal nourrie et arrosée, pour toute toilette, d'un seau d'eau de mer eût été moins repoussante que ces victimes ?

Monsieur Laborde se montrait quant à lui peu délicat. En dépit de la chaleur suffocante et de la fatigue, c'était, chaque soir ou presque, dans sa cabine, la même saturnale. Cherchant une complicité absolutoire dans la débauche, il nous conviait à l'imiter. Il m'arrivait de céder, mais non sans réticence, avec l'impression de réchauffer des restes et d'ajouter une épreuve supplémentaire au martyre de ses victimes.

Notre contingent d'esclaves avait augmenté mais était encore loin d'atteindre le quota que monsieur Laborde s'était vu fixer par l'armateur. Duarte avait mis son exil volontaire à profit pour négocier, dans les îles voisines des Bissagos, l'achat d'esclaves qu'il avait ramenés à Bissau après le départ du navire portugais. Monsieur Laborde en avait acquis une cinquantaine, triés sur le volet. Comme l'entrepont pouvait contenir deux cents esclaves, il y avait encore de la place.

Cet afflux de nègres nous obligea à redoubler de vigilance. Quelques rebelles avaient semé le trouble dès leur arrivée dans la chiourme, certains ayant choisi de se laisser mourir de faim. Il fallut les alimenter de force, faire usage du fouet et menacer de les jeter aux requins pour les contraindre à renoncer à cette forme de rébellion.

Un matin, après la promenade sur le pont et la danse obligatoire, monsieur Laborde les réunit et leur tint un discours traduit par un interprète mulâtre. Ils ne mesuraient pas, leur dit-il, la chance qui leur était offerte d'aller vivre sous des latitudes plus clémentes que l'Afrique, où l'on prendrait soin de leur nourriture et de leur santé, où le grand dieu des Blancs purgerait leur âme de tous leurs péchés, et autres sornettes du même tonneau...

Autant prêcher à des pierres ! Monsieur Laborde ne recueillit que des murmures de réprobation et de colère. Le lendemain, quatre d'entre eux, de superbes pièces d'Inde, se suicidèrent en se jetant à la mer.

Chaque jour, monsieur Laborde en faisait fouetter un devant ses congénères. « Pour l'exemple ! » disait-il.

Au cours d'un repas, il nous parla de ce qui était advenu à un navire anglais, quelques années auparavant, à une centaine de milles des côtes de Guinée.

Ce navire faisait voile pour la Jamaïque avec à son bord deux cents esclaves environ, quand une révolte suscitée par des négresses avait éclaté et entraîné toute la chiourme. Il avait fallu faire usage des armes pour les contenir, mais les révoltés, de par leur nombre et leur volonté d'échapper à l'esclavage, avaient eu l'avantage. Ils avaient fait un massacre de l'équipage, l'avaient jeté par-dessus bord, ne gardant, pour les ramener en Afrique, que le capitaine et trois matelots.

Le voyage de retour avait duré deux mois, au terme desquels, le navire s'étant échoué sur un banc de sable des Bissagos, ils avaient gagné la terre et s'étaient fait héberger par une tribu. Lorsqu'ils avaient, en guise de vengeance ou d'exorcisme, décidé de mettre à mort les Blancs qu'ils détenaient, des femmes compatissantes s'y étaient opposées.

Peu après, au cours d'une expédition de traite, les mutins avaient été repris par des Anglais et de nouveau embarqués pour la Jamaïque.

Ce cas, ajouta monsieur Laborde, n'avait rien d'exceptionnel.

A preuve, ce navire portugais qui s'apprêtait à quitter Bissau avec une cargaison d'une centaine de nègres, en doublant les fers pour répondre à une menace de révolte. Les femmes, qui jouissaient d'une relative liberté à bord, leur ayant procuré des limes, les captifs s'étaient libérés de leurs entraves. Alors que l'équipage était occupé à dîner, ils avaient fait irruption sur le pont où, armés de bûches, de triques, de chicottes, ils avaient massacré les hommes de quart. Le capitaine avait fait hisser le pavillon de détresse pour alerter les vaisseaux voisins, mais, par négligence, ces derniers ne s'étaient pas pressés d'intervenir, si bien que la bataille avait duré environ une heure, faisant de part et d'autre de nombreuses victimes. La plupart des rebelles survivants s'étaient jetés dans l'estuaire plutôt que d'être châtiés et d'être remis aux fers. Ceux qui restaient, une vingtaine en plus des femmes, avaient demandé grâce.

Laborde nous dit, après nous avoir révélé ces événements :

— Nous n'avons pas enregistré, dans notre marine marchande du moins, d'exemple aussi dramatique de mutinerie. Il n'empêche : nous allons devoir faire preuve de vigilance. Messieurs, les fers sont notre seule protection. Je vous laisse le soin d'en passer chaque matin la revue et de me signaler le moindre cas digne de méfiance.

Les risques étaient atténués, du fait que le gros de notre contingent, vivant à bord depuis des mois, avait noué avec l'équipage des relations sinon amicales, du moins exemptes de mépris de la part des matelots et d'aigreur de celle des captifs. J'avais même constaté, sans en faire état auprès du capitaine, que des gardiens, en dépit de la consigne, offraient du tabac et du tafia à des captifs, dont certains jouissaient d'un statut particulier, aidant à la manœuvre, lavant le pont ou grimpant dans les vergues pour ravauder de la toile.

L'un d'eux, un colosse d'une puissance herculéenne, se vanta un jour auprès du quartier-maître de pouvoir rompre ses fers sans avoir à les limer. Informé de ce défi, le capitaine le convia à lui en administrer la preuve. Le Noir, bandant ses muscles, brisa ses entraves comme si elles étaient de bois et les jeta avec un regard de mépris aux pieds de monsieur Laborde, qui, assuré de sa bonne conduite, consentit à le laisser à discrétion vaquer à bord.

Une fois libre, le colosse se montra d'humeur docile et prêt à se porter volontaire pour les travaux les plus pénibles. Il chantait comme un aède, dansait nu comme David devant l'Arche sacrée, sous les premières étoiles, devant les matelots, qui le récompensaient avec une ration supplémentaire de nourriture, du tabac et du tafia.

Duarte, qui nous l'avait procuré, nous révéla qu'il s'agissait d'un Mandingue, issu de cette belle race du nord de la Guinée, entre les fleuves Saloum et Gambie. Il était le fils d'un roi qui, à la suite d'un conflit familial, avait décidé de s'en débarrasser en le vendant à un *mafouque*, lequel l'avait cédé à Duarte. N'ayant pu avoir connaissance de son nom, monsieur Tabuteau proposa de l'appeler Héraklès, un avatar d'Hercule.

En vertu de l'adage qui prétend qu'un malheur ne vient jamais seul, un nouveau fléau allait fondre sur nous, alors que nous étions sur le point d'appareiller, ce qui retarda cette opération.

Au dire de notre chirurgien, Benoît Coste, l'ophtalmie peut

être provoquée par une trop longue exposition au soleil... ou à la neige (!), l'abus du tabac et de l'alcool, le mélange des deux ayant les effets les plus redoutables. On pouvait y voir aussi, selon lui, l'intrusion d'une quelconque vermine dans l'orbite.

Le risque était que la cécité soit la conséquence d'un mauvais traitement de ce mal. Les symptômes se manifestaient par une vision en jaune, un arc-en-ciel permanent ou une taie... La moitié de l'équipage en fut victime, si bien que nous fûmes contraints de retarder notre départ.

Moi-même atteint, j'eus, durant une semaine, l'impression d'être plongé dans une nuit polaire, ma vue sensible seulement à la vague clarté d'étoiles filtrant sous mes paupières gonflées et purulentes. Je progressais à tâtons et finis par renoncer à la moindre promenade, car la taie qui obstruait mon regard, en dissolvant les formes, suscitait de nombreux pièges.

Benoît Coste ne savait où donner de la tête. S'il n'avait que de vagues notions en matière de maladies tropicales, celle-ci le laissait quinaud. Les topiques de sa fabrication qu'il instillait sous nos paupières irritaient ce tissu fragile sans nous apporter d'amélioration.

Lorsque monsieur Laborde, lui-même atteint, se plaignit de ses méthodes inefficaces, ce pauvre homme protesta en ces termes :

— Eh quoi ! On exige de moi des soins qui ne figurent pas dans mon contrat. Mon rôle, je vous le rappelle, consiste principalement à m'assurer de la bonne santé des nègres et de les marquer au fer rouge, ce qui n'est pas une sinécure ! Le reste est hors de mes compétences. Vous attendez des miracles en oubliant que je ne suis pas le bon Dieu !

Il m'avoua qu'il souffrait de voir ces spectres aveugles déambuler sur le pont, aidés par des hommes valides, se prendre la tête à deux mains en maudissant ce pays, ce climat, ce navire et son capitaine.

C'est des nègres que nous vint la guérison.

Un de leurs gardiens les surprit à faire un usage singulier des citrons qu'ils avaient réclamés. Ils les faisaient couper par un gardien et les pressaient pour faire tomber quelques gouttes sous leurs paupières, avant de les passer à leurs voisins. Ce remède empirique ayant démontré son efficacité, Benoît Coste le fit adopter par ses patients. En quelques jours de ce traitement des plus simples, nous avions retrouvé la vue.

Monsieur Laborde remercia ses nègres d'une distribution de tafia et d'une double ration de riz et de viande, si bien qu'il ne fut plus nécessaire de les menacer du fouet pour les faire danser.

Ce traitement avait un inconvénient : il occasionnait une vive douleur, mais elle passait vite. Nous allions ramener au pays ce remède miraculeux, qui allait susciter le mépris de nos Diafoirus avant que son efficacité ne fût démontrée de manière irréfutable. La nature, trop souvent méprisée, accomplit de ces prodiges qui semblent témoigner d'une alliance tacite avec l'homme.

Alors que j'avais encore toutes mes facultés, Benoît Coste fit appel à moi pour un service qui, s'il dépassait ses compétences, me trouva dans une ignorance totale : un accouchement.

Il y avait parmi nos négresses une femme qui touchait à son terme. Benoît Coste la fit conduire à l'infirmerie du bord, où, cela va sans dire, rien n'était prévu pour son cas, mais qu'il jugeait préférable à l'entrepont et aux bons offices des matrones, ce que, pour ma part, je jugeai absurde. Mon ignorance alliée à sa maladresse risquait d'avoir des conséquences dramatiques. J'obtins, non sans insister, l'assistance d'une matrone.

A mon corps défendant, j'étais devenu médecin accoucheur, une promotion dont je me serais bien passé. A ma grande surprise, l'opération, qui dura une journée et une nuit, se termina au mieux. Duarte nous avait expliqué que, sous ces latitudes, l'accouchement est un événement banal et que les parturientes vont, dès le lendemain de leur délivrance, se baigner dans le fleuve avant d'aller préparer leur repas.

La seule chose qui nous donna du souci fut l'attitude de la jeune négresse. J'ignore ce qu'elle put imaginer lorsqu'elle se retrouva à l'infirmerie, avec ces deux Blancs à son chevet. Elle se débattit, hurla, et ne se rasséréna que lorsque la matrone lui eut fait comprendre que nous n'avions pas l'intention de la torturer ni de voler son enfant. Elle nous remercia d'un sourire lorsque sa congénère lui montra son nouveau-né, vagissant, encore couvert de mucus, et, après sa toilette, le lui confia pour le mettre à la mamelle.

Profondément émus par cette naissance improvisée, nous fîmes, le chirurgien et moi, une démarche auprès de monsieur Laborde, afin qu'il rendît sa liberté à cette femme et à son nourrisson.

— Vous plaisantez ! s'écria-t-il. Je ne vais pas sacrifier cette superbe Wangara pour des motifs vaguement sentimentaux. Je compte en tirer un bon prix. A Saint-Domingue, elle trouvera facilement un acquéreur et sera plus heureuse que dans sa mangrove de merde !

Il ajouta, avec un gros rire :

— Lieutenant Dumoulin, vous qui êtes célibataire, pourquoi ne pas me l'acheter, l'épouser, la reconduire dans sa tribu et y vivre avec elle ? Je vous ferai un prix d'ami, à valoir sur votre solde ! Bon, ne parlons plus de cette affaire. Vous venez de m'offrir une graine d'esclave. Ça vaut bien quelques rasades de tafia !

Notre contingent d'esclaves se montait à cent quarante têtes. Résultat médiocre, qui, de plus, avait retardé notre retour d'un mois au moins, mais au dire de monsieur Laborde la qualité compenserait la quantité.

Nous pouvions appareiller. Il était plus que temps : la pourriture avait gagné la coque de notre vaisseau et la chaleur malmenait les œuvres mortes. Si nous étions restés quelques mois de plus dans cette rade, nous n'aurions jamais pu en repartir.

Le jour du départ, ce fut du délire dans l'équipage. La veille, on fit la fête sur le pont, on dansa, on chanta des chansons de France, on s'abreuva de tafia, à en vomir. Mêlé à nous, Héraklès s'en donna à cœur joie, se contorsionnant en brandissant des torches, jonglant avec des oranges, entonnant des chants guerriers en brandissant un harpon en guise de sagaie.

Je confiai une inquiétude à monsieur Tabuteau : ce Mandingue, ce fils de roi nègre, avait l'intelligence, l'énergie et l'âme d'un chef. Qu'il décide de fomenter une révolte, et toute la chiourme, femelles comprises, répondrait à son appel. On pouvait attendre de lui le meilleur comme le pire.

Il m'intéressait au plus haut point. En quelques semaines, il put soutenir une conversation dans notre langue, et le gros des manœuvres du navire le trouvait prêt et compétent. Sa mémoire retenait tout et son intelligence en faisait le meilleur profit. J'hésitais parfois, lorsque je m'entretenais avec lui, entre le tutoyer ou le vouvoyer. Il m'inspirait plus que de l'intérêt : le respect qu'on doit à un prince, fût-il de race noire.

Héraklès faillit, malgré la bonne réputation qu'il s'était acquise dans l'équipage, perdre sa liberté, voire sa vie.

Je surpris un matin une querelle entre lui et le quartier-maître, qui s'était mis en tête de lui imposer une corvée indigne de lui. Menacé d'être mis aux fers, Héraklès ne broncha pas. Lorsque le quartier-maître sortit son revolver, l'esclave le lui arracha des mains, le jeta par-dessus bord, puis, soulevant son adversaire comme un fagot, le laissa retomber sur une écoutille. J'intervins à temps pour éviter que le malheureux ne fût jeté à la mer par le colosse.

Je sortis à mon tour mon pistolet et l'en menaçai. Il sourit et me dit d'un ton calme :

— Toi pas tuer moi... Toi, ami...

Je rengainai mon arme et m'apprêtais à me retirer pour faire mon rapport sur cet incident quand des matelots, qui avaient assisté à la querelle, se jetèrent sur Héraklès, le matraquèrent, parvinrent non sans mal à l'immobiliser et à lui lier les mains dans le dos. Je dus intervenir pour éviter à celui qui venait de se dire mon ami d'être fouetté. Je reçus quelques horions, mais parvins à calmer la meute.

Héraklès n'avait pas tenté de résister à ses agresseurs. Il avait reçu sans broncher une bastonnade qui lui avait déchiré le cuir chevelu et inondé le visage de sang. Conscient d'avoir failli être massacré, il me remercia d'un sourire. Je dénouai ses liens et obtins du quartier-maître la promesse de ne pas chercher à se venger.

Lorsque j'informai monsieur Laborde de l'incident, il fronça les sourcils et me dit, en allumant sa pipe :

— Ce nègre en prend trop à son aise, lieutenant. Nous allons lui rabattre son caquet. Je vais le faire fouetter, la tête en bas, de cinquante coups de chicotte, que vous lui administrerez de vos blanches mains, monsieur Dumoulin ! L'exécution aura lieu demain, sur le pont, en présence des nègres. J'y tiens. Disposez !

La colère me monta au cerveau. Je m'écriai :

— Si vous punissez ce nègre, capitaine, il faudra aussi punir celui qui a tenté de l'humilier et de le menacer de son pistolet ! J'ai le regret de vous prévenir que je ferai mon rapport à monsieur Cohen sur cette affaire si vous ne renoncez pas à ce châtiment injuste. Cela risque de vous coûter cher, votre place même.

— Nom de Dieu ! bougonna-t-il. Qu'est-ce qui vous prend ? Qu'est-ce que ce nègre est pour vous ? Auriez-vous l'intention d'en faire l'acquisition ?

Je maintins ma requête avec une telle obstination que monsieur Laborde décida de porter cette affaire devant ses officiers. Il les réunit le soir même, leur exposa son problème et me demanda de plaider la cause d'Héraklès, ce que je fis avec chaleur. La majorité m'ayant donné raison, le supplice fut annulé. Monsieur Laborde m'en tint rigueur mais je m'en moquais : j'avais sauvé la vie de ce prince noir, qui n'aurait probablement pas survécu à son calvaire.

Après la réunion, monsieur Laborde me prit à part, m'invita à boire un dernier verre et me dit d'un ton conciliant :

— Je me plie à cette décision, mais je la regrette. Sachez, mon jeune ami, que, quoi que vous en pensiez, un nègre n'est jamais tout à fait innocent. C'est ce que m'a appris ma longue expérience de la traite. Des rebelles, des têtes brûlées, j'en ai connu et je les ai toujours matés. Ce n'est pas un hasard s'ils sont noirs, mais une fatalité qui nous dépasse et contre laquelle nous ne pouvons rien. La couleur de leur peau s'est infiltrée dans leur âme, puisqu'on suppose qu'ils en ont une, et elle recouvre tous les péchés du monde : le mensonge, la traîtrise, la paresse, la cruauté, et j'en passe... Informez-vous de leur cruauté ! Vous apprendrez qu'elle dépasse de loin tout ce que vous pourriez imaginer, et ce n'est que chez eux qu'on trouve cette aberration de l'espèce humaine : le cannibalisme.

Ce n'était pas la première fois que nous échangions nos avis sur la condition des nègres, aussi le laissai-je énoncer ses outrances sans me donner la peine d'y répondre.

Il gratta la toison de sa poitrine sous sa chemise, bâilla et soupira :

— Bonsoir, lieutenant ! Faites de beaux rêves...

Je parlai de cet entretien à monsieur Tabuteau. Il avait été partisan d'innocenter Héraklès, ce dont je l'avais remercié.

— Laborde, me dit-il, n'est pas un mauvais homme. Il a même un certain sens de la justice. Je crois qu'il n'aurait pas fait exécuter la sentence dont il a parlé. Ce nègre vaut son pesant d'or et il le jugeait plus victime que coupable. Il faut se mettre à sa place. Vingt ans à faire la traite sur toutes les mers du monde, ça change un homme. Il est le fruit d'une pratique universelle, que certains condamnent et dont d'autres profitent.

— Ce que je crois, ajoutai-je, c'est que, pour lui, la traite est une aventure plus qu'un moyen de s'enrichir. Son état de santé lui imposerait de se retirer, mais il ne peut s'y résoudre. Il serait comme un tigre ou un lion dans une cage et en mourrait...

Il me raconta qu'au cours de la traversée, peu après avoir quitté Bordeaux, monsieur Laborde avait tiré de son coffre un flacon marqué d'une étiquette rouge en lui disant qu'il s'agissait d'un poison. Il ne comptait pas l'utiliser pour son usage personnel, mais dans un cas bien précis :

— Il en aurait fait administrer en secret à des sujets suspects de rébellion, pour étouffer les révoltes dans l'œuf. Il n'a pas eu à faire appel à cette méthode discrète et efficace, mais aurait pu le faire pour *votre* Héraklès qui, quoi que vous en pensiez, risque d'être un meneur dangereux et de mettre nos vies, sinon la vôtre, en danger. On lui a laissé trop de liberté. Il s'est montré arrogant. Voyez où mène un excès de mansuétude dans ce monde de violence qu'est la traite...

Il me demanda ce que j'allais faire si monsieur Laborde ordonnait que l'on remette Héraklès aux fers. Je lui confiai que je l'ignorais mais qu'à coup sûr j'en souffrirais.

— Mais alors, me dit-il, pourquoi ne l'achetez-vous pas ?

— Vous plaisantez ?

— Nullement ! Il y a des exemples d'officiers ou même de matelots qui ont acheté un esclave, de quelque sexe que ce soit, pour le ramener au pays. Aucune loi ne s'y oppose. En réglant cet achat sur votre solde, rien ne peut contrarier cette opération.

Je m'esclaffai et lui racontai que j'avais, quelque temps auparavant, fait l'acquisition aux Iles d'une négresse rendue folle par la mort de son enfant, qu'on voulait lui enlever. Je ne l'avais gardée que le temps d'en faire présent à un ami, Jacques Nadeau.

— Décidément, me dit-il, vous semblez voué au rachat des esclaves, comme certaines confréries religieuses. Si vous persistez, je vous souhaite bon courage et bonne chance. Vous allez avoir du travail...

L'idée semée dans ma tête par monsieur Tabuteau allait faire son chemin.

Notre départ de Bissau fut marqué à bord par une foire aux vêtements, si l'on peut dire en parlant des hardes dont nous avions hérité des marins disparus et de ceux, au nombre de trois, qui avaient déserté lors de notre escale devant l'île des Sorciers. Il s'y mêlait des objets personnels et de petites sommes d'argent que le capitaine avait rangés dans son coffre, ainsi que de menus articles destinés à la traite. Il n'y avait pas de quoi se vêtir comme un milord, mais je trouvai dans cet amas sordide quelques frusques bonnes à faire encore un peu d'usage.

Hormis l'uniforme que je ne revêtais qu'en certaines occasions, comme des visites que nous recevions ou que nous rendions à d'autres vaisseaux, j'étais moi-même fort dépourvu. Il ne me restait que le vêtement de toile que je portais à bord avec la permission du capitaine, pour moins souffrir de la chaleur, alors que monsieur Tabuteau suait sang et eau dans sa veste boutonnée jusqu'au col. Il s'ajoutait à ce trousseau deux mouchoirs, une paire de bas troués au talon, une paire de souliers éculés et des guêtres.

Pour compléter cette garde-robe, je fis l'acquisition d'une chemise, d'une paire de bas ravaudés et de bottes ayant perdu la moitié de leur semelle.

Quand je regardais mes pieds je constatais qu'à force de les laisser nus, même à terre, ils s'étaient déformés et racornis au point que j'aurais pu fouler, comme les Indiens, un lit de braise. Pour ce qui est de traverser des halliers d'épineux, c'était une autre affaire, et je ne m'y serais pas risqué...

Je quittais sans regret cet enfer où j'avais failli à plusieurs reprises laisser ma peau. J'avais sacrifié inutilement un temps précieux du début de mon âge adulte que j'aurais pu consacrer à la carrière de professeur de géographie et d'histoire qui m'avait tenté, et peut-être à fonder une famille. J'avais même envisagé de racheter, avec l'aide de mes parents et en faisant quelques emprunts, la librairie et le cabinet de lecture proches de la Grosse-Cloche, tenus par un vieil homme à demi aveugle, qui se faisait continuellement piller.

Inutile pour moi, cette expédition ? me demandais-je. Il y a toujours, dans les ciels lourds d'orage et de pluie, une trace de ciel bleu, aussi timide et lointaine fût-elle. Il n'est pire malheur dont on ne tire profit, soit qu'il affermisse notre nature et nous prépare à en affronter d'autres, soit qu'il nous arme contre la malveillance, à supposer que nous en réchappions.

Après une inspection, à marée basse, de la carène, monsieur Laborde ne nous cacha pas ses inquiétudes.

— Le mal est plus sérieux que je ne l'imaginais, nous dit-il. Nous allons devoir compter sur la Providence pour nous épargner des tempêtes qui viendraient à bout de ce rafiot, sans compter qu'il nous faudra retourner à Bordeaux avec des passagers, ce qui n'arrangera pas nos affaires, car la panique gagne très vite ces gens. Sans pouvoir dépasser cinq ou six nœuds, je crains qu'il ne nous faille un mois avant de toucher le Cap-Français...

Il ajouta :

— Messieurs, que ces observations restent entre nous. Je crains, si l'équipage venait à apprendre notre situation, que cela ne provoque de nouvelles désertions.

Déserter ? Choisir entre revenir en Europe sur un bâtiment étranger et rester sur cette terre maudite ? J'aurais quant à moi préféré me laisser partir à la dérive sur un canot, ou même sur un radeau, plutôt que de mourir des fièvres ou de quelque autre maladie.

4

Le bon Samaritain

La *Vigilante* appareilla un matin d'avril de l'an 1771 ou 1772, je ne me souviens plus de la date exacte, sinon que c'était par un temps lourd et humide.

Pour saluer dignement notre départ, Almada Duarte avait rassemblé sur le port une vingtaine d'indigènes, hommes et femmes, ces dernières se répandant en lamentations mercenaires. Cette petite fête d'adieu, il nous la devait bien : grâce à ses bonnes relations avec notre capitaine, il avait fait quelques affaires fructueuses, bien qu'il prétendît n'avoir été animé que par la sympathie qu'il vouait au vieux navigateur.

Sans traverses, grâce à un pilote indigène loué pour la circonstance, nous avons descendu un estuaire truffé de bancs de sable. Nous avons laissé à tribord l'archipel verdoyant des îles Bissagos, avant de gagner le large avec un vent favorable qui ne nous permit pourtant pas de dépasser six nœuds. Là où un bâtiment de tonnage normal eût mis moins d'un mois pour rallier Saint-Domingue, le nôtre mit quarante jours, sans essuyer de coup de chien à même de causer sa perte.

L'équipage était dans un état pitoyable et la manœuvre, malgré le secours de quelques nègres, dont Héraklès, en pâtissait. Bien qu'affaibli moi-même, je payais de ma personne, si bien que je m'allongeais le soir dans mon hamac, au bord de l'épuisement, et boudais repas et réunions dans la cabine du capitaine.

Monsieur Laborde avait négligé nos conseils le mettant en garde contre le risque de scorbut, dans le cas où nous serions immobilisés au large durant des jours, ce qui se produisait fréquemment au cours des longues traversées. Quelques jours avant, j'avais ramené de mon expédition vivrière quantité de fruits et de légumes, mais il en aurait fallu deux ou trois fois plus pour nous prévenir contre cette terrible maladie.

Nous étions au large depuis trois semaines et manquions déjà de produits frais, quand notre chirurgien enregistra les premiers signes du scorbut.

Au cours d'une manœuvre dans les vergues pour affaler un cordage, un matelot perdit l'équilibre, chuta sur le pont et s'ouvrit le crâne. Cette blessure causa sa mort et un plongeon dans la mer, avec un coup de canon et la bénédiction de l'aumônier. Il s'était plaint, les jours précédents, de faiblesse, de douleurs dans les muscles, les articulations et la poitrine. Benoît Coste, l'ayant examiné, conclut qu'il s'agissait bel et bien du scorbut. Cette affection, à l'en croire, n'était pas contagieuse. En revanche, nous étions tous ou presque en état de subir ses attaques.

— On ne peut s'y tromper, ajouta-t-il. Cette peau terreuse, plombée, ces taches purpuriques, ces yeux excavés en sont les symptômes évidents.

Les jours suivants, d'autres cas de scorbut se déclarèrent. Des hommes d'équipage tombaient en langueur, leurs gencives étaient tuméfiées et ils crachaient aussi bien des dents que du sang. Leur peau se couvrait de plaques noirâtres, signe d'hémorragies sous-cutanées. Ils rejetaient des matières jaunâtres par la bouche et le fondement. Incapables de tenir sur leurs jambes, ils étaient conduits à l'infirmerie, vite encombrée, et devaient coucher sur des matelas ou de simples couvertures jetés sur le plancher.

Monsieur Laborde se lamentait, mais un peu tard.

— Que Dieu nous aide ! Je ne peux faire pousser des légumes sur le pont ni récolter des agrumes dans les vergues ! Et ce n'est pas en grattant le plancher des cales que nous pourrions trouver le chlorate de potasse et l'alcoolat de cochléaria qui seraient utiles à notre chirurgien ! Nous ne pouvons compter que sur la Providence. Je vais faire dire des messes par l'aumônier. Advienne que pourra...

Vain espoir ! Il n'y avait, entre la Guinée et les Iles, dans cet immense désert aquatique, aucun port où se ravitailler en produits frais. La terre la plus proche était la Guyane, mais y faire escale nous eût contraints à un crochet et à sacrifier plusieurs jours.

Les quelques messes dites sur le pont, en présence des officiers et de l'équipage, n'y firent rien, ce qui ne me surprit pas. Se sentant responsable de cette situation du fait de sa négligence, le capitaine se tenait la tête à deux mains en parcourant le pont, gémissait, battait sa coulpe, s'abreuvait de tafia et fumait pipe sur pipe. Nous le surprenions parfois contre la rambarde, sa lunette à l'œil, comme s'il espérait voir surgir une île dont les cartes n'auraient pas fait mention.

— J'ai l'impression, me dit monsieur Tabuteau, que cette expédition de traite est sa dernière et qu'il est mûr pour la retraite... Il a fait preuve, durant celle-ci, d'une imprévoyance navrante. Dommage ! C'était un remarquable navigateur, mais il a fait son temps...

Le scorbut coûta la vie à cinq matelots, un de nos officiers et deux novices fragiles, tout juste adolescents. La chiourme ne fut pas épargnée : nous dûmes nous délester d'une dizaine de nègres, dont deux femmes et un négrillon. Il ne se passait guère de jour qu'il ne faille coucher des cadavres sur la planche, d'où ils glissaient pour disparaître dans la houle.

L'incurie du capitaine avait eu des conséquences pires encore que nous ne l'avions imaginé. Non seulement les produits frais furent vite épuisés, à commencer par la viande sur pied, mais notre provision de farine elle-même tirait à sa fin. Dieu merci, il nous restait encore de l'eau et du tafia en quantité convenable.

L'état du vaisseau ne laissait pas de nous tenir sur le qui-vive. Au moindre coup de vent, c'était le branle-bas. Pourries par l'humidité et rissolées par le soleil, les voiles étaient dans un si triste état que nous passions des heures à les rafistoler. Les voies d'eau, qui survenaient fréquemment, nous obligeaient à mettre les pompes en action.

La Providence invoquée par le capitaine nous envoya un banc de thons. Durant les trois jours qu'ils nous firent escorte, ils améliorèrent notre ordinaire et celui de nos nègres.

C'est dans ces pitoyables dispositions que nous avons abordé les côtes de l'île de Barbuda, au nord de la chaîne des Antilles, pour nous rafraîchir avant de gagner la Martinique et de remonter vers Saint-Domingue.

Au sein de l'équipage, la fin du cauchemar fut saluée par des vivats, des envols de bonnets et des libations de tafia. Des matelots nous donnèrent un petit concert sous la dunette et dansèrent jusqu'à tomber inanimés.

Ces réjouissances allaient être suivies d'une amère déception. A notre arrivée en rade de Saint-Pierre de la Martinique, nous apprîmes par les autorités maritimes que l'accès au port nous était provisoirement interdit de crainte, sans doute, que nous n'apportions le typhus, les fièvres ou quelque autre épidémie.

Bien que réduite à quelques jours, cette interdiction nous fut pénible, bien que nous ayons la liberté de faire monter des vivres à bord, ce qui agrémenta cette quarantaine.

Pour la plupart de nos matelots, cette soudaine abondance, succédant aux privations, affecta gravement leurs estomacs délabrés, sans occasionner de pertes. Nos nègres reprirent vite de la vigueur. Lorsque nous les lâchions sur le pont, nous les tenions sous étroite surveillance, de crainte qu'ils ne cèdent à la tentation de gagner à la nage la terre toute proche. Héraklès, qui semblait passer pour leur chef, leur avait-il fait la leçon ? Toujours est-il que nous n'eûmes pas à intervenir.

J'appréhendais le moment où je devrais faire mes adieux à mon ami Héraklès. Malgré mes réserves initiales, l'idée d'en faire l'acquisition ne m'avait pas abandonné, mais je la jugeais irréalisable et sujette à bien des inconvénients. Je confiai mon problème à monsieur Tabuteau. Il me répondit :

— Quoi que je vous en aie dit, je vous le déconseille. Ce nègre de qualité exceptionnelle va être mis aux enchères et les colons vont se le disputer. Pourrez-vous suivre ?

— Je crains que ça ne me soit impossible.

— Alors, mieux vaut vous faire une raison et renoncer. Je pourrais vous aider en vous prêtant la somme nécessaire, mais ce serait vous rendre un mauvais service. Que feriez-vous de lui, à Bordeaux ? Allez-vous en faire votre valet ? Le louer pour des combats clandestins ou comme athlète dans les foires ?

— Ce que je crains pour lui, c'est de tomber sur un mauvais maître. Son intelligence, son esprit d'indépendance risqueraient de lui occasionner des châtiments. Tel que je le connais, sa première idée serait de rejoindre les marrons dans la montagne. Il vaut mieux que ça...

— Peut-être y a-t-il un moyen d'arranger votre affaire, si vous comptez lui donner suite...

Il me parla de notre courtier à Saint-Pierre, monsieur Malmartel, un Quercynois qu'il avait connu à ses débuts dans la marine marchande. Il savait où le trouver.

— Nous pourrions, ajouta-t-il, lui proposer un arrangement : qu'il fasse retirer ce nègre de la vente et vous le réserve, moyennant un prix à négocier. Vous pourrez, une fois arrivé à Bordeaux, le revendre aux Cohen qui pourraient l'utiliser comme jardinier, cocher, valet ou que sais-je encore ? S'ils s'en montrent surpris, vous pourrez leur expliquer que vous l'avez retenu à leur intention en raison de ses qualités. Aaron est votre ami, il me semble ?

Aussitôt après avoir débarqué notre cargaison de nègres, fait sommairement leur toilette et les avoir installés sur le port, dans un baranquon aux cloisons de bambou, notre premier soin fut de nous enquérir d'un rendez-vous avec monsieur Malmartel, ce qui nous fut facile, car il était connu dans cette ville comme le loup blanc.

Il nous reçut dans sa villa des faubourgs avec des marques de sympathie et d'amitié pour son ancien compagnon, et nous retint pour souper. Je reconnaissais bien là le sens de l'hospitalité que la plupart des colons témoignent aux visiteurs venus du vieux pays. Sa demeure était moins luxueuse que celle de Jacques Nadeau, le commissionnaire de monsieur Maurin, mais rien n'y manquait.

Le repas se déroula dans une gloriette du jardin, où nous nous trouvâmes un peu à l'étroit car nous étions en compagnie, outre notre hôte et son épouse, de leurs trois enfants. Il y fut question des événements de France et de la traite.

Le pays connaissait son lot de disettes et d'émeutes de la faim, dans les grandes villes notamment. A Versailles, c'était toujours la valse des ministres. Le Parlement, à la suite d'une querelle avec l'autorité royale, avait été exilé hors la capitale. La chenille Jeanne Bécu avait fait sa nymphose ; sous le nom de « madame du Barry », ce papillon divertissait le roi vieillissant. Depuis le traité de Paris qui avait mis fin à la guerre contre l'Angleterre, la traite avait repris de plus belle, la demande atteignant dans les îles des sommets auxquels l'offre ne pouvait suffire.

Ce n'est qu'au moment des fruits à la crème que monsieur Tabuteau en vint au sujet qui nous intéressait au premier chef : l'achat d'Héraklès en marge de la vente aux enchères. Monsieur Malmartel parut stupéfait, puis il éclata de rire.

— Décidément... dit-il. Décidément... C'est une manie !

Il avait été informé, quelques années auparavant, des exploits, qui avaient fait un certain bruit dans le landernau, de ce petit Blanc qui avait acheté une négresse pour l'offrir à monsieur Nadeau.

— Il se trouve, me dit-il, que Jacques est un ami, et qu'il m'a tout raconté. Rassurez-vous, lieutenant, cette esclave...

— Makoua, monsieur.

— ... donne toute satisfaction. Une perle. C'était un beau geste de votre part, mais qui a été diversement interprété dans notre petite société. Les uns louent votre acte généreux. D'autres, en revanche, le jugent sévèrement... Décidément, vous n'avez pas renoncé à jouer les bons Samaritains ! Eh bien, votre nègre, nous allons tâcher de vous le faire attribuer. Je puis le retirer de la vente, l'inscrire au nom de monsieur Cohen ou de son fils, Aaron, en vous exonérant de ma commission, puisque votre ami, Louis Tabuteau, est aussi le mien.

Il ajouta :

— Si je ne suis pas indiscret, qu'allez-vous faire de ce nègre, une fois revenu en France ?

— Je l'ignore, mais il trouvera sûrement sa place dans le personnel des Cohen. Pour le règlement, je compte faire appel à la solde qui m'attend et aux primes qui me sont dues. Si ce serviteur convient à ses maîtres, peut-être me rembourseront-ils...

— Eh bien, mon ami, je souhaite qu'ils se montrent généreux ! Cet esclave vaut de l'or...

Le lendemain, je me présentai de nouveau chez Malmartel, avec un cadeau pour son épouse : le splendide châle des Indes que je destinais à Blanche...

J'obtins que mon nègre fût retiré de sa case et me fût remis. Après que je lui eus fait comprendre que je le considérerais comme affranchi, les formalités d'usage remplies, il me remercia de son plus beau sourire et s'agenouilla pour m'embrasser les mains. Je le fis relever en lui expliquant ce que cette marque de reconnaissance avait de superflu et d'incongru.

Je le menai chez un fripier pour le vêtir d'une chemise et d'une culotte ordinaires, ainsi que d'une veste et d'une casquette de marinier, ce qui ne fut guère aisé étant donné sa carrure. J'y ajoutai des souliers, qu'il refusa. Au moment de l'essayage, je constatai qu'il portait dans le dos, comme le bétail, une marque au fer rouge représentant un cercle avec un serpent au milieu. J'aurais aimé lui arracher un morceau de peau pour effacer cette marque d'infamie.

J'eus la tentation de rendre visite au frère Toussaint dans sa plantation de montagne, mais le temps nous était mesuré. Monsieur Malmartel m'apprit ensuite qu'après avoir rétabli l'ordre dans son couvent et remis la plantation en activité il avait accepté une mission pour le royaume du Siam, en Extrême-Orient.

En revanche, je consacrai quelques heures à me rendre chez les Nadeau, autant pour leur renouveler mon amitié que pour prendre des nouvelles de Makoua. Elle pleura de joie en me retrouvant. On lui avait confié la garde des enfants et elle donnait satisfaction, au point que garçons et filles l'adoraient et qu'on la considérait comme un membre de la famille.

Notre séjour à la Martinique allait être de courte durée.

J'assistai à la vente d'une partie de nos esclaves, ce qui restait, soit une cinquantaine, étant réservé aux colons de Saint-Domingue. Notre commissionnaire en tira un bon prix, mais regretta que notre expédition n'eût donné qu'un maigre résultat, comparé à ceux des Anglais et des Hollandais.

Notre séjour au Cap-Français ne dura qu'une semaine. Nous n'eûmes aucun mal à liquider notre reliquat de nègres, avant de reprendre la route pour l'Europe.

Ce n'est pas sans inquiétude que j'appréhendais cette traversée, la révision de la *Vigilante* dans le chantier de radoub de Saint-Pierre ayant confirmé ses avaries. On nous avait fait comprendre qu'il eût mieux valu désarmer sur place ce rafiot et nous en retourner sur un autre navire. Monsieur Laborde ne l'entendait pas de cette oreille. Il semblait qu'il eût établi une corrélation sentimentale entre la fin de ce bâtiment et celle de sa carrière.

Un soir, dans une auberge du Cap-Français, la veille de notre appareillage, notre fret de retour engrangé, il se laissa aller, à moitié ivre, à des confidences qui justifièrent mon jugement.

— Mes amis, nous dit-il sur un ton pathétique, la *Vigilante* et moi allons faire notre dernière traversée. Je vais tirer ma révérence aux messieurs Cohen et me retirer sur le bord de la Charente, où ma femme m'attend. Je ne vous cache pas qu'il y a, entre ce vaisseau et moi, quelque chose qui ressemble à un sentiment. Si elle sombre au milieu de l'océan, eh bien, je sombrerai avec elle et la messe sera dite. Ce serait une belle mort...

Il avait la larme à l'œil en concluant cette confidence par une rasade de rhum.

L'un de ses officiers jeta quelques gouttes de vinaigre dans cette eau tiède :

— Permettez-moi de vous le dire, capitaine, mais vous semblez faire peu de cas de votre équipage ! Si la *belle mort* dont vous parlez vous est agréable, embarquez quelques barils de poudre et faites-vous sauter au large, mais seul !

Je fus stupéfait de voir monsieur Laborde, vif de nature, prendre sereinement cette diatribe insolente. Il se contenta de répondre :

— Cette idée, monsieur, mérite que j'y réfléchisse, mais je ne veux pas, volontairement, faire de ma femme une veuve. Rassurez-vous, je resterai maître à bord et vous ramènerai à Bordeaux sans dommage. Dieu vous garde, mes amis ! J'ai fait brûler ce matin un cierge dans la chapelle du port...

QUATRIÈME PARTIE

Clos-Gabrielle, année 1818

J'étais en train de lire mon journal quand Mariette s'approcha de moi en triturant un pan de son tablier de cuisine. J'ôtai mes lorgnons, et, comme elle avait l'air préoccupée, je lui demandai si elle avait passé une mauvaise nuit ou manqué un plat.

— Rien de tout ça, monsieur. Ce que j'ai à vous dire...

— Eh bien, dites-le !

— C'est que ça me peine, monsieur.

— Alors, ma petite, n'en faites rien et laissez-moi lire les nouvelles...

A voir sa mine, je n'avais pas eu de mal à deviner le secret qu'elle voulait me confier et n'en éprouvais aucune inquiétude. Mon intuition allait me donner raison.

— Je crois, monsieur, que je vais devoir vous quitter pour me marier...

— Fort bien, Mariette, mais le *croyez*-vous ou en êtes-vous sûre ?

— On en parle, mais de toute manière je vous quitterai que passé les vendanges, pour pas vous mettre dans l'embarras.

— Eh bien, je vous regretterai.

— Vraiment, monsieur ?

— Vraiment, Mariette. Allez, finissez de préparer le dîner et appelez-moi quand il sera prêt.

Il s'agissait de la troisième tentative de cette petite garce pour trouver un époux qui lui convienne. Les précédentes avaient fait chou blanc, ma petite servante étant sujette à prendre des vessies pour des lanternes et du plomb pour de l'or.

Je crus si peu à ce dernier projet que je ne daignai pas m'informer de l'identité du prétendant au dépucelage de cette oie blanche, persuadé qu'il disparaîtrait avant qu'elle eût donné accès au sanctuaire de sa vertu, comme aurait dit une précieuse de Molière.

L'homme s'est avancé vers moi alors que j'inspectais ma vigne. Il portait un fusil à l'épaule et à la main une pique rappelant celle des anciens sans-culottes. Je ne distinguai, sous son chapeau d'un brun verdâtre, à larges bords, qu'un brouillard de barbe et sa pipe. Les traditions évoluent vite : jadis, cette pique rouillée eût été une hallebarde.

— Vous ne me reconnaissez pas, monsieur Dumoulin ? me dit-il. Souvenez-vous. Il y a trois ans, vous m'avez chargé de surveiller votre vignoble contre les pillards des salines. Je suis Pierre Lombard, le père d'un des journaliers de Queyrac que vous employez.

Comment voulait-il que le vieil homme que j'étais puisse se souvenir d'un événement aussi minime ? Je lui pardonnai de ne s'être pas découvert pour m'interpeller, mais moins de ne pas ôter la pipe de sa bouche, comme si sa pique lui donnait de l'autorité et qu'il se prenait pour un garde du corps du roi de Prusse.

Il venait d'effectuer ce qu'il appela sa *ronde*, pour vérifier si des visiteurs indélicats n'avaient pas raflé quelques grappes, et de tirer quelques coups de sa pétoire pour disperser ces autres pillards, étourneaux, grives et merles. Pour les rondes nocturnes, des jeunes prendraient la relève. Mission préventive, cela va sans dire, plus que répressive.

Je l'invitai à me suivre jusqu'à la maison pour nous désaltérer d'un verre de vin. Il me parla de l'état du vignoble du Médoc, qu'il venait de parcourir.

— Monsieur Dumoulin, me dit-il, si la grêle s'en mêle pas,

nous aurons de bonnes vendanges. Il a fait un bel été avec, de pluie, juste ce qu'il fallait...

Le ban des vendanges n'allait pas tarder à être proclamé. Je n'avais que quelques démarches à faire pour mobiliser mes journaliers, soit une vingtaine d'hommes et de femmes, pour mes trois modestes hectares, ce qui ne demanderait guère plus de deux jours, si la pluie ne ralentissait pas le travail. Rien de précis pour cette date. Dans les provinces méridionales, le ban est proclamé à dates régulières car le climat est plus constant, alors que chez nous il est capricieux.

Lorsque nous nous étions rencontrés la première fois, il y a bien des années, mon voisin le plus proche, Aimé Chassagnac, lui-même viticulteur, m'avait parlé de cette tradition du ban.

Au temps où la noblesse régnait dans nos provinces, c'était elle qui décrétait le début des vendanges, avec un privilège : récolter ses propres vignobles au moment le plus favorable à ses intérêts et vendre son vin avant les autres, en infligeant à ceux qui ne respectaient pas ces mesures des sanctions pouvant aller jusqu'à la confiscation de leur récolte. La Révolution avait balayé cette injustice.

Alors, vive la Révolution !

Il m'avait informé d'une autre coutume, le « grappillage », qui rime avec « pillage » mais en est éloigné. La vendange achevée, il reste toujours quelques grains oubliés : la part du pauvre. Les glaneuses font de même dans les champs de céréales, et personne n'y trouve à redire.

Nous avons eu un début d'automne radieux. Une semaine de grand soleil, sans la moindre menace d'orage ou de grêle à l'horizon, a donné de la couleur au raisin. Au dire des experts qui visitent nos vignobles, les vendanges pourraient avoir lieu plus tôt que prévu.

Trois journaliers de Quinsac sont venus m'aider à préparer mon cellier. Le pressoir dont j'ai fait l'acquisition auprès du supérieur du monastère de Lesparre, avant le départ de la communauté, fait leur admiration. C'est un ancien modèle dit « à levier », doté d'une grosse vis en bois de cormier et d'une barre qui exige pour la manier deux solides gaillards. C'est, m'a-t-on dit, un article digne de figurer dans un musée.

J'ai remplacé trois tonneaux vétustes par des neufs achetés à Bordeaux sur le quai des Chartrons, avant que l'approche des vendanges en fasse monter le prix. J'ai dû faire reprendre le cerclage de quelques autres, non avec des lames de métal mais avec des feuillards de châtaignier venus du Limousin ou du Périgord, car je me complais dans la tradition... Ainsi, ma futaille a meilleure apparence. Encore faut-il veiller à la solidité de ce cerclage végétal...

La préparation des cuves n'a pas requis moins de soins. Il faut prêter attention au moindre détail, sans oublier le robinet de bois qui portait jadis le joli nom de « chantepleure ». Tout sera prêt pour la grande bataille des vendanges, le moment crucial de ma paisible existence.

1

Le pur-sang et la charrette

J'ai attendu, avant d'aborder Aaron, qu'il ait fini de présenter ses civilités à un groupe de passagers qui, comme nous débarqués de la *Vigilante* avec leurs bagages, attendaient la voiture qui les conduirait à leur domicile ou à l'hôtel. Lorsqu'il m'aperçut, il vint vers moi, me pressa contre sa poitrine, tendit la main à monsieur Tabuteau et s'exclama, en voyant Héraklès :

— Tudieu, la magnifique pièce d'Inde que voilà ! A qui appartient ce colosse ?

J'avais la gorge serrée et j'étais trop ému pour répondre sans bredouiller. Monsieur Tabuteau le fit à ma place :

— C'est un Mandingue, monsieur. Dans son pays, c'était un prince. Nous l'avons ramené de Guinée et, plutôt que de le laisser aux mains d'un colon qui lui aurait fait couper la canne, nous avons estimé qu'il serait plus utile en France où il fera un excellent domestique. Il est docile et travailleur. N'est-ce pas, Héraklès ?

Notre esclave hocha la tête et répéta avec un large sourire la leçon qu'on lui avait apprise :

— Moi, bon nègre, missié... Moi heureux d'être en France...

— J'en suis flatté, poursuivit Aaron, mais cela ne me dit pas à qui il appartient ?

Je répondis timidement, comme si je faisais l'aveu d'une faute :

— Il est ma propriété. J'ai pu l'obtenir pour un prix avantageux, grâce à un ami du Cap-Français et surtout à monsieur Tabuteau. J'ai procédé à son affranchissement avant de quitter l'île. Les papiers sont dans mon bagage. Héraklès est un nègre, un ancien esclave. C'est aujourd'hui un homme libre.

J'attendais la question qu'il me posa :

— J'entends bien, mais que comptes-tu en faire ? Le garder ? En as-tu les moyens ?

J'avalai péniblement ma salive.

— Je crains que non, monsieur. C'est pourquoi je vais me mettre pour lui en quête d'un maître, dans une bonne maison où il pourra faire office de factotum. Chez les Gradis, par exemple, où les domestiques sont bien traités.

— Les Gradis ! Pourquoi eux ? Combien as-tu payé cette perle rare ?

Je lâchai un chiffre qui me libérait à la fois d'une dépense ruineuse et de l'emprunt que j'avais contracté auprès de monsieur Tabuteau. Aaron sourit, se gratta la barbe, fit mine de réfléchir et bougonna :

— C'est une somme importante, et je n'aime pas acheter chat en poche, mais je suis preneur. Si je suis mécontent de ton... de ton Héraklès, tu pourras numéroter tes abattis. Tu nous le livreras demain.

Il nous invita à vider une bouteille dans un cabaret voisin, où Héraklès ne fut admis qu'à veiller sur le pas de la porte. Sage décision : il aurait pu, à l'intérieur, être l'objet de railleries et de quolibets de la part des clients.

Nous fîmes brièvement à Aaron le récit de cette longue expédition et des difficultés à obtenir des nègres de bonne qualité et en quantité suffisante. Il ne fut pas surpris d'apprendre que la *Vigilante* nous avait donné des inquiétudes, surtout pour la dernière traversée, du Cap-Français à Bordeaux, qui avait trompé nos prévisions en nous évitant les coups de chien. Il avait fait reproche à son père, ce *vieux grigou*, dit-il, de nous avoir laissés embarquer sur ce rafiot tout juste bon à faire du cabotage.

Il me dit, avant de se retirer :

— Ton nègre s'y entend-il en chevaux ?

— Je ne lui ai pas posé la question, monsieur, mais je présume qu'on ne devait pas en posséder dans sa famille. En revanche, je puis vous assurer qu'il apprendra vite et fera un bon cocher.

— C'est d'un palefrenier que nous avons besoin, celui qui s'occupait de ce service nous a quittés pour prendre sa retraite.

— Si vous me permettez un conseil : tâchez de lui éviter les humiliations et les travaux sordides, comme de curer les écuries. Héraklès est de bonne composition mais fier, et, de plus, c'est un citoyen français, ce que j'ai eu du mal à lui faire comprendre.

Le démantèlement de la *Vigilante*, auquel j'assistai, ne suscita en moi aucune émotion. Cette vieille hourque avait fait son temps, et je ne pouvais oublier les angoisses que nous lui devions, mais dont je tenais surtout rigueur à monsieur Cohen, qui, en toute connaissance de cause, nous avait trompés sur l'état de ce rafiot.

C'est lui qui me chargea de veiller à la récupération de quelques éléments encore en état de servir, et de négocier leur vente. C'était peu de chose : le gouvernail et sa barre, les lampes, la figure de proue mangée des vers et décolorée, les fers des esclaves...

A peine descendu à terre, je confiai Héraklès à monsieur Tabuteau pour le conduire le lendemain aux Cohen et me permettre de rendre visite à ma famille.

La première chose que m'apprit Suzanne, ce fut la mort de ma mère, quelques semaines avant mon retour. Elle souffrait d'une maladie de langueur et surtout d'un squirre aux intestins, qui avait eu raison d'elle après des mois à souffrir sans se plaindre, sauf la nuit, où elle se débattait en hurlant. Je n'en fus ni surpris ni ému. Il n'y avait jamais eu entre nous le moindre courant affectif digne de ce nom. Je ne me souviens pas qu'elle m'eût embrassé, même lorsque j'avais quitté Bordeaux pour des mois d'absence.

Suzanne m'apprit également que mon père ne vivait plus seul, ce qui lui eût été difficile. Esprit faible, peu sûr de lui pour la moindre de ses décisions, il avait besoin d'une autorité de tutelle permanente. Cette fonction, ma mère l'exerçait sans plaisir, mais avec une rigueur extrême. Je savais qu'il portait ses ferveurs sentimentales hors de son foyer, mais j'ignorais, et pour cause, qu'il avait l'intention de donner à sa maîtresse la place laissée libre par son épouse.

Et Blanche ? Suzanne m'informa qu'elle venait de partir pour Paris, où elle avait retrouvé notre frère Germain. On attendait de ses nouvelles.

Dans les jours qui suivirent mon débarquement, je me mis en quête d'un nouveau logis, la perspective d'habiter chez mon père étant exclue du fait d'une promiscuité éventuelle avec sa nouvelle conquête, ce que d'ailleurs, après que je l'eus rencontrée, il n'eut garde de me proposer.

Je souhaitais me tenir au plus près de la maison des Cohen, et donc de mon lieu de travail. Après avoir prospecté dans les quartiers du Chapeau-Rouge et de la Grosse-Cloche, je portai mon dévolu sur une maison qui figurait dans un alignement d'immeubles de modeste apparence (mais dois-je rappeler que mes goûts le sont aussi ?), entre l'église Saint-Eloi et le couvent des Augustins, dans un environnement de jardins d'agrément et de potagers.

Je frappai à une porte ornée d'un millésime à demi effacé et d'un torque baronnial. Le concierge disposait d'un logement mansardé, qu'il me fit visiter et qui me plut, d'autant que le loyer en était modique. L'aménagement m'occasionnerait peu de frais et j'y disposerais d'une cheminée de petites dimensions, qui me suffirait : après la chaleur tropicale, le froid supportable de ce mois de février me convenait.

Ma santé me donnant quelque souci, je consultai un médecin du quartier, le docteur Noiraud. Il m'ausculta et me dit en essuyant ses lunettes qu'il ne voyait en moi qu'une « profonde fatigue », ce que j'avais diagnostiqué avant lui. Quand je lui eus parlé des maladies contractées en Guinée, il me conseilla un séjour à l'Hôpital général, seul capable, selon lui, de me proposer un traitement spécifique. Je refusai de donner suite à cette proposition, persuadé que je sortirais de cet établissement plus malade que devant. Il me prescrivit des remèdes que, d'avance, je me refusai à prendre, persuadé que le mieux était de laisser le temps faire son œuvre salvatrice. J'étais jeune et, Dieu merci, résistant.

Par chance, j'avais de longs sommeils paisibles accompagnés de siestes, et je devais freiner mon appétit pour ne pas tomber dans la boulimie. Je confiai à un homme de métier le soin de me tailler la barbe et de mettre de l'ordre dans ma tignasse, que j'avais pris la précaution, avant de toucher terre, de faire épouiller par une négresse. Je tenais à garder les cheveux longs et les nouai sur la nuque par un catogan, en me souvenant du temps où Blanche prenait plaisir à me les peigner.

Mon corps, en revanche, accompagnait mal cette tentative de ravalement. J'étais encore réduit à l'état de squelette et, de la tête aux pieds, couvert de dartres et de boutons, mité comme une vieille carpette. Les séquelles de l'ophtalmie brouillaient encore ma vue, si bien que je devais parfois, au cours d'une promenade, m'arrêter pour laisser le brouillard se dissiper.

La santé de mon père me préoccupait davantage que la mienne.

Je l'avais laissé, en partant, presque obèse, goutteux, d'humeur morose, mais le retrouvai dans une meilleure condition. Il me confia qu'il ne souffrait pas, sinon de ses crises de goutte, et qu'il avait repris de l'intérêt pour son travail.

Il me présenta avec une expression de fierté sa nouvelle compagne. Margot avait environ dix ans de moins que lui, mais déjà des formes avantageuses, et était assez belle malgré son visage un peu lourd. Lorsqu'ils firent connaissance, elle tenait un étalage de fleuriste sur le marché de l'Intendance, et vivait séparée de son mari.

Vive, avenante, généreuse, elle avait fait d'emblée la conquête de mon père, et avait eu une bonne influence sur lui. C'était la femme qu'il lui fallait, et ils ne faisaient d'ailleurs pas mystère d'être fort épris l'un de l'autre. Elle insista pour que je vienne loger chez mon père, où elle se proposait d'installer elle-même ses pénates, la période de deuil révolue. Je déclinai cette invitation mais ne pus refuser de partager leur souper.

Ce fut une fête pour ainsi dire familiale, telle que je n'en avais jamais connu dans cette maison austère. Rien ne fut ménagé, de la part de Margot, pour traduire son désir d'être acceptée de Suzanne et de moi, avant de l'être de Blanche. Elle nous régala d'un menu digne du Chapeau-Rouge, avec les vins que mon père préférait.

J'appris que Blanche menait à Paris, depuis deux mois, prise par des concerts, des réceptions et peut-être des amours, une vie mondaine. Monsieur de Richelieu ne lui ménageait pas son soutien, ce qui, connaissant la vie de débauche de la « vieille poupée », n'avait rien pour me rassurer. Germain vivotait d'un travail de critique littéraire et artistique dans des gazettes, sans arriver à faire jouer ni imprimer ses propres œuvres ; ses demandes d'argent, de plus en plus pressantes, se heurtaient aux réserves de plus en plus strictes de mon père.

— Ce que je leur reproche, me dit-il, c'est de ne donner de nouvelles que lorsque le besoin s'en fait sentir. Que diable, je ne suis pas Crésus. Ils me reprochent mon avarice ! Un comble, alors que je me suis saigné aux quatre veines, malgré ta mère, pour assurer leur avenir…

Un mois avait passé depuis mon retour, et j'avais repris mon travail chez les Cohen, quand monsieur Tabuteau, qui avait rejoint ses pénates de la Charente, m'adressa un billet aussi bref qu'amical. Il m'invitait à lui rendre visite dans le manoir de sa famille.

Nous étions au plein cœur du printemps, et, entre pluie et neige, la saison n'encourageait guère aux voyages d'agrément. Je cédai pourtant à cette invite et demandai à monsieur Cohen un congé d'une semaine qu'il m'accorda sans barguigner.

Je pris la poste par un aigre matin d'avril où la ville somnolait dans un cocon de brouillasse. Il me fallut une journée pour faire le voyage jusqu'à Angoulême, où monsieur Tabuteau m'attendait avec son tilbury, et quatre heures, dont trois de nuit, pour arriver au manoir, après avoir traversé la bourgade de Blanzac-Porcheresse. Je soupai de peu et m'excusai de devoir gagner au plus tôt ma chambre, où, suite à la fatigue du voyage, je dormis dix heures d'affilée.

Le lendemain, surprise : un soleil de paradis baignait une campagne scintillante de pluie nocturne, avec, ici et là, sur les collines, des reliquats de neige éblouissante.

Ancienne demeure de notaire royal, la maison des Tabuteau n'avait de manoir que le nom, malgré les tourelles qui flanquaient ses angles. Originaire du village voisin de Pérignac, la famille avait acquis cette demeure une dizaine d'années auparavant.

L'intérieur n'offrait guère plus d'intérêt. Le mobilier massif datait du roi Louis XIII, et l'on s'attendait à voir surgir de la pénombre non un notaire royal mais des mousquetaires. En revanche, je me plus à baigner dans l'ambiance austère mais feutrée, à me prélasser devant la cheminée monumentale qui dispensait une chaleur généreuse, dans une atmosphère fleurant la cire, le tabac et la suie, à fumer des cigares et à boire un cognac qui me changeait agréablement du tafia.

Le temps devenu clair, nous passâmes nos journées, monsieur Tabuteau et moi, fusil à l'épaule, à battre la campagne par plaisir, et pour en ramener quelque gibier. Nous eûmes un matin la compagnie d'une famille de loups qui nous suivirent un bout de chemin et que nous dispersâmes en tuant l'un des leurs pour protéger nos chiens.

Le père et la mère de mon ami vivaient comme sur une autre planète, avec un factotum chargé des courses, du ménage et de la cuisine. Ils survivaient grâce aux revenus aléatoires des actions qu'ils avaient sur des armateurs de La Rochelle, aux émoluments de leur fils et aux revenus qu'il tirait des parties de cartes auxquelles il se livrait dans les châteaux des environs. Il manquait dans cette thébaïde une présence jeune et féminine, mais mon ami me confia qu'il avait choisi de faire passer les avantages du célibat avant le confort du mariage.

Il m'avoua son intention de partir pour la Louisiane à bord d'une frégate frétée par un armateur de Nantes, Gérard Mellier, qui avait été maire de cette ville. Son contrat avec les Cohen résilié, il allait partir d'un cœur léger pour une nouvelle aventure.

— Je ne me sens, me dit-il, ni le courage ni la force de retourner en Afrique et la traite m'écœure... En revanche, la Louisiane me tente, et j'envisage de m'y établir. Avec mes économies, je pourrai m'offrir un petit commerce de spiritueux, à La Nouvelle-Orléans ou à Bâton-Rouge. Peut-être alors fonderai-je une famille. Je ne me vois pas finir mes jours dans cette bicoque, entre ces deux fantômes que sont mes parents...

Mon congé achevé, je repris ma tâche, tantôt pour des travaux de secrétariat, tantôt pour l'armement ou le débarquement des navires. On faisait souvent appel à moi pour une autre fonction : celle de conseiller en matière de traite, alors que, somme toute, je n'en avais qu'une expérience sommaire.

Monsieur David Cohen me convoqua dans son cabinet pour m'interroger sur ma récente expédition et me demander de puiser dans mes souvenirs des événements qui auraient pu m'échapper, comme si j'avais été le premier à faire le voyage d'Afrique !

Il m'écouta, jambes allongées sur un coussin, tapotant ses genoux avec son coupe-papier, parfois me tournant le dos, ce qui m'indisposait. Je ne savais à quoi attribuer cet intérêt soudain et insolite pour ma modeste aventure. J'y voyais, selon les jours, les signes de la sénescence (il approchait des soixante-dix ans), de la maladie (il était fragile de la poitrine, au point d'interdire les cigares en sa présence), et peut-être d'une nostalgie récurrente (dans sa jeunesse il aurait aimé voyager, mais sa famille en avait décidé autrement).

Il me fit froid dans le dos le jour où, en me congédiant, il m'annonça qu'il avait pour moi de « nouveaux projets ».

Je ne me plaignais pas de mes conditions de travail et de mon salaire. Une fois réglé mon loyer, il me restait de quoi mener une vie de garçon sans trop mesurer la dépense. Je devais veiller à ma tenue, ce qui m'obligeait à des incursions, auxquelles je répugnais, dans les boutiques de luxe du quartier de La Rousselle. C'est ainsi que je fis confectionner, grâce à ma solde de retour et à une prime, deux habits complets, l'un de drap bleu de nuit, pour l'hiver, avec une petite tresse dorée, l'autre en étoffe légère et blanche pour la belle saison.

Je n'avais de relations suivies qu'avec les Cohen et ma famille, et n'en souffrais guère car je me suis toujours fort bien accommodé de la solitude. Si je répondais parfois aux invites de mes collègues pour des parties fines dans des restaurants ou des maisons de plaisir, je veillais à ne délier qu'avec parcimonie les cordons de ma bourse.

Mes rapports avec Aaron avaient pris, depuis mon retour de Guinée, un tour nouveau. Nous avions, du fait de notre travail, un intérêt et des préoccupations communs, et s'il nous arrivait certaines discordes, il n'y eut jamais de querelle sérieuse entre nous.

Il ne me cachait pas que son père lui était à charge et qu'il eût aimé qu'il prît sa retraite.

— Il n'arrive plus à suivre le mouvement, me disait-il. Si je n'étais pas là pour l'assister, notre entreprise ne tarderait pas à sombrer, tu le sais aussi bien que moi. Comment lui faire comprendre qu'il a fait son temps et doit céder la place ?

Je me disais qu'Aaron attendait de moi sinon un conseil, du moins une idée. J'en étais incapable, cela ne me concernant pas directement. Le jeune Cohen s'attachait, par des mesures audacieuses, à donner un nouvel élan aux opérations de traite, mais le patriarche le freinait. Aaron avait fait armer en un mois trois navires pour l'Afrique ; son père gémissait, disant qu'un seul eût suffi. Les concurrents, Gradis, Dhariette, Cabarrus, s'avançaient pavillon haut dans le domaine de la traite ; les Cohen auraient marché dans leur sillage à la rame, si Aaron n'avait pris des initiatives hardies.

Environ un an après mon retour, alors que j'avais retrouvé mon équilibre et ma sérénité, monsieur David Cohen me confia une mission vers les pays du nord de l'Europe, non dans un but de traite mais pour créer un comptoir à Bremerhaven, sur l'estuaire du fleuve Weser, entre deux villes de la Hanse : Hambourg et Brême.

— Il convient, me dit-il, d'établir un équilibre entre les opérations de traite et le commerce traditionnel. Je sens venir le temps où l'on devra renoncer au trafic des nègres, soit qu'une guerre nous oblige à nous défaire de nos colonies, soit que les abolitionnistes, de plus en plus nombreux et agressifs, n'obtiennent gain de cause. Nous devons donc nous préparer à une reconversion.

Il ajouta :

— Je compte sur vous, mon garçon, pour mener à bien la mission que je vous confie. J'ai confiance en vous plus qu'en mon fils, qui rêve monts et merveilles et risque de nous précipiter à la ruine.

Je quittai Bordeaux avec une cargaison disparate : des armes de la Manufacture royale de Tulle fort prisées dans les principautés allemandes, des canons de Rudelle, en Charente, des produits des terroirs du Limousin et du Périgord, quantité de fûts de vin et de liqueurs, sans oublier des frivolités dites « parisiennes ». Mon fret de retour consisterait en bois de tonnellerie, plus appréciés que ceux de chez nous, en laine, salaisons, caques de harengs, ainsi que des alcools et de la bière en petite quantité.

J'allais passer des semaines à claquer des dents dans la brume et la pluie d'un printemps frileux, hébergé par une famille apparentée aux Cohen, les Goldberg, des juifs très stricts, spécialisés dans le commerce des étoffes.

Ils m'aidèrent à découvrir le lieu favorable à l'établissement d'un comptoir à Bremerhaven. Un cabaret proche du port, abandonné depuis quelques années mais pas trop vétuste, me parut convenir. J'entrepris, aidé par un des fils Goldberg, Ismaël, d'en faire l'acquisition, de le restaurer et l'aménager. Situé entre le fleuve et des marécages, l'endroit manquait d'agrément, mais seul importait l'emplacement.

Ismaël et moi faisions bon ménage. Je lui apprenais quelques rudiments de français, et lui d'allemand, une langue que je jugeai difficile et peu agréable. Nous fréquentions des *gathaus* à charcutaille et à bière, et passions des nuits dans les bordels de Bremerhaven, avec des *gretchens* blondes et grasses qui sentaient le genièvre.

Restait à découvrir la personne qui se chargerait de tenir ce comptoir. Piqué au jeu, Ismaël se proposa. Il était bien jeune (un peu moins de vingt ans), mais avec des notions de commerce et de navigation à considérer. Je consentis à l'employer et à lui faire signer un contrat, en lui laissant le soin de trouver un employé.

Le choix était judicieux. Ses maîtres n'eurent jamais à se plaindre de ses services.

Je restai un peu moins d'un an dans ce pays, après avoir liquidé ma cargaison sans trop d'efforts et m'être assuré du fret de retour. Cette dernière tâche fut plus difficile, car il fallut recruter des fournisseurs loin dans l'arrière-pays. Je rencontrai des négociants qui, par la conscience qu'ils avaient de leur supériorité et l'efficacité de leurs méthodes, me rappelaient les Nantais plus que les Bordelais. En dehors du commerce, dont ils faisaient leur religion, ils n'étaient guère fréquentables. Je ne leur en demandais pas tant…

Je quittai la famille Goldberg, et surtout Ismaël, dont je m'étais fait un ami, avec plus de regret que de ce pays qui, même durant la belle saison, garde quelque chose des ombres et des froids de l'hiver. Quant aux royaumes du Nord, le Danemark ou les pays scandinaves, où nous avions fait quelques incursions, j'y serais mort en quelques mois de détresse et d'ennui.

Ma traversée de retour ne fut pas exempte de soucis. Mon navire, chargé à couler bas, navigua quasiment en permanence sur une mer grise, brumeuse et forte. Au large de la Bretagne, une tempête faillit nous jeter sur les récifs. Par chance, j'avais un bon navire, qui me faisait oublier les affres que j'avais connues sur la *Vigilante*.

Après que je lui eus rendu compte de ma mission, monsieur Cohen me combla de compliments chaleureux et d'une prime. Aaron, en revanche, m'accueillit par des propos sardoniques :

— Alors, mon petit François, me dit-il, on revient de faire son marché ? Nous as-tu au moins rapporté des harengs, de la bière, de l'aquavit, du schnaps ? J'espère que tu m'en feras profiter...

Je choisis de réagir avec bonhomie. Autant j'avais apprécié le rhum, et même le tafia, autant j'étais écœuré par le schnaps, un alcool tiré de la pomme de terre. En revanche, j'avais apprécié les saveurs délicates d'anis et de cumin de l'aquavit. Quant à la bière, je n'en aurais pas fait ma boisson quotidienne...

Je l'invitai à un souper dans ma mansarde afin de déguster quelques productions allemandes et scandinaves, que je préparai à la mode de ces pays. Il fit la fine bouche mais finit par convenir que cette nourriture et ces boissons ne manquaient pas d'agrément.

Il me confia, au cours du repas, qu'il souhaitait que nous parlions sérieusement.

— J'ai compris, depuis quelque temps déjà, me dit-il, que nous utilisons mal tes compétences. Tu effectues correctement ton travail de secrétariat, mais c'est comme si nous attelions un pur-sang à une charrette...

— L'image est plaisante et me flatte, mais qu'attendez-vous de moi ?

Il observa un moment de silence, but quelques gorgées d'aquavit tout en grignotant un morceau de *konditorei*, cette délicate pâtisserie de Brême, avant de poursuivre, comme s'il se jetait à l'eau :

— J'aimerais que tu me rendes un service éminent : prendre part à une nouvelle expédition de traite.

Je crus que ma chaise se dérobait sous moi.

— Vous plaisantez, bredouillai-je. Je sors d'en prendre. Avez-vous décidé de vous séparer de moi une bonne fois pour toutes ?

— Allons, mon petit François, ne prends pas cette affaire au tragique. Il n'est pas question de te faire courir de nouveaux dangers. Je veillerai à ce que tu empruntes un navire plus sûr que la *Vigilante*, avec un capitaine qui ne soit pas un incapable et un ivrogne comme Laborde.

— Et où comptez-vous m'envoyer, cette fois ?

— A Banjul, notre comptoir sur le fleuve Gambie, au sud du Sénégal. Notre courtier ne nous donne plus satisfaction. Il somnole et ne nous procure que de la roupie de sansonnet. Nous avons besoin d'un homme de confiance pour le réveiller.

— Votre père est-il d'accord ? Il m'a confié qu'il souhaitait se diriger de plus en plus vers un commerce traditionnel, sans trafic de nègres.

Il me répondit d'un air excédé, en tapant du poing sur la table :

— Mon père... Mon père... Il a changé, tu le sais, et pas en bien. Après avoir été l'un des meilleurs armateurs de Bordeaux, il n'est plus que son ombre. L'essentiel est que tu acceptes. Puis-je compter sur toi ? Prends donc le temps de la réflexion. Rien ne presse.

Je restai sidéré quand il ajouta :

— Sais-tu ce que je me disais en venant chez toi ? Qu'il me plairait que tu me tutoies. Nous travaillons ensemble depuis si longtemps que cela me semble dans l'ordre des choses. Tu te sentiras ainsi libéré d'une sorte de subordination incongrue, et tu pourras m'exprimer tes griefs en toute liberté. Qu'en dis-tu, mon ami ?

J'opinai sans chaleur, persuadé que le cadeau qu'il me faisait venait compenser le service qu'il attendait de moi. Il me dit, en me quittant :

— Je sais, François, que je peux compter sur toi...

A peine se fut-il retiré que je me laissai tomber sur le bord de mon lit et me pris la tête à deux mains en me maudissant. J'aurais dû, me disais-je, refuser cette mission, quitte à perdre la confiance et l'amitié d'Aaron. Le pouvais-je, sans risquer de me voir signifier mon congé ? J'avais l'impression de m'être trahi moi-même, sottement, alors que j'avais acquis la conviction que la traite n'était plus pour moi qu'un amas de souvenirs à oublier au plus tôt.

D'autre part, j'avoue qu'en compagnie de monsieur Tabuteau, dans son manoir de Charente, j'avais pris quelque plaisir à évoquer notre odyssée en Guinée, comme un soldat se souvient avec émotion de ses campagnes et de ses blessures. Edulcorées par le temps, nos souffrances ne laissaient apparaître que des épreuves capables de faire surgir en nous un homme nouveau, rompu aux expériences les plus dangereuses et aux climats les plus malsains.

Aaron m'avait accordé un temps de réflexion, mais je sentais que les dés étaient jetés et que j'allais devoir me préparer à une nouvelle aventure, alors que mon existence semblait fixée jusqu'à la fin de mes jours entre le port et mon cabinet.

Comme pour ranimer la nostalgie douce-amère de notre randonnée commune, monsieur Tabuteau m'avait adressé en mon absence un paquet contenant quelques pastels fixant des moments agréables ou difficiles de notre expédition. C'était joliment exécuté, bien que cela n'égalât ni Watteau ni Callot. Il avait réussi notamment un portrait étonnamment fidèle de monsieur Laborde en train de sommeiller dans son hamac, bouche ouverte et ventre à l'air. De là à soupirer « c'était le bon temps », il y avait de la marge…

Je devais toutefois bien convenir, en mon for intérieur, que le travail de cabinet ne me passionnait guère et même m'agaçait. Je lui préférais le contact avec les navigateurs et les propos des matelots à une table d'auberge. Le plus pénible était la promiscuité avec le personnel de secrétariat. Ces fils de familles nobles ou aisées, de Bordeaux ou des environs, méprisaient le roturier que j'étais et me jalousaient pour les missions extérieures qu'on m'avait confiées, se jugeant plus aptes que moi à les assumer.

La graine qu'Aaron avait déposée en moi commença de germer, même si je repoussais encore mon acceptation. Il fallut bien pourtant en passer par là. Quand je lui eus donné mon accord, il me prit dans ses bras en me disant :

— J'étais convaincu que tu ne me trahirais pas, François ! Il va falloir te préparer à ce voyage. Tu pourras disposer du temps nécessaire pour t'informer du climat, du milieu naturel et humain de la Gambie. Ma bibliothèque te restera ouverte. Voici un double de la clé.

Sans prendre sur mon travail ordinaire, je passais des heures, chaque jour, dans ce lieu privilégié, où tout m'incitait à considérer ma prochaine mission comme une chance. J'y retrouvai les émotions de mes débuts, alors que je m'apprêtais à affronter l'océan sur l'*Albatros*, capitaine James Creach, en direction des îles d'Amérique. J'appris sur l'immense fleuve Gambie, ses populations noires, sa faune, sa flore et son climat, tout ce qu'on peut en apprendre et tout ce qu'on doit en savoir.

L'attente allait durer trois mois et opérer une inversion de mon état d'esprit en me révélant des dispositions favorables à mon départ. J'étais impatient de reprendre la mer. Aaron s'en déclara si heureux qu'il obtint de son père une notable augmentation de mes appointements.

Il me fit participer à l'armement de ses navires en partance pour l'Afrique, deux d'entre eux chargés d'aller prospecter les côtes de l'océan Indien, le Mozambique notamment, plus éloignées que les lieux de traite ordinaires mais où se trouvaient des ressources incalculables en matière de bétail humain.

Le cœur serré, j'assistai au retour de l'*Hirondelle*, un brick de deux cent cinquante tonneaux, qui revenait de l'Angola avec un équipage dans un état pitoyable. Une épidémie de typhus avait contraint le capitaine à jeter à la mer une cinquantaine de nègres, dix matelots et quatre novices, certains encore vivants. Le capitaine pleurait en nous racontant ces péripéties et les

Cohen se lamentèrent car cela constituait pour eux une perte sèche d'importance.

— On se fait, me dit Aaron, une idée exagérée de la fortune des armateurs en général et de la nôtre en particulier. Il faut des investissements considérables pour des profits souvent dérisoires ou des pertes catastrophiques, comme c'est le cas pour l'*Hirondelle.* Les assureurs se montrent de plus en plus gloutons et les équipages exigeants. A cette loterie qu'est la traite, on ne gagne pas à tous les coups.

Il ajouta :

— On dit que notre nouveau souverain s'intéresse à la navigation. J'espère qu'il se penchera sur nos problèmes et refusera d'écouter les mauvaises sirènes de l'abolitionnisme...

La mort atroce du roi Louis XV avait été accueillie par des feux de joie dans toute la population. Le Bien-Aimé avait fini par se faire détester de tous, y compris de ses ministres.

Un soir d'avril, l'année 1774, après les festivités religieuses de Pâques, il s'était couché avec des frissons annonciateurs d'une terrible maladie : la variole noire. Quelques jours plus tard, il rendait son âme à Dieu, qui, disait-on, allait en être fort embarrassé.

J'ai lu dans un journal de Paris que le dauphin Louis et la dauphine Marie-Antoinette se trouvaient au rez-de-chaussée du château lorsque la mort du souverain avait été proclamée. Il s'était fait soudain, au-dessus d'eux, un tel vacarme qu'ils avaient cru que la bâtisse allait s'effondrer. Lorsque les courtisans s'étaient rués vers eux pour leur faire allégeance et leur baiser la main, ils s'étaient enlacés en gémissant : « Mon Dieu, protégez-nous ! Nous sommes trop jeunes pour régner... »

Ce fut l'une des rares occasions où ce gros garçon timide prit sa jeune épouse contre lui et l'embrassa.

La Cour s'impatientait : on attendait l'annonce d'une défloraison qui eût attesté la virilité contestée du jeune souverain et donné l'espoir d'une naissance qui eût assuré la survivance de la dynastie. Il fallut déchanter : Sa Majesté prenait davantage d'intérêt à la fabrication de serrures et de clés qu'à l'intimité de son épouse et à la démonstration de sa virilité.

Plus grave que ces ennuis matrimoniaux fut la crise de subsistances que connaissait le royaume.

Indigné de constater que les gens de la haute finance étaient pour une large part responsables de la disette qui accablait le royaume, le contrôleur général, monsieur Turgot, décréta d'autorité la libre circulation des céréales, ouvrit le commerce aux produits d'importation et fit cuire par tous les boulangers un pain dit « officiel », vendu à prix modique. Il palliait ainsi les émeutes de la faim, mais il eût fallu en faire bien davantage.

L'Amérique était au bord de la guerre civile.

L'abcès de fixation de la révolte larvée contre la métropole était la capitale du Massachusetts, Boston, le plus grand port du continent et le centre du puritanisme. Des protestations contre les taxes imposées par Londres, on en était venu à une insurrection sanglante. La guerre dite d'Indépendance venait d'éclater ; elle allait durer huit ans ; notre pays allait se placer du côté des insurgés et intervenir par les armes.

Je ne puis ici passer sous silence un événement qui faillit me coûter la vie.

Bordeaux abritait quelques centaines de Noirs, la mode, dans les grandes familles, étant d'avoir à leur service des domestiques soustraits à l'esclavage. Ils ne souffraient pas de leur condition de laquais, cochers, palefreniers, parfois de cuisiniers. Les plus prisés étaient les négrillons et les négrittes, payés fort cher et dont les dames raffolaient. On les habillait comme des poupées, on leur apprenait le français et les bonnes manières. On s'en faisait des cadeaux appréciés.

Les Noires remplissaient le rôle de servantes, de cuisinières ou de femmes de ménage. Lorsque l'on croisait en ville des jeunes métisses, il n'était pas indécent d'y voir la conséquence de rapports ancillaires. La chose était admise, à condition que la femme fût belle et fît ainsi pardonner la couleur de sa peau. Ces sang-mêlé étaient fort goûtées dans les maisons closes.

Quelques décennies plus tard, l'écrivain Restif de La Bretonne allait faire état de ses relations avec une jeune négresse, Sara, sans en être anathématisé pour autant. Des citoyens de Bordeaux épousèrent des Africaines et, semble-t-il, n'eurent pas à s'en repentir.

Pour un tiers environ, ces esclaves affranchis, devenus artisans ou commerçants, se trouvaient fort bien de leur nouvel état. Néanmoins, on n'observait pas dans toutes les villes la même tolérance qu'à Bordeaux. Dans certaines villes, ils étaient l'objet de mépris et exposés à une ségrégation humiliante.

Ce préambule pour en venir à l'événement dans lequel je faillis, c'est bien le cas de le dire, passer l'arme à gauche.

J'avais obtenu de monsieur David Cohen la permission de me faire accompagner, à la salle d'armes où je me rendais plusieurs fois par semaine, par Héraklès, dans l'intention de lui faire donner quelques leçons d'escrime qui lui fussent profitables.

Je me heurtai là au décret inflexible de mon vieux maître, Geoffroy du Rouquet-d'Haudoua.

— Cette salle, me dit-il, est interdite aux ivrognes, aux chiens et aux nègres. Ou tu laisses ce grand singe à la porte ou tu pars ! Je tiens à la réputation de mon école.

J'eus beau lui faire valoir que ce nègre était affranchi, qu'il était un serviteur de monsieur Cohen et qu'il était mon ami, rien n'y fit. Il aurait pu se recommander du gouverneur, ça n'aurait rien changé !

La moutarde me monta au nez. Je répliquai qu'il avait parmi ses élèves des gens qui n'avaient pas bonne réputation, certains même connus pour être des ivrognes et des escrocs. Il me rit au nez. Je le pris par la cravate et le secouai rudement.

— Eh là ! s'écria-t-il. Qu'est-ce que tu cherches ? Tu veux te battre, hein ? C'est ça que tu veux ?

— Et pourquoi pas, puisque vous m'y poussez !

Il recula de deux pas et me lança, d'un air faraud :

— Alors, en garde ! Ce sera au premier sang si tu en es d'accord, mais fais sortir ton nègre. Il pue !

Passé la cinquantaine, ce vieil homme était encore un bon bretteur, mais j'avais mis à profit ses leçons et j'étais sûr de moi, comme beaucoup de ses élèves qui auraient pu lui tenir tête sans faillir. J'étais des premiers, et il le reconnaissait. Restait à me méfier de la fameuse botte dont il gardait jalousement le secret.

Comme à son habitude, il était débraillé, avec l'arrogance d'un bonimenteur de foire. Je le laissai expectorer insultes et provocations, persuadé que ce n'était qu'une parade de vent.

Le combat débuta comme un trait de foudre. Je compris, au bout de quelques passes, qu'il n'avait nullement l'intention de me tuer, mais souhaitait simplement mater l'insolence du Cassandre frisotté que j'étais à ses yeux.

Il bondit sur moi tel un lion, m'obligeant à faire des sauts en arrière pour éviter ses furieux coups de pointe. Ses assauts de bûcheron ne manquaient pas de vigueur, mais, outre que je les parais avec aisance, ils montraient des signes de fatigue.

Pour le plaisir, je fignolai une passe au collet qui le mit dans l'embarras, et parvins à lui mettre la pointe de mon épée sur le ventre. En poussant un peu, j'aurais pu arrêter le combat, mais c'eût été trop facile et trop rapide pour les spectateurs présents, que nous aurions déçus.

Après une dizaine de minutes de cette pénible exhibition, au bord de l'épuisement, il soufflait comme un bœuf, jurait et pestait tandis que je détournais ses coups mal ajustés. Je restais en permanence sur la défensive, dans l'attente de la botte dont il me menaçait par paraphrases. Pour m'éviter la chute de cette épée de Damoclès et en finir, j'élaborai une contre-attaque à la tête avec retrait du corps, d'une pureté classique. Je vis le sang gicler sous le bandeau qui retenait sa tignasse. Il jura dans son patois de Gascogne, jeta son épée à mes pieds et se retira en bougonnant, sous une vague de lazzi pour lui et d'ovations pour moi.

Après avoir fait toilette et réajusté ma tenue, j'entraînai

Héraklès au cabaret voisin pour étancher ma soif. Je n'étais pas très fier de ma victoire, mais ce bellâtre avait bien cherché l'humiliation que je lui avais infligée. Sa botte ? Vantardise de Gascon !

Héraklès insista pour payer nos consommations. Je le laissai faire, conscient de la fierté qu'il devait ressentir à ce geste banal. Il me confia que ses maîtres se montraient généreux et qu'il s'efforçait de se rendre irréprochable dans le service intérieur de la maison.

— Ce maître d'armes, lui dis-je, n'est pas le seul dans Bordeaux. Nous en trouverons un autre. Il faudra que tu puisses te défendre pour résister à des attaques ou relever des défis. J'y tiens.

Je lui donnai rendez-vous pour le lendemain, qui était un dimanche, dans la cour du fort du Hâ, pour une première leçon, avec moi comme maître. Compte tenu de sa puissance, il était fait pour le sabre plus que pour l'épée. Malgré un manque d'attention et de vigueur fréquent dans ses attaques, comme s'il craignait de me blesser, il m'apparut qu'il serait redoutable dans cette discipline. Je l'imaginais abordant un navire ennemi, sabre au clair et rugissant comme un lion...

Nous avons partagé un en-cas, assis contre un mur du vieux fort, à l'abri du soleil, chemise ouverte sur notre poitrine en sueur.

— Puisque tu es libre, lui dis-je, rien ne t'oblige à rester chez les Cohen. Tu pourrais mener ta vie à ta guise et même retourner en Afrique, en prenant du service sur un de nos navires...

Quitter les Cohen ? L'idée ne l'avait pas effleuré, encore que... Quant à songer à revenir en Afrique, il éclata de rire. Il me confia, à ma grande surprise, qu'il comptait se marier. Il avait rencontré sur le marché aux légumes et aux fruits de l'Ombrière une négresse occupée à choisir des denrées pour ses maîtres. Il l'avait abordée et avait appris qu'elle était une Foula, peuple voisin des Mandingues dont il était originaire. Ils s'étaient revus et avaient bavardé.

Rien ne s'opposant à leur union, il lui avait proposé le mariage ; elle avait accepté. Corollaire de cette décision : la recherche d'une situation qui leur ouvrirait en grand les portes entrebâillées de l'indépendance. Il m'avoua qu'il comptait s'installer comme maréchal-ferrant, un métier dont il avait appris les rudiments chez ses maîtres.

Par ces révélations, il me manifestait sa confiance et sa gratitude. Si je ne m'étais pas intéressé à lui, me disait-il avec des larmes dans la voix, il serait déjà mort, victime de sa nature indomptable, et des mauvais traitements de ses maîtres.

Jamais, au cours de l'année 1774, la traite n'avait connu une telle intensité, alliée à une grande fragilité. Nombre de petits armateurs qui s'étaient jetés étourdiment dans l'aventure s'y étaient brisé les reins. Les aléas venaient de ce qu'on appelait la « révolution des prix », pour dire leur fluctuation. Jamais les grands armateurs n'avaient paru plus riches et les autres plus pauvres.

Alors que la guerre d'Indépendance sévissait dans le nord de l'Amérique, on faisait, dans la bonne société négrière de Bordeaux, fête sur fête. Certains de ces « Messieurs du Commerce », comme on disait, usaient de leurs bénéfices pour acquérir des domaines dans les Iles, où bon nombre de plantations battaient de l'aile à la suite de mauvaises affaires. Il leur fallait de la main-d'œuvre en abondance ; c'est dire que, dans la traite, on ne chômait pas...

Chez les Cohen, près de deux cents personnes fêtèrent le retour du Mozambique de la *Belle-Julie*, capitaine Abraham, qui avait rallié Saint-Domingue sans encombre avec à bord plus de deux cents nègres dociles et de qualité exceptionnelle. Encouragé par ce succès, Aaron envisageait d'étendre la traite aux îles Mascareignes et aux comptoirs des Indes.

Je fus invité à l'une de ces soirées et n'allais pas avoir à le regretter.

2

Le bal de l'Intendance

Alors que nos armées se battaient contre les Anglais en Amérique, aux côtés des *Insurgents*, Bordeaux se livrait sans retenue aux plaisirs.

Le passage du duc et de la duchesse de Chartres avait été l'occasion de festivités et d'une mémorable partie de cartes dans les jardins de l'Intendance, avec un gros lot de trois cent mille livres pour faire bonne figure en présence de Leurs Altesses sérénissimes. Durant ces trois jours de liesse, on avait dansé dans les rues, les guinguettes, les salons et sur les pelouses du Château-Trompette. Les grandes familles se disputaient l'honneur de recevoir ces illustres visiteurs.

L'un des lieux de plaisir les plus fréquentés était le Vauxhall. Cette guinguette populaire mais de bonne tenue, d'où la pègre était refoulée, se trouvait sur un terrain appartenant à l'évêché, dans les parages de la cathédrale. On y donnait « fêtes foraines et redoutes ». Je m'y rendais parfois pour tâcher d'y faire une rencontre à même de m'aider à prolonger la nuit.

Je fréquentais aussi le cabaret Bardineau, installé dans l'ancien hôtel noble des Duplessis, au Bouscat. On donnait dans ses jardins des bals, des concerts, des concours de tir à l'arc et des soupers galants sous les tilleuls et dans les chambres d'amour. Je trouvais là des notables, des bourgeois, des artisans et des gens de passage. On prétend que monsieur de Richelieu en personne ne dédaignait pas de s'y acoquiner, ce dont je doute.

Outre que ces sorties étaient pour moi une occasion de rencontres galantes, j'y côtoyais des gens de tous les milieux et pouvais y satisfaire ma curiosité. A moins de trente ans, je ne souhaitais pas vivre comme un trappiste mais évitais de me laisser prendre à une liaison à long terme.

Lorsque Aaron m'invita au bal donné à l'Intendance pour marquer la fin du séjour de nos visiteurs, je consentis à l'y accompagner malgré les réserves liées à ma tenue, n'ayant pas, dans ma garde-robe, de quoi faire illusion sur mon état. Il m'offrit de me prêter un habit convenable et me proposa même quelques affiquets, que je dédaignai.

Je ne puis oublier, pour diverses raisons, la date de cette soirée : 13 avril 1776.

J'avais été témoin, autour d'une bouteille de champagne, d'une conversation entre Aaron et le gouverneur concernant la possible construction sur la Garonne d'un pont qui manquait cruellement à notre ville, la rive opposée connaissant une croissance rapide. Il fut question d'un autre projet, tout aussi grandiose mais moins souhaité par la population : l'édification d'un théâtre digne de l'expansion et de la richesse de notre ville.

Je glissai mon grain de sel dans cet entretien pour dire que, si l'on faisait passer le théâtre avant le pont, nous risquions des émeutes. Monsieur de Richelieu n'en avait cure et n'y croyait guère. Lorsque Aaron m'eut présenté, il me dit :

— Dumoulin… François Dumoulin… Seriez-vous apparenté à ce petit prodige du piano, mademoiselle Blanche ?

— Il s'agit de ma sœur, monseigneur. Je sais les attentions qu'elle vous doit. C'est grâce à votre entregent qu'elle…

— Tsss tsss… C'est peu de chose, mon ami. Elle aurait réussi sans mon aide. Il est vrai que je me plais à encourager les jeunes talents. Le sien n'a pas tardé à s'épanouir.

Il me salua d'un hochement de tête avant de dériver avec sa

suite vers un groupe de donzelles qui papotaient dans un concert de jacasseries, de rires et de battements d'éventails. Je reconnus dans ce cercle la jeune épouse d'un armateur juif avec lequel nous entretenions d'excellents rapports, Isaac Lewenson. Cette dame était chaperonnée par une demoiselle qui aurait pu passer pour sa fille, n'eût été son teint bistré de métisse ou de mulâtresse.

Je me souvins d'avoir croisé à diverses reprises madame Lewenson sur les marchés ou dans les boutiques, et de l'avoir saluée d'un sourire en soulevant mon chapeau, la dame me rendant mon hommage par un hochement de tête.

Un matin, cours de l'Intendance, ayant surpris la dame occupée à marchander l'achat d'une dinde, je lui étais venu en aide, ce dont elle m'avait remercié, avant de me demander qui j'étais. Quand elle apprit que j'appartenais à la famille Cohen, qu'Aaron était mon ami et que j'avais, deux ans auparavant, participé à une expédition en Guinée, elle m'avait invité à venir, un jour prochain, lui en dire plus sur cette aventure, « autour d'une tasse de chocolat ».

Escorté de quelques vieilles perruques, monsieur de Richelieu s'arrêta le temps de baiser des mains et de distribuer des compliments. Il parut manifester un intérêt particulier à la demoiselle de compagnie de madame Lewenson : il lui prit le bras pour lui proposer de danser ; elle se dégagea ; il le lui reprit en riant ; elle le repoussa avec la pointe de son éventail, une insolence qui me parut préluder à un scandale. Le gouverneur sourit, s'inclina et lui tourna le dos.

Curieux de connaître les motifs de ce comportement insolite, j'invitai la demoiselle à danser. Elle demanda la permission à sa maîtresse et me suivit. J'appris qu'elle se prénommait Gabrielle, qu'elle était depuis trois ans au service de madame Lewenson et se plaisait dans cette famille.

J'entrai dans le vif du sujet en lui parlant de l'incident auquel je venais d'assister. Elle ne fit pas mystère de m'en donner les raisons :

— Monseigneur se croit tout permis avec les femmes et ne me pardonne pas de lui résister. Il m'a invitée à plusieurs reprises dans sa folie, qu'il appelle la « Cabane de Philémon », où il mène ses conquêtes. Eh bien, moi, monsieur, je refuse de me laisser conquérir par ce vieillard lubrique !

Je lui parlai de Blanche, qui avait eu la naïveté de se laisser prendre à ce piège et s'en était dégagée à temps et sans dommage. Je devais convenir que monseigneur s'était racheté en l'aidant à faire carrière dans l'art du piano.

— Le piano... soupira Gabrielle. C'est aussi ma passion, mais je n'ai pas le talent de votre sœur, loin de là. J'aimerais la rencontrer quand elle reviendra à Bordeaux, si elle y revient...

— Peut-être pour la soirée inaugurale du théâtre ! Je plaisante, mademoiselle Gabrielle. Je serai mort bien avant.

— Allons donc ! dit-elle en riant. Vous êtes trop jeune pour avoir de telles idées !

Je baignais dans la félicité. Son visage me rappelait celui des sang-mêlé que j'avais rencontrés aux Antilles, avec, en quelque sorte comme marque d'estampage naturelle, un teint mat, une chevelure brune et lourde, un nez délicat et des lèvres bien ourlées. Que cet ogre de gouverneur se fût intéressé à ce tendron exotique n'avait rien pour me surprendre.

Je lui dis, en la raccompagnant à son fauteuil :

— Il me déplairait, mademoiselle Gabrielle, que nous en restions là. J'aurais plaisir à vous revoir et à poursuivre ce bavardage. Croyez-vous que nous en aurons l'occasion ?

— Je crains que non. Je ne suis pas l'esclave de madame Lewenson, mais elle veille sur moi comme sur ses propres enfants. Je ne puis lui en vouloir car elle m'a sauvée d'un milieu qui ne me convenait pas, pour m'amener en France. Elle est très attachée à moi, comme je le suis à elle.

— Nous n'avons dès lors qu'un recours, soupirai-je, nous retrouver sur les marchés ou dans les boutiques !

— N'en espérez pas davantage, monsieur Dumoulin. En

revanche, rien ne m'empêche de vous écrire, si cela ne doit pas vous importuner.

— Eh bien, je me ferai une raison, en attendant mieux...

J'aurais volontiers entraîné ma cavalière dans un autre tour de danse, mais la soirée tirait à sa fin.

Ce ton de marivaudage m'indisposait, mais je n'allais pas lui avouer que j'aurais aimé un rendez-vous plus intime, un souhait qu'elle aurait peut-être traité, sinon par le mépris, du moins avec quelque réserve. J'avais compris qu'elle n'était pas de ces créatures que l'on emporte comme des objets de loterie. J'avais observé des limites décentes, ce dont elle dut me savoir gré.

Je griffonnai mon adresse sur un feuillet de calepin. Elle le glissa dans sa ceinture avec un sourire complice.

Trois jours plus tard, je reçus une lettre de trois feuillets, d'une écriture serrée, appliquée, d'un style banal, d'une orthographe approximative, mais où je devinai, entre les lignes, l'apparence de quelque sentiment.

Pour la faire brève, Gabrielle avait été mariée à quinze ans au fils d'un planteur de la Guadeloupe, le señor Dos Santos. Son mari, aussi jeune qu'elle, était une chiffe molle, un dégénéré, un impuissant congénital. Elle aurait pris son parti de cette désaffection si elle avait trouvé dans cette famille de rustres quelque consolation. Il n'en fut rien.

Elle m'écrivait :

« On me trétai come une souyon, on me batait, on me reprochai de ne pas engendré, come si cela était de ma fautte... »

Voisine des Dos Santos et compatissant aux mauvais traitements infligés à cette innocente, madame Lewenson lui avait suggéré de demander le divorce. Une matrone ayant constaté la non-consommation du mariage, il fut aisé de s'en prévaloir pour l'obtenir. Madame Lewenson ayant acquis de la famille qu'elle consente à lui abandonner cette enfant, elle l'avait ramenée en France, vierge comme devant.

Gabrielle terminait sa lettre par cet aveu pathétique : « Je sui condané à resté fille jusqua la fin de mes jours. »

J'aurais aimé lui répondre, mais je n'en voyais pas le moyen : ma lettre eût été interceptée, avec, pour elle, des conséquences graves.

Deux ou trois fois par semaine, je prenais une heure sur mon temps de travail pour prospecter les marchés, parfois en pure perte. Lorsque la chance m'était favorable, je n'avais qu'un maigre brouet de conversation à proposer à Gabrielle, madame ne perdant rien de notre échange.

Celle-ci me dit un jour, d'un ton aigrelet :

— Monsieur Dumoulin, je vous sais gré de votre amabilité, mais, à l'avenir, ne vous donnez pas cette peine. Je puis m'en tirer seule.

Je bredouillai une excuse et battis en retraite, la honte à mes trousses. Une lettre désespérée de Gabrielle, la troisième, suivit de peu cette ultime entrevue. Elle souffrait de devoir renoncer à ces rencontres et regrettait que « cete bel amitié soi compromize ».

Cette « bel amitié », d'autres événements allaient la compromettre, semblait-il, sans recours.

Dans le mois de juillet qui suivit ma dernière rencontre avec Gabrielle, Aaron m'annonça qu'il allait faire armer un senau jaugeant quatre-vingts tonneaux, la *Licorne*, pour aller faire la traite au Sénégal et en Gambie. Il me rappela ma promesse de participer à cette expédition ; je ne pouvais revenir sur ma parole, bien qu'il m'en coûtât, d'autant qu'il m'assurait du capitanat en second.

Informer Gabrielle de mon départ m'était difficile, voire impossible. Lui demander un entretien à son domicile l'eût compromise inutilement, du fait qu'il allait se passer des mois avant que je ne revienne.

Je me rendis au marché avec l'intention de glisser une lettre dans sa ceinture. J'en eus l'opportunité au marché du

Chapeau-Rouge, en trompant la vigilance de sa maîtresse. Je lui annonçais mon départ et lui affirmais que, quoi qu'il pût m'advenir, je ne l'oublierais pas. Dans la lettre que je reçus en réponse, elle m'assurait de son « afecsion » et se promettait d'attendre mon retour, « osi lontant qu'il le fodré ».

Un soir, après ma journée au port, alors que je venais d'allumer ma chandelle, on gratta à ma porte. Je crus qu'il s'agissait du concierge ; c'était Gabrielle. Elle restait immobile sur le seuil, attendant sans doute que je lui tende les bras. Je me contentai de l'inviter à entrer, en lui disant ma surprise et ma joie.

— Je suis confuse de mon audace, me dit-elle. Qu'allez-vous penser de moi ? Si vous me jugez mal, dites-le. Je repartirai.

Pour la rassurer, je la pris contre moi et retrouvai sur elle le parfum de jasmin qui m'avait troublé sur la piste de danse. Je l'aidai à se défaire de son mantelet et de son chapeau et lui conseillai de prendre ses aises, en m'excusant de la modestie de mon logis.

Je la fis asseoir à ma table, où subsistaient les reliefs de mon repas, et lui demandai comment elle s'y était prise pour s'évader. Ç'avait été plus simple qu'elle ne le craignait. Elle avait quitté sa chambre à la tombée de la nuit, était passée par le jardin et avait couru jusqu'à mon domicile, peu éloigné du sien.

Nous avons passé quelques instants à bavarder, assis sur le bord du lit, nous tenant les mains et buvant du rhum. Elle me rappela les termes de sa lettre et sa promesse de m'attendre aussi longtemps qu'il le faudrait. Je répliquai en riant :

— Et si je restais absent des années, Gabrielle ? Et si je ne revenais pas ?

— Alors, je me ferais nonne chez les sœurs grises, et me ferais oublier.

— Je vous l'interdis ! J'irai vous arracher à votre couvent, mais rassurez-vous. Je ne resterai pas absent plus d'un an, sauf si je suis pris par les cannibales !

Elle poussa un cri, les mains plaquées sur son visage, et soupira :

— Il peut se passer bien des choses, en Afrique et en un an. Je sais que vous avez failli ne pas revenir de votre dernière expédition...

— Elle s'est déroulée dans de mauvaises conditions, sur un vaisseau qui était à la fin de sa carrière. Celui sur lequel je vais embarquer n'a effectué que deux ou trois voyages. Il est comme neuf.

Elle me sauta au cou. Je faillis éclater de rire lorsqu'elle me dit :

— Comme moi, François... C'est comme si je vous attendais depuis toujours.

J'ai soufflé la bougie. Nous sommes restés deux heures de cette nuit tiède de printemps à nous caresser et à nous aimer, puis je l'ai raccompagnée pour lui éviter de mauvaises rencontres.

Le lendemain matin, je n'avais plus tous mes esprits en me rendant sur le port où des fournisseurs avaient commencé à décharger leur marchandise. Aaron ne tarda pas à se rendre compte de mon état.

— Mais enfin, me lança-t-il, où as-tu la tête ? Attends-tu la saint-glinglin pour faire charger ces barriques de cognac ? Où as-tu passé la nuit ? Au bordel ou au cabaret ? On dirait un somnambule...

— Ne sois pas trop sévère, lui répondis-je. Il m'arrive une aventure merveilleuse. J'en suis encore bouleversé.

— Puis-je savoir qui est cette *merveille* ?

— Tu l'apprendras seulement à mon retour.

Malgré l'envie qui me pressait de tout lui raconter, je préférai m'en abstenir, de crainte qu'une indiscrétion involontaire ne compromette celle que je considérais comme ma maîtresse. J'étais malade à l'idée de ce départ. S'il n'en avait tenu qu'à ma volonté, j'y aurais renoncé.

A la fin de la journée, Aaron me présenta le capitaine de la *Licorne*, Joost van den Vosmaer, au cours d'un souper au Triton, rue Caguemule. Pour me faire plaisir, il avait invité Héraklès, qui, habillé en bourgeois, avait belle allure.

Le capitaine de la *Licorne* était tout en rondeurs et, souffrant d'une maladie contractée au cours d'une escale au Cap-Vert, se servait d'une canne. Il devait être proche de la cinquantaine mais, à voir son visage aux traits lisses et discrètement hâlés, il accusait dix ans de moins.

A peine avions-nous attaqué le foie gras qu'il nous apprit, non sans un sentiment de fatuité, qu'il était issu de la famille d'un *stathouder* de la Frise, familier des princes d'Orange-Nassau. Il avait fait ses classes de navigateur dans les îles de la Sonde, où la Hollande avait des concessions importantes, avant d'entreprendre des expéditions de traite dans le sud de l'Afrique occidentale, à l'intention des planteurs du Surinam.

De tout le repas, il n'eut ni un regard ni un mot pour Héraklès. Il manifesta même un plaisir pervers et ostentatoire à parler des « sauvages », qu'il semblait haïr. L'aversion que j'éprouvai pour lui après quelques heures d'entretien n'allait pas me quitter.

De toute la semaine qui précéda mon embarquement, Gabrielle ne me donna signe de vie : elle paraissait avoir renoncé à d'autres rendez-vous nocturnes comme à sa correspondance. Craignait-elle de laisser s'approfondir une passion naissante que notre séparation rendrait difficile à supporter ? Son escapade avait-elle été connue de sa maîtresse ? Avait-elle été déçue de nos premières étreintes ? Autant de questions qui m'obsédaient.

Nous avons appareillé à la mi-mai, par vent favorable. La *Licorne*, vaisseau de modestes dimensions à l'origine armé en cutter avec un mât unique, avait été, pour notre voyage, transformée en brick et dotée d'un mât supplémentaire et d'une dizaine de canons. Le navire se révéla bon marcheur, fringant et rapide. Le capitaine Vosmaer me confia qu'il s'était livré à son bord à des trafics interlopes entre Amsterdam et l'Irlande, à la barbe des gardes-côtes, et qu'il avait donné toute satisfaction. Il en parlait avec une joyeuse faconde de pirate.

L'importance de l'équipage – une trentaine d'hommes – me parut justifiée par les ambitions de l'armateur, qui comptait sur environ deux cents nègres, ce qui me paraissait excessif pour un vaisseau de ce tonnage. L'avoir équipé d'un entrepont pour loger les captifs risquait, en l'alourdissant, de ralentir sa marche, une fois sa cargaison à bord. Ses mouvements étaient assez souples et son gouvernail sensible, ce qui lui donnait une dérive modérée.

La *Licorne* me changeait de la *Vigilante* qui, au moment de louvoyer, partait par le travers autant que par l'avant.

Le capitaine Vosmaer sembla, dès les premières journées, tenir ses officiers et son équipage bien en main. Je n'eus qu'à me louer du chirurgien Le Moal, un Breton qui s'était intéressé aux maladies tropicales et avait garni sa pharmacopée de remèdes spécifiques.

J'avais sur les officiers, pilotins et novices un privilège qui suscitait quelques jalousies : je représentais l'armateur. Je n'allais pas tarder à comprendre que j'étais dans leur ligne de mire, que la moindre faiblesse de ma part me serait néfaste et qu'on n'hésiterait pas à provoquer les occasions de m'éprouver.

Lorsqu'un vent favorable gonfla nos voiles à la sortie de l'estuaire où nous l'avions attendu deux jours, il y eut un tel encombrement que nous faillîmes aborder par le flanc un cutter danois dont l'équipage nous couvrit d'injures auxquelles nous ne nous fîmes pas faute de riposter.

Durant deux jours nous voguâmes en compagnie de navires français qui se rendaient en droiture aux Iles d'Amérique. Nous les quittâmes pour prendre la direction du sud. Nous allions bon train, couvrant, en moins d'une semaine, trois cents lieues de mer.

Des difficultés se présentèrent alors que nous longions les côtes septentrionales de la péninsule Ibérique. Des vents violents nous mirent dans l'obligation de changer la voilure plusieurs fois par jour.

La fin du mois de mai nous trouva en vue de l'île de Madère, où nous restâmes trois jours à l'ancre dans le port de Funchal. Une semaine plus tard, nous eûmes connaissance de l'archipel des Canaries. Les caprices des courants nous jouèrent un mauvais tour en nous drossant sur le cap Bojador et la côte africaine, que le capitaine craignait d'approcher : outre les bancs de sable, ces parages étaient infestés de pirates maures querelleurs et pillards.

La terre d'Afrique... Elle se révélait à nous, sous un ciel implacable, par des immensités de plages et de dunes désertes, avec, par endroits, des ports de pêche misérables.

Dans les premiers jours de juin, nous avons arraisonné un navire bayonnais, la *Néréide*, capitaine Etcheverry. Cet officier monta à notre bord et partagea notre dîner. Il avait quitté la France une dizaine de jours avant nous et avait dû réduire sa voilure durant une semaine en raison d'une succession de tempêtes. Il partait pour une campagne de traite en Angola et craignait que son vaisseau, plus lent et lourd que le nôtre, ne prît encore du retard.

Peu après cette rencontre, alors que nous étions au large de la Mauritanie, le courant nous déporta vers la côte, truffée de bancs de sable, un véritable cimetière de navires que nous eûmes du mal à éviter en sondant toutes les heures.

A l'approche de l'île des Maringouins, nous fûmes arraisonnés au vent par un navire battant pavillon anglais, dont le capitaine monta à notre bord pour nous présenter ses civilités. De retour du Sénégal, il faisait voile vers les îles Canaries avec une bonne cargaison de nègres.

Nous avons mouillé l'ancre, quelques jours plus tard, dans un port du Cap-Vert, une terre qui ne m'était pas inconnue. Il avait fallu, pour approcher cette île, sonder en permanence pour éviter les récifs, qui nous donnaient des angoisses. Peu après avoir embarqué de l'eau et quelques produits frais, nous jetions l'ancre en l'île de Gorée, centre international de la traite, notre première escale sur le continent africain.

Notre voyage avait duré plus d'un mois, avec des fortunes diverses, mais sans événement grave, et nous avions parcouru, depuis Bordeaux, environ huit cents lieues.

Alors que le capitaine Vosmaer se rendait à terre pour rendre ses devoirs au gouverneur, nous fûmes assaillis par une nuée de nègres montés dans des pirogues, qui nous proposaient des fruits, des poissons frais, des petits singes et des filles. Je troquai deux canifs contre des goyaves et quatre aiguilles contre un panier d'oranges.

Nous avons passé les deux premiers jours de notre escale à remplir nos barils d'eau et à ramasser du bois pour la cuisine. Le gouverneur nous donna toutes les permissions nécessaires, en nous confiant qu'il aimait les Français autant qu'il détestait les Anglais, et que la population de son île était à l'unisson.

Le lendemain matin, une partie de l'équipage fut autorisée à descendre à terre. C'était un dimanche et la foule se pressait vers les églises en dansant, chantant et brandissant des foulards bariolés. Je m'y mêlai et n'allais pas le regretter, car la messe fut un spectacle digne de ceux que l'on donne dans nos campagnes pour la mi-carême.

Sortant de la nef fraîche et odorante et revenu à bord, j'appris que le gouverneur, monsieur Le Ménager, conviait notre capitaine et ses officiers à un souper dans ses jardins.

Des affaires lucratives entreprises en sous-main avec les Cohen l'avaient incité à leur témoigner à travers nous sa gratitude. Il souhaitait d'autre part, je l'appris par la suite, retarder le règlement d'une lourde dette envers eux.

Il nous traita comme des ambassadeurs, dans son palais proche de la rade, véritable oasis plantée de palmiers, ruisselante d'eaux vives, où des volières d'oiseaux chanteurs entretenaient une ambiance d'Eden retrouvé. On avait placé sous son autorité une garnison de quatre cents hommes afin d'assurer la bonne marche du commerce, alors qu'il se livrait pour son propre compte aux trafics interlopes à l'origine de sa fortune.

Ce n'est que le lendemain, avec quelque ménagement de notre part, qu'il fut question de la dette et de son remboursement. Elle consistait en numéraire et en fourniture d'un contingent d'esclaves. Le gouverneur nous fit promettre son règlement dans la semaine qui suivait.

Au sortir du palais, Vosmaer se répandit en imprécations :

— Ce jean-foutre est fidèle à sa réputation d'escroc, mais je ne le lâcherai pas, tonnerre de Dieu ! Il a tenté de nous rouler, mais nous lui ferons rendre gorge.

Nous avions appris que la veille, sous notre nez, il avait fait embarquer sur un navire danois une cinquantaine de pièces d'Inde !

Monsieur Le Ménager allait poursuivre ses opérations destinées à endormir notre méfiance en nous conviant, le lendemain, à la représentation d'une comédie de Voltaire, *Alzire*, aux chandelles, dans ses jardins, accompagnée d'un médianoche.

Ce genre de réjouissances, dont il usait fréquemment comme d'un narcotique, ne lui coûtaient guère : ses soldats lui ramenaient des villages voisins tout ce qui convenait à ces réceptions. Il les agrémentait de spectacles de danses africaines et donnait licence à ses domestiques, négresses, métisses ou négrillons, de satisfaire la lubricité de ses hôtes.

La perversité et la veulerie de Vosmaer m'horripilaient. Je compris vite que ses ruades a posteriori contre le « jean-foutre » n'étaient faites que pour donner le change, et qu'il était comme cul et chemise avec lui. Le gouverneur avait vite appris à manœuvrer ce lourdaud : il suffisait, pour le neutraliser et le mettre à sa botte, de le flatter, de lui donner son content de rhum ou de punch, ou de lui mettre dans les bras une des grosses négresses dont il raffolait.

Lorsque je tentais de lui rappeler ses devoirs, il m'envoyait paître en me traitant de « blanc-bec ». Je lui faisais observer que j'étais responsable auprès des Cohen des négociations avec le gouverneur et que je n'envisageais pas de repartir les mains vides ; il me répondit qu'il s'en foutait.

Décidé à sortir au plus tôt de cette embrouille, je demandai de mon propre chef audience au gouverneur et trouvai porte close : il venait de quitter son palais et n'avait pas indiqué sa destination ni la date de son retour. En me promenant dans les jardins, j'aperçus sa silhouette à travers une fenêtre ! Cela m'incita à persévérer dans mon siège, avec une telle obstination que j'eus enfin gain de cause.

Lorsque je fus admis dans son cabinet somptueusement aménagé, je crus qu'il allait m'embrasser. Il était désolé de m'avoir fait attendre, mais il avait un entretien « de la plus grande importance » avec un négociant arabe. Il me fit asseoir et sonna pour qu'on nous servît du punch et des pâtisseries.

— Heureux de vous revoir seul à seul, me dit-il. Je dois vous avouer que je préfère m'entretenir avec vous qu'avec Vosmaer. C'est sans doute un excellent navigateur, mais, entre nous, un rustre et un jouisseur.

Il ajouta, en agitant son éventail :

— Je suppose, mon ami, que vous souhaitez m'entretenir de cette fameuse dette...

— Telle est mon intention, en effet, lui répondis-je. Je ne compte pas quitter cette île en la laissant impayée. J'en suis responsable auprès de monsieur Cohen. Si je revenais les mains vides, je risquerais de me retrouver à la rue.

Il replia nerveusement son éventail, avala quelques gorgées de punch, puis, après avoir essuyé sur son visage la sueur suintant de sa perruque, il répliqua d'une voix molle :

— Je vous comprends, monsieur, mais je regrette votre suspicion à mon égard, après les traitements amicaux dont vous avez été l'objet de ma part. Rassurez-vous : je ne souhaite pas me soustraire à vos exigences, mais il se trouve que je suis provisoirement dans l'embarras, dépourvu de numéraire et de pièces d'Inde...

— Vraiment ? Vous venez pourtant, ce me semble, de livrer une cinquantaine de nègres aux Danois, et vous n'êtes pas au bord de la ruine, si j'en juge par l'éclat de vos réceptions, ce dont j'aurais mauvaise grâce de vous faire reproche...

Il alluma sa mèche pour riposter avec aigreur :

— La livraison dont vous parlez, monsieur, était prévue de longue date et je ne pouvais la retarder davantage. Alors, pour ce qui concerne mes engagements à votre égard, eh bien, il vous faudra patienter, de même que pour le numéraire.

— Soit ! Nous nous reverrons au retour de notre expédition en Gambie, dans un mois ou deux. En attendant, veuillez, je vous prie, mettre par écrit cet engagement, afin que je puisse témoigner auprès de mes employeurs, en cas de défaillance de votre part, que j'ai rempli la mission qu'ils m'ont confiée.

Il me dit en se levant :

— Je vais faire préparer ce document par mon secrétaire. Passez le chercher demain...

Je n'avais pas daigné informer Vosmaer de ma démarche, de crainte qu'il ne décidât de me suivre, et de brouiller les cartes par ses vantardises et sa faconde débridée. Il en fut informé le jour même par le gouverneur et me fit prier de le rejoindre dans sa cabine, où il me reçut avec une mine rogue qui annonçait l'orage. Il éclata à peine étais-je en sa présence :

— Ainsi, *mon petit monsieur*, on se permet de débiter des sornettes sur mon compte et de prendre des initiatives sans m'en tenir informé ? Avez-vous oublié que vous êtes mon subordonné ? C'est une faute gravissime. Vous allez la payer par les arrêts de rigueur. Oui, monsieur, aux arrêts !

Loin de me laisser impressionner, je ripostai :

— Faites-le donc, si vous l'osez ! Il faudra motiver cette décision pour vos officiers, en attendant de le faire pour monsieur Cohen. Je serais surpris qu'il vous donne raison, après tout ce que je lui dirai de vous.

— Vous êtes un paltoquet, monsieur !

— Et vous, capitaine, un jocrisse !

Il leva sa canne sur moi, mais elle resta en suspens. La colère éclatant sur son visage vultueux faisait monter une écume blanche à ses lèvres. Il s'écria :

— Foutez le camp, Dumoulin, et ne m'adressez plus la parole que pour le service, et quand je vous y autoriserai ! Dites-vous bien que vous ne perdez rien pour attendre...

Le lendemain, lorsque je me rendis au palais du gouverneur, le secrétaire m'annonça que celui-ci avait dû quitter Gorée pour régler une affaire urgente sur le continent, et qu'il resterait quelques jours absent. Je réclamai le document qu'il m'avait promis ; il n'avait pas eu temps de le dicter à son secrétaire.

En retournant à bord, j'étais d'une humeur de chien. Elle explosa lorsque je constatai, au moment de prendre mon quart, que mon bagage avait été fouillé. Je ne pouvais ignorer d'où venait le coup et ce que l'on cherchait : le document attestant du détail de la dette. Par précaution, je l'avais pris sur moi.

Je passais mes moments de liberté en promenades à travers la ville, seul ou en compagnie de notre chirurgien ou d'officiers, dont certains connaissaient déjà cette île.

Détachée du continent comme un fruit de sa branche, gorgée de soleil, Gorée est prise, jour et nuit, comme dans une écharpe de soie, par le vent du large ou le souffle ardent venu de la côte africaine, proche d'une heure environ en chaloupe.

On a vite fait le tour de cette île, longue de trois lieues environ et large d'un quart, qui semble avoir été jetée à la côte par une tempête. Avant les heures brûlantes de l'après-midi, je prenais plaisir à parcourir les marchés déployés dans les artères principales transformées en jardins. Je contemplais, drapées dans leur *boubou* chamarré, droites et majestueuses comme des reines, les femmes et les jeunes filles venues faire leur marché ou vendre leurs produits. Certaines marchandes, assises à même le sol, un petit singe sur l'épaule, fumaient de longues pipes africaines.

Monsieur Le Moal avait séjourné jadis dans cette île, peu après le retrait des Hollandais puis des Anglais, qui nous en avaient laissé la possession. Il avait acquis à bord une indépendance que personne ne lui contestait et que justifiait sa compétence. Il avait profité de chacune de nos escales pour herboriser et prenait plaisir à nous faire visiter sa pharmacopée, digne du cabinet de son maître, Paracelse, inventeur de « l'éternel printemps de l'homme » par ses thérapeutiques naturelles.

Je trouvai en lui un guide de quelques années plus jeune que moi, amical et disert. Sur les marchés, il s'arrêtait à chaque pas pour respirer ou goûter les épices et les herbes en échangeant quelques mots, dans leur dialecte, avec les vendeuses.

Il me raconta que la capitale de Gorée avait été détruite, une quinzaine d'années auparavant, par un énorme incendie qui n'avait laissé subsister que trois maisons de colons, bâties en pierres et en briques. Grâce à sa position de tête de pont des activités liées à la traite, elle s'était vite remise de cette catastrophe.

Il me fit admirer le palais qu'une *signare*, une négrière richissime, Cathy Louette, avait fait construire en marge de la ville. Elle faisait travailler les jardins de ce Versailles tropical par une escouade de cinquante jardiniers.

A chacune de nos promenades, nous étions assaillis par des groupes de négrillons sortis on ne savait d'où et qui s'accrochaient à nos basques jusqu'à ce que nous leur jetions une poignée de monnaie, qu'ils se disputaient dans la poussière, ou que nous les menacions de notre canne.

Des équipes de Noirs étaient occupées à paver l'artère menant au castel Saint-Michel, un reliquat des remparts à la Vauban, qui, hérissé de canons, prend appui sur les falaises basaltiques dominant la côte. Les autorités employaient à cette corvée épuisante, sous bonne garde, des nègres en attente de leur transfert en Amérique.

En marge de la ville indigène grouillante d'une population cosmopolite, qui en faisait une sorte de Babel africaine, la civilisation blanche étalait des villas et des bungalows surnageant dans une opulente végétation de palmiers, de flamboyants et de baobabs.

— Toutes ces belles demeures, me dit Le Moal, ont été édifiées grâce au sacrifice de milliers de nègres, et cela semble devoir durer ! Suivez-moi, François ! Je vais vous montrer une des *curiosités* de cette île, dont on aurait tort de se glorifier. On l'appelle la Maison des esclaves. J'ignore si nous y aurons accès, car on n'y entre pas comme dans un moulin.

De vastes dimensions et d'architecture baroque, cette bâtisse pouvait, vue de l'extérieur, malgré ses murs grossièrement badigeonnés d'un plâtre rosâtre écaillé par endroits, passer pour la résidence d'une *signare* ou d'un riche négociant.

Un gardien nous en ayant interdit l'entrée, Le Moal dut exciper de son état de chirurgien de la marine pour que la porte s'ouvrît.

De la cour est, flanquée d'un escalier à double révolution menant aux appartements du gardien-chef et de ses subordonnés, mon regard fut attiré par une porte étroite ouverte sur une image éblouissante de l'immensité océane, traversée de vols d'oiseaux blancs et de pirogues.

— On appelle cette ouverture, me confia Le Moal, la porte du Non-Retour. Les esclaves qui l'empruntent avant de monter sur un navire négrier doivent abandonner tout espoir de revoir un jour leur patrie.

Il venait de toute part des odeurs nauséabondes : celles que j'avais respirées dans l'entrepont de la *Vigilante*, au retour de la Guinée, et auxquelles j'avais eu du mal à m'habituer. On avait entassé dans les geôles de cette prison des nègres en attente du départ vers l'inconnu. La chaleur y était telle qu'on y suffoquait et que les captifs enchaînés étaient dans l'incapacité de bouger et même de se plaindre. Ils nous regardaient d'un air effaré, comme si notre présence annonçait leur départ imminent.

— Ce n'est pas la première fois que je visite ces lieux, me dit Le Moal, mais c'est toujours avec le même dégoût et la même horreur. Si l'on pouvait montrer cette image à l'Europe, je connais bien des négriers, honnêtes personnes au demeurant, qui cesseraient leur activité. Oui, mon cher, voilà le spectacle que nous offrent des nations qui se disent chrétiennes et ouvertes au progrès ! J'en ai honte...

Il ajouta, en me prenant le bras :

— Je vous en conjure, mon ami, ne répétez pas un mot à Vosmaer de ce que je viens de vous confier. Cette brute ne tolère pas que l'on conteste à son bord le principe de la traite. Il me l'a fait comprendre au départ de notre expédition. J'ai confiance en vous, et je souhaite que ma modeste expérience vous soit profitable...

Je le plaçai, sur le chemin du retour, devant cette équivoque : oubliait-il qu'il avait embarqué sur un navire négrier ?

— La contradiction avec mes convictions, me répondit-il, n'est qu'apparente. Je me souviens que saint Vincent de Paul, aumônier des galères royales, s'est évertué à réconforter et à soigner les galériens. Je ne fais que suivre sa voie. J'ai souvent du mal à faire admettre par nos négriers que le Noir est notre prochain.

Il ajouta, en passant un bras sur mon épaule :

— Mais vous-même, mon ami, que faites-vous donc sur cette galère, si je puis dire ? Il semble que vous non plus n'approuviez pas les méthodes de la traite, et pourtant...

— Je ne puis rien vous cacher. Ces méthodes, je les réprouve, mais je suis engagé sur un chemin qui m'oblige à les affronter. Je vais vous faire un autre aveu : je me suis juré que ce serait ma dernière campagne. Je tiendrai parole, quoi qu'il m'en coûte.

Il se pencha vers moi pour me confier :

— Ce voyage, qui, comme pour vous, sera peut-être le dernier, a pour moi un autre but que de jouer les saint Vincent de Paul : réunir une somme de documents qui me permettent d'en faire un ouvrage dénonçant ces pratiques, et de le faire imprimer, tout en sachant qu'il y va de ma vie.

— Qui pourrait vous en vouloir à ce point ?

— Ne faites pas l'innocent, François ! Vous savez fort bien que ce livre me fera tant d'ennemis que je ne pourrai quitter mon domicile sans risquer de me faire agresser par un nervi à la solde des armateurs. Mais si j'en réchappe, je poursuivrai ma lutte pour l'abolitionnisme et ne serai pas seul...

— Vous rêvez ! Autant vaudrait attaquer une batterie de canons avec des arbalètes. Je ne crois pas qu'on aille jusqu'à s'en prendre à votre vie. En revanche, vous risquez de vous retrouver à la Bastille, et il faudra autre chose que vos trompettes pour faire s'écrouler ces murailles !

— J'en suis conscient, mais souvenez-vous : sans remonter jusqu'au Christ, c'est ce qu'on disait d'un certain moine nommé

Luther. Il était seul, à ses débuts, à affronter Jéricho, et vous savez ce qu'il en est advenu...

Dans la soirée, nous avons repris notre conversation sur le pont, adossés à des rouleaux de cordage, face à un crépuscule qui peignait à fresque une chaîne de nuages et laissait éclore les premières étoiles. Le Moal avait dans sa réserve personnelle quelques bouteilles de cognac. Il en ouvrit une et me la tendit. J'avalai au goulot quelques rasades, et il fit de même. Je lui parlai de la négresse Makoua et du nègre Héraklès, afin de lui montrer qu'il ne pouvait m'assimiler à un négrier. Je faillis lui confier mes relations avec Gabrielle, une métisse, mais remis cela à plus tard...

— Il y a une belle âme sous votre défroque de négrier, me dit-il. Le Samaritain confronté aux juifs et aux Romains... Lorsque j'écrirai mon livre, je parlerai de vous et de vos exploits.

Il me raconta qu'il lui arrivait, entre deux campagnes, de se rendre à Paris et d'y retrouver quelques amis abolitionnistes qui, en se regroupant, constituaient un noyau dur capable de peser dans l'opinion. On y trouvait des écrivains, des philosophes, des historiens et même quelques ecclésiastiques.

— Notre but, après Voltaire, Diderot, Condorcet et quelques autres, me dit-il, est de semer le doute dans les esprits. Nous creusons des mines sous les murs de Jéricho pour faire éclater nos marmites. Cela fera, le jour venu, autant de bruit que les plaidoiries de Las Casas pour les peuples d'Amérique...

Je me fis l'avocat du diable en avançant des arguments spécieux :

— Je ne puis que vous encourager, mais avez-vous songé aux conséquences qui résulteraient pour l'économie de la suppression de l'esclavage ? Des milliers de colons devraient renoncer à exploiter des domaines qui ne tarderaient pas à retourner à la friche, des armateurs abandonneraient les ports, des négociants en produits exotiques fermeraient boutique et les consommateurs que nous sommes devraient se priver de denrées d'un prix devenu prohibitif...

Il étouffa un petit rire dans une gorgée de cognac avant de répondre :

— Je plains les amateurs de café, de sucre et de chocolat ! Vous allez me tirer les larmes, François ! Rassurez-vous : lorsque les esclaves des plantations seront libres et recevront un salaire, tout, peu à peu, rentrera dans l'ordre, et je serai le premier à m'en réjouir. Je me passerai difficilement de ces denrées mais serai en repos avec ma conscience.

Il ajouta, en allumant un cigare :

— Le croyant que je suis aurait aimé que l'Eglise suive le même chemin que moi. Hélas... Elle a fini par admettre que les Noirs ont une âme, mais son action s'arrête là. Condamner la traite serait s'aliéner la clientèle qui alimente ses bonnes œuvres. Vous n'ignorez pas que la plupart des familles de négriers entretiennent à domicile un séminariste ou un curé...

Il me raconta qu'à Paris, au cours d'un repas, il s'était fait un malin plaisir de poser une question à un grand prélat : « Monseigneur, comment pensez-vous que le Christ eût jugé l'esclavage ? » Réponse du prélat : « Rien dans la Bible ne condamnant ces méthodes, il ne m'appartient pas de les contester ! »

— Je n'ai rien répondu, ajouta Le Moal. Taper du poing contre une porte qui s'obstine à rester fermée est absurde.

Il était minuit passé et je devais prendre mon quart lorsque nous nous sommes séparés.

En arpentant le pont, la lunette dans ma ceinture, je songeais à Gabrielle.

Elle était présente à mon esprit à chaque heure du jour et parfois de la nuit, malgré les efforts que je faisais pour l'éradiquer. Persuadé de la retrouver à mon retour, je souffrais moins de son absence, posais des jalons sur notre futur et échafaudais des projets communs. L'épouser ? L'idée m'en venait parfois, mais je la repoussais au nom d'une vocation de célibat à laquelle j'aurais eu du mal à renoncer.

Combien de temps allait durer notre expédition ? Un an, plus peut-être, et vers quelle destination ? Notre campagne portait sur la Gambie, mais Vosmaer nous avait laissé entendre qu'il n'en ferait qu'à sa tête, ce qui ne laissait pas de me troubler.

Il nous disait, avec un gros rire :

« Mes amis, l'homme propose et Dieu dispose. Or, à ce bord, Dieu, c'est moi ! Si, souffrant de la soif, je vois une fontaine à proximité, personne ne m'empêchera de m'y désaltérer. Faites-moi confiance : je sais où trouver des nègres. Mon flair ne m'a jamais trompé. »

Lorsque je contestais le pouvoir suprême qu'il s'attribuait, il m'écrasait de son mépris.

Notre séjour à Gorée faillit se terminer pour moi de façon tragique.

Il existe, sur le fleuve Sénégal, en amont de Dakar, un territoire encore mal exploré, occupé par une population réputée pour son indépendance et sa sauvagerie.

Lorsque « Dieu le Père » nous confia sa décision d'envoyer une petite expédition dans les parages, pour en ramener non des nègres mais les produits frais que l'on ne trouvait à Gorée qu'à des prix prohibitifs, je regimbai : c'était beaucoup de risques pour peu de profit.

— Je ne reviens jamais sur mes décisions, me dit-il. Vous dirigerez cette expédition, avec notre chirurgien et quelques matelots. Vous prendrez des armes. On ne sait jamais... J'ai dit !

Je dus, pour ne pas envenimer nos rapports, céder à sa volonté. Quand nous partîmes, le temps était lourd comme de la poix et la brise sentait l'orage. Nous avions chargé à bord de notre canot des sennes pour la pêche et des fusils pour la chasse ou pour faire face à de mauvaises rencontres. Il y avait à bord, en plus de Le Moal et moi, l'enseigne Gérard et trois matelots.

Quelques heures avant la tombée du jour, nous avons engravé notre embarcation dans une anse du fleuve, au milieu d'une roselière, à l'abri de palétuviers géants. Le Moal fut le premier à sauter à terre avec sa boîte de naturaliste et son filet à papillons, tandis que Gérard et moi, laissant notre esquif à la garde des matelots, nous mettions en quête de gibier.

Cette première chasse fut prometteuse. Nous avons regagné notre canot porteurs de cobes des roseaux, d'outardes, d'une gazelle et d'un jeune phacochère. Le lendemain, notre senne nous ramena une pêche miraculeuse, dont un bébé crocodile que nous relâchâmes.

Le troisième jour, notre équipée allait prendre un tour tragique. Alors que nous achevions notre dîner à bord du canot, Gérard s'inquiéta du tumulte insolite et soudain agitant la tribu de singes qui nous tenait compagnie et nous divertissait de ses facéties.

Je demandai à mes compagnons de préparer leurs armes. A peine l'avaient-ils fait que des nègres entièrement nus surgirent de la sylve, hurlant et brandissant des sagaies.

Lorsqu'une de ces armes se planta dans la coque, j'ordonnai de tirer une salve dans le seul but d'intimider nos visiteurs, puis de profiter de leur surprise pour nous désengraver et filer au plus vite. Impressionnés par notre riposte, les nègres interrompirent leur provocation, d'autant que l'orage qui menaçait venait d'éclater, et disparurent dans la forêt.

A force de rames, nous avons gagné le large du fleuve, sous des bourrasques qui brassaient les arbres et nous déportaient. Il nous fallut le reste de la journée pour arriver en vue de Dakar et, à la nuit tombante, nous engager, au risque de chavirer, sur un océan démonté, à la merci d'une lame qui nous enverrait par le fond.

La nuit était profonde lorsque nous parvînmes aux abords de Gorée, à moins d'un quart de lieue de la *Licorne*, dont nous pouvions à peine distinguer les lumières. Pour attirer l'attention des hommes de quart, je fis tirer une salve afin de demander du secours. Mouillés de la tête aux pieds, épuisés à force de ramer en nous relayant, nous avons passé une demi-heure dans l'angoisse avant de voir venir à nous, dansant à travers l'ombre, la lanterne d'une chaloupe.

Fut-ce la conséquence de la fatigue que j'avais éprouvée ? Trois jours plus tard, j'étais en proie à l'attaque d'une fièvre que Le Moal qualifia de « bilieuse et inflammatoire », ce qui n'avait rien pour me rassurer. Les saignées ne m'apportèrent aucun répit, pas plus que l'émétique en grains. Je vomissais dans des efforts épuisants une bile noirâtre et fétide. Une occlusion intestinale se déclara, que mon chirurgien soigna avec des lavements de jus de tabac (« un remède de cheval, mais radical », à l'en croire), transformant mes souffrances en une torture qui m'arrachait des hurlements, comme une parturiente.

A partir du quatrième jour, je recommençai à m'alimenter par des bouillons et à avoir accès au pont. Un infirmier me confirma que des membres de l'équipage avaient été atteints de cette même maladie, la malaria, dont trois matelots et un novice étaient morts. J'ai encore dans l'oreille le grondement du canon et le bruit des corps glissant sur la planche avant de plonger dans l'océan.

Durant ma maladie, je n'eus pas une seule fois dans ma cabine la visite du capitaine, soit qu'il redoutât la contagion, soit qu'il me rendît responsable de l'échec de notre équipée : nous avions dû, pris par la tempête, nous délester d'une partie de notre chargement.

Jugeant l'atmosphère du bord néfaste pour moi, Le Moal obtint la permission de me faire descendre à terre et de me confier à un mulâtre, propriétaire d'une sorte d'auberge, qui accepta de me garder quelques jours contre une modeste rétribution.

Je passai cette convalescence à lire *Les Bijoux indiscrets*, de Diderot, et le *Journal de bord en la terre de Brésil*, de Jean de Léry, que mon ami m'avait prêté.

La chaleur tombée, je me hasardais dans les quartiers où se donnaient des fêtes populaires, et me saoulais d'un tintamarre assourdissant d'odeurs, de musique de balafons, tambours et flûtes, de danses endiablées, où l'on voyait tourbillonner des *boubous* aux couleurs éclatantes.

De retour à ma case, située au fond du jardin de l'auberge, je retrouvais le caméléon apprivoisé que je m'amusais à gaver d'insectes, de vers et des restes de mes repas. Il appartenait à une jeune négresse de la race foula, qui me faisait des agaceries que je dédaignais, ma santé ne me permettant pas de m'adonner au plaisir des sens.

Au début du mois de septembre, ce n'est pas sans regret que j'appris la décision du capitaine de lever l'ancre, afin de poursuivre notre campagne vers le sud de l'Afrique.

Il me restait quelques jours. Je les employai à déambuler, nez au vent, à travers la ville et ses écarts occupés par des villages de nègres pacifiques, vaquant à des travaux d'artisanat, et à noter sur mon calepin des détails pittoresques ou utilitaires. Il m'arrivait de passer une heure ou deux, allongé entre deux blocs de basalte, sous la forteresse du Castel, mon chapeau au ras des sourcils et un cigare aux lèvres, à rêvasser en regardant les mouettes voler dans un ciel d'un bleu tirant sur le violet, et des pirogues montées par des nègres glisser sur « la mer sombre couleur de vin », comme disait le vieil Homère.

Monsieur le gouverneur avait enfin cédé à mes instances répétées. La veille de notre départ, après s'être acquitté de la somme qu'il nous devait, il nous fit livrer une cinquantaine de captifs prélevés, je l'appris plus tard, dans la réserve qu'il avait installée sur la côte de Gorée qui fait face au continent. C'étaient des Toubas, des Fatiks et des sujets de race indéterminée enlevés dans la vallée du Bounoum, au nord du Sénégal.

Lorsque Vosmaer, daignant prendre conscience de mon retour à bord, m'adressa la parole, ce fut pour me dire :

— Vous aviez eu tort de vous alarmer, mon cher Dumoulin. Vous voyez, tout est enfin rentré dans l'ordre. Les bons comptes font les bons amis ! Faisons la paix, voulez-vous ?

Il me tendit sa main : elle était humide de sueur. J'avais l'impression de tenir un crapaud dans la mienne…

3

La route du Sud

J'aurais eu mauvaise grâce à me plaindre de ce début de campagne prometteur et acquis sans trop de peine.

Cinquante nègres, ce n'était pas rien, d'autant que, pour la plupart, c'étaient des mâles de belle apparence, qui ne paraissaient pas avoir souffert de leur captivité. Après les avoir examinés de la tête aux pieds, leur dentition surtout, notre chirurgien conclut, comme s'ils allaient être versés dans l'armée et qu'ils étaient « bons pour le service ». En revanche, il refusa, malgré l'obligation qui lui en était faite par contrat, de les estampiller au fer rouge, laissant aux futurs acquéreurs, disait-il, le soin de pratiquer cette « marque barbare d'infamie ». Il eut une querelle avec Vosmaer, mais obtint gain de cause.

Le capitaine nous opposait un silence empreint de mystère quant au but précis de notre prochaine campagne. Tout ce qu'il consentit à nous confier, c'était que nous allions vers le sud, que nous n'avions pas de souci à nous faire et qu'il tenait bon la barre !

Nous naviguâmes deux semaines sans éprouver de difficultés majeures, malgré quelques coups de chien, avant de jeter l'ancre devant l'île des Idoles, au large de la Gambie. Ce mince territoire, resserré entre Sénégal et Casamance, est occupé sur presque toute sa superficie par le fleuve qui porte ce nom. La côte, entre Gorée et la Gambie, constitue un piège infernal pour la navigation. Faisant alterner récifs et bancs de sable, il oblige à sonder toutes les heures. Le soleil plombant chaque moment du jour, l'équipage, épuisé par la chaleur, n'effectuait les manœuvres que mollement, et parfois sous la menace.

Nous trouvâmes dans notre mouillage trois navires, un français et deux anglais, l'un de ces derniers servant de geôle pour les nègres collectés par des rabatteurs.

Le navire français, le *Vengeur*, venait du Havre, avec monsieur Debeau comme capitaine. Vosmaer m'y envoya prendre des nouvelles. J'y reçus un accueil chaleureux. Comme la mer était houleuse et que la nuit tombait, le capitaine m'invita à son bord et me fit, au cours du souper, un tableau de la situation. J'en conclus que nous aurions du mal à nous procurer des nègres : les Anglais raflaient tout !

Lorsque, de retour sur la *Licorne*, je lui fis mon rapport, Vosmaer s'écria :

— Les Anglais ! Toujours ces maudits *Gottons* ! Il va falloir jouer serré. Quelle guerre nous en délivrera à jamais ?

Accablé par ce qu'il considérait d'avance comme un échec, il s'enferma dans sa cabine pour ruminer sa déception et tempêter à son aise. Au cours des réunions d'officiers, il se contentait de mâchouiller son cigare et d'avaler des rasades de tafia, comme étranger à l'affaire qui nous préoccupait. Lorsque nous le pressions de donner au moins son avis sur nos propositions, il bougonnait : « Patience, mes amis, cela demande réflexion. »

Sa prostration me préoccupant, j'interrogeai Le Moal sur son état. Il me confia qu'il lui tirait du sang régulièrement, examinait ses déjections sans rien déceler d'alarmant, sinon une propension excessive à la boisson et à la bonne chère.

— Si notre capitaine est malade, me dit-il, c'est surtout dans sa tête, et là, je suis impuissant. D'ailleurs, il se moque de mes avertissements et de mes remèdes.

Profitant d'une embellie dans nos rapports, je tentai, au cours d'entretiens à la sauvette entre deux quarts, de m'informer auprès de lui de son état. Je n'en tirai que des marmonnements excédés et quelques mots, toujours les mêmes : « Fichez-moi la paix, Dumoulin, je me porte comme un charme. *Je réfléchis...* »

— Ce que je crois, me dit Le Moal, c'est qu'il a le mal du pays. Il me parle parfois, quand il est ivre, de sa femme qu'il a laissée en Hollande. Cette campagne sera la dernière, et il ne supporte pas l'idée qu'elle puisse se solder par un échec.

Il y avait chez cet étrange personnage un autre mystère que je mis du temps à déceler.

Il savait, par des discussions avec des navigateurs ou par ses lectures, que les premiers explorateurs de la Gambie, les Portugais, étaient remontés loin en amont du fleuve et, au cours de palabres avec des chefs de tribus, avaient appris que dans le Fouta-Djalon, où la Gambie prenait sa source, se trouvait une cité fort ancienne, dont les toits étaient couverts de tuiles d'or. Les Portugais partis à la recherche de cet eldorado étaient revenus bredouilles ou n'étaient pas reparus.

Vosmaer se prenait-il pour un nouveau conquistador et souhaitait-il ramener en France, à défaut de nègres, les trésors du Fouta-Djalon ? C'est ce que nous n'allions pas tarder à apprendre.

Sous le prétexte, somme toute logique, de se procurer des esclaves, il fit armer une de nos chaloupes pour effectuer des incursions en amont de Banjul, sur des territoires qu'il estimait avoir échappé aux Anglais. C'était un projet dangereux, des guerres endémiques opposant les roitelets et les chefs de tribus des parages.

Je l'accompagnai de mauvaise grâce dans ces randonnées, estimant qu'il eût été plus judicieux de nous informer des mauvaises affaires de notre courtier de Banjul et de tenter d'y trouver remède.

Nous étions reçus avec des grimaces dans les chefferies, où des roitelets arrogants, entourés de leurs femmes et de leurs ministres, trônaient dans un décor guerrier orné de têtes de morts. Les négociations étaient difficiles. Nous nous heurtions, malgré des présents offerts en pure perte, à la même réponse : plus de nègres, ou à des prix dépassant nos disponibilités...

Assisté d'un interprète, Vosmaer tenait d'interminables palabres avec ces grands personnages et en revenait la mine sombre et l'humeur massacrante. Le jour où il me dévoila son projet de rassembler une flottille de pirogues et de remonter le courant à force de rames vers le Fouta-Djalon, je m'y opposai et lui annonçai que cette folie se ferait sans mon aide. Il vomit des injures et me menaça des arrêts.

A quelques jours de là, il me convoqua dans sa cabine, non pour régler un détail du service, mais pour me livrer son obsession : l'or du Fouta-Djalon.

— Je sais, me dit-il, que vous ne m'aimez guère, pas plus que moi, d'ailleurs, mais vous êtes, à mon bord, le seul à qui je puisse me confier. Ce que j'ai à vous dire, ne le prenez pas à la légère, je vous prie...

Sa confidence me laissa perplexe, moins par son contenu que par l'idée qu'il ait pu avoir la faiblesse d'esprit de croire à cette légende. Il me dit, en tapotant avec sa mine sur une carte datant d'un siècle ou deux :

— Mes entretiens avec les chefs que nous avons rencontrés me confirment que cette contrée regorge d'or. S'ils se sont montrés réservés en évitant de me donner des détails précis, aucun ne s'est moqué de moi.

— Alors, lui répondis-je, pourquoi n'ont-ils pas eux-mêmes remonté le fleuve pour conquérir cet eldorado ?

— Innocent ! Parce que cette lointaine contrée est occupée par des populations encore sauvages, dont ils n'ont pas les moyens de se défendre. Croyez-moi, Dumoulin : avec une flottille d'une dizaine de pirogues, des armes et un peu d'artillerie, nous pourrions conquérir ces territoires et revenir en France riches comme Crésus !

Il avait prévu l'itinéraire de cette expédition : il remonterait le fleuve Gambie jusqu'au massif de Tamgué et se mettrait en quête des mines d'or qu'il situait, j'ignore pourquoi, dans les parages de Bambouk, dans le Wamgara.

Gardant toujours la tête froide, je lui répondis que cette affaire ne pouvait être étudiée qu'en France, avec l'accord du roi, le concours de financiers, et qu'il conviendrait de créer une compagnie pour exploiter les mines. A nous seuls, l'aventure était trop dangereuse, même pour une simple reconnaissance. Les financiers ne consentiraient à hasarder des fonds qu'à condition d'avoir des preuves formelles de l'existence de ces mines. Les avait-il ?

— Nom de Dieu, s'exclama-t-il, tu sais bien que non ! Souviens-toi de Christophe Colomb. Avait-il des preuves de l'existence de l'Amérique quand il s'est embarqué pour la première fois ? Je me fie à mon flair. Ai-je assez répété qu'il me trompe rarement ?

Quant à confier cette affaire aux financiers...

— Ces charognards ! Il ferait beau voir qu'ils s'emparent de mon projet !

Il se mit à tourner en rond en lâchant des bouffées de fumée entre deux imprécations contre ces brigands, les messieurs des compagnies. Puis, posant ses lourdes pattes d'ours sur mes épaules, il me jeta au visage, avec son haleine fétide :

— Oui ou non, Dumoulin, croyez-vous à ce projet ?

— C'est non, capitaine. J'en suis désolé, mais je ne crois ni aux rêves ni aux contes. Vous partirez sans moi, si vous partez, ce dont je doute.

Il fit le tour de la table, se laissa choir dans son fauteuil et jeta son cigare à la mer.

— Foutez le camp, Dumoulin ! Vous m'avez trahi...

Je restai trois jours sans le revoir, alors qu'il devenait urgent de trouver des nègres, ce qui semblait ne plus le concerner. La colère commençait à gronder parmi les officiers et nous avions à craindre une mutinerie de l'équipage, inquiet de notre inaction. Quant à nos nègres, leur état nous tracassait, la chaleur dans l'entrepont étant insoutenable.

Rien n'est pire que les conditions de vie sur un vaisseau ancré dans un estuaire boueux, au cœur des tropiques, figé dans une chaleur gluante, au risque de voir son équipage décimé par une épidémie de malaria.

Une autre déception nous attendait.

De mon propre chef, accompagné de l'enseigne Gérard, je me suis rendu à Banjul, localité sordide de la rive gauche, au débouché de l'estuaire, pour y rencontrer notre courtier. Il avait fermé boutique et s'était envolé, sans que personne pût nous dire où le trouver. Nous avons passé la nuit dans une infâme auberge qui avait l'apparence d'un bordel, à nous battre contre les assauts des filles et, la nuit venue, des moustiques.

Nous étions encore dans la saison des pluies, qui va de juin à octobre. Chaque soir, le ciel plombé nous envoyait des averses diluviennes et tiédasses qui faisaient fumer le pont comme un solfatare, sans apporter un soupçon de fraîcheur.

Le *Vengeur* avait levé l'ancre trois jours après notre rencontre, à destination du Mozambique, avec une maigre collecte d'une vingtaine de nègres. Le capitaine Debeau m'avait avoué qu'il répugnait à des expéditions de traite dans l'arrière-pays, livré à des guerres tribales entre Mandingues, Canors et Peuls, ce qui créait un climat permanent d'insécurité.

Face à l'apathie du capitaine Vosmaer, j'ai réuni les officiers pour décider d'une réaction, la première étant d'envisager une destitution, en appuyant cette mesure de motifs rigoureux afin de ne pas faire croire à une mutinerie. Ce n'est pas sans un sentiment d'angoisse que j'avais pris cette décision qui allait faire de moi le maître du vaisseau et le responsable de cette campagne qui s'annonçait désastreuse.

La réunion se déroula en présence du capitaine et dans une ambiance lourde de rancœur. Avec ménagement, je m'efforçai de lui faire comprendre qu'il avait à choisir entre reprendre sa mission ou y renoncer. Nous avions décidé de lui laisser une semaine pour se ressaisir ou nous donner sa démission, mais je fus agréablement surpris de constater qu'il comprenait notre attitude et ne s'en formalisait pas outre mesure.

— Eh bien, soit ! nous dit-il. Il est évident que nous ne pouvons rester plus longtemps inactifs. Nous allons donc, dès demain, poursuivre notre campagne sur la rivière Kifi-Barre.

Nous avons échangé des regards consternés. Pourquoi, lui demandai-je, avoir choisi ce cours d'eau, qui ne se situait qu'à une quinzaine de lieues de l'île des Idoles ? Sa réponse nous laissa interdits : il y avait dans les parages des possibilités de ramener de l'or, ce dont l'avait informé le mulâtre qui nous livrait des vivres frais et qui, nous dit-il, connaissait cette contrée « comme sa poche ».

J'avais parfois le sentiment d'être, comme les autres membres de l'équipage, un ludion soumis aux aléas du hasard et des circonstances, du climat et des hommes. Dans la métropole, on décide et on exécute ses projets, avec plus ou moins de bonheur il est vrai, mais avec conviction et librement. Sous ces latitudes, on ne s'appartient plus ; on y est en permanence le jouet des caprices de la nature et des hommes.

Si je me livre a posteriori à ces amères réflexions, c'est que le sort allait s'acharner sur notre expédition, et sur ma personne en particulier, et que, dans les semaines qui suivirent, j'allais échapper dix fois à la mort. Si l'enfer avait un nom, ce serait Afrique.

Plutôt que de susciter une fronde, nous avons consenti, de mauvaise grâce, cela va sans dire, à monter une expédition vers la fameuse rivière Kifi-Barre.

Nous avons trouvé dans les premiers jours un fond propre à naviguer sans être appelés à sonder à tout va. Je n'avais trouvé trace de cette rivière sur aucune de nos cartes.

Le cours de cette rivière était d'une telle étroitesse qu'en certains endroits les arbres géants des deux rives se rejoignaient pour former une voûte végétale.

Après deux jours d'une navigation qui ne manquait pas d'agrément, nous avons jeté l'ancre dans une petite rade naturelle, d'une profondeur convenable, au décor de sylve oppressante où pullulaient singes et volatiles. Quelques pirogues rangées sur la berge témoignaient de la présence d'un village d'une cinquantaine de cases, ce qui laissait présager une bonne collecte.

Nous avons mouillé une chaloupe montée par le capitaine en grande tenue, trois officiers, dont l'enseigne Gérard, Le Moal, des matelots chargés de présents et un interprète métis loué à Banjul.

Nous étions tombés sur une importante tribu de Croumanes, une peuplade dont nous ignorions l'existence mais qui avait appris à connaître les Blancs. Le chef accepta de nous recevoir dans sa case d'honneur. Vieillard obèse, au visage parcheminé où floconnait une barbe blanche, il était entouré, comme partout ailleurs, de ses femmes, de ses officiers et du sorcier. Il nous gratifia d'un sourire et de quelques compliments apprêtés, pour nous remercier de notre pacotille, sur laquelle il daigna à peine jeter un regard.

Un courtier portugais, qui vivait à demeure dans la tribu, nous ôta nos illusions : nous avions été devancés par un navire de Liverpool qui, la semaine précédente, avait enlevé une centaine de nègres. Nous devrions nous contenter d'un reliquat d'une dizaine de têtes, et pas de premier choix ! En examinant les produits de troc que nous comptions proposer au chef, il fit la fine bouche : nos lingots de métal n'offraient guère d'intérêt ; des armes auraient mieux convenu, mais nous en étions dépourvus, à l'exception de celles que nous portions.

— Des armes ! s'écria Vosmaer. Et pourquoi pas, pour les femelles de ce vieux magot, des robes de nos meilleurs couturiers, de la vaisselle de la Compagnie des Indes et des perles de Ceylan ?

— Sans vouloir vous vexer, capitaine, répondit le courtier, les

Anglais avaient des produits de troc de meilleure qualité et payaient cher la marchandise.

— Merde pour les Anglais ! Moi, Joost van den Vosmaer, je vous le dis, je ne vais pas baisser les bras. J'irai chercher des nègres là où vos Anglais ne vont pas, et j'en ramènerai, même si nous devons faire usage de mes armes !

— Faites donc, capitaine, mais, comme on dit en France, vous risquez d'y laisser des plumes...

Le Moal avait remarqué, dans l'entourage du roi des Croumanes, une singulière créature : une femme obèse atteinte d'un éléphantiasis, une maladie qui donnait un volume surprenant à ses jambes. Il apprit qu'elle était sorcière et guérissait du mauvais sort en pressant un ulcère soigneusement entretenu, pour en faire suinter une sanie qu'elle offrait à déguster dans une cuillère de bois à ses patients.

— Elle m'a convié, me dit-il, à déguster cette médecine naturelle, mais je m'en suis abstenu, vous devinez pourquoi...

En errant dans le village, accompagné de deux matelots armés et du courtier, je tombai en arrêt devant une case de vastes dimensions, entourée d'une haute palissade et gardée par deux colosses armés de lances. Je crus qu'il s'agissait du palais royal ; le courtier me détrompa : cette habitation était réservée à des amazones cloîtrées, vouées à un célibat forcé et qui parfois prenaient part aux combats. Si l'une d'elles fautait, l'enfant né de ses ébats illicites était sacrifié.

Il semblait que notre capitaine se fût tout à fait réveillé de son apathie et eût retrouvé son ardeur passée, ce qui, a contrario, risquait de l'entraîner à des excès. C'est ainsi que nous dûmes le dissuader de mettre le roitelet en demeure, sous la menace de nos armes, de nous livrer des esclaves et de l'or, ce qui eût entraîné une bataille dont il n'est pas sûr que nous ayons réchappé, les Anglais leur ayant livré quelques fusils.

Nous ne pouvions le juger entièrement responsable de l'échec de ces négociations. Les Cohen n'avaient pas tenu compte des nouvelles exigences des chefs noirs et des négociants arabes ; les produits destinés au troc étant peu variés et encore moins attrayants. La sympathie que les Africains nous témoignaient, plus qu'aux Anglais ou aux Hollandais, n'entrait pas en ligne de compte et ne remplissait pas notre entrepont.

Ce que voulaient ces « sauvages », c'étaient les armes et les munitions qui assureraient leur suprématie sur des contrées où régnait une instabilité permanente des pouvoirs. Par souci de moralité autant que d'économie, on avait refusé d'en embarquer. De plus, alors que nous séjournions à Gorée, Vosmaer aurait pu négocier l'achat de *guinées*, ces étoffes appréciées des épouses de chefs de tribus. Il n'y avait pas songé, et personne d'autre que lui non plus...

Vosmaer avait raison de dire qu'il ne fallait pas baisser les bras, et le courtier partageait son avis : l'Afrique était une source inépuisable d'esclaves en puissance.

— Chaque jour ou presque, nous dit-il, des caravanes conduites par des Arabes, venues du Soudan et de la région des grands lacs, arrivent sur la côte. Le tout est d'être là au bon moment. Les Anglais y excellent...

J'avais assisté, à Gorée, à l'arrivée d'une de ces caravanes, et j'étais poursuivi par le souvenir de ces malheureux, hommes et femmes, qui, ayant traversé des déserts et des forêts liés entre eux par une longue perche, avaient de la peine à avancer malgré la menace du fouet. Il fallait des jours pour qu'ils reprennent l'apparence d'êtres humains et soient présentables pour la vente.

Une nouvelle altercation me fit affronter Vosmaer, qui me tenait en grande partie pour responsable de nos échecs.

— Le représentant de l'armateur que vous êtes, *monsieur*, me dit-il, aurait dû veiller au choix du matériel de troc. Par votre faute, nous voilà dans de beaux draps ! Nous avons quitté Bordeaux depuis un an, et voilà le résultat...

J'assaisonnai ma riposte d'une pointe d'ironie :

— Mais vous-même, *monsieur*, qui avez bourlingué à travers le monde, jusqu'aux îles de la Sonde, et prétendez tout savoir des mœurs des sauvages, vous auriez pu nous mettre en garde et veiller à la bonne qualité de notre fret. Je n'en suis quant à moi qu'à ma deuxième campagne de traite, mais j'en sais autant que vous, c'est-à-dire peu de chose !

Par cette réplique, je faisais allusion à un entretien que j'avais eu, à bord du *Vengeur*, avec monsieur Debeau. Il m'avait dit :

« Je n'ai guère de sympathie pour votre capitaine. C'est un joyeux drille, un bon compagnon de beuveries, mais un vantard et un imposteur. Dans les îles de Java et de Bornéo, il s'est contenté de faire du cabotage. Quant à la traite, je suis persuadé qu'il en ignore tout. Vos employeurs ont fait un bien mauvais choix... »

Vosmaer comprit qu'il valait mieux pour lui ne pas envenimer cette querelle, de crainte que je ne lui serve son paquet devant nos officiers, dont certains riaient sous cape. Je n'allais pas tarder à comprendre qu'il me gardait rancune de mes propos.

Revenus dans l'estuaire avec notre maigre butin, nous avons quitté l'île des Idoles à la fin de mois de décembre pour poursuivre notre campagne plus au sud, en évitant la Guinée surexploitée. Vosmaer était persuadé que nous aurions plus de chance en prospectant les côtes de la Sierra Leone (la « Montagne du Lion ») que sur ces grands marchés.

En mouillant en rade d'un vaste estuaire, nous avons eu la surprise mitigée de nous trouver en présence de deux vaisseaux français : le *Duc-de-Praslin*, capitaine Amonais, et la *Belle-Sophie*, capitaine Bellouen, venant tous deux de Bordeaux. D'autres navires, d'origine anglaise, étaient présents : une affluence qui constituait un mauvais présage pour notre campagne.

Le *Duc-de-Praslin* avait déjà traité trois cents nègres, et la *Belle-Sophie* une centaine.

Au cours d'une réception à notre bord, monsieur Bellouen, après avoir demandé à voir la qualité de notre marchandise de troc, soupira :

— Je ne veux pas vous décourager, mais avec des produits de cette qualité vous n'obtiendrez pas grand-chose. A moins que, les Anglais repartis, vous ne restiez quelques mois, ne remontiez ce fleuve, à vos risques et périls, ou ne descendiez vers l'Angola...

Vosmaer le prit de haut, disant qu'il n'était pas tombé de la dernière pluie et qu'il savait mieux que quiconque à quoi s'en tenir. Monsieur Bellouen répondit à cette bravade par un haussement d'épaules.

— Soit ! dit-il. Agissez à votre guise, je vous aurai prévenu. A bon entendeur...

Le lendemain, sans avoir mis pied à terre, nous avons plongé droit vers le sud, par une mer brumeuse et agitée. Après quelques jours de navigation hasardeuse, nous avons affourché nos ancres devant les îles Banana, dans l'immense baie de Yawri.

Lors d'une descente à terre à bord d'une chaloupe, Vosmaer tomba en arrêt devant un canot à moitié envasé et sérieusement avarié, propriété, semblait-il, d'un trafiquant. Il eut l'idée saugrenue d'en marchander l'acquisition avec le négociant portugais possesseur de cette épave, lequel se fit une joie de s'en débarrasser à bon compte.

Ce canot non ponté n'avait pour tout abri sur le devant qu'un auvent de cinq à six pieds. Le tracter sur la rive, le caréner, le gréer en goélette nous prit trois jours, avec l'aide du Portugais. Comme ses dimensions n'auraient pas permis de le hisser à bord de la *Licorne*, il allait nous suivre comme un caneton accompagne sa mère.

Je restais perplexe quant à l'usage que Vosmaer comptait en faire, quand je l'entendis avec stupeur me dire, d'un air faussement joyeux :

— Monsieur Dumoulin, vous allez monter en grade ! Savez-vous qui j'ai choisi pour commander ce *bâtiment* ? Vous, mon ami !

— Vous plaisantez, capitaine ?

— Nullement ! Vous rêviez d'être capitaine ? Je vous en donne l'occasion.

Il ajouta, d'un ton autoritaire :

— Monsieur Dumoulin, c'est un ordre ! Tant que je serai maître à bord de la *Licorne*, je vous somme d'obéir !

Ruminant cette humiliation, je montai à bord de mon *bâtiment* en compagnie d'un calfat, d'un novice et de quelques hommes d'équipage, avec comme provisions de bouche du biscuit, de la viande salée, des fruits et un barillet de tafia. Je n'eus garde d'oublier mon octant et mes cartes, pour le cas où je me trouverais séparé de notre vaisseau. J'avais pris dans ma ceinture la valeur de soixante livres en pièces d'or lusitaniennes.

Nous avons levé l'ancre au début de janvier, par temps clair. Un joli vent nous permit de voguer sans encombre à une encablure de la *Licorne* durant deux jours, en suivant la côte. Le troisième jour, les choses se gâtèrent. Sur les quatre heures de relevée, une bourrasque brassa la mer et nous éloigna de notre vaisseau. Nous passâmes une nuit affreuse, embarquant des lames, écopant à tour de bras dans une nuit profonde et sans le moindre repère.

Le jour venu, la tempête s'étant calmée, nous avons constaté avec effroi que nous étions seuls au milieu d'une immensité grisâtre, sans une ligne de côte et sans un navire en vue. Nous avons passé trois jours à louvoyer à la voile entre des îlots et des récifs, sans trouver trace de notre vaisseau.

Je me souvins qu'au cours d'une réunion avec ses officiers Vosmaer avait décidé, pour une raison indéterminée, de changer de cap et de remonter vers la Gambie. Il avait justifié ce caprice par l'incertitude et le danger qu'il y avait à faire voile vers des côtes peu fréquentées et dangereuses pour la navigation et la traite.

C'est donc le chemin que je fis prendre à mon canot. Ma carte me donnait environ deux cents lieues de mer. Il nous fallut trois jours, en rationnant la nourriture, pour nous retrouver devant l'île des Idoles où nous accostâmes pour faire provision d'eau et de vivres frais.

Les trois jours que nous passâmes sur cette côte, après les

épreuves qui avaient failli nous coûter la vie, furent un enchantement. L'endroit était agréable, ombragé, avec, à deux pas, un petit village de pêcheurs, lesquels nous accueillirent comme des naufragés.

En revanche, malgré quelques incursions que nous fîmes dans les parages, nous ne trouvâmes aucune trace de la *Licorne*. Le capitaine d'une frégate d'origine française, le *Saint-Pierre*, qui avait mouillé au large d'un important village de cases, accepta de nous accueillir à son bord mais nous traita comme si nous lui apportions la peste ou la malaria. Monsieur Duclos, c'était son nom, ne daigna pas nous inviter à sa table et nous fit comprendre que notre présence était indésirable : les lois de la navigation lui interdisaient de nous rejeter, mais son équipage était au complet. Le fait que je fusse capitaine en second d'un navire de traite appartenant à monsieur Cohen le laissa indifférent. Quand je lui demandai d'être traité comme tel, il me rit au nez. Je compris qu'il me soupçonnait d'être un vagabond des mers ou un déserteur, et d'avoir volé ce canot pour m'évader ! Mes dénégations n'y firent rien, pas plus que l'or que je lui versai pour notre pension à titre de passagers. Nous n'aurions d'autre asile que le pont ou l'entrepont, où gémissaient une cinquantaine de nègres !

Je couvris monsieur Duclos d'insultes. Il me montra la coupée et, m'ayant rendu mon or, m'invita à vider les lieux avant qu'il ne m'y contraignît par la force. Je repartis seul, mes compagnons d'infortune, le calfat et le novice, ayant choisi de rester à bord.

Lors de l'escale de la *Licorne* à l'île des Idoles, j'avais lié connaissance avec un courtier d'origine bretonne, monsieur Le Gonidec, qui menait une existence de pacha dans une habitation en bois d'apparence européenne et de modestes dimensions mais coquette et bien pourvue en mobilier issu de l'artisanat local.

Mon hôte consentit à m'accorder son hospitalité dans une case de son jardin, au milieu de celles de ses domestiques. Aussi inconfortable que fût ma situation, je la jugeais préférable à celle du *Saint-Pierre*. Ouverte à tous les vents, cette cabane l'était aussi à toutes les variétés d'insectes que secrètent forêts et marécages : moustiques, cousins, mouches tsé-tsé, dont la piqûre est redoutable, et araignées, plus dangereuses encore, au point d'occasionner la mort.

J'eus une compagnie plus agréable en la personne d'une jeune esclave mandingue que Le Gonidec mit gracieusement à ma disposition pour ma nourriture. Liliane, fille d'un roi de la rivière Saloum, avait des allures de princesse et un corps qui me rappelait celui de Gabrielle. Elle ne crut pas déchoir en épouillant toutes les parties de ma personne habitées par la vermine, ne répugna pas à m'éventer durant la sieste et moins encore à me tenir compagnie la nuit venue, en interprétant, s'aidant d'une sorte de cithare faite d'une écaille de tortue, des chants lourds de nostalgie.

Elle avait pour compagnon un singe *galago*, un prosimien arboricole recueilli alors qu'il avait la dimension d'un écureuil, et qui avait pris celle d'un chat. Au cours de nos ébats nocturnes, il se tenait perché sur une traverse dominant notre couche et gémissait comme s'il assistait à un pugilat.

J'étais depuis une semaine l'hôte de Le Gonidec et serais bien resté volontiers quelques semaines de plus, quand je reçus la visite de monsieur Lemierre, le capitaine en second du *Saint-Pierre*, qui s'apprêtait à appareiller.

— Je suis venu, me dit-il, vous présenter mes excuses et celles de mes collègues, pour l'accueil de notre capitaine. Nous avons insisté pour qu'il accepte de vous prendre à son bord et vous fasse bonne figure. Nous avons eu, par vos compagnons d'aventure, la confirmation de vos dires. Vous serez accueilli comme l'un des nôtres et prendrez vos repas à notre table.

J'acceptai avec joie cette invitation qui me tirait d'un mauvais pas, fis mes adieux à Liliane, à monsieur Le Gonidec, à qui je laissai mon canot en témoignage de ma gratitude, et suivis monsieur Lemierre dans sa chaloupe.

Je constatai, en gagnant le *Saint-Pierre*, que le capitaine en second détestait son supérieur, dont il me parla en termes sévères :

— Monsieur Duclos, me fit-il, est un capitaine *d'occasion*. Il ignore tout de l'Afrique et mène la traite comme s'il s'agissait d'un marché de la métropole, au point de confondre une Foula et une Peule ! Il n'a fait à ce jour que de la navigation et du cabotage entre Le Havre et Terre-Neuve.

Le *Saint-Pierre* quitta l'île des Idoles à la mi-mars.

J'avais de bons rapports avec les officiers, qui n'avaient pas tardé à me considérer comme l'un des leurs, malgré la défiance persistante de monsieur Duclos, qui ne m'adressait la parole qu'à lèvres pincées. Il aurait pourtant dû m'être reconnaissant de lui avoir procuré l'octant et les cartes marines dont il était dépourvu.

Je lui rendis d'autres services qui le firent changer d'attitude à mon égard, en lui évitant une révolte des esclaves qu'il transportait, et les méfaits d'une tempête.

Un matin, à l'infirmerie où je me trouvais pour des maux de ventre, j'avais surpris, entre deux nègres, une conversation qui m'intrigua. Ils s'exprimaient dans le dialecte mandingue dont, au cours de mes pérégrinations, j'avais appris quelques bribes. Leurs intentions me parurent évidentes : il se tramait une révolte.

Il en était sur le *Saint-Pierre* comme sur tous les vaisseaux de traite : chaque matin, les esclaves avaient droit à une heure de liberté sur le pont, pour s'aérer, se dégourdir et faire toilette à grands seaux. Ils pouvaient ainsi, grâce en partie aux femmes, dont les gardiens se méfiaient peu, recenser les outils qui pourraient à l'occasion servir d'armes contondantes.

J'informai monsieur Lemierre de ma découverte. Ayant mené son enquête, il constata que les esclaves avaient commencé à limer leurs fers grâce aux outils volés par des femmes, et avaient recouvert les traces de leur acte par de l'étoupe.

Les meneurs que j'avais désignés furent couchés sur le fût d'un canon, fouettés devant leurs congénères, et la révolte fut étouffée dans l'œuf.

Je me distinguai à une autre occasion.

Alors que nous voguions au large de la Casamance, je vis venir à nous, du fond de l'horizon, un de ces phénomènes redoutables qu'en termes de marine on appelle des « grains blancs ». Je conseillai à monsieur Lemierre de faire diminuer la voile. Le capitaine s'y opposa, disant qu'il ne voyait rien qui pût nous donner de l'inquiétude.

Il dut, peu après, convenir que j'avais vu juste, en apercevant au loin des vagues dressées comme un mur sur une mer d'une coloration blanche insolite, alors que le vent n'avait pas pris d'ampleur.

Ce fut aussitôt le branle-bas ! Il fallut haler les bonnettes en dedans, carguer les perroquets, fermer l'artimon et autres mesures de rigueur. Il n'était que temps. Un coup de vent soudain ébranla la frégate, qui s'inclina à prendre l'eau sur le plat-bord. Après qu'une habile manœuvre du timonier l'eut fait se relever, nous courûmes sous la misaine, où nous restâmes durant deux heures, fouettés par des bourrasques, puis le temps redevint serein.

Il nous restait encore, des côtes d'Afrique à celles de Saint-Domingue, où le *Saint-Pierre* devait livrer son contingent d'esclaves, environ trois cents lieues. Nous n'avions plus à redouter que des calmes qui eussent retardé notre route, durant des jours peut-être, et eussent provoqué de graves difficultés quant à la nourriture de la chiourme, de même que la nôtre. Rien de tel n'entrava notre route et, sur la fin du mois d'avril, nous fûmes en vue de la grande île.

Mon premier soin en débarquant fut de m'informer auprès des autorités portuaires, à propos de la *Licorne*. On n'avait pas eu connaissance de sa venue, alors qu'elle avait plusieurs semaines d'avance sur le *Saint-Pierre*, à croire qu'elle s'était perdue corps et biens au milieu de l'Atlantique !

Soucieux de rentrer au plus vite en France, je pris contact avec monsieur Marsac, le capitaine de l'*Espérance*, un navire du Havre. Ayant fait le plein de fret pour le retour et accueilli un groupe de passagers, il accepta de me prendre à son bord.

Je pris avec émotion congé des officiers, de monsieur Lemierre en particulier, mais sans un mot pour monsieur Duclos qui, alors qu'il était mon obligé, persistait à m'accabler de son mépris. Je laissai à son bord mon calfat et mon novice, avec quelque argent pour subvenir à leurs besoins le temps qu'ils resteraient à terre.

Le nom de monsieur Marsac ne m'était pas inconnu. Je m'étais souvenu de l'avoir rencontré l'année précédente, en compagnie de mon père, avec qui il semblait nourrir de bons rapports. Nous avions même séché ensemble une chopine de vin. Originaire de Lalinde, en Périgord, il avait fait ses classes à La Rochelle, puis à Rochefort, avant de prendre du service chez les Cohen, puis chez un armateur du Havre.

Il m'invita dès le premier soir à dîner à sa table, avec ses officiers. C'était un bel homme proche de la trentaine, chaleureux et disert, tiré à quatre épingles et droit comme les Piliers de Tutelle. Il m'invita à lui conter mon odyssée, ce qui me prit une bonne heure. J'aurais poursuivi cette relation si la fatigue n'avait eu raison de moi.

Il me confia qu'il avait eu connaissance des exploits de Joost van den Vosmaer. On le tenait dans le milieu de la navigation pour un imposteur et un hurluberlu, aussi apte, me dit-il, à commander un navire de traite que lui, Marsac, à labourer la terre. Comment une telle réputation n'avait-elle pas mis la puce à l'oreille à mon père et à Aaron ? Le capitaine s'en montrait aussi surpris que moi.

— Il ne sévira plus longtemps, me dit-il. Sa réputation a fait le tour de notre confrérie, si bien que je serais surpris qu'il puisse reprendre du service, sauf à faire du cabotage sur les côtes de la Baltique.

— C'est une certitude, lui dis-je. J'ai appris de sa bouche qu'il allait, après cette dernière expédition, se retirer dans sa campagne. Je serais capable de l'agresser, de le tuer peut-être, si je le retrouvais. Il ne m'a pas épargné les humiliations, mais il est allé trop loin en cherchant à se débarrasser de moi par des moyens odieux. J'ignore où il peut être à l'heure qu'il est, mais je le retrouverai et lui ferai payer ses forfaits.

— M'est avis qu'il a évité le Cap-Français pour aller livrer sa cargaison aux Antilles. Vous le retrouverez sans doute à Bordeaux, sur son retour. Vous pourrez, en réunissant quelques témoignages, le faire condamner pour abus d'autorité et brimade envers un subordonné...

Monsieur Marsac m'apprit une nouvelle qui ne me surprit ni ne me chagrina : la mort de monsieur David Cohen. Il me révéla de même qu'Aaron, après avoir pris la direction des affaires, allait se marier avec la fille d'un tanneur de Bergerac. La nouvelle m'intrigua : dans le milieu des armateurs, on se marie entre soi, en évitant la roture. Aaron avec la fille d'un tanneur ! J'imaginais les vagues d'indignation que ce choix avait dû soulever dans cette société ségrégationniste, close comme un phalanstère.

— Il semble, ajouta monsieur Marsac, qu'avec Aaron les choses dussent évoluer favorablement. Il a l'intention d'imiter les armateurs anglais et de doubler la coque de ses navires avec des plaques de cuivre afin d'accroître leur vitesse et d'éviter que les mollusques ne s'y accrochent. Il a aussi, je crois, l'intention de se montrer plus vigilant dans le choix de ses officiers. Chat échaudé...

L'envie me démangeait de lui demander s'il avait des nouvelles de Gabrielle, mais j'hésitais, pour ne pas lui donner l'impression que mes préoccupations sentimentales prenaient le pas sur mes fonctions. Je doutais d'ailleurs qu'il pût la connaître, peu familier qu'il était des salons de la bonne société bordelaise.

Je pris un biais pour lui demander s'il avait eu des rapports avec la famille Lewenson.

— Lewenson... Lewenson... me répondit-il. Il s'agit, je suppose, de cette famille juive de Bordeaux... Je n'ai pas eu de relations suivies avec ces gens, mais, peu avant mon départ, je fus invité à une réception destinée à marquer l'armement d'un de leurs vaisseaux, en partance, je crois m'en souvenir, pour l'Angola.

Je me hasardai à m'enquérir s'il avait rencontré dans l'assistance une jeune métisse faisant office de demoiselle de compagnie : Gabrielle.

— Certes, me dit-il, une fort jolie fille... Comment ne pas la remarquer ? Eh bien, je vous annonce qu'elle m'a présenté l'élu de son cœur, un capitaine de hussards ou de dragons. Il semble qu'il s'agisse d'un mariage arrangé, et que...

Il s'interrompit, me prit la main.

— Eh bien, mon ami, qu'avez-vous ? Vous voilà soudain tout pâle. Un verre de rhum vous remettra...

Je le remerciai et, prétextant une faiblesse due à ma fatigue et à mes soucis, je me levai en m'appuyant au bord de la table pour gagner ma cabine.

Notre séjour au Cap-Français allait durer une semaine, monsieur Marsac attendant une livraison de tabac de Cuba et de sucre des plantations du Petit-Goave.

J'en profitai pour rendre visite à Irène Malgloire, mon hôtesse lors de ma première escale au Cap-Français, histoire de dissiper mes idées noires. Elle m'embrassa avec sa fougue habituelle.

— La dernière fois que je t'ai vu, me dit-elle, tu ne portais pas la barbe... Faut dire que ça te va bien, mais, diable ! comme tu es maigre et as mauvaise mine... T'aurait-on mal nourri à bord ?

Nous avons bavardé pendant une heure devant une bouteille de rhum.

— Misère, mon garçon ! Tu bois comme si tu avais un

chagrin d'amour à oublier ! Tu as raison : c'est le meilleur remède que je connaisse, mais faudrait pas que ça dure.

Je lui demandai la permission d'aller cuver mon ivresse dans son hamac attaché à deux arbres.

J'aurais aimé rendre visite à mes anciens amis, Henri Pierson à Port-de-Paix et Fabrice de Montvert, à Port-au-Prince, mais il m'aurait fallu plus d'une semaine, et je ne tenais pas à manquer le départ de l'*Espérance*.

Je macérais dans des humeurs noires à la pensée que mon idylle avec Gabrielle s'était évanouie comme sous un coup de vent. L'idée de la revoir avait renforcé mon courage dans les moments difficiles. Elle perdue à jamais, je me sentais comme dépossédé de ma propre existence, léger et inutile, telle une feuille morte.

Pourtant, une petite lumière d'équivoque relançait de temps à autre mon souhait de la retrouver. Monsieur Marsac m'avait laissé entendre que le mariage de Gabrielle s'était fait sans son consentement, mais une vague balayait cet espoir : son capitaine de hussards ou de dragons allait l'entraîner dans une ville de garnison, ce qui rendait illusoire la moindre possibilité de la revoir.

Je tentai de me consoler de ce que je considérais comme une trahison avec les filles du bordel de négresses situé en bas du fort. J'y restai quelques jours à prendre mes repas, à dormir et à boire, et autant de nuits en compagnie d'une fille. Je constatai que ma virilité n'avait pas été affectée par mes épreuves physiques et ma peine de cœur.

Un soir, alors que j'aidais monsieur Marsac à faire le compte d'une livraison de bananes vertes, je croisai le capitaine du *Saint-Pierre*, monsieur Duclos. Il fit mine de ne pas me reconnaître, mais, l'ayant abordé hardiment, je lui servis son paquet. Il ne broncha pas et me dit simplement :

— Fichez-moi la paix, Dumoulin ! Vous n'êtes qu'un insolent et un ingrat. Je souhaite ne jamais vous revoir.

J'ai répliqué :

— Renoncez à naviguer, monsieur, et allez cultiver votre jardin. Là au moins vous serez à votre place...

Monsieur Marsac ayant eu du mal à débrouiller une affaire de dettes avec des colons chipoteurs, notre départ fut retardé, si bien que l'*Espérance* ne put appareiller qu'au début de juin. Il était satisfait des résultats de sa campagne. Ses nègres s'étaient vendus, me dit-il, « comme des petits pains ».

Notre débouquement se passa sans obstacles, de même que la traversée. J'aidai à la manœuvre et partageai le régime des officiers, ce qui me permit d'imposer silence à mes tempêtes intérieures. Avant de m'endormir, je lisais à la chandelle des livres puisés dans la modeste bibliothèque du bord. On y trouvait surtout des ouvrages religieux, le capitaine étant un catholique fervent.

Je me hasardai, en aparté, à lui demander comment il parvenait à concilier ses convictions religieuses avec sa condition de capitaine négrier. Sans paraître surpris ni choqué de ma question, il y répondit en me citant un texte d'un auteur du Moyen Age, issu d'une grande famille romaine, Egidio Colonna, devenu précepteur du roi Philippe le Bel : « Les gens qui n'ont ni loi ni gouvernement tiennent davantage de la bête que de l'homme, et peuvent, légalement, être asservis. »

Il ajouta :

— Ces gens dont parle Colonna, ces sauvages, sont des créatures de Dieu. Notre devoir est donc de les tirer de leur condition bestiale pour leur apprendre le travail et le devoir, qui sont la base de notre société. Si je n'avais pas été dans la traite, marié et père de famille, j'aurais été missionnaire.

— J'ai le plus grand respect pour les missionnaires, qui paient souvent leur foi d'un martyre. Ce qu'ils font me semble plus humain que d'arracher les nègres à leur patrie, moins pour en faire des citoyens que pour les utiliser comme bêtes de somme...

Il éclata de rire quand je voulus citer Voltaire pour appuyer ma conviction.

— Vous me la baillez belle ! Ce bon Voltaire, le roi des hypocrites, ne voyait dans les nègres que des *animaux* plus ou moins évolués, et avait la conviction qu'ils naissaient des rapports des négresses avec des singes ! Me croirez-vous si je vous affirme que je les respecte et que je suis opposé à toute violence inutile envers eux ?

— Je ne me permettrais pas d'en douter, mais vous les livrez à des colons qui, eux, n'ont pas vos scrupules. J'ai assisté à des scènes révoltantes...

Il soupira :

— J'en ai conscience, mon ami, et j'en souffre, mais nous sommes dans une société mercantile et non dans un paradis à la Rousseau. On y fait de bonnes affaires avec de mauvais procédés. Qu'y puis-je ? Je ne puis condamner la traite, puisque j'en tire mes revenus, tout comme vous, mon cher, mais j'en réprouve les excès. Un jour viendra où les esclaves seront affranchis, mais je ne serai plus de ce monde, et vous non plus sans doute. Ces sauvages sont moins malheureux sur les champs de canne que la plupart de nos paysans ; souvenez-vous des *animaux farouches* dont parle La Bruyère, contraints à se nourrir de racines !

Il ajouta :

— Il se fait tard. Rompons là, voulez-vous ? A la réflexion, nous partageons, avec quelques nuances, la même conviction. Que cela ne vous empêche pas de dormir...

J'avais, ce soir-là, d'autres soucis en tête...

Alors que nous approchions du continent, il me dit, en partageant avec moi les dernières rasades de rhum :

— Monsieur Dumoulin, vous avez été pour moi un agréable compagnon de route et un ami. J'aimerais que nous nous revoyions. Vous savez où me trouver. A Libourne, où mon père a fondé un atelier de charpenterie pour la marine. J'aurai plaisir à vous présenter ma femme et mes enfants.

Je lui en fis la promesse, sans être certain de pouvoir la tenir.

CINQUIÈME PARTIE

1

La dame du Château-Trompette

Clos-Gabrielle, automne 1818

Les vendanges ont passé comme une joyeuse tornade, avec des jours de labeur harassant. Il nous est venu de l'océan des grains qui n'ont pas interrompu la tâche de mes journaliers mais les ont contraints à patauger dans une terre grasse et à revenir le soir trempés comme des soupes, chaussés de cothurnes de boue, mais de bonne humeur.

J'ai participé, dans la mesure de mes forces, jambes nues, au foulage du raisin au cuveau. J'aime cette pratique qui nous ramène aux origines de l'humanité, quand la Palestine, Rome et la Gaule étaient couvertes de vignobles, et où l'on foulait aux pieds comme on danse. Je me plais à imaginer le vieux Noé, le roi David, Homère entonnant des hymnes bachiques en pressant la vendange.

Le premier jus de raisin ne laisse rien percer des qualités du vin qu'il précède. Il faut attendre une semaine avant de se faire une idée. Je crains que le cru de cette année ne soit pas exceptionnel : trop de sécheresse, puis des pluies diluviennes. Aimé Chassagnac, lui, pavoise, alors que nos vignes sont voisines et nos cépages quasiment identiques. Il doit avoir des secrets que le viticulteur d'occasion que je suis ignore.

Il est venu, après la pluie, un coup de froid qui risque de retarder la fermentation. Il faudra patienter avant que le moût commence à bouillir. Chaque matin, je colle l'oreille à mes cuves pour entendre sa chanson.

Les fûts, dont quelques-uns tout neufs, sont prêts à recevoir le vin. Ils sont en bois des pays baltes, supérieur, à ce qu'on dit, à ceux du Limousin ou du Périgord, qui n'ont d'autre avantage que d'être plus proches de nous et de mieux convenir aux gosiers britanniques. C'est du moins ce que prétend Aimé Chassagnac.

Le passage de la cuve à la futaille est une opération délicate. Il convient de ne pas bondonner les tonneaux, afin que le vin ne fuie ni n'explose. Il faut poser sur la bonde une feuille de vigne ou de figuier recouverte d'une poignée de sable ou de terre. C'est ainsi que devaient procéder nos ancêtres les Gaulois...

Je me souviens de la fête qui, jadis, accompagnait la première dégustation, de la joie de Blanche quand je soutirais le nouveau cru et lui tendais la coupe pleine. La voir danser dans le chai, à moitié ivre, faisait ma joie.

Comment pourrais-je l'oublier ?

L'*Espérance* mit un peu moins d'un mois pour rallier Bordeaux, après une traversée calme, agrémentée par la présence d'acteurs et d'actrices, de retour d'une tournée dans les Iles, qui nous donnèrent des spectacles de nuit sur le pont, aux chandelles. Ah, la voix de Phèdre se perdant dans les étoiles...

J'avais l'impression, en touchant la terre ferme, de n'avoir quitté Bordeaux que depuis une semaine ou deux. J'y retrouvais l'ambiance du port et des quais, l'animation, les odeurs de détritus montant de l'eau grasse et celles de friture venant des auberges. D'un campement de nomades me venaient d'aigres musiques de violons et des chants. La navette des débardeurs semblait n'avoir pas cessé depuis mon départ ; il y avait parmi eux quelques nègres dont les femmes admiraient la carrure.

Rien n'avait changé, mais rien n'était comme avant.

Alors que je reprenais machinalement le chemin de la rue où les Lewenson ont leur domicile, il me semblait traîner un boulet à chaque pied. Des nègres en livrée discutaient avec des éclats de voix devant le grand portail au fronton orné de masques aux formes négroïdes et la façade aux fenêtres délicatement festonnées. Un carrosse s'avança ; il en descendit un couple que je n'eus guère de mal à reconnaître : un notaire du quartier de Saint-André et son épouse. Qu'aurais-je fait s'il s'était agi de Gabrielle et de son capitaine ? Je m'éloignai en me disant que je n'avais rien à faire en ces lieux.

Quelques heures plus tard, de retour sur le port, je remerciai le capitaine Marsac de son hospitalité et lui proposai de régler mon voyage comme le simple passager que j'étais. Il s'y refusa en souhaitant que le hasard nous remît en présence, peut-être à l'occasion d'un autre voyage. Je lui offris un souper au Chapeau-Rouge et tâchai de faire bonne figure malgré la peine qui me taraudait.

— Qu'allez-vous faire après cette aventure ? me demanda-t-il.

Du diable si je le savais ! Retrouver ma famille en premier lieu, puis Aaron, qui, comme Dieu le Père, déciderait de mon sort, après avoir pris connaissance de mon odyssée. Plus rien ne m'importait de ce qu'il allait faire du naufragé que j'étais, en quelque sorte. Je me sentais comme un somnambule errant sur les toits et menacé d'une chute dans le vide.

Je comptais sur Aaron pour m'éclairer davantage sur les circonstances qui avaient provoqué le mariage de Gabrielle.

Lorsque je me présentai à son domicile, le portier eut du mal à me reconnaître, de même les secrétaires et les commis. Je demandai à voir Aaron ; il recevait des fournisseurs venus de Gascogne livrer des alcools, des pâtés truffés et des prunes à la liqueur. Il en aurait, me dit-on, pour l'après-midi.

J'en profitai pour me mettre en quête d'un logement, celui dont j'avais résilié la location avant mon départ étant occupé. Le concierge m'en indiqua un autre, dans les parages, chez les sœurs Charpentier. Je m'y rendis sans plus attendre.

La maison était vétuste et étroite, pressée comme un livre entre des immeubles de rapport appartenant aux Cabarrus et aux Couturier. Une vieille servante au visage engoncé dans un nuage de dentelles répondit à mon coup de sonnette et me conduisit à l'étage où résidaient ses maîtresses.

Je me trouvai en présence d'adorables petites vieilles à peine ridées, roses et affables. Après que je me fus fait connaître comme capitaine en second sur un navire des Cohen, l'une des deux s'écria :

— Emma ! Un marin... Tu rêvais d'en héberger un, il me semble. Tu vas être comblée.

— Entrez, monsieur... pardon : capitaine ! dit Emma. Mettez-vous à l'aise. Nous allions prendre notre chocolat. Si cela vous tente...

Je m'assis devant une fenêtre qui donnait sur un établissement religieux que, sous cet angle, je ne reconnus pas. L'autre sœur, Odile, avait posé sur un guéridon le livre qu'elle était en train de lire. Je reconnus par la couverture un roman de Gautier de La Calprenède, *Cléopâtre*.

En buvant mon chocolat et en prêtant une oreille distraite aux jacasseries des deux vieilles filles, j'avais l'impression de feuilleter un de ces catalogues de mode périmés que jadis mon frère Germain envoyait à notre sœur Blanche. Elles étaient grasses sans être obèses, fort vives dans leurs mouvements et leur faconde. Elles avaient dû être assez jolies au temps de la Régence, dont elles avaient gardé la mode agrémentée de fanfreluches et colifichets de fausses perles.

Elles interrompaient de temps à autre mes réponses à leur curiosité pour réprimander les trois carlins qui me sautaient sur les genoux et lapaient le chocolat jusque sur mes lèvres et le bord de ma tasse.

Lorsque je m'enquis du montant de la location et demandai à visiter mon futur appartement, elles se concertèrent derrière leurs éventails et lâchèrent un prix qui me fit sourire tant il me semblait dérisoire. J'eus droit au règlement intérieur :

— Nous devons vous prévenir, capitaine, me dit Emma, que vous logerez dans une maison respectable, et qu'en conséquence...

Je la rassurai : mon intention n'était pas d'y attirer des « créatures ». L'affaire conclue, je me dis qu'il convenait que je visite mon logis, où je comptais aménager dès le lendemain. La servante m'y précéda.

Les deux pièces qui m'étaient réservées étaient assez vastes mais à ce point encombrées d'un mobilier hétéroclite et inutile que j'aurais eu du mal à m'y déplacer. J'avais l'impression de pénétrer dans l'arrière-boutique d'un brocanteur ou d'un antiquaire. Je me dis qu'une seule pièce, celle qui comportait une cheminée, me suffirait et que j'entasserais dans l'autre les meubles dont je n'aurais pas besoin.

Sa réunion terminée, au début de la soirée, Aaron m'ouvrit ses bras pour une accolade fraternelle.

— François ! s'écria-t-il, comme j'ai plaisir à te revoir ! Je te croyais... On m'a dit que... Peu importe ! L'essentiel est que tu sois de retour. Entre donc ! Il me reste un peu de temps avant le souper...

Il me fit asseoir près de lui sur un sofa, m'offrit des cigares du Brésil – ses préférés – et du vin. Me souvenant qu'il m'avait autorisé à le tutoyer, je lui dis, en allumant mon cigare :

— T'aurait-on laissé entendre que j'avais disparu en mer ou je ne sais où ?

— C'est cela : disparu en mer, au cours d'un naufrage, entre la Dominique et Porto Rico. C'est ce que j'ai entendu de la bouche d'un capitaine revenant de Saint-Domingue. Ce qui me ravit mais me surprend, c'est que tu sois le seul rescapé ! Que s'est-il passé, dis-moi ? Mon père avait pourtant confiance en Vosmaer, et...

— Confiance mal placée, Aaron. C'est un incapable et un

imposteur. Ses certificats ? du vent ! Ses campagnes de traite ? des mensonges éhontés ! C'est la vérité. Quel intérêt aurais-je à te raconter des balivernes ?

— Mais la *Licorne* était un bon vaisseau, il me semble...

— Belle allure, soit, mais il ne fallait pas y regarder de trop près. Elle était en tout cas inapte à la traite.

— Diable, diable ! Encore un exploit de mon pauvre père... Il est vrai qu'à la fin de sa vie il n'avait plus toute sa tête et qu'il était facile de le berner. J'aurais dû m'intéresser davantage à cet armement, mais il n'aimait guère qu'on conteste ses décisions.

Je tentai de le rassurer sur le sort de la *Licorne*, dont la perte aurait pesé sur ses finances. Rien n'indiquait avec certitude qu'elle eût fait naufrage. Il y avait un exemple : un brick, la *Jeanneton*, que l'on croyait perdu, était reparu avec deux mois de retard, sans graves avaries et avec toute sa cargaison.

Il tritura nerveusement son cigare.

— Je veux bien te croire, mais dis-moi : combien Vosmaer ramenait-il de nègres ?

— Lorsqu'il s'est débarrassé de moi, sa cargaison n'en portait qu'environ une centaine. Il comptait faire escale à Gorée pour la compléter. J'ignore, et pour cause, s'il y est parvenu.

— Que veux-tu dire ? Il se serait *débarrassé* de toi ? Et comment t'es-tu retrouvé sur l'*Espérance* ?

Je soupirai.

— C'est une longue histoire. Elle va te surprendre.

— Retrouvons-nous pour dîner en ville. Je veux tout savoir sans plus tarder sur cette mystérieuse affaire...

En arrivant au Chapeau-Rouge, où je l'attendais, il paraissait excité comme s'il avait un frelon dans sa culotte.

— Je suis débordé de travail, me confia-t-il. Tu n'imagines pas dans quel état j'ai trouvé nos comptes lorsque j'en ai hérité. Nous allions droit à la banqueroute ! Outre qu'il n'entreprenait plus rien, mon père laissait péricliter ses affaires, en pensant : « Après moi, le déluge ! » Je me suis trouvé devant une situation telle que j'ai failli passer la main et céder notre maison à un autre armateur ! Cabarrus était sur les rangs, mais j'ai tenu bon, car j'avais envisagé de me marier.

Il m'invita à lui donner des détails sur mon odyssée. Il m'écouta en avalant ses huîtres, avec des regards vers le plafond, qu'il accompagnait de « Diable ! », « Incroyable ! », « Comment est-ce possible ? » et autres « Cet homme devait être fou ! »...

Lorsqu'on nous apporta les pâtés truffés du Périgord, il se pencha vers moi comme pour me faire une confidence ou plutôt avec l'air d'en attendre une de moi.

— Je suis surpris que tu ne me parles pas de cette fille, Gabrielle, la servante des Lewenson ? Il y avait quelque sentiment entre vous, il me semble. Je suppose que tu n'en as plus de nouvelles...

— Et pour cause ! Monsieur Marsac m'a appris qu'elle allait se marier si ce n'est déjà fait. Les nouvelles, c'est de toi que je les attends. A-t-elle quitté Bordeaux ?

— Pas du tout ! Elle loge avec son mari, Hector de Vermeil, qui vient d'être nommé gouverneur du Château-Trompette.

Je faillis avaler de travers un morceau de pâté. Mon trouble n'avait pas échappé à Aaron.

— Je te mets en garde, me dit-il en souriant, pour le cas où tu souhaiterais refaire sa conquête. Monsieur de Vermeil est jaloux comme un tigre, et c'est le meilleur bretteur de la province.

Je me défendis mal d'en avoir l'intention. Je n'allais pas donner l'assaut à cette forteresse, comme dans les romans du Moyen Age, pour enlever ma belle !

Alors qu'on nous servait le jambon de Westphalie, je fis dévier notre entretien sur sa situation matrimoniale. Son visage s'assombrit. Il me confirma qu'il avait eu du mal à faire accepter par sa famille sa liaison avec la fille du tanneur de Bergerac, qui, outre qu'elle n'appartenait pas à la tribu d'Israël, était peu fortunée. Il avait dû se battre et menacer, si l'on persistait à le décourager, de quitter sa maison pour aller soigner un vignoble qu'il possédait à Pomerol.

— Je ne regrette pas mon obstination, me dit-il. Outre que

Sophie avait une dot convenable, elle s'est montrée une épouse peu rancunière envers les miens et conforme à ce que j'attendais d'elle. Elle vient de me donner une fille, Francine.

Il ajouta, ex abrupto :

— Je suis surpris que tu ne me demandes pas de nouvelles de ton protégé, Héraklès. Eh bien, il nous a quittés pour s'établir comme maréchal-ferrant, à Montussan, près de Libourne. Il semble qu'il soit bien accepté par la population et ne manque pas de clients. Il a épousé une fermière du coin qui ne répugnait pas à vivre avec un nègre. Rends-lui donc visite. Il sera heureux de te revoir.

Alors qu'on nous servait les fromages, il me prit de court en me demandant ce que je comptais faire.

— J'avoue, lui répondis-je, que je n'en ai aucune idée. Peut-être d'ailleurs est-ce à toi de me le dire. Comptes-tu me garder à ton service ?

Il protesta, disant qu'il s'était mal exprimé ou que j'avais mal compris sa question.

— Considère ma maison comme ta famille, François. Souhaites-tu retrouver ton cabinet ou repartir pour une nouvelle campagne ? A toi de choisir ! Prends le temps de réfléchir. J'avoue que tu me serais utile ici pour mes affaires, mais si tu souhaites reprendre la mer, je ne m'y opposerai pas. J'ai d'ailleurs quelque idée à te proposer. Nous en reparlerons. En attendant, je t'accorde une quinzaine de repos. Tu l'as bien mérité...

Quand je me présentai au domicile de mon père, le lendemain, il n'était pas encore revenu de son travail sur les quais.

Margot était seule avec Suzanne, et mal réveillée de sa sieste. Elle resta bouche bée en me voyant apparaître.

— Toi, François ! s'exclama-t-elle. Dis-moi que je ne rêve pas ! On dit à Bordeaux que...

— ... que j'ai fait naufrage avec la *Licorne* ? Eh bien non, tu vois. Ce n'est pas mon fantôme qui vient te rendre visite.

— Et tu comptes rester longtemps à Bordeaux ?

— Aussi longtemps que mon employeur voudra de moi.

Elle tenait dans ses bras un nourrisson et le berçait pour qu'il cesse de vagir. Quand je lui demandai si elle faisait office de nourrice, elle éclata de rire.

— Regarde bien ce chérubin, François. On dit qu'il te ressemble. C'est ton demi-frère, Lucien. Tu sembles surpris... C'était dans l'ordre des choses, et nous ne comptons pas, ton père et moi, en rester là...

J'appris que mon père se portait « comme la tour Pey-Berland », qu'il gagnait bien sa vie et avait retrouvé sa belle humeur.

Margot me donna des nouvelles de Germain et de Blanche, qui vivaient à Paris, l'une de son talent et l'autre d'expédients. Ils n'écrivaient que pour se plaindre de ce que la vie dans la capitale était chère et qu'ils n'arrivaient pas à joindre les deux bouts.

— Si je n'y mettais le holà, dit-elle, ton père se ruinerait pour rembourser les dettes de jeu de *monsieur Germain* et les caprices de *mademoiselle Blanche* ! Généreux comme il l'est, il se saignerait aux quatre veines plutôt que de les savoir dans la gêne. Quand il a parlé de vendre sa vigne du Médoc, louée à un voisin, Aimé Chassagnac, j'ai protesté et menacé de le quitter. C'est là que nous nous retirerons, quand il aura l'âge de la retraite ou qu'il ne pourra plus travailler.

J'ai observé une larme sur la joue de mon père quand il m'a serré dans ses bras. Persuadé que j'avais disparu, il m'a assailli de questions, et j'ai dû, comme je l'avais fait avec Aaron, lui servir le récit de mon aventure, au cours du souper. Il me dit, alors que je me préparais à regagner mes pénates :

— Mon fils, tu as devant toi un homme heureux...

Je venais d'avoir trente ans et l'envie de reprendre le collier ne tarda pas à me harceler. Chaque jour, ma première promenade me menait sur le quai, où je retrouvais mon père devant l'entrepôt des Cohen, assis, une plume à la main, sous un auvent, devant sa table couverte de registres. Le port connaissait une vie plus intense que jamais. Des navires de toutes nationalités s'alignaient sur la berge ou à une encablure au large, attendant leur tour de toucher au port.

J'occupai une partie d'un temps qui ne m'était pas mesuré dans le cabinet de lecture auquel je m'étais abonné et qui m'informait des nouvelles du royaume et de nos provinces.

J'avais acquis la certitude que le roi Louis XVI n'était pas un mauvais homme, mais qu'il souffrait de n'être pas maître de son entourage. Nul n'aurait osé le traiter de satrape comme son grand-père, le Bien-Aimé, qui ne l'était guère sur la fin de ses jours. N'était le manque d'attention qu'il portait à la reine, Louis eût été le meilleur des hommes.

Il faisait convenablement son métier de roi, aimait sincèrement son peuple et souffrait de la misère dans laquelle il macérait. Il s'intéressait à l'économie, favorisait les grandes entreprises, envoyait des navigateurs dans les terres lointaines, aidait les *Insurgents* américains à se libérer du joug de Londres... On se gaussait de l'indolence de ce grand et gros garçon plus occupé de ses travaux de ferronnerie que de son épouse, mais cela ne valait-il pas mieux que d'entretenir des favorites, comme ses prédécesseurs ?

J'avoue que l'envie me prit de rejoindre en Amérique les troupes de La Fayette et de Rochambeau, afin de me venger des mauvais tours que les Anglais nous jouaient, notamment dans le commerce des esclaves. En cédant à cette attirance, j'aurais perdu l'amitié d'Aaron, qui attendait beaucoup, me disait-il, de notre collaboration. A vrai dire, si j'étais un bon navigateur, je craignais de n'être pas un bon soldat. Et si j'aimais la liberté qui déployait ses étendards en Amérique, je détestais la guerre.

J'avais appris avec une émotion mitigée la mort, à quatre-vingt-trois ans, de Voltaire, dont j'avais souvent mêlé le nom aux controverses m'opposant aux négriers. A la Comédie-Française, on avait couronné son buste de lauriers...

A cette occasion, son ennemi intime, Rousseau, avait tourné un quatrain pervers : « Plus bel esprit que grand génie/Sans loi, sans mœurs et sans vertu/Il est mort comme il a vécu/Couvert de gloire et d'infamie. » Il s'était lui aussi éteint, quelques mois plus tard, dans sa retraite d'Ermenonville.

Le roi ayant signé avec le jeune Etat d'Amérique un traité de commerce et une déclaration d'amitié, cela allait déclencher une nouvelle guerre contre l'Angleterre. Sans attendre qu'elle fût officiellement déclarée, les Anglais se livraient à des coups de main contre nos navires.

Aaron jurait que les dieux s'étaient ligués contre lui. Une nouvelle guerre signifiait que la traite allait être mise sous cape et qu'une période de marasme économique allait s'ouvrir.

Pour occuper mon temps, j'effectuais des promenades à travers la ville, qui, en certains endroits, prenait l'aspect d'un vaste chantier : on abattait des îlots de taudis pour construire de nouveaux immeubles et créer des rues larges et pavées.

L'une de mes promenades favorites me menait aux abords du Château-Trompette, dans l'espoir d'apercevoir ma bien-aimée se promenant sur les remparts, comme dans les romans de chevalerie. J'avais bien conscience de ce que cette démarche avait de dérisoire. Tout ce qu'elle me révélait, c'étaient des groupes de soldats en train de faire l'exercice tambour battant sur le lacis dominant la Garonne, et des patrouilles déambulant sur le chemin de ronde.

Une semaine après mon retour, Aaron m'invita, non sans une idée perverse, à l'accompagner à une prise d'armes au Château-Trompette, en l'honneur du retour de notre gouverneur, monsieur de Richelieu. Ma première réaction fut de refuser de le suivre ; la seconde d'accepter, pour l'amer plaisir de revoir, peut-être, l'épouse du capitaine de Vermeil.

J'allais être comblé au-delà de toute espérance.

Chaque année, monsieur le gouverneur s'installait pour quelques mois dans son apanage, avec sa cour, son escorte militaire et ses favorites. C'était, chaque fois, l'occasion de réceptions et de bals.

Monsieur de Richelieu revenait, dans sa « dormeuse », une voiture aménagée à sa convenance, d'une tournée d'inspection dans les provinces du sud de son gouvernement : Gascogne et Guyenne. Pour vaincre l'ennui durant la monotone traversée des landes, il avait composé des petits poèmes qu'il dispersait au vent. Un ami me confia plus tard la copie de quelques vers sans génie, destinés à l'une de ses belles amies, madame d'Aiguillon : « Des sables, de vastes déserts/Des forêts de pins toujours verts/Sans oiseaux, même sans ombrages/Le dépouillement des hivers/Est moins triste que leur feuillage. »

On se répétait dans Bordeaux le mot féroce qu'il avait eu à propos d'une querelle avec l'archevêque : « Nous ne nous sommes pas battus, nous n'avons fait que nous disputer une maîtresse... »

Me souvenant du piège qu'il avait tendu à Blanche au début de leurs relations, mais n'oubliant pas la protection qu'il lui avait ensuite assurée à Paris, je n'avais guère de sympathie pour ce personnage ambigu. Il allait, quelques années plus tard, à plus de quatre-vingts ans, épouser la veuve d'un gentilhomme irlandais, madame Roth, avec l'intention de lui donner un enfant pour en faire don à l'Eglise. Une naissance prématurée mit un terme à ses illusions. Adorateur de Voltaire, il lui avait un jour écrit, en l'invitant à Paris : « Je vous attends avec l'inquiétude d'un vieillard qui n'a pas de temps à perdre, et d'une jeune fille qui attend son amant. » L'esprit ne fait pas toujours bon ménage avec le bon goût...

Je me trouvais en compagnie d'Aaron lorsque monsieur de Richelieu, accompagné de sa cour et de son escorte, traversa le châtelet d'entrée du Château-Trompette pour assister à la prise d'armes et à la cérémonie organisée en son honneur.

J'étais à quelques pas de lui quand il descendit de sa dormeuse, aux accents de la musique militaire. Il était égrotant et si maigre qu'il semblait exposé à être balayé par un coup de vent venu du fleuve. Avec quelques artifices, bas de soie rembourrés, culotte matelassée, poudre et vermillon dont elle avait plâtré son visage, la « vieille poupée » s'efforçait de faire illusion et y parvenait assez bien.

Lorsque le gouverneur du château descendit de sa selle pour le saluer, cette face de « bergamote vermillonnée » (*dixit* une gazette parisienne) se répandit en sourires complaisants. Monsieur de Vermeil était jeune et portait beau dans son costume de cérémonie, avec ses moustaches blondes et sa perruque d'une blancheur de givre.

C'est surtout la tribune réservée aux dames qui retint mon attention. Mon cœur se crispa lorsque je reconnus madame de Vermeil. Elle balayait son visage à petits coups d'éventail, sous un chapeau grotesque représentant un navire aux voiles déployées.

J'ignore si, ayant consulté au préalable la liste des invités, elle avait reconnu mon nom. Je décidai en tout cas de ne rien faire, perdu au milieu de la foule, pour attirer son regard.

Après la prise d'armes et la revue de la garnison en musique par le gouverneur, les invités se ruèrent dans la salle d'honneur du château. Il y régnait, malgré l'épaisseur des murs, une chaleur atroce. De longues tables dressées sur tréteaux et servies par des Noirs étaient chargées de bouteilles, de pâtisseries et de fruits des Iles. Des guirlandes de verdure et de papier de couleur tapissaient les murs et, dans le fond, un buste du roi dominait l'assistance.

J'écoutai d'une oreille distraite les allocutions marquant cette cérémonie qui, pour la première fois, mettait en présence le gouverneur de nos provinces et celui du Château-Trompette. Le président du parlement porta une santé à la ville de Bordeaux, « porte océane ouverte sur le monde », une autre à l'« armée française invincible » et la dernière à la « libre Amérique débarrassée des Anglais ».

Une santé particulière fut dédiée à madame de Vermeil, rouge de confusion et plus belle que jamais, malgré son chapeau. Monsieur de Richelieu, dans sa réponse, la qualifia de « rose épanouie offerte par nos colonies », allusion peu discrète à son métissage.

Laissant les invités se ruer vers les tables, les deux gouverneurs s'étant retirés dans un salon voisin, Aaron me prit par la manche et me glissa à l'oreille :

— Mon petit François, le moment est venu de présenter tes hommages à madame de Vermeil. Je suis persuadé qu'elle t'attend. Laisse-moi faire...

Avant que je puisse le retenir, il fonça vers un groupe de dames qui jacassaient autour de la « rose épanouie », s'y fondit, reparut quelques instants plus tard, la main de madame de Vermeil posée sur la sienne, paraissant plaisanter avec elle comme une vieille connaissance. Ils se dirigèrent vers une banquette libre, à quelques pas de moi, sous une grande toile représentant une bataille navale du temps du Grand Roi. Aaron fit mine de me reconnaître. Il se leva pour venir à ma rencontre, me prit par le bras et, malgré la faible résistance que je lui opposai, me fit asseoir sur une chaise, face à la banquette.

— Madame, dit-il avec un sourire pervers, puis-je vous présenter mon plus proche collaborateur, monsieur Dumoulin ? Mais peut-être vous êtes-vous déjà rencontrés...

Je m'inclinai pour faire à Gabrielle un baisemain auquel elle répondit par un hochement de tête et un sourire qui semblait hésiter entre plaisir et colère.

— En effet, monsieur Cohen, dit-elle en agitant nerveusement son éventail, nous nous sommes déjà rencontrés, il me semble, mais il y a de cela bien longtemps.

Aaron s'inclina et nous laissa en tête à tête, sous prétexte d'avoir quelques mots à dire au président de la Cour des aides. J'admirai la subtilité de sa stratégie, mais c'est l'angoisse au cœur que je me retrouvai seul en face d'une madame de Vermeil métamorphosée en Gabrielle, n'osant porter mon regard sur elle ni lui adresser le premier la parole, agacé par le mouvement excessif de son éventail et le navire qui frémissait sur sa tête comme pour prendre la mer. La décence voulait qu'elle fût la première à engager la conversation, mais, devant son mutisme, je me lançai :

— Madame, croyez-moi si je vous affirme que je ne suis pour rien dans cette rencontre. J'ai conscience que ma place n'était pas dans cette cérémonie, et moins encore en face de vous. C'est pourquoi, si vous me jugez importun, je puis me retirer...

— N'en faites rien ! répondit-elle sèchement. Je suis convaincue que monsieur Cohen a tout manigancé, mais, lorsqu'il m'a attirée vers vous, j'ai eu la faiblesse d'accepter de le suivre. Est-ce assez vous éclairer sur mes sentiments à votre égard ?

Je répliquai, avec un sourire en coin :

— Vos *sentiments*, dites-vous ? Puis-je croire que vous en éprouvez encore pour moi ? Et de quelle nature, je vous prie ?

— J'aurais pu refuser de suivre monsieur Cohen. Pourquoi, selon vous, ai-je accepté, alors que je me sentais observée par l'assistance, mes dames en particulier, qui doivent être en train de jaser ?

Il m'était difficile de nier qu'elle ait eu le désir de me revoir, au risque de se donner en pâture à ses amies, à moins que ce ne fût pour m'adresser des reproches quant à ma longue absence et à mon audace.

A une dizaine de pas de nous, Aaron observait la scène, un cigare dans une main, une flûte de champagne dans l'autre. L'orchestre de cordes juché sur une estrade entama un *madrigal amoroso* qui aurait pu nous exempter, sans paraître manquer à la bienséance, de poursuivre une conversation si timidement engagée, mais cette musique semblait se nourrir de notre silence.

Gabrielle fut la première à le rompre. Je l'entendis murmurer derrière son éventail :

— François, je me dois d'être franche avec vous. Quoi que vous en pensiez, je regrette d'en être arrivée là. Si j'ai accepté d'épouser monsieur de Vermeil, ce n'est pas par amour...

Je l'interrompis, avec une pointe d'irritation :

— ... mais sans doute parce qu'on vous y a obligée, en usant de la menace, voire de la torture !

Indignée de cette insolence, elle se leva, le rouge aux joues. Je la fis se rasseoir.

— Pardonnez-moi, Gabrielle, mais les mots ont dépassé ma pensée. Il se mêle tant de rancune à l'amour que j'éprouvais pour vous...

— Que vous éprouviez ! s'exclama-t-elle. Sachez que mes sentiments à moi n'ont pas changé. Vous auriez pu rester dix ans absent que je ne vous aurais pas oublié. Vous paraissez en douter ! Faut-il, pour vous convaincre, que je me lève pour le clamer devant tous ces gens ?

Des mots, me dis-je, des mots qu'elle n'accompagnerait d'aucun acte susceptible de la déshonorer, et qui n'ouvraient sur aucune perspective. Etions-nous condamnés à laisser macérer en nous, jusqu'à la fin de nos jours, cette passion inaboutie ?

J'étais sur le point de lui exprimer cette vérité, quand je vis avec stupeur son ancienne maîtresse, madame Lewenson, débouler vers nous en épongeant ses joues grasses avec son mouchoir. Elle se planta devant nous et nous ordonna de nous séparer.

Je protestai :

— De quel droit, madame, prétendez-vous interdire à madame de Vermeil de bavarder avec un vieil ami ? Oubliez-vous qu'elle n'est plus votre servante ?

— Et vous, monsieur, qui l'avez courtisée, avez-vous oublié son état de femme mariée ? Sachez que je considère toujours cette enfant comme ma fille, et qu'elle me doit son mariage. J'ai fait trop de sacrifices pour que son union soit troublée par je ne sais quelle amourette avec... avec... Vous n'avez rien à faire ici. Sortez ou j'appelle la garde !

Elle ajouta, tournée vers Gabrielle :

— Quant à vous, je vous défends de revoir cet homme, sinon j'en informerai votre mari.

Elle lui prit la main et l'entraîna. Cette duègne semblait si remontée contre moi que je m'exécutai, en glissant au passage un regard assassin vers Aaron. Il se contenta de hausser les épaules d'un air navré.

Le lendemain, en retrouvant Aaron, je laissai éclater mon ressentiment :

— Tu te prends peut-être, lui dis-je, pour un expert en stratégie sentimentale ? Eh bien, tu as raté ton coup et tu m'as humilié. N'est pas Figaro qui veut ! Tu as failli provoquer un esclandre dont tout Bordeaux aurait fait des gorges chaudes !

Il se gratta la joue et soupira, en me tapotant l'épaule.

— Désolé que cette initiative ait mal tourné. J'étais persuadé que tu aurais plaisir à bavarder avec une ancienne connaissance...

— On peut souffler sur des braises, à condition de ne pas causer un sinistre !

— Calme-toi ! Je sais que tu es toujours amoureux de cette femme, et je suis persuadé qu'il en est de même pour elle. Sache qu'elle n'est pas heureuse en ménage.

— Comment le sais-tu ? T'aurait-elle fait des confidences ?

— Je l'ai appris d'un fils des Lewenson, avec qui je suis en affaires. Pour te le dire en quelques mots, Vermeil est un excellent officier mais une brute. Il ne malmène pas son épouse, mais il la trompe, sans trop s'en cacher. On lui prête une maîtresse à Queyries, une autre à Libourne, et il ne dédaigne pas les occasions faciles.

— Cela ne t'autorise pas à jouer les entremetteurs sans en informer les intéressés, à commencer par moi. J'aurai du mal à te pardonner cet abus de confiance...

— Diable ! Tu prends cette affaire trop à cœur. Je regrette ce comportement stupide de ma part. J'aurais pu t'indiquer des moyens moins risqués pour provoquer de nouvelles rencontres...

Il me révéla que, deux à trois fois par semaine, sur la fin de la matinée, accompagnée d'une jeune servante, Gabrielle se livrait à une promenade à cheval en amont du quartier Sainte-Croix, entre fleuve et marais, comme au temps où elle vivait dans le giron des Lewenson.

— L'endroit, ajouta-t-il, est assez éloigné du centre et discret.

Si tu as besoin d'un cheval, tu peux t'en procurer un dans mes écuries.

Il me restait une semaine avant de reprendre le collier. L'éventualité d'une nouvelle rencontre avec Gabrielle m'obsédait. Iraisje ? N'irais-je pas ? Si l'envie me dévorait de céder, la raison me l'interdisait. A quoi nous mènerait cette manœuvre ? A supposer que Gabrielle souhaitât renouer des liens affectifs, d'amitié ou d'amour, n'y avait-il pas des risques, pour elle et pour moi ?

Un matin, au saut du lit, je me décidai. A dix heures, j'enfourchai le cheval d'Aaron et, un quart d'heure plus tard, je longeais la berge du fleuve en direction de Sainte-Croix. Des terrassiers étaient en train d'abattre ce qu'il restait d'anciens remparts à demi écroulés : une guérite accrochée comme une chaire à un pan de muraille.

Pour me protéger du soleil, je trouvai un abri sous un bouquet de chênes verts et de tamaris qui dérobait ma présence et celle de ma monture. Allongé dans l'herbe, face au village de Queyries qui se dessinait sur l'autre rive, à travers une brume de chaleur, j'attendis, dévoré d'impatience, en regardant des embarcations glisser sur le fleuve.

Je ne perçus pas le bruit des sabots sur la terre meuble de la rive, mais je vis deux cavalières qui, cheveux au vent, leur chapeau battant dans leur dos, semblaient se mesurer à la course : une image de beauté que j'allais garder longtemps en mémoire.

Je les laissai passer à quelque distance de moi sans interrompre leur chevauchée. Elles s'arrêtèrent à une centaine de pas pour faire boire leur monture à une auge de pierre et cueillir quelques fleurs. Je remontai en selle, et, faisant mine de me promener, je m'avançai vers elles.

Lorsqu'elle me reconnut, Gabrielle se dirigea vers son cheval, s'apprêta à l'enfourcher pour déguerpir, puis, y ayant renoncé, me lança :

— Tiens ! Monsieur Dumoulin, que faites-vous dans ces parages ?

— Ce que vous y faites vous-même : une promenade matinale.

Elle indiqua à sa servante :

— Prends les devants et attends-moi derrière Sainte-Croix. Je n'en ai pas pour longtemps.

Tournée vers moi, elle me jeta d'une voix grinçante :

— Ne me dis pas que c'est le hasard qui t'a conduit jusqu'ici ! Je ne te croirais pas ! Que veux-tu encore ? Qu'attends-tu de moi ?

— Le hasard, lui répondis-je, était responsable de notre rencontre de l'autre soir. Aujourd'hui, il n'y est pour rien. Je suis venu de mon propre gré, mais si ma présence t'importune...

— Non, reste ! Asseyons-nous sous ce figuier. Quand on n'est pas en selle, cette chaleur est insupportable.

Nous nous sommes assis sur un tapis de feuilles froissées et avons observé un moment de silence, comme pour nous préparer à un affrontement, sans savoir qui allait ouvrir les hostilités. Quand je lui embrassai la main, je sentis une légère crispation. Elle me demanda de nouveau ce que j'attendais d'elle, avant d'ajouter :

— Je ne suis pas libre d'aller où je veux, tu le sais, François. Mon mari est jaloux et me fait surveiller. J'aimerais te revoir mais, outre que c'est impossible, cela ne mènerait à rien qu'à nous occasionner de nouveaux soucis.

Elle poursuivit, en laissant sa tête s'appuyer à mon épaule :

— Je n'ai rien oublié, François, mais une nouvelle liaison entre nous est à exclure. Les dés sont jetés. Pourquoi n'as-tu pas renoncé à cette expédition, et pourquoi es-tu resté si longtemps absent ?

— Renoncer m'était impossible. Mon contrat était signé et je ne pouvais le rompre. Quant à donner de mes nouvelles, c'était tout aussi impossible.

— Tu devais partir pour un an, et tu es resté absent près de deux ! J'ai résisté à la limite de mes forces aux pressions de ma maîtresse, puis, me croyant abandonnée, j'ai cédé. Si j'avais refusé d'épouser Vermeil, j'aurais été jetée à la rue. Tu me vois, seule, sans soutien, sans emploi et sans argent ?

— Tu aurais pu trouver un emploi dans une famille honnête...

— Sans références, c'est quasiment impossible ! Pourquoi ce retard, François ? Le bruit a couru que ton navire avait fait naufrage...

Je lui racontai, en quelques mots, ce qui m'était advenu. Elle me tendit ses lèvres ; je m'attardai à en savourer la douceur et le parfum retrouvés.

— Sache, lui dis-je, que je ne compte pas renoncer à toi. J'ai appris que Vermeil te trompe. C'est un motif de divorce.

Elle éclata de rire.

— Divorcer ? Si je prononçais ce mot devant lui, il serait capable de me tuer. Il m'aime, mais à sa façon. D'ailleurs...

Elle se détourna, comme pour cacher une larme.

— D'ailleurs, nous allons quitter Bordeaux d'ici peu. Vermeil a été nommé dans une autre ville de garnison, Bayonne. Il faudra bien que je le suive. Alors, à quoi bon...

En proie au vertige, je me pris la tête à deux mains en bredouillant :

— Non, ce n'est pas possible...

— Je compte t'écrire, me dit-elle. Tu me diras où ma servante peut déposer ma lettre. En attendant, tu pourras relire celles que je t'ai adressées avant ton départ. Le mieux, François, c'est que tu trouves très vite une nouvelle femme et que tu l'épouses. En attendant mon départ, promets-moi de ne pas chercher à me revoir.

Je le lui promis, mais non sans garder l'espoir de la rencontrer de nouveau. J'acceptais mal l'idée de la perdre une nouvelle fois, et à jamais.

Les femmes ne paraissent jamais aussi séduisantes qu'au moment où elles s'apprêtent à disparaître de votre existence. Ce matin-là, Gabrielle me semblait plus désirable qu'elle ne l'avait jamais été, l'ombre sous son chapeau de paille accentuant le ton bistré de sa peau. Quand elle fut remontée à cheval et se fut éloignée sans se retourner, l'envie me prit de me lancer à sa poursuite, mais, à peine en selle, j'y renonçai. La rejoindre pour lui dire quoi ? Que je l'aimais ? Elle le savait déjà. Que je refusais la fatalité ? Elle avait un nom : monsieur de Vermeil.

Dans les jours qui précédèrent la reprise de mes activités, trahissant ma promesse, je me suis rendu chaque matin dans les parages de Sainte-Croix et, tapi dans l'ombre du figuier, j'ai attendu, en vain, le passage de Gabrielle.

En dépit de sa naïveté et de ses incorrections, la lettre promise par Gabrielle était le plus beau et le plus désespéré des chants d'amour que j'eusse lus ou entendus. Sans la moindre honte, j'en pleurai comme un collégien, moi qui n'ai pas la larme facile. Elle m'en annonçait d'autres, de Bordeaux ou de Bayonne.

Je n'eus pas l'honneur d'être invité à la cérémonie, précédée d'une prise d'armes, qui allait marquer le départ du gouverneur, monsieur de Vermeil, pour sa nouvelle affectation. De toute manière, peu enclin que j'étais à rechercher les occasions de ranimer une peine de cœur, je me serais abstenu.

A son retour, Aaron me fit un bref rapport de l'événement. Il avait trouvé madame de Vermeil « pâle et maussade », ce qui pouvait passer pour des regrets de quitter une ville à laquelle elle était attachée.

— Je conçois que cette épreuve te soit pénible, me dit-il, mais cette liaison ne menait à rien. Ton travail te fera oublier cette aventure malheureuse, et je compte bien te mener la vie dure ! C'est le seul remède qui te puisse convenir. Et trouve-toi une maîtresse, nom de Dieu !

La ville de Bordeaux était en proie à une sorte de fièvre dévastatrice. Elle semblait vouloir faire table rase d'un passé qui lui pesait pour se tourner résolument vers l'avenir.

On achevait la destruction des remparts qui, depuis des années, perdaient leurs dents. La majestueuse porte de Bourgogne, semblable à celles qui rappelaient à Paris le règne du Grand Roi, avait remplacé la vieille porte des Salinières. On avait fait de la place Royale, entre les hôtels du Commerce et de la Douane, celle de la Bourse, sans toucher à la statue équestre du Bien-Aimé. Des hôtels particuliers, la plupart appartenant à des armateurs ou à d'autres négociants, avaient émergé du chaos des taudis livrés aux démolisseurs.

Le grand projet de monsieur de Richelieu : un théâtre digne de rivaliser avec ceux de Paris, avait vu le jour au début des années 1770.

Le gouverneur avait fait appel pour sa réalisation au meilleur architecte du royaume, Victor Louis. Cet édifice comportait une ample façade aux colonnes corinthiennes et un fronton orné de statues de déesses et de muses. Il fut inauguré avec une représentation d'*Athalie*, par une troupe venue de Paris. J'eus l'honneur d'être convié à cet événement.

Construire un théâtre alors que Bordeaux avait surtout besoin d'un pont provoqua quelques remous parmi les autorités locales et dans la population. Monsieur de Richelieu fit taire ce début de fronde : ce théâtre, à l'en croire, allait accroître le prestige de la ville dans tout le royaume. Pour le pont, on verrait plus tard ! Il y avait bien assez d'embarcations pour passer l'eau et aborder à la rive droite en grande partie désertique…

Aaron ne tarda pas à m'annoncer le projet qu'il avait concocté pour moi.

— Je me refuse, me dit-il, à faire mon deuil de la *Licorne* sans avoir des preuves formelles de sa disparition ou de sa survie. Ce serait pour nous une perte considérable, alors que nous avons besoin de tous nos moyens pour faire face à la concurrence. Je veux en avoir le cœur net, et sans attendre. J'ai pensé à toi pour mener à bien cette recherche.

Il ajouta en me tapant sur l'épaule :

— Ça te changera les idées ! Tu peux d'ores et déjà, si tu es d'accord, te préparer à partir.

Pouvais-je refuser ? Il avait prévu de me faire embarquer sur une frégate, la *Flamme*, gréée à trois mâts, armée de quarante canons, équipée de deux dunettes et jaugeant trois cents tonneaux. Elle avait été mise en carène dans le chantier naval de la Paludate, qui remplaçait celui des Chartrons...

En raison de la guerre rouverte contre l'Angleterre, et des restrictions du commerce avec l'outre-mer, la *Flamme* était l'un des rares navires en construction, à Bordeaux ou dans d'autres ports du royaume. Une reprise s'amorçait, mais timide. On avait entrepris, à l'imitation des armateurs anglais, d'équiper la coque de nos navires d'un revêtement de cuivre pour les rendre moins vulnérables aux eaux chaudes des tropiques.

Rien n'avait été prévu pour une expédition de traite de la *Flamme*, ce vaisseau devant se rendre en droiture à Saint-Domingue et y rester deux mois. Nous aurions à bord, en plus du fret, des passagers, des engagés et quelques soldats.

J'allais embarquer avec la conviction de chercher une aiguille dans une meule de foin. C'est dire que je ne mis guère d'enthousiasme à préparer ma mission, d'autant que nous allions risquer de mauvaises rencontres, avec des bâtiments anglais notamment.

J'obtins sans peine des sœurs Charpentier, mes logeuses, de prolonger ma location jusqu'à mon retour.

Durant les quelques semaines que j'avais passées sous leur toit, nous avions entretenu les meilleurs rapports. Quand je rentrais pour préparer mon déjeuner, elles se tenaient sur leur palier et me guettaient comme deux araignées. J'avais du mal à m'en défaire, curieuses qu'elles étaient, comme si elles voyaient en moi un argus[1].

---

1. Ainsi nommait-on, à l'époque, les individus réputés clairvoyants, en référence à

J'avais vite constaté qu'en mon absence elles se livraient dans mon meublé, dont elles avaient la clé, à des investigations, et ne se privaient pas de fouiner dans mes affaires. Je n'avais rien à cacher, mais il m'était insupportable que des mains étrangères pussent lire ma correspondance, notamment celle de Gabrielle. J'avais l'impression que deux souris grignotaient des pans de mon existence.

J'ai attendu en vain les lettres que Gabrielle m'avait promises et qui n'auraient eu pour effet que de ranimer ma peine. J'avais d'ailleurs, par bonheur, d'autres soucis en tête.

Quelques jours avant d'appareiller, j'eus l'occasion de m'entretenir avec le capitaine de la *Flamme*. Originaire d'Angoulême, il se nommait Rocheteau.

Il était de ces hommes sur lesquels une femme ne se retourne pas. La cinquantaine au jugé, de stature médiocre, déhanché à la suite d'une blessure de guerre dans la mer du Nord, il avait un visage singulier, large et plat, le nez et le bouche se rejoignant presque, comme s'il avait reçu sous le menton un coup de poing qui aurait laissé des traces.

Après des cabotages sur les côtes de l'Europe, il avait effectué des expéditions de traite sur celles d'Afrique pour des armateurs de Nantes, les Dhariette, et mon ancien ami Joseph Maurin.

— J'aime l'Afrique, me dit-il, mais beaucoup moins les Africains. Ces sales nègres me donnent la nausée. Sans eux, ce continent serait le paradis de la Genèse.

Paradoxe : il était accompagné d'un esclave, Félix, un adolescent qui ne passait pas inaperçu dans ses vêtements hétéroclites, où il nageait : un uniforme de marin datant du siècle passé, des sandales de corde et un foulard d'indienne pour couvre-chef, un pistolet dans la ceinture. Il avait, disait-il, acheté cet esclave aux enchères, afin qu'il le suive comme son ombre.

---

un personnage éponyme de la mythologie, un prêtre argien qui n'avait pas moins de cent yeux !

Je ne tardai pas à comprendre que Félix était à la fois son esclave, son garde du corps et, malgré sa répugnance pour les nègres, son giton. Cela me rappelait James Creach, capitaine de l'*Albatros*, et son éphèbe, Rami.

« Cet homme, me dis-je, je vais avoir à m'en méfier... »

J'avais tort.

Le départ de la *Flamme* eut lieu un matin de février. Aaron avait obtenu le parrainage de monsieur de Richelieu, avec pour marraine une de ses favorites. La jeune madame Cohen se trouvait dans l'assistance, gracieuse sous son ombrelle et de nouveau enceinte de cinq à six mois. Une fanfare louée par Aaron fit éclater ses cuivres dans le soleil lorsque monsieur le gouverneur eut prononcé l'allocution d'usage. Je participai à la procession, à Notre-Dame-du-Bon-Secours. Quelques-uns des vingt passagers qui allaient embarquer étaient présents au cours de cette cérémonie propitiatoire. Il s'y ajoutait une quinzaine d'engagés, artisans maçons, charpentiers, corroyeurs et chirurgiens, dont nos îles manquaient cruellement.

En plus de ma mission d'enquêteur, Aaron m'avait confié le soin de négocier l'achat d'une plantation, avec des consignes strictes quant à la situation et au coût. Il ne m'avait pas fait mystère de son intention d'aller finir ses jours sous les tropiques. Je ne lui cachai pas que je nourrissais le même projet.

— Eh bien, me dit-il, nous nous retrouverons pour pêcher les tortues et baiser les métisses !

Pour lui comme pour moi, le destin allait en décider autrement...

J'étais resté jusqu'au dernier moment dans l'attente de la correspondance annoncée par Gabrielle. Je me consolai de ma déception en me disant, contre toute évidence, qu'un jour ou l'autre nous ferions ensemble route commune.

2

Concerts sous les étoiles

Le capitaine Rocheteau avait, sur ce gredin de Joost van den Vosmaer, l'avantage d'être un véritable marin. Il avait une connaissance irréprochable de la navigation et des navires. Sévère mais juste, il avait pris très vite de l'empire sur l'équipage. Je ne le vis jamais ivre ou en proie à la colère contre une manœuvre fautive, sauf pour ce pauvre Félix, qu'il menait à la fourche. Avec les passagers, il se montrait courtois et s'enquérait de leurs besoins. S'il s'était montré, au début de notre traversée, méfiant à mon égard, c'est qu'il me prenait pour un espion de l'armateur, mais cette suspicion ne résista pas à quelques jours de cohabitation.

Passionné de musique, italienne de préférence, il avait créé, avec le concours de quelques passagers et officiers, un ensemble instrumental et choral ayant à son répertoire des œuvres de Monteverdi, Palestrina, Gabrieli, ainsi que des *villotte* et des *cansone alla francese*.

Il m'avoua qu'il tenait cette passion de son séjour au séminaire de Barbezieux, dans sa jeunesse.

— J'aurais aimé, me dit-il, composer moi-même. Je m'y suis exercé à l'harmonium et comptais y faire carrière, mais ma famille a contrarié cette vocation, sans parvenir à l'étouffer. Je vous ferai entendre une petite aria de mon cru, dans le style de Rameau...

A la nuit tombante, chaque fois que le temps était favorable, monsieur Rocheteau nous régalait d'un concert sous les étoiles. J'y retrouvais avec plaisir les passagers et passagères, dames et demoiselles surtout, avec lesquelles je prenais plaisir à commenter les œuvres interprétées, encore que mes connaissances fussent limitées.

Monsieur Rocheteau m'avait affecté une cabine, à bâbord, sous la dunette, entre des panières de volaille, mais je préférai poser mon matelas sur le pont, avec une couverture pour me protéger du serein ou des embruns.

Les vents contraires qui nous avaient pris au sortir de l'estuaire n'avaient pas changé de bord durant une semaine. Nous eûmes par la suite une mer grosse avec des bourrasques, des pluies violentes et des lames fortes et profondes, auxquelles la *Flamme* résista vaillamment.

Nous nous sommes retrouvés en vue de la terre au cap Ortegal, à l'extrémité septentrionale du Finisterre ibérique, où nous avons croisé quelques navires qui se sont dispersés. Une dizaine de jours après avoir quitté de vue la côte espagnole, nous avons éprouvé une émotion en voyant venir à nous un navire anglais, qui, après nous avoir demandé en usant du porte-voix le but de notre voyage, nous a laissés poursuivre notre route sans abattre ses sabords. Nous soupirâmes d'aise : il avait soixante canons et un équipage plus important que le nôtre.

A 38 degrés de latitude et 18 de longitude, méridien de Paris, à environ cent lieues au large de Lisbonne, un brick hollandais, nous ayant fait des signaux de détresse, mit une chaloupe à la mer pour venir à nous. Ils avaient épuisé toutes leurs subsistances et comptaient sur nous pour les secourir. Monsieur Rocheteau leur offrit de quoi retourner à Amsterdam et refusa le règlement.

Un passager qui, semble-t-il, avait l'usage de la navigation protesta, affirmant que dans la même situation, étant nous-mêmes dépourvus de vivres, ces *luthériens* se seraient bien gardés de nous secourir !

— Monsieur, lui répondit le capitaine, je ne fais que me plier aux lois de la navigation.

Il semblait, comme disait le vieil Homère, que les dieux nous fussent favorables.

Nous avons navigué vingt-cinq jours sans éprouver de gros temps, les mouvements de la *Flamme* étant presque insensibles. Dispensé de la manœuvre, je passai mon temps à lire, à jouer aux échecs ou aux cartes avec des passagers et des officiers, ce qui, la chance aidant, me rapporta quelques louis.

Quelques jours après le passage de la ligne, nous avons essuyé un coup de vent d'une rare violence, qui nous contraignit à serrer nos voiles et à mettre en cap sous la pouilleuse et le petit foc. La nuit fut fort éprouvante, illuminée d'éclairs qui semblaient faire émerger notre navire d'un monde fantastique. Nous avions tout à craindre des girouettes métalliques placées au sommet des mâts, qui, en attirant la foudre, auraient pu être cause d'un sinistre, le goudron et la résine dont sont imprégnés les mâts étant des matières inflammables.

Cette agitation infernale dura près de quatre heures. Au matin, l'orage s'était éloigné et s'aiguisait les griffes sur un lointain couleur d'encre. Par chance, ces tempêtes tropicales, pour brusques et violentes qu'elles soient, durent peu de temps. Les dégâts que nous causa celle-ci furent rapidement réparés. Les vents qui avaient semblé, durant leur cavalcade nocturne, perdre la boussole nous permirent de rétablir nos basses voiles et nos huniers.

A la suite de cette épreuve, les passagers, les femmes surtout, eurent du mal à retrouver leur assiette. Certains se divertirent à prendre pour cibles des albatros et des frégates qui, durant la tempête, avaient cherché asile à notre bord.

A cent cinquante lieues environ du terme de notre traversée, nous sommes entrés dans la zone redoutable des ouragans. Des navires que nous croisâmes en avaient subi les assauts et en portaient encore les traces. La proximité de Porto Rico nous fut signalée par une escorte d'oiseaux et, dans la mer, par une prolifération d'herbe à tortue...

Nous venions à peine de faire le relevé de la côte quand un fort grain nous obligea de nouveau à resserrer nos voiles. Il fut bref, si bien que deux heures plus tard, au début de la soirée, nous aperçûmes la pointe occidentale du Cap-Français, qui nous fut cachée par de nouveaux grains. Nous avons passé une partie de la nuit sur une mer agitée. Lorsqu'elle se fut calmée, nous rétablîmes nos deux huniers et peu après, carguant nos basses voiles, nous courûmes de petites bordées.

Le petit jour venu, nous aperçûmes quelques lumières tremblotantes sous des falaises et pûmes respirer les premières odeurs de l'île : acacias et orangers.

Nous avons alors fait servir nos voiles et porter en route pour filer droit sur la pointe du Picolet, proche du Cap-Français. Nous avons été arraisonnés, selon la coutume, par les canons du fort. Nous sommes arrivés, à une heure près, en même temps qu'un senau de la marine royale, venu prendre son poste à la tête de la rade.

Notre traversée avait duré cinquante-trois jours, sans que nous ayons eu à trop souffrir des caprices du temps et de l'humeur de nos passagers, qui commençaient à se plaindre de la nourriture, le parc à volailles placé sur le pont ayant souffert des tempêtes, et les dorades et bonites pêchées par les soldats n'ayant pas suffi à dissiper leur fringale.

Notre bâtiment amarré en poste fixe, nous avons fait descendre les passagers à terre. Je les ai suivis de près pour seconder le capitaine dans ses démarches auprès des autorités portuaires et rendre visite au gouverneur, comme le dictent les usages.

Notre courtier au Cap-Français, monsieur Rigaud, nous aida, avec une équipe d'esclaves, à entreposer la marchandise de fret dans un baranquon du port, où monsieur Rocheteau choisit de résider avec Félix, le temps d'assurer le fret de retour, soit environ un mois.

Aaron m'avait prévenu contre Clément Rigaud, qu'il avait qualifié de « fieffé coquin mais habile homme ».

C'était une créature fort laide, obèse, avec une filasse de cheveux gris lui tombant aux épaules, un visage vultueux, un nez piqueté d'akènes, des prunelles en forme de grains de café sous une taroupe et des sourcils broussailleux. Il portait dans sa ceinture un poignard à large lame ramené des côtes orientales de l'Afrique.

Il occupait, sous le fort du Picolet, un ancien bâtiment militaire loué au gouverneur. Il avait fait de la salle principale un capharnaüm de meubles, d'ustensiles domestiques, d'armes, de hardes, voisinant avec des vestiges de l'ancienne civilisation arawak : bois gravés et statues monstrueuses. En revanche, la salle qui lui servait d'habitation était un modèle d'ordre et de propreté. Il y vivait en compagnie d'une négresse aussi obèse que lui, Mimosa, qui préparait ses repas sous un auvent de palmes d'où l'on dominait la rade.

Après m'avoir fait visiter son logis, Rigaud me dit d'un air mystérieux qu'il allait me montrer son *trésor*. Il alluma une chandelle et me précéda dans une cavité creusée dans le rocher, où il avait engrangé quantité de vins français et de liqueurs des Iles.

Il me dit, avec un rire gras :

— C'est ma marotte, monsieur Dumoulin ! Ce que vous voyez là est un trésor unique dans toutes les îles des Antilles. Uniquement des produits agricoles, mon cher !

Il m'offrit de rester souper. J'acceptai son invitation en me disant que j'allais devoir veiller au grain, décidé qu'il était à me faire déguster quelques perles de son *trésor*.

Mimosa fit précéder nos agapes d'un *ti-punch*, dont elle me confia la recette : rhum blanc, sirop de canne, sucre et citron. Je le dégustai en fermant les yeux, comme si tous les délices de cette île tenaient dans mon verre.

Ce n'était qu'un prélude anodin pour demoiselles. La suite fut plus rude, Rigaud tenant à me faire savourer une dizaine d'alcools à saveur de fruits, qui semblaient couler d'une source du paradis. Il me surveillait du coin de l'œil, jaugeant à la fois ma résistance au feu et mon goût. Je ne dus pas le décevoir, car après une ultime épreuve, alors que je baignais dans une vapeur fleurant la goyave, la banane et autres fruits tropicaux, il me dit en me tutoyant, après une bourrade dans le dos de sa patte d'ours :

— Dumoulin, nous sommes faits pour nous entendre ! Tu as fichtrement bien tenu le coup. Mimosa nous a préparé un souper *aux petits oignons*, comme on dit en France. Tu pourras même coucher. Il y a de la place pour une escouade !

Alors que la nuit tombait sur la rade, avec sur l'immensité de l'océan des écharpes de pluie flamboyantes, je me trouvai assis sur un tabouret chinois en forme d'éléphant, à une table de planches disjointes, devant une vaisselle à peine ébréchée de l'ancienne Compagnie des Indes.

Mimosa aurait fait bonne figure à Bordeaux, au Chapeau-Rouge ou au Monier, par ses talents culinaires. Le menu comportait une soupe de tortue, des langoustes grillées, une friture de poissons rouges, avec, comme dessert, des bananes flambées au rhum et des ananas frais, le tout arrosé d'un bordeaux blanc de grande année.

Entre deux rots profonds, Rigaud m'invita à prendre place dans un fauteuil de vannerie tapissé de coussins, pour fumer un cigare en dégustant un rhum de la Jamaïque, cadeau, me dit-il, d'un capitaine de la marine du roi George.

— *God save the King,* Dumoulin, et que Dieu nous préserve de la guerre !

Il me parla des *Insurgents* américains, qu'il détestait, disant que ce conflit risquait de ruiner le commerce des Iles. Il me demanda mon avis, mais, comme il était occupé à couper et à allumer son cigare, j'évitai de répondre, pour ne pas le mettre de mauvaise humeur.

Passant du coq à l'âne, il me dit :

— Je sais ce qui t'amène, Dumoulin. Cette vieille ganache de Rocheteau m'a tout raconté. La *Licorne*... Je te fiche mon billet que tu la retrouveras pas. Des gens l'ont vue passer, mais va savoir où elle a filé ! Pareil pour l'achat que tu comptes faire d'un domaine pour ton patron. En y mettant le prix, ça peut se trouver. Si je peux t'être utile, tu pourras compter sur le vieux Rigaud. Cela dit...

Mimosa ayant allumé une chandelle, il poussa un grognement, écrasa son cigare et, son chapeau sur les yeux, les mains croisées sur sa bedaine, se mit à ronfler.

Je déclinai l'offre que me fit sa servante de rester pour la nuit. Après l'avoir remerciée de ses bons offices, je descendis coucher à bord de la *Flamme.*

Une surprise m'attendait le lendemain, en descendant à terre. Rigaud et monsieur Rocheteau étaient aux prises et leur querelle aurait pu s'entendre à un quart de lieue.

— Rocheteau, hurlait Rigaud, ton fret, c'est de la merde !

— Ce n'est pas à moi qu'il faut t'en prendre, répliquait le capitaine d'une voix de crécelle, mais à Cohen ! Si ça ne te convient pas, il faudra le lui écrire, si l'ivrogne que tu es est encore capable de tenir une plume ! Tu prends ou tu laisses. Je trouverai bien des amateurs !

Ma venue mit un terme à l'algarade. Rigaud vint à mes devants, le visage encore enflammé de colère, et me dit en me prenant le bras :

— Laissons ce foutriquet à ses comptes d'apothicaire et allons boire un coup. J'ai à te parler. Je te l'ai dit, mon gars : je vais t'aider parce que tu m'es sympathique. Un dégustateur comme toi, ça se rencontre pas tous les jours, nom de Dieu ! Tu es à la recherche de ton bateau fantôme ? Bien, mais c'est pas ici que tu vas retrouver sa trace. Quand il a fait escale dans ce port, c'était déjà presque une épave, et son équipage des loques. J'ai conseillé à ce brigand de Vosmaer d'arrêter là sa course, de vendre ses nègres et son rafiot pour retourner en France sur un autre navire. Il m'a ri au nez !

— Qu'a-t-il fait de sa cargaison ?

— Il lui restait une centaine de nègres, et pas du premier choix. Je lui en ai pris une vingtaine. Ce qu'il a fait des autres, j'en sais foutre rien. Tout ce que je peux te dire, c'est qu'il est reparti sans annoncer où il se rendait, sans doute pour livrer les nègres qui lui restaient à la Guadeloupe ou je ne sais où. C'est ce que j'ai cru comprendre. J'ai des copains dans ces îles. Je te donnerai leurs noms. Tu en tireras peut-être quelque chose, mais, foutre ! mieux vaudrait abandonner tes recherches. La *Licorne* ne retournera jamais en France et Vosmaer se perdra dans le brouillard...

Il repoussa son verre et griffonna quelques noms sur un calepin graisseux.

— Comment tu comptes faire ce voyage ? Pas à bord de la *Flamme*, je suppose ?

— Je n'en sais fichtre rien.

Il me conseilla de louer la barque pontée d'un ancien pêcheur de langoustes et de crabes, dotée d'une cabine, et de partir avec deux ou trois nègres bien armés pour riposter à de mauvaises rencontres, les pirates écumant encore les îles.

— On l'appelle Célestin, me dit Rigaud. Son nom de famille, j'en sais foutre rien. Il est à la retraite depuis un an. C'est un vieux de la vieille, qui connaît les Antilles mieux que personne. Il te procurera la barque et les nègres, mais faudra marchander. C'est un vieux grigou. Il pourra même te louer une négresse pour te tenir compagnie...

— Grand merci ! J'aurai autre chose à faire que penser à la bagatelle.

Il me confia une vieille carte de marine gribouillée en me demandant de la lui rendre au retour.

A quatre-vingts ans passés, Célestin était encore vert et avait gardé la nostalgie de la navigation et de la pêche. Il me trouva deux nègres libres qu'il avait naguère employés et qui consentirent à m'accompagner, moyennant une honnête rétribution.

J'embarquai une provision de biscuits, de viande et de poisson séchés, un barillet de rhum et une bonne provision d'eau, ainsi que deux fusils, de ceux utilisés par l'armée de La Fayette, et deux pistolets de *horse-guards*, de fabrication anglaise.

Je plaçai dans ma ceinture mon magot converti en piastres, qui me serait utile pour délier les langues et, à supposer que je retrouve la *Licorne*, pour assurer le retour de l'équipage.

Quand je confiai à Célestin le but de ma mission, il hocha la tête et me dit :

— C'est foutrement risqué, mais pas impossible. Ta *Licorne* ne serait pas le premier navire perdu qu'on aurait fini par retrouver. M'étonnerait que tu n'aies pas de ses nouvelles. Quoi qu'il en soit, je suis ton homme...

Nous sommes partis le lendemain, à l'aube, par bon vent, en direction de Porto Rico, avec deux escales : Ponce et Arecibo. Célestin connaissait un peu d'espagnol, mais les palabres qu'il entreprit avec des pêcheurs furent infructueuses. De même aux îles Antigua et Barbuda, où l'on avait entendu parler d'un navire français désemparé, mais sans savoir où il pouvait bien se trouver.

A la Guadeloupe, on en savait un peu plus sur la *Licorne* : elle avait longé la côte mais n'avait jeté l'ancre nulle part. Peut-être, me dis-je, en saurions-nous davantage à Pointe-à-Pitre ou à Basse-Terre.

Dans le premier de ces ports, les autorités maritimes refusèrent de prendre mes recherches en considération, voyant sans doute en moi un chasseur d'épaves. Quant à compter sur leur aide, je devais en faire mon deuil.

— Nous allons pousser, me dit Célestin, jusqu'à Marie-Galante. J'ai là un copain, ancien pêcheur de tortues comme moi. S'il sait rien, c'est qu'y a rien à savoir et qu'il vaudra mieux foutre le camp plutôt que de s'obstiner. Il s'appelle Folereau.

Bon vivant, passionné par la pêche qu'il exerçait encore pour le plaisir, Folereau reçut Célestin comme un frère, après des années sans l'avoir revu. Ils évoquèrent quelques souvenirs en buvant une liqueur que le vieil homme élaborait dans un alambic de sa fabrication et qui mettait le gosier en feu.

Il vivait sur le canal qui sépare la Guadeloupe de Marie-Galante, en compagnie d'une jeune et jolie mulâtresse et de leurs deux enfants, dans une sorte de ruche faite de cases emboîtées en hauteur, les unes sur les autres, qui communiquaient par des échelles. Il insista pour nous inviter à souper et à coucher, en refusant la présence de mes deux nègres, qui durent rester dans la barque pour la garder.

— M'est avis, me dit-il, que ta *Licorne* a pas dû aller bien loin, à demi démâtée qu'elle était quand je l'ai vue passer. J'ai fait des signaux, mais elle a pas répondu. Semble qu'il y ait pas eu une joyeuse ambiance à bord. Elle traînait une barque à voile, si je me souviens... Elle a pris le vent en direction de l'est. Pousse jusqu'à la Martinique. Ils savent peut-être quelque chose de plus. C'est à trois ou quatre jours de mer en longeant la Dominique, mais gare, tu risques de trouver des pirates. S'ils tentent de t'arraisonner, conseil d'ami : tu tires le premier !

J'ai laissé une piastre à son épouse pour la remercier de son accueil. Le temps était calme, un peu gris, la chaleur agréable, et les îles et îlots que nous longions nous envoyaient des bouffées d'odeurs suaves. La carte que m'avait confiée Rigaud ne m'était d'aucune utilité, Célestin connaissant les parages comme sa poche, à l'en croire.

Folereau avait eu raison de nous mettre en garde contre les pirates. A quelques lieues au large de la Dominique, nous vîmes venir à nous une chaloupe montée par une poignée d'hommes et armée d'une bombarde qui semblait dater de la guerre de Cent Ans. Pour nous arraisonner, elle lâcha dans un hoquet une lourde fumée blanche.

J'ordonnai à mon équipe d'armer fusils et pistolets pour se préparer à tirer. Comme les hommes de la chaloupe se répandaient en menaces, et brandissaient leurs armes, j'ordonnai une première salve en recommandant de viser la coque. Ils ripostèrent de même, sans nous causer de dégâts, sinon à la cabine et à la voile. J'ordonnai alors de faire feu à volonté, ce qui occasionna chez ces bougres un mouvement de panique. Ils virèrent de bord et s'éloignèrent en hurlant des insultes en espagnol.

Je constatai que Célestin portait une blessure à l'épaule, on voyait encore la balle, qui avait touché l'os. Je parvins à l'extraire sans trop faire souffrir mon blessé, après lui avoir fait avaler quelques rasades de rhum.

Il faisait presque nuit lorsque nous arrivâmes en vue de Fort-de-France, dans l'une des plus belles baies du monde, à ce qu'on dit. Nous avons trouvé place entre un brick danois et une frégate portugaise. Trop las pour descendre à terre, nous avons soupé et dormi dans la barque.

Au réveil, mon premier soin fut de rendre visite au capitaine du port, monsieur de Villiers, selon les notes de Rigaud, qui avait ajouté :

« S'il te dit qu'il peut rien pour toi, mieux vaudra renoncer. Il connaît les parages mieux que quiconque et aucun navire ne passe dans le secteur sans qu'il s'informe sur lui. »

Renoncer ? La tentation ne m'en était pas venue. Outre le souhait de remplir ma mission sans risquer l'ombre d'un reproche, cette petite expédition avait de quoi me satisfaire, par les rencontres que j'y faisais et les dangers que j'y courais.

Monsieur de Villiers était un homme très important et qui ne l'ignorait pas. Lorsque, ayant passé la porte de son cabinet, je le vis adossé à l'embrasure d'une fenêtre, occupé, la lunette à l'œil, à surveiller le port, je ressentis un sentiment de confiance envers lui.

— Je vous attendais, me dit-il. Asseyez-vous.

— Vraiment ? lui dis-je. Comment avez-vous été prévenu ? Les augures vous auraient-ils averti ?

Il sourit et me tendit la main, avant de s'asseoir à sa table décorée de grosses fleurs jaunes, entre des merlons de dossiers en bon ordre.

— L'augure, me dit-il, c'est moi. J'ai vu votre barque accoster, hier soir, et je me suis demandé ce que vous veniez faire chez nous. Ce matin, je vous ai aperçu vous dirigeant vers la capitainerie. Rien ne m'échappe, monsieur...

— Dumoulin. Je suis en mission dans les Iles pour un armateur bordelais, monsieur Cohen.

Il m'écouta en caressant son menton et ses joues avec une plume, se levant de temps à autre pour se poster avec sa lunette devant la fenêtre, en m'indiquant de poursuivre. Quand j'eus terminé, il se renversa dans son fauteuil, jeta sa plume sur la table et me dit :

— Je vais vous rassurer, monsieur Dumoulin : ce qu'il reste de l'équipage de la *Licorne*, une partie du moins, est sur notre île, et sauf à défaut d'être sain. Quant au vaisseau, il a disparu...

Il me montra, sur une carte de l'île fixée au mur, un point de l'extrême sud : Sainte-Anne. On pouvait y voir un étang, un lac ou des salines sur la côte, une croix représentant une église, quelques carrés pour les habitations et un îlot en apparence désertique, sur le canal séparant la Martinique de l'île voisine, Sainte-Lucie.

— Votre *Licorne* et les gens qui restent à son bord, me dit-il, c'est là que vous avez des chances de les trouver. Je suis monté à bord de ce vaisseau. Une désolation, monsieur ! Un équipage dans un état pitoyable. Pour ce qui est des nègres, je vous laisse imaginer. Quand j'ai voulu faire observer la quarantaine au capitaine... au capitaine...

— Joost van den Vosmaer, monsieur.

— C'est cela, Vosmaer ! Il s'y est refusé avec insolence. Je l'ai laissé reprendre son chemin en gardant à terre ceux de ses hommes qui me paraissaient les plus affectés. Il est reparti avec des vivres et des médicaments, en me disant qu'il n'irait sans doute pas plus loin que la Grenade, mais son intention était peut-être de gagner le Surinam pour y retrouver ses compatriotes...

Il ajouta :

— Vous qui le connaissez mieux que moi, quel genre d'homme est ce Vosmaer ?

— Trois mots le résument, monsieur : un incapable, un imposteur et un fou dangereux,

— C'est bien l'opinion que je garde de lui.

Je lui demandai de quoi vivait le reliquat de l'équipage, sur le promontoire de la Savane.

— Certains travaillent sur la côte, aux salines, d'autres sur le domaine des capucins, auxquels, à ce qu'on m'a dit, Vosmaer a cédé ce qui lui restait de nègres. Vous en saurez peut-être davantage en rencontrant le chirurgien de la *Licorne*...

— Eugène Le Moal ?

— C'est cela ! Il s'est fait inscrire au service de l'Hôpital général, où il donne, à ce qu'il semble, toute satisfaction.

Il alla jeter un nouveau coup d'œil sur le port et m'expliqua en se rasseyant :

— Je ne saurais trop vous mettre en garde contre cet énergumène de Vosmaer. Vous pourriez trouver de la résistance. Lui et ses hommes sont armés et n'envisagent pas de retourner à Bordeaux, où on ne les accueillerait pas nécessairement en héros... Combien d'hommes avez-vous ?

— Nous sommes quatre, dont deux nègres.

Il étouffa un rire derrière sa main.

— Ils sont une vingtaine, eux, et vous aurez du mal à les convaincre de rentrer. D'ailleurs, comment feriez-vous ? Votre barque ne suffirait pas à les contenir. Quant à les ramener jusqu'ici par la terre, mieux vaut y renoncer.

Il nous fit servir du café.

— Ne comptez pas, poursuivit-il, sur le concours de notre gouverneur, le comte d'Ennery. Il est trop âgé pour prendre votre problème en considération. En revanche, je puis vous aider. J'ai comme ami intime le commandant de la garnison, monsieur Dumas. Il ne refusera pas de mettre à votre disposition un peloton d'une vingtaine d'hommes et des embarcations en nombre suffisant.

Je remerciai chaleureusement monsieur de Villiers de son obligeance et me rendis dans l'heure qui suivit à l'Hôpital général. Le Moal fut si surpris de me voir paraître qu'il vacilla et se rattrapa à un meuble pour ne pas tomber en pâmoison. Nous nous embrassâmes avec effusion et, de sa part, quelques larmes qu'il essuya d'une manche tachée de sang.

Quand je lui eus exposé les raisons de ma présence, il se montra sceptique.

— De Villiers ne t'a pas tout dit, objecta-t-il. Vosmaer refusera d'obtempérer, c'est sûr. Nous l'avons connu un peu dérangé. Il est pour l'heure atteint d'une mégalomanie sans limites. Il a fait de la paroisse de Sainte-Anne une sorte de principauté où il mène une vie de tyran et de satrape, avec une garde armée. Il a même, à ce que m'a révélé un capucin, édicté un règlement intérieur extrêmement rigoureux et n'a pas hésité à faire pendre deux de ses hommes qui avaient tenté de prendre la fuite par la montagne...

— Je ne partirai pas seul. Monsieur de Villiers m'a promis le concours de la troupe.

— Eh bien, tant mieux, et bonne chance, mon ami ! Je serai heureux de reprendre avec vous le chemin de Bordeaux...

Notre petite expédition quitta Fort-de-France à bord de quatre chaloupes montées par une vingtaine de fantassins, avec la consigne, si l'affaire devenait chaude, de faire le moins de victimes possible.

En raison des intempéries, il nous fallut deux jours avant de voir se dessiner le promontoire de Sainte-Anne, derrière une forêt de gommiers rouges, de manguiers et de palétuviers, et les mornes cravatés de nuages d'un blanc de lait.

Le lieutenant qui nous accompagnait laissa ses hommes dans les chaloupes, sur la grève d'une petite crique, et nous escorta, Célestin, nos deux nègres et moi, pour une opération de reconnaissance jusqu'au village dont le clocher émergeait d'une touffeur végétale qui semblait impénétrable. Par une chaleur d'enfer, nous escaladâmes le chemin menant au monastère et, après deux heures de marche, nous arrivâmes dans une sorte de village nègre entourant une place ornée d'une fontaine monumentale et flanquée d'une église massive et d'un couvent tout aussi rébarbatif.

Je m'enquis auprès du supérieur, un vieillard à moitié sourd, de l'endroit où nous pourrions entrer en contact avec le capitaine Vosmaer. Bien qu'effrayé de notre audace, il nous indiqua sa résidence : une maison de bois, en marge de la ville, au milieu d'un bosquet de gommiers et de palmiers. Nous ne pouvions pas nous tromper.

Vosmaer parut ébahi en nous voyant surgir dans son potager, alors qu'il aidait un jardinier noir à tailler une haie. Il se reprit vite et décida de faire bonne figure :

— Toi, ici, Dumoulin ! Par exemple... Quel vent t'amène ?

— Le meilleur qui soit ! J'ai mission de vous ramener au pays.

Il me fit entrer seul dans sa maison et me fit servir une boisson fraîche. Il était vêtu comme un planteur sur son champ de canne, d'une tenue légère en drap blanc, et coiffé d'un chapeau de paille à larges bords. Il bougonna, en se laissant tomber dans un fauteuil à bascule :

— Me ramener au pays... Tu rêves, mon gars ! Je suis maître de cette contrée et compte bien y demeurer jusqu'à la fin de mes jours. Il faudrait un régiment pour m'en déloger. Ce n'est pas avec ton escorte minable que tu pourras me contraindre à te suivre !

Cette riposte, je l'attendais.

— Il faudra bien, pourtant, que vous me suiviez, lui dis-je. J'en ai reçu l'ordre de monsieur Cohen et...

— J'emmerde ton Cohen et sa clique ! s'écria-t-il. C'est lui qui aurait des comptes à me rendre. Il aurait fallu qu'avec un navire pourri, une marchandise de traite inadaptée, un équipage de mauvaise qualité, je fasse des miracles ! Tu étais d'ailleurs, il me semble, le premier à reconnaître qu'on avait été floués !

— Rompre son contrat en désertant est une faute extrêmement grave ! A ce propos, qu'est devenue la *Licorne* ?

— J'en sais fichtre rien ! Moi, j'ai fait qu'abandonner une épave. A ce qu'on m'a dit, elle a talonné un récif au large de la Grenade et a sombré.

— Je vais vous laisser le temps de la réflexion, Vosmaer, et serai de retour demain. J'attends votre soumission.

— Soit. Je vais passer la nuit à peser le pour et le contre. Demain, tu auras ma réponse.

Je lui demandai, avant de prendre congé, ce qu'étaient

devenus les membres de son équipage qui avaient accepté de le suivre, et ce qu'il avait fait de nos nègres. Sa réponse ne me surprit pas. Ses hommes travaillaient aux salines, où on les payait bien. Quant aux nègres, ils coupaient la canne pour les moines ou étaient employés à la sucrerie...

— Dumoulin, me dit-il d'une voix calme, sache que je t'en veux pas. Si je me suis montré sévère et même violent envers toi, c'est que je supportais mal tes airs supérieurs et tes allures d'espion à la solde des Cohen. Alors, on fait la paix ?

Il me tendit la main ; je refusai de lui donner la mienne.

— Demain, lui dis-je, si vous tenez parole et décidez de me suivre...

Je passai la fin de la journée en compagnie du lieutenant, à étudier la carte des environs, en vue d'une opération destinée à nous rendre maîtres des rebelles sans avoir à faire parler la poudre, au cas où Vosmaer, décidant d'ignorer ma mission, se préparerait à résister.

Notre plan était simple : une partie du peloton se disperserait autour des salines pour surprendre les matelots sur leur lieu de travail ; avec ce qui restait, nous nous rendrions, le lieutenant et moi, au domicile de Vosmaer pour recueillir sa décision et, au besoin, façon de parler, lui mettre les fers aux pieds.

La première partie de cette opération nous donna pleine satisfaction. Nous en fûmes d'autant plus surpris qu'il eût été étonnant que Vosmaer n'eût pas prévenu ses hommes de notre arrivée et de ce qui les attendait. Loin de tenter de prendre la fuite, ils se rendirent à la première injonction. Ils étaient maigres, à moitié nus et barbus comme des Patagons. Ils m'avouèrent que, ne comptant pas finir leurs jours dans ce bagne, ils s'étaient montrés rebelles aux consignes du capitaine.

La seconde partie nous fut moins facile.

Nous avions dû, pour gagner Sainte-Anne, traverser une savane chauffée à blanc, crissante d'insectes, avec à chaque pas, en travers de notre chemin, des fuites de lézards et de reptiles.

En vue de l'église et du couvent, nous dispersâmes les dix hommes de notre groupe autour de la demeure de Vosmaer, afin d'éviter qu'il ne prenne la fuite.

Nous longions un sentier encastré entre des haies d'épineux d'où émergeaient des hampes d'agaves et des palettes de cactées, quand une salve éclata à quelques pas. Deux de nos hommes s'effondrèrent en hurlant. Atteint à l'épaule, le lieutenant sortit son pistolet et fit feu au jugé. Touché moi-même au flanc gauche, je ressentis une brûlure, puis une douleur violente.

J'entendis une voix puissante crier des ordres, puis des hennissements et une galopade en direction des mornes. Un de nos hommes était mort d'une balle en plein front, l'autre tentait d'entourer d'un mouchoir sa main blessée.

Nous courûmes vers la maison de Vosmaer, bien qu'à l'évidence il dût en être absent, ce que nous confirmèrent les domestiques terrorisés. Malgré la menace de leur faire sauter la cervelle, ils ne purent nous dire, ou s'y refusèrent, où s'était réfugié leur maître. Dans la maison, tout était en ordre. Je trouvai dans sa chambre, caché sous le matelas, le journal de bord, que je glissai dans ma ceinture avant de me rendre avec nos blessés au monastère où les religieux se firent un devoir de nous soigner.

Ma blessure était superficielle, mais j'avais perdu beaucoup de sang, de même que le lieutenant. Il fallut quelques rasades de rhum pour nous remettre sur pied. Le supérieur, qui détestait Vosmaer, me dit :

— Je crois savoir où vous pourrez retrouver cette brute : dans une plantation abandonnée, non loin d'ici, au bord de la rivière. Vous y parviendrez en longeant son cours. Prenez garde : il y a des hommes armés avec lui. Je vous conseille de le surprendre à la nuit tombée.

Avec le détachement qui, mission accomplie, nous avait rejoints, nous nous trouvions à une quinzaine. Nous avons passé le reste de la journée dans le petit cloître, à boire, à fumer et à dormir. Nous étions, le lieutenant et moi, affaiblis mais encore capables de poursuivre la traque et peu enclins à y renoncer.

Après le souper, à la nuit tombante, guidés par un religieux, nous avons longé la petite rivière, dont j'ai oublié le nom. Après une heure environ de marche, notre guide éteignit sa lanterne, nous donna sa bénédiction et se retira. Dans la clarté de la lune qui venait de surgir derrière l'épaule d'un morne, nous pouvions distinguer la masse blanchâtre de l'habitation.

Notre premier soin fut d'envoyer deux éclaireurs reconnaître les lieux avant de déclencher l'assaut. La nuit était d'un calme virgilien, troublé par les seuls cris des oiseaux de nuit et les rumeurs d'insectes. La clarté diffuse nous évitait les faux pas, mais risquait de faire de nous des cibles faciles.

Des coups de feu nous prévinrent que nous étions attendus. D'un seul élan, nous nous sommes précipités vers l'habitation pour la cerner. A pas de loup, pliés en deux, nous sommes parvenus sur le glacis précédant la véranda sans entendre un bruit, sans apercevoir une lumière, à croire que notre gibier avait pris le large.

Alors que nous nous précipitions vers la véranda, des coups de feu venant des fenêtres et de la porte entrebâillée ont illuminé la nuit, sans qu'aucun des nôtres fût atteint. Le lieutenant se rua sous la véranda et, plaqué le dos au mur, lança une première sommation, mais n'obtint d'autre réponse qu'une nouvelle salve.

Il alluma une grenade et la jeta à l'intérieur par l'ouverture de la porte, d'où pointait le canon d'un fusil, avant de se laisser glisser sur le sol. A la déflagration succédèrent, à travers la fumée, des cris et des plaintes. Les défenseurs de la redoute sortirent, jetèrent leurs armes et s'avancèrent vers nous, les bras levés.

Je courus à l'intérieur, pistolet au poing, et sommai une servante noire de me dire où se trouvait son maître. Terrorisée, elle fit signe qu'elle l'ignorait. Je lui mis le canon de mon arme sur la tempe ; elle me fit signe de la suivre.

Vosmaer se trouvait dans une chambre éclairée d'une chandelle, assis sur le bord du lit. Quand je braquai sur lui mon pistolet en le sommant de se rendre, il jeta sur le parquet celui qu'il tenait à la main et ricana en se levant.

— Encore toi, Dumoulin ! Décidément, tu t'accroches à ta proie comme la misère au pauvre monde ! Compliments... Je te prenais pour une mauviette. J'avoue que je me trompais. Que vas-tu faire de moi ?

— Vous le savez : vous ramener en France. Vous m'avez donné du mal, mais je ne le regrette pas. Ma mission est achevée...

Au cours de ce dernier engagement, nous avions perdu deux hommes et trois autres avaient des blessures légères. Ceux qui avaient cerné l'habitation nous ramenèrent une dizaine de prisonniers. Les lois de la guerre nous auraient autorisés à les considérer comme des rebelles pris les armes à la main, et à les exécuter sans procès. Le lieutenant l'aurait décidé, si je ne m'y étais opposé, disant que nous n'étions pas en guerre et qu'un tribunal civil se prononcerait sur leur châtiment.

Nous avons passé la journée du lendemain à faire le compte de nos pertes, à réserver de la place dans une chaloupe pour les morts et les blessés des deux camps et à nous reposer, après que les moines nous eurent renouvelé nos pansements et régalés d'un repas généreux.

Quand je me retrouvai au milieu des matelots, certains m'implorèrent de les extraire de cet enfer et de les ramener en France, d'autres, me prenant la main, pleuraient comme des enfants. Je les rassurai : nous allions bientôt faire route pour le vieux pays...

De retour à Fort-de-France, mon premier souci, après avoir confié Vosmaer et ses complices à la prison militaire, fut de retrouver Rigaud et d'assumer le second volet de ma mission : faire l'acquisition d'un domaine pour Aaron, non loin de la ville. Là encore, il me fut d'un grand secours.

En mon absence, il s'était mis en campagne et avait découvert plusieurs plantations, qu'il m'invita à visiter en sa présence.

La plupart, du fait de la guerre, battaient de l'aile ou étaient à l'abandon. Ce sont ces dernières, moins coûteuses, qui fixèrent mon attention. J'en fis le relevé et portai mon choix sur une modeste habitation de la Rivière-Salée, dans un endroit ouvrant sur la ville. Le propriétaire, un vieil Espagnol originaire de Cuba, où il souhaitait se retirer, ne se montra guère exigeant. La plantation comptait une vingtaine d'esclaves et, bon an, mal an, produisait assez de sucre, de café et de tabac, sinon pour assurer sa prospérité, du moins pour se maintenir à flot.

L'affaire fut conclue devant le notaire. Je versai une forte avance prise sur le magot qu'Aaron m'avait confié, déjà entamé par les frais de l'expédition.

Nous nous trouvions à la Martinique depuis plus d'un mois quand la *Flamme* appareilla. Monsieur Rocheteau fit dire une messe pour nous concilier les faveurs du ciel et de la mer. Je remerciai monsieur de Villiers de son aide et offris un cadeau à son épouse.

Ma blessure me tourmentait, mais Le Moal me rassura : je serais guéri bien avant d'arriver en France, le risque de gangrène semblant écarté.

La veille de notre départ, coup de théâtre ! Un officier chargé de la garde des prisonniers vint me prévenir du dernier exploit de Vosmaer : il avait tenté, au cours de la nuit, de s'ouvrir les veines. Un de ses compagnons de cellule, s'en étant aperçu, avait donné l'alerte. Vosmaer avait perdu beaucoup de sang, mais en avait suffisamment en réserve pour survivre.

Sa tentative aurait-elle réussi, j'aurais été le premier à m'en réjouir...

SIXIÈME PARTIE

Clos-Gabrielle, fin automne 1818

La blessure que j'ai reçue lors de mon expédition à la Martinique, bien que bénigne en apparence, a laissé des séquelles. J'en souffre encore aujourd'hui, après bien des années, la nuit surtout, et, s'ajoutant à d'autres maux, elle rend mon sommeil difficile.

Je n'ai pas eu de peine à vendre mon vin. Il ne sera pas cette année d'une qualité exceptionnelle, mais les Anglais, m'a-t-on dit aux Chartrons, l'apprécient. Le bénéfice que j'en ai tiré m'a permis de prévoir l'achat de nouvelles futailles.

Cette fois-ci, pour de bon semble-t-il, Mariette va me quitter. Elle a pleuré en m'annonçant sa décision.

— Faut m'excuser, monsieur François, mais je vais me marier. Faut me comprendre : je peux pas rester fille plus longtemps.

— Ne vous excusez pas, mon enfant, mais dites-moi : c'est avec qui, *cette fois* ?

— Vous plaisantez, monsieur, mais vous avez tort : cette fois-ci, c'est *pour de vrai* !

Je lui ai demandé de nouveau qui était l'heureux élu. Il s'agit de Bernard Levasseur, maître de chai chez des messieurs de Margaux, un homme dans la trentaine. Si ce n'est pas du roman, comme les autres fois, elle se place bien. Je lui ai demandé si elle l'avait choisi de son plein gré ou s'il lui avait été imposé par sa famille. Elle a protesté d'un air indigné, disant qu'elle était adulte et pouvait faire elle-même son choix.

Heureux Levasseur ! Il va hériter de l'éducation et des soins que j'ai donnés à sa fiancée, qui, lorsque je l'ai prise à mon service, était une petite paysanne ignare à laquelle j'ai appris à lire, à écrire et à aimer – modérément – la lecture des gazettes et de quelques romans de dames.

Ce maître de chai ne m'est pas inconnu. Je l'ai rencontré chez Aimé Chassagnac, avec lequel il entretient des rapports relatifs au négoce. C'est un bon garçon replet, rose de visage, avenant et bon connaisseur en vins.

— Je ne vous oublierai pas pour la noce, a ajouté Mariette, et, si ça ne doit pas vous ennuyer, je reviendrai vous voir par la suite, parce que... parce que... je vous aime bien !

Elle m'a sauté au cou en reniflant, se souvenant sans doute d'entreprises inabouties, de sa part et de la mienne, pour donner un agrément supplémentaire à nos relations ancillaires.

— Ne pleure pas, mon enfant, lui ai-je dit. Tu sais bien que cette maison est un peu la tienne et te restera toujours ouverte.

J'ai bien dit « un peu ». Mariette a tendance à se croire indispensable et à jouer les maîtresses servantes, dans le genre de *La Serva Padrona* de Jacopo Nelli, dont Pergolèse a tiré un petit opéra que Blanche adorait.

Sans oser le lui dire, je la regretterai. Elle m'a été des plus utiles au cours de mes dernières vendanges, veillant à l'organisation des repas de mes journaliers et à ce que la promiscuité n'engendrât pas de désordre dont le travail eût pâti.

C'est toujours avec la même émotion que, la cuvaison menée à son terme, j'ai goûté mon nouveau cru, en compagnie de quelques voisins et amis, à l'occasion d'un dîner. J'ai gardé quelques bribes de leurs commentaires en mémoire :

— Plus souple que celui de l'année passée, plus léger...

— Il faudra attendre deux ou trois ans pour apprécier toutes ses qualités...

— Il lui manque peut-être un soupçon de tanin…

— Je regrette le goût d'amande de l'année passée…

Un goût d'amande ! Où ont-ils trouvé ça, alors que mon vin se suffit de ses qualités propres, sans le recours d'autres saveurs, plus ou moins imaginaires ? J'ai l'impression qu'il me *parle* mieux qu'à quiconque d'étranger, comme s'il était ma créature, encore qu'il le soit de fait. Peut-être est-ce le fruit d'une passion ?

D'autres jugements de mes amis, sur sa robe, sa cuisse, sa longueur en bouche, m'ont été peu sensibles. J'ai pleinement conscience que mon vin n'égalera jamais les margaux, les pauillac et autres « châteaux » des bords de la Garonne, mais je n'en éprouve aucune humiliation.

— J'ai appris par Chassagnac, m'a dit au cours du même repas Daniel Monnier, propriétaire d'un vignoble dans la région de Saint-Estèphe, que votre servante va vous quitter. Comptez-vous la remplacer ?

— C'est bien mon intention. A mon âge et à demi infirme, je ne puis rester seul.

Il s'est proposé de m'aider en me confiant la fille de sa propre servante. J'ai accepté qu'il me la présentât, ce qui se fit quelques jours plus tard. Angèle a passé depuis peu le cap de l'adolescence ; elle semble un peu taciturne, mal soignée de sa personne, mais vigoureuse et suffisamment laide pour décourager les prétendants.

J'ai dû, depuis des mois, renoncer à mes promenades à cheval, en raison de mes douleurs dans les reins et à l'anus, reliquat de mes blessures et d'une opération subie dans ma jeunesse. Désormais, j'utilise le tilbury dont l'achat m'a été imposé jadis par Gabrielle.

Octobre charrie ses tombereaux de linge sale sur les vignobles, qui hésitent entre le rouge et le jaune. Le soleil s'abandonne à de longues absences et les pluies ont pris le relais.

Laisserai-je venir l'hiver sans effectuer la longue excursion prévue depuis longtemps à Soulac, à l'extrême nord de la péninsule du Médoc ? On a commencé à dégager l'église romane engloutie par le sable, comme celle de Maguelonne, dans le Languedoc.

Comment ne pas reconnaître, dans ce projet un peu téméraire, une analogie avec le travail de mémoire que j'ai entrepris depuis le printemps dernier, et que j'assume avec une parfaite régularité, sans me lasser, avec même du bonheur quand soufflent les vents de la nostalgie ?

Aimé Chassagnac m'a annoncé ce matin une nouvelle qui m'a bouleversé : Aaron Cohen vient de mourir, dans son vignoble de Pomerol...

1

Comme un fantôme...

Mon père était décidément un homme étrange, une véritable armoire à secrets. Il est parvenu jusqu'au bout à tromper son monde quant à l'état de sa fortune et de ses biens.

Je n'ignorais pas, de même que mes proches, qu'il avait jadis hérité de ses parents, sans que nous soyons parvenus à savoir de quoi, si ce n'est d'une propriété vinicole dans le Médoc. Discret, il n'avait jamais fait qu'allusion à ses « sous », comme il disait. Pierre Dumoulin, modeste employé d'un armateur bordelais, était riche, mais sans ostentation.

Ce n'est qu'après le retour de mon expédition aux Antilles, alors que je venais d'apprendre sa mort d'un arrêt du cœur, que le pot aux roses me fut révélé par ma belle-mère, Margot. Elle m'invita à souper et me dit, avant de passer à table :

— Attends-toi à une heureuse surprise, François ! Voici le relevé des biens de tes parents : une terre en Saintonge, trois immeubles à Bordeaux, du côté des dominicains, un vignoble dans le Médoc, dont tu connais déjà l'existence. Quant au numéraire, il se monte à quelques centaines de milliers de livres et à des intérêts chez les Cohen, les Gradis et les Nairac, histoire de ne pas mettre tous ses œufs dans le même panier !

J'en demeurai ébloui. Restait à procéder au partage. Une part du magot revenait par testament à son épouse, le reste était à répartir entre ses trois enfants.

Blanche résidait toujours à Paris. J'avais appris qu'elle connaissait une vie sentimentale orageuse, partagée entre ses concerts et ses amours avec un attaché à l'ambassade d'Espagne, Alberto de Sierra-Grande, sans les soucis financiers qui justifiaient naguère ses demandes d'argent.

Germain avait mal tourné. A la suite de scandales sur la voie publique et d'un état mental déficient, il avait été enfermé dans une maison de santé, sous haute surveillance. Sa part d'héritage suffirait à payer sa pension.

Cette nouvelle situation n'eut guère d'incidence sur mon train de vie. Je n'avais pas un caractère porté à dilapider ou à thésauriser. Sans mépriser l'argent, je refusais de m'en sentir l'esclave. Il est vrai que je n'ai jamais connu la misère ni la gêne. Cette fortune qui me tombait du ciel m'eût été plus agréable si elle n'avait pas été la conséquence de la mort d'un être cher. Il m'appartint de gérer ces biens au mieux des intérêts de Blanche et de Margot, qui en étaient incapables.

A diverses reprises, Margot se déclara surprise de mon acharnement à m'accrocher au célibat. Je lui répondais que, dans ma situation, appelé, comme je pouvais l'être encore, à quitter l'Europe, prendre une épouse était inconcevable. Avec la fortune dont je disposais désormais, il m'eût été facile de choisir un beau parti, mais je m'y refusais. Je nourrissais un projet qui, d'année en année, allait se préciser : ma retraite dans le modeste domaine viticole du Médoc, en me souvenant que mon père, fauché prématurément par la mort, y avait lui-même songé. J'ignorais tout du métier de viticulteur, mais j'apprendrais vite, du moins je le croyais.

Faire litière de ma liaison avec Gabrielle m'était difficile, voire impossible. En dépit de l'évidence – elle à Bayonne, moi à Bordeaux –, je me disais que l'amour peut faire des miracles.

Aaron allait, quelques mois après mon retour, justifier cette croyance, en m'annonçant avec ménagement une nouvelle qui allait changer le cours de mon existence : Gabrielle était veuve depuis une quinzaine ! Il l'avait appris du gouverneur du Château-Trompette, successeur de monsieur de Vermeil.

— Je n'ai pas de précisions sur les circonstances de sa mort, me dit-il, mais il semble qu'il soit tombé dans les montagnes du Pays basque, au cours d'un combat avec des contrebandiers ou des bandes de déserteurs, je ne sais. Il n'a, m'a-t-on dit, laissé aucun regret dans sa garnison. Il avait les talents d'un caporal d'intendance et les prétentions d'un officier supérieur. Dans son ménage, il se comportait comme un tyran.

— Avaient-ils des enfants ?

— Je l'ignore.

— Et Gabrielle, que va-t-elle devenir ?

— Elle seule pourrait le dire, mais il semble logique qu'elle revienne à Bordeaux, pour reprendre son service chez les Lewenson. Rien ne t'empêcherait, dès lors, de renouer avec elle. Cette relation vous ferait traverser un cimetière, mais la mort ne doit pas être un obstacle à la vie.

Cette révélation n'allait cesser de m'obséder dans les semaines suivantes, où je restai sans nouvelles. Ecrire à Gabrielle eût été indécent ; elle devait penser de même.

Ma vie intime reprit son cours normal. J'avais, tout naturellement, reparu chez madame O'Gara, au Panier-Fleuri, dont les bouquets étaient renouvelés fréquemment, pour mon plus grand plaisir. Selon mes dispositions naturelles, je m'y offrais une visite nocturne trois ou quatre fois par semaine et changeais de partenaires comme on passe une frontière.

Si j'avais écouté Aaron, j'aurais choisi une maîtresse au long cours, mais je me méfiais de ces relations qui tirent vers le mariage, et j'aurais considéré ce mode de rapports comme une trahison envers Gabrielle.

L'affaire de la *Licorne* allait durer des mois.

J'en avais des échos par Aaron, mais il avait fini par faire son deuil, et pour cause, de cette perte importante, et s'était lassé d'une procédure interminable et complexe. Vosmaer s'en tirait avec un blâme de la cour de justice de Bordeaux. Condamné en outre aux frais du procès, qu'il avait perdu, et insolvable, il avait effectué quelques mois de détention avant d'être invité à regagner sa terre natale.

Aaron n'avait pas renoncé à me faire voyager. Il me parla de l'expédition de traite qu'il envisageait sur les côtes de l'Angola et m'invita à en prendre la tête, avec le titre de capitaine. J'excipai de mon état de santé pour refuser.

— Diable ! protesta-t-il. Ta santé... allons donc ! Il semble que tu ne te sois jamais aussi bien porté, à croire que les voyages te stimulent... Tu seras cette fois maître d'un excellent vaisseau – j'y veillerai – que tu pourras gouverner à ta guise, et tu auras le choix des officiers et de l'équipage. Tu trouveras à Luanda un courtier qui te procurera des nègres d'excellente qualité.

Je maintins mon refus, expliquant que j'avais perdu le goût des grandes expéditions négrières. Conscient de jouer ma place sur ce qui pouvait passer pour un refus d'obéissance, j'ajoutai :

— Le commerce des Noirs a fini par m'écœurer. Je ne supporte plus la pensée d'être complice de ce que je considère comme une infamie.

Il resta quelques instant figé et muet, avant de laisser échapper sa colère :

— Tu as bien, jusqu'à ce jour, profité de ce que tu appelles une *infamie* ? Alors, quelle mouche t'a piqué ? La lecture des philosophes, je présume ! Ils t'ont fait prendre des vessies pour des lanternes, innocent ! J'ai lu moi aussi leurs élucubrations. Ces gens parlent de ce qu'ils ignorent et veulent, bien au chaud dans leurs pantoufles, anéantir un système vieux de plusieurs siècles !

Je sentis à mon tour la colère affluer en moi. Je m'écriai :

— Comment peux-tu juger du système dont tu parles, alors que tu ne connais de la traite que ce qu'on t'en dit dans ton cabinet ? La réalité, tu l'ignores ! Les philosophes que tu méprises développent des idées généreuses, et toi des bilans. Ils sont humains et toi tu es égoïste !

Il pointa un index sur ma poitrine, comme pour me poignarder, en maugréant :

— François Dumoulin, j'ai le regret de te dire qu'à dater de ce jour tu ne fais plus partie de mon personnel. Comment oses-tu me tenir tête, à moi qui t'ai fait ce que tu es, qui fus ton ami et ton confident, dans le plaisir et dans la peine ? Cette ingratitude me navre. Nous n'avons plus rien à nous dire. Adieu !

De retour chez les sœurs Charpentier, je décidai de rédiger un mémoire destiné à révéler à Aaron la condition des esclaves, sans rien lui épargner des comportements dont j'avais été le témoin ou que des gens dignes de foi m'avaient rapportés. Je développai ce libelle en une vingtaine de pages. J'aurais pu en faire un document comparable, toutes proportions gardées, mais à l'inverse, au célèbre *Code noir* édicté l'année 1685 par Louis XIV.

Je me bornai à relater des faits précis : châtiments injustifiés, tortures physiques et morales, souffrances au cours des traversées... J'y montrai des femmes suspendues par les pieds à une branche, nues et fouettées pour avoir résisté à un viol, des hommes écartelés ou découpés à la machette ; des nourrissons jetés aux chiens... Autant d'horreurs dont je me suis abstenu, par honte, me sentant complice, de parler dans ce récit.

Je fis déposer ce mémoire sur le bureau d'Aaron par un secrétaire et attendis la réponse avec sérénité.

Quelques jours plus tard, il me convoqua. Plus calme que lors de notre affrontement, il alluma un de ses cigares du Brésil, sans m'en offrir, puis se mit à feuilleter mon mémoire avec une négligence ostentatoire, en faisant mine d'ignorer ma présence.

— J'ai apprécié, me dit-il, la concision de ce rapport, mais il ne fait que témoigner de ta sensibilité. J'avoue que je peux comprendre ton sentiment de révolte contre des actes inhumains. Il est vrai que l'homme est parfois pire que l'animal, mais dans ces pages tu ne rends compte que de l'aspect critiquable de la traite. Tu ne peux nier qu'elle a de bons côtés, en sortant les nègres de leur sauvagerie et de leur obscurantisme. Certains même deviennent des citoyens à part entière, comme ton *ami* Héraklès...

— Faire leur bonheur contre leur volonté est une mauvaise excuse. En fait, ce sont les colons qui font leur bonheur à eux avec leur sueur et leur sang.

— Peut-être, mais dis-toi que la condition des soldats en temps de guerre est bien pire. Si tu savais les horreurs perpétrées dans la guerre d'Amérique, entre *Insurgents* et tuniques rouges...

— Je ne vois aucun rapport entre l'esclavage et la guerre.

— Moi si ! La traite est une guerre dont le commerce est l'enjeu. Imagine ce qu'il adviendrait si le roi décidait de supprimer le trafic des esclaves : les Anglais pavoiseraient ! François, la traite est injuste, voire inhumaine, mais elle est une nécessité. Comme la guerre...

— Je conviens que la guerre puisse se justifier par des intérêts majeurs ou en cas de provocation avérée. Il n'en va pas de même de la traite. Qui peut croire que notre commerce courrait à la ruine sans le travail des Noirs ? L'Eglise elle-même commence à s'émouvoir. Les planteurs seront plus difficiles à convaincre, car il y va de leur intérêt plus que de leur conscience.

Il répliqua, d'un air buté :

— En condamnant la traite, tu nous pousses à la ruine.

— Allons donc ! Vous pourrez continuer votre commerce avec les colonies, même si le prix des denrées doit augmenter.

— Ton jugement est assez juste, j'en conviens, mais je ne renoncerai à la traite que lorsqu'elle sera interdite à toutes les nations occidentales. Sinon, ce serait un suicide !

Il ajouta, en quittant son fauteuil et en tirant une dernière bouffée de son cigare :

— François, oublie les propos que je t'ai tenus lors de notre dernière entrevue. Je suis, comme l'était mon père, d'un caractère entier. Restons amis, veux-tu ? Tu as toujours ta place dans ma maison, et j'ai besoin de toi.

Libéré du double souci de reprendre la mer ou de chercher un emploi, je repris mon travail au secrétariat et sur le port, selon les circonstances.

Je gardai mon amitié entière à Aaron, mais avec une réserve : jamais il ne m'avait invité dans sa famille. La disparition du patriarche ne l'avait pas ouverte pour un partage d'affinités avec des gens d'une autre religion ou d'un autre milieu. Cette Trappe ne laissait pénétrer la lumière que par des lucarnes, des impostes ou des soupiraux qu'on pouvait obturer à tout moment. Faire part à Aaron de ces remarques, libre que j'étais avec lui, aurait risqué de me coûter son amitié.

C'est dire si je fus surpris, à quelque temps de là, de l'entendre me dire :

— Je m'apprête à recevoir à souper une vieille connaissance. Accepterais-tu de te joindre à nous ?

Stupéfait, j'acceptai son invitation. L'idée d'être reçu dans le saint du saint aiguisait ma curiosité.

Le soir venu, une autre surprise m'attendait. La « vieille connaissance » dont m'avait parlé Aaron était une femme, que je trouvai, dos tourné, en train de papoter avec l'épouse d'Aaron. En contournant le fauteuil pour présenter mes civilités à ces dames, je faillis tomber à la renverse. Gabrielle sourit, me tendit sa main à baiser en me disant :

— Eh bien, monsieur, qu'avez-vous ? Me prendriez-vous pour un fantôme sortant de sa tombe ? Vous ai-je fait peur ?

Je lui baisai la main en oubliant, dans mon émotion, de faire de même avec madame Cohen, qui ne parut pas m'en tenir rigueur. Je vidai d'un trait une coupe de punch et bredouillai des banalités, jusqu'à lui demander si elle avait fait bon voyage et s'il faisait meilleur temps à Bayonne qu'à Bordeaux !

Elle n'avait guère changé. Un peu maigri, soit, mais cela lui allait bien. Des images tournoyaient dans ma tête : Gabrielle, compagne d'un souper au restaurant... Gabrielle allongée nue sur mon lit, après l'amour... Gabrielle dans la grande salle du

Château-Trompette... Gabrielle trottant sur le bord de la Garonne...

Par un absurde mouvement de pudeur, je m'inclinai pour rejoindre Aaron qui s'entretenait avec un fils Gradis, Isaac, un Juif comme lui, et me mêler à leur conversation, qui avait trait au négoce, ce qui n'avait rien pour me surprendre. Après quelques minutes, je les abandonnai pour dériver vers un sofa qui semblait me tendre les bras.

A peine y avais-je pris place que je vis Gabrielle venir vers moi. Je sentis mon cœur se crisper lorsqu'elle se laissa tomber à mon côté dans un froufroutement de soie.

— J'ai le sentiment, me dit-elle à voix basse, que tu m'évites. Que dois-je en penser ? M'aurais-tu oubliée et me juges-tu importune ? S'il en est ainsi, dis-le-moi et je me retirerai sur-le-champ.

Je lui pris la main et la serrai si fort qu'elle protesta, disant en riant que je lui faisais mal.

— J'ai attendu de tes nouvelles durant des mois, lui dis-je d'une voix âpre. J'ai cru que c'en était fini entre nous et que mieux valait t'oublier...

Elle éclata de rire.

— M'oublier, François ? Quelle déception ! Moi qui me croyais *inoubliable*...

— Avoue qu'il y avait de quoi renoncer à tout espoir !

— Pour toi, peut-être. Il en était autrement pour moi. A aucun moment je n'ai désespéré de te retrouver. Je ne pouvais imaginer que mon mari disparaîtrait si tôt et dans des circonstances aussi tragiques, mais j'avais la conviction qu'un jour ou l'autre la vie nous réunirait. Pourtant...

— Quoi donc, ma chérie ?

Elle reprit, d'un air maussade :

— Pourtant, il se peut que j'arrive trop tard, que tu aies une liaison, que tu sois marié peut-être...

Ce fut à mon tour d'éclater de rire.

— Je n'ai qu'une liaison, mais elle demande beaucoup de temps et de passion : ma tâche quotidienne. Elle me laisse cependant la liberté de mener mon existence à ma guise. Non, ma chérie, mon cœur est libre. Quant au mariage, tu sais ce que j'en pense...

Peu à peu, en sa seule compagnie, je retrouvai une sérénité ballottée encore par l'émotion. Paralysé en la voyant reparaître, *comme un fantôme*, je retrouvai peu à peu ma maîtrise et l'usage des mots. J'avais l'impression de ne lui livrer que des banalités, alors que je me sentais plongé dans un bain d'euphorie.

— Soyons brefs ! me dit-elle. Je vais peut-être te paraître pragmatique, mais je me pose la question essentielle : qu'allons-nous faire ? Je veux dire : comment allons-nous aborder cette nouvelle situation ?

— Cette question me surprend. Comment pourrais-tu supposer que, libres comme nous le sommes, nous puissions renoncer à vivre ensemble ?

— C'est la réaction que j'attendais de toi. Pourtant...

— Quoi encore ?

— Pourtant, qui me dit que tu ne vas pas te laisser reprendre par la mer et partir pour de nouvelles aventures ? Je n'ai pas, tu le sais, la vocation d'une femme de terre-neuvas. Si tu dois reprendre ce manège, rester des mois absent, mieux vaut renoncer à une vie commune.

Je la rassurai. Pour moi, les expéditions de traite étaient exclues, et je n'y reviendrais pas. Quand je lui eus parlé de mon entretien orageux avec Aaron et de notre réconciliation, son visage s'illumina d'un sourire. Elle s'écria, un peu trop fort à mon goût :

— Le sort en est jeté ! Buvons, et que les dieux de l'amour nous soient favorables !

Aaron avait un autre invité : MacDiarmid, un capitaine de vaisseau originaire d'Ecosse. Il me le présenta, avec un sourire en coin, comme un « vétéran de la traite ». Il allait partir pour le Mozambique, sur un navire des Cohen dont nous avions commencé l'armement : l'*Orion*.

Madame Cohen avait pris soin de me placer à table près de Gabrielle. J'aurais aimé poursuivre un entretien si chaleureusement commencé, mais, de tout le repas, il ne fut question que de l'armement du vaisseau que MacDiarmid allait commander. J'y pris quelque intérêt ; Gabrielle beaucoup moins.

Le principal souci de ce navigateur était la guerre qui persistait, et le danger qu'il y aurait à rencontrer une flotte anglaise. Si la marine de Londres éprouvait des pertes au cours des combats qui l'opposaient à la nôtre, elle était encore puissante. MacDiarmid évoqua la bataille d'Ouessant qui, quelques mois auparavant, s'était soldée par la retraite de l'amiral anglais Keppel, devant la flotte d'Orvilliers. Il poursuivit :

— Nous avons de plus d'excellentes nouvelles de l'océan Indien. Pierre-André, bailli de Suffren, mène la vie dure aux escadres anglaises...

— Les gens de Londres, intervint Aaron, ont trouvé à qui parler en Amérique, où la guerre tourne à l'avantage des *Insurgents* et de nos troupes. Une sacrée humiliation pour ces personnages qui se croyaient les maîtres du monde ! La paix se dessine, mes amis, et la traite va reprendre de plus belle !

Il ajouta, à mon intention :

— J'en connais qui vont regretter d'y avoir renoncé...

Je ne daignai pas relever ce propos provocateur. Ma décision était prise. Je sentis la main de Gabrielle se crisper dans la mienne.

Aaron avait vu juste. En octobre de l'année suivante, en Amérique, un général anglais, lord Charles Cornwallis, bloqué dans la ville de Yorktown par les troupes franco-américaines, avait remis son sabre aux vainqueurs. Cet événement allait déclencher en Angleterre une marée de désespoir et en France un enthousiasme délirant. La Fayette était un héros ; il était en passe de devenir une idole.

Avant de nous séparer, nous nous promîmes, Gabrielle et moi, de nous revoir au plus tôt. Dans une semaine ? Dans un mois ?

Non : dès le lendemain. Elle m'avait prévenu : elle renonçait à solliciter l'hospitalité des Lewenson, qu'elle tenait à juste titre pour responsables de notre séparation et d'un mariage non souhaité.

Son veuvage ne l'avait pas laissée dans la gêne. A défaut de dot, elle jouissait de la fortune de son mari, qui lui permettait de vivre sans souci. Elle avait loué, dans le quartier des Carmes, proche de la Grosse-Cloche, un appartement donnant sur le jardin des carmélites, avec à son service une adolescente ramenée de Bayonne, Fantine.

Le lendemain, nous nous sommes retrouvés au restaurant du Casque d'Or, sous les ruines de l'Ombrière. De tout le temps qu'a duré le repas, nous nous sommes conduits non comme des amoureux mais comme un couple occupé à organiser son nid.

Jugeant absurde de vivre séparément, elle me proposa de partager son logis avec moi, ce que j'acceptai. Cette idée bousculait un peu l'idée que je m'étais faite de nos relations futures, attaché que j'étais à mes habitudes de célibataire, mais cette réserve fut vite balayée.

Dans les jours qui suivirent, je résiliai mon loyer auprès des sœurs Charpentier pour emménager chez Gabrielle. J'exigeai que nous ayons chacun notre chambre, avec la liberté de renouer avec notre intimité quand le désir s'en ferait sentir de part et d'autre. Elle n'y fit pas obstacle. J'obtins de même le partage du loyer et des frais de notre ménage. Tout cela manquait un peu de poésie, mais nous étions des adultes conscients de leurs devoirs.

Jour après jour, notre couple prit l'allure d'un ménage de bourgeois, avec en plus une certaine liberté dans nos rapports, l'essentiel étant qu'une bonne entente régnât entre nous. C'était le cas : nous avions passé le cap des élans passionnels pour aborder à des rivages plus sereins.

Je travaillai à l'armement de l'*Orion* avec le plus grand soin, l'expédition envisagée n'étant pas sans risques, bien que la paix fût revenue. Aaron escomptait une réussite qui comblerait, du moins en partie, le déficit enregistré par la perte de la *Licorne*. L'*Orion* était une belle unité, jaugeant trois cents tonneaux et sortie récemment des chantiers de Paimbœuf. La corne et le gui de la brigantine étaient portés par un espar sur l'arrière du grand mât, en parallèle avec ce dernier. C'était là sa particularité essentielle, à en croire MacDiarmid, et un détail qui, pour lui, avait son importance.

Je ne puis nier que des élans de nostalgie venaient parfois s'emparer de moi. Lorsque je montais à bord, des souvenirs me revenaient par vagues pressées. Je me voyais posté à la timonerie au large des côtes d'Afrique sous de grandes volées d'oiseaux blancs, assailli par des bouffées de chaleur qui sentaient le sable ou la forêt.

La décision que j'avais prise de renoncer à la navigation m'apparaissait incompatible avec un caractère enclin à l'aventure, malgré mes réticences concernant la traite.

Si Gabrielle n'était pas réapparue, avec la promesse qu'elle portait avec elle d'un bonheur sans nuages, peut-être serais-je remonté à bord.

En février, après le départ de l'*Orion*, l'occasion me fut donnée de revoir un personnage dont le souvenir s'était effrangé dans ma mémoire : Joseph Maurin.

Succédant à son père, mort à un âge avancé, il dirigeait l'entreprise dont sa cousine Cécile et lui avaient hérité, en lui insufflant un nouvel élan, qui en avait fait une des premières de Nantes. Il me confia que les affaires avaient repris de plus belle et que son courtier du Cap-Français venait de réceptionner une cargaison de deux cent cinquante nègres d'Angola.

Je le rencontrai au cours d'une de ces réunions d'armateurs de la côte atlantique, à La Rochelle, où Aaron, qui détestait ce genre de rencontres, m'avait prié de le représenter.

J'en avais ramené de précieuses informations pour notre négoce et une triste impression : celle d'une chienlit ; la concurrence étant devenue plus âpre avec la paix, jalousies et rancœurs s'étaient exacerbées. Ces messieurs se regardaient comme chiens et chats et, lorsqu'ils portaient des santés au cours des réceptions, semblaient craindre le poison.

J'avais proposé à Gabrielle de m'accompagner ; elle s'y était refusée, enceinte qu'elle était depuis peu, ce qui me réjouissait. De plus, elle se révélait casanière, comme si, son navire ayant atteint le port, le monde pût s'écrouler.

Je n'attachais, quant à moi, guère d'intérêt ou de plaisir à fréquenter la bonne société bordelaise, mais j'y étais tenu de par mon métier. Bien que notre intérieur, qu'elle avait meublé avec goût, fût des plus agréables, nous recevions peu et des convives en petit nombre, triés sur le volet. Quand nous étions reçus, j'avais la fâcheuse impression que l'on me volait un peu de ma compagne et qu'au retour elle serait différente de ce qu'elle était à l'aller.

Je ne la quittais pas de l'œil et m'immisçais dans les groupes qui l'entouraient pour surprendre leur conversation, sourcilleux au moindre propos un tant soit peu équivoque à son encontre.

Je m'étais découvert jaloux, alors que je détestais ce sentiment qui ne m'avait jamais effleuré auparavant. Ce travers n'avait pas échappé à Gabrielle. Plutôt que de le prendre au tragique, elle s'en amusait. Je me disais qu'un jour où l'autre je risquais d'être confronté à un rival plus beau, plus élégant, plus riche que moi, et je me sentais auprès d'elle comme un merle accouplé à un oiseau des îles. Je n'ignorais pas l'attirance que provoquent sur certains hommes les femmes de couleur, notamment les métisses, jugées plus faciles à conquérir que les Blanches.

Une réalité ne pouvait m'échapper : Gabrielle aimait plaire et plaisait, non seulement par sa beauté mais par sa grâce naturelle et son élégance consommée. Elle ne se ruinait pas en toilettes mais savait agrémenter sa tenue par des détails qui la mettaient en valeur.

Un soir, à l'occasion d'une réception donnée par le gouverneur dans son hôtel, en l'honneur de l'amiral-comte d'Estaing, je faillis être à l'origine d'un scandale.

Célèbre pour avoir combattu aux Indes au temps de Lally-Tollendal, et en Amérique avec La Fayette, monsieur d'Estaing venait de recevoir le commandement en chef d'une escadre franco-espagnole, à Cadix.

Après le dîner, monsieur de Richelieu ouvrit le bal avec sa dernière conquête, mademoiselle de Roth. Je faisais banquette, en compagnie d'Aaron, de l'un des fils Gradis et du secrétaire des Nairac, en buvant sec et en fumant les fameux cigares du Brésil qu'Aaron distribuait comme du pain béni.

Passionnée de danse, Gabrielle ne quittait pour ainsi dire pas la piste, et tout lui était bon : chaconne, passacaille, contredanse, allemande... Elle semblait, dès que les violons faisaient entendre leurs premières mesures, en proie à une sorte de frénésie.

Je n'aurais pas jugé bon de lui en faire le reproche si elle avait changé de cavalier à chaque danse, mais j'avais remarqué un manège alarmant : pour les trois dernières danses, elle avait le même partenaire, un garçon de vingt ans, de belle prestance, élégant avec une pointe d'ostentation et d'allure efféminée, que je connaissais bien : Gaëtan, un des fils de l'armateur Etienne Dhariette.

Gabrielle semblait avoir oublié ma présence, mais je n'avais pas perdu de vue son comportement et me proposais, au retour, de lui en faire la remarque, sans me fâcher et même en plaisantant. Sa persistance dans le choix de son cavalier excitait ma jalousie, d'autant qu'Aaron, s'étant rendu compte de ce manège, me glissait à l'oreille des réflexions déplaisantes.

Je profitai de la fin d'une allemande pour demander à Gabrielle de venir boire une coupe en notre compagnie et ne la trouvai pas dans le reflux des danseurs. Soudain, alors que j'approchais d'une porte donnant sur la terrasse éclairée par quelques lanternes vénitiennes, je les aperçus, elle et Gaëtan, accoudés à la balustrade, dans une attitude de confidence.

Je me dirigeai vers eux d'un pas tranquille, en maîtrisant ma colère.

— Monsieur Dhariette, dis-je sur un ton ironique, je viens vous enlever votre cavalière. Mes amis réclament sa présence.

— Monsieur Dumoulin, me répondit-il sur le même ton, je ne puis m'y opposer si votre épouse est consentante. Sinon, je vous prierai de nous laisser poursuivre notre conversation.

— Votre *marivaudage*, voulez-vous dire ?

— La jalousie vous égare, monsieur. Madame serait-elle votre esclave ? Vous avez, je le sais, l'habitude des négresses, mais nous ne sommes pas en Afrique !

Je serrai les dents pour ne pas l'agripper au collet. Prenant Gabrielle par la main, je tentai de l'arracher à cet insolent. Elle résista, disant que j'étais fou d'agir ainsi, et que je devrais cesser de boire.

Gaëtan me jeta en plastronnant :

— Vous voyez bien, Dumoulin, que votre esclave se montre rebelle. Allez-vous lui mettre les fers aux pieds ? Laissez-nous, je vous prie !

Ne me contenant plus, je lui jetai au visage ce qu'il restait de champagne dans ma coupe. Il recula de deux pas et tenta de me rendre la pareille, mais sa coupe était vide. Il mit la main sur la garde de son épée, ce qui me fit sourire : c'était une arme de salon, une poignée sur un fourreau vide. Il se jeta sur moi et arracha mon jabot de dentelle en s'écriant :

— Vous me rendrez raison de votre conduite, Dumoulin ! Vous savez ce que cela signifie ?

— Quand et où il vous plaira ! répliquai-je.

Le défi accepté, il bredouilla :

— Vous recevrez demain ma carte, avec mes instructions.

— Serviteur, monsieur !

Je le saluai d'un bref hochement de tête et me retirai en fendant le groupe de badauds qui s'étaient agglutinés dans l'entrée, suivi de Gabrielle. Après avoir salué le maître de maison, je gagnai le vestiaire puis une des voitures que le gouverneur avait mises à la disposition de ses invités. De tout le trajet, qui fut bref, nous n'avons pas échangé un mot.

A peine étions-nous rentrés, Gabrielle jeta son manteau sur un fauteuil et alluma un cigare d'une main nerveuse. Tout son corps trahissait son indignation, jusqu'aux mouvements de vague qu'elle imprimait à sa robe. Le bloc de colère que j'avais en face de moi se fissurait comme la passion qui l'animait dans nos ébats.

J'attendis l'assaut verbal avec une sérénité glacée et la ferme volonté de ne pas faire amende honorable ni donner à plein collier dans le piège de la repentance.

— Cette conduite, s'écria-t-elle, est inadmissible ! Tu t'es comporté avec ce pauvre garçon comme un goujat, un rustre ! Tu m'as fait honte et tu t'es ridiculisé en jouant les maris jaloux, alors que rien ne justifiait cette attitude.

Je répliquai que son comportement à elle n'était pas exempt d'équivoque et que j'avais eu de bonnes raisons de m'en alarmer, sans jouer pour autant les Sganarelle.

— C'est pourtant ce que tu as fait, mon pauvre ami ! Tu vas passer pour un cocu en puissance et moi pour une catin. Tu peux être fier de toi ! Ce petit Dhariette est un excellent danseur et sa conversation est agréable. Quant à ce que tu imagines, oh là là là ! j'en suis loin. Ce garçon, mon cher, est de la jaquette !

De mauvaise foi, je m'esclaffai. Elle s'était, tout au long de cette soirée, compromise avec un inverti ! Charmant tableau...

— Quoi que tu en penses, poursuivit-elle, Gaëtan, outre qu'il danse comme un dieu, a l'esprit vif comme Voltaire, son maître à penser. Il a écrit, m'a-t-il dit, une pièce de théâtre dans laquelle il s'en prend aux négriers. Cela devrait te le rendre sympathique.

— Avais-tu l'intention de l'inviter à notre table ?

— Je n'en ai rien fait, rassure-toi. Lui, si. Il aurait aimé te connaître mieux, échanger des idées avec toi, faire cause commune contre les esclavagistes. Et toi, tu l'as humilié !

Ce dernier argument me figea dans mon fauteuil, conscient de ma sottise et incapable de réagir. Elle ajouta, plus détendue :

— Je pourrais excuser ton comportement si tu avais été ivre, mais il semble que ce n'était pas le cas. Alors, brisons là ! Nous reparlerons de tout ça demain, et nous conviendrons d'une séparation.

Je crus ne pas pouvoir m'extraire de mon fauteuil où cette dernière réplique m'avait cloué. Pris d'un vertige, je me dis que Gabrielle avait raison, que ma jalousie l'avait excédée, mais que cet incident ne pouvait rompre notre intimité.

De toute la nuit, je m'agitai dans mon lit, incapable de trouver le sommeil, en proie au remords et obsédé par l'idée de la séparation dont elle m'avait menacé. Je ne parvenais pas à m'imaginer seul, sans Gabrielle, sans notre petite Anaïs, la fille qu'elle venait de me donner. Depuis que Gabrielle était entrée dans ma vie, la solitude m'apparaissait comme la pire des conditions.

Je songeai au défi de Gaëtan Dhariette, à ce duel anachronique et absurde. « Eh bien, me dis-je, s'il faut en passer par là et que j'y perde la vie, ce sera tant mieux ! »

Gaëtan Dhariette tint parole. Le lendemain je recevais son billet, avec l'indication de l'heure et du lieu : à la tombée de la nuit, entre le Château-Trompette et le fleuve. L'heure et le lieu me surprirent, les duels se déroulant d'ordinaire à l'aube et dans des endroits moins fréquentés que le Château-Trompette, livré depuis peu à la pioche des démolisseurs.

De toute la journée, je ne vis pas Gabrielle, et Fantine fut incapable de me dire où elle se trouvait.

Persuadé que l'épreuve qui m'attendait me serait fatale, je griffonnai d'une main tremblante une sorte de testament que je cachetai avant de le remettre à la servante.

Le soir venu, je me suis rendu à pied, pour me détendre, à l'endroit choisi pour le duel. Je ne manquais pas d'adresse à l'épée ou au pistolet, mais j'avais affaire à un adversaire plus jeune et plus vif que moi. Le remords que j'éprouvais envers ce garçon qui partageait mes idées n'était pas pour me donner la conviction et le courage nécessaires.

J'étais attendu. En me voyant paraître, Gaëtan, vêtu avec sobriété, se montra surpris de ne pas voir mes témoins. Je lui avouai piteusement que cette tradition m'avait échappé. Nous convînmes de demander à deux ouvriers du chantier, moyennant un écu que je payai, de remplir cet office.

Mon adversaire s'agenouilla pour faire sa prière puis me proposa le choix des armes. J'optai pour l'épée.

— Eh bien ! me dit-il, presque joyeusement, que le meilleur l'emporte ! A la grâce de Dieu ! Au premier sang, si vous en êtes d'accord...

Il se mit en garde avec une élégance consommée, sans cesser de sourire, mais sans paraître me narguer, comme si le duel était un de ses divertissements favoris. Nous avons engagé le fer sans violence, mon adversaire paraissant tester mes qualités avant d'entrer dans le vif du sujet. Il me fit quelques jolis tours de jarret pour passer les entrechats. Je répliquai avec une adresse qui le surprit, mais j'évitai de le stimuler en le provoquant. J'avais, sans me flatter, l'impression de lui donner du fil à retordre.

A la suite d'un assaut magistral, mais mené avec un brin de fantaisie, je me trouvai acculé à un monceau de pierraille dans lequel je trébuchai. C'était lui ouvrir une brèche dans laquelle il s'engouffra. Il me porta la pointe de son épée sur la gorge, sans appuyer, puis s'écria, en se retournant vers sa voiture :

— Madame, votre époux est sain et sauf ! Il vous attend !

Gabrielle se précipita vers nous, une main sur son chapeau, l'autre soulevant un pan de sa robe. Elle m'aida à me relever et m'annonça que la comédie était finie.

— La *comédie* ? Que veux-tu dire ?

— Nous avons décidé, Gaëtan et moi, de donner une leçon au méchant jaloux que tu es. Tu n'étais pas de taille à te mesurer à lui, et il aurait eu une victoire trop facile. C'est ce que je lui ai fait comprendre et qu'il a admis. Tout est pour le mieux. Vous allez vous réconcilier. J'y tiens.

Je ravalai ma honte et me levai piteusement. Gabrielle brossa l'envers de mon habit, qui avait pris un peu de poussière.

— Monsieur, me dit Gaëtan, j'aurais préféré que ce duel n'eût pas lieu. Vous m'en voyez navré. Vous n'êtes pas un adversaire facile. A plusieurs reprises, vous m'avez mis en difficulté. Il me plairait qu'un jour prochain nous nous livrions, vous et moi, à quelques assauts dans une salle d'armes. A l'amiable, cela va sans dire...

— Je vous reproche, lui répondis-je, de ne pas avoir poussé votre avantage jusqu'au premier sang, ce qui m'aurait épargné une nouvelle humiliation.

— Pour quelle raison l'aurais-je fait, sachant que votre compagne ne me l'eût pas pardonné ? Vous vous êtes montré agressif, l'autre soir, sur la terrasse, mais j'avoue avoir été maladroit en accaparant Gabrielle. Permettez que je l'appelle par son prénom. Si je vous dis que je m'en repens, ferons-nous la paix ?

Nous nous sommes serré la main. Il me dit, en nous invitant à monter dans sa voiture :

— Je vais vous ramener chez vous. Il n'est pas de réconciliation sincère qui ne s'accompagne d'un repas. Acceptez mon invitation. Nous avons des affinités dont j'aimerais que nous parlions. Ne me refusez pas ce plaisir, je vous prie.

Je lui donnai mon accord. Durant le trajet qui nous ramenait aux Carmes, Gabrielle garda mes mains dans les siennes.

Gaëtan avait retenu une table dans un des meilleurs restaurants de la ville, la Crémaillère, derrière la porte de Bourgogne. Ce fut une charmante soirée, qui s'acheva peu avant minuit, et qui, si nous avions écouté notre amphitryon, se serait poursuivie dans une salle de jeu.

Gaëtan nous apprit par paraphrases ce que nous avions soupçonné, à savoir qu'il avait des mœurs particulières. Il faisait la part belle aux relations amicales, mais trouvait peu d'occasions de s'y livrer, sa fréquentation étant l'objet de suspicions de la part des âmes vertueuses.

J'avais vite compris son intention de m'entretenir d'un sujet qui lui tenait au cœur : sa situation devenue insupportable dans une famille de négriers, où on le considérait comme un fruit sec, une créature hybride nourrissant des critiques jugées absurdes sur un système qui assurait la richesse de son clan et la sienne propre.

— J'ai fréquemment, nous dit-il, des altercations à ce propos, parfois violentes, avec mon père et mes frères. On me fait comprendre que la vie que je mène est tributaire de leurs activités, et que je fais preuve d'une notoire ingratitude. A diverses reprises, j'ai refusé de participer à des campagnes de traite, malgré les menaces de mon père de me couper les vivres, ce qui, je l'avoue, m'ennuierait fort.

— Gabrielle m'a appris, lui dis-je, que vous avez écrit une pièce de théâtre où vous fustigez les négriers. Comptez-vous la faire jouer ?

— Je le souhaite, mais imaginez un peu le scandale si le Grand Théâtre l'inscrivait à son programme ! Non, mon ami, cette pièce ne pourrait être jouée nulle part en France, pas même à Paris, où je risquerais une lettre de cachet pour la Bastille ! Son titre seul, qui est une profession de foi, passerait pour une provocation : *La Fin de l'esclavage.* Ceux à qui j'ai fait lire cette pièce me l'ont rendue en me disant, les uns, que je crachais dans la soupe – pardonnez cette expression, madame ! – et, les autres, qu'il s'agissait d'une dangereuse utopie.

— J'aimerais la lire, lui dis-je.

— Qu'à cela ne tienne. Je la ferai déposer chez vous dès demain.

Gaëtan était homme de parole. En rentrant pour souper, je trouvai son manuscrit sur ma table, dans un gros portefeuille de maroquin vert, attaché par une chaînette dorée, où je décelai un symbole. Je passai deux heures à le parcourir, une partie à table, à la fin du repas, l'autre au lit, Gabrielle, la tête sur ma poitrine, m'écoutant lui en lire des répliques.

— Alors, me dit-elle, qu'en penses-tu ?

— Ni du bien ni du mal, soupirai-je. Le style est beau, mais avec des recherches qui dénaturent le sujet. On sent que l'auteur, en fait de nègres, n'a connu que les domestiques des maisons bourgeoises de Bordeaux. Il les appelle des *Africains*, ce qui au fond est le mot juste.

— Tu es sévère. Comptes-tu faire état de tes réflexions ?

— Rassure-toi, je vais les édulcorer. Ce garçon ne mérite pas que je le fasse douter de ses grandes idées...

Ses *grandes idées* ? Ce texte était bâti sur un nuage. L'auteur dressait le tableau d'un avenir idyllique riche de symboles : le lion venant manger dans la main de l'homme, le Blanc allié au Noir pour faire de notre monde le paradis terrestre, l'être humain respectant l'animal et la nature, l'amour ne connaissant pas de frontières, l'esclavage et la guerre bannis... Ce tissu d'utopies aurait fait sourire le roi. Il me peinait : Gaëtan attendait mon jugement, et je me refusais à le décevoir, après les opprobres et les sarcasmes qu'il avait dû essuyer.

— J'ai pris beaucoup d'intérêt, lui dis-je, à lire *La Fin de l'esclavage*. Vous parlez du futur avec autant de talent et de conviction que Thomas More, maître en fait d'utopie, mais avec plus de sensibilité. Cela donne envie de se laisser couler au fil du temps, jusqu'à aborder à votre Eden...

Il me sauta au cou et me dit, avec une émotion mal contenue :

— Vous me mettez du baume au cœur, mon ami, et me donnez le courage d'entreprendre un autre travail : un roman exotique cette fois, dans le style de Bernardin de Saint-Pierre, un écrivain dont je raffole.

Je lui cachai mon inquiétude : Bernardin connaissait, lui, ce dont il parlait. J'avais tout à craindre d'une nouvelle œuvre qui aurait l'apparence d'une bergerie...

Je lui demandai ce qu'il comptait faire, en plus de son œuvre littéraire, à supposer que sa famille lui refusât son soutien.

— Tout est prévu, me répondit-il. Je bénéficie des revenus d'une vigne incluse dans la dot de ma mère, et dont elle peut disposer. Mes amis, je suis devenu viticulteur, avec tout mon temps pour écrire. Je travaille mon vignoble comme Quinctus Cincinnatus labourait sa terre...

— Noble perspective, mon ami ! lui répondis-je. Je compte bien faire de même.

Gaëtan Dhariette tint à nous faire visiter son domaine, situé près de Villenave-d'Ornon, sur la rive gauche de la Garonne, en région des Graves. Etais-ce encore une de ses utopies, il nous affirma que son domaine avait appartenu jadis au poète Decimus Magnus Ausonius, plus connu sous le nom d'Ausone, et qu'il en était question dans ses œuvres, où, pour ma part, je n'en avais pas trouvé trace.

Sa propriété était un modèle : personnel abondant, chais rigoureusement organisés, règes [1] dont pas une feuille ne dépassait, telle une armée royale escaladant la colline... La demeure, un castelet dominant la vallée, était un joyau architectural, et son intérieur allait de pair. De la terrasse, ample et bien exposée, la vue embrassait le pays libournais. Tout y inspirait la sérénité et le plaisir. Gaëtan avait fait graver sur la hotte de la cheminée une phrase du premier livre des Rois : « Sous le règne de Salomon, Juda et Israël vécurent en paix dans leurs vignes et sous leurs figuiers... »

Nous répondîmes volontiers à son invitation et le trouvâmes entouré d'un essaim d'amis, presque tous de la jaquette, semblait-il, discrets, joyeux, d'un commerce attrayant dont Gabrielle se délectait. Une partie de notre temps passa en promenades à cheval le long du fleuve, en exercices équestres avec trois chevaux que Gaëtan avait fait venir d'Espagne. Des jeux de société occupaient nos soirées. Gabrielle, ayant appris le piano chez les Lewenson, jouait des airs à la mode pour faire danser l'assistance et chantait avec une agréable voix de tête.

Grâce, pour une bonne part, à notre petite Anaïs, dont la santé ne nous donnait pas motif à inquiétude, notre existence avait repris son cours normal, que rien ne semblait devoir

1. Le rège est une ancienne *unité de mesure* de *superficie*. Dans la région *bordelaise*, il désigne une rangée de vignes palissées.

interrompre. Nous avions vite jeté aux abysses notre querelle et n'y fîmes plus jamais allusion, comme s'il s'était agi d'un simple malentendu.

Elle me dit un matin, avant que je rejoigne le port :

— François, il faut que nous parlions sérieusement de notre avenir. Il est temps d'y songer. Pourquoi ne pas prendre congé de Cohen et nous retirer dans ton domaine du Médoc ?

— J'y ai songé moi-même, lui ai-je répondu, mais cela suffirait-il pour nous faire vivre ? Mon vignoble est de dimensions modestes et je ne m'y entends guère en matière de viticulture.

— Nous pourrions mettre en culture les friches qui l'entourent et faire restaurer la maison. Elle est exiguë mais nous ne sommes pas une famille nombreuse. Quant au métier de viticulteur, il s'apprend. Nos pourrions même vivre de nos rentes et de nos revenus.

— Je crains qu'Aaron ne prenne mal cette décision…

— Aaron ! Tu n'es pas attaché à lui au point de lui sacrifier ta vie !

— Nous en reparlerons, ma chérie. Rien ne presse…

Un autre projet l'obsédait : faire la connaissance de Blanche.

— Nous pourrions, lors de sa prochaine venue, me dit-elle, l'héberger.

— Je doute qu'elle revienne. Sa vie est à Paris, désormais, et elle est souvent appelée à l'étranger. Alors, Bordeaux, sa famille…

Depuis la victoire des *Insurgents* et de nos troupes, la paix rétablie, ma sœur était fréquemment invitée à se produire à Londres. De temps à autre, elle donnait de ses nouvelles, mais rien n'indiquait la moindre intention de revenir dans sa ville natale. Pour satisfaire au désir de Gabrielle, je lui écrivis pour lui dire l'envie que nous avions de la revoir. Sa réponse n'eut rien pour me surprendre : elle était trop prise. En revanche, elle eût aimé recevoir notre visite à Paris, son appartement étant assez vaste pour nous héberger.

Gabrielle sauta de joie et battit des mains en s'écriant :

— Eh bien, allons à Paris ! Qu'est-ce qui nous en empêche ? Tu diras à ton Cohen que ta sœur est à l'article de la mort et réclame ta présence. Il ne pourra te refuser un congé d'une semaine ou deux. Fais-le, je t'en supplie...

A quelques jours de là, je présentai cette requête à Aaron. Il était d'humeur radieuse : un vaisseau, de retour en droiture de Saint-Domingue, avait vendu deux cents nègres à Port-au-Prince et revenait avec une autre bonne nouvelle : sa plantation donnait un bon revenu ; il en ramenait quelques denrées de première qualité...

— Il faudra donc que je me passe de tes services ? soupira-t-il. Deux semaines, dis-tu ? C'est bien long, mais puisque la vie de ta sœur est en cause, je ne puis refuser. Dommage : nous avons deux vaisseaux à armer, pour le Sénégal et la Gambie. Ce sera un congé sans solde, évidemment...

Gabrielle me sauta de nouveau au cou. Si je l'avais écoutée, nous aurions pris la diligence le soir même. J'obtins, non sans peine, un délai d'une nuit.

Notre voyage dura quatre jours, par une chaleur d'enfer, que Gabrielle, quoiqu'elle n'en eût rien dit, supporta moins bien que moi.

Que dire de notre bref séjour dans la capitale, sinon qu'il fut, pour elle comme pour moi, un enchantement ? Lors de notre première promenade sur les boulevards, nous fûmes confrontés, à chaque pas ou presque, à des affiches annonçant un concert ou un récital de Blanche Dumoulin, « la plus grande pianiste du siècle » !

L'appartement de Blanche se situait sur les boulevards, en face de l'arc de triomphe de la porte Saint-Martin, à l'angle de la rue du même nom. Il était meublé avec goût, mais j'y retrouvai le même désordre que dans sa chambrette de Bordeaux. Elle s'en excusa en me disant qu'elle avait renoncé à une servante, du fait qu'elle vivait peu dans cet appartement et que le soin du ménage n'entrait pas dans ses préoccupations.

Je lui demandai, le soir même de notre arrivée, qui était ce personnage qui semblait prendre une place de choix dans sa vie : Alberto de Sierra-Grande.

— Il occupe un poste important à l'ambassade d'Espagne, me dit-elle. C'est un lointain parent du roi Carlos. Nous nous connaissons depuis six ans et faisons bon ménage... du fait que je suis souvent absente ! Il m'a proposé de m'épouser avant de repartir, mais je regimbe. Tu me vois renoncer à ma carrière pour vivre dans son château des environs de Madrid, en pleine montagne ?

Je demandai à le rencontrer. Blanche agita une main au-dessus de sa tête, comme pour montrer qu'il s'était envolé.

— Il est absent pour un mois, pour je ne sais quel congrès international, à Vienne je crois, ou pour retrouver une de ses maîtresses. Il est mon aîné de dix ans, encore très vert, et il vit à sa guise, tout comme moi. L'amour entre nous est en pointillé. Que la morale n'y trouve pas son compte, je m'en moque !

Elle sauta du coq à l'âne :

— J'ai appris avec stupeur que tu es employé, comme notre père, chez les Cohen, ces négriers, et que tu as participé à des expéditions en Afrique. Tu me déçois. Toi, François, faire le commerce d'êtres humains...

— J'y ai renoncé depuis quelques années et ne reviendrai pas sur ma décision.

Gabrielle, qui assistait à notre entretien, s'exclama :

— Nous avons un autre projet, ma chérie : nous retirer dans le vignoble du Médoc que François a hérité de son père.

Blanche, rêveuse, me confia qu'elle se souvenait des fins de semaine que nous passions dans ce domaine : les vignes abandonnées, leur forêt de pampres grouillante d'oiseaux au temps des vendanges, la maison à la façade envahie jusqu'au toit par les ampélopsis, les espaces sauvages des landes, côté océan...

— Votre projet me ramène au mien, me dit-elle. Cela peut vous surprendre, mais j'ai toujours rêvé de me retirer là-bas et d'y jouer des symphonies de Haydn...

— Eh bien, s'exclama Gabrielle, nous nous y retrouverons !

La maison est petite, mais nous nous serrerons et nous jouerons du piano à quatre mains...

Nous avons assisté à deux récitals de Blanche. La salle était pleine et les gens se levaient pour l'applaudir et l'ovationner. J'aurais aimé que notre père pût assister à ce triomphe, dont Gabrielle et moi étions fiers.

Je garde le souvenir de la rencontre que Blanche nous ménagea avec une de ses amies, Olympe de Gouges, bâtarde d'un académicien, Le Franc de Pompignan. Elle était, depuis des années, en guerre contre la traite et militait dans une société de défense des Noirs.

— Monsieur Dumoulin, me dit-elle, lorsque vous reverrez *votre* Cohen et ses complices, dites-leur qu'ils ne séviront pas longtemps dans leur infâme négoce. Un vent s'est levé. Il va bientôt souffler en bourrasques, et leurs navires devront rester au port...

Nous avons, Gabrielle et moi, visité Paris à la manière des Persans de Montesquieu. Tout était nouveau pour nous ; nous étions happés comme par des ronces par des détails insolites et des comportements étranges. La nuit tombée, nous étions comblés mais fourbus.

Notre départ allait coïncider avec celui de Blanche : elle avait un concert à donner à Lille et un autre à Amsterdam...

— Peut-être, nous dit-elle, nous reverrons-nous plus tôt que prévu. Monsieur de Richelieu souhaite que je donne un récital au Grand Théâtre de Bordeaux. Reste à trouver une date favorable. Quoi qu'il en soit, vous serez mes invités...

2

La conversion

Mes rapports avec Aaron se trouvèrent brutalement altérés.

Il me convoqua avec quelque ménagement dans son cabinet pour me demander un service. Il avait l'air préoccupé, la mine longue et le geste nerveux.

— François, me dit-il, tu me vois dans le plus grand embarras. Nous avons, tu le sais, un vaisseau, la *Belle-Irène*, prêt à appareiller pour le Sénégal où nous attend une forte cargaison de nègres pour Saint-Domingue. Je viens d'apprendre que le capitaine Vergès, qui devait le commander, doit être opéré à la suite d'une crise d'appendicite et ne sera pas disponible avant une quinzaine. Tout le fret destiné au troc est à bord. Nous ne pouvons plus attendre.

— Le capitaine en second pourrait prendre le relais...

— Il le pourrait, mais je m'y refuse. Il nous a déçus lors de sa dernière expédition. Bon marin, mais querelleur et violent avec les nègres. Alors j'ai pensé que tu pourrais remplacer Vergès. Je n'ai personne d'autre que toi sous la main.

Prenant mon silence pour une expectative, il ajouta :

— C'est une expédition routinière. Elle demandera moins d'un an...

— Te souviens-tu, lui répondis-je, que notre nouveau contrat m'exempte de la traite ?

— Notre contrat ! Je ne le considère valable qu'en temps

normal. Là, nous sommes devant un cas de force majeure. Chacun doit y mettre du sien. Je pourrai te consentir une commission par tête d'esclave, disons...

— Ne te donne pas cette peine. Je refuse de partir. Je pourrais arguer de mon état de santé et de mon âge, mais tu ne me croirais pas. J'ai d'autres raisons de refuser, que tu connais : Gabrielle ne supporterait pas que je parte de nouveau, pour un an ou plus, et je souhaite éviter de faire une veuve et une orpheline.

Il se laissa tomber dans son fauteuil, s'y accouda, la tête dans ses mains. Je l'entendis maugréer :

— Toi, François, mon ami, presque mon frère, un des piliers de ma maison, comment peux-tu me trahir ? Je t'en conjure, prends le temps de réfléchir.

Il me faisait pitié. J'avais devant moi une victime que je m'obstinais à maintenir sur sa croix, au nom de mes idées. Je me dis que mon refus brutal pouvait lui apparaître comme irréversible, alors que Gabrielle eût peut-être cédé et eût consenti à me laisser partir.

— Je vais réfléchir, lui dis-je en me levant, mais ma décision ne peut tenir qu'au consentement de Gabrielle.

Il ne daigna pas se lever pour me raccompagner, comme il le faisait d'habitude. Il me dit simplement, d'une voix expirante :

— Songe que ton refus me mettrait dans une situation dramatique. J'attends ta réponse pour demain.

Lorsque je parlai de cet entretien à Gabrielle et lui dis que j'avais laissé une porte entrebâillée, elle s'écria :

— Que me dis-tu là ? Tu lui aurais laissé un espoir ?

— Il paraissait si malheureux...

— Malheureux ? Oui, de voir ses profits menacés. Que tu risques ta vie, à ton âge, avec les maux qui te tracassent, lui importe peu. Autant me le dire tout de suite : tu meurs d'envie de reprendre le collier, tu veux partir ? Eh bien, pars ! Mais je te préviens, à ton retour, je ne serai pas là, et notre Anaïs non plus !

Je n'eus pas à réfléchir longtemps : Gabrielle donna à Aaron la réponse qu'il attendait de moi.

Le lendemain matin, elle partit faire ses courses et, une heure plus tard, vint me trouver sur le quai où j'étais occupé à donner leur avance à deux matelots récupérés la nuit dans un bordel. Elle paraissait singulièrement nerveuse, les joues pigmentées de colère.

Je lui demandai d'où elle venait et ce qui l'avait mise dans cet état.

— D'où je viens ? De chez Cohen. Nous nous sommes expliqués.

La stupeur me fit suffoquer.

— Que me dis-tu là ? Tu as rendu visite à Aaron ? Mais tu es folle !

— Peut-être... Il n'empêche : je lui ai servi son paquet. J'ai mis en balance *votre* projet et *ma* décision de te quitter. Il m'a traitée, comme toi, de folle et a fait mine de ne pas me prendre au sérieux. Sais-tu ce que cet ignoble individu m'a répondu ? Que nous n'étions pas mariés et qu'il se moquait de foutre notre faux ménage en l'air quand l'intérêt de sa maison était en jeu. Alors... alors je l'ai giflé.

— Tu l'as... tu l'as giflé ? Tu es encore plus folle que je ne pensais. Et qu'a-t-il fait ?

— Il s'est assis à son bureau et m'a dit que, par ma faute, tu allais perdre ton travail, puis il m'a montré la porte. Alors, voilà où nous en sommes. A toi de décider si tu pars ou si tu restes...

La fureur bourdonnait dans ma tête et je maîtrisais mal les imprécations qui me venaient à la gorge. Je me laissai tomber sur ma chaise, donnai congé aux deux matelots, qui me saluèrent, bonnet bas. Quand je me retournai, Gabrielle avait disparu derrière une pile de bois. Je faillis courir après elle, mais la crainte d'un affrontement inutile m'y fit renoncer.

Plutôt que d'aller faire mon rapport à Aaron, je me décidai pour une promenade en ville, qui avait plutôt l'aspect d'une errance, comme si j'étais à la dérive.

Les premières pluies d'un automne précoce enveloppaient

Bordeaux depuis la veille, sous forme d'abats d'eau qui noyaient les rues et provoquaient la panique des passants. J'y restai insensible, cette pluie à peine froide soulageant ma fièvre. Un vide s'élargissait en moi, traversé d'idées insolites relatives à mon travail, comme si, en l'occurrence, cela m'importait.

La *Belle-Irène*, le vaisseau dont Aaron avait prévu de me confier le commandement, était à une encablure du quai, figée dans un brouillard de pluie. C'était un superbe bâtiment, bien que l'on eût, par économie, abandonné les ornements qui faisaient jadis la beauté des vaisseaux de haut bord et la fierté des armateurs. On avait même renoncé à la figure de proue, remplacée par un écu de France, à fleur de lys. Une chaloupe venait de l'aborder, chargée d'une barrique que l'on s'apprêtait à hisser à bord.

Je ne réintégrai mon domicile que tard dans la soirée, l'estomac et la tête vides, mais libéré de la fièvre qui m'avait possédé durant des heures. Gabrielle achevait son souper. Elle me montra une lettre posée sur mon assiette.

— Je me suis permis de l'ouvrir, me dit-elle. C'est ton congé. Ton ami Aaron n'a pas tardé à prendre sa décision. Il est plus prompt que toi.

Elle demanda à Fantine de faire réchauffer la soupe. Je lui dis que c'était inutile, car j'avais l'estomac noué. Je me contentai de boire un verre de vin, d'avaler un grain d'éther pour m'aider à dormir, puis j'allai me coucher sans ajouter un mot.

N'ayant pas vu venir le coup, j'en fus d'autant plus ébranlé et long à me remettre.

A plusieurs reprises, furieux contre l'ingérence de Gabrielle, je fus sur le point d'aller trouver Aaron pour lui dire qu'à la réflexion j'avais décidé de le satisfaire et que j'étais disposé à reprendre la mer pour la Chine ou le Monomotapa. Rompre avec le monde de la navigation, c'était me priver d'air, une impression que je ressentis intensément dans les jours qui suivirent.

Je devais à Aaron une semaine de présence au cours de laquelle j'évitai de me trouver sur son chemin. L'inactivité m'oppressant, reprendre le collier m'était bénéfique. Il m'arrivait pourtant de rester au lit plus longtemps que de coutume et, lorsque je sortais, je me comportais comme un automate et passais plus de temps dans mon cabinet ou au cabaret que sur le port, où j'aurais risqué de me trouver nez à nez avec Aaron.

J'étais davantage obsédé par la perte de mon emploi que par la suite à lui donner.

— Cesse de t'agiter, me disait Gabrielle, ça ne te vaut rien. Regarde-toi dans la glace : tu ressembles à un spectre. Cesse de boire, sinon tu risques de tourner mal, et prends le temps de te faire la barbe.

Elle ajoutait :

— Tu n'es pas à la rue. Nous pouvons, sans trop nous priver, subvenir à nos besoins et même garder Fantine.

J'eus, peu à peu, la certitude qu'elle n'avait pas déclenché ce coup de théâtre sans en prévoir le dénouement. J'étais certain qu'elle ne m'abandonnerait pas, pour aller où et faire quoi ? Elle faisait en sorte que rien dans nos habitudes et notre train de vie ne donnât l'impression d'un changement. C'était une femme de tête, pragmatique, décidée, et qui ne paraissait s'abandonner que dans les ébats, auxquels nous n'avions pas renoncé et qui apportaient un peu de liant à des rapports tendus.

Je ne tardai pas à découvrir ses intentions.

A diverses reprises, elle me reparla de mon domaine du Médoc, émettant le vœu que nous nous y rendions, pour nous changer les idées. Je lanternais, sous prétexte qu'avec les pluies d'automne et le froid ce voyage n'aurait rien d'une partie de plaisir.

Gabrielle avait envisagé ma conversion de négrier en viticulteur ! Lorsqu'elle me le confia, je m'esclaffai, de mauvaise foi. Je n'étais pas ignare dans ce métier ; il m'était arrivé souvent de prendre des repas avec des clients viticulteurs, qui me parlaient d'un métier pour lequel ils montraient de la passion. J'y recueillais à la volée des indications concernant la culture de la vigne et la commercialisation du vin. Dire que cela me passionnait comme eux serait exagéré, mais, curieux que je suis de toute activité humaine, j'en faisais mon profit. Il me restait des lacunes, faciles à combler avec un peu de conviction et de patience.

Loin de me procurer la sérénité à laquelle j'aspirais, mon inactivité aggravait mes humeurs. Je supportais mal la sujétion à laquelle Gabrielle m'avait contraint, et la compassion qu'elle me manifestait.

Je ne pus me battre longtemps contre l'attirance irrésistible que le port et son activité exerçaient sur moi. Durant la semaine que je devais à Aaron, et que j'occupai à gribouiller des registres dans mon cabinet, il ne se passait pas de jour que je ne m'y rendisse, avec chaque fois le même mouvement de nostalgie.

La *Belle-Irène* était sur le point d'appareiller, mais sans le capitaine Vergès, qui n'avait pas encore quitté l'Hôpital général. J'appris qu'Aaron, malgré ses réserves, avait fini par en confier le commandement au second.

Le jour du départ, je me trouvai sur le quai, en présence d'une affluence bourgeoise et populaire. Le parrainage, une fois de plus, avait été confié au gouverneur et à sa favorite, mademoiselle Roth, qui allait devenir son épouse peu après.

Le cœur en berne, sous la pluie battante, j'assistai à la cérémonie traditionnelle et au départ, toutes voiles déployées dans l'aigre vent de novembre, avec les mouvements amples et majestueux d'une femme qui se prépare à l'amour.

Je bredouillai je ne sais quoi, des larmes dans la gorge, chancelai et perdis connaissance. Des personnes compatissantes me firent monter dans un fiacre qui me ramena à mon domicile.

Dans les jours qui suivirent, nous reçûmes une invitation de Gaëtan Dhariette nous conviant à le rejoindre dans son domaine de Villenave-d'Ornon. Je faillis refuser, mais Gabrielle insista pour que nous acceptions. Plus rien ne me retenant à Bordeaux, je cédai.

Il avait prévu de nous garder quelques jours. Informé de mes épreuves, par Gabrielle je suppose, il se mit en quatre pour nous distraire par les jeux et les facéties de ses mignons. Nos promenades quotidiennes à cheval, souvent sous la pluie et dans le froid, me furent bénéfiques. Nous poussâmes un jour, en caravane, jusqu'à Langoiran, dont nous visitâmes le château en ruine et le donjon, du haut duquel la vue s'étend jusqu'aux murs de Bordeaux.

Un soir, les petits compagnons de Gaëtan nous divertirent d'un acte des *Précieuses ridicules*, où Gabrielle tenait le rôle de Cathos, la nièce de Gorgibus, et, un autre soir, d'une pantalonnade à l'italienne suivie d'un bal masqué, où Gabrielle joua du piano et dansa jusqu'à la limite de ses forces.

Je garde le souvenir ému d'une courte promenade dans l'église de Villenave, et d'un tableau : l'*Adoration des bergers*. Malgré le froid polaire qui régnait dans ces lieux sinistres, Gabrielle se mit à l'harmonium pour jouer une aria de Bach.

La veille de notre départ, alors que nous nous préparions pour une mascarade, Gaëtan me dit, en se collant des moustaches factices :

— Je suis heureux, mon cher François, que vous ayez pris plaisir à votre séjour. Est-ce que je me trompe ?

Il ne se trompait pas. Je lui fis part de ma gratitude. Il ajouta :

— J'ai appris les épreuves que vous avez subies avec la perte de votre emploi. Dieu merci, il semble que vous ayez sereinement réagi. Qu'allez-vous faire, à présent ? Si j'en crois Gabrielle, vous avez l'intention de remettre en exploitation votre vignoble de Lesparre. Je ne vous cache pas que je m'y suis rendu. Dieux du Ciel ! Si c'est vraiment votre idée, je vous souhaite beaucoup de courage ! Tout est à reprendre, mais ne vous découragez pas : la terre est d'excellente qualité et, grâce à vos relations passées avec les gens des Chartrons, vous n'aurez pas de mal à écouler votre production. Si je puis vous aider, vous pouvez compter sur moi.

— J'en aurai sûrement besoin et vous en remercie.

— J'ai songé, ajouta-t-il, à un contrat entre nous. Je puis mettre à votre disposition, durant une semaine, plus longtemps si c'est nécessaire, une équipe de trois hommes qui se chargeront des tâches les plus pénibles, sous la conduite d'un maître de chai que je viens de mettre à la retraite mais qui ne répugnera pas à reprendre le collier pour quelques jours. Il ne vous en coûtera guère. Prenez le temps de réfléchir. Rien ne presse...

J'objectai qu'il n'était pas sûr que Gabrielle acceptât de quitter Bordeaux pour se retirer dans cette thébaïde. Il éclata de rire.

— N'ayez aucune crainte, mon ami : l'idée vient d'elle.

Il ajouta, en se contemplant dans un miroir :

— Que dites-vous de cette moustache, François ? Laquelle me conseillez-vous, la rousse ou la blonde ?

Nous avons longuement parlé, Gabrielle et moi, de la proposition de Gaëtan, qu'elle avait elle-même inspirée, et qu'elle m'incita, cela va de soi, à accepter. Je finis par céder, mais à contrecœur, conscient que ce projet risquait de compromettre ma santé pour un résultat décevant ou une faillite pure et simple. Elle m'assura de son aide, à défaut de sa compétence.

Pour faire face aux premières dépenses, je liquidai un des deux immeubles que je possédais dans le quartier de Sainte-Eulalie, près de l'ancien canal et des remparts, dont on achevait la démolition. J'en tirai un prix convenable.

J'informai Margot de nos projets ; elle me donna raison. Depuis un an, elle vivait avec son nouveau compagnon, Albert Duroux, maître de chai aux Chartrons. Elle avait fait un bon choix : il était plus âgé qu'elle de dix ans, un peu contrefait, mais ils formaient un couple harmonieux, en adoration devant mon demi-frère, le petit Lucien.

— Quand cette exploitation sera de nouveau sur pied, me dit-elle, tu n'auras aucun souci à te faire pour vendre ton vin. Albert s'en chargera. Ta décision arrive au bon moment. Les Anglais ont le gosier sec, après ces années de guerre, et sont insatiables ! Alors, François, au travail !

Je rencontrai Duroux au cours d'un repas auquel Margot nous avait invités. Il ressemblait, avec ses moustaches fines sur un visage massif, à un mousquetaire qui, sur ses vieux jours, aurait pris l'aspect d'un phoque.

— Je vous envie et vous plains, me dit Duroux. Je connais votre vignoble de Lesparre. Mazette, vous êtes courageux, je dirais même téméraire, mais ça vaut la peine d'essayer. Ce domaine avait jadis un bon rendement, à ce qu'on m'a dit. Alors, pourquoi ne pas le réveiller ? Vous pouvez compter sur Albert Duroux. Je suis un peu de la famille, il me semble ?

Les jours et les semaines passèrent sans que Blanche nous eût confirmé sa visite à Bordeaux. J'en venais à songer que notre séjour à Paris n'avait fait que ranimer en elle quelque souvenir et le reliquat d'affection qu'elle me vouait, mais qu'elle avait refermé à jamais la voie d'accès qui me menait à elle.

A quelques jours de Noël, Gaëtan m'invita à rencontrer dans son appartement de Bordeaux le maître de chai dont nous étions convenus qu'il dirigerait la restauration de mon domaine. Il ne m'apprit rien en me disant, après une visite, qu'il y avait fort à faire mais que cela lui plaisait.

Il fut décidé que nous laisserions passer les fêtes de fin d'année pour ouvrir ce chantier, à moins qu'il ne gèle, ce qui nous obligerait à le retarder de quelques jours.

Curieusement, Gaëtan semblait s'attacher à ce projet comme s'il était sien. Il décidait de certains détails avec une autorité qui m'agaçait un peu. Il avait fait un relevé des lieux et envisageait déjà une extension du vignoble. C'était pousser un peu loin la complaisance, mais nous l'écoutions sans oser le contredire.

L'hiver fut plus rude que nous ne l'avions prévu. Il fallut attendre le début de mars pour que l'équipe fût sur pied et pût se mettre au travail dans de bonnes conditions. Mêlé aux ouvriers, j'accomplis ma part d'une tâche pénible et qui risquait d'affecter ma santé, mais j'étais porté comme par une mission. Je tenais, après mon renvoi de chez Cohen, à montrer que ma vie pouvait encore avoir un sens.

J'avais voulu interdire à Gabrielle de quitter notre logement de Bordeaux pour se rendre à Lesparre où, lui disais-je, elle n'avait rien à faire, du moins avant la fin de notre chantier.

— Rien à y faire ! protesta-t-elle. Je crois au contraire qu'il faut organiser ta *bicoque*, de manière qu'au printemps elle soit habitable. Occupe-toi de ta vigne et moi de la maison !

Une fois par semaine, elle montait dans le tilbury récemment acheté tout attelé sur un marché d'occasion, et prenait, quelque temps qu'il fasse, la route du Médoc pour m'y retrouver et sacrifier quelques heures à ma *bicoque*. Elle arrivait, le visage rose de froid, les mains engourdies mais frétillante, et plongeait aussitôt dans la tâche qu'elle s'était imposée.

Cette tâche était rude, car, inhabitée depuis des décennies, cette maison n'avait de bon que les murs et les parquets. Il manquait au toit des tuiles, qu'elle-même, hissée sur une échelle malgré mes protestations, remplaça, au risque de glisser et de se rompre les reins dans sa chute.

— Il va falloir, disait-elle, trouver une belle pierre pour la cheminée et y faire graver les initiales enlacées de nos prénoms… Mon piano… Je sais où il aura sa place : près de la fenêtre donnant sur le chai… Pour notre chambre, j'ai prévu du papier peint avec des scènes de bergerie à la Lancret, un lit à baldaquin, une grosse armoire, une horloge à caisse sculptée et à carillon, des chaises Louis XV… Pour la chambre de Fantine et d'Anaïs, j'ai prévu…

J'écoutais avec indulgence et ravissement cette litanie quasi quotidienne, qui m'inquiétait en raison des frais qu'on allait devoir engager mais faisait naître en moi des images de bonheur. Je lui donnai sans ronchonner quitus de ses projets, sachant qu'elle n'y renoncerait pas.

Elle voulut un jardin d'agrément et un potager. La place manquait pour faire un parc de ce jardin. Elle en avait conçu le plan, qui contrariait quelque peu celui de Gaëtan, ce dont elle se moquait : il y aurait des cyprès aux quatre coins, des bordures de tamaris, un bassin à poissons rouges et à tortues, de ces cistudes qui abondent dans la lande, une large pelouse pour les jeux d'Anaïs et de nos chiens...

A la fin de mars, le chantier étant terminé, il ne restait qu'à aménager la maison pour la rendre habitable avec le printemps. Les reins brisés, à bout de forces, j'avais réintégré nos pénates quand, un matin, Gabrielle me dit :

— J'ai réfléchi cette nuit à l'aménagement de nos mansardes. Je compte en faire des chambres pour nos amis. Il faut que je voie ça sur place. J'en ai pour la journée, en roulant vite...

Je tentai de la dissuader. Un redoux avait fait fondre les dernières glaces en lisière du fleuve, mais les chemins étaient encore difficiles, et la pluie menaçait. Rien n'y fit. Elle attela le tilbury et partit au début de la matinée.

Je passai la journée à lire, à fumer et à me morfondre. J'avais eu raison de m'inquiéter. A la tombée de la nuit je l'attendais encore, dans les transes, en me disant pour me rassurer qu'elle avait dû, retardée par ses plans, rester dormir sur place.

Il était minuit passé et je m'apprêtais à me coucher, quand on frappa à ma porte. Mon cœur se crispa quand je me trouvai en présence de deux gendarmes.

— Vous êtes monsieur Dumoulin ? me dit l'un d'eux. Nous vous ramenons votre épouse. Elle a été victime d'un accident près de Saint-Médard.

Ils transportèrent Gabrielle, inerte, jusqu'à sa chambre et la déposèrent avec précaution sur son lit. Elle n'avait pas repris connaissance.

— C'était bien imprudent à votre dame, me dit le gendarme, de voyager seule, de nuit, par ces mauvais chemins. Son tilbury s'est embourbé dans une fondrière et a versé. Nous avons dû abattre le cheval : il avait un genou brisé. Ce sont des paysans qui ont trouvé votre épouse et nous ont alertés. Il semble que son état soit grave. Nous allons vous envoyer un médecin...

Arrivé une heure plus tard, il nous demanda, à moi et à Fantine, de l'aider à dévêtir la blessée, puis, l'ayant auscultée, il me dit en ôtant ses lorgnons :

— Je crains que ce ne soit grave. Votre épouse a une jambe brisée, mais, ce qui m'inquiète surtout, c'est sa blessure à la tempe droite. Elle n'a pas perdu beaucoup de sang, mais le choc a été violent et a occasionné un enfoncement de la boîte crânienne. Si le cerveau a été atteint, je ne réponds de rien...

— Y a-t-il encore de l'espoir ? lui demandai-je.

— Je vous répète que je ne puis me prononcer. Si elle reprend conscience, ce sera un signe favorable. Veillez bien sur elle. Je reviendrai dans la matinée pour soigner sa jambe et lui poser une attelle. En attendant, il n'y a aucun soin à lui donner.

Je passai le reste de la nuit dans une affreuse inquiétude. Comme morte, Gabrielle n'eut à aucun moment un geste ou une plainte. Sa respiration était normale, mais ses paupières restaient à demi closes. De temps à autre, avec mon mouchoir, j'épongeais le mince filet de sang qui s'échappait de la tempe.

J'attendis le lever du jour pour confier le relais de la surveillance à Fantine, et allai m'allonger dans un fauteuil, sans parvenir à trouver le sommeil.

Je me levai en entendant frapper à la porte. Le médecin revenait, accompagné d'un chirurgien, dans l'intention de poser une attelle à la jambe dont le fémur était brisé. Le sang ne suintait plus de la tempe, ce qui n'était pas un bon signe. Quand il m'avoua que la seule chose à faire était de ne rien faire, je laissai éclater mon indignation :

— A quoi donc vous sert votre science ? Dites-moi au moins si ma femme a une chance de survivre !

C'était un vieil homme à barbiche, lorgnons et bajoues flasques. Le genre de personnage qu'on peut imaginer en grand-père, jouant avec ses petits-enfants et lisant une gazette au coin de l'âtre, indifférent au sort de ses patients. L'envie me prit de l'agripper au collet et de le secouer pour lui faire cracher la vérité.

— Monsieur, me dit-il, je suis médecin, pas thaumaturge. Certains cas nous obligent à baisser les bras. Si vous croyez en Dieu, faites brûler des cierges et récitez quelques prières.

Pris d'un accès de folie, je m'écriai, comme s'il cherchait à provoquer ma colère :

— Dieu ? De quel droit et pour quelle raison me prendrait-il ma femme ? Lui aurais-je fait injure ? Dieu, où te caches-tu ? Sous la commode ? Sous le lit peut-être ? Allons, montre-toi ! Il s'en gardera bien ! Votre Dieu est un écumeur de vies !

— Vous blasphémez, monsieur ! Dieu choisit ses élus. Votre épouse en fait partie, semble-t-il.

Je hurlai :

— Balivernes ! Votre Dieu, on l'agite à nos yeux comme une marionnette pour nous rassurer ou nous consoler ! Oui ou non, docteur, mon épouse a-t-elle une chance de survivre ?

Il se laissa tomber dans un fauteuil et me dit, en essuyant ses lorgnons :

— Hélas non, monsieur. Elle a cessé de vivre.

Je m'agenouillai au bord du lit, sans une larme, mais comme dévoré soudain de l'intérieur par une nuée d'insectes qui gagnaient peu à peu ma gorge puis mon cerveau. Un reste de lucidité m'incita à concevoir la seule délivrance possible : accompagner Gabrielle sur son chemin d'éternité. Des propos absurdes me venaient aux lèvres, ceux que j'avais prononcés lorsqu'elle était montée dans le tilbury : « Couvre-toi, ma chérie, il fait encore froid... Si la pluie te surprend, il faudra revenir... Ne t'attarde pas trop... La route est longue... »

Lorsque j'entendis les pleurs de ma petite Anaïs mêlés aux gémissements de Fantine, je m'accrochai au drap et sombrai dans la nuit. Une gorgée d'alcool et des sels me ranimèrent. On m'aida à me relever. Je repoussai le médecin qui me guidait vers un fauteuil.

Une étrange transmutation s'étant opérée en moi, je me sentais soudain, au sortir de cette brève perte de conscience, prêt à assumer les soins que je devais à ma morte. J'étais en proie moins à un sentiment de sérénité qu'à une espèce de non-être où ne surnageait qu'une obligation : aider Fantine à faire la toilette de la défunte, ce que je fis machinalement, comme s'il s'agissait d'un soin banal.

— Monsieur, me dit Fantine, on dirait qu'elle nous regarde et qu'elle nous sourit. Ses yeux, monsieur, il faut les lui fermer.

Je crus perdre de nouveau mes sens lorsque, après que nous eûmes revêtu le corps d'une chemise de nuit, il ne resta d'elle que son visage et ses bras. J'arrachai le chapelet que Fantine lui avait noué autour des mains. Elle s'écria à travers ses larmes que j'offensais Dieu. Je ne réagis pas : les mots n'avaient plus de sens pour moi. Que je fusse un mécréant, une créature du diable, m'importait peu.

Etranger aux contingences matérielles, j'ignore qui se chargea de l'équarrissage du cheval et du retour de mon tilbury.

Le lendemain, j'eus la visite de Gaëtan. Il me prit dans ses bras et éclata en sanglots, comme une femme. Bien qu'un peu forcé, son chagrin me parut sincère. J'en fus touché.

Anticipant le souhait que Gabrielle eût sans doute formulé, j'organisai des obsèques toutes simples à Lesparre, sans le concours de l'Eglise, avec sur sa tombe une simple pierre gravée de son nom, avec les dates de sa naissance et de sa mort. Aaron s'était abstenu, mais le billet qu'il m'adressa me fut sensible.

Gaëtan, en revanche, était présent, l'œil humide sous son mouchoir de dentelle.

Il me dit en se retirant :

— François, sachez que je compatis à votre peine. Je suis toujours votre ami, ne l'oubliez pas...

Je restai trois semaines enfermé dans mon appartement, à regarder tomber une dernière neige, puis la pluie. Frappait-on à ma porte, je faisais répondre par Fantine que j'étais absent. La seule présence qui ne me fût pas importune était celle de ma servante et de ma fille. Sans elles, j'aurais suivi Gabrielle dans sa tombe.

Passé trois ans, Anaïs, échappée de sa lisière, trottinait à travers l'appartement, trébuchant sur la bordure des tapis et heurtant les meubles sans se plaindre. Je passais des heures à la regarder jouer avec ses poupées, chevaucher son cheval de bois, construire des maisons avec des cubes de bois peint. Une sombre mélancolie avait en moi succédé à la douleur.

Fantine veillait sur moi comme l'eût fait sa maîtresse. Elle cachait les bouteilles auxquelles je faisais trop souvent appel, mesurait ma nourriture pour combattre la singulière boulimie qui s'était emparée de moi, me forçait à me coucher tôt et à me lever tard...

Quand je protestais contre ce que je considérais comme un excès d'autorité, elle répliquait :

— Heureusement que je veille sur vous, monsieur, sinon vous seriez à l'hôpital ! Si madame pouvait nous voir, elle serait satisfaite des soins que je vous donne malgré vous, ingrat que vous êtes !

Je ne pouvais dormir ou faire la sieste sans absorber tisanes et narcotiques. Je tentai de me remettre à la lecture, mais les débuts furent difficiles. Je ne parvenais pas à fixer mon attention. A peine avais-je fini une phrase, je ne me souvenais pas de ce qu'elle exprimait au début.

Margot me rendit visite à plusieurs reprises, mais je supportais mal ses jérémiades. En revanche, je lui sus gré d'avoir informé Blanche du décès de Gabrielle. La lettre que je reçus me bouleversa : ma sœur avait trouvé en elle une amie et se faisait une fête de la retrouver à Lesparre, plus tard, à la fin de sa carrière. Elle m'écrirait de Berlin, où elle allait donner une série de récitals, mais elle oublia sa promesse. Je ne lui en tins pas rigueur, persuadé de n'être pas étranger à ses pensées.

Je m'abstins peu à peu d'une étrange manie qui m'avait pris quelques jours après les obsèques de Gabrielle, de m'enfermer dans sa garde-robe pour recréer un peu de sa présence en respirant son parfum, gémissant comme un chiot en froissant son linge intime sous mes narines. D'autres fois, seul dans ma chambre, je relisais à haute voix les rares lettres que j'avais reçues d'elle. Je fis acheter par Fantine des feuilles de papier et des pastels pour dessiner de mémoire des portraits d'elle.

Ces œuvrettes maladroites, je les ai conservées. A l'heure où j'écris ces lignes, je peux les voir, alignées sur la hotte de la cheminée, entre les fenêtres donnant sur mes vignes.

Un matin, après une nuit semblable aux précédentes, je m'éveillai avec l'impression que Lazare dut ressentir en émergeant de sa tombe : celle d'une singulière alacrité.

Je retrouvai sur ma table une lettre reçue la veille de Gaëtan. Il se montrait surpris que j'aie refusé de le recevoir et se demandait si j'allais donner suite à mon projet d'installation dans mon domaine.

Je lui répondis le jour même :

« Mon bon ami, ce projet était surtout celui de Gabrielle. En conséquence, je ne me reconnais pas le droit d'y renoncer. Je lui dois cette décision. D'ici quelques jours, je serai en mesure de reprendre contact avec toi et de faire éventuellement de nouveau appel à ton aide. »

La réponse ne se fit pas attendre : il se félicitait de ma décision et se tenait à mon service.

Une autre idée m'était venue, dans les derniers temps de ma

prostration : reprendre du service auprès d'Aaron, à titre non de secrétaire mais de navigateur. Je le lui confiai par une lettre à laquelle il me répondit en me conviant à venir le trouver.

Il m'écouta attentivement lui exposer, avec une sorte de fièvre et en trébuchant sur les mots, les motifs de ma résolution. Il se gratta la joue d'un air dubitatif, soupira, et me dit :

— François, je suis heureux de l'occasion que tu me donnes de te revoir dans d'aussi bonnes dispositions à mon égard. Je dois t'avouer que j'ai souffert de notre rupture et que tu m'as manqué, mais, vois-tu, je dois renoncer à te faire reprendre du service.

— Me crois-tu incapable de commander un vaisseau ?

— Certes non ! Mais je crois que tu as réagi sous le coup de la douleur. Ce que tu me proposes, c'est de faire de moi le complice d'une sorte de suicide. Si tu souhaites reprendre la mer, ce n'est pas par un regain de passion, et moins encore d'intérêt, mais pour te perdre. Ne le nie pas !

Il ajouta, en m'invitant à me retirer et à lui rendre visite à l'occasion :

— As-tu songé qu'en reprenant la mer tu trahirais Gabrielle ?

Les propos de Gaëtan, lorsque j'acceptai de le recevoir, tenaient du délire. Il semblait faire sa propre affaire du renouveau de mon vignoble, comme pour marquer sa fidélité à la mémoire de Gabrielle.

— François, me dit-il en me tutoyant comme cela lui arrivait parfois, tu vas devoir trouver un nom à ton domaine.

— Est-ce bien nécessaire ?

— Bien sûr que ça l'est ! J'y ai pensé, figure-toi. Que dirais-tu de Château-Dumoulin ?

Je m'esclaffai.

— Un « château » pour désigner ces quelques arpents de vignes, tu plaisantes ? J'aimerais que le nom de Gabrielle soit associé à ce vignoble, en évitant le terme « château ».

Il réfléchit et me lança :

— J'ai trouvé ! Nous l'appellerons Clos-Gabrielle. Est-ce que cela te convient ?

— Tout à fait. Gaëtan, tu as eu là un trait de génie.

Un travail titanesque débuta avec le printemps.

Gaëtan mit à ma disposition une équipe de trois hommes, à charge pour moi de régler leur salaire et de les héberger à la fortune du pot. Ils ne répugnaient pas à la tâche, qu'ils effectuaient avec une belle humeur susceptible de dissiper mes idées noires. Il fallut déraciner les vieux ceps, les remplacer par des jeunes, fournis gracieusement par mon ami, labourer profond, revoir la futaille...

Gaëtan nous rendit visite et se préoccupa de l'aménagement de la maison, sans tenir compte de ce que Gabrielle avait prévu. Je le laissai opérer. Il agissait comme s'il comptait en faire sa propre demeure !

Les travaux, qui avaient duré une bonne semaine, se terminaient à temps, les plantations ne pouvant se faire qu'entre novembre et avril. Quand je voulus régler le salaire des ouvriers, comme nous l'avions prévu, Gaëtan s'y opposa :

— C'est, me dit-il, le prix modeste que je donne à notre amitié. Je vous devais bien ce modeste sacrifice, à toi et à Gabrielle. Je l'aimais, autant que toi peut-être, mais d'une autre manière.

Il fit plus encore. Dans les jours qui suivirent, il envoya un de ses jardiniers au Clos-Gabrielle, avec une charretée de plantes et d'arbustes pour notre jardin d'agrément. Il n'y manquait que les quatre cyprès que Gabrielle avait prévus et la bordure de tamaris, mais j'en fis mon affaire, de même que du bassin aux poissons et aux tortues.

A la mi-avril, je fis exhumer le corps de mes parents pour les faire inhumer dans une tombe voisine de celle de Gabrielle, au cimetière de Lesparre. Je considérais cette proximité comme un devoir, une commodité et une affaire de sentiment. Par la suite, il ne se passa pas une semaine sans que je rende hommage à leur mémoire en déposant quelques fleurs sur leurs tombes.

Ma place n'était plus à Bordeaux, n'ayant rien à y faire ni à en attendre désormais. Les quelques amitiés qui me restaient, en plus d'Aaron et de Gaëtan, s'étaient dispersées après la mort de Gabrielle et ma séquestration volontaire. Je n'éprouvais aucune attirance pour les spectacles, et moins encore pour la fréquentation du Panier-Fleuri. Des amis me proposèrent leur compagnie, mais je tenais à ma solitude.

Avant mon départ de Bordeaux, une crue subite de la Garonne causa la panique dans la ville. De mémoire d'homme, on n'avait rien vu de tel.

Lorsque, après une nuit de pluie diluvienne, je mis le nez à la fenêtre, je pus mesurer l'étendue du désastre. Le jardin des Carmes n'était plus qu'un lac et les rues transformées en torrents charriaient boue et détritus. Plus une boutique d'ouverte. Un silence de cimetière. L'eau avait atteint le rez-de-chaussée de notre immeuble, que les locataires déménageaient. Je leur prêtai main-forte et me proposai de les héberger, ce qu'ils refusèrent, persuadés que le déluge allait marquer une trêve, mais elle n'intervint que dans la soirée.

La nuit fut d'un calme de nécropole : rues sans lumières, groupes discutant sur le pas des portes, barques éclairées d'une lanterne passant entre des rangées de maisons, altercations avec les services de police et les pompiers...

Le lendemain, un dimanche, alors que les cloches appelaient à la messe, je constatai que la crue avait commencé à se retirer en abandonnant une alluvion de boue grasse, de détritus divers, et, à notre porte, un âne mort, gonflé comme une outre.

Chaussé de bottes pour me rendre sur le port, je trouvai la désolation partout sur mon chemin. Au seuil des maisons et des boutiques des hommes palabraient et des femmes pleuraient devant leurs meubles souillés de gadoue. Aucun des quartiers bas de la ville n'avait été épargné, les Chartrons en premier lieu, où la force du courant avait arraché des portes et emporté quantité de futailles.

C'est le port qui offrait le spectacle le plus éprouvant. Le fleuve en furie ayant arraché des navires à leurs ancres, certains étaient partis à la dérive vers l'estuaire et d'autres s'étaient fracassés entre eux, présentant un amas de coques et de vergues qui semblait impossible à démêler, comme si Gulliver avait saisi entre ses mains la flotte de Lilliput pour en faire un fagot.

La Garonne avait pris l'aspect d'un lac qui s'étendait sur l'autre rive, au-delà de Queyries, sous un ciel d'où suintait encore une pluie fine et glacée. Des hommes et des femmes qui se lamentaient, disant que ce désastre allait engendrer la misère, aidaient soldats et pompiers à déblayer les quais.

En m'approchant de l'entrepôt des Cohen, j'aperçus Aaron. Debout sur une barrique, droit dans son manteau de pluie, comme un général au milieu de ses troupes, il donnait des ordres.

Que faire ? La rivière était encore trop grosse et le courant trop vif pour tenter de démêler cet écheveau de bricks, de frégates, de corvettes, de flûtes, de gabares... Une chaloupe qui tentait de s'infiltrer dans ce dédale dut rétrograder pour ne pas être emportée à son tour. Dans les mâtures et sur les ponts, des hommes d'équipage surpris par la crue demandaient de l'aide à grands cris.

A midi, une procession quitta la cathédrale Saint-André pour se rendre à l'église Saint-Michel, où une chapelle était consacrée aux marins du fleuve et de la mer, et demander à Dieu la fin du châtiment céleste. Elle avait du mal à progresser, pataugeant dans la boue et rallumant les cierges que la pluie et le vent éteignaient aussitôt.

Retroussant mes manches, je me proposai pour aider à remettre de l'ordre dans ce capharnaüm, entre l'Hôtel de la Monnaie et la porte Cailhau, et à pelleter la boue dans des charrettes. Un travail harassant, que je dus interrompre à plusieurs reprises.

Maculé de boue des pieds à la tête, j'allai retrouver Aaron. Il avait organisé (lui ou quelqu'un d'autre) un conseil où se retrouvaient les Gradis, Nairac, Cabarrus, Balguerie et Dhariette (sans Gaëtan). Ils avaient prévu de faire appel à des gens de l'extérieur pour mettre de l'ordre dans cette épouvantable chienlit.

Il allait falloir deux semaines environ pour que l'activité du port pût reprendre son cours normal, après des pertes incalculables. Aaron me confia qu'il avait eu deux vaisseaux gravement endommagés et des embarcations légères, barques ou gabares, à jamais perdues.

Il avait lui-même mis la main à la pâte et avait de la boue jusque sur le nez, quand je le trouvai, quelques heures plus tard, à son poste de commandement.

— Nous allons devoir, dit-il, lancer un appel à nos actionnaires pour relancer notre activité. C'est d'autant plus dramatique que les affaires avaient repris. Dieu merci, deux de mes vaisseaux, l'un pour la Sierra Leone, l'autre pour l'Angola, sont encore en mer. Je prie Dieu qu'il les fasse revenir indemnes.

A quelque temps de là, les affaires ayant repris timidement, Gaëtan me parla de la situation qui faisait suite à la guerre d'Amérique. Elle était complexe et loin d'être brillante...

L'énorme quantité de fret en produits coloniaux que les armateurs déversaient sur le continent avait entraîné une chute des cours préjudiciable à leurs intérêts. En revanche, la traite ne souffrait pas trop de la crise. On trouvait de moins en moins d'esclaves, mais cela faisait augmenter leur cours, et les négriers, en fin de compte, s'y retrouvaient.

La paix revenue, les armateurs de la côte atlantique s'étaient découverts en possession d'une armada restée longtemps inactive ou presque, d'où des expéditions en droiture vers les îles d'Amérique, avec une abondance de fret cédé à bas prix aux colons et à la population insulaire, la traite et les primes consenties par le gouvernement compensant la modicité des bénéfices.

Ces avantages n'étaient pas à dédaigner, comme me le confirma Aaron : quarante livres par tonneau aux navires négriers sur le départ, soixante livres par tête d'esclave débarqué aux Iles, et cent livres pour ceux que l'on affectait au sud de Saint-Domingue, à Tobago, à Sainte-Lucie et en Guyane...

Une guérilla entre les ministres de la Marine et des Finances allait mettre un frein à ces dépenses jugées somptuaires mais qui avaient permis aux ports de traite, le nôtre notamment, de réaliser de bonnes affaires.

En l'espace de quelques années, Bordeaux allait, en supplantant Nantes et La Rochelle, devenir le port le plus important et élargir son horizon de traite dans l'océan Indien.

3

Le grain blanc

Je laissai s'écouler quelques semaines avant de quitter Bordeaux, le temps de liquider mon dernier bien immobilier, situé dans le quartier des franciscains : il avait souffert de la crue et me rapportait une misère.

Je partais sans envisager mon retour. L'existence dans mon appartement des Carmes m'était devenue pénible. J'y baignais en permanence dans la présence fictive de Gabrielle, ce qui n'était pas fait pour améliorer mon état mental, et me heurtais sans cesse à son souvenir. Tout me parlait d'elle et j'étais las de répondre à Anaïs que sa maman, qu'elle réclamait, n'allait pas tarder à revenir…

Je décidai de me séparer de Fantine. Sa tyrannie, ses initiatives péremptoires, ses reparties à la limite de l'insolence m'agaçaient. Lorsque je compris qu'elle envisageait de prendre la place de mon épouse, je lui donnai son congé. Elle me traita d'ingrat, m'affirma que sans elle j'étais perdu, mais je tins bon et quittai avec soulagement ce logis, nid de nostalgies récurrentes et néfastes.

Mon tilbury réparé, attelé d'un nouveau cheval acheté sur la foire de Libourne, je pris le chemin du Médoc, dont une quinzaine de lieues me séparaient. Je me refusai une halte en passant à l'endroit où Gabrielle avait fait sa chute fatale. Tenter de l'oublier m'eût été impossible, et je ne le souhaitais pas, mais je refusais de devenir la proie d'une obsession prégnante et stérile.

Mon vignoble avait assez belle apparence. Les plants offerts par Gaëtan ne paraissaient pas avoir souffert des intempéries. Duroux, le compagnon de Margot, à qui j'avais fait visiter mon domaine, me donna son avis :

— Dans un premier temps, il est bon de planter des cépages différents. C'est ce que recommandait Olivier de Serres, et le procédé a fait ses preuves. Ça ne te donnera pas un vin de qualité exceptionnelle, mais tu n'auras pas de mal à le vendre. Je m'y attacherai. Par la suite, si tu mets en culture de nouvelles parcelles, avec des plants choisis, ton vin gagnera sûrement en qualité. Cette terre est bonne et peut faire des merveilles...

Restait à s'accommoder de l'impatience, à apprivoiser le temps, ce que j'appris non sans peine. Je devrais attendre au moins deux ans, peut-être plus, avant que les nouveaux plants ne produisent une récolte ! C'était bien long, mais cela me laisserait le temps d'organiser ma solitude et de faire de mon domaine un lieu à ma convenance.

Je ne me trompais pas en prévoyant que mon déménagement allait me donner quelques soucis.

Si je m'en étais tenu à la volonté de Gabrielle, nous aurions fait de notre nouveau logis une boutique d'antiquaille, un goût qu'elle partageait, de même que la musique, avec Blanche.

Je décidai de faire appel à un brocanteur pour évaluer mon bien mobilier et me débarrasser des superfluités. Il m'en offrit une somme que je jugeai convenable. Je souhaitais ne garder que le strict nécessaire, le piano de Gabrielle notamment, dont je refusais de me séparer, et quelques toilettes qu'elle affectionnait.

Le transfert de ce mobilier et de quelques autres souvenirs que je voulais conserver dura une journée, en usant de deux charrettes.

Anaïs sauta de joie lorsque je lui montrai sa chambre tapissée de toile de Jouy rose, représentant des groupes de femmes et de cavaliers dans un décor champêtre. Elle m'aida, ou fit semblant, à l'aménager. Cette pièce donnait par une porte vitrée sur le jardin, dont le carlin, que je lui avais offert pour son anniversaire, avait pris possession dans l'heure qui avait suivi notre arrivée.

Nous eûmes un moment d'émotion lorsque j'allumai le premier feu qui allait donner un semblant de vie à ces vieux murs. Endormie sur mes genoux, Anaïs se réveilla en sursaut et me dit :

— Maman sera heureuse de voir tout installé quand elle reviendra. Fantine aussi. Père, il va falloir attendre longtemps ?

Je lui avais caché ma décision de me séparer de ma servante et lui répétai que, si sa mère tardait tant, c'est qu'elle était très loin et qu'elle n'avait pas encore trouvé de voiture pour la ramener.

Lorsque je lui avais donné son congé, j'étais loin de songer que Fantine allait me manquer à ce point, de même qu'à ma fille, qui la réclamait chaque jour en se plaignant de mon service.

Elle avait vu juste, cette futée, en me disant que je n'étais pas un homme d'intérieur, et que je ne tarderais pas à la regretter. J'étais inhabile en tout, malgré la bonne volonté que je mettais à préparer nos repas ou à faire la toilette d'Anaïs. Ma fille se plaignait du mauvais goût de mes bouillies ; je devais me gendarmer pour qu'elle consentît à en absorber quelques cuillerées, le reste allant dans l'écuelle du chien. Elle ne trouvait pas à son goût le lait que nous allions chercher au soir tombant, sa main dans la mienne, à la ferme voisine. Elle trouvait en se couchant son lit mal fait, avec des draps qui faisaient des plis. La convaincre de mettre des socques plutôt que des souliers pour se promener ou jouer dans le jardin faillit provoquer un drame !

Je confiai mon embarras à mon voisin immédiat, Aimé Chassagnac, dont j'avais gagné l'amitié et la confiance, et qui ne me ménageait pas ses conseils désintéressés quant aux soins à prodiguer à mon vignoble. Il se mit en quête d'une servante et la trouva sans trop chercher. Mariette, fille d'un éleveur de volailles de Gaillan, à une lieue de notre domicile, consentit à s'installer chez nous. C'était une adolescente assez jolie, vive et délurée, qu'Anaïs adopta d'emblée et qui finit par lui faire oublier Fantine.

Dans les premiers jours de l'été, j'eus la visite de Gaëtan. Il descendit de son élégante berline à deux chevaux, me serra dans ses bras et risqua une visite de mon vignoble, quitte à souiller de boue ses bottines de chevreau.

— Mes plants ont assez bonne mine, me dit-il, mais vos allées ont mauvaise apparence. Il faudrait les débarrasser des chiendents et des liserons. Tâchez de trouver un journalier dans le coin pour les enlever, si vous ne pouvez le faire vous-même. Une vigne, c'est comme une femme qui, pour plaire, doit être toilettée et peignée...

L'intérieur le déçut. Il me reprocha sans acrimonie de n'avoir pas tenu compte de ses plans, pas plus que de ceux de Gabrielle. En revanche, il faillit se pâmer en pénétrant dans la chambre d'Anaïs.

Il me donna des nouvelles de Bordeaux. On venait d'inaugurer un musée.

— Oui, mon ami : le musée des Lumières ! Nos bons bourgeois ont décidé d'ouvrir une porte sur la culture, fût-elle encyclopédique. On y trouve une volonté de tolérance et de liberté issue de la franc-maçonnerie, qui a, comme tu le sais, de nombreux adeptes dans notre ville, et j'en suis moi-même !

Il avait découvert à sa grande surprise, dans la bibliothèque de ce musée, un opuscule d'un certain Jean-Paul Marat, médecin dans les gardes du corps du comte d'Artois, sur notre compatriote Montesquieu, l'un des plus farouches dénigreurs de la traite des Noirs.

— Voilà, lui dis-je, une nouvelle qui me va droit au cœur. Les consciences se réveillent...

— En revanche, poursuivit-il, l'assemblée provinciale du clergé a fait retirer des rayons l'ouvrage de l'abbé Reynal sur le commerce de l'Europe avec les Indes, où il s'élève contre l'esclavagisme. Motif, je cite : « Outrage à la religion, au fondement de l'autorité et aux mœurs ! » Cette même assemblée juge *pernicieux* l'affranchissement, même progressif, des Noirs !

Je tremblais d'émotion en me disant qu'on venait d'allumer dans Bordeaux un feu qui n'allait pas tarder à illuminer une société figée dans son aisance, ses principes et ses traditions. Etait-ce l'annonce d'une trêve dans le commerce des nègres ? Il n'en fut rien : il allait connaître une expansion accrue dans les années suivantes.

Je conviai Gaëtan, en toute simplicité, à déguster une omelette aux cèpes, accompagnée du vin doux dont Aimé Chassagnac m'avait généreusement pourvu.

Il me dit, en remontant dans sa berline :

— Je ne tarderai pas à vous rendre une nouvelle visite, François. J'espère que votre vigne aura meilleure apparence. Et vous pourrez compter sur moi après les vendanges. Je tiens à être des premiers à goûter votre vin...

4

Dernières vendanges

Ma vigne ne m'ayant donné qu'une quantité médiocre de vendange et un vin de qualité banale, cette première récolte n'eut rien d'un événement triomphal, mais il en eût fallu davantage pour me décourager. Je tins à ce que ce fût Anaïs qui coupât la première grappe et recueillît les applaudissements de mes ouvriers, et que ce fût Gaëtan qui dégustât mon vin le premier, ce qu'il fit de bonne grâce.

Je décidai de prendre mes quartiers d'hiver sans bouger, conscient que, sans Anaïs et Mariette, la vie me serait vite devenue difficile, voire impossible. Quoi que j'en eusse dit, la solitude n'est pas un état qui me convienne. Il y avait de la fanfaronnade dans mes propos, et une réaction inefficace aux événements difficiles ou douloureux. Je n'avais qu'en de rares occasions à en faire l'épreuve, mais ce fut toujours en souhaitant qu'elle cessât au plus vite.

Ma retraite, c'était autre chose. Outre que je la partageais avec ma fille, ma servante et des voisins affectionnés, je la considérais comme une nécessité due à l'âge et à la santé, assortie d'un réflexe de défense contre une vie qui ne m'avait pas épargné les mauvais coups et une société qui, sans que j'en exagère l'importance, ne m'avait pas ménagé son hostilité.

Chaque matin, en lisant les nouvelles, j'avais l'impression d'être entouré d'une marée ou d'une tempête qui assaillait en vain mon îlot. Il restait dans ces échos, surtout s'agissant de l'affrètement d'un vaisseau des Cohen ou des Nairac, un parfum de nostalgie, vite balayé par les rires d'Anaïs et les chansons de Mariette.

Anaïs allait sur ses cinq ans. Je me refusais à la conduire chaque jour à l'école de Lesparre pour lui dévoyer l'esprit avec les absurdités du catéchisme. Quand je la comparais au piètre écolier que je fus, je la trouvais précoce et avide d'apprendre. Son intelligence était vive, sa mémoire surprenante et, si elle répugnait aux mathématiques, elle semblait devoir se passionner pour l'écriture, la musique et le dessin.

D'un bref séjour à Bordeaux pour mes affaires, je lui avais rapporté des livres pour enfants, qu'elle avait lus et relus. La femme d'Aimé Chassagnac, quelque peu versée dans la musique, lui enseignait le solfège et le piano. Anaïs y apportait une attention qui eût ravi Gabrielle.

Mariette était une sorte de femme-orchestre : outre sa cuisine, elle s'occupait du jardin potager, se mêlait volontiers aux jeux de ma fille et de son chien et ne répugnait pas à aller courir le lièvre et la perdrix ou pêcher dans les étangs. Elle ne m'inspirait qu'une inquiétude : me quitter pour se marier. D'une fille comme elle, agréable et délurée, cela ne m'eût pas surpris.

J'avoue que sa présence quotidienne avait fini par me troubler, mais, outre qu'elle était encore adolescente et que ces rapports auraient risqué de troubler notre quiétude, j'aurais eu le sentiment de trahir Gabrielle. J'ajoutais à ces préventions l'état de ma santé, qui m'interdisait les émotions. Une heure passée à biner ma vigne m'affolait le cœur. Qu'en eût-il été, si je m'étais livré au dévergondage avec ce tendron ?

Blanche était restée des mois sans me donner de nouvelles. Depuis sa dernière lettre, où elle témoignait de son chagrin en apprenant la mort de Gabrielle, plus rien ! Je l'imaginais courant la diligence entre les capitales européennes.

J'en étais arrivé à penser qu'elle avait fini par m'oublier et que nous ne nous reverrions jamais, quand une lettre venue de Londres me bouleversa.

Blanche me confiait qu'elle allait peut-être devoir interrompre sa carrière. A la suite d'une maladie vénérienne mal soignée, elle avait perdu son doigté, sa mémoire lui jouait des tours, et elle était parfois prise de panique en se mettant au clavier. Il en résultait de mauvaises critiques dans les journaux et une désaffection progressive du public. « Je vois venir le jour, écrivait-elle, où je n'aurai d'autre ressource que de donner des leçons ou, pire, de jouer le dimanche dans les guinguettes de Belleville. Pour moi qui fus encensée par le public, dans l'Europe entière, jusqu'en Russie, quelle déchéance ! Il y a une semaine, alors que je jouais une partita de Bach... »

Et surtout, en quelques mots, *in fine*, elle me donnait des nouvelles de notre frère, Germain : il venait de mourir, sans avoir retrouvé sa raison, dans la maison de santé du docteur Belhomme, où elle l'avait placé, en sautant par la fenêtre d'un grenier.

Elle ajoutait :

« Toi seul me restes désormais, mon Françou. Je ne me sens aucune affinité avec la *Margoton* dont notre père s'était entiché, et j'ignore tout de notre demi-frère, Lucien, je crois... »

En relisant cette lettre, je devinais la propension, familière aux personnes d'âge mûr, à remonter le cours du temps pour retrouver leur source et des éléments sociaux ou humains auxquels se raccrocher. J'étais surpris que, dans cette lettre et celles qui allaient suivre, elle ne fît pas mention de son ami et protecteur espagnol. Elle allait m'avouer, quelques mois plus tard, qu'ils avaient rompu :

« Un mufle ! Dès mes premiers échecs, il m'a quittée pour une jeunesse qui l'a suivi en Espagne. Si j'ai tardé à te parler de lui, c'est que je me suis promis de l'oublier. Alors, je t'en conjure, mon Françou, évitons de parler de lui... »

Elle ajoutait un codicille :

« Aujourd'hui, je suis presque seule et le serai bientôt tout à fait. Des gens que je croyais mes amis renoncent à me recevoir et se dérobent avec de mauvaises excuses lorsque je les invite, ce qui m'arrive de moins en moins d'ailleurs, car, sans nouveaux engagements, je vais avoir des fins de mois difficiles. »

Je lui répondis que je ne supporterais pas de la savoir dans le besoin et que, dans un cas extrême, elle me trouverait toujours prêt à lui venir en aide, à la recevoir et à l'héberger.

Je restai une quinzaine sans autre lettre et lui écrivis pour me libérer de mon inquiétude. Elle me dit dans sa réponse qu'elle avait dû résilier son dernier contrat pour Lisbonne et qu'elle était sur le point de vendre son appartement des boulevards. Depuis un mois, elle donnait des leçons de piano dans des familles aisées, mais sa nature irritable lui en faisait fermer les portes une à une.

Elle ajoutait :

« En dernier recours, j'ai décidé de revenir à Bordeaux. J'ai tiré un bon prix de mon appartement, mais la vie à Paris est trop chère pour moi. Veux-tu me rendre service ? Mets-toi en quête d'un modeste logis, dans le centre de la ville si possible, et tiens-moi au courant… »

Je lui répondis que les appartements, dans le centre de Bordeaux, hormis des taudis, étaient aussi chers qu'à Paris, mais lui laissai entendre qu'elle pourrait trouver, *gratis pro Deo*, asile au Clos-Gabrielle, où j'avais fait aménager les mansardes pour des invités de passage. De plus, elle pourrait disposer du piano de Gabrielle.

Sa réponse ne se fit pas attendre : elle acceptait mon offre avec des élans de reconnaissance, comme si je l'eusse sauvée des eaux. Elle ne resterait à Bordeaux, dans un hôtel, que quelques jours, le temps d'éviter une rupture trop brutale avec l'ambiance parisienne.

Elle mit son projet à exécution peu après. Sa dernière lettre venait de l'hôtel de l'Intendance. Elle n'avait pas choisi le moins onéreux et comptait y rester une semaine avant de se rendre à Lesparre dans une voiture de louage.

J'étais occupé à parcourir mes règes, sécateur au poing, vêtu de mon tablier de jardinier, quand Mariette me fit signe de revenir en hâte. Une voiture venait de s'arrêter devant la maison, une dame en était sortie et demandait à me voir. Je n'eus pas à m'interroger longtemps : c'était Blanche.

Si je l'avais croisée dans la rue, j'aurais eu du mal à la reconnaître. Elle n'avait jamais été bien grosse, mais elle avait encore perdu du poids depuis notre dernière rencontre, son visage s'était fripé et elle était dépourvue de la pétulance qui faisait son charme, la maladie mal soignée dont elle souffrait étant la cause de cet état.

Après l'avoir longuement embrassée, j'insistai pour régler la course. Elle n'y fit pas obstacle, comme si, déjà, elle se trouvait sous ma tutelle. Je lui reprochai sans aigreur de ne m'avoir pas prévenu de son arrivée un jour ou deux à l'avance, de façon que Mariette préparât sa chambre. Elle lâcha le chien qui l'accompagnait, un griffon lourdaud et baveux à la langue pendante, qui reniflait le bas de mon pantalon, et auquel le carlin d'Anaïs réserva un accueil grinçant.

Elle me dit en entrant :

— Ainsi, c'est là que tu vis ?

— Serais-tu déçue ?

— Oui et non. L'endroit est agréable, mais j'étais persuadée que tous les viticulteurs habitaient un château, comme c'est indiqué sur toutes les étiquettes.

— Désolé, ma chérie, de n'avoir rien d'autre à t'offrir que cette humble chaumière.

— Eh bien, s'écria-t-elle joyeusement en me jetant un baiser sur la joue, je m'en contenterai ! L'air de la campagne me fera du bien.

Je m'informai de sa santé. Elle haussa les épaules.

— Elle ne va ni mieux ni plus mal. Je me soigne. J'ai une pleine valise de médicaments et de drogues.

Elle s'enquit d'Anaïs, occupée dans sa chambre à étudier un texte de Fénelon, extrait de son *Télémaque*. Je l'appelai. Quand elle apparut, Blanche s'extasia, la trouva jolie, *grandette*, avec des traits et des expressions de Gabrielle.

— Il va falloir me supporter, ma chérie, dit-elle, mais tu verras, nous ferons bon ménage. Si tu aimes le piano, je donnerai des récitals rien que pour toi.

Elle fit taire son griffon qui aboyait pitoyablement contre les assauts du carlin et demanda à Mariette de lui servir un rafraîchissement. Elle but d'un trait un verre de cidre en jetant un regard sur le jardin, qu'elle jugea de « style anglais » et bien entretenu, puis demanda à visiter la maison, qu'elle trouva agréable, puis sa chambre sous les combles, qui la fit sourire.

— Petit, dit-elle, mais *mignon*, et la vue est belle. Je sens que je m'y plairai.

— Tu ne crains pas de t'ennuyer ? Nous manquons un peu de voisinage...

Elle protesta :

— M'ennuyer, moi, avec un piano et une bibliothèque ? Tu plaisantes ?

— Ainsi, tu ne comptes pas retourner à Paris ou t'installer à Bordeaux ?

Elle s'esclaffa.

— Paris, c'est fini pour moi. J'ai eu du mal à en partir, mais aujourd'hui je ne regrette rien. Ma carrière arrivée à son terme, il faut que j'en prenne mon parti. A moins que je ne donne des récitals à Lesparre... Regarde ! J'ai des mains de vieille. Quant à m'installer à Bordeaux, j'y ai vite renoncé. On m'y aurait accueillie comme une reine quand j'étais célèbre. Aujourd'hui, on ne me regarderait même plus...

Elle ôta ses gants. Ses mains étaient encore délicates, mais avec des traces d'arthrose, des dartres et quelques doigts recroquevillés. Je les pris et les portai à mes lèvres.

— Lorsque je me mets au piano, ajouta-t-elle, j'ai l'impression que Monteverdi, Haydn et Bach me tournent le dos avec un sourire sarcastique. Certains jours, je joue avec assez de facilité. D'autres, c'est une catastrophe. Aujourd'hui, je me sens dans de bonnes dispositions, peut-être en raison de ta présence, mon Françou !

En redescendant, elle jeta son chapeau sur une chaise, s'installa devant le piano et dit à Anaïs :

— Ton père m'a prévenue de ton goût pour la musique. Alors, écoute. Voyons cette partition : la suite numéro cinq, en *mi* majeur, de Haendel. Bien... La dernière fois que je l'ai jouée, c'était à la cour de Saint-Pétersbourg, devant le tsar et sa famille. Pour me remercier, il m'a offert un manteau de fourrure...

Elle joua quelques mesures et soupira :

— Aujourd'hui, je sens que la bête est moins rétive. Mais, demain, qui sait ?

Au début du mois d'août, alors que Blanche s'était installée depuis une semaine, sans paraître s'être ennuyée le moins du monde, nous reçûmes la visite de Gaëtan Dhariette, venu m'apporter le dictionnaire des vins qu'il m'avait promis.

Il était porteur d'une nouvelle attristante : Aaron connaissait des ennuis dans son négoce.

— Il n'arrive pas, me dit-il, à faire honorer des dettes impayées par des colons de la Guadeloupe et de Sainte-Lucie. Pire encore ! Un de ses vaisseaux de traite, le *Loyal*, a été arraisonné dans le golfe du Bénin par un bâtiment portugais auquel son capitaine aurait répondu avec insolence. Il en est résulté un échange de canonnade. Inférieur en puissance de feu, le *Loyal* a pris la fuite avec des avaries sérieuses. Pour accroître sa vitesse, le capitaine a jugé bon de se délester d'une centaine d'esclaves, qu'il a fait jeter à la mer ! L'affaire a fait grand bruit et la justice a pris l'affaire au sérieux. Du coup, Aaron est tombé malade...

Gaëtan me fit souvenir d'un personnage de Bordeaux qui avait la réputation d'un trublion, adversaire de l'esclavage : Laffon de Labédat, fils d'un important négrier.

Quelques années auparavant, alors que j'étais encore au service des Cohen, j'avais eu avec ce personnage une sévère altercation, au cours d'un repas à son domicile. En termes acerbes, il m'avait reproché ce qu'il appelait mon « hypocrisie » : je mangeais, me dit-il, à tous les râteliers, me prétendant adversaire de la traite et m'y livrant sans scrupule apparent. Il avait trouvé mon côté vulnérable, mais son agressivité m'avait déplu. J'avais jeté ma serviette sur la table et m'étais retiré.

— Il continue à se battre, me dit Gaëtan, mais contre des moulins à vent. Sa famille a fini par le renier et lui couper les vivres, si bien qu'il est aujourd'hui dans un état proche de la misère et qu'il reçoit des menaces de mort, ce qui le laisse indifférent. Il s'est trouvé une idole : un ancien négrier américain, Moses Brown, juif originaire de Providence, dans le Rhode Island, qui a eu le courage de rompre avec la firme familiale et d'affranchir ses propres esclaves. Tu imagines le scandale...

— Je n'aime guère Laffon de Labédat, mais je continue à partager ses idées, et je rends hommage à sa ténacité et à son courage. Un jour, les consciences s'éveilleront.

Il me confia qu'il envisageait de soutenir le mouvement abolitionniste qui se développait en France et en Angleterre, dans les milieux maçonniques notamment.

— Je ne regrette pas, conclut-il, d'avoir renoncé à la traite et pris mes distances avec ma famille pour vivre de mon vignoble...

Tandis que nous bavardions en arpentant les allées du jardin d'agrément, Gaëtan dressa l'oreille.

— Tiens, tiens, on dirait du Bach, et joué d'une façon magistrale. Je regrette que ta sœur ait renoncé à ses concerts.

Il la complimenta sur son talent et lui proposa de donner un récital dans son château de Villenave, en présence de quelques amis mélomanes. Elle émit quelques réserves, disant qu'elle risquait de décevoir son auditoire. Il la rassura.

— Si vous jouez aussi bien que tout à l'heure, nous serons comblés...

Une quinzaine plus tard, je conduisis en tilbury Blanche et Anaïs à ce rendez-vous, que ma sœur avait fini par accepter. Elle passa une heure, dans la chambre du château qui lui avait été affectée, à essayer des toilettes, à se farder et à se coiffer « à la Rose Bertin ». Radieuse, elle semblait avoir rajeuni de dix ans.

Son récital fut une réussite. Elle avait pris soin d'avertir le public, d'une vingtaine de personnes, que c'était pour elle une épreuve redoutable et qu'il faudrait excuser d'éventuelles défaillances. Il n'y en eut pas. On l'entoura, on la fêta, on lui proposa de donner de nouveaux récitals, en d'autres lieux. Elle refusa, disant que les miracles n'ont lieu qu'une fois.

Le lendemain, sur le retour, Anaïs endormie sur ses genoux, elle m'avoua que, dans la partita de Bach, elle avait eu un trou de mémoire et avait escamoté quelques mesures.

— L'envie a longtemps persisté en moi de revenir à Paris, ajouta-t-elle, mais aujourd'hui j'y ai renoncé définitivement, bien que j'en souffre comme de la privation d'une drogue. Les compliments, les ovations, les réceptions me manquent cruellement, mais j'en ai pris mon parti. Ma seule préoccupation, désormais, sera de donner des leçons à Anaïs. Elle est très douée, comme l'était sa mère. François, mon Françou, j'ai chez toi la sensation de revivre, et j'y suis heureuse comme je ne l'ai jamais été.

Elle se mit à chantonner en pianotant sur l'épaule d'Anaïs.

— Une sonate d'église de Corelli... me dit-elle. C'est la musique qui danse dans ma tête dans les moments où je me sens heureuse.

Le ciel, je m'en souviens, était d'un bleu de lavande au-dessus des immensités de landes qui alternaient avec les vignes déferlant à perte de vue. L'air, animé d'une brise légère, avait le goût du bonheur.

Je ne me lassais pas de constater des progrès dans l'état de santé de Blanche, et sa bonne humeur. En quelques semaines, alors qu'approchait la saison des vendanges, elle avait retrouvé ses couleurs, sa taille s'était arrondie et elle avait perdu sa morosité.

J'avais redouté qu'elle ne s'ennuyât ; je m'étais trompé. Elle débordait d'activité, si bien qu'elle trouvait que les journées passaient trop vite. Elle les employait le matin à aider Mariette au ménage, à la cuisine, à la lessive et à l'entretien du potager. L'après-midi, elles allaient de concert chasser dans la lande et ramener du poisson des paluds.

Blanche rêvant d'une excursion dans la partie occidentale du Médoc, j'attendais l'occasion favorable pour la prévoir. L'océan ne se trouve qu'à cinq lieues environ du Clos-Gabrielle ; on y accède par des chemins ou des pistes où il arrive que l'on se perde, aucune éminence ne permettant de se repérer. Cette péninsule couverte, du côté de l'océan, de marais, de landes et de bois de pins, parcourue par des bergers montés sur des échasses, hantée par les loups, est d'une grande monotonie mais d'une sauvage beauté. Les bourgeois de Bordeaux et de Libourne en ont fait un terrain de chasse ; en toute saison j'entends pétarader leurs pétoires et je vois apparaître des cerfs, des biches ou des daims affolés venus chercher refuge dans mes vignes, où j'ai interdit à Blanche de les chasser.

Un bel été aux journées longues nous offrit l'occurrence de ces promenades, que nous fîmes à cheval.

Nous arrêtions nos montures avant les dunes, entre le dernier palud et un *fuyant*, un de ces ruisseaux qui se glissent avec indolence vers la plage et qu'arrête la barrière de sable. Blanche se plaisait à suivre les lentes évolutions des bergers semblables à des hérons, au milieu de leurs troupeaux occupés à brouter une herbe rare et jaune entre des tapis de bruyères.

Lorsque, ayant escaladé la dune ornée de tamaris et semée de fleurs bleues, elle se retrouvait au sommet, Blanche fermait les yeux, bombait le torse et respirait profondément.

— C'est, me dit-elle un jour, comme si le rideau d'un théâtre venait de se lever et qu'on n'attendait plus que les acteurs. Je me sens un peu ivre et sur le point de m'envoler. Soutiens-moi, mon Françou ! Je vais partir…

Elle se blottit contre moi en grelottant et ajouta, en s'asseyant sur le sable :

— Quand je pense au courage qu'il t'a fallu pour embarquer, sans savoir ce que tu allais trouver sur ta route : tempêtes, navires anglais, corsaires, pillards, j'en frémis. Jamais je n'aurais pu, comme ces passagères qui attendent sur le port, monter sur un bâtiment à destination de la Louisiane ou des Antilles. Ou alors on aurait dû m'y forcer, en me fouettant, comme on le fait des esclaves...

Emmitouflés dans nos couvertures, nous restions de longs moments allongés, notre chapeau sur les yeux, à écouter l'océan bourdonner, les oiseaux rayer le silence comme du diamant sur le verre et le vent siffler dans les tamaris.

Parfois elle se retournait vers moi et me demandait de lui parler de mes fonctions de négrier et de mes expéditions, des sujets qui semblaient l'obséder. Je lui décrivais les côtes désertiques de l'Afrique occidentale frangées de cocotiers, qui déroulaient à l'infini leur ruban de sable doré, les villages de pêcheurs, la forêt, les grands fleuves hantés par des crocodiles mangeurs d'hommes...

Elle prenait intérêt à ce décor, mais insistait pour que je lui parle de la traite, une activité qui lui paraissait mystérieuse. J'évoquais cette pratique, mais en veillant à l'édulcorer pour ne pas choquer sa sensibilité ni troubler son sommeil, en prenant le ton de Bernardin de Saint-Pierre, dont elle avait lu le roman le plus célèbre, *Paul et Virginie.*

Elle attacha ainsi beaucoup d'intérêt au récit que je lui fis du sauvetage que j'avais opéré, de la négresse Makoua et du nègre Héraklès.

— Le plus bel exemple, lui dis-je, d'intégration des Noirs dans notre société est celui de Thomas Joiner, un esclave des Anglais, acheté à la Jamaïque. Il a appris à parler la langue de ses maîtres, à la lire et à l'écrire, ce qui lui a valu d'être affranchi. Il en a profité pour faire du commerce dans l'Atlantique et créer une entreprise sur la côte africaine, sans pratiquer la traite, cela va sans dire...

Quand je lui parlai de l'intention qui m'avait effleuré de devenir colon à Saint-Domingue, d'acheter et de remettre en activité une plantation abandonnée, elle sursauta :

— Je suis heureuse que tu aies renoncé, mon Françou. Obliger ces malheureux nègres à travailler dans les champs de canne, en plein soleil, au risque d'attraper une insolation ou de se faire mordre par les serpents, quelle horreur !

— Je n'aurais pas eu des esclaves, ma chérie, mais des travailleurs libres. C'était un beau projet, mais, j'en ai conscience aujourd'hui, une utopie. Les autres colons m'auraient rendu la vie impossible et j'aurais eu du mal à faire survivre mon domaine. La page est tournée. Je ne regrette rien.

Blanche me confia un matin qu'elle avait envie de faire une promenade sur l'océan :

— En allant loin, jusqu'à un endroit d'où l'on perd de vue la côte et où l'on puisse se sentir seul au monde...

— Tu plaisantes, ma chérie ! Il y a trop de risques. Tu aurais le mal de mer à peine à bord, avec des souffrances dont tu n'as pas idée.

Elle tenait à son projet.

— Peut-être, mais j'accepte les risques. Mon Françou, je ne veux pas mourir sans avoir éprouvé cette émotion : « affronter les colères de l'océan », comme il est dit dans les romans... Fais-moi ce plaisir.

— Eh bien, soit ! lui répondis-je. Mais il faudra attendre la fin des vendanges. Il y aura encore de belles journées avant les pluies et les tempêtes de l'automne...

Les vendanges... Blanche allait s'y adonner comme pour une fête.

Le ban prononcé, au matin de la première journée elle fut sur le pied de guerre, vêtue en vendangeuse, mais avec soin et un brin de coquetterie, comme elle l'eût fait pour une cérémonie. Je la sommai de renoncer aux rubans et autres fanfreluches, qui auraient choqué nos travailleurs. Elle refusa de porter les gants que je voulais lui imposer pour épargner ses mains de virtuose, et n'allait pas tarder à s'en repentir.

Je pris plaisir à la regarder, accroupie, coiffée d'un large chapeau de paille, plaisantant et chantant avec les femmes. De temps à autre, elle se redressait, se cambrait, soupirait :

— Je n'aurais pu imaginer que ce serait aussi pénible. J'ai les reins moulus et des ampoules aux mains...

— Eh bien, arrête ! Tu en as assez fait pour aujourd'hui. Va te reposer.

— Jamais de la vie ! La bête est encore robuste...

Elle tint bon mais, au soir du deuxième jour, dut renoncer au repas des vendangeurs, dans le jardin, à la chandelle, auquel, la veille, elle avait pris tant de plaisir. Elle s'alita en se plaignant d'avoir mal partout. Mariette la frictionna par tout le corps avec de l'huile de palme que j'avais ramenée des Antilles. Mortifiée, elle dut se contenter d'écouter les échos de la fête et Anaïs jouer au piano *Au clair de la lune*, *Il pleut, bergère* et *Aux marches du palais*...

Blanche resta trois jours alitée dans la chambre d'Anaïs, au rez-de-chaussée, refusant que je fasse appel au médecin de Lesparre, monsieur Savignac.

— Je n'ai fait que surestimer ma résistance, me dit-elle. Ça va bientôt passer. Je me sens déjà beaucoup mieux.

A peine levée et déjà maîtresse de ses mouvements, elle voulut descendre au chai et goûter le vin nouveau. Elle le savoura, les yeux clos, la mine gourmande, en marmonnant :

— Hum... Hum... Quel délice ! Un dictame... Le goût d'un pauillac qui tirerait sur le saint-julien. Tu peux me croire : ce cru fera date !

Je savais qu'elle avait appris à connaître les vins et à les apprécier dans les meilleurs restaurants, mais tout de même, comparer mon humble production aux plus grands crus du Médoc !

J'avais des inquiétudes pour ses mains. Elle les fit voltiger au-dessus de sa tête comme une danseuse de flamenco et se mit au piano pour interpréter, de mémoire, une transcription de la toccata d'ouverture de l'*Orfeo* de Monteverdi, dont elle se tira avec brio.

Elle reprit ses leçons et se montra satisfaite des progrès de son élève. Je prenais plaisir à y assister, de mon fauteuil, en lisant les nouvelles du jour et en fumant ma pipe.

— Respecte la partition, ma chérie... Tu as sauté un bémol... Joue ce morceau *vivace*, pas *amoroso* ! Tu t'endors ?

Blanche me dit un jour :

— Je suis contente de ma nièce. Si elle continue à faire des progrès et à prendre sa vocation au sérieux, il faudra songer à l'envoyer dans un premier temps suivre les cours d'une école de musique de Bordeaux, puis à Paris. Je pourrai lui conseiller de bons professeurs, et même la leur présenter, si ma santé me le permet.

Malgré les efforts qu'elle faisait pour nous dissimuler les progrès du mal qui la rongeait, la santé de Blanche me donnait du souci. J'insistai pour qu'elle acceptât de se faire examiner par le docteur Savignac. Il la fit monter dans sa chambre et l'ausculta durant une heure, que je passai dans les transes. Il me dit, en me rejoignant au fond du jardin :

— Votre sœur ne m'a pas caché qu'elle souffrait depuis plusieurs années d'une maladie vénérienne, qu'elle soigne avec le seul remède qu'on connaisse : le mercure. L'évolution est lente, et notre malade peut résister encore quelques années. Elle souffre de douleurs dues à des ulcères aux glandes de sécrétion interne et d'un début de paralysie. Avez-vous remarqué le pouce de sa main droite ? Un chancre y a fait son apparition, de même qu'à un sein. Je lui ai dit de ne pas s'affoler, que sa maladie suivait un cours normal. Pour le reste, je la trouve assez *gaillarde*, et d'un moral à toute épreuve.

Nous avions pris l'habitude, au cours de nos promenades à cheval le long de la plage, parfois avec Anaïs en croupe, de faire halte dans un petit village de pêcheurs qui approvisionnent une boutique de Lesparre. Les Arnaud, chez qui nous avions pris nos habitudes pour l'achat des poissons de mer et des crustacés dont Blanche et Anaïs raffolaient, comptaient dans leur parenté un capitaine de vaisseau trafiquant pour les Gradis sur les côtes d'Afrique.

Le patriarche de cette famille, Laurent, aurait aimé suivre cette voie, mais une blessure à la jambe y avait fait obstacle. Passionné par la mer, il avait choisi de se faire pêcheur, tout en gardant comme un regret de la navigation hauturière et de la traite, sans que je parvienne à lui faire perdre ses illusions.

Il avait installé sa femme et ses quatre enfants dans une longue masure construite en partie avec des débris de navires naufragés, à la lisière d'une forêt de pins, en droite ligne du hameau de Cayrehours, au plus près d'un petit étang.

Je laissais Blanche et Anaïs chevaucher sur la plage à marée basse pour m'entretenir avec Laurent de mes expéditions. Il fumait, en réparant ses filets et ses lignes, la longue pipe ramenee de Gorée que je lui avais offerte.

Il pêchait au large, avec ses deux fils aînés, à bord d'un ancien cotre rafistolé ayant appartenu à des contrebandiers, la *Justine*, du nom de sa femme. Cette barque à un mât portait une grand-voile rouge triangulaire, un foc et une trinquette. La famille vivait chichement, sans paraître souffrir de la misère.

Un après-midi de la fin septembre, après avoir passé une heure à courir sur la grève, Blanche demanda à Laurent Arnaud s'il consentirait à lui faire effectuer un tour au large à bord de la *Justine*. A condition que j'en fusse d'accord, il y était prêt. La mer était belle et, hormis une barre de nuages à l'horizon, le ciel était dégagé et le vent calme.

Je tentai de décourager Blanche en lui montrant les monceaux de détritus provenant de navires perdus, entassés derrière la bicoque, et les éléments dont celle-ci était en partie construite.

— Et alors ? me dit-elle. Je sais que des naufrages ont lieu fréquemment, mais seulement quand la mer est démontée ou en cas de guerre. Nous n'avons en vue ni orage ni navire ennemi. Laisse-moi partir. J'ai déjà navigué, tu sais, ne serait-ce que pour aller en Angleterre et en Russie. Ce ne sera qu'une promenade d'une heure ou deux...

— Si tu as le mal de mer, tu ne t'en plaindras pas. Je vais partir avec toi, sur cette coquille de noix, mais sans Anaïs. Elle prendra bien assez tôt goût à la navigation...

Elle fit la moue et me dit qu'elle n'avait pas besoin d'un chaperon, mais j'insistai. Son manège m'amusa. J'avais constaté la naissance d'une idylle entre elle et le fils aîné de Laurent, Roger, solide gaillard chevelu comme un dieu de l'Olympe et brun comme un Maure. Il n'avait pas vingt ans, alors qu'elle avait passé la cinquantaine ! J'avais surpris leur mutuelle attirance et lui en avais fait discrètement l'observation. Elle avait haussé les épaules et avait éclaté de rire.

— Moi et ce... ce gamin ? Tu plaisantes ? Je pourrais être sa mère !

Après tout, je m'en moquais. Que Blanche recherchât une ultime passion n'était d'ailleurs pas fait pour me déplaire. Je craignais seulement qu'elle n'en souffrît.

Laurent confia à son fils aîné, Roger, le soin de commander la manœuvre. Pour l'amener jusqu'à bord, il prit Blanche dans ses bras. Elle s'accrochait à lui avec un petit cri chaque fois qu'une vague mouillait le bas de sa robe.

Nous embarquâmes par un vent frais qui allait nous mener rapidement au large, sur de jolies vagues de flux. La grand-voile larguée, la *Justine* se mit à trépigner comme une pouliche en prenant le vent. Roger, torse nu et faisant des effets de muscles, nous annonça son intention de remonter jusqu'au petit port de Montalivet pour présenter Blanche à des amis pêcheurs et forestiers. Nous fûmes reçus avec des démonstrations d'amitié, des dégustations d'huîtres et des libations de vin blanc.

Il faisait encore grand jour quand nous sommes remontés à bord, mais le temps avait brusquement changé. Le vent était devenu âpre et la mer forte. En examinant le ciel, je redoutai un de ces *grains blancs* dont j'avais appris à me méfier au cours de mes expéditions. Ils se présentent en général sous l'apparence d'un gros nuage blême qui monte rapidement, tombe sur la mer avec la rapidité de la foudre et suscite des tempêtes.

A peine avions-nous quitté Montalivet, le grain était sur nous, enveloppant la *Justine* de larges bourrasques et donnant à la mer une coloration sinistre. J'installai Blanche, qui s'affolait, dans la minuscule cabine située à l'avant, sur un tas de filets et de cordes.

Très vite, la manœuvre se révéla périlleuse. Nous étions contraints de tirer des bordées en veillant à tenir le cotre debout à la lame pour n'être pas retournés ou ne pas embarquer l'eau à plein bord. Quand une vague plus puissante que les précédentes traversait notre esquif et inondait la cabine, nous entendions Blanche pousser des cris d'effraie et vomir avec des efforts.

Nous n'étions plus qu'à environ un quart de lieue du village quand, à la suite d'une manœuvre maladroite, une lame dressée comme une muraille nous prit par le travers bâbord. Sa grand-voile arrachée, le cotre fit une embardée et, couché sur le flanc, fut poussé à vive allure vers le rivage.

Nous nous retrouvâmes à la mer, sans autre recours que de nous accrocher au bordage encore émergeant. Ma première pensée fut pour Blanche. Je l'appelai sans recevoir d'autre écho que les cris des mouettes affolées. Pris de panique, je me dis qu'elle avait dû rester prisonnière de la cabine et risquait d'y périr noyée.

Pris du même pressentiment, Roger se cramponna à la rambarde, l'escalada, fut rejeté à la mer par une autre lame, mais persista dans sa tentative. Nous étions en vue de la plage, dans un demi-jour grisâtre, quand, plongeant dans le cotre, il parvint à en extraire Blanche au risque de sa vie. Je l'aidai, nageant et suffoquant, à la ramener sur le sable, en lui tenant la tête hors de l'eau.

— Elle vit encore, me dit Roger. Je vais tenter de la sauver. Laissez-moi faire.

Il réussit à lui faire vomir de l'eau en lui pressant l'estomac et en la retournant. Elle ouvrit les yeux, les referma, tendit une main vers nous et la laissa retomber. Son visage était violacé et ses membres rigides. Roger poursuivit ses efforts, mais en vain. Elle ne respirait plus, son cœur avait cessé de battre.

L'océan nous avait restitué une morte et une épave : le cotre gisant sur le flanc, déjà à demi engravé. Roger prit le corps de Blanche sur ses épaules, chancelant sous le poids, à bout de souffle, et moi j'étais incapable de l'aider, avec juste assez de force pour avancer. A plusieurs reprises il tomba sur les genoux, se releva avec un souffle rauque et reprit son chemin de croix.

Par chance, le village était proche. Des gens se tenaient sur le rivage, avec à la main des lanternes qu'ils agitaient. Ils coururent vers nous dans un concert de lamentations, soulagèrent Roger de son fardeau et nous firent boire un café brûlant et de l'eau-de-vie. Anaïs, en larmes, s'accrochait à moi mais se détournait du cadavre avec des hoquets, comme si elle allait vomir.

Lorsque Laurent nous demanda de lui raconter ce qui nous était advenu, nous fûmes impuissants à lui répondre. J'avais l'impression d'avoir vécu un cauchemar et d'en être encore la proie.

Tout ce que je pus faire fut d'aider Laurent à poser le corps de Blanche en travers de sa selle et à l'attacher avec une corde passant sous le ventre de son cheval. Je montai sur le mien, avec en croupe Anaïs, qui ne cessait de geindre, et repris à travers la nuit la route du Clos-Gabrielle, au risque de me perdre au milieu des paluds.

Ce qui m'arriva à plusieurs reprises... Les repères qui me guidaient le jour étaient indistincts, et la lanterne dont on m'avait pourvu ne m'était d'aucun secours. Je tournais en rond et, à bout de forces, je descendis de cheval, décidé à passer la nuit là où je me trouvais pour attendre le jour.

Je déliai la corde qui retenait Blanche, déjà rigide, sur sa selle et l'allongeai à même le sol.

— Il va falloir, dis-je à Anaïs, être courageuse. Nous allons devoir passer la nuit ici. Avec nos couvertures, tu n'auras pas froid. Je vais faire du feu.

Par chance, en grattant dans les fontes, je retrouvai mon briquet. Après avoir ramassé des brindilles et des branches mortes, je parvins à faire jaillir une flamme. Dépouillé de mes vêtements humides, je me séchai et m'enveloppai dans une couverture. La nuit était douce, malgré quelques fortes poussées de vent. Les grenouilles et les crapauds s'en donnaient à cœur joie autour de nous. Par crainte des loups, je gardai un pistolet à portée de la main.

Dans mon demi-sommeil, pris d'une sorte de folie, je parlai à voix basse à Blanche, comme si elle avait pu m'entendre. Je l'appelai ma *Blanchette*, lui rappelai nos siestes sous les ombrages du jardin, lui reprochai le caprice qui lui avait été fatal, en maudissant ma complaisance.

Une image tournoyait dans ma mémoire : celle de mon canot abandonné en mer, au large de l'Afrique, après avoir perdu de vue la *Licorne* et n'avoir réchappé au naufrage que par miracle. Je finis par m'endormir en serrant Anaïs contre moi pour la réchauffer.

Le jour venu, transi, je n'eus guère de peine, en me guidant sur les dernières étoiles, à retrouver mon chemin.

Je ne fus pas surpris de trouver la maison déserte, Mariette ayant dû, le jour levé, partir à notre recherche. Je tirai un coup de pistolet pour signaler mon retour, et, en attendant qu'elle revînt, je déshabillai Blanche et allongeai sur le lit son corps déjà rigide.

Lorsque Mariette fut de retour, je la laissai se répandre en lamentations et lui demandai d'alerter Aimé Chassagnac et de lui confier le soin de prévenir le docteur Savignac pour qu'il constatât le décès.

Le lendemain, je fis porter le corps de Blanche au cimetière de Lesparre pour l'inhumer dans la fosse de Gabrielle.

La solitude se referma sur moi jour après jour, à la manière des pelletées de terre qu'on jette sur un cercueil. Je la sentais plus poignante, plus implacable que jamais, comme une vocation longtemps comprimée et qui trouvait soudain à s'exprimer. De mes amours, de mes affections, de mes amitiés, que me restait-il ? Certes, Anaïs et Mariette ne me quittaient pas, et la présence quasi quotidienne de mon voisin m'était secourable, mais je sentais autour de moi un vide qui se creusait peu à peu, au point de me donner envie de disparaître à mon tour. Je ne me reprenais qu'en songeant à l'avenir d'Anaïs, qui dépendait du mien.

Lorsque Margot apprit la funeste nouvelle, elle me fit écrire par Duroux pour me réconforter et me proposer de prendre soin de moi en venant installer son ménage au Clos-Gabrielle. Ce qu'à Dieu ne plaise ! Je coupai les ailes à ce projet et n'en eus plus de nouvelles.

L'année suivante, les vendanges vinrent à point nommé provoquer dans ma vie une heureuse diversion. Je m'y attachai en m'efforçant de faire bon visage à mes journaliers et, grâce à Mariette et à Anaïs, qui me furent d'un grand secours, de les bien traiter.

Je n'eus guère, cette année-là, à me féliciter de la qualité de mon vin, mais il en était de même de presque tout le vignoble médocain, en raison des intempéries. Seuls les vignobles du Blayais et de Saint-Emilion tirèrent leur épingle du jeu, je ne saurais dire pourquoi.

J'avais de plus en plus conscience, peut-être en raison de mes épreuves, des liens qui peuvent unir un homme à la vigne en général, et à la sienne a fortiori. Le tard-venu que j'étais dans cette activité mesurait ses lacunes et s'efforçait d'en apprendre plus, conscient de ne parvenir jamais au bout des connaissances dans cette matière. Mon vignoble suscitait un équilibre entre ma vie passée, pleine, comme disait Shakespeare, de bruit et de fureur, et le calme, la patience, qu'il me proposait en exemple. Les émotions et les joies qu'il me donnait faisaient écho à celles que je pouvais attendre du monde extérieur.

Mariette, cette année-là, me joua un nouveau marivaudage à sa façon, un art où elle excellait. Elle me dit, en essuyant le coin de ses yeux avec un pan de son tablier :

— Monsieur, je vais devoir vous quitter bientôt. D'accord avec ma famille, je vais prendre époux.

Comme je gardais le silence, elle crut devoir m'informer de l'identité de l'heureux élu et de l'endroit où elle allait vivre. Ce devait être, comme les autres fois, un chantage de mauvais goût destiné à me faire convenir qu'elle eût pu faire, malgré une vertigineuse différence d'âge, office de servante-maîtresse.

Je me remis sans trop de peine à l'idée de faire le récit de mon existence, en laissant peu à peu percer puis s'exprimer librement ma haine de l'esclavagisme. J'avais conscience de m'intégrer à un mouvement de marée qui, insensiblement, sapait la société négrière avant de la submerger. Il y faudrait des années, des décennies, un siècle peut-être, mais sa disparition était inexorable, en dépit d'une insolente prospérité. L'Eglise elle-même prenait conscience de ce scandale inhumain...

Clos-Gabrielle, 1818

Je viens d'apprendre non sans surprise et émotion la mort d'Aaron Cohen, victime d'un arrêt du cœur. Quelques colonnes de l'*Echo du commerce* étaient consacrées à cet événement.

Malgré quelques déboires, il avait amassé une fortune considérable que ses fils auraient à gérer et accroître. En apprenant cette fin brutale, je suis partagé entre la gratitude, l'amitié et le mépris, ce dernier sentiment ayant fini par triompher des précédents. Nos ultimes entretiens avaient confirmé mon idée qu'il ne détestait pas les Noirs mais que leur sort lui était indifférent. Il s'était toujours refusé à m'entendre lorsque je tentais de le convaincre de rendre leur condition plus humaine.

Ma santé me donne quelques soucis.

Les occlusions intestinales dont j'ai souffert dans ma jeunesse, à la suite d'une opération à l'anus, ont resurgi et provoquent d'atroces souffrances. De temps à autre, un regain de malaria contractée en Guinée m'oblige à garder la chambre. Il faut ajouter à ces maux ceux provoqués jadis par l'amputation d'un rein, suite à l'assaut donné au repaire de Joost van den Vosmaer, à la Martinique.

J'abordais à la soixantaine lorsque Blanche rejoignit Gabrielle au cimetière de Lesparre, et je ne pensais pas vivre beaucoup plus longtemps. En quoi je me trompais.

L'adolescence d'Anaïs vint, et passa. Je ne pouvais espérer la garder près de moi beaucoup plus longtemps. Elle n'y avait plus sa place, et d'ailleurs je la sentais impatiente de voler de ses propres ailes.

Souvent invitée par Gaëtan Dhariette dans son château de Villenave, jolie et gracieuse, elle était l'objet de sollicitations de la part de jeunes hobereaux mais ne faisait que s'en amuser.

Plus qu'un riche mariage, c'est sa carrière qui lui importait. J'ai retrouvé en elle la même conviction que chez Blanche, et le même talent. Après un séjour de deux ans à Bordeaux, elle a pris son essor pour Paris, après avoir découvert, par le carnet d'adresses de Blanche, des personnes susceptibles d'assurer sa protection et son succès. Elle marchait sur ses traces, et je n'ai ménagé aucun sacrifice pour assurer la bonne réussite de sa carrière : ma fortune, à laquelle s'ajoute celle, plus modeste, de Blanche, lui a toujours été acquise.

Anaïs a attendu la fin des vendanges pour me quitter, avec, pour elle comme pour moi, la certitude que nous ne nous reverrions jamais.

Pour rien au monde elle n'eût voulu manquer ce qu'elle appelait le « rite païen » de la vendange. Elle s'y adonnait avec une ferveur qui me comblait d'aise. Si sa carrière de virtuose, reconnue par d'éminents mélomanes bordelais, ne me l'avait arrachée, elle aurait fait un riche mariage avec un notable des Chartrons ou m'aurait secondé pour faire de mon domaine, qui ne demandait qu'à s'agrandir et à prospérer, le but de son existence. Malgré la peine que j'ai ressentie de cette séparation, je ne regrette pas qu'elle ait choisi une autre voie.

Je reçois de ses nouvelles chaque semaine. Elle coule une existence paisible et laborieuse dans la famille d'un conseiller au Parlement de Paris, monsieur Poncelet. Propriétaire d'un hôtel sur la colline de Chaillot, cet ancien ami de Blanche a accepté de l'héberger, le temps que sa vocation se confirme.

Sa dernière lettre, reçue hier, m'apprend qu'elle va faire ses débuts de virtuose dans le salon d'un financier célèbre. Au comble du bonheur, elle prépare son programme, avec une prédilection pour Jean-Sébastien Bach, le musicien préféré de Blanche.

« Ma mère et ma tante seraient fières de moi, m'écrit-elle. Je vais m'efforcer de me montrer digne d'elles, mais que de travail et que d'émotions m'attendent ! J'y suis aidé par les enfants de monsieur Poncelet, Daniel surtout, qui a mon âge et se passionne pour la musique. Il maîtrise à ravir la viole de gambe, et nous jouons en duo, le soir, en famille... »

Est-ce à croire qu'elle ne répugnerait pas à jouer avec lui une autre partition : celle de la vie ? Cette perspective, qui devrait me réjouir, m'attriste. J'imaginais que moi, son père, étais le seul être qui comptât vraiment dans sa vie, et voilà que ce Daniel me vole cette dernière affection et me rejette dans une solitude plus austère encore, et définitive.

Notes d'Aimé Chassagnac
– été 1820 –

Depuis quelques mois j'appréhendais la fin prochaine de mon vieil ami, François Dumoulin. Sa dernière « fièvre coloniale », comme il disait pour parler des séquelles de la malaria, a eu raison de lui, mais d'autres soucis, dont il me parlait souvent, l'obsédaient et lui furent néfastes.

Je fus ébahi d'apprendre qu'ils lui venaient de sa fille bien-aimée, Anaïs.

Il s'était réjoui d'apprendre l'idylle naissante entre elle et Daniel Poncelet, le fils de son protecteur, mais il avait dû déchanter. Au cours de son premier récital, dans le salon des Galtier, une famille de financiers, elle avait été l'objet de la part du fils de la maison, Adolphe, d'attentions auxquelles elle n'avait pu ou su résister, au point d'accepter la perspective d'un mariage.

Ce choix avait laissé François indifférent : que sa fille soit éprise de Daniel Poncelet ou d'Adolphe Galtier lui importait peu. Il avait fini par comprendre qu'elle ne comptait pas se vouer au célibat.

Les choses avaient pris mauvaise tournure quand il avait appris qui étaient ces Galtier : de puissants actionnaires d'un armateur de Nantes enrichi dans la traite. En m'apprenant la nouvelle, il épancha sa colère :

— Je ne puis admettre ce choix, me dit-il, rouge

d'indignation. Cela me fait honte ! Je vais écrire à Anaïs pour lui demander de rompre.

Je le lui déconseillai, persuadé que sa démarche était vouée à l'échec et qu'il risquait de perdre l'affection de sa fille. Il ne m'écouta pas. Ce fut le début d'un échange de lettres virulentes qui aboutirent à une rupture. Il en resta inconsolable.

— Je ne comprends pas son comportement, se lamentait-il. Elle avait les larmes aux yeux lorsque je lui parlais des souffrances subies par les Noirs, et voilà qu'elle s'est entichée d'un négrier ! Dans sa dernière lettre, elle m'annonce que nos relations sont rompues. J'en suis malade, Aimé, malade à en crever…

Je le revois encore, la dernière lettre d'Anaïs sur ses genoux, des larmes sur ses joues ridées, pitoyable dans sa tenue de jardinier.

Quelques jours plus tard, terrassé par un accès de fièvre coloniale, François s'alita pour ne plus se relever. Mariette partie, il se trouvait seul. Moi ou mon épouse lui rendions visite tous les jours pour lui donner les soins prescrits par Savignac, mais sans nous attarder.

Il me dit un matin, quelques jours avant sa mort :

— J'ai l'impression, mon ami, que mon passé me rattrape. Cette saloperie de fièvre se rappelle à moi comme si nous étions inséparables, et je ne pourrai pas longtemps lui résister. Après tout, je m'en fous ! Mon existence n'a plus de sens.

— Les vendanges approchent, lui dis-je. Il va falloir t'occuper de ta vigne.

— Ma vigne… Si je meurs, elle mourra avec moi.

Je confiai à deux journaliers de Queyrac le soin d'exécuter les derniers travaux à sa place. On était en août et son raisin avait belle apparence.

Son état s'étant aggravé, je m'interdis de le laisser seul et confiai à l'une de nos servantes, Berthe, le soin de veiller sur lui jour et nuit. Un matin, elle vint me prévenir en larmoyant que l'état de son patient avait empiré.

Il avait passé une nuit paisible. Au réveil, il avait bu son café au lait, mangé sa tartine, puis, plutôt que de regagner sa chambre, il avait demandé à Berthe de l'aider à s'installer dans le fauteuil du jardin, à l'ombre du tilleul, malgré la chaleur déjà intense. Alors qu'elle préparait une tisane, elle avait entendu un cri et s'était précipitée.

— Je l'ai trouvé inconscient, monsieur. Je crains que ce ne soit la fin.

Je courus jusqu'au Clos-Gabrielle et eus la surprise de trouver François dans son état normal, souriant même.

— Mon ami, me dit-il, vous êtes toujours présent dans les moments difficiles... Cette fois-ci, vous allez assister au dénouement d'une pièce qui n'a que trop duré. Oui, mon cher, je viens d'attaquer mon dernier acte. Je vous dispense d'applaudir le mauvais acteur que je suis.

Il garda jusqu'au bout sa lucidité et son sens de l'humour, ce qui me fit espérer un nouveau répit, peut-être une guérison car, malgré ses soixante-dix ans, il avait encore de la réserve.

J'ignorais que je venais de recueillir ses dernières paroles. J'envoyai prévenir Savignac. Lorsqu'il arriva dans sa carriole, deux heures plus tard, François était étendu sur son lit, revêtu par nos soins de son uniforme d'officier de la marine marchande.

J'assistai à l'ouverture de son testament dans le cabinet du notaire de Lesparre. Il était d'une extrême brièveté. J'appris sans surprise que le Clos-Gabrielle reviendrait à Anaïs, que sa fortune en numéraire irait à Lucien, le fils de Margot, son demi-frère, presque un vieillard. J'héritais de sa bibliothèque, qui n'est pas mince, avec quelques souvenirs de ses pérégrinations en Afrique et aux Iles, et des instruments anciens de navigation dont il s'était fait un petit musée.

Le codicille me concernait. François souhaitait que je lise, corrige et garde le manuscrit où il racontait sa vie, mais non dans un but de publication, car, y disait-il, « je ne me fais pas d'illusions sur sa valeur littéraire, mais il peut servir à l'instruction de mes petits-enfants, si j'en ai un jour ».

Prévenue par mes soins le lendemain du décès, Anaïs nous a rendu visite une quinzaine plus tard pour liquider son héritage.

J'eus du mal à la reconnaître lorsqu'elle descendit de sa voiture de louage, accompagnée de son jeune époux. C'était une dame. Elle m'embrassa et me demanda de l'accompagner jusqu'au Clos-Gabrielle, dont j'avais les clés. Elle me confia qu'elle avait cédé le vignoble et la maison à Gaëtan Dhariette, avec qui elle entretenait des relations amicales. Escomptant qu'elle me confierait le soin de régler cette affaire, je fus mortifié de son choix. J'avais prévu d'acquérir la totalité de ce bien, maison et vignes, pour y installer un de mes fils...

Nous nous sommes querellés au sujet du don que François m'avait fait de sa bibliothèque. Elle insista pour y prélever le portrait de son oncle, Auguste, et la modeste collection d'armes indigènes et de pacotilles ramenées de Gorée, du Cap-Vert et de Guinée. Je m'y opposai, le testament ne présentant aucune équivoque, obtins gain de cause et ne lui cédai que le portrait d'Auguste. Si Anaïs avait changé en bien quant à son physique, son caractère n'avait pas suivi la même évolution...

Elle resta une semaine dans le Médoc et consacra deux jours à un séjour chez Gaëtan Dhariette. Le reste du temps, elle le passa, accompagnée d'Adolphe, en promenades à cheval dans quelques domaines viticoles des environs et sur la grève de l'océan. Le soir, je l'entendais jouer du piano et l'imaginais entourée des fantômes de Gabrielle et de Blanche.

Avant son départ, elle a tenu à ma présence pour une ultime visite au cimetière de Lesparre. Elle s'est signée, a marmonné une prière puis m'a dit, en se retournant :

— Je ne reviendrai pas, monsieur Chassagnac. Il n'est pas dans ma nature de m'attarder sur le passé ni de ruminer des souvenirs. Je vous remercie de tout ce que vous avez fait pour les miens. Veillez, je vous prie, à ce que ces tombes soient toujours fleuries. Je vous en saurai gré.

Elle me confia qu'elle avait passé des heures, à la veillée, à lire le manuscrit de François, qu'elle trouvait « un peu long mais attachant ».

— J'ai apprécié tout ce qui se rapporte à son apprentissage de la vie à Bordeaux et à ses premiers voyages, moins ce qu'il dit de notre famille, et moins encore ses attaques contre le commerce de la traite. Mon père était sincère, mais c'était un naïf, attaché sur ses vieux jours à de fausses idées. Il ne croyait pas en Dieu, mais je souhaite qu'il trouve sa place au paradis.

De colère, je serrai mes poings au fond de mes poches, sans lui répondre. Plus tard, au moment de repartir, elle m'a rendu une dernière visite pour me demander de lui rendre les clés du Clos-Gabrielle.

Je les lui ai fait remettre par Berthe, mais en faisant répondre que j'étais absent.

Notice bibliographique

Sur la fin du dix-huitième siècle, les négriers ont connu une intense prospérité, comme si leur organisation, après environ quatre siècles d'activité, avait senti souffler le vent annonciateur de la Révolution et voulu, avant de sombrer, profiter pleinement de son privilège.

Un mouvement irréversible poussait, à travers le monde, à la suppression de l'esclavage.

1773. Bernardin de Saint-Pierre, dans *Voyage à l'Ile de France*, et plus tard dans *Paul et Virginie*, s'apitoie sur le sort des esclaves, s'attirant la haine des négriers.

1774. Les quakers américains, s'appuyant sur les livres saints, rompent avec leurs coreligionnaires impliqués dans la traite et font triompher leurs idées abolitionnistes au cours d'un congrès continental.

1786. La Fayette cause un scandale : il acquiert une plantation en Guyane, avec l'intention de n'employer que des Noirs affranchis et salariés. « Mon rêve... », disait-il.

1788. La Société des amis des Noirs, créée à Paris, fait de nombreux adeptes parmi les écrivains et les philosophes : Condorcet, La Rochefoucauld, Dupont de Nemours, les abbés Sieyès et Grégoire...

1794. La révolte des Noirs de Saint-Domingue décide la Convention à supprimer l'esclavage. Les colons font la sourde oreille.

1802. Soucieux de donner un nouvel essor à l'économie, Bonaparte rétablit l'esclavage.

1815. Devant l'ampleur du mouvement abolitionniste, la France supprime de nouveau l'esclavage, mais il subsiste sporadiquement dans les colonies.

1833. L'Angleterre prend les mêmes mesures.

1848. En France, Victor Schœlcher, président de l'association abolitionniste, déclare : « L'esclavage est une véritable souillure publique. Tant que la métropole, qui a le pouvoir de délivrer les nègres, ne l'aura pas fait, nous aurons une part de responsabilité dans les cruautés et les injustices propres à cette institution. Nous serions complices de la barbarie du maître et des souffrances des esclaves. » Des propos que François Dumoulin eût aimé entendre...

Nous avons, pour rédiger ce roman fondé sur des faits réels, compulsé de nombreux ouvrages relatifs à la traite. Quant à la vie des armateurs négriers, ceux de Bordeaux et de Nantes notamment, les documents sont assez rares.

Je me suis largement et librement inspiré de ces quelques ouvrages, d'une importance capitale :

Moi, Joseph Mosneron, armateur négrier nantais (1748-1833), mémoire retrouvé et annoté par Olivier Pétré-Grenouilleau.

Bordeaux, port négrier (XVIIe-XIXe siècle), par Eric Saugera.

La Vie quotidienne à Bordeaux, au XVIIIe siècle, par P. Butel et J.-P. Pouchou.

Le Livre noir du colonialisme, par Marc Ferro.

La Traite des Noirs, par Hugh Thomas.

La Vie dans les provinces du Sud-Ouest au XVIIIe siècle, par Yves-Marie Bercé.

Les Grandes Heures de Bordeaux, par Michel Suffran.

Mémoires d'Œxmelin.

Histoire de la marine française, par monsieur de La Roncière.

Voyages aux Iles, par Jean-Baptiste Labat.

Les Routes de l'esclavage, par Claude Faucher et Marie-Josée Thiel.

De l'esclavage citoyen, par messieurs Haudège et Vergès.

Véritable Vie privée du maréchal de Richelieu, par Elisabeth Porquerol.

Dictionnaire de la colonisation française, par Claude Liauzu.

L'Argent de la traite, par Olivier Pétré-Grenouilleau.

Voyage à Saint-Domingue (1802), par André Guilmot et Louis-Mathieu Dembowski.

Vin, Vignes et Vignerons, par Marcel Lachiver.

Etc.

Table des matières

QUATRIÈME PARTIE

CINQUIÈME PARTIE

SIXIÈME PARTIE

OUVRAGES DE MICHEL PEYRAMAURE

Grand Prix de la Société des gens de lettres
et prix Alexandre-Dumas
pour l'ensemble de son œuvre

Paradis entre quatre murs, Laffont.
Le Bal des ribauds, Laffont ; France Loisirs.
Les Lions d'Aquitaine, Laffont, prix Limousin-Périgord.
Divine Cléopâtre, Laffont, collection « Couleurs du temps passé ».
Dieu m'attend à Médina, Laffont, collection « Couleurs du temps passé » ; France Loisirs.
L'Aigle des deux royaumes, Laffont, collection « Couleurs du temps passé » ; Lucien Souny, Limoges.
Les Dieux de plume, Presses de la Cité, prix des Vikings.
Les Cendrillons de Monaco, Laffont, collection « L'Amour et la Couronne ».
La Caverne magique (*La Fille des grandes plaines*), Laffont, prix de l'académie du Périgord ; France Loisirs.
Le Retable, Laffont ; Lucien Souny, Limoges.
Le Chevalier de Paradis, Casterman, collection « Palme d'or » ; Lucien Souny, Limoges.
L'Œil arraché, Laffont.
Le Limousin, Solar ; Solarama.
L'Auberge de la mort, Pygmalion.
La Passion cathare :
1. *Les Fils de l'orgueil*, Laffont.
2. *Les Citadelles ardentes*, Laffont.
3. *La Tête du dragon*, Laffont.

La Lumière et la Boue :
1. *Quand surgira l'étoile Absinthe*, Laffont ; Livre de Poche.
2. *L'Empire des fous*, Laffont ; Livre de Poche.
3. *Les Roses de fer*, Laffont, prix de la ville de Bordeaux ; Livre de Poche.

L'Orange de Noël, Laffont, prix du Salon du livre de Beauchamp ; Livre de Poche ; France Loisirs et Pocket. Dramatique à France 2 (1996).
Le Printemps des pierres, Laffont ; Livre de Poche.
Les Montagnes du jour, éd. « Les Monédières » (préface de Daniel Borzeix).
Sentiers du Limousin, Fayard.

Les Empires de cendre :
1. *Les Portes de Gergovie*, Laffont ; France Loisirs et Pocket.
2. *La Chair et le Bronze*, Laffont.
3. *La Porte noire*, Laffont.

La Division maudite, Laffont et Lucien Souny.
La Passion Béatrice, Laffont ; France Loisirs et Pocket.
Les Dames de Marsanges :
1. *Les Dames de Marsanges*, Laffont.
2. *La Montagne terrible*, Laffont.
3. *Demain après l'orage*, Laffont.

Napoléon :
1. *L'Etoile Bonaparte*, Laffont.
2. *L'Aigle et la Foudre*, Laffont.

Les Flammes du Paradis, Laffont ; France Loisirs et Pocket.
Le Beau Monde, Laffont ; France Loisirs, Pocket et Lucien Souny.
Pacifique Sud, Presses de la Cité ; France Loisirs et Pocket.
Les Demoiselles des écoles, Laffont, prix du Printemps du livre de Montaigu ; France Loisirs et Pocket.
Martial Chabannes, gardien des ruines, Seghers ; France Loisirs.
Louisiana, Presses de la Cité ; France Loisirs et Pocket.
Un monde à sauver, Bartillat, prix Jules-Sandeau.
Henri IV :
1. *L'Enfant roi de Navarre*, Laffont ; France Loisirs.
2. *Ralliez-vous à mon panache blanc !*, Laffont.
3. *Les Amours, les Passions et la Gloire*, Laffont.

Cléopâtre, reine du Nil, Laffont.
Lavalette, grenadier d'Egypte, Laffont ; France Loisirs.
La Tour des anges, France Loisirs et Pocket.
Suzanne Valadon :
1. *Les Escaliers de Montmartre*, Laffont ; le Grand Livre du Mois.
2. *Le Temps des ivresses*, Laffont ; le Grand Livre du Mois.

Jeanne d'Arc :
1. *Et Dieu donnera la victoire*, Laffont.
2. *La Couronne de feu*, Laffont.

Les Chiens sauvages, Laffont et Pocket.
Vu du clocher, Bartillat.
La Cabane aux fées, Le Rocher.
Soupes d'orties (tomes I et II), nouvelles, Anne Carrière et le Livre de Poche.
Le Roman des croisades (tomes I et II), Laffont.
La Divine (le roman de Sarah Bernhardt), Laffont.
Fille de la colère (le roman de Louise Michel), Laffont.

Le Roman de Catherine de Médicis, Presses de la Cité.
Un château rose en Corrèze, Presses de la Cité.
Le Bonheur des Charmettes, la Table Ronde.
Les Grandes Falaises, Presses de la Cité.
La Vallée endormie, France Loisirs et Robert Laffont.
Les Bals de Versailles, Robert Laffont et le Grand Livre du Mois.
De granit et de schiste (*Soupes d'orties* III), Anne Carrière.
Le Pays du Bel Espoir, Presses de la Cité.
Batailles en Margeride, éd. du Rouergue.
Les Fêtes galantes, Laffont.
Les Fleuves de Babylone, Presses de la Cité.
Les Tambours sauvages, Presses de la Cité, réédition.
Le Parc aux Cerfs, Robert Laffont.
Le Bal des célibataires, Robert Laffont.
Cartouche (Les bandits célèbres), Robert Laffont et Lucien Souny.
Le Temps des moussons, Presses de la Cité.
Mandrin (Les bandits célèbres), Robert Laffont.
Chat bleu... Chat noir, Robert Laffont.
La Petite Danseuse de Degas, Bartillat.
Les Roses noires de Saint-Domingue, Presses de la Cité.
Le Chat et la Plume, La Lauze.
La Reine de Paris, Robert Laffont.

POUR LA JEUNESSE

La Vallée des mammouths, Laffont, collection « Plein Vent », Grand Prix des Treize ; Folio-Junior.
Les Colosses de Carthage, Laffont, collection « Plein Vent ».
Cordillère interdite, Laffont, collection « Plein Vent ».
Nous irons décrocher les nuages, Laffont, collection « Plein Vent ».
Je suis Napoléon Bonaparte, Belfond Jeunesse.

ÉDITIONS DE LUXE

Amour du Limousin (illustrations de J.-B. Valadié), Plaisir du Livre ; Fanlac, Périgueux (réédition, 1986).
Eves du monde (illustrations de J.-B. Valadié), Art Média.
Valadié, Terre des Arts.
L'Epopée des Cathares, album Ouest-France.

Tourisme

Le Limousin, Larousse.
La Corrèze, Ch. Bonneton.
Le Limousin, Ouest-France.
Balade en Corrèze (photos de Sylvain Marchou), Les Trois-Epis, Brive.
Brive, Casterman.
Le Pays cathare, Ouest-France.
Aimer le Limousin, Ouest-France.

PRODUCTION JEANNINE BALLAND

Romans « Terres de France »

Jean Anglade
Un parrain de cendre
Le Jardin de Mercure
Y a pas d'bon Dieu
La Soupe à la fourchette
Un lit d'aubépine
La Maîtresse au piquet
Le Saintier
Le Grillon vert
La Fille aux orages
Un souper de neige
Les Puysatiers
Dans le secret des roseaux
La Rose et le Lilas
Avec le temps...
L'Ecureuil des vignes
Une étrange entreprise
Le Temps et la Paille
Les Ventres jaunes
Le Semeur d'alphabets
La Bonne Rosée
Un cœur étranger
Sylvie Anne
Mélie de Sept-Vents
Le Secret des chênes
La Couze
Ciel d'orage sur Donzenac
La Maîtresse du corroyeur
Un horloger bien tranquille
Un été à Vignols
La Lavandière de Saint-Léger
Jean-Jacques Antier
Tempête sur Armen
Marie-Paul Armand
Le Vent de la haine
La Courée
tome I *La Courée*
tome II *Louise*
tome III *Benoît*
La Maîtresse d'école
La Cense aux alouettes
L'Enfance perdue
Un bouquet de dentelle
Au bonheur du matin
Le Cri du héron
Le Pain rouge
La Poussière des corons
Victor Bastien
Retour au Letsing
Henriette Bernier
L'Enfant de l'autre
L'Or blanc des pâturages
L'Enfant de la dernière chance
Le Choix de Pauline
La Petite Louison
Françoise Bourdon
La Forge au Loup
La Cour aux paons
Le Bois de lune
Le Maître ardoisier
Les Tisserands de la Licorne
Le Vent de l'aube
Les Chemins de garance
La Figuière en héritage
Patrick Breuzé
Le Silence des glaces
La Grande Avalanche
La Malpeur
Nathalie de Broc
Le Patriarche du Bélon
La Dame des Forges
La Tresse de Jeanne
Loin de la rivière
Annie Bruel
Le Mas des oliviers
Les Géants de pierre
Marie-Marseille
Michel Caffier
Le Hameau des mirabelliers
La Péniche Saint-Nicolas
Les Enfants du Flot
La Berline du roi Stanislas
La Plume d'or du drapier
L'Héritage du mirabellier
Marghareta la huguenote
Claire Chazal
L'Institutrice
Didier Cornaille
Les Labours d'hiver
Les Terres abandonnées
Etrangers à la terre
L'Héritage de Ludovic Grollier
L'Alambic
Georges Coulonges
Les Terres gelées
La Fête des écoles
La Madelon de l'an 40
L'Enfant sous les étoiles

Les Flammes de la Liberté
Ma communale avait raison
Les blés deviennent paille
L'Eté du grand bonheur
Des amants de porcelaine
Le Pays des tomates plates
La Terre et le Moulin
Les Sabots de Paris
Les Sabots d'Angèle
La Liberté sur la montagne
Les Boulets rouges de la Commune
Anne Courtillé
Les Dames de Clermont
Florine
Dieu le veult
Les Messieurs de Clermont
L'Arbre des dames
Le Secret du chat-huant
L'Orfèvre de Saint-Séverin
Paul Couturiau
En passant par la Lorraine
Annie Degroote
La Kermesse du diable
Le Cœur en Flandre
L'Oubliée de Salperwick
Les Filles du Houtland
Le Moulin de la Dérobade
Les Silences du maître drapier
Le Colporteur d'étoiles
La Splendeur des Vaneyck
Les Amants de la petite reine
Alain Dubos
Les Seigneurs de la haute lande
La Palombe noire
La Sève et la Cendre
Le Secret du docteur Lescat
Constance et la Ville d'Hiver
Marie-Bernadette Dupuy
L'Orpheline du bois des Loups
Les Enfants du Pas du Loup
La Demoiselle des Bories
Le Chant de l'Océan
Le Moulin du loup
Elise Fischer
Trois Reines pour une couronne
Les Alliances de cristal
Mystérieuse Manon
Le Soleil des mineurs
Les cigognes savaient
Confession d'Adrien le colporteur
Laurence Fritsch
La Faïencière de Saint-Jean
Alain Gandy
Adieu capitaine
Un sombre été à Chaluzac
L'Enigme de Ravejouls
Les Frères Delgayroux
Les Corneilles de Toulonjac
L'Affaire Combes
Les Polonaises de Cransac
Le Nœud d'anguilles
L'Agence Combes et Cie
Suicide sans préméditation
Fatale Randonnée
Une famille assassinée
Le piège se referme
Gérard Georges
La Promesse d'un jour d'été
Les Bœufs de la Saint-Jean
L'Ecole en héritage
Le Piocheur des terres gelées
Les Amants du chanvre
La Demoiselle aux fleurs sauvages
Denis Humbert
La Malvialle
Un si joli village
La Rouvraie
L'Arbre à poules
Les Demi-Frères
La Dernière Vague
Yves Jacob
Marie sans terre
Les Anges maudits de Tourlaville
Les blés seront coupés
Une mère en partage
Un homme bien tranquille
Hervé Jaouen
Que ma terre demeure
Au-dessous du calvaire
Les Ciels de la baie d'Audierne
Les Filles de Roz-Kelenn
Michel Jeury
Au cabaret des oiseaux
Marie Kuhlmann
Le Puits Amélie
Guillemette de La Borie
Les Dames de Tarnhac
Le Marchand de Bergerac
Jean-Pierre Leclerc
Les Années de pierre
La Rouge Batelière
L'Eau et les Jours
Les Sentinelles du printemps
Un amour naguère
Julien ou l'Impossible Rêve
A l'heure de la première étoile
Hélène Legrais
Le Destin des jumeaux Fabrègues
La Transbordeuse d'oranges
Les Herbes de la Saint-Jean
Les Enfants d'Elisabeth
Les Deux Vies d'Anna

Louis-Jacques Liandier
Les Gens de Bois-sur-Lyre
Les Racines de l'espérance
Jean-Paul Malaval
Le Domaine de Rocheveyre
Les Vignerons de Chantegrêle
Jours de colère à Malpertuis
Quai des Chartrons
Les Compagnons de Maletaverne
Le Carnaval des loups
Les Césarines
Grand-mère Antonia
Une maison dans les arbres
Une reine de trop
Une famille française
Le Crépuscule des patriarches
La Rosée blanche
Dominique Marny
A l'ombre des amandiers
La Rose des Vents
Et tout me parle de vous
Jouez cœur et gagnez
Pascal Martin
Le Trésor du Magounia
Le Bonsaï de Brocéliande
Les Fantômes du mur païen
La Malédiction de Tévennec
L'Archange du Médoc
Louis Muron
Le Chant des canuts
Henry Noullet
La Falourde
La Destalounade
Bonencontre
Le Destin de Bérengère Fayol
Le Mensonge d'Adeline
L'Evadé de Salvetat
Les Sortilèges d'Agnès d'Ayrac
Le Dernier Train de Salignac
Michel Peyramaure
Un château rose en Corrèze
Les Grandes Falaises
Frédéric Pons
Les Troupeaux du diable
Les Soleils de l'Adour
Passeurs de nuit
Jean Siccardi
Le Bois des Malines
Les Roses rouges de décembre
Le Bâtisseur de chapelles
Le Moulin de Siagne
Un parfum de rose
La Symphonie des loups
La Cour de récré
Les Hauts de Cabrières
Bernard Simonay
La Fille de la pierre
La Louve de Cornouaille
Jean-Michel Thibaux
La Bastide blanche
La Fille de la garrigue
La Colère du mistral
L'Homme qui habillait les mariées
La Gasparine
L'Or des collines
Le Chanteur de sérénades
La Pénitente
L'Enfant du mistral
Jean-Max Tixier
Le Crime des Hautes Terres
La Fiancée du santonnier
Le Maître des roseaux
Marion des salins
Le Mas des terres rouges
L'Aîné des Gallian
L'Ombre de la Sainte-Victoire
Brigitte Varel
Un village pourtant si tranquille
Les Yeux de Manon
Emma
L'Enfant traqué
Le Chemin de Jean
L'Enfant du Trièves
Le Déshonneur d'un père
Blessure d'enfance
Mémoire enfouie
Louis-Olivier Vitté
La Rivière engloutie
L'Enfant des terres sauvages
Colette Vlérick
La Fille du goémonier
Le Brodeur de Pont-l'Abbé
La Marée du soir
Le Blé noir

Romans

Sylvie Anne
L'Appel de la pampa
Jean-Jacques Antier
Marie-Galante, La Liberté ou la Mort
La Dame du Grand-Mât
Le Sixième Condamné de l'Espérance
Erwan Bergot
Les Marches vers la gloire
Sud lointain
tome I *Le Courrier de Saïgon*
tome II *La Rivière des parfums*
tome III *Le Maître de Bao-Tan*
Rendez-vous à Vera-Cruz
Mourir au Laos
Jean Bertolino
Chaman
Fura-Tena
Jean-Baptiste Bester
Bois d'ébène
Michel Caffier
Le Découvreur du Mississippi
Anne Courtillé
Le Mosaïste de Constantinople
Paul Couturiau
Le Paravent de soie rouge
Le Paravent déchiré
L'Inconnue de Saigon
Les Amants du fleuve Rouge
Le Pianiste de La Nouvelle-Orléans
Les Brumes de San Francisco
Paradis perdu
Annie Degroote
L'Etrangère de Saint-Pétersbourg
Alain Dubos
Acadie, terre promise
Retour en Acadie
La Plantation de Bois-Joli
La Baie des maudits
Elise Fischer
L'Enfant perdu des Philippines
Hubert Huertas
Nous jouerons quand même ensemble
L'Orque de Magellan
La Passagère de la Struma
Terminus Pondichéry
Denis Humbert
Un été d'illusions
Gérard A. Jaeger
Pour l'amour de Blanche
Hervé Jaouen
L'Adieu au Connemara
Le Testament des McGovern
Diane Lacombe
L'Hermine de Mallaig
La Châtelaine de Mallaig
Eric Le Nabour
Orages sur Calcutta
Les Démons de Shanghai
Les Jardins d'Istanbul
Sonia Marmen
La Vallée des larmes
La Saison des corbeaux
La Terre des conquêtes
La Rivière des promesses
Dominique Marny
Du côté de Pondichéry
Les Nuits du Caire
Mes nuits ne sont pas les vôtres
Cap Malabata
Du côté de Bombay
Juliette Morillot
Les Orchidées rouges de Shanghai
Michel Peyramaure
Le Roman de Catherine de Médicis
Le Pays du Bel Espoir
Les Fleuves de Babylone
Les Tambours sauvages
Le Temps des moussons
Les Roses noires de Saint-Domingue
Bernard Simonay
Les Tigres de Tasmanie
La Dame d'Australie
Princesse maorie
Jean-Michel Thibaux
Le Roman de Cléopâtre
La Fille de Panamá
Tempête sur Panamá
La Pyramide perdue
La Cinquième Courtisane
La Danseuse sacrée
Colette Vlérick
Le Domaine du belvédère

Achevé d'imprimer sur les presses de

BUSSIÈRE
GROUPE CPI

à Saint-Amand-Montrond (Cher)
en juillet 2008

Composition et mise en pages : FACOMPO, LISIEUX

N° d'édition : C 07792/01. — N° d'impression : 082212/1.
Dépôt légal : août 2008.

Imprimé en France